总主编 / 潘鲁生　邱运华
执行总主编 / 王锦强

主　编 / 万建中
副主编 / 陈亚琼

民间文艺研究论丛
年选佳作
2019

民间文学

ANNUAL SELECTIONS OF PAPERS ON FOLK LITERATURE AND ART STUDIES 2019:
FOLK LITERATURE

社会科学文献出版社
SOCIAL SCIENCES ACADEMIC PRESS (CHINA)

前　言

　　2019 年是中华人民共和国成立 70 周年。70 年来，民间文学研究经历了学术范式的几番变迁，得到了较为全面的发展。这既表现为基本理论和方法的不断成熟和反思，又表现为研究对象的不断拓展，以及不同体裁研究中所取得的丰富成就。2019 年，民间文学研究的成果依旧丰富。一方面，回顾和反思学术发展史成为关注的热点，神话、传说、故事、史诗、歌谣等各个体裁的学术史研究相继出现，对总结既定成果、反思研究范式、促进学科发展有重要作用。另一方面，在基础理论探讨以及具体研究中，学者们加强了对"民"主体地位的观照，"朝向当下"也越来越成为共识。

　　本集共收入 24 篇 2019 年发表的民间文学领域的论文。其中，神话研究论文有 4 篇，反映了当下神话研究的多视角、多学科趋势。杨利慧在《"朝向当下"的神话学论纲：路径、视角与方法》一文中强调了神话学"朝向当下"（present-facing）的学术转向，并尝试探讨当代神话学学科体系的建构路径、视角和方法，是近年来研究神话在当代社会传承和重构的重要理论性总结。田兆元的《神话的三种叙事形态与神话资源转化》则从叙事形态的角度讨论了神话资源在现代转化的形式，希望神话学家在神话资源转换的过程中有所作为。黄悦同样关注神话的现代转化。在《论当代网络文学对中国神话的创造性转化》一文中，她细致分析了中国神话在网络文学中的转化规律，并探讨神话的创造性转化与当代社会意识形态、社会结构及资本的关系。叶舒宪的《创世鸟神话"激活"良渚神徽与帝鸿——兼论萨满幻象对四重证据法的作用》一文则将神话学从文学艺术拓展到历史和考古研究，关注史前图像的神话观念阐释。他运用四重证据法，尝试从萨满幻象的人鸟合体意象入手，重新解读良渚文化人鸟合体神徽和河姆渡文化

"双鸟朝阳"意象，并贯通阐发古文献《山海经》中神鸟帝鸿神话的创世观。

在传说领域，"当下的""地方的"传说研究越来越受关注。马光亭《层累的"地方"——以青岛即墨小龙山地区秃尾巴老李传说的在地化为例》一文指出，地方性传说并不只面向"一个"地方，其在地化过程既是地方与地方之外"内外"促生的层累过程，也是动态建构地方历史的过程；而"地方"的范围也会随着当地人身份与归属的变化而改变。这为我们研究地方性传说提供了一种新视角。都市传说研究具有较大的开掘空间。陈冠豪的《中国当代鬼传说之概念指涉》针对鬼故事、都市传说和谣言之间界限模糊的现象，对鬼传说进行了概念界定和叙事特征的分析，以期丰富现有的都市传说理论。王尧的《民间传说研究七十年》是一篇学术史总结。她以影响较著的研究范式分类归纳，兼及对象和范围，呈现了70年来传说研究的学术趋势及其内在理路的流变。

在民间故事研究中，重要概念和故事的本体研究领域出现了一些探索性成果。在《"母题"概念再反思——兼论故事学的术语体系》一文中，漆凌云、万建中试图将故事类型学和故事形态学视角相结合重新界定母题，厘清母题位、母题和母题变体三者间的层级关系，并在此基础上，以母题为基础单元搭建故事学的多层级术语体系。张举文则回溯"童话"概念并将之引入中国的历史，考察其基本概念、核心因素、分类以及在当下中国文化语境中的含义。他指出，欧洲中心标准往往会掩盖多元文化及地方文化的特殊性，要关注概念"挪用"中的学术分析与意识形态问题，厘清学术概念和意识形态霸权。施爱东的《理想故事的游戏规则》尝试将故事定义为有明确边界，限定在密闭时空、特定关系之中的虚拟语言游戏，并从结构、情节设置、打破常规等方面，对故事的逻辑法则展开分析。此外，对于民间故事讲述人的研究也仍在继续。林继富回顾了20世纪80年代以后的民间故事传承人研究及其理论成果，并提出对未来研究的展望。他认为，当代学者在民间故事传承人的讲述、民间故事传承人与听众关系、民间故事传承人当代意义等方面还存在许多讨论的空间。

史诗是一种复杂的民间文学体裁，它依靠神话和历史编织，包含了传说的内容，也包含了英雄故事模式，融合了多种体裁的传统。在《从地方知识到史诗学术语：彝族史诗"梅葛"的内涵和外延》一文中，李世武针对"梅葛"概念模糊的问题，梳理了学术界建构史诗"梅葛"这一术语的历史，并通过田野工作获得地方知识，围绕歌手、演述场域、文本、语境、受众等核心问题进行求索，分析史诗"梅葛"的内涵和外延。诺布旺丹的研究则从史诗的演述形态入手，讨论《格萨尔》的演述主体如何从群体性集体记忆过渡到个体记忆，并分析个体记忆形成的特点和逻辑框架，以及这一过程与佛教引进和传播的关系。在学术史反思方面，巴莫曲布嫫《以口头传统作为方法：中国史诗学七十年及其实践进路》一文以"机构—学科"为视角，围绕民文所老中青三代史诗学者的学术实践，集中讨论了"口头传统作为方法"的学科化发展进程。

在歌谣研究领域，语境研究继续受到重视。王丹《生活歌唱与仪式表征——清江流域土家族人生仪礼歌研究》一文将土家族人生仪礼歌放置于人们的生活语境中进行考察。她认为，在某种意义上，人生仪礼歌构成了清江流域土家族的生活类型。因此，理解人生仪礼歌，需要阐释其生活属性、文类特质和文化逻辑，以明晰歌唱传统与人生仪礼、生活体系之间的交互作用。廖元新、万建中则回到学术史中，总结了歌谣研究的不同学术范式，强调新时期歌谣研究对生活的深层语境的关注。在他看来，歌谣与生活是歌谣学研究最富张力的命题，与宗族、信仰、家庭、仪式乃至观念等构成了直接和间接的内在关联性。

谚语和俗语都属语言民俗，其背后存在着丰富的乡土知识，体现了民众运用语言文字的智慧。在《谚语研究的形态学及生态学——兼评薛诚之的〈谚语研究〉》一文中，岳永逸回顾了中国谚语从形态学向生态学转型的百年研究史，并全面评价了薛诚之及其后来者的"谚语学"。在他看来，中国谚语研究充分体现了谚语之语言和言语相互依存的双重属性。而周星的《对话民众："民俗语汇"与乡土知识》则追溯了中国民俗学史从"歌谣"研究到"风俗"研究再到"方言"研究的发展历程，指出"民俗语汇"与民众主位立场和主体性表达的关系。

"方法与视角"部分主要涉及民间文学基础理论方面的探索。安德明在《在对比中进一步探讨民间文学的独特属性》中再次讨论了民间文学的属性问题。长期以来，民间文学研究领域对这个老问题给予了多种解读，但至今人们还在期待着新答案，因为已有的各种解释，还存在不少需要完善的地方。乌·纳钦则将作家文学中的互文性理论引入口头文类研究，并将其分为口头文学的平面维度和口头传统的立体维度。前者主要揭示口头文本之间的异文变体等关系，以及口头文本跨文类交互渗透的文本间性；而后者则涉及语境层面，考察口头传统与民俗文本之间复杂多变的互涉运动，进而有望对它们的交织运行机制做出更深入的描述和阐发。

适时总结学术发展史，是学科取得进步的必由之路。2019 年有关学术史研究的成果颇丰。王杰文的《本土语文学与民间文学》追溯了 19 世纪以来由德国学者所开创的"本土语文学"的发展历史及其学术宗旨。他指出，"本土语文学"关注"表述"与"意义"，事实上就是日常生活中当下的、熟悉的话语交流，这是广泛地存在于特定人群的生活世界（life-world）中的日常生活实践。对"本土语文学"的理解有利于现代民间文学重新定位自身的学术方向。高丙中则以发现"民"的主体性为线索，考察了民间文学社会处境的变迁。在此过程中，他提出两个解释框架来理解民间文学的发展总趋势：一是古—今、内—外的结构关系，二是民族性—人民性—艺术性的三角关系。在这两个解释框架中，中国民间文学完成了从"对立—冲突"格局向"贯通—共生"格局的演变。张多《美国学者搜集整理、翻译中国民间文学的学术史和方法论》一文对美国学者从事的中国民间文学研究进行了梳理和总结，指出了他们对中国民间文学学术发展的客观影响。学术史是对已有研究的研究，而万建中《中国民间文学学术史研究 40 年》一文则对民间文学学术史研究进行了总结和反思。文章将 40 年来的学术史研究分为两个时期：20 世纪八九十年代并没有出现真正意义上的民间文学学术史；而进入 21 世纪后，学者们可以从容地回过头去整理 20 世纪所有的学术成果，但仍存在重民间文学史研究、轻民间文学学术史研究的偏向。

以上所述的 24 篇论文涉及民间文学的各个领域，在一定程度上可从中窥见 2019 年我国民间文学研究的整体面貌。需要说明的是，由于篇幅有限，一些优秀论文被排除在外，在此深表歉意。感谢各位作者的密切配合！

2020 年 3 月

目录
contents

一 神话

"朝向当下"的神话学论纲：路径、视角与方法 …………… 杨利慧 / 003

神话的三种叙事形态与神话资源转化 …………… 田兆元 / 017

论当代网络文学对中国神话的创造性转化 …………… 黄 悦 / 023

创世鸟神话"激活"良渚神徽与帝鸿
——兼论萨满幻象对四重证据法的作用 …………… 叶舒宪 / 038

二 传说

层累的"地方"
——以青岛即墨小龙山地区秃尾巴老李传说的
在地化为例 …………… 马光亭 / 065

中国当代鬼传说之概念指涉 …………… 陈冠豪 / 085

民间传说研究七十年 …………… 王 尧 / 104

三 故事

"母题"概念再反思
——兼论故事学的术语体系 …………… 漆凌云 万建中 / 123

文学类型还是生活信仰：童话在中国的蜕变及其思考 ……… 张举文 / 141

理想故事的游戏规则 …………… 施爱东 / 150

中国民间故事传承人研究的回顾与展望 ·················· 林继富 / 170

四 史诗

从地方知识到史诗学术语：彝族史诗"梅葛"的
　内涵和外延 ································· 李世武 / 183
《格萨尔》史诗的个体记忆形态及其建构 ············ 诺布旺丹 / 208
以口头传统作为方法：中国史诗学七十年
　及其实践进路 ······························ 巴莫曲布嫫 / 221

五 歌谣

生活歌唱与仪式表征
　——清江流域土家族人生仪礼歌研究 ················· 王　丹 / 239
学术史视角下歌谣与生活的关系 ·············· 廖元新　万建中 / 256

六 谚语与俗语

谚语研究的形态学及生态学
　——兼评薛诚之的《谚语研究》 ····················· 岳永逸 / 271
对话民众："民俗语汇"与乡土知识 ···················· 周　星 / 302

七 方法与视角

在对比中进一步探讨民间文学的独特属性 ················ 安德明 / 319
口头文类研究中引入互文性视角的两个维度 ············ 乌·纳钦 / 322

八 学术史研究

本土语文学与民间文学 ······························· 王杰文 / 335
发现"民"的主体性与民间文学的人民性：
　中国民间文学发展70年 ····························· 高丙中 / 350
美国学者搜集整理、翻译中国民间文学的学术史和方法论 ···· 张　多 / 363
中国民间文学学术史研究40年 ························· 万建中 / 380

一　神话

"朝向当下"的神话学论纲：路径、视角与方法[*]

杨利慧[**]

摘　要：在世界神话学界，"向后看"视角一直占据主导地位，对神话在当代流行文化、数字技术以及文化产业的影响下出现的各种挪用和重构的研究十分薄弱，因此，神话学亟待实现从"向后看"到"朝向当下"的学术转向。本文对"朝向当下"的神话学的建构路径、视角和方法进行了探索和阐述，指出新取向的神话学将全面考察并描述神话在当代社会不同领域中经历的各种挪用和重构现象，揭示神话生产和转化的内在机制，呈现当代神话创造者、传播者和接受者的心声，揭示神话转化与当代社会语境的互动关系，最终达到建构当代神话学学科体系的目的。为实现上述目标，需要采用神话学、民俗学/民间文学以及跨学科的视角，运用民族志式田野作业、网络民族志、文本分析、语境研究以及综合研究等多种方法。

关键词：神话；神话学；"朝向当下"；"向后看"；学科转向

一　研究缘起

神话，是人类创造的最为重要的表达文化之一，通过解释宇宙、人类

---

[*] 本文为国家社会科学基金重大项目"中国神话资源的创造性转化与当代神话学的体系建构"（项目编号：18ZDA268）阶段性成果。原载《西北民族研究》2019年第4期。
[**] 作者简介：杨利慧，北京师范大学文学院民间文学研究所教授，博士生导师。

和文化的最初起源以及现有世界秩序的最初奠定，表达并模塑着人们的信仰、宇宙观和人生观。它产生于远古时代，但始终传衍不断，并在不同阶段的社会生活中发挥着多样化的作用。2000多年来，神话一直是学人努力探索的对象，神话学成为人文社会科学的重要分支。不过，在世界神话学界，学者们关注的焦点，大多是古代典籍中的神话，追溯古代神话的起源、神祇的原初形貌、神话流传演变的历史轨迹等，这成为神话研究的主要内容，"向后看"视角（"backward-looking" perspective）是主导性研究视角，研究方法也多是依赖古文献记录和考古学资料进行考据。这方面的一个鲜明案例可参见美国ABC-CLIO出版公司于2005年前后陆续出版的"世界神话手册"丛书（"Handbook of World Mythologies" Series）。该公司邀约了诸多知名神话学家，对世界各国的神话予以介绍和评述，并编辑出版了该大型丛书，其中除个别作者关注到神话在当代社会中的活形态流播外，绝大多数学者基本运用古代文献资料进行溯源性考据。尽管一些人类学者（包括有人类学取向的其他学科的学者）力图纠正这一古文献考据的偏向，主张把神话放在活生生的现实语境中加以研究——这一取向的代表性学者首推波兰裔英国人类学家布罗尼斯劳·卡斯帕·马林诺夫斯基（Bronislaw Kaspar Malinowski），[①] 不过，该取向的神话研究大多集中关注一些地域上较偏僻、文化形态相对单一的部落或部族（"原始人"、"土著人"或"野蛮人"）。以上两种研究，即以古代文献记录和考古资料为分析中心的研究和以土著民族的神话为考察中心的研究，使得世界神话学一直带有浓厚的"尊古""崇古"的特点，神话因此常常与"原始""蒙昧""洪荒"等字眼挂钩，成为一般人心目中已经逝去或者即将逝去的文化遗留物，与当代社会格格不入。这种局面极大地限制了学者对古老神话如何与现代社会"接轨"、对如何激活神话在当下的生命力的探讨热情，严重阻碍了神话学对当下社会现实的充分关注。对于神话在当代文化产业、数字技术和文化商品化（cultural commodification）大潮影响之下的传承和演变，鲜有充分的关注和详尽的探讨，具体地说，对于神话在当下流行文化以及文学、艺术、商

---

① 〔英〕马林诺夫斯基：《巫术科学宗教与神话》（影印本），李安宅编译，上海文艺出版社，1987。

业等范畴——例如电影、电视、电子游戏、网络文学、传统作家文学、遗产旅游以及雕塑绘画等领域——中普遍存在的挪用与重构现象，神话学界的研究十分薄弱。由此造成的缺憾是：神话研究者未能在完整的历史脉络中把握神话的生命力，面对古老神话如何与现代社会"接轨"等严峻的现实问题，神话学界缺乏深度研究，这不仅严重束缚了学科理论和体系的创新，也削弱了神话学界参与当下社会文化建设和学术对话的能力以及对公众（尤其是青年人）的吸引力。

20世纪中后期以来，一些神话学者开始探求神话在现代社会中的利用和重建，这成为神话学直面当下的先声。例如，苏联神话学家叶·莫·梅列金斯基（Yeleazar Meletinsky）集中分析了"20世纪文学中的'神话主义'"，他将作家汲取神话传统以创作文学作品的现象称为"神话主义"；[①] 美国比较神话学家约瑟夫·坎贝尔（Joseph Campbell）在其系列著作如《神话的力量》《千面英雄》等中，从心理学的精神分析理论出发，深刻分析了神话原型如何反复在人类文化中出现及其出现的意义；[②] 德国宗教学教授阿尔穆特-芭芭拉·雷格尔（Almut-Babara Renger）对古希腊纳西索斯神话及其在21世纪赛博空间中的流变历程作了细致考察；[③] 中国神话学者叶舒宪自2005年以后，撰写了系列文章，对新神话主义现象及其兴起的社会背景、心理动因、表现形式、体现的西方价值观以及对中国重述神话文艺的启示等，作了比较详尽的介绍和阐发；[④]《长江大学学报》（社会科学版）曾多年开设"神话学与神话资源转化研究"专栏，探讨神话在当代社会转化的困境与途径。近几年来，笔者以及课题团队运用重新阐释过的"神话主义"的概念和视角，对遗产旅游和电子媒介中的相关现象作了描述

[①] 〔苏联〕叶·莫·梅列金斯基：《神话的诗学》，魏庆征译，商务印书馆，1990，第334页。该书俄文版出版于1976年。

[②] 〔美〕约瑟夫·坎贝尔：《神话的力量》，朱侃如译，浙江人民出版社，2013；〔美〕约瑟夫·坎贝尔：《千面英雄》，黄珏苹译，浙江人民出版社，2016。

[③] Alumt-Barbara Renger, *Narcissus: Ein Mythos von der Antike bis zum Cyberspace*, Stuttgart: J. B. Metzlersche Verlagsbuchhandlung, 2002.

[④] 叶舒宪：《人类学想象与新神话主义》，载王宁主编《文学理论前沿》（第2辑），北京大学出版社，2005；《新神话主义与文化寻根》，《人民政协报》2010年7月12日。

和分析。① 在笔者重新阐释并不断完善的界定中,"神话主义"是指20世纪后半叶以来,由于现代文化产业和电子媒介技术的广泛影响而产生的对神话的挪用和重新建构,神话被从其原本生存的社区日常生活的语境移入新的语境中,为不同的观众展现,并被赋予了新的功能和意义。神话主义既指涉现象,也是一种理论视角,该概念有这样的意涵和追求:自觉地将相关的神话挪用和重构现象视为神话世界整体的一部分;看到相关现象与神话传统的关联性,而不以异质性为由,对之加以排斥。

但是,总体而言,对神话在当代社会中的传承和变迁的研究,尤其是对20世纪后半叶以来受到文化产业、数字技术以及商品化影响的神话的研究,显然数量不多,质量也有待进一步提高:许多论述仅依赖文本的搜集和分析,缺乏深入细致的田野调查做依据,而且随感性的议论较多,专门研究不足,因此不免流于空泛;从神话学视角切入的论述较少,对于诸多神话学理论和实践问题,缺乏系统和有力的探讨,更缺乏立足于神话学体系的整体反思。这种种不足,与神话在当代社会的诸多领域频繁经历挪用和重构而且影响广泛的现实形成了鲜明的对比,也严重束缚了神话学这门古老学问的创新与发展。

神话学亟待实现从"向后看"到"朝向当下"(present-facing)的学术转向。

二 建构"朝向当下"的神话学的路径

2018年底,笔者主持申报的"中国神话资源的创造性转化与当代神话学的体系建构"项目获批为国家社会科学基金重大项目。该项目正是基于对如上学术史及其中不足的反思,力图对当代社会一些主要领域中中国神

---

① 杨利慧:《遗产旅游语境中的神话主义——以导游词底本与导游的叙事表演为中心》,《民俗研究》2014年第1期;杨利慧:《当代中国电子媒介中的神话主义》,《云南师范大学学报》2014年第4期;杨利慧:《神话VS神话主义:反思神话主义的异质性》,《云南师范大学学报》2016年第6期;杨利慧:《"神话主义"的再阐释:前因与后果》,《长江大学学报》2015年第5期;祝鹏程:《"神话段子":互联网中的传统重构》,《云南师范大学学报》2014年第4期。

话的挪用与重构现象作全面的考察和梳理，并在此基础上对"朝向当下"的当代神话学的理论体系进行创新性建构。

那么，如何建构一门"朝向当下"的当代神话学？其路径、研究视角和方法是什么？本文将探索并尝试回答上述问题，以期初步建构这一新取向神话学的基本理论框架，为未来相关研究的开展奠定基础。

在笔者看来，建构"朝向当下"的当代神话学必须通过以下三个步骤：第一，全面考察神话在当代社会不同领域中经历的各种挪用和重构现象，深描其丰富多样的表现形态，分析其文本特点并进行文本的分类；第二，以此为基础，揭示神话生产和转化的内在机制，呈现创造者、传播者和接受者的心声，探查神话被挪用与重构的内在动因，揭示神话的挪用与重构与当代社会文化政治语境的互动关系，提炼成功转化的经验和模式；第三，从本体论、方法论以及实践论层面，构建"朝向当下"的当代神话学的学科体系。

具体地说，通过如上路径来建构的"朝向当下"的神话学包括如下内容。

第一，考察神话在当代社会不同领域中经历的挪用与重构，深描其丰富多样的表现形态。在世界范围内，神话在当代社会最常被大规模挪用和重构的文化场域主要涉及当代文学（包括传统作家文学、网络奇幻文学、科普文学以及儿童文学等）、数字媒介（包括电影、电视、电子游戏以及网络自媒体等）、遗产旅游（涉及不同地域和不同民族）以及图像艺术（如雕塑、绘画、民间工艺和舞台剧等）。因此，对上述领域中神话被挪用和重构的多元形态加以细致梳理和深度描述，成为建构新取向神话学的基础。

第二，归纳主要的挪用和重构方式，揭示神话生产和转化的过程和机制。神话的转化往往因地制宜，因人而异，在不同的情形下常有不同的方式，转化的过程也有差异。同时，由于转化动机、创作者、观众、传播媒介与生产方式等因素的不同，神话转化的机制也呈现很大的差异。有鉴于此，"朝向当下"的神话学应对上述领域中主要的神话转化方式进行全面归纳，对其中的转化过程进行深度描述，并揭示形塑神话的当代转化的机制。

第三，呈现创造者、传播者和接受者的心声，探查神话被挪用与重构的内在动因。在世界民俗学领域，很长时间里，那些讲述、表演、展现神话的个人常常被视为"集体"的代言人，他们的才能、个性、世界观等往往被贴上了"集体性"的标签而面目模糊。20世纪60年代以后，由于表演理论的影响，学者们的研究视角逐渐从"以文本为中心"转向"以表演为中心"，"民"不再代表抽象的"集体"，而是呈现为有血有肉的个人；人不再是传统的被动接受者，而是主动选择者和创造者。[①] 笔者对于神话的讲述者和传承者的集中关注，在《现代口承神话的民族志研究——以四个汉族社区为个案》一书中已有突出体现。[②] "朝向当下"的神话学应延续这一关注，不过这一次，具有革命性意义的是，神话学的聚光灯将照在那些网络小说的写手、运用自媒体讲述并聆听神话的朗读者和听众、旅游景区的导游以及雕刻神话主题公园里雕像的雕塑家的身上。"朝向当下"的神话学应通过面对面的或者间接访谈的方式，倾听这些创造者、传播者和接受者的心声，了解他们对神话及其当代转化的看法，认识他们如何将个人的理解和创造性注入神话的传承链条中，从而探究神话被挪用与重构的内在动因，并分析个人创造性与传统的传承性的互动关系。

第四，分析神话的挪用、重构与当代社会文化政治语境的互动关系。上文已经述及，自20世纪90年代中后期尤其是21世纪以来，中国民俗学界开始转变研究范式，以抽象的、被剥离了语境关系的民俗事项为中心的研究范式逐渐为语境研究范式所取代，对于民俗与社会生活、社会关系、文化传统的复杂关联，以及民俗表演的情境等的关注渐渐占据主导地位，呈现民族志式的整体研究取向。"朝向当下"的神话学应积极汲取这一晚近的民俗学发展成果，将神话的挪用与重构置于当代社会文化政治语境中加以考察。神话的转化有着悠久的历史，并非当代社会独有的现象——曹雪

[①] 彭牧：《实践、文化政治学与美国民俗学的表演理论》，《民间文化论坛》2005年第5期；刘晓春：《从"民俗"到"语境中的民俗"——中国民俗学研究的范式转换》，《民俗研究》2009年第2期；杨利慧：《语境、过程、表演者与朝向当下的民俗学——表演理论与中国民俗学的当代转型》，《民俗研究》2011年第1期。

[②] 杨利慧、张霞、徐芳、李红武、仝云丽：《现代口承神话的民族志研究——以四个汉族社区为个案》，陕西师范大学出版总社有限公司，2011。2016年台湾秀威资讯科技股份有限公司（台北）再版，2018年陕西师范大学出版总社修订再版，书名为《当代中国的口承神话》。

芹所著《红楼梦》中对女娲炼石补天神话的重构，鲁迅所著《故事新编》中对大禹治水、后羿射日、嫦娥奔月等神话的重构，都是不同时代里神话挪用与重构的具体体现。那么，神话在当代社会发生的挪用和重构与当前的社会文化政治语境有何关系？与以往历史上的同类现象相比，神话具有哪些稳定传承的部分，又具有哪些不同的时代特点？"朝向当下"的神话学应探究神话转化与相关语境的互动关系，并从中反思神话传统在当代所担负的功能和蕴含的意义。

第五，考察神话的当代挪用和重构对神话的内容、形式、功能、意义以及人们的神话观念产生了什么样的影响，并分析这些转化对神话传统的当代传承发挥了怎样的作用。

第六，从公共民俗学的角度，提炼神话成功转化的模式，为包括神话在内的传统文化的保护和发展提供参考。公共民俗学（public folklore）讲究专业知识的应用，学者通过自己的研究以及与社区的合作，为地方民间传统的保护和发展提供帮助。[①] "朝向当下"的神话学将立足于公共民俗学的立场和实践，对当代神话挪用与重构的结果作总结，提炼出其中成功的经验，归纳出具有可操作性的模式，也直面并讨论其中失败的教训，从而为各级政府、相关文化组织、商业机构和个人开展传统文化的保护和发展工作提供有益的借鉴。由上述问题的探索开始，"朝向当下"的神话学还要力图进一步讨论一些重要问题：如何有效地进行传统文化的保护和挪用与重构；在现代化和全球化的冲击下，到底应该如何有效保护包括非物质文化遗产在内的传统文化；如何实现传统文化在当代社会中的有效转化，进而促成其可持续发展。这些不仅仅是中国面临的问题，也是摆在全世界面前的挑战。新取向的神话学应从神话学的特殊立场出发，参与学界和社会对上述重大问题的讨论，并做出积极贡献。

第七，建设一门"朝向当下"的当代神话学。如前所述，传统神话学往往以"向后看"为主导性研究视角，研究对象是古代典籍中的神话或者土著人的神话，研究方法以文献考据或者深入土著社区开展田野研究为

---

① 杨利慧：《美国公众民俗学的理论贡献与相关反思》，《广西民族学院学报》2004年第5期。

主，研究内容主要聚焦于古代神话的起源、神祇的原初形貌、神话流传演变的历史轨迹等。这样的神话学显然已无法应对"朝向当下"的神话研究的需求。那么如何以"朝向当下"的神话学的经验性个案研究为基础，在较为全面地梳理、考察、总结的基础上，从本体论、方法论以及实践论层面，建构一个新的神话学体系，将是"朝向当下"的神话学的一个关键内容。

三 主要视角

研究视角是指看待、分析对象的角度。笔者认为，"朝向当下"的神话学的研究视角主要包括如下几个。

1. 神话学的视角

"朝向当下"的神话学从根本上说隶属神话学学科，而不是文化批评、文化产业研究，因此神话学的视角应是最基本、最重要的视角。尽管在神话学的领域里有不同的学术流派，学者们研究神话的具体角度和方法也富有多样性，但是对"神话"这一文类的特质、起源、功能以及意义的探寻构成了神话学的核心。[①]"朝向当下"的神话学将从神话学的视角出发，对如下一些问题作出探索和解答：到底什么构成了神话的特质；神话为何会世代延续；延续的方式和途径是怎样的；在世代相传的过程中，神话经历过怎样的变异；这些变异与今天神话所经历的大范围的挪用与重构有怎样的区别；在当代社会中人们为什么依然讲述神话；如何认识那些经过了挪用与重构的神话；这些神话与传统神话有什么样的异同；神话转化的效度和限度在哪里；神话的转化与不同时代以及时代中的人有何关系；转化对有关神话的观念带来了怎样的影响；研究神话在当代社会中的转化和延续

[①] 著名英国神话学史专家罗伯特·西格尔指出，尽管对神话的研究跨越了诸多学科，但是，对三大问题的关注和解答将这些研究有机地联结了起来，从而构成了"神话学"（Mythology）这一研究领域：神话的起源、功能以及主旨（subject matter）。起源问题要追问和解答的是：神话为什么产生，又是如何产生的。功能问题要追问和解答的是：神话缘何延续，如何延续。主旨问题要追问和解答的是：神话的能指（referent of myth）是什么。见 Robert Segal, *Myth: A Very Short Introduction*, New York: Oxford University Press, 2004, pp. 2 – 3。

对神话学学科体系提出了哪些挑战……上述问题既关涉到神话学的核心，也是"朝向当下"的神话学必须回答的关键问题，故此，神话学视角毫无疑义地成为"朝向当下"的神话学最主要的视角，它将贯穿在所有研究过程中。

在神话学的总体视角中，当下取向的神话学还将特别运用神话主义的视角。如前所述，"神话主义"这一概念经过笔者的重新阐释，既指涉现象，也是一种理论视角，它有这样的意涵和追求：看到神话的转化现象与神话传统的内在关联性，而不是以异质性为由，对之加以批判和排斥；自觉地将神话挪用和重构现象视为神话世界整体的一部分，并主张将相关现象纳入神话学的学术范畴之中。

2. 民俗学/民间文学的视角

民俗学和民间文学有着密切的关系，有时民间文学被视为民俗学的分支学科，但在强调民间文学的艺术审美属性及在此基础上形成的理论与方法时，二者又相对独立。一般说来，民俗学/民间文学的学科视角具有如下共同特点：第一，它将民俗（含民间文学）——日常生活中具有传承性的文化——在生活中的生存和变迁状态置于研究的中心位置；第二，具有移情地理解民俗主体（或者说"传承人"）的主位（emic）立场；第三，运用民族志方法，对民俗生存和变迁的语境及具体过程进行参与观察和深度描写，并对相关的社会关系和话语作出细致分析。[①] 神话作为人类重要的表达文化之一，既是民间文学（语言艺术）的一部分，也是民俗（生活文化）的有机组成，因而理所当然的是民俗学/民间文学研究的内容之一。"朝向当下"的神话学也应从民俗学/民间文学的视角，采用民族志的方法，分析神话在当代生活中的生存和变迁，并力图从主位立场出发，考察不同的创造和传承主体如何看待和理解神话及其转化。

在对一些具体问题的探讨中，"朝向当下"的神话学还将着重借助公共民俗学的视角来展开研究。公共民俗学属于民俗学的分支，它讲究专业知识的应用，强调学者通过自己的研究以及与社区的合作，为地方民间传统

---

① 杨利慧：《遗产旅游：民俗学的视角与实践》，《民俗研究》2014 年第 1 期。

的保护和发展提供帮助，因此，已发展出一整套有别于一般民俗学理论和实践的工作旨趣和实施路径，强调在"文化对话"的平等立场上，对当代社会所发生的与传统相关的各种文化实践予以积极关注、讨论乃至干预。①"朝向当下"的神话学将立足于公共民俗学"文化对话"的立场并借助其"积极文化干预"的视角，对当代神话挪用与重构的结果加以总结，提炼出其中成功的经验，归纳出具有可操作性的模式，同时直面并讨论其中失败的教训，从而为各级政府、文化组织、商业机构以及个人开展传统文化的保护和发展工作提供有针对性的借鉴。

3. 跨学科的视角

"朝向当下"的神话学力图全面考察神话在当代社会中的各种表现，牵涉面广泛，具有突出的跨学科性质。因此，在将神话学和民俗学/民间文学视角作为总体指导的同时，还需要借鉴多学科的视角。

一是文艺学的视角。文艺学是研究文学的性质、特点及其发生、发展规律的学科。鉴于当代文学是最常挪用与重构神话的领域，"朝向当下"的神话学在考察"当代文学中的神话重述"时，必须借鉴文艺学的视角，通过深入的文本阅读和细致的文本分析，梳理神话在当代传统作家文学、网络奇幻文学、科普文学以及儿童文学中经历的转化过程，考察当代文学重述神话的生产机制，总结当代文学创作者利用神话的方式，并探究当代文学重述神话背后的社会文化意义。

二是媒介环境学的视角。媒介环境学（media ecology，一译"媒介生态学"）的显著特点是：关注技术、环境、媒介、传播的演进；重视媒介长效而深层的社会、文化和心理影响；怀有深切的人文关怀和现实关怀。"朝向当下"的神话学将借鉴媒介环境学的视角，深入审视新媒介环境中的神话转化，考察不同的数字媒介形式，比如电影、电视、电子游戏，以及普通民众在互联网时代运用自媒体讲述和传播神话（如"喜马拉雅"电台的神话讲述）等，如何影响神话在当代的传播和变迁。

三是旅游人类学的视角。旅游人类学（anthropology of tourism）是人类

---

① Nicholas Spitzer, "Cultural Conversation," in Robert Baron and Nicholas Spitzer, eds., *Public Folklore*, Jackson: University Press of Mississippi, 2008, pp. 77 – 103.

学的分支学科，它研究各个方面的旅游现象，其研究重点主要集中在两个主题上：一是旅游者和旅游本质；二是旅游对旅游目的地的人民及其社区的经济、文化、社会等方面的影响。① 遗产旅游语境中的神话重述和重构在当代社会中十分常见，因此需借鉴旅游人类学的视角，着力考察大众旅游产业对于神话的传承和转化带来的影响，包括地方文化专家如何制作导游词、导游如何表演神话、游客如何看待旅游景区内的神话讲述、遗产旅游如何形塑游客的神话观等，并提炼实现遗产旅游与神话的挪用与重构"双赢"的有效模式。

四是图像学的视角。神话除了以口语和文字的形式传播，也常常通过图像的方式展现，因此从图像学（iconology）的角度来研究神话，一直是神话学的重要内容之一。图像学的研究一般着力于阐释图像作品的本质内容与形式，考察古典母题在艺术发展中的延续和变化，或者探寻某一母题在形式和意义上的变化。晚近的图像学关注形象及相关的观念，试图回答什么是形象、形象与词语的区别、形象的重要性、形象与意识形态的关系等问题。② "朝向当下"的神话学也要借鉴图像学的视角，考察神话在雕塑、绘画、工艺品、舞台剧等艺术形式中的多元表现，探讨当代神话景观的生产机制、转化模式及其担负的社会文化功能。

除了上述几个学科的视角之外，"朝向当下"的神话学也应参考大众文化批评、青年亚文化研究、表演学等多种学科的视角来作综合研究。

不过，归根结底，对"朝向当下"的神话学而言，以上这些学科的视角，主要在涉及相关的具体研究对象时起着不可或缺的参考性、辅助性作用，其根本的主导性视角，还是神话学和民俗学/民间文学的视角，它们将贯穿在所有事象的研究中，成为协调、统筹其他视角的核心。此外，各视角有主有辅，又彼此交融、相互补充。这样的研究，既能为"朝向当下"的神话学更好地解决主要问题奠定扎实的基础，也会对促进多学科之间的有效交流与对话发挥作用。

---

① 〔美〕纳尔逊·格雷本：《人类学与旅游时代》，赵红梅译，广西师范大学出版社，2009，第112页。
② 〔美〕汤姆·米歇尔：《图像学：形象、文本、意识形态》，陈永国译，北京大学出版社，2012。

四 研究方法

与"向后看"的神话学主要采用文献考据和溯源的方法不同,"朝向当下"的神话学主要采用如下方法。

一是民族志式田野作业（ethnographic fieldwork）。这一方法主张研究者深入一个或多个社区之中,以参与观察和面对面直接交流的方式,较长期地沉浸于该社区文化,获取第一手资料,同时以移情式的理解,直接感知调查事项的本质,并在与各种田野关系互动的过程中做到对该文化的理解。[①] "朝向当下"的神话学最重要的特点之一便是经验性的实证研究,强调研究者亲身到神话转化的场域中去参与观察,记录并研究神话转化的状况,同时对相关创造者和传播者主体进行直接或间接的访谈,了解其秉持的神话观及神话转化观,进而理解神话在当代社会延续的内在原因。因此,民族志式田野作业方法是"朝向当下"的神话学采用的最基本的方法之一,既可用于对地方社会和人群的参与观察,也可用于对作家、网络写手、影视剧制作者与观众、电子游戏的玩家、神话景观的制作者、导游、游客、政府官员、学者等的面对面的深度访谈。

二是网络民族志（internet ethnography）,也可以称之为"网络田野作业"（internet field-work）、"虚拟民族志"（virtual ethnography）或者"在线民族志"（online ethnography）等。网络民族志可以被视为一种特殊形式的田野作业,不过,由于它在诸多方面的特殊性,所以常常被研究者单独使用。这一方法适用的研究场景是:研究者通过积极参与或潜伏在互联网中,借助对文本的呈现以及虚拟社区中的社会互动进行观察,来了解并分析相关群体的态度与行为特征。近年来,随着互联网研究的日渐深入,网络民族志成为人类学及其相邻学科讨论的热点话题,以互联网为研究环境并利用互联网进行资料收集的田野作业方法与实际社区中的田野作业方法的异同,引起了学者们的很多关注。"朝向当下"的神话学将集中考察和研究网

[①] 杨利慧、张霞、徐芳、李红武、仝云丽:《现代口承神话的民族志研究——以四个汉族社区为个案》,陕西师范大学出版总社有限公司,2011,第16页。

络文学、电影电视、电子游戏以及以互联网为基础的自媒体中神话转化的状况，因此网络民族志是必须采用的一种方法，研究者将通过积极参与或潜伏在互联网中，全面搜集神话转化文本，观察虚拟社区中以神话为资源进行的交流互动，从而了解和分析神话在虚拟空间中发生转换的呈现形态，并了解相关参与者的态度与行为特征。

三是文本分析（textual analysis）。在表达文化的语境中，文本具有内聚性和客观性，能够被称呼、命名、引用和谈论，能够被客体化，可以在一定程度上从语境中被剥离出来。文本分析是民间文学、民俗学领域常用的分析方法之一。尽管以文本为中心的方法（text-centered approach）自20世纪60年代以来在世界民俗学界受到集中反思，但是无人否认文本在表达文化中的核心位置，也无法否认文本分析方法对于表达文化研究的无可替代的作用，在探究口头叙事的情节、结构、特殊的审美特征、稳定性和变异性等问题上，这一方法具有无可替代的重要性。"朝向当下"的神话学在诸多领域中存在的神话转化现象，例如当代奇幻文学作品、影视剧、主题公园或者导游的表演等当中的再现神话，都需依赖文本分析法，分析相关神话在内容、形式、功能和意义上的承续与差异。

四是语境研究（contextual study）。语境研究是目前世界民俗学领域占据主导地位的方法，它与文本分析方法是相互补充的关系。语境研究关注的中心不是抽象的文本，而是文本在语境尤其是情境（situation）中的动态形成过程及其形式的实际应用，强调文本的形式、功能和意义都植根于由文化所规定的背景或事件中。[1]"语境"无疑是"朝向当下"的神话学的关键词之一，因为"朝向当下"的神话学要探索的，恰恰就是神话传统在当代社会各种新的语境中的转化和重构，神话往往具有不同的内容和形式，并被赋予新的功能和意义。因此，语境研究成为"朝向当下"的神话学不可缺少的方法，它尤其被用以回答如下问题：神话的挪用和重构与当代的社会文化政治语境存在怎样的内在关系；神话的转化具有哪些新功能和新意义。

五是综合研究法（synthetic approach）。神话是一种复杂的文化现象，

---

[1] 杨利慧：《语境、过程、表演者与朝向当下的民俗学——表演理论与中国民俗学的当代转型》，《民俗研究》2011年第1期。

仅仅依赖一个视角、一种方法去考察，很难洞见其全部真谛，因此，笔者一直提倡用综合研究法来研究神话。这一方法主张在研究神话时，把注重长时段的历史研究与注重"情境性语境"和具体表演时刻的视角结合起来，把宏观的、大范围里的历史—地理比较研究与特定社区的民族志研究结合起来，把静态的文本阐释与动态的交流和表演过程的研究结合起来，把对集体传承的研究与对个人创造力的研究结合起来。① 在"朝向当下"的神话学中，这一方法将被用于考察神话在长期历史演变脉络中，在当前某一特定情境下受到诸多复杂因素协同影响的过程。

五 结语

神话是优秀传统文化的根脉，它自远古时代流播至今，一直极大地形塑并规范着人们的世界观和现实行为。与以往"向后看"的神话学不同，"朝向当下"的神话学着力探究的正是神话在当代社会中的挪用与重构。因此，它将全面考察并描述神话在当代社会不同领域中经历的各种挪用和重构现象，揭示其生产和转化的内在机制，呈现当代神话创造者、传播者和接受者的心声，揭示其转化与当代社会语境的互动关系，最终达到建构当代神话学学科体系的目的。为实现上述目标，它需要采用神话学、民俗学/民间文学以及跨学科的视角，运用民族志式田野作业、网络民族志、文本分析、语境研究以及综合研究等多种方法。

建构"朝向当下"的当代神话学，对于更深入地探寻神话传承和变异的规律，认识神话生产和转化的内在机制，改变传统神话学保守、僵化的状态，促使其实现从"向后看"到"朝向当下"的转向，进而推动神话学学科体系的创新，都具有十分重要的学术意义。此外，"朝向当下"的神话学对神话挪用与重构经验的总结和有效模式的提炼与归纳，也对当前国内外公共文化领域以及学术界有关传统文化的创造性转化和创新性发展的探索，有着积极的借鉴作用。

---

① 杨利慧：《从神话的文本溯源研究到综合研究》，《民间文化论坛》2005 年第 2 期。

神话的三种叙事形态与神话资源转化[*]

田兆元[**]

摘　要：神话的现代转化有很多路径，弄清其转化的形式很重要。神话是一种神圣的叙事，其语言文字的叙事、仪式行为的叙事以及景观图像的叙事是最基本的三种叙事形态，三者相互依赖，构成叙事的形式谱系。多媒体数字叙事是虚拟的对于三种形态的代替性呈现，但是不能舍弃三种基本的叙事形态。重构神话叙事的语言文本、表演性重构呈现以及景观叙事与景观生产，是现代神话转化为教育资本、娱乐资本和经济资本的基本形式。神话学家只有深究这些转化形式，才能在神话资源转化的过程中有所作为。

关键词：神话转化；语言叙事；仪式叙事；景观叙事

如何实现文化资源的转化，这是当前国家、社会与文化界关注的大事。中共中央办公厅、国务院办公厅印发的《关于实施中华优秀传统文化传承发展工程的意见》指出："着力构建中华优秀传统文化传承发展体系。实施中华优秀传统文化传承发展工程，是建设社会主义文化强国的重大战略任务，对于传承中华文脉、全面提升人民群众文化素养、维护国家文化安全、增强国家文化软实力、推进国家治理体系和治理能力现代化，具有重要意

---

[*] 本文为国家社会科学基金重大项目"中国神话资源的创造性转化与当代神话学的体系建构"（项目编号：18ZDA268）阶段性成果。原载《长江大学学报》（社会科学版）2019年第1期。

[**] 作者简介：田兆元，华东师范大学社会发展学院教授，博士生导师，主要从事神话学、民俗学和非遗保护与实践研究。

义。"这样的表述可以看出：优秀文化传承意义之大，可谓无以复加。而从学术上说，文化资源的转化是如何实现的，也有很多可以探讨的问题。作为优秀文化资源的传统神话，已有一些现代转化的案例，但是它们是如何实现转化的，我们还是不太清楚。

近年我们对神话的形式结构进行了分析，发现神话的构成形式可以找到转化的路径。探讨神话的形式有很多的维度，比如情节的维度，其是神话母题，还有神话类型的维度，对此也有人说其是对原型的分析。这种形式是与内容密切结合的，那它们是不是与转化密切相关的形式呢？目前看来，可能对影视作品、游戏作品有参考意义，但不具备根本的变革意义。那么，真正使传统神话向现代转化的形式要素来自哪里呢？

神话最为本质的呈现是一种叙事形式。在神话的诸多的定义中，神话是一种神圣叙事获得多数人的认同。在有的神话学家看来，以叙事理解神话更加简单。"神话是故事，神话是叙事性或诗性文学。"或者说，"神话就是艺术"，把神话理解为哲学或者认知方式，是因为艺术本身具有这样的功能。① 这样看，把神话形式理解为叙事形式是最为简洁明白的一种方法。现代的转化是借助形式的转化，所以，神话的现代转化便成为叙事形式的转化。

叙事本身也是需要进行形式解构的，这样才能发现叙事形式的构成方式。关于神话的形式，最早梁启超先生在其《中国历史研究法》中就提出了神话与民俗的关系，即神话以民俗的形式呈现出来，这就是神话的叙事与民俗叙事的同构。② 大夏大学文学院院长谢六逸先生在其神话学名著《神话学 ABC》中明确地提出，神话学就是民俗学，民俗学就是神话学，二者就是表达的不同。③ 于是我们发现，神话学与民俗学的互文关系以及民俗学与神话学的同构关系，是神话学界十分关注的问题。著名神话学家袁珂先生一直都在强调，神话发展的演变有一个鲜明的现象，就是神话民俗化。

---

① 〔美〕理查德·蔡斯：《神话研究概说》，载〔美〕约翰·维克雷编《神话与文学》，潘国庆等译，上海文艺出版社，1995，第 13 页。
② 参见田兆元《论神话研究的民俗学路径》，台湾《政大中文学报》2011 年 6 月。
③ 参见谢六逸《神话学 ABC》，载玄珠、谢六逸、林惠祥《神话三家论》（影印本），上海文艺出版社，1989。

神话学的叙事与民俗学的叙事，几乎讨论的是相同的问题，于是我们便将神话叙事与民俗叙事结合起来讨论了。梁启超开了神话的语言与仪式研究的先河。国外人类学家弗雷泽等人也提出仪式是神话的展演形式。利奇指出，宙斯与其父的故事是时间的神话，核心是重复的故事，是把不可再生的生命过程叙述为白天黑夜再生循环的过程，以期盼生命的永恒。与此相关的出生礼仪、死亡仪式，把死亡当作象征性的再生，这些仪式与古老的神话具有相同的意蕴。神话和仪式是具有相同的象征意义的不同的叙事。[①] 关于民间叙事之仪式叙事，程蔷老师等也有阐述，而景观叙事则有更为广泛的讨论。

学界提出神话学叙事或者民俗叙事的语言文字叙事、仪式行为叙事和景观图像叙事三种形态，以及三种形态的综合，前后已有十年左右的时间。而分别讨论语言叙事、仪式叙事和景观叙事，已经历了更长的时间。将三者组合在一起形成神话叙事的谱系（形式与结构谱系），则是对神话结构形式的立体考察。

姜南博士在研究诸葛亮传说的时候，采用了民俗学的路径。在对诸葛亮这样一个历史的、文学的、军事的、管理的甚至经济的各方面的人物都投入研究的背景下，民俗学研究的路径是怎么样的呢？

首先，民俗学的研究是搜集那些没有被记载的，流传在民间口头上的语言叙事形态。我们发现，云南的那些关于诸葛亮与孟获的故事，其内容含量远远超过了《三国演义》之类的通俗小说的记载。诸葛亮与孟获之间的故事情节，远比通俗小说曲折多变。尤其是诸葛亮与云南各民族的关系，深刻体现出各族人民对于诸葛亮的崇拜，诸葛亮被视作云南各民族建筑文化、农耕文化和服饰文化的发明人，他们亲切地称诸葛亮为"孔明老爹"，诸葛亮被视为云南地域文化的重要奠基人之一。来自田野的诸葛亮的传说文本，丰富了诸葛亮文化的内涵。各族人民对于诸葛亮的文化认同，实际上是对于中国文化认同的生动体现。这些故事的活态属性，显示出诸葛亮的故事对地域文化的深刻影响。

---

① 〔英〕埃德蒙·R. 利奇:《关于时间的象征表示》，载史宗主编《20世纪西方宗教人类学文选》，金泽等译，上海三联书店，1995，第486~502页。

其次，遍布西南地区的诸葛亮的文化景观，形成了民俗物象的叙事形态，无论是武侯祠，还是各种庙宇，各种诸葛亮的塑像和画像以及墓碑，都在静静地叙述诸葛亮在云南的辉煌故事。建筑和塑像对于故事传说的稳定性流传起到重要作用，是静态的叙事形式。云南地区的诸葛亮文化景观十分丰富，仅明代就有武侯祠28座，到清代增加到34座。这种叙事形态为民俗学研究所重视，因为这是语言叙事的物化形态。姜南博士对于这些文化景观的考察，体现出民俗学对于景观叙事的关注，在景观叙事中挖掘出不同寻常的意义。

民俗学强调仪式行为叙事的研究，民俗学家认为，仪式是神话故事的演出形式。云南诸葛亮故事的活态特性，除了口头表述、景观塑造，更有信仰仪式行为的表现。诸葛亮叙事在云南演变为一种颇具影响力的民间信仰习俗。云南著名的节庆火把节，与诸葛亮祭祀密切相关。而家喻户晓的云南茶产地普洱地区举办的茶祖节，都要祭祀孔明。在云南保山，纪念诸葛亮引进农耕技术的犁耙会，至今在哀牢山年年举办，人潮涌动，热闹非凡，这是笔者所亲历，十分令人震撼。这些与诸葛亮相关的信仰活动和节庆活动，是老百姓在用他们的行为，世世代代传承着诸葛亮的文化精神，叙述着一段难忘的历史，维护着坚实的地方文化传统。[1]

这就是民俗学叙事形式视野下的诸葛亮研究，一种扩展性的神话学研究。我们初步见识了民俗叙事三形态研究的优越性，后来的研究则更为成熟。如雷伟平的三官神话与信仰研究，她在《上海三官神话与信仰研究》中讨论三官信仰在上海的复兴问题时，曾这样说："叙事理论是解决上述核心问题的主要实践。其中的语言叙事、物象叙事以及行为叙事是本书在探讨当下上海三官神话与信仰的复兴时所关注的重点。"[2] 随即在她的国家社科基金项目"三官信仰的谱系与认同研究"的实施过程中，同样贯彻了神话的三种叙事形态的理论要点。而张晨霞对山西帝尧的研究，采用了同样的研究视角，是三种叙事形态的讨论，讨论的是黄河中下游的帝尧传说故事谱系。当我们纠结白蛇传故事中法海到底是好人还是坏人的时候，余红

---

[1] 田兆元：《诸葛亮传说研究的民俗学路径》，《文汇读书周报》2013年11月1日。
[2] 雷伟平：《上海三官神话与信仰研究》，中国言实出版社，2016，第12页。

艳博士却专注于白蛇传的景观叙事。陈永香讨论彝汉神话互鉴，同样是从神话的三种叙事形态出发的。神话叙事研究的三形态说，已然成为神话研究的一支有影响的力量。可见，对于神话的三种叙事形态及其现代转化的研究，在神话学界已经形成了一种有较大影响力的看法。

这时，我们发现现代转化其实就是形式的转化。在语言文字叙事、仪式行为叙事，以及景观图像叙事之外，当代的影视媒体与数字叙事，以虚拟的形式代替前三者，成为当下重要的叙事模式，也是最为重要的转化手段。但是，数字多媒体不能舍弃三种基本的叙事形态。

语言文字的叙事，即所谓的神话重述，是当下神话转化的具有国际性的一种形式。当然这取决于重述者的水准与影响力。由英国坎农格特出版公司发起，全球几十个国家的出版社参与的"重述神话"系列中，我国作家叶兆言重述了《后羿》，后羿射日、嫦娥奔月这些故事得到了长篇演绎。这种影响力究竟有多大还有待观察，但是语言叙事重述转化，却是神话重述最基本的形式。从口头转化为书面的叙事，是现代神话转化的突出形式。

仪式表演的重述，成了很多地区大型表演的主题，无论是"印象刘三姐"还是"印象西湖"，神话传说以梦幻般的色彩，呈现出波澜壮阔的景象，非常迷人。我们把这种表演称为表演性景观。这种表演是仪式性的行为动作呈现，但是其本身却构成了景观效果，是可用于观赏的。当然这样的表演成为戏剧、影视作品，成为网络作品，采用的是综合的形式，但是仪式表演是其核心。而较之传统的小规模的仪式形式，现代的仪式设计，其场景、手段、传播方式都发生了重大变化。神话研究者是不是神话表演的设计者呢？或者至少是主题的设计者，是考量神话研究转化的基本要件。

而神话传说的景观重塑，对于神话的转化就更为关键了。雷峰塔倒了，那是鲁迅先生在世的时候的事情，几十年过去了，杭州人决定重建雷峰塔。这既是恢复杭州城市文脉，又是旅游景观重建。而最本质的是神话传说的现代转化：神话传说的景观叙事！如果说杭州原来有一个雷峰塔，那镇江除了金山寺，其他的景观是没有的。但是镇江人修建了一个"白娘子爱情园"，那就是一个典型的神话文本的创造性的形式转化，景观叙事是神话叙事重述与现代转化的大动作，也是影响当代的大事。

神话的现代转化重述，或为了文化认同，或为了地域形象，或为了教育与文化传承，或为了经济发展、旅游开发，甚至具有以上全部动机和目的。但若没有语言叙事、仪式叙事、景观叙事或者数字多媒体叙事这些形式，根本就没有办法实现。所以，我们讨论神话转化，首先要从这些叙事形式入手。

语言的重述要遵守哪些原则？仪式表演如何征服人心？景观如何产生力量形成认同？数字技术与神话内涵如何和谐发展？这诸多的问题，非常专业。有待神话学研究者与相关行业联手，共同推进神话的现代转化。

神话学家只有有自己的专业话语、技能以及传播传承方略，神话的现代传承才有可能。

论当代网络文学对中国神话的创造性转化[*]

黄 悦[**]

摘 要：网络文学是指以互联网为首发媒介的文学作品，与传统作家文学相比，其创作主体、题材、主题、接受与反馈机制都发生了重大变化，从受众群体和传播形式上来看，具有当代民间文学的属性。在海量网络文学作品中，传统神话题材一直被奉为热点，对神话的利用与转化可以大致分为三类情况：第一类是镜像化的投射，重点在于传承中国古代神话的精神结构和价值观，具有强烈的国族认同和文化自觉意识；第二类是补白，以情节和人物填充神话时代的上古史，追求一种类似历史小说的效果；第三类则重在"探奇求异"，借助架空、穿越、重述等写作手法，将神话世界建构为一个与现实对照的"异界"。从中可以看出中国神话在网络文学中的转化规律：神话结构长盛不衰但信仰功能弱化，神话符号活跃但内涵更具流动性；神话从原来具有神圣性的公共文本逐渐过渡为个体化的创作舞台，从一种信仰现象蜕变为心理现象。传统神话从封闭固定的体系，转变为一种精神生产机制，在与其他文化体系的交流互鉴中进一步被激活。驱动古老神话变化的是当代社会信仰、观念和社会结构的变迁，不仅与创作主体的知识背景相关，也是资本

---

[*] 本文为国家社会科学基金重大项目"中国神话资源的创造性转化与当代神话学的体系建构"（项目编号：18ZDA268）阶段性成果。本成果受北京语言大学院级科研项目（中央高校基本科研业务专项资金）资助，项目编号为16YJ010006。原载《西北民族研究》2019年第4期。

[**] 作者简介：黄悦，北京语言大学人文社会科学学部人文学院副教授。

和意识形态影响的结果。

关键词：网络文学；中国神话；新神话主义；穿越；架空

一　数字化时代的文学与神话

时至今日，网络文学①这种以媒介命名的文学类型仍然被文学批评界视为新生事物，如果按照比较通行的观点，把网文《第一次亲密接触》看作中国网络小说的起点，中国网络文学至今也刚迈过约 20 个年头。②但随着互联网的普及和移动终端层出不穷的更新换代，以及电视电影改编成功的示范效应，网络文学的影响力，特别是对消费市场的影响力持续增强。《2017 年中国网络文学发展报告》显示：2017 年网络文学市场营收规模 129.2 亿元，同比增长 35.1%。截至 2017 年 12 月，中国网络文学作品累计数量高达 1647 万部，出版纸质图书 6942 部，改编电影累计 1195 部，改编电视剧 1232 部，改编游戏 605 部，改编动漫 712 部。网络文学驻站创作者数量已达 1400 万，签约量达 68 万，其中 47% 为全职写作。截至 2017 年底，全国的网络文学读者规模已经突破 4 亿人，其中 30 岁以下占比为 73.1%，其中 18.2% 的读者在 18 岁以下。③从创作主体、总体规模和影响范围来看，网络文学成为数字化时代民间文学的代表。

神话是中国网络文学的热门题材，不仅是天然素材库，还被推崇为"东方文化之根"。但网络文学中的神话经过再创作显然已经发生了转变，这种转变的动力既有作者个性化的选择，也体现出时代的共性。从神圣叙事变成传说或故事，是神话流传演变的基本规律，日本学者小南一郎在《中国的神话传说与古小说》中就认为："古代的神话，处在随时代而变迁

---

① 网络文学的形式多样，本文主要聚焦讨论以互联网为首发媒介的长篇叙事文学，不包括互联网或自媒体上发表的其他具有文学性的文字作品。
② 关于中国网络文学的起点，学界尚有争论，但从影响力的角度考量，多数观点倾向于将 1998 年视为中国网络文学元年。
③ 《2017 网络文学发展报告出炉》，2018 年 9 月 14 日，https://baijiahao.baidu.com/s?id=1611578997446878465&wfr=spider&for=pc。

的社会结构之中，有的其主题与作为中心的神没有流传到后世，形式上消亡了；有的改变了表面上的意向，衍生为传说或故事。"① 如果说在流传过程中，神话的变化在所难免，那么，在理性化、世俗化、全球化的现代语境中，古老的神话缘何重现魅力？新的时代因素赋予了中国神话哪些新内涵？网文作家一度想要合力复兴的"东方奇幻"究竟是一种对抗全球化的文化寻根还是乌托邦式的自我神化？

讨论作为文化传统的中国神话，有必要先界定其范围。学界对神话的定义纷繁复杂，网络文学本身对神话的界定又比较模糊，因而本文所指称的中国神话采取较为宽泛的范围，具体可以从以下几个方面加以描述。在主体上，是关于诸神的故事，比如伏羲、女娲、西王母、道教诸神；在时间维度上，主要指具有神圣性的上古史，比如开辟鸿蒙、三皇五帝；在性质上，这些故事为世界的本源和基本时空结构提供了一套完整解释；从功能上看，它们在中国文化结构中发挥了基础性的作用，比如九州、四象、天人合一。按照这个广义的标准，中国神话与上古史有重合之处，也与早期思想、民间信仰密不可分，这是中国文化自身的性质所决定的，也是基于网络文学作者对神话的认识较为宽泛的现实情况。这个界定虽然宽泛，但总体上基于结构—功能学派的立场，即从内在结构和社会功能两个方面考量，因而本文用神话一词指代那类用于支撑集体信仰的叙事。弗莱说，"我把一个社会的口头文化中较为重要的那类故事称为神话",② 这也正是着眼于神话的社会功能。对当代活态神话或者神话衍生物的研究来说，最重要的已经不是被祛魅的故事本身，而是神话生成、运作、传承的独特"机制"。以往的神话学家对于这个机制也有不同的理解，比如列维-斯特劳斯强调神话与现实的关系，将其视为一种"化生为熟"的单向转化机制；而罗兰·巴特则认为其中存在一套双向运行的"神话修辞法"。他用结构主义语言学的方法分析神话现象，认为神话的能指"是语言学系统的终端，或是神话系统的开端"。从这个角度来看，神话符号具有自我指涉、自我衍生

---

① 〔日〕小南一郎：《中国的神话传说与古小说》，孙昌武译，中华书局，1993，第1页。
② 〔加〕诺斯洛普·弗莱：《世俗的经典：传奇故事结构研究》，孟祥春译，上海人民出版社，2010，第7页。

的能力，而其真正功能则在于通往现实的"意指作用"（signification），"它意示和告知，它让我们理解某事并予以接受"。① 文学正是神话进行这种意义再生产的场所，小南一郎就曾以古代小说中的神话与民间故事为线索揭示出这种双向互动的关系："日常生活产生出故事，并使之按生活本身提供的价值观念来发展；另一方面故事又作为媒介，使日常生活的意义典型化并显现出来。"② 在被互联网技术深度格式化的网络文学中，双向式的传播语境和流传机制更强化了这种双向互动的模式。

网络文学是伴随互联网技术兴起的一种新的文学样式，从分类和命名上就可以看出，网络文学自带媒介属性，这不仅体现在首发媒体的规定性上，而且体现为读者与作者之间的互动关系，以及各种外部力量的参与程度。因此，对网络文学的讨论通常会借助文化研究和文学研究的双重坐标系，其作为文化产品的属性得到了彰显。

从文化研究的角度来看，网络文学形成了一种全新的阅读模式和互动关系，进而产生出与传统作家文学不同的阅读和生产模式。正如曾经的网络文学作家，后来成为网文运营企业内容负责人的杨晨描述：

> 真正的网络文学，创作已不再是纯粹的个人行为，千千万万名作者通过网络聚在一起，时刻都能相互沟通，相互启发。千千万万部作品供人参考，可以随时搜索查阅，可以随时显示当前热点……不仅如此，网络文学的另一大特色是即时互动，不光是作家间的互动，更是作家与读者之间的互动。……在网络文学领域，作品每一章写完，都可以立即被读者看到，并且第一时间收到反馈，而这时候，往往下一章的创作都还没开始。不难想象，这对于创作的影响必然是巨大的。③

独特的媒介属性和更复杂的运作形式，使得网络文学溢出了经典文学

---

① 〔法〕罗兰·巴特：《神话修辞术，批评与真实》，屠友祥、温晋仪译，上海人民出版社，2009，第147页。
② 〔日〕小南一郎：《中国的神话传说与古小说》，孙昌武译，中华书局，1993，"序言"，第5页。
③ 杨晨：《中国网络文学发展史：从"远古大神"到"修仙的学霸"》（澎湃新闻见习记者范佳来整理），2019年4月29日，https://www.thepaper.cn/newsDetail_forward_3368785。

以文为本的研究框架。相比作家文学的个人创作，网络文学与民间文学、大众文学、俗文学具有更近的亲缘关系，作为集体记忆和叙事程式的集合，神话在其中发挥着更为明显的作用。即时呈现、广泛传播、充分互动、可检索、持续创作所有这些因素的出现使得网络文学与经典作家文学呈现巨大的差异，这种即时反馈、充分互动的创作模式，重现了口传时代曾经出现的模式，由于作者—读者的身份界限被弱化，甚至经常出现转换，在一定程度上打破了精英与大众之间的文化隔阂，从而体现出凝聚社会共识的"新神话"。而网络排名、打赏等市场化评价机制更放大了商业资本的力量。在商业力量的推动下，读者的订阅和打赏直接决定了一部作品的命运，由此形成了一种联系空前紧密的文化共同体和消费—生产机制。一部作品的命运不再仅仅依赖静态的盖棺定论，而取决于读者、作者和资本、权力互相博弈的动态过程。借助互联网技术的普及，网络文学已经成了一个突破精英群体的公共文化场域，除了文学因素，这个场域受到三方外部力量的塑造，即新媒介精英的技术理想、资本增长的更新需求、权力意志的禁制与导向。① 由此可见，当网络成为文学的定语，它就已经突破了传播媒介的意义，开始渗透到文学的本体。互联网为民间文学的生产和交流、传播提供了独特的场域，但其内部规律及其背后的社会心理则体现出民间文学的特点。

二　神话想象的镜像化投射

对神话传统的挖掘和重述并不是网络时代才出现的文学现象，在通俗文学发展史上，至少出现过两次类似潮流。其一是明清时代的神魔小说，以《封神演义》为代表，继承了天人一体世界观和皇权至上的价值观；其二则是20世纪流行的武侠小说，相比神魔小说的历史取向，武侠小说具有更强烈的现实取向，通过将神话要素合理化地嵌入人间社会和历史背景，创造了一系列社会寓言。网络文学中的神话也是文化传统与时代精神融合

---

① 许苗苗：《分化与趋同的网络文学》，《社会科学》2019年第1期。

的结果。其神话转化手法大致可以分为三种类型,第一类是"镜像化"[①],力求将国族认同和传统价值观投射在想象性的神话世界中,体现出强烈的国族观念和文化自觉意识。

在 21 世纪初,网文领域中出现了一系列具有强烈民族主义取向的作者群体,他们以一种充满古典浪漫主义的风格"结盟",想要以建构完整"世界观"[②]的方式来创造属于东方世界的神话宇宙,以此与"漫威宇宙""龙与地下城"等西方成熟的幻想文学体系分庭抗礼。这场浪漫主义的神话运动最具代表性的成果是今何在、江南等人创作的"九州"系列幻想小说。在此之前,今何在已经因为网络小说《悟空传》(2000 年)被奉为网文"大神",而江南也作为新秀作家获得了业界的关注。"九州"系列玄幻作品集中发表于 2005~2009 年,"九州"被认为是中国第一个也是最大规模、最严谨丰富的架空世界。这种对架空世界的构建受到互联网游戏产业的影响,也是西方奇幻文学冲击的结果。在市场需要和浪漫主义的东方想象号召之下,这群以"70 后"为主的青年作家开始了一次文学乌托邦实验。他们以发表宣言、编制年表等方式合力打造东方奇幻宇宙。这个浪漫主义的神话世界是对中国历史的镜像式呈现,同时又加入现代科学观念的渗透与改造。比如在关于"九州"世界的创世神话中,他们提出,"墟"与"荒"是创世之初的两个大神,二者撞击引发混沌大爆炸,在此之后,荒所主宰的实体、凝聚和墟所代表的精神、耗散形成了一对相互制约的基本力量,也成了"九州"世界的基本法则。这个新生的创世神话主干是中国传统的阴阳创世神话,同时掺杂了宇宙大爆炸、热力学等现代物理概念,创造了一种典型的、兼容现代科学话语的"新神话"。

在这个想象性的宏大世界中,已知的陆地被划分成殇、瀚、宁、中、

---

① 镜像化是法国哲学家雅克·拉康(Jacques Lacan)于 1936 年提出的一个认知心理学概念,用来描述主体的自我想象往往受到特定文化和他人想象所形成的形象(镜像)影响的过程。这一概念是对精神分析理论的丰富与发展,本文借助这一概念,指作家在创作的过程中利用传统神话模式重建、重塑想象世界的过程。

② 这里的"世界观"一词是一个网络文学专用术语,特指对创造出的架空或玄幻作品中的时空架构、地理气候甚至族群、文化做出清晰完整的描述。九州作者群最初完成了 40 余万字、数十万张图的设定描述,并试图以此作为建构九州世界的基本蓝图。

澜、宛、越、云、雷九州，其间生存着华族、蛮族、夸父、羽人、河络、鲛人六大种族。① 从这些种族设定不难看出其受西方奇幻文学，特别是奇幻经典"龙与地下城"的影响。但其基本结构却直接脱胎于中国上古华夏九州的划分。华夏九州渊源深厚，两千多年来沿用至今，是一种典型的神话地理观念。在现实世界已经被 GPS 和经纬度彻底祛魅的今天，"天下九州"这种古老的神话地理观在网络文学中又获得了新的生命。

在"九州"世界中，中州华族与北方的夸父、居住在地下城的河络以及水中的鲛人、能飞翔的羽人之间的关系，象征性地呈现了历史上中原民族与周边民族之间的冲突与想象。被安置在中州的华族，从典章制度到器物装饰都透露出华夏民族的影子，还不时流露出自我中心主义的文化优越感。九州作者群中很多人受过高等教育，曾留学海外，以理工科专业为主，对西方玄幻文学非常熟悉，民族认同感是他们重建东方神话宇宙的重要动力。因此他们虽然对传统神话所负载的价值观时有批判，但主导性的是继承与认同。尽管在今天神话已经失去了其原本的信仰基础，但这些具有精英文化取向的网文作者仍然试图借助神话制造兼具情感认同和传统权威双重功能的文本幻象。

虽然九州创作同盟后来随着创立者的分裂而分崩离析，但无可否认的事实是：在很长一段时间内九州作者群创作出了大量高水平的中国神话题材的网络文学作品，其市场表现和文化影响都成为这一类型的代表作。直至今日，今何在创作的《九州·海上牧云记》和江南创作的《九州·缥缈录》仍然是网络文学影视化的经典案例。这表明，在理性主义和民族认同的双重影响下，中国神话的基本框架和意象体系仍然具有强大的情感唤起功能。按照邵燕君的概括，网络文学也同步经历了启蒙主导的"拟宏大叙事"向"后启蒙时代"的转型。② 驱动这种宏大叙事的，既有认同东方文化传统的浪漫主义想象，也有被西方奇幻作品激起的民族主义热情。虽然作

---

① 以上内容散见于"九州"系列作品中，集中表达于九州作者群完成的设定集《创造古卷》（未刊稿）。
② 邵燕君：《网络文学的"断代史"与"传统网文"的经典化》，《中国现代文学研究丛刊》2019 年第 2 期。

者风格各异,但他们共享一套神话想象的框架,并努力通过镜像化的方式强化国族认同。这种努力延续了神话历史的思路,但不同于以往将历史事实嵌入神话结构的传统,当代神话小说直接以镜像化的方式自我表达,以虚构性保持与现实的距离,不再寻求神话与现实的汇合,而是利用传统符号在幻想世界中重建自洽自足的权威感。

三 神话符号的转义与重生

网络小说重述神话的第二类立足于"补白",在这类作品中,神话被视为中华民族的"史前史",在"信史"观念的主导下以合理的情节和人物填充史书和考古的留白,追求一种类似历史小说的效果,这类作品以《山海经探秘》《巫颂》等为代表。以叙事"补白"上古史的思路接近于传统神魔小说,但在以往的神魔小说中,传统神话仍然是意义与合法性的基础实际上是用理性和逻辑解释神话观念,这种理性主义的神话观事实上构成了对神话的消解,预示着"后启蒙时代"的到来。本文重点想要讨论的是网络文学处理神话题材的第三类,即强调"异",强行剥离神话与现实之间的联系,通过调用神话意象和神话符号来建构一个现实之外的平行世界。在这个虚拟的"异界"中,各种神话符号可以随意拼接组合,重点是突破现实法则的限制,实现想象力的飞跃。在这个世界里,神仙、异兽和法宝都成了道具,神话的神圣性已经几近消解,时间和空间的限定被打破,神话世界成为与"怪""奇"并列的"异界"。这种策略突破了单一文化传统的限制,神话符号与传统内涵之间的既有关系被彻底剥离,自由地服务于读者需要和商业逻辑。这种在现实主义框架下无法提供的自由度,是神话题材备受推崇的重要原因之一,由此也导致此类神话题材作品过于随意,有"胡编乱造"的风险。

以"爆款网文"《三生三世十里桃花》为例,这部作品最早于 2008 年被唐七公子(笔名)以网络连载的形式发表,后来分别于 2009 年、2012 年和 2015 年出版纸质版本,2009 年出版港台版,2012 年、2013 年出版了泰国版和越南版,2016 年英文版 *To the Sky Kingdom* 出版,一度在美国亚马逊网站上位列中国小说销量第三名,仅次于《三体》和《狼图腾》。① 各种版本的实体书销量突破500万册,2017年春节期间,电视剧版《三生三世十里桃花》在浙江卫视、东方卫视联合播出,引发收视热潮,后来又被改编为电影在春节黄金档上映,相关的文化衍生商品也一度非常流行。经过十年的酝酿发酵,这部作品成了网络文学改编电视剧的一个成功案例,被视为"玄幻爱情第一IP",几乎成为玄幻题材影视剧的标杆。故事讲述了女主角白浅与天孙夜华绵延三生三世的爱情故事,故事发生在神界"九重天",白浅是青丘之国的九尾白狐修炼而成的"上神"。虽然《山海经》中的怪兽"九尾狐"成为主角,但其内涵已经完全不同。这个故事的独特之处就在于借助传统神话时空体系,为情爱故事提供了更大的自由度,原本不过厮守终生的情爱被放大,突破了生死大限,延绵了三生三世,从而强化了"爱情"内核。在这个过程中,神话彻底沦为背景,"九重天""上神"这些传统神话要素彻底被虚化为背景,失去了文化内涵。这种虚化的策略,避开了神话本身复杂晦涩的部分,将"脱水风干"的神话符号重新组合拼接,有利于创造出全新的符合消费语境的当代故事。

不同于前两类试图从神话中寻求意义和价值,这一类创作者几乎是以后现代的手法重述古代神话,呈现零散、拼接和平面化的特征,2009年在接受采访的过程中,作者表示:

> 我对上古神话故事一直有着浓厚的兴趣。看过这本书的读者大概都能在里边找到《山海经》的一些东西,我记得有一位热心读者还把里边涉及《山海经》的地名、人名、典故一一挑出来注明了。我是个俗人,古典文学的文本看得并不多,而且大多数是高中时期阅读的,因为从小就喜欢上古神话故事,后来觉得以这个背景自己写个故事肯定很好玩儿,于是开笔了。②

---

① 《英国姑娘译〈三生三世十里桃花〉引亚马逊读者抢购》,2017年4月6日,http://sc.people.com.cn/GB/n2/2017/0406/c345528-29975192.html。
② 《唐七公子:上古神话里的前世今生》,新浪读书,2009年2月17日,此文开篇就讨论了该作品与古代神话之间的关系,https://baike.baidu.com/reference/22066086/550ahngwr8HYL6BkQ7SmKenp4ehUfEGD14wlPUuGBxl5i3uu98gAuOECVGzLIPbAcJR0KwQ0jYHLhvgjaz4agMIQl88Arza3HmfJYBpGvlSbaEupcxYtXfHe4j0ZCA。

在作者看来，上古神话提供的只是背景，地名、人名、典故是零散分布的符号，而这个背景中的"九尾狐""大荒""青丘"都是一系列可以被割裂、再拼接的符号，这些符号在幻想文本中可以被提纯放大，服务于作者着意构建的爱情故事。与江南、今何在等人试图借助传统神话建构的拟宏大叙事不同，唐七公子始终强调自己写作的私人性和娱乐性，这意味着网络文学中的宏大叙事逐渐让位于后现代精神，神话更加接近于民间故事。杰克·古迪说过："神话是民间故事的核心。民间故事的意义在于：它是破碎的神话。"① 在此类改头换面重新复活的神话故事中，上古神话的符号本身所负载的意义变得无足轻重，它们的出场任务只是唤起读者对一个超现实场景的想象。德里达描述过后现代社会对符号的"征引移植"，即符号可以被移植到不可预见的语境中去，也可以被意想不到的方式征引，所有符号都可以被放在引号里征引、移植、重复，而不一定符合说话者或者写作者本来的意图。② 神话的破碎与符号的变形置换正体现出这种后现代的文化属性。

我们不妨以《三生三世十里桃花》中的"九尾狐"为例，探究上古神话符号在网络小说的语境中发生了何种变异，这种转变有何意义。九尾狐的形象最早出现在《山海经·南山经》中："青丘之山……有兽焉，其状如狐而九尾，其音如婴儿，能食人。食者不蛊。"③ 这时的九尾狐，既没有性别特征，也没有特别的伦理属性，能够吃人，也能够被人吃，和《山海经》中海量的怪物一样，就是一种灵山出产的怪兽。在后来的儒家传统中，怪兽都被分配了道德属性，在东汉的《吴越春秋·越王无余外传》中九尾白狐，被视为"王者之证"④。到了明代神魔小说《封神演义》中，妲己也被认为是九尾狐化身但却脱离了"祥瑞"的属性而成了败坏社稷的"祸水"。从吃人的怪兽到盛世祥瑞，再到红颜祸水，九尾狐始终被视为与天意相关，是一种负载着道德观的瑞兽。"九尾狐"这个神话意象从青丘走向庙堂，从怪兽变成美女，其间意义虽然几经转换但始终围绕着天人感应的核心，是

---

① 〔英〕杰克·古迪：《神话、仪式与口述》，李源译，中国人民大学出版社，2014，第 50 页。
② Jacques Derrida, "Signature Event Context," trans. by A. Bass, in Peggy Kamuf, ed, *A Derrida Reader: Between the Blinds*, New York: Columbia University Press, 1991, p. 97.
③ 《山海经》，中华书局，1985，第 4 页。
④ （东汉）赵晔：《吴越春秋》，江苏人民出版社，1999，第 96~97 页。

一个表达天意的"异类"。

这个神话形象被移植到了当代网络小说中，白浅这个由九尾白狐修炼而成的"上神"心无旁骛，历尽天劫，出生入死，三生三世都执念于男女之情，是现代人本观念覆盖传统天人关系的鲜明例证。在小说中，九尾狐白浅爱恋的对象夜华是天帝之孙，几番轮回也都在神仙圈里打转，成功摆脱了现实的伦理羁绊和价值评判。这种"失重"的效果是网文作者为"爱情至上"的价值观所刻意营造的，青丘也好，大荒也罢，都是主人公上天入地、绵延不绝的爱情背景，其中绵延的桃花，抽离了古典文学中"宜其室家"的伦理意味，化身粉红色的爱情象征。这是文化在传承过程中的一种信息损失，但也是神话符号化的必然结果。占据中文书名中心词的"桃花"意象，在英文版书名 To the Sky Kindom 中隐而不显，也验证了这一点。

网络小说中常见的这种"架空"背景，是读者摆脱现实羁绊要求的反映，神话幻境与怪兽都从传统中被切割出来，重新赋义。正如罗兰·巴特所指出的那样，神话具有表意文字式的任意性：

> 神话是一种纯粹的表意文字系统，形式再现概念，但还是由概念赋予形式理据性，不过远远不能覆盖再现行为的总体。这就像历史上表意文字日渐远离了概念而与声音相结合，于是越来越变得失去了理据性，神话的减弱、磨损同样也可凭借其意指所用的任意性来确认。①

从这个角度来看，当代网文对神话的符号化、转义式用法，正是神话自身的特点决定的。在这类小说中，传统的道德法则往往被人本主义的情感要素替换，群体共性被落实为个体的精神历程，整体作品从道德寓言转变为世俗传奇。如果我们把传统神话看作一种公共性文体，可以说在自由创作时代被个体创作打散的结构—意义体系，在虚拟空间中又重新被召唤，但这一次聚集在神话大旗之下的已经不是原来的信仰者，同样，这些装了新酒的旧瓶是否还指向传统的意义和价值，显然值得打个问号。从某种意

---

① 〔法〕罗兰·巴特：《神话修辞术，批评与真实》，屠友祥、温晋仪译，上海人民出版社，2009，第188页。

义上说,《三生三世十里桃花》的成功正是因为赶上了启蒙主义的落潮期,为个体情感的极致放大与书写开辟了更大的时空维度,脱离了固定背景的神话符号可以被赋予完全不同的意义。这部"爆款"网文及之后根据其改编的电视剧,最为人所称道的标签就是"虐恋","虐"是营造情节起伏的手段,最终核心是至高无上的"浪漫爱情",上古神话只是将这种爱情至上的现代话语进一步提纯放大的背景。类似这样对神话符号的挪用、拼接和重新赋义在当代网络小说中非常普遍,并非某位作家特立独行的创见,而是迎合了网络小说"浅阅读"和"爽文"的内在要求。在消费文化主导下,"浅"意味着卸去沉重的文化负载,靠着符号、场景、细节制造打动读者。或许正是因为主动封闭了作品与现实、与传统之间的闸门,神话符号在幻想领域内获得了新生。借助这部爆款网文,"九尾狐"终于消除了妖孽或祥瑞的意义负担获得了空前的解放,其背后的深层动力,则是人本主义的话语取代了宏大叙事的传统,消费文化的狂欢盖过了集体记忆的积淀,粉红色的"密索斯"充当了"逻各斯"的点缀。推崇"浪漫爱情"的"虐恋"主题覆盖了"祥瑞说"和"祸水说",这是网络文学对神话故事的创造性改写,也是对当代大众文化的真实写照。有人认为这部小说开创了中国神话的商业改编之路,这部作品之所以具有跨媒体、跨文化的魅力,恰恰是因为对神话做了切分和意义的简化,这种虚化背景、突出主体的模式在最大限度上迎合了消费社会。神话题材大放异彩当然值得庆幸,但值得反思的是,经过肢解的神话符号,在不同的作者笔下被随意调遣、剪裁、拼接,神话的传统内涵被抽离,在这种虚幻热情主导之下,现代人是否会离传统越来越远呢?

四 神话结构及其心理功能

传统神话在网络文学中空心化、平面化、简单化,那是否意味着神话的全面失效呢?事实也并非如此。如上文所述,网络文学天然具有"读者向"的创作特点,神话的魅力很大程度来源自其深层结构和心理功能。

从中国网络文学大本营"起点中文网"开始,网文就被划分出一系列题材"类型",其中与神话关系最密切的最具有代表性的类型包括"架空"、"玄幻"和"修仙",这种划分很显然着眼于题材。除了故事和符号之外,神话模式和结构也是网络文学借重的资源。如上文所述,从受众和功能来看,网络文学天然带有民间文学的属性。这种民间文学属性首先表现为创作者和接受者的互动关系,这种关系曾经主宰口头文学时代,随着书面文学的兴起式微。在某种意义上,互联网恢复了这种互动关系,很多网络小说的体量突破了印刷文学的常规,动辄几百万字,创作周期长,而且通常以连载形式发表,保持吸引力的奥秘经常被表述为"爽文"。"爽文"的崛起,表明了读者重要性的上升,也提示着一种文化逻辑的更替,即"审美消费"被重新整合到"普通消费"中。在布尔迪厄看来,这种大众化的审美取向"取消了自康德以来作为学院美学基础的'感官趣味'与'反思趣味'、'肤浅'愉快与'纯粹'愉快之间的对立"。其中以"爽"为代表的"肤浅"愉快被归结为无须门槛,迎合人类感官的可感性愉快,与之形成对照的"纯粹"愉快则注定"变成一种道德至善的象征和一种升华能力的标准,这种升华能力规定了真正有人性的人"。[①] 从另一个方向来看,"爽文"当道或许意味着文学自身功能的强化,摆脱了文以载道的沉重和对精英阶层文化资本的炫耀功能之后,网络"爽文"充分呈现了文学的心理效果。对今天的读者来说,投入大量的时间和感情阅读上百万字的长篇叙事文学就像一次漫长的叙事治疗:从长期的跟随阅读中通过代入和移情满足心理期待,甚至宣泄在现实中被压抑的情绪,从而发挥心理上的代偿作用。神话传说正是在传统社会中承担这一功能的"成熟药物"。

原型批评的集大成者诺斯洛普·弗莱认为:"每个人类社会都有某种口头文化,其中小说(fiction),或者说故事,占有显著的位置。""有些故事不太重要,有些可以说完全是为供人娱乐。这意味着,讲述这些故事是为了满足社会的想象需求。"[②] 作为一种大众性的文类,类型化和套路是网络

[①] 〔法〕皮埃尔·布尔迪厄:《区分:判断力的社会批判》,刘晖译,商务印书馆,2015,"导言",第10页。

[②] 〔加〕诺斯洛普·弗莱:《世俗的经典:传奇故事结构研究》,孟祥春译,上海人民出版社,2010,第7页。

文学鲜明的特点。这种特点很多时候被视为网络文学同质化的表现，事实上网络小说一直在"套路"和"反套路"之间曲折前行，基于大众心理需求的深层结构是其连通大众文学和传统经典之间的脐带。"那些生命力强大、可以衍生无数变体的类型文，大都既根源于人类古老的欲望，又传达着一个时代的核心焦虑，携带着极其丰富的时代信息，并且形成了一套独特的快感机制和审美方式。"[①] 这些想象的需求表现为古今传奇故事中相通的结构，长盛不衰，"在希腊传奇中，人物是黎凡特人，环境是地中海世界，常规的交通方式是帆船浮板。而在科幻小说中，人物或许成了地球人，环境成了星际空间，困于敌对领域的则换成了宇宙飞船，但故事叙述者的策略仍基本遵从同样的模式脉络"。[②]在浪漫爱情被奉为新神话的《三生三世十里桃花》中，白浅和夜华虽然贵为上仙，但仍暗合传统民间故事中相恋、误会、考验、牺牲、复合的固有结构和套路，甚至仍然延续了民间故事中广泛使用的"事不过三"模式。正如"三弃三收"的神话结构早已沉淀为民间故事的固定桥段，在注重套路和结构的网络小说中，源自神话的叙事结构其实从未过时，相反，其一直是以最小代价撬动读者心理认同的利器。

再比如网络文学中最为常见的"屌丝逆袭"结构，其叙事程式直接承袭武侠小说，但深层心理机制也重现了约瑟夫·坎贝尔提出的"英雄之旅"。只不过，"屌丝逆袭"和"英雄之旅"的主角地位发生了进一步的下移，而且为了实现"爽文"的阅读体验，网络文学普遍采用"欲扬先抑"的叙事策略，即在叙述主人公的上升经历之前，更加充分地铺陈其前期受侮辱、受践踏的"英雄史前史"。这种对传统程式的适应性调整，就是顺应读者情感需要的策略性改变，因为读者只有通过移情式的体验与主人公产生心理认同和代入感，才能体会到意料之中的成功所引发的愉悦感。通过上百万字的追读和互动，贯穿千年的英雄历险成了一次漫长的心理治疗，对读者来说，这种情感上的满足与宣泄放大了神话的另一重功能：心理疏导。

[①] 邵燕君：《网络文学的"网络性"与"经典性"》，《北京大学学报》（哲学社会科学版）2015年第1期。
[②] 〔加〕诺斯洛普·弗莱：《世俗的经典：传奇故事结构研究》，孟祥春译，上海人民出版社，2010，第5页。

五　结论

纵观网络文学20年的发展，不仅体量呈现出爆炸性的增长，类型和内涵也逐渐丰富，中国神话在其中影响力不断扩大，热度持续上升。神话作为民族文化的基因库，兼具语言、神话、宗教、艺术发展和道德准则的心理基础，借助神话，网络文学找到了接入中国文化传统的丰富接口，体现出当代人深层精神结构的变化，以及市场机制和文化工业对传统的多面影响。由于这种根植于互联网的文学样式受到意识形态主导、技术手段影响、市场化取向和资本的强势影响，具有消费性、商品化的特征，相应的中国神话在其中也呈现空心化、碎片化、符号化的特点。与传统语境相比，神话题材保持了魅力，信仰功能弱化；神话符号依然具有号召力但其内涵发生置换，这无疑使得神话原本承载的文化内涵流失。与此同时，当代网络文学中的神话已经从原来具有神圣性的叙事逐渐过渡为个体创作的舞台，从一种信仰体系转变为心理现象。浪漫主义的想象、国族主义的身份认同、商业法则和消费逻辑的互相作用，对中国神话做出了创造性的继承与再造。借助网络的传播能力和互动机制，神话的社会功能得以实现，其心理功能也进一步得到强化。当然当代网络文学的体量和丰富性决定了所有的概括都难免片面，很多问题的讨论都有待展开和深入，比如：网络文学在对神话的选择上有什么偏好，这种取向是如何形成的；传统神话在转化的过程中受到哪些外来文化要素的影响，又在何种程度上受到强势媒介的侵入。这些是值得继续深入探讨的问题。

创世鸟神话"激活"良渚神徽与帝鸿[*]

——兼论萨满幻象对四重证据法的作用

叶舒宪[**]

摘　要：神话学的奠基人麦克斯·缪勒又称其为"比较神话学"。文学人类学派的四重证据法，将神话学从文学艺术拓展到历史和考古研究，尝试关注史前图像的神话观念阐释。本文突出证据间性的互阐作用给神话"比较"带来的方法启迪：从萨满幻象的人鸟合体意象入手，重新解读良渚文化人鸟合体神徽和河姆渡文化"双鸟朝阳"意象，发掘潜含在长三角史前文化鸟崇拜中的创世鸟观念，并贯通阐发古文献《山海经》中神鸟帝鸿神话的创世观，强调萨满幻象作为催生神话想象的第三重证据，其对神话的文献叙事（第一、二重证据）和文物图像叙事（第四重证据）的再语境化作用被提炼为"激活"作用论。

关键词：四重证据法；萨满幻象；黎明创世鸟；良渚神徽；帝鸿

一　萨满幻象与良渚神徽解读

1996年初读哈利法克斯博士的《萨满之声》时，感觉这部书对学习文学理论、艺术理论的人，乃至对整个学习文科的人和文艺创作人士，都能

---

[*] 本文为上海市社会科学特别委托项目"中华创世神话的考古学研究"阶段性成果。原载《民族艺术》2019年第2期。

[**] 作者简介：叶舒宪，博士，上海交通大学致远讲席教授。

带来实际的启悟。于是准备将其译为中文。拖延 23 年之后，如今这部书中译本将面世，恰逢社会科学文献出版社推出米尔恰·伊利亚德教授的名著《萨满古老的入迷术》中译本，窃以为这两部书恰好构成一对，二者具有一种相辅相成和相得益彰的关系。与伊利亚德的学术巨著不同，哈利法克斯博士的书虽然也是在西方知识界流行一时的名著，但却不是从纯学术研究的意义上撰写的，也不是从宗教史视角去展开理论性探讨的，而是带有一种广泛取材的萨满经验自述读本的性质。从大众接受的角度看，这部《萨满之声》的富有创意之处，是让来自世界各地的萨满和巫医们以"夫子自道"的方式娓娓道来，一个接着一个地讲述自己成为萨满的痛苦经历，以及如何利用自己修炼的法力去普度众生，救死扶伤。

《萨满之声》收录的这一批来自世界各地萨满的梦幻叙事作品，对于当今发达文明社会的一般读者和从事学术研究的人，会有怎样的启悟呢？笔者翻译本书的体会是，这部书在帮助现代人重新学习"时空穿越"的心理技巧方面，堪称一部入门的经典教本，也可以为方兴未艾的我国本土萨满学①建设添砖加瓦，提供基础的参照资料。

现代人生活的现实世界，在理性与科技的宰制之下，与那种习惯于让头脑达到时空穿越境界的萨满幻象氛围，相去十分遥远。当今的生活世界是纯粹的世俗性的，而萨满的穿越本领就在于神圣想象中的上天入地，融入神祇与精灵的奇异世界。看过影片《阿凡达》的人，一定对卡梅隆导演创造的潘多拉星球的纳威人奇幻世界，留下深刻印象。那恰恰是一种按照萨满式思维而描绘出的人与万物通灵的精神境界，其原型就是在远古欧亚大陆上曾经广泛流行的萨满法术境界。萨满所特有的这种超乎常人的禀赋，正是一种超脱凡俗世界而迈进神圣世界的主观感知调节本领。在漫长的前现代社会，整个地球上的先民都曾经长久地生活在类似萨满的精神氛围之中，萨满文化也因此被国际学界公认为我们文明和文化的

---

① 国内萨满学的崛起，可以 21 世纪以来的两个事项为标志：其一，中央民族大学文日焕教授主编的"中国少数民族非物质文化遗产研究系列·萨满文化丛书" 10 部调查报告陆续出版（民族出版社，2007~2017）；其二，2006 年，长春师范学院萨满文化与东北民族研究中心被评为吉林省普通高校人文社会科学重点研究基地，陆续推出的研究成果包括郭淑云教授主编的《域外萨满学文集》（学苑出版社，2010）等。

最深厚的精神根脉。其年代深远和积淀厚重的程度，往往超出今人的想象。

《萨满之声》卷首的插图，来自旧石器时代后期法国洞穴壁画上的萨满化身动物仪式舞蹈图景，距今3万多年。那是最具说服力的神话式穿越的直观呈现：这位萨满身体前倾呈舞蹈状，头顶上方所戴高冠是一对大鹿角，向上高高耸起，其耳朵是狼耳，其面部胡须像狮子，其前掌为熊掌，其尾巴则为马尾。人与多种兽类的梦幻组合形象，就这样被数万年前的艺术家生动绘制出来。当代人要追溯和理解人类神话想象力之源头，或许没有比这类数万年前的艺术形象更为便捷的门径了。专家们公认，萨满学对人类精神文化源头的认识、对宗教起源和艺术起源等都已经带来革命性的突破。

人类学和萨满学研究表明，在欧亚大陆北缘的狩猎民族和美洲、澳洲原住民中普遍看到的萨满出神一类超常的心理现象，是直接从旧石器时代延续下来的十分悠久的人类文化遗产。人类学家们在各地田野调研中搜集到的形形色色的萨满幻象叙事和梦幻故事，都是能够代表人类史前期的精神和信仰状态的活化石，这对于认识史前文化和早期文明过程中许多符号现象，解读古老的神话叙事疑难，具有极佳的参照作用。对于国内的文学人类学一派而言，萨满文化的丰富材料，恰好可以充当人文研究新方法论建构的"四重证据法"之第三重证据，是能够给新发掘出土的上古和史前文物，即第四重证据，提供一种"再语境化"解读的珍贵参照资料。

我国传统国学的研究范式以文献研究为主。我们将传世文献作为研究者所能掌握的第一重证据。由于国学基本忽略无文字的文化传统（甚至蔑称无文字者为"文盲"），这就难免会切断历史传承脉络，湮没大量没有得到文献记载的古老文化真相，也使得文字书写传统成为无源之水、无本之木，并严格限制着读书人的知识观念。四重证据法，基于当代跨学科研究潮流，旨在融合国学考据学方法与西方社会科学方法，强调从二重证据（出土文字）、三重证据（非文字的口传文化与仪式民俗等）和四重证据（出土的遗址、文物及图像）整合而成的"证据链"和"证据间性"视角，重新进入历史、文学和文化的研究，是有效地融合人文研究的阐释学方法与社会科学的实证方法，同时其强调人类学研究的口传与非物质文化遗产（即民间的活态文化传承）、考古学新发现的物质资料和图像资料。萨满文化无疑属于口传与非遗的范畴。哈利法克斯博士采集的这些各地萨满叙事的资料，本身就具有人类学的民族志性质。萨满幻象所代表的神话式的感知方式与思维方式，具有一种超越时空地域限制的统一性和规律性。对于研究者而言，这样的材料能够起到举一反三的推论引导作用。

那么，具体而言，怎样才能让萨满文化材料发挥出求解古老文化现象的三重证据之作用呢？

在2018年12月"第二届中华创世神话上海论坛"上，笔者的报告题为《玉文化先统一长三角，后统一中国—神话学的大传统视角》，所论说的是在5000年前给长三角地区带来一体化发展的良渚文化及其特色。当时的长三角区域一体化的文化关键要素，在于遍布沪宁杭地区和安徽南部地区的玉礼器王权象征体系（玉钺、玉璧、玉琮、玉璜的组合），尤其是统一标准的鸟神崇拜和神徽意象——头顶巨大鸟羽冠、中间为神人面、足为鸟爪的鸟人形象（见图1）的普及流行。这一距今约5000年的南方神话意象，被考古工作者认为是类似后世文明中一神教的信仰对象，也是后来商周两代青铜礼器上神秘的饕餮纹之原型。那么，这种半人半鸟的神秘神像，代表着怎样的崇拜观念和具体神话蕴含呢？四五千年过去了，今人的解说怎样才能更加接近或契合良渚时代的巫师萨满们用艰苦的切磋琢磨方式创制这类神徽形象的初衷呢？

《萨满之声》第八章的一个梦幻叙事案例——南美洲瓦劳族印第安萨满的"黎明创世鸟"（creator-bird of the dawn）故事，为笔者重新面对良渚神徽的解读任务，提供了"再语境化"的直接帮助。

首先，今天的东亚洲人群中已经看不到头戴巨大羽冠的族群形象了，但是太平洋彼岸的美洲印第安人恰恰是以头戴巨大羽冠而著称的民族，鸟和鸟羽之于印第安萨满的意义，或许更接近良渚巫师头戴巨型羽冠的原初意义。前辈专家学者张光直和萧兵等，都论述过史前期"环太平洋文化圈"的存在，良渚神徽的巨型羽冠图像的重见天日，必将给这个广阔范围的文

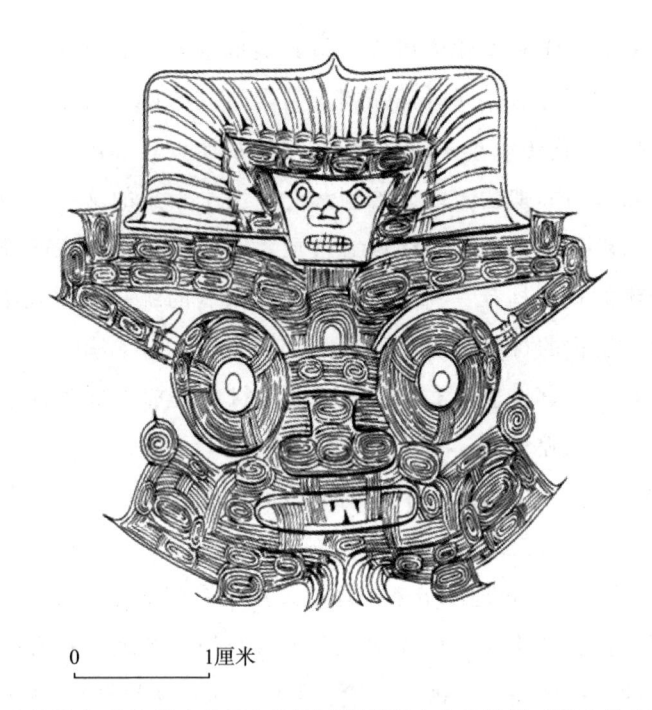

图 1　余杭反山 M12 出土良渚文化玉琮阴刻鸟人合体神徽（距今约 5000 年）

资料来源：参见浙江省文物考古研究所编著《反山》（上册），文物出版社，2005，第 56 页。

化圈研究带来新的学术憧憬。将欧亚大陆东部沿海地区的史前文化放在整个环太平洋文化圈大视野中，最好的启迪就是突破以往那种作茧自缚的地域性视野限制，克服见木不见林的短视和盲视的局限，在宏阔而切实的文化关联体系中重新审视对象。

其次，美洲印第安人的祖源是亚洲，其在距今 15000 年之前即白令海峡形成之前就已经迁徙到美洲。瓦劳族印第安人讲述的鸟神话，不是文学或审美的文本创作，而是萨满出神幻象中呈现出来的超自然意象。这样具有十足的穿越性质的神话意象，给良渚时代以神徽为代表的史前图像认知带来重要的方法论启迪，那就是：不能一味地用非此即彼的逻辑思维（逻辑排中律）去认识数千年前的神幻形象，需要尽可能依照当时人仅有的神话感知和神话思维方式，去接近和看待这些神秘造型的底蕴。而大洋彼岸的现代萨满的幻象体验，恰好鲜明地表现出这种神话感知方式的穿越性和非逻辑性：A 可以是 B，也可以是 C……准此，人可以是鸟，也可以是鸟兽合体，或人、鸟、兽的合体。良渚神徽恰恰是这样一种全然违反逻辑思维规则的多元合体的形象。尽管如此复杂微妙，神徽中的人面和鸟羽冠、鸟爪，都是一目了然的。其所对应的当然不是现代科学思维的"可能"与"不可能"截然对立的判断，而反倒是吻合较多保留着神话式感知方式的《山海经》叙事特色：其神人面鸟身，其神人面虎身，以及"鱼身而鸟翼，音如鸳鸯"，"有鸟焉，其状如鸮而人面，蜼身犬尾"[①] 等。人、禽、兽三位一体的想象，不是出于创作需要，而是萨满特殊意识状态下的幻象产物。

良渚先民创造出这样一种幻象中的鸟人形象，究竟代表着什么？当时人习惯的玉鸟和陶礼器上的飞鸟、鸟头蛇一类造型（见图2），还有玉器上模式化出现的"鸟立神坛"图像（见图3）等，不仅在浙江的杭州湾地区和江苏的环太湖地区多有发现，在上海青浦的福泉山遗址良渚文化文物中也是批量地出现。这不是5000年前"上海人"的神幻想象穿越三界的明证吗？由于后人对于长三角地区史前文化的无知，才会有大上海起源于200年前之小渔村之类的当今流行说法。

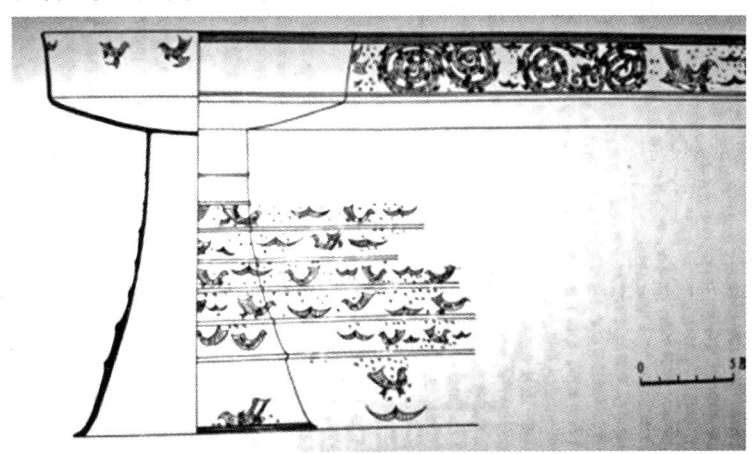

图2　上海青浦福泉山出土的良渚文化陶豆上的飞鸟和鸟首盘蛇形象
（距今约4900年）

资料来源：参见黄宣佩主编《福泉山——新石器时代遗址发掘报告》，文物出版社，2000，图72。

---

① 袁珂校译《山海经校译》，上海古籍出版社，1985，第38页。

图 3　良渚文化的玉鸟和玉璧、玉琮上的"鸟立神坛"类图像

资料来源：参见良渚文化博物馆编《良渚文化论坛》，中国文化艺术出版社，2003，第 145 页。

如此看来，萨满的出神体验及其神幻想象，对于今天重新认识古老文化传统之根，是大有帮助的。认识到5000年前的长三角地区如何围绕着一种显圣物"玉礼器"而发展为一体化的地方王国，这对于重新塑造具有深度历史感的上海形象和长三角文化一体的形象，将有积极的启示意义。文化原型一旦得到揭示，创意想象就能找到依据和出发点。以下再细分三个层次展开对鸟神话的分析。

二　凿破鸿蒙：黎明创世鸟与河姆渡"双鸟朝阳"图像

瓦劳族印第安人萨满神话将神鸟意象与创世记的宇宙起源想象联系在一起，称之为"黎明创世鸟"，这个称谓分明指向三种想象中的关联。

第一，鸟和创世的关系。以往人们也知道以鸟为神的信仰在各地十分普及，许多的史前社会或原住民社会都流行鸟神崇拜、鸟形灵的信仰、鸟占的占卜实践，等等。但是，鸟崇拜如何与创世神话想象的创造主神相关，这则印第安神话提供出不可多得的参照意义。神鸟之所以获得此一殊荣，是因为和它的习性特征有关：它为羽翼动物，能够飞升于广阔的天宇之中，这自然容易引发鸟为天上神灵与地上人类之间的信息中介者的联想。飞鸟，这种介乎天与地之间的生物，就承担起以天地开辟或分离为表象的创世神话想象之主体功能，"创世"母题与"鸟"母题就此结缘，成为"创世鸟"。长三角地区有大量的史前图像证据（第四重证据）表明：这里的史前文化同样有可能催生出类似的鸟神创世观念。

第二，鸟和黎明的关系。在印第安萨满神话叙述中，创世鸟这个专有名词的定语修饰词即"黎明"，等于将光明战胜黑暗或黑夜的伟业完成者，聚焦到创世鸟这个形象上。这显然是以日出东方的日常经验为想象原型的一种再创造。这让人很容易联想到创世神话所共有的时空发生程序：作为创世之前提条件，要先有黑暗不明的混沌状态，随后发生的创造过程，就通常可以表现为从黑暗中出现光明。这样表现的世界及万物诞生过程，原来就是以黎明取代黑夜的日常感知经验为其基本原型的。鸟类不仅可以给人类报春，同样还可以承担给人类报晓的符号功能。人类的作息时间表，通常会按照"日出而作日落而息"的自然法定程序，先于人类从夜梦中醒来的，恰恰就是破晓时分的鸟鸣之声。"黎明鸟"的神话式联想观念，就这样应运而生。在一些古老文明的万神殿中，除了必不可少的日神、月神和星神之外，还会有专门掌管曙光现象的"黎明之神"，良有以也。西周金文中的王者入宗庙叙事时间，经常出现在黎明时分的"昧爽"，即天刚蒙蒙亮之际，也是有其效法天道运行之依据的。黎明创世的神话表象，隐喻着光明凿破鸿蒙，这也意味着新时空的开辟，生命的更新或再生。金文叙事的第一句讲到王者都习惯用套语"唯王"，一般理解"唯"字是毫无意义的发语词，笔者认为这是传统的误读。"唯"字从口从隹，隹是短尾鸟类的总名，"唯唯"代表神鸟的叫声。神鸟在上"唯唯"，人王在下"诺诺"，这是领会神意的虔诚表现。[①] 恢复神鸟与创世的联想，将给甲骨文、金文叙事套语研究带来新突破。这些当属第二重证据。

在创世鸟这个神幻想象的观念中，其实还潜含着诸多哲学意味的信仰

[①] 叶舒宪：《文学人类学教程》第六章"神圣言说——汉语文学发生考"第五节"隹（唯）与若（诺）"，中国社会科学出版社，2010，第 204~213 页。

和观念内涵。只因为有鸟人一体的想象存在，创世神话没有发展为哲学抽象化的宇宙发生论，反而留下生动具体的创世主神形象，并定型在太平洋两岸的萨满巫师们虚实相间的幻觉具象之中。虽然时隔千载，却依然可以遥相呼应，相得益彰：印第安神话用语言讲述创世鸟，良渚先民则用各种鸟形图像来表述。

第三，鸟和光明的关系——"太阳鸟"观念的再认识。在神话学研究中，一般理解的太阳和鸟的关系是，由能够飞翔于天空的大鸟运载着太阳每日自东向西的旅程。瓦劳萨满神话提示我们：除此之外，太阳也是黎明之光的光源，鸟的报晓功能同样能将鸟与太阳直接联系在一起，正如作为家禽的公鸡在后代人观念中牢牢占据着报晓之鸟的位置，甚至被比附为金鸡报晓的太阳鸟。瓦劳族萨满神话的主人公，既是人，又是神，还表现为动物。其主人公身份是"光萨满"，可见将三种成分统一在一体的直观意象就是"光"。

以上三种关系相互错综，对神鸟作为创世主的想象原型溯源，能够给出很好的打通式解释。从影响力来看，《圣经·旧约》中的《创世记》应该是世界上知名度最高的一种创世神话，通过两千年来的无数信徒每个礼拜日的读经纪念活动，上帝从黑暗的混沌水面上创造出光明，随后创造出宇宙万物的故事，如今几乎已家喻户晓。但是希伯来人的创世主上帝，虽然也留下来一个名字——耶和华，但祂却没有留下具体可感的形象。作为文明史上后起的人为宗教犹太教和基督教，都是以禁绝偶像崇拜为其突出特征的。所以耶和华作为创世主的神话形象的内容，从《旧约》成书的那个时代（约公元前5世纪）开始，就全然地被祭司们抽象掉了。这必然导致此一重要创世故事的叙述残缺。人类学家在南美洲原住民萨满巫师中采集来的"黎明创世鸟"这个神话意象，恰好可以弥补这个形象的空缺，让我们充分体会到如下系列问题的答案。

具象的创世观和抽象的创世观是如何依次发生的？孰为先，孰为后？孰为源，孰为流？其人类经验的基础又是什么？

抽象的创世观，在《创世记》中是以上帝说出"要有光"这一句话开始的。上帝说到什么，就有了什么。这是一种言词的创世。其古老的信仰根源在于"言灵信仰"①。萨满巫师们呼风唤雨的本领，也基于此种信仰。

具象的创世观，以瓦劳族印第安萨满神话的黎明创世鸟为创造主，这个意象也具有半人半鸟的合体想象特色，创世鸟不用语言，只靠思想，就完成了"心想事成"方式的创世工作。

> 一天，一个青年从东方站起，伸展开他的双臂，宣布他的名字为 Domu Hokonamamana Ariawara，意为"黎明创世鸟"。他的左翼握着一张弓和两支颤动着的箭，右翼则拍打着自己的尾羽，发出嘎嘎的响声。他身体的羽毛不停地唱着只有在东方能听到的新歌。
>
> 他具有一种心想事成的特殊本领。当这只"黎明之鸟"想到一个房子，这个房子立即出现：一个圆形的、白色的、由烟草构成的房子。它看起来像是一朵云。这位唱着歌的鸟摇着他的响尾走了进去。
>
> 接着他想要同伴，四个男人和他们的配偶就出现了。于是，沿着"烟草之房"东面的墙，为每对夫妻而建的屋子就准备好了。②

要追溯这种创世鸟的经验基础也很容易，只要找出代表人类视觉之光明经验的日出东方的现象，就可大致清楚了。人类对曙光取代黑夜的现象，可谓日复一日，司空见惯。黎明取代黑夜的自然变化，年复一年，给人类经验首先带来的不是自然规律的认知，而是神话化的开天辟地想象——要有光！

总结以上分析可知：太阳崇拜、光明崇拜、黎明崇拜、鸟崇拜、创世主崇拜，这样五合一的神话观念结合体，完全隐含在萨满思维的黎明创世鸟神话意象之中，真是生动、具体而丰富，意味深长，用"不著一字，尽得风流"来形容，实不为过。良渚神徽的鸟人神形象，是否可以做出同样神话原理的解读呢？

答案已经是不言自明的。在我国学界对此神秘形象的现有解读中，已获

---

① 关于"言灵信仰"与创世观念，请参看叶舒宪《言意之间——从语言观看中西文化》，《陕西师范大学学报》1992年第3期；叶舒宪《老子与神话》第五章第三节"语言、创世、存在"，陕西人民出版社，2005，第209~217页。

② Joan Halifax, *Shamanic Voices: A Survey of Visionary Narratives*, New York: Penguin Books, 1979, pp. 227-228.

得普遍认可的有鸟神崇拜说①、太阳崇拜说②等多种相关论点，所缺乏的恰恰是萨满幻象式的变形与整合观点，我们一般难以跳出逻辑理性的"非此即彼"的认知误区，也无法意识到神徽鸟人形象与创世主崇拜之间的内在关联。

如果说上述萨满幻象中的五个神话要素也能够在 7000 年前的中国南方长三角地区史前文化中汇聚齐备，那将是更加匪夷所思的事情。但偏偏无巧不成书，在浙江余姚河姆渡遗址出土的象牙雕刻蝶形器（又称"鸟形器"）上的"双鸟朝阳"图像（见图 4），就给这种可能性增添了厚重的压秤砝码！就连良渚文化中最流行的通神者之标志物——人像头顶的羽冠或介字冠的表现模式之原型，也是出于河姆渡文化陶器图像。③ 据此或者可以明确做出推断，中国本土这边也存在此种催生史前版的黎明鸟、光明之鸟或创世鸟神话观念的物质条件与信仰基础。头戴巨大羽冠的巫师萨满形象，是作为模拟的幻象中的神灵形象而塑造出来的。这种神徽形象特别突出地

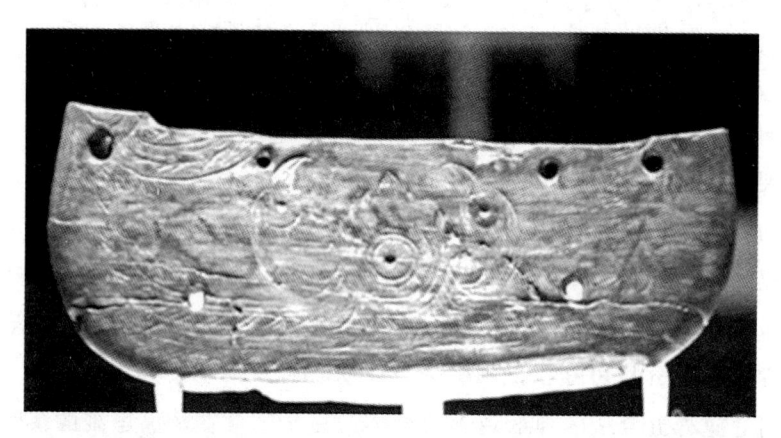

图 4　浙江余姚河姆渡遗址出土的象牙雕上的"双鸟朝阳"图像（距今约 7000 年）
资料来源：笔者 2010 年摄于河姆渡博物馆。

---

① 有关良渚鸟神形象的辨识与研究，以良渚博物院和浙江省文物考古研究所的两位专家观点为代表。参看蒋卫东《良渚文化鸟灵文物述略》，杨晶、蒋卫东执行主编《玉魂国魄——中国古代玉器与传统文化学术讨论会文集（四）》，浙江古籍出版社，2010，第 215～224 页；刘斌《神巫的世界——良渚文化综论》第二章"三、良渚文化的鸟与神"，浙江摄影出版社，2007，第 80～91 页。
② 牟永抗：《良渚玉器上神崇拜的探索》，《庆祝苏秉琦考古五十五年论文集》，文物出版社，1989；牟永抗：《东方史前时期太阳崇拜的考古学观察》，台北《故宫学术季刊》1995 年第 12 卷第 4 期。
③ 吴汝祚、徐吉军：《良渚文化兴衰史》，社会科学文献出版社，2009，第 114 页。

集中表现在良渚文化最高等级墓葬的玉礼器纹饰上,其墓主人既是当时社会的最高统治者,也是人类学家所称的集神权与政权于一身的"巫师王"、"祭司王"或"萨满王"。这座墓就是反山M12。其中出土的M12:98玉琮,器形硕大且制作精美细致,重达6.5公斤,被誉为良渚"玉琮王";同墓出土的一件玉钺也是良渚玉钺中唯一雕刻神徽形象的,被誉为"玉钺王"。这座墓和墓中随葬的玉器文物,吸引了世界上无数人的目光。

"反山是出土神人兽面像最多的墓葬,计有M12:98玉琮8幅,M12:100玉钺2幅,M12:103瑁2幅,M12:87柱形器6幅,18幅完整神人兽面像的层次和构成完全一致,仅在细部的填刻上有所不同。完整神人兽面像分为上部的神人和下部的兽面(实际上还包括下肢),并以减地浅浮雕突出戴介字冠帽的脸面和兽面纹的眼鼻嘴。"[①] 仅此一座墓葬的玉礼器上就出现同类型的神徽刻画18处,每一个神徽的精雕细刻都至少需要数以百计的阴刻线条,为该墓生产玉器所需的治玉工匠的劳动力,显得非常可观。是什么样的动力因素,驱使着良渚社会的领袖层人物不惜工本地追求这种神幻想象呢?目前看来,将这批玉礼器解读为良渚巫师祭神仪式法器的观点,已经得到较普遍的认可。

从图1中不难看出,所谓介字冠即神人头顶的巨型羽冠,其宽度足足是人头宽度的两倍之多。史前先民如果没有见过这样巨大的鸟羽毛制成的冠饰,他们会刻画出这样的神像吗?从现存的美洲印第安社会反馈而来的类似形象表明,凡是头戴巨大而精美羽冠的人,绝非等闲之人,不是部落的萨满巫师长,就是酋长本人。萨满能够在幻象中看到的创世主神形象,以"黎明创世鸟"的命名保留在印第安人的口传神话叙事中,却也居然能在四五千年前良渚文化时代被当时良渚国家的顶级工匠及时地刻画下来,并通过王权支配作用,定型为该古国的标志性神像,获得批量生产的殊荣。这一批神像玉礼器无声无息地沉睡在长三角一带大地之下数千载,终于在1986年的考古发掘中得以重见天日。其给今日文明人带来的无穷震撼,可

---

① 方向明:《良渚玉器刻纹研究之二——再论龙首纹和兽面纹》,杨晶、蒋卫东执行主编《玉魂国魄——中国古代玉器与传统文化学术讨论会文集(四)》,浙江古籍出版社,2010,第230页。

想而知。30多年来的神徽解读热潮可谓此起彼伏，一浪高过一浪。出现的观点如雨后春笋——龙形说、饕餮说、虎说、牛说、猪说、神人骑兽说，等等，几乎将十二生肖动物全部涵盖。

此外，学界也有一批学者经过多年思考，辨识出神徽具有人、鸟、兽三位一体的性质，并认定这是类似文明国家产生的一神教性质的神像，如王书敏指出：琮王神徽图像表明当时社会的宗教信仰已经发展到最高阶段，"出现了凌驾于众神之上的最高神，玉琮也成为这种最高神物的物质载体，成为良渚文化中的至尊礼器……它的出现，预示着原始宗教的终结以及文明社会系统性人为宗教的到来"。[1] 再如，刘斌提出准一神教说："从整个良渚文化所包含的偌大太湖流域乃至于更广大的地区看，对这一神灵形象的刻琢，除表现风格的差异之外，在对这一神灵的眼睛、鼻子和神冠以及相关的器形等方面，则表现出极其统一规范的模式，这种统一规范的模式，使我们相信，良渚人在关于这一神灵的崇拜方面，已几乎达到了一种类似一神教的程度，这种崇拜完全超出了部族早期关于图腾的一般概念，也绝不是可以用单一的具体的某种动物来作为解释的形象。而是经过了上千年甚至更早的提炼复合，已根深蒂固地融入这一地区人们脑海中的一种神灵的形象。"[2]

如果对照具有世界性的萨满口传神话，可知这类观点多少有些偏颇。从萨满信仰的普遍特质看，神灵绝不像在后世的人为宗教中那样重要，萨满作为人神中介，本身就有半神的性质。与萨满法事密切关联的，是先于神祇而存在的精灵，或称"萨满助手"，通常以动物形象出现。多数萨满叙事都要凸显精灵的超自然意义和非凡能量。如果把半人半鸟的萨满幻象（见图5、图6）也看成发达的一神教，那就容易混淆作为原始宗教的萨满教与人为宗教。从良渚文化所处的史前期及其发展阶段和层次看，这些依然是原始性的萨满出神幻象的特殊产物，似不宜过分地向文明社会的人为宗教或一神教方面引申。不然的话，像图5所展示的云南出土的战国铜鼓上的鸟形灵萨满巫师形象，是否也要看成良渚文化一神教的隔代遗传呢？

---

[1] 王书敏：《鸟、兽、人的亲和与融合——良渚文化原始宗教的发展与演变》，良渚文化博物馆编《良渚文化论坛》，中国文化艺术出版社，2003，第203~204页。

[2] 刘斌：《神巫的世界——良渚文化综论》，浙江摄影出版社，2007，第69页。

图 5　云南晋宁石寨山出土的战国铜鼓图像：鸟形灵萨满巫师（距今约 2300 年）

资料来源：参见叶舒宪《文学人类学教程》，中国社会科学出版社，2010，第 207 页。

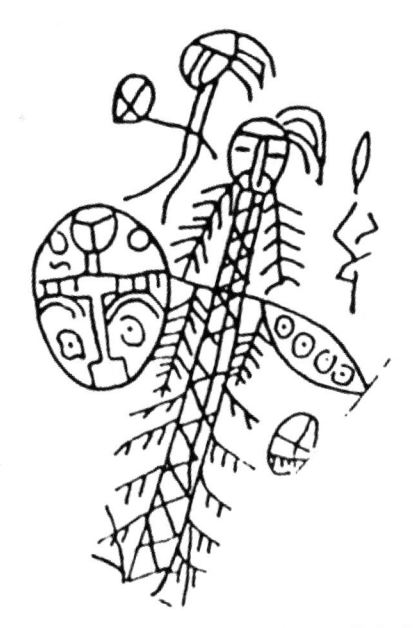

图 6　萨满持鼓身穿鸟羽衣飞翔于天（阿勒泰地区岩画）

资料来源：Neil Price, ed., *The Archaeology of Shamanism*, London & New York: Routledge, 2001, p. 45。

三　中国版黎明创世鸟：《山海经》帝鸿新解

如今，我们借鉴太平洋彼岸提供的第三重证据，可以认可将此类半人半鸟形象视为良渚人心目中的至高神或至上神，并再度深入一步，解读为良渚人心目中的创世主神，也并不为过。其实，以上讨论完全侧重在萨满文化资源作为第三重证据以及如何激活第四重证据（神徽）方面，对文献即一重证据尚未提及。这方面需要补充说明的是，先秦文献中有关鸟神、鸟占、鸟形灵和鸟官方面的记录，前人已经有许多专门研究，①这里无须费词重述。需要特别提示的是《山海经·西次三经》中的天山之帝江（鸿），祂本来就是处于隐蔽状态的华夏版"黎明创世鸟"，有必要通过比较神话学的大视野，还其本来面目：

又西三百五十里，曰天山，多金玉，有青、雄黄。英水出焉，而西南流注于汤谷。有神焉，其状如黄囊，赤如丹火，六足四翼，浑敦无面目，是识歌舞，实惟帝江也。②

为《山海经》做笺疏的清代学者郝懿行指出：上文中的"有神焉"三字，在《初学记》和《文选注》等早期文献所引用的《山海经》里，都写作"有神鸟"，直到明清两代的版本中才改为"有神焉"。大概"鸟""焉"二字字形相近，而导致的传抄之讹误。③这样看，《山海经》讲述的天山英水（汤谷）神鸟帝鸿，已经充分具备同开天辟地联想的基本条件了。其实帝鸿"六足四翼"的生理特色，已经说明其具有飞禽的真实属性。帝江在《春秋传》中又名帝鸿。鸿指鸿鹄，或泛指大鸟。帝鸿既然为"神"，其神

---

① 陈勤建：《中国鸟文化》，学林出版社，1996；石兴邦：《我国东方沿海和东南地区古代文化中鸟类图像与鸟祖崇拜的有关问题》，《石兴邦考古论文集》，陕西师范大学出版社，2015；黄厚明：《中国东南沿海地区史前文化中的鸟形象研究》，博士学位论文，南京艺术学院，2004。
② 袁珂校译《山海经校译》，上海古籍出版社，1985，第33页。
③ （清）郝懿行疏《山海经笺疏》，中国致公出版社，2016，第94页。

格又如何呢？"浑敦无面目"这个特征，引导学者们将帝鸿的神格认同为《庄子·应帝王》篇被凿开七窍的"中央之帝浑沌"。他也同样以"浑敦无面目"为特征。唯其如此，才有倏与忽二帝为他凿开七窍的开辟神话情节。这位被庄子寓言化的中央之帝浑沌，若去掉人格化，就立即还原出创世神话想象的第一意象，即天地开辟之前的黑暗不明状态——混沌。由黑暗的混沌，到黄色的黄囊，再到"赤如丹火"[①]，神鸟帝鸿的三变色，难道不是对"日出东方红似火"自然现象的颜色隐喻吗？由此不难看出，帝鸿鸟神当与华夏创世神话的主角密切相关。至于说帝鸿所在的天山之英水，其流向直指"汤谷"，那正是众所周知的东方日出之处，非常吻合让黎明日出时的曙光开天辟地之联想。

综合以上多种神话关联来看，帝鸿非华夏版的"鸟神创世主"莫属。至于神话学家袁珂和陈钧等人根据《左传·文公十八年》杜预注"帝鸿，黄帝"，判断帝鸿即黄帝，[②] 也是值得探究的重要观点。笔者30年前的旧著《中国神话哲学》以专章（第六章"黄帝四面"）篇幅，侧重从创世神话方面解读黄帝的神格，依据《世本》《淮南子》的叙事，提出"在中华民族的始祖黄帝的神话中找到了太阳神创世原型的又一种古老的表现"："从黄帝上自天体日月星辰，下至百姓和五谷，能力无所不及的情形来判断，他所扮演的正是创世神话中造物主的角色，应与古犹太人的创世主耶和华，古印度人的创造祖大梵天等量齐观。"[③] 同书中还引用北美洲墨西哥原住民创世神话：诸神之中仅有一位神（名叫"特库茨斯切卡特里"）愿意做太阳光创世的工作，他的唯一精灵助手就是一只鸟（名叫"纳纳鸟阿吐因"）。是这只鸟先用火点燃一线曙光，映红了黎明的天空——太阳诞生了。随后有"风"（"风"字在我国商代甲骨文中与"凤"字通假）推动太阳开始运行。

---

① 世界起源于火，从神话传说到哲学宇宙论，众所周知。作为三重证据的典型的火烟创世神话，是对黎明日出现象的戏剧化表现，以拉祜族的《造天造地》为代表：混沌中出现一团仙火，火烟上升变成天，烟灰落下变成地。见孙敏等编《拉祜族苦聪人民间文学集成》，云南人民出版社，1990。
② 陈钧编著《创世神话》，东方出版社，1997，第118页。
③ 叶舒宪：《中国神话哲学》，中国社会科学出版社，1992，第217~218页。

30 年后，笔者再度以译者身份引用美洲印第安人瓦劳族的光萨满神话，针对新出土的良渚文化神徽，试图重审和重构华夏版的创世鸟神话原型。在理论上，仍可将其归类为太阳神创世主的神话类型之变体，这是基于鸟神与太阳神相互类比认同的神话原理。考虑到中华文化多元一体的内部丰富性，华夏创世鸟的观念，还可以拓展为中华创世鸟的观念，并落实到新出土的三星堆人面鸟身青铜塑像等一批文物。这是否意味着一个相当广阔的探索空间已经打开？这，或许就是《萨满之声》这部书给学界带来的"再启蒙"效果吧。从中华多民族神话视野看，太阳神创世与鸟神创世的相关母题也是较为丰富多样的。尤其是在"卵生天地"或"宇宙卵"母题方面，有海量的叙事素材存在。直接表现创世鸟的母题，如汤普森的神话母题分类，在 A13 "动物是创世者"类别中有子类"鸟类是创世者"，如藏族"大鹏鸟创世"，蒙古族"神鸟嘎下凡创世"，藏族"鸟举上天的被子变成天"，拉祜族"燕子鸟雀补天地"，傈僳族"鸟造天""天鹅造天"，满族"天鸟啄开天"和"巨鸭啄开天"，藏族"鸟煽翅形成天"和"天是鸟顶出来的"，等等。此外，还有藏族"鸟分开天地""大鹏负天升高"，高山族"鸟振翼使天升高"，达斡尔族"鹤把天顶高"，汉族"火鸟阻止天地相合"和"天地混沌如鸡子"① 等。换言之，有关"黎明创世鸟"或"鸟神创世主"的想象，并非美洲瓦劳族萨满的个人专利。

四 再语境化：四重证据法的"激活"作用

最后，回到四重证据法的人文研究新方法范式，需要总结的是不同证据性之间的互动效应，可以在理论层面上做出直接连接的新学科资源，有近年来勃兴的认知考古学和民族考古学两科。作为原始宗教的萨满信仰与实践，既然是世界性的文化现象，其基本原理应该具有较为充分的普遍解释力，尤其是在面对不同地区不同民族的神话解读方面。有学者认为萨满

---

① 王宪昭：《中国创世神话母题（W1）数据目录》，中国社会科学出版社，2017，第 12~76、182~219 页。

文化的中心地带应该在中国,[1] 并且自古及今未曾中断。中国的"二十五史"中也有较多的相关记载。这样,尽管从起步过程看,作为国际性显学的萨满学,在我国学术界出现得相对较晚,但是并非没有后来居上的巨大潜力。关键在于如何发挥萨满文化作为人文研究新方法范式的第三重证据作用,给原有的文献文本研究范式(即第一、二重证据)和新兴的艺术史与考古学的文物及图像研究范式(第四重证据)带来根本性的突破,即充分发挥萨满活态文化的"再语境化"作用,给早已逝去的远古文化和史前文化认知带来某种"激活"效应。本文花费大量篇幅来重新讨论良渚文化鸟人形神徽的释读问题,其初衷即在于强调研究方法论的提升与创新,给过去被科学主义范式宰制的研究者们根本不知道的萨满式"神话幻象"研究,带来认识上的创新。

就第三重证据而言,在我国本土方面有大量的萨满文化素材,过去没有得到应有的重视,也不为秉承传统国学范式的研究者所关注。对很多人而言,文献的重要性永远是第一位的。下面仅列举陈鹤龄编著的《扎兰屯民族宗教志》,其所采录的是内蒙古呼伦贝尔市南端一个屯的萨满习俗,有助于理解中国方面萨满通神法事与鸟类幻象的亲密依存关系:

> 崇拜鸟类动物:达斡尔人认为萨满是神鹰的后裔,在萨满神帽顶端有一只铜鹰为其最高神灵。达斡尔、鄂温克、鄂伦春等族萨满神服的双肩上都钉有两只小鸟,视为萨满的使者,这两只小鸟要在萨满耳边悄悄传达神的旨意,并接受萨满委派执行其意图。使鹿鄂温克人萨满崇拜鸟类特多,有两只"嘎黑"(仙鹤)鸟是萨满灵魂的乘骑之工具,有36只野鸟神为萨满跳神助威,还有天鹅、布谷鸟等鸟类神灵。[2]

良渚文化神徽图像的一个未解之谜是:为什么在人面羽冠鸟爪的合体主神像两侧,经常会刻画出一左一右两只鸟的形象(见图7)?良渚文化陶

---

[1] 关小云、王宏刚编著《鄂伦春族萨满文化遗存调查》,"序言"(赵志忠),民族出版社,2010,第1页。
[2] 陈鹤龄编著《扎兰屯民族宗教志》,文化艺术出版社,1996,第274页。

礼器和玉器上为什么会出现多种不同种类的飞鸟形象（见图3）？上面引文所述北方民族萨满服饰双鸟组合图像与群鸟毕现图像的活态文化参照，已经为5000年前良渚先民想象中的"一神人二鸟"图式及"鸟首盘蛇"图式、群鸟飞翔图式（见图2）等的信仰观念意蕴提供出极佳的"再语境化"的理解契机。

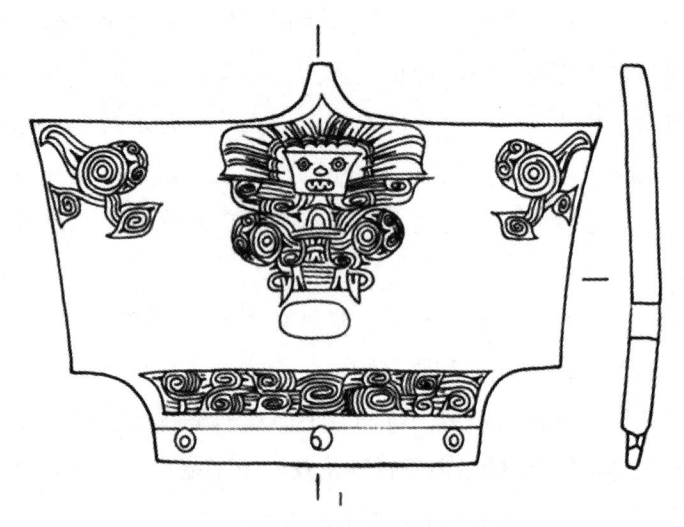

图7　瑶山M2∶1出土的良渚文化冠状玉器图像：羽冠鸟人与左右二鸟（距今约5000年）

资料来源：参见浙江省文物考古研究所编《瑶山》，文物出版社，2003，第35页。

同样值得欣喜的是，在有关萨满幻象的出现条件方面，南美瓦劳族萨满神话的讲述内容十分明确，主要是借助印第安文化中烟草特有的致幻作用。烟气上升与鸟类升天的两种表象在萨满出神幻象中通常是互为表里的。其人鸟合体的神幻想象和创世想象本身，均可视为烟草致幻作用下的萨满意识之产物。而在旧大陆方面，古代并无烟草和吸烟的传统，反倒是有其异常悠久的饮酒致幻传统。饮酒致幻之后的萨满精神状态，恰恰是像鸟类一样飞升的神话幻象得以高发的温床。近年来，伴随着民族考古学研究在我国的发展，已有少数学者开始关注到商周青铜礼器背后的饮酒致幻问题，如何驽的《郁鬯琐考》[①]等新成果。笔者还需提示的是，一些通神礼仪上专

---

① 北京大学考古文博学院编《考古学研究（十）》，科学出版社，2012，第244~254页。

用的青铜酒礼器的前身，就是青铜时代到来之前的史前文化中普遍使用的陶礼器。这些陶礼器本身就构成丰富的图像叙事资源：不光是陶器外表上绘制神鸟飞翔或鸟首盘蛇一类图像，而且某些陶礼器的外表造型就模拟鸟类（见图8）。例如，陶盉、陶鬶、陶斝、陶爵（爵，雀也）等，其造型祖源已经被锁定在距今7000多年的长三角地区，尤其是马家浜文化和河姆渡文化的陶鬶。① 借助于这一批图像叙事的新资料，从马家浜文化、河姆渡文化到良渚文化，一个相对完整传承达到3000年之久的崇拜鸟神的史前长三角文化连续体，已经呼之欲出，更加丰富的后续探索空间，也已经打开。

图8 上海青浦福泉山出土的良渚文化黑陶鸟形盖盉（距今约4900年）
资料来源：笔者2009年摄于上海博物馆。

目前，国际领先的专家学者已经充分意识到萨满学研究对于史前学和艺术起源研究的特殊贡献，如英语世界的经典教科书《世界史前史》，出自美国加州大学圣巴巴拉分校的人类学教授布莱恩·费根之手，自1979年出版问世以来，至2010年已经出版过修订后的第七版。其中对距今三万年的西欧克鲁马努人的洞穴壁画艺术的解说，就充分吸收了最新的萨满学研究成果：

---

① 黄宣佩：《陶鬶起源探讨》，《东南文化》1997年第2期。

今天，我们对象征性行为及其所伴随的艺术形式的了解更加丰富，对觅食者社会的运作方式也不再陌生。这些社会以视觉的形式来展示各种建筑，并赋予生命以意义。在克鲁马努艺术家们看来，动物和人的生命之间，人与其社会之间存在着明晰的连续性。因此，他们的艺术是对这些连续性的一种象征主义的表述。萨满，即祭司或灵媒，对全世界的觅食者社会和农业社会来说都是至关重要的成员。这些人被认为具有不同寻常的精神力量，能沟通诸神和祖先的世界。通过出神（trance）和吟诵，他们可以向祖先求情，并规定世界与宇宙万物的秩序——生灵与自然环境之间的关系。有些专家论证说，或许许多洞穴艺术都与萨满仪式有关，而动物的形象即代表了神兽形象或萨满的生命力。[1]

既然萨满学的特殊视角能够启发旧石器时代洞穴艺术形象的总体认知，那么也将会理所当然地有助于对中国新石器时代考古图像的辨识与理解，当然也会有助于对古代文献记载中的一些历史哑谜的解读。其原理就在于：不同证据之间的间性互阐效果，要远比单纯一重证据视角的"死无对证"要有利得多。第三重证据由于是活态传承的文化，可以给出土的第四重证据带来"再语境化"的契机，使得沉默无言的史前文物或图像，重新回到其所产生的那种原初的神话幻象状态之中，获得一种感同身受的体验式的"激活"。《萨满教考古学》[2] 这样的交叉学科研究新领域，便是这样应运而生的。在瑞典乌普萨拉大学考古学者蒲莱斯所编的这部专题论文集中，也有用萨满信仰的精灵观点解说西伯利亚的人首顶鸟的幻象（见图9）和鸟形巨冠下的人面与鸟爪组合型幻象（见图10）的案例，恰好可以作为本文从萨满幻象视角解读文物图像的方法参照。

沉睡的文物一旦被"激活"，其所带来的认知效果犹如"众里寻他千百度，蓦然回首，那人却在，灯火阑珊处"一般。希望伴随着国际性的新显学——萨满学的崛起和拓展，第三重证据对其他学科和知识领域的"激活"

---

[1] 〔美〕布赖恩·费根：《世界史前史》，杨宁等译，世界图书出版公司，2011，第115页。
[2] Neil Price, ed., *The Archaeology of Shamanism*, London & New York: Routledge, 2001.

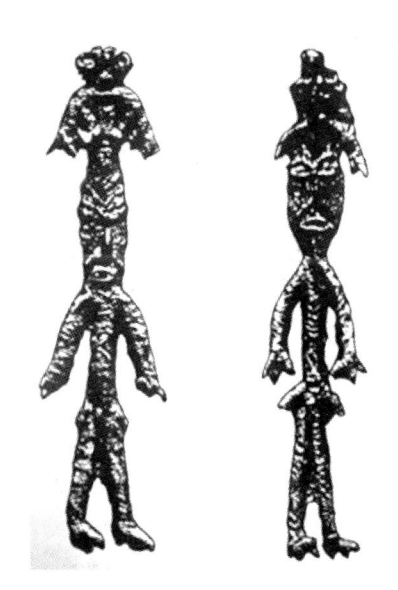

创世鸟神话"激活"良渚神徽与帝鸿 | 059

图9　西伯利亚西部出土的青铜时代人首顶鸟萨满像（距今约 2000 年）

资料来源：Neil Price, ed., *The Archaeology of Shamanism*, London & New York: Routledge, 2001, pp. 61-62。

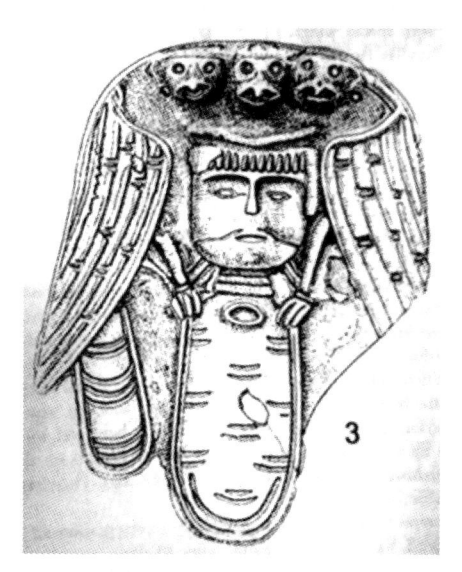

图 10　西伯利亚西北部出土的青铜时代鸟人合体（三鸟头巨冠与人面、鸟爪）萨满——武士像（距今约 2000 年）

资料来源：Neil Price, ed., *The Archaeology of Shamanism*, London & New York: Routledge, 2001, pp. 61-62。

作用，同样能够与时俱进，让我们的探索能够更加有助于重建或接近那些久已失落的历史脉络和文化真相。

比如，北方西辽河流域发现的 5000 年前红山文化牛河梁女神庙中的泥塑偶像之残件，就明显看到飞禽的羽翅和鸟爪（见图 11），这些伴随着女神像而供奉在史前神庙中的飞禽形象，与南方良渚文化的鸟人合体型神徽恰好构成南北呼应的局面，见证着 5000 年前中国先民们的神圣精神生活景观。

图 11　牛河梁女神庙出土的泥塑偶像残件：猛禽爪、羽翼（距今约 5000 年）

资料来源：参见辽宁省文物考古研究所编《牛河梁红山文化遗址与玉器精粹》，文物出版社，1997，第 92 页，图 80。

在史前中国的考古大发现历程中，如果也有类似头戴羽冠并顶鸟的艺术人像造型（见图 12）出现的话，我们如今再也不会感到惊讶和困惑了：那就是 5000 年前的萨满巫师形象。头顶的鸟灵，正是他入幻和升天的能量标志。

图 12　江苏昆山赵陵山遗址出土的良渚文化玉雕萨满巫师像：头戴高大羽冠并在冠上方顶着神鸟，手举法器与神鸟相连（距今约 5000 年）

资料来源：参见古方主编《中国出土玉器全集》第 7 卷，科学出版社，2005，第 16 页。

二 传说

层累的"地方"*

——以青岛即墨小龙山地区秃尾巴老李传说的在地化为例

马光亭**

摘 要：民间传说虽与某个地方具有一定的相关性，但并不只面向"一个"地方，尤其是像秃尾巴老李这种传播范围极广的传说，本身就是融合了地方和超地方的产物。一方面，秃尾巴老李传说的在地化，既是地方与地方之外"内外"促生的层累过程，也是动态建构地方历史的过程。另一方面，随着当地人变通"内""外"的身份与归属，在大的历史与文化背景下，传说所统合的地域逐渐扩展，"地方"的范围也依据异乡的属性与规定而发生相应的扩展与变化。青岛即墨小龙山地区的秃尾巴老李传说，正是在时间、空间的延展中，逐渐形成了当地富有特色的人文叙事与空间景观，呈现出层累的"地方"特色。

关键词：层累；地方；秃尾巴老李传说；在地化

秃尾巴老李传说在山东、河北、辽宁、黑龙江等地广泛流传，大致遵循着自明清以来从关内到关外的传播路线。学界多将闯关东的移民史作为其研究基调，如江帆的《从神灵"移民"看民间信仰的传承动力与演化逻辑》[1] 等。也有学者关注秃尾巴老李形象的产生源流及其表征意义的发生学

---

* 本文为山东省社科基金项目"中华优秀传统文化一本通"（项目编号：16CKPJ07）阶段性成果。原载《民俗研究》2019年第4期。
** 作者简介：马光亭，青岛大学文学院副教授。
[1] 江帆：《从神灵"移民"看民间信仰的传承动力与演化逻辑》，《中原文化研究》2016年第6期。

研究，如山曼先生的《秃尾龙故事源远论》①等。这种研究模式，多是在追溯一个过往时间与文化的生境，即传说不同层面上的时间端点。自2006年以来，国家非物质文化遗产保护运动全面展开，引发了秃尾巴老李传说等地方文化资源的"论证"与争夺热潮，地方政府、文史专家、商界人士纷纷卷入其中，激发并强化了先前对传说时间端点的探寻及空间元点的认定，时有惊人之语。无序竞争的背后，其实与对民间传说在地化机制的无知有关。

事实上，不是所有的传说只面向"一个"地方，如秃尾巴老李传说、孟姜女传说等传播范围极广，在情节、人物要素等方面，本身就是融合了地方和超地方的产物。王铭铭在谈到地方文化时，曾提醒我们应辨析"当地性"中蕴含的"内外关系"，并将之作为贴近"当地知识"的哲学与经验价值的前提。在他看来，故乡文化是动态而混融的，"如果说故乡有一种文化，那么，这个文化就既是稳定的，有时又是变动不居的"。②传说的在地化，也是地方与地方之外动态促生的过程。甚至可以说，是对异乡的规定，建构着故乡或地方的特色与传统。

本文以青岛即墨小龙山地区秃尾巴老李传说③为例，通过该传说在当地不同村庄、不同"内""外"身份的各种口头讲述，以及明清志书、文集等资料的相关记载，探析其在地化的层累过程。这一过程，是地方社会中原有龙神信仰与传说的层累叠变的过程，也是地方生命史与社区史的动态建构过程。与此同时，随着当地人变通"内""外"的身份与归属，在大的历史与文化背景下，传说统合的地域逐渐扩展，"地方"的范围也相应地层累扩展与变化。本文所谓层累的"地方"，意指传说在时间、空间的延展中，逐渐形成的当地富有特色的人文叙事及空间景观。可以说，秃尾巴老李传说的在地化，是在一个地方与更大地域的内外合力中，在国家与社会的变迁洪流中共同讲述、叠加、改写而成的，是一种关乎民众生存意义的建构。

---

① 中国民间文艺家协会山东分会编《秃尾巴老李学术讨论会论文集》，内部资料，1989。
② 王铭铭：《由彼及此，由此及彼——家乡人类学自白（下）》，《西北民族研究》2008年第3期。
③ 青岛即墨小龙山地区秃尾巴老李传说，在2006年入选山东省非物质文化遗产名录，2008年入选国家级非物质文化遗产名录。

一 小龙山与秃尾巴老李的诞生传说

秃尾巴老李传说能够在某地落脚,首先需要这个地方具备耦合互洽的空间处所。与秃尾巴老李相宜的自然景观,往往是某处长年不涸的池、塘或井,作为栖龙之地。本文的调查地青岛即墨小龙山(文献中称"天井山")山顶的天井,便是这样的自然景观。

即墨位于山东半岛的东部,属丘陵地带,境内多低矮小山。小龙山位于青岛即墨区东约 6 公里处,系崂山余脉,海拔 81 米。因山顶有一天然形成的深井(纵 9~12 米,横 4.5~6 米,深 14.8 米),得名"天井山"。《太平寰宇记》将天井山列在即墨区山峰条目下的首位:"天井山在县东十三里,周回二里,顶上有一井,水味甘美,因号天井。"[①] 在小龙山周围,还有干池山、东山等众多小山与之呼应。小龙山脚下东西两边分别依偎大村、大留村两个自然村。确切地说,大村位于小龙山的东北偏北方,大留村位于小龙山的西北偏北方,与这两个村子毗邻的有刘家官庄、西程哥庄等五六个村落。

长期居住在小龙山地区的人们,身处这样特定的空间,尤其是面对山顶森然黝然的深井,不断磨合出种种朴素奇幻、野语村言式的解释。唯其如此,一个陌生的、异己的外在世界,才能变成熟悉的、亲和的日常生活世界。不远的大海,长年缺水的农业区,附近有大大小小的众多山头,唯有一座山头有一口深水井,而山下大村的村民恰好又大都姓李……于是,村民便用一则姓李的小黑龙传说解释上述现象。

山有龙则灵,老百姓便把天井山俗称为"小龙山"。直至今日,当笔者跟他们谈起天井山,大多数人并不熟悉这个名字,待笔者说出"小龙山",他们才知悉。小龙山之名之所以脍炙人口,是因为人们坚信井里住着一条保护他们的小龙,"天井"因之被叫作"龙池",人们在龙池的北侧建了一座龙王庙。小龙山脚下的村民(包括大村、大留村及附近 2.5 公里范围内

[①] (宋)乐史:《太平寰宇记》卷 20,中华书局,2007,第 420 页。

的刘家官庄、西程哥庄等）说，龙池是小龙用龙爪抓出来的，他们还坚持认为小龙与山脚下大村村民都姓李，因此小龙降生在大村，刚出生不久就被父亲砍断尾巴，俗称"没尾巴老李"[1]。当地人对小龙诞生与龙池产生的解释丰富多彩，形成了多种鲜活生动的版本。

（一）版本一：李母被龙施法或戏孕，老李痛极抓池或解旱抓池

大村的村民李存世讲起秃尾巴老李传说，满是自豪之情：

> 没尾巴子老李是我们村的，是一条没有尾巴的龙。以前在大村的西南边，有几户人家，其中有一家姓李，叫李太，他的老婆是王氏。传说东海龙王邀请西海龙王，西海龙王从这儿路过，李太的老婆王氏正在河边洗衣服，西海龙王带着龙母，发现此人有仙气，龙母作法使王氏怀孕，过了一段时间便生下一个孩子，不太像个人样。李太觉得王氏有不正之气，怎么能生出这样一个说人不人、说神不神的东西。没过多长时间，长出来一个大体形状，有鳞、有爪。李太很害怕，满腔怒火，拿镰刀就砍，小龙急忙顺着窗户往外跑。这时，李太把小龙的尾巴砍掉了。小龙痛苦地跑到水南边的一座山，可能疼得太厉害，抓了一爪子，竟抓出一个龙池。[2]

大村的村民李守本在讲述中，特别提到一个神秘的蒲团以及一个"怪胎"：

> 我姓李，这个村是大村，没尾巴老李也是大村的。他的父亲叫李太，他母亲叫王氏。这条河叫水池子，早些时候女人去河边要带着蒲团，小龙的母亲坐着蒲团在河边洗衣服，觉着蒲团有点活动，回去以后就怀孕了。本来小孩正常出生是九个月、十个月，但是小龙出生时间往后拖延了，生下一个大肉球，如今说是"怪胎"，他娘就吓得昏过

---

[1] 即墨当地方言称秃尾巴老李为"没尾巴（子）老李"。
[2] 访谈人：马光亭，访谈对象：李存世（男），访谈时间：2007年11月10日，访谈地点：大村村委会办公室。

去了。他父亲用粪筐子撅（扔）出去了，因为他不是个孩子嘛！扔在了一条河里，这条河就在那个庙后面。因为龙喜水，后来这个肉球又生出一个小孩来，他爹就把他又弄回来了。在三日这天，他爹从外边回来一看变成了小龙，头在他妈怀里吃乳，尾巴就搭在门槛上。他爹就用镰把他尾巴一下子给割去了，从此他就走了，去了黑龙江。以后，天旱时候小龙就回来。咱当地干旱得很厉害，平地冒烟，就地裂缝。小龙，这个没尾巴子老李，是个孝子。他回来眼看他爹和他娘吃不上水，就来到他出生的小龙山抓水。第一下在东面那座干池山（也称烟台山）给他娘抓水，没抓出水来，就又往西行，最后抓出水来了，现在里面有个井嘛，后面又修了一座龙王殿。从那以后，他爹娘吃水问题就解决了。①

同是大村村民的张淑香则如此解释：

宋朝时俺村有户李姓人家，他老婆叫王氏。有一天下雨，这个王氏出来上茅房，正好来月经了，在外面蹲着，也不敢进来，天上打雷下来一条龙，把王氏调戏了，接着就怀孕了。王氏被龙戏弄，生下老李。老李刚出生就飞走了，三个月之后回来，把王氏吓死了。他爹李太气得拿镰刀砍掉小龙的尾巴，小龙飞到大村东边的山上，可能太疼了，就抓山上的土，一爪子抓下去，没抓出水来，这个山就叫干池山；又飞到西边山上，一爪子下去，出来水了，西边这座就叫小龙山。②

大村村民韩秀美也强调龙母的无辜被戏，只不过故事情境挪到了家院里："关于龙王出生的说法有好多种，村里人都说老李他妈是大夏天的时候在天井③里睡觉，才让天上的神仙给调戏了。当时老李他妈睡着了，所以根

---

① 访谈人：马光亭，访谈对象：李守本（男），访谈时间：2008年11月15日，访谈地点：大村。
② 访谈人：马光亭，访谈对象：张淑香（女），访谈时间：2007年11月10日，访谈地点：大村。
③ 天井，方言，即家中院子。

本就不知道。后来生孩子的时候,老李他妈被吓晕了,老李当时逃跑了。三日回来吃奶的时候,被他爸看见了,就把他的尾巴给砍下来了,后来老李下落不明。"①

大村村民在谈到秃尾巴老李时,会强调他和大村李姓家族的特殊关系。不过,虽然同是大村人,但不同性别的讲述会有明显不同,如该村男性讲述的传说情境,多在户外开阔的河边,更强调龙的神圣作法与隐喻的性活动,并没有特别使用带有情感与价值判断的"戏"。两位女性则认为传说发生的场景为民居家院,体现出女性叙事与传统家庭"女主内"分工格局的特定关联,并强调女性性征的吸引。或许正因此,面对笔者(女性)的访问,女性村民可以大大方方地讲述。但这类情节并不适合男性村民讲述,否则会被大家(尤其是女性)看作失礼甚至不正经。

接下来的几个传说版本,都有"风"这一自然现象的衬托。在农耕文明、海洋文明中,不仅河、海是龙栖居出没之地,风、雨也是"龙"这一形象出现的标配符号。大留村村民周学恕讲述了"风起龙戏"的情节:"大村有个人叫李太,结婚多年没有孩子。有一天,他老婆王氏去河边洗衣服,忽然刮起一阵大风。狂风过去之后,他老婆就怀孕了。是让龙王戏了,后来生出个怪物来,就是这条小龙。李太从田地里干活回来遇见了,用镰刀把他尾巴砍断了。"② 显然,村民周学恕在承认秃尾巴老李降生在大村的同时,也直言秃尾巴老李的母亲是"让龙王戏了"。与之相比,大村的男性则更为隐晦,这或许与讲述者为李姓家族成员有关,而大留村村民则不受此限。

江敦润是与大村相隔二三里的西程哥庄村民,他也坚持"风扑怀孕"的说法,而且故事场景也是发生在河边:"起初是在大村,傍黑天儿他妈在河边洗衣服的时候,忽然来了一阵风扑在他妈身上,回家后就怀孕了,生了他,就是龙王爷。"③ 在与大村相隔四里的刘家官庄村,村民刘吉光讲的

---

① 访谈人:马光亭,访谈对象:韩秀美(女),访谈时间:2008年11月15日,访谈地点:大村。
② 访谈人:马光亭,访谈对象:周学恕(男),访谈时间:2009年7月3日,访谈地点:大留村。
③ 访谈人:马光亭,访谈对象:江敦润(男),访谈时间:2008年11月16日,访谈地点:西程哥庄。

是"微风拂孕":"这是大村的,是微风拂孕生下的小龙。"① 值得注意的是,龙王庙内立于 2000 年的重修庙宇碑的碑记择取"微风拂孕"的说法:

> 天井山地处即墨城东十里,约五代十国,唐末农民起义,多年战乱,天灾人祸致使天井山周围人烟寥寥,蒿荒遍野。村中有一青年李太与邻村一贤惠姑娘王氏成婚后十年不孕,有一年仲夏,王氏到天井山下河洗衣服,突然一阵微风拂身而孕。来年六月十三日夜,电闪雷鸣,大雨倾盆,王氏昏迷中胎儿落地,待王氏醒来,龙儿却脱怀,破窗而出。第六日,龙儿变成黑小子投入母亲怀中吃乳,李太回家见龙身在炕上,尾巴搭在梁上,惊慌中拿起镰刀给龙儿削去了一段尾巴。②

"微风拂孕说"虽采自民间,但较为含蓄隐雅,因而受到知识精英的青睐,这应是其被采纳、固定下来的主要原因。除了风、蒲团、大雨等作为龙戏的隐喻,在当地还有"水里漂过来一段枯木"或"一团水藻"的说法,在此不赘。

(二)版本二:蛋生池栖身说

大留村村民周遵希热心于恢复小龙山的各种民俗活动,他说小龙是从蛋里生出来的:

> 没尾巴老李出生在大村,现在问到底出生在谁家,谁家是没尾巴老李的后代,都没有承认的,觉得是件耻辱事。那为什么感觉耻辱呢?就是因当时出生了这么一个"奇物"。他爹叫李太,传说两口子上坡③去种地,在坡上一个下大雨冲出的窝子里拾了一个大蛋,比鹅蛋还大,回家后把它搁在炕头上,用东西盖上,日子长了抱出来一个奇物,出

---

① 访谈人:马光亭,访谈对象:刘吉光(男),访谈时间:2008 年 3 月 6 日,访谈地点:刘家官庄村。
② 笔者以为,该碑记应是从《龙山》宣传小册中抄录的。《龙山》一书,收集整理了关于小龙山自然、文化等相关的文献资料与民间传说,由即墨市龙山风景区管理处主持编写,2001 年成书。
③ 上坡,当地方言,即到田地里干农活,种庄稼。

生时就和小长虫（蛇）似的。有一天，他爹上坡割豆子去了，割豆子就得用一张镰，磨得锋快。回家后听到孩子哭，走到院子本来应该把镰搁下，他没搁，直接进屋了，看到一条奇物，头扎在他娘怀里吃奶，尾巴搭在梁上，所以他非常生气：哼！这么一条东西还给他奶吃！他爹就用镰刀给他砍下一截尾巴来，它疼得拱破窗就走了。来到村南附近的小龙山，在山上周围转转，使爪子抓，抓出一个龙池，就在龙池里住下了。①

这一说法，强调秃尾巴老李是从蛋中孕育出来的，且是从归属模糊的某处被水冲来的地块里捡来的，巧妙地否定了大村王氏是秃尾巴老李的母亲，以及秃尾巴老李的大村出处。显然，同为小龙山脚下的大留村村民因为多姓周，无法同大村的李姓村民争夺秃尾巴老李出处，因而倾向于将秃尾巴老李传说视为当地所公有、共有的知识。其叙事逻辑是，不管秃尾巴老李的龙父属何方神圣，都是在庇佑这一方土地，是这一方宝地吸引了外来神灵。

（三）版本三：葛子说

西程哥庄与大村、小龙山之间隔着大留村，该村村民江敦升的讲述追溯得更远："大村东有个坟，埋在道南，那是李家的祖坟。也许是因那地方有地气，竟生出来一个大葛子②，每天晚上都到北河去喝水，早晨返回。一次，一个推大瓮的人起早赶集经过，一不小心将那大葛子给碾断了。之后，李家就生下了现在称为'没尾巴老李'的黑龙。"③葛子这种植物蜿蜒有若蛇、龙之状，由此及龙，应是老百姓因形会意的联想。"葛子说"可谓秃尾巴老李降生的前传，它将秃尾巴老李与李家的渊源追溯得更深远，并肯定了秃尾巴老李与大村李姓的血脉关系。调查发现，西程哥庄、刘家官庄等

---

① 访谈人：马光亭，访谈对象：周遵希（男），访谈时间：2007 年 11 月 10 日，访谈地点：大留村。
② 葛子，即葛、藤蔓等植物。
③ 访谈人：马光亭，访谈对象：江敦升（男），访谈时间：2008 年 11 月 16 日，访谈地点：西程哥庄。

村村民对秃尾巴老李与大村李姓的关联比较肯定,其没有加入对于这一神圣资源的竞争,是置身两个最近(内)村落之外的当地人。

关于秃尾巴老李的出生,大致可以分成"神龙戏孕说""拾蛋说""葛子说"等。在民众的讲述中,亦有将几种说法杂糅在一起的情况。不过,"神龙戏孕说"成为当下村民的主流话语。在河边、院子、雨天的厕所等几个事发地点中,河边是出现频率最高、也是最宜于各种性别人群讲述的。蛇为蛋生、葛子蜿蜒若蛇,这些不同的变调也同声叙述着相同起因——龙。龙是秃尾巴老李的亲生父亲。正因如此,激起了人间父亲李太的极度怒火。秃尾巴老李传说透露出的这种血缘担忧和防范,也表现在大村两位女性讲述的女性禁忌中。雨天正是龙王行雨之时,处于生理周期的女人在这种时候长时间如厕,很容易让龙闻到女性的气味,到人间行不轨之事。夏夜湿热,女性在院子里长睡,穿着太少,气味效果同上,亦容易引龙蛇来戏。大村村民韩秀美曾对笔者说起一则故事:她娘家的村子有个女人,晚上就躺在院子里睡觉,过不久肚子疼,就生了一窝小蛇。小蛇在当地有时被叫作长虫、小龙,被蛇戏也就是被小龙戏。① 此外,针对妇女的忌讳还有很多,据韩秀美介绍:"村里妇女平时忌讳一些东西,如妇女生理期不能在河边洗衣服,尤其不能洗内衣,内衣要在星星出来之前拿到屋子里面晾。夏天,不能在天井不盖东西躺着睡觉,光叫神灵戏了。女人不能在葡萄树下,光让葡萄核儿戏了。女人不能在河沿上茅房,光让蛤蟆、长虫给戏了。"② 众多的女性禁忌,透露出村民强烈的防范意识,其是对于外来的、不知名的、可能引起血缘不纯正的阳性动物的防范。可是,这种防范本身,恰恰证明了人们心目中这种外来者侵入的高度可能性。

上述异文虽同为小龙山当地人的口述,但却各不相同,呈现地方叙事的差异性。笔者注意到,女性以家为内,是植根于家院的内外表述,而男性则是以当地地域统合的内外表述,由此建构起他们"内""外"身份的划

---

① 访谈人:马光亭,访谈对象:韩秀美(女),访谈时间:2008 年 11 月 15 日,访谈地点:大村。
② 访谈人:马光亭,访谈对象:韩秀美(女),访谈时间:2008 年 11 月 15 日,访谈地点:大村。

分与归属。唯其如此,才能彰显出村民主体视角下的村落社会所具有的"多种力量共存的、活态的生活共同体"① 的性质。在闯关东移民这一大的历史背景下,即使当地人们普遍介入其中(当地人俗称"基本每家都有闯关东的"),但其叙事依然保持着个人的不同想象。这一情况说明施爱东的质疑是有依据的,即民间故事的"地域系统"未必能够成立。多源分流的民间传说不仅随时间、空间而变异,也随不同讲述主体的知识结构、讲述目的及讲述语境而变异,甚至同一讲述者的两次讲述也会变更部分情节。②

当然,相比于同中之异,分析异中之同或许更有价值。虽然传说中秃尾巴老李母亲的受孕原因各有不同,但叙述大都强调空间的发生地为大村。换言之,不管是龙王、妖怪,抑或是大蛋,这些不明的外来者所留下的生命种子,最终都要通过母亲"大地"的孕育,方能结胎成龙。秃尾巴老李的诞生本身,便证明了他是"内""外"促生的产物,这就为秃尾巴老李作为地方神,致力于保护"地方——家乡"奠定了坚实的基础。只不过这一地方神的形象,还会随着外地、异乡的不断界定而发生相应的层累叙事演变。

二 层累的地方神

传说中的小龙不仅出生在大村,还与小龙山周围的景观紧密联结,在建立文化意义的同时,将周围地区纳入传说,共同建构起小龙山一带的"地方"叙事,如干池山是传说中秃尾巴老李第一爪子抓下去的山,窝洛子的巨石则是从龙爪漏下的石块等。除了附近的几个山头,传说还越过海洋,将附近海面上的岛屿,乃至更远的东海、东北连缀起来。人们在说起秃尾巴老李的母亲时,多会提到即墨海域上的千里岛,以及千里岛上的耐冬花。据说那里是秃尾巴老李母亲的坟墓,因为母亲喜欢花,他就在坟上种满了耐冬花。有的村民干脆说,没尾巴老李被割掉尾巴后,到了千里岛。有的村民则把传说圈扩展到了东海,认为秃尾巴老李最后去了东海。

---

① 张士闪:《当代村落民俗志书写中学者与民众的视域融合》,《民俗研究》2019年第1期。
② 施爱东:《顾颉刚故事学范式回顾与检讨——以"孟姜女故事研究"为中心》,《清华大学学报》(哲学社会科学版)2008年第2期。

关于秃尾巴老李断尾后的去向，当地人说法不一。以下是笔者于 2007~2008 年搜集到的有关秃尾巴老李断尾后去向的各种回答：

  这个事情本身只是个意识而已。至于当年他走没走谁知道？只不过是现在认为，人们给他建了房子，祭祀以后，他就回来了，回不回来谁知道？或者他还一直在这呢！（李守林，男，大村，1992 年自发建龙王庙之人）

  小龙去了东北。听说有条龙历年行恶一方，小龙是青龙，托梦给会首爷，说我要去打白龙，你们几点几分上江沿支援我。看到黑浪扔馒头，看到白浪扔石头，最后打败了白龙。（李守本，男，大村）

  小龙抓出龙池之后，往东南方向走，去了东海，实际是去千里山，把他娘葬在了千里山。（李存世，男，大村）

  老李跑了就再也没回来，去小龙山修炼去了。龙池边上有些小黄花，因为老李他娘活着的时候喜欢小黄花，死后老李就给他娘修了个岛，岛上种些花草，船民都不敢动岛上的花，要不就光翻船。龙王现在在海里。（刘江氏，女，刘家官庄）

  小龙断尾之后去了东海，后来的事就不清楚了，去没去黑龙江不知道。（姜景桂，男，刘家官庄）

  小龙现在住在黑龙江，只是每年的六月十三回小龙山过生日，而且当天留村，每家每户会摆供品为他庆祝生日。（周学伦，男，大留村）

  小龙住在海里的龙宫，每年的六月十三回来过生日，然后又飞回海里。（张德云，男，大留村）

  小黑龙就住在小龙山的龙池里。（周丕俊，男，大留村）

从上述众多的说法中，可以隐约发现秃尾巴老李传说在地化的后续情节，对于原有小龙传说内容的叠加变异，即秃尾巴老李到东北的故事情节，应该是后来吸收了闯关东的内容而增添的。在原先的传说中，可能只是朴实单一的龙崇拜，比如一条小龙住在龙池中，因龙池通着东海，所以东海就成为小龙的另一个去处，等等。小龙或秃尾巴老李奔向东海或者海中的千里岛，这是从陆地、乡土奔向海洋的一种模糊归向。由于中国传统社会以农耕文明为主，且从明清以来官方重农封闭倾向的引导，所以离乡出走的人们从海洋去往更远的东北陆地与乡土，继续以农民身份在异乡拓展。显然，闯关东移民所代表的时代浪潮与官方引导对传说有所影响，诚如施爱东所言："不同时代的传播者总是会依据自己的当下诉求，不断对既有故事进行重新理解和重新表述。"①

与秃尾巴老李传说层累扩展开的地方意识相伴随，其作为地方神所保护的范围也在扩展，将秃尾巴老李作为老乡神的"家乡人"越来越多。如作为秃尾巴老李诞生地的大村村民经常谈及："没尾巴子老李是俺大村的，他行雨的时候带着雹子，都绕着大村走，往别的地方去了。"即便现实生活中出现了灾情，他们也不怪老李，而是归罪于自己的德行。

秃尾巴老李的眷顾不限大村，也惠及更广泛的即墨地区。大留村村民周遵希说道："清朝道光十七年，山东好多县大旱，田地里连棵野菜都没有，人相食。加上之前连年灾祸（蝗灾、涝灾、棉虫灾、旱灾），当地人民的生活困苦不堪。有一天，从天空的西北角刮来一块儿云彩，到了离留村十七八里的石人河村就下雨了，而且只给这一个村下雨，救了这个村子。"②秃尾巴老李不仅逢旱降雨，逢老乡乘船过海，也保驾护航，将庇护范围延伸到了所有的山东老乡。据黑龙江一带的老人说，秃尾巴老李保佑山东人，后来形成了一个传统，过江要先问问船上有没有山东人，有山东人才开船，有山东人就不会出事。

秃尾巴老李作为地域保护神，不仅保护当地人的安全，还让他们免受外来人的欺辱。当"外来人"变成异族人的时候，秃尾巴老李身上又增添了民族神的几缕光辉。当地至今还流传着两个传说：一个是秃尾巴老李惩治抢夺宫灯的外来侵略者，另一个是秃尾巴老李水淹日本侵略军。周遵希对第一个传说更为稔熟，他说道：

---

① 施爱东：《顾颉刚故事学范式回顾与检讨——以"孟姜女故事研究"为中心》，《清华大学学报》（哲学社会科学版）2008年第2期。

② 访谈人：马光亭，访谈对象：周遵希（男），访谈时间：2008年3月5日，访谈地点：大留村。

当初京城遇旱灾，慈禧太后派人到小龙山区龙牌求雨。在离京城还有40米时就下起了雨。为答谢龙王，慈禧太后赐了一块匾和一对花皮灯笼。匾上写着"泽周壮武"，两个花皮灯是六个棱儿，玻璃的。当时德国人来到这个地方，看好这对灯了，就给摘去了，想运回国去。这个龙就显灵了，打着雷，下着雨，刮着风，把他们住的总督府的楼角给打下一块去。他们一看，感觉不妙，就又送回龙山了。他们照着那对灯又做了两个，一起送了回来，算是给龙王爷谢罪。以后，这两个灯好像在斗恶霸的时候给砸了。那块匾在"文革"时被大留村的人拿回家，削平做了面板，这家人也在他这一代断后了。[1]

调查发现，一些村民将这则传说中抢夺花灯的德国人，分别置换成了日本人、美国人，这三者都在不同时期侵略过青岛即墨地区。

秃尾巴老李作为保护神，其保护的地方从大村、小龙山地区、即墨、山东，扩展到全国，这是一个不断扩展、变化的"地方"。秃尾巴老李的保护范围与神性，总是相对于地方而言的，而且地方的范围是变动不居的，变化的依据取决于地方之外、外来者的属性。由此，地方甚至故乡的含义，总需来自异乡的规定。也就可以理解，人们唯有离开故乡，汇入移民大潮中，才能通过不断返乡、再离乡的双向流动，将异乡的情节与叙事带回，并汇入原乡的叙事与传说中，这是一个由此及彼、由彼及此的过程。王铭铭因此认为"故乡的含义，时常来自异乡"，[2] 这是颇有道理的。异乡，是建构故乡的必由参照。以下笔者将借助志书、文人作品等文史资料，进一步厘清该传说在地化的层累过程。传说的在地化层累，是地方原有文化的累加与叠变，以此构成层累的"地方"叙事。

三　文字记录中层累演变的龙传说

关于小龙山的文献资料，目前所见最早的是北宋初期乐史撰的《太平

---

[1] 访谈人：马光亭，访谈对象：周遵希（男），访谈时间：2012年5月11日，访谈地点：大留村。
[2] 王铭铭：《由彼及此，由此及彼——家乡人类学自白（上）》，《西北民族研究》2008年第1期。

寰宇记》。天井,在北宋时期已有此称谓,并因成山名。"水味甘美",似重在井水的食用价值。书中对天井山的描述尚未添加任何神化的质素,或因该著作只是一部地理总志,描述粗略,未及乡民野语。明朝以降的文献记载,则昭示出秃尾巴老李传说的在地化过程及层累叠变状况。

(一) 明代文献记载

即墨的第一本官方志书,是明万历七年至十二年即墨知县许铤督修的《即墨志》。该志书第2卷《山川》下有"天井山"词条:

> 天井山,在县东十里。山巅石窍若井,其水常盈,渊深莫测。傍有龙王庙,遇旱祷雨多应。湖南吴纪诗:"百尺清泉卧蛰龙,一源深与海波通。行云未慰苍生望,吐气先施造物功。井底夜光常射斗,泥蟠春暖定飞空。康时不但穰丰岁,头角峥嵘翱九重。"欧信诗:"昨宵风雨涨寒泉,神物蟠依积水眠。试听春雷从地起,为霖飞向九重天。"许铤诗:"百尺峰头一窍开,惊疑斩削自天裁。乾坤有意通灵脉,沧海无边潆仕怀。古庙深沉环岫嶂,神龙蟠结起云雷。应知沛潓先吾土,伫见甘霖遍九垓。"①

文中涉及的三位诗人分别是:即墨知县许铤、欧信②、吴纪③。三位官员作诗,显示出官绅对天井山的关注,也影响到后来官员对此地的持续注意。诗作描写了天井山的鬼斧神工、浑然天成,以及井中神龙的行雨灵验。许铤将小龙山龙王庙称为"古庙",可见庙宇当有些年头了。诗中的天井不仅没有水味甘美的描述,反而是"山巅石窍若井"。"若"井,显示出作为"井"本意的天井已然隐退。"遇旱祷雨多应"一句,显示出此地不仅举行求雨仪式,而且求雨灵验,在当地颇有影响。吴纪的诗进一步解释了天井与龙的渊源——"百尺清泉卧蛰龙,一源深与海波通",水里眠卧着一条蛰

---

① (明)许铤督修《(万历)即墨志》卷2《山川》,中国和平出版社,2005,第14页。
② 明成化二十年登进士,授户部主事,之后任山东布政使、山东左布政使。
③ 明朝湖南衡山人,成化十四年登进士,历官兵部主事、郎中。

居的龙，且与海相通。结合"井底夜光常射斗，泥蟠春暖定飞空"的描述来看，似乎并无秃尾巴老李背井离乡之意。

明朝关于天井山的诗文还被收录于乾隆版《即墨县志》《崂山续志》①等志书，以及《紫霞阁文集》等官绅文集中。周如锦，明末即墨人，万历选贡，任通判，在其《紫霞阁文集》中有多篇涉及小龙山的诗文，如《九日大观楼独酌戏简江永乡索酒》："此日溪楼独举杯，坐临城郭气佳哉。东南正是龙山会，西北谁登戏马台。节候稍迟篱菊晚，人情无赖野筵开。遥思江令非陶令，可望江州送酒来。"②诗中提到小龙山的庙会，而且特别说明"天井山，亦名龙山"。另外，周如锦还撰文《六月十三即事》，描绘了六月十三小龙生日当天求雨不得的愁苦之境：

> 六月十三日，小龙之生辰。大旱即三年，是日雨亦沦。谣俗久传此，不知所根因。天工良互杳，龙亦怪且神。孰能测其生，及生在何旬。城东天井山，鬼工凿嶙峋。小龙所窟宅，华池在昆仑。二月与启蛰，及此祈甘霖。年年烦牢醴，有司荐明禋。譬如称觞贺，施雨酬嘉宾。或酬或不酬，往事难悉陈。去年及今夏，膏泽常苦屯。平时不敢望，生辰谅殷殷。反招火龙来，千里鏊红尘。麦黍已半获，豈稻焦若燔。三年诳其二，谚语谁当询。小龙婿何处，老龙故未堙。受享无灵验，老龙胡不闻。③

这段文字显示，在明朝万历年间，小龙的生日已定为六月十三。每年二月二和惊蛰，官方会在小龙山举行祈雨仪式。诗句"小龙婿何处，老龙故未堙。受享无灵验，老龙胡不闻"，似乎暗示当地有老龙、小龙两位龙神。从该诗文中，尚未发现明晰的秃尾巴老李信息。

《崂山续志》收录了万历初即墨县丞周璠所作《天井山》："玉井高擎类鬼工，每于岁旱慰三农。片云贮石藏灵雨，勺水惊雷起蛰龙。色映松杉春

---

① （清）黄肇颚撰修《崂山续志》，山东省地图出版社，2008，第344~345页。
② （明）周如锦：《紫霞阁文集》卷3，文华石印局印，民国14年刻本，第11~12页。
③ （明）周如锦：《紫霞阁文集》卷2，文华石印局印，民国14年刻本，第21页。

漠漠,气涵星斗夜溶溶。甘泉自有清冷味,无用蒙山问紫茸。"[1] 该诗不仅赞颂了天井之龙解旱施雨,而且"气涵星斗夜溶溶"一句,同样提到井中之龙夜涵星斗发光的描述。乾隆版《即墨县志》收录了范炼金[2]的诗作《天井山》:"寻春萧散过龙山,杖扣苍苔四眺间。石液倒衔星斗入,云根常带雨雷还。西连雉堞屯霞色,东接鲸溟近曙颜。一自幽人泼墨后,蛟珠错落起苔斑。"[3] 范诗描写了龙山之龙行云布雨,夜间井中之龙"倒衔星斗",与周璠的"气涵星斗夜溶溶"相呼应。

文献资料显示,至迟到明代,天井山已经有了"龙山"的俗称,而且提到天井之水、龙远通大海,暗含着与海中龙王的关系。神龙行雨时,"应知沛澍先吾土,伫见甘霖遍九垓",特别讲究地缘情感。

(二) 清代文献记载

乾隆版《即墨县志》中收录了清康熙二年癸卯科举人、被称为"邑诗人之冠"的黄坦所作的《天井山记》:

> 山之巅有石井,东西广三四步,南北倍之,四隅廉峻方似削,若人工修剔而无斧凿痕,故曰天井。其深达数十丈,于山之高下且相倍焉。其水清冽渟注,以物投之,铿然有声,佥曰:"此海窍也。下通蛟龙宫,每氤氲出云气,与天气接而雨泽降焉。"井之北为龙神祠,遇亢阳,邑侯步祷,命土人悬筐,涤井中瓦砾沙碛,往往获异物。不移时甘霖大澍,阖邑士庶莫不知其为龙之灵也。附近居民,尝于阴霾昼晦,见苍龙自井出,上属于天,鳞角爪牙可指数,倏忽风雨暴至乃不见。因名为小龙山云。呜呼!崂山名胜大都不越数十区,而天井居其一,且于墨最近。余生长于墨四十二年,始得一览观焉。俯仰太息,以慨其游之不早,乃知世之骛远忽近,足不离户庭,而竞言岳渎之奇者,

---

[1] (清) 黄肇颚撰修《崂山续志》,山东省地图出版社,2008,第347页。
[2] 范炼金,字大冶,明代即墨人,诸生,以古文词赋为世所推,而诗名尤著。
[3] 尤淑孝修,李元正纂《(乾隆)即墨县志》卷10《艺文》,中国和平出版社,2005,第350~351页。

与余游天井山何以异哉！①

黄文增加了更多的神幻与民间色彩，并且解释了小龙山之名的来历，是得自附近居民亲眼见到苍龙从井而出，且所到之处风雨相随。

在目前所见文字资料中，黄玉瑚②的《天井山记》最早提到天井山独有的求雨法宝——龙牌③，并且记录了当地村民、庙祝亲眼看到井中出龙，以及亲历龙神灵应的过程：

> 墨邑有龙井，在邑东十里培嵝之顶。方阔四丈余，深十余丈，上下皆石，如斧凿无痕迹。俯窥一泉澄泓幽邃，森人毛发。明时，铸铜龙牌投井底，岁旱则取龙牌祀之。非数宜灾，祷无不应。甚矣，井之灵而龙之神也！丁巳夏，村民赛社，余曾随众登览。庙宇颇狭，檐下即井，入庙皆绕井而进，无别径。龙神威严，梁间塑二蟠龙，色苍白，须鬣爪牙与俗所塑迥异。问之庙祝，云："龙出现时，村人记其形，倩人图摹者也。"窥其井幽深骇目，井南隅忽见红光如片帛。众咸指曰："龙神现矣！雨必至矣！"时方旱，余未深信。及晡进城，至夜而果雨。迨今已十年矣，每欲记之，懒于操笔。今岁暮春，墨邑大旱，谷不播种，宿麦多枯。新任邑侯甫下车，祈祷雨沛，槁禾重苏。龙之灵亦奇矣哉！独是龙之变化莫测，大藏须弥，小如芥粒，飞天潜渊，宜在深山大泽之中。藐小数丈之山，区区一井之微，必辟其地而居之，岂爱其地气特灵欤？志书名天井，俗钦龙之神，以小龙名之。近村周氏多文人，阙而未记。余曰：井为龙所托，山以龙而灵，是不可以无记也。

---

① 尤淑孝修，李元正纂《（乾隆）即墨县志》卷10《艺文》，中国和平出版社，2005，第270~271页。
② 即墨人，乾隆三十六年举人，后担任江苏荆溪县知县。
③ 龙牌，原贮于小龙山龙王殿前天井（龙池）中，明清至民国时期恰逢大旱，周围村民都来请龙牌求雨，视若法宝。1992年，当地政府组织人力掏挖龙池，挖出金属制龙牌63面，均为长方形，大小有16厘米×22厘米、15.5厘米×22厘米不等。最早的两面龙牌由明嘉靖二十四年大乘僧人所制，上书"杀人偷盗脑血开，贪人旷语压尘埃。吃酒吃肉一时死，手接铜钱天降灾"。

故记之。①

光绪五年（1879）举人林钟柱作《天井山谒龙神祠》："奇石横空凿，遥遥不记年。铁摇风铎冷，铜铸雨牌圆。岭谷千重抱，波涛四壁悬。料应天井底，长有老龙眠。"②诗中提到铜铸的"雨牌"，或许是为了应和光绪三年知县宫本昂所做的十块龙牌与两块嘉靖年间的老龙牌。"铜铸雨牌圆"的"圆"，或许只是出于韵脚的工整，因为目前发现的龙牌都是长方形的。

黄肇颚（1827—1900），即墨人，光绪年间贡生，在其撰修的《崂山续志》中收录了其所作的《天井山》：

> 天井一名天池。池在山巅，有龙居焉。世传龙姓李氏，龙母墓在今海阳界，故此又称小龙山。龙甚灵，祷雨辄有应。昔有邑侯某，以公之省垣归。值大旱，不入署，自邑步祷，一步一顿首。及至山，阴云四合，甘霖立沛，其灵应多类此。池贮铜牌二，纵广各数寸，称曰龙牌，其语似偈似咒，明嘉靖间僧大成造，盖镇龙也。祷雨者以为神，讨请者遍遐迩，而雨亦辄随之。光绪三年，邑侯宫子行本昂，加铸数面置池中，以应四方之求。庙在池北，供龙神像，梁间塑蟠龙二，作苍白色。相传祷于神，龙现形池中，故塑者貌之逼肖。以六月十三日为龙神诞。光绪十年钦颁匾额，敕封九江王。今庙貌拓新，香火甚盛焉。③

黄肇颚首次提到龙的姓氏是"李"，以及位于即墨千里岛的龙母墓，并且从龙母、龙子的关系解释天井山中栖居的是"小龙"，所以俗称"小龙山"。黄文还较为详细地介绍了龙牌的来历与发展，即从明朝嘉靖年间大乘僧人所造的两块似偈似咒、镇龙的龙牌，到宫本昂为应四方之求加铸的数面求雨龙牌，并特别提到光绪十年钦赐匾额，敕封九江王。

---

① （清）黄肇颚撰修《崂山续志》，山东省地图出版社，2008，第345页。
② （清）黄肇颚撰修《崂山续志》，山东省地图出版社，2008，第347页。
③ （清）黄肇颚撰修《崂山续志》，山东省地图出版社，2008，第344~345页。

同治四年进士周铭旗①的故乡就是大留村，故对天井山极为关注，在其《出山草》中有若干篇关于天井山的诗文，如《题天井山》：

天井山头天井水，下有龙蟠深无底。
老树蜿然矫如龙，盘龙峭壁偃复起。
群龙受命护洞门，一龙潜入碧潭里。
耆然石扇仰天井，霹雳动摇千峰紫。
烟收雾敛龙回车，劈空怒掉苍龙尾。
有时随月照龙宫，戏伴骊龙弄珠喜。
涛声谡谡效龙吟，耳畔锵然协宫徵。
我刖龙游岁屡经，由来神物久愈灵。
还山醉谱松风曲，携客酣歌龙出听。②

该诗出现了黑龙、断尾等元素。"戏伴骊龙弄珠喜"，应出自"探骊得珠"的典故，指的是在骊龙的颔下取得宝珠。骊，古指黑龙，《庄子·列御寇》有"夫千金之珠，必在九重之渊而骊龙颔下，子能得珠者，必遭其睡也"的说法。而此前吴纪的"井底夜光常照斗"，周璠的"气涵星斗夜溶溶"，范炼金的"石液倒衔星斗入"等诗句，也呼应着骊龙得珠的典故。以此推之，天井里的这条龙应该如民间所说，是一条黑龙，而且至迟在明朝万历年间已有此说法。据当地诸多老人说，民国年间有人确实在晚间见过有亮光从龙池里射出来。周铭旗应该是在当地"小黑龙"原型的基础上，又以骊珠的典故进行装点。"劈空怒掉苍龙尾"一句与"龙尾"相关。此句应有两种解释，最直白的理解是小黑龙断尾；另一种是苍龙劈空掉尾（即掉转方向）。最关键的是"我刖龙游岁屡经"中的"刖"字。"刖"是古代五大酷刑之一，是断足、砍脚之刑。刖龙应该是被砍、被割、被断足之龙。因为人类没有尾巴，所以没有断尾之刑，但人体若像龙一样横陈，人的脚

---

① 周铭旗（1828—1913），祖居即墨大留村，后迁至鳌山，同治四年登进士，著有《出山草》12 卷。
② 转引自大留村志编纂委员会编《大留村志·附录》，内部发行，2003，第 185 页。

和龙的尾部是对应的,都是末端,刖龙应指龙的断尾。

小黑龙、断尾的要素在周铭旗诗文中首次联合出现,再结合同期黄肇颚文章中提到的李姓、龙母墓等元素,可以推知,在二人所处的同治、光绪年间,秃尾巴老李传说的多种要素已经进入小龙山地区。从文字记载中不难发现,官绅文人的作品吸收了民间传说的部分内容。反过来说,通过对民间传说的分析,亦能加深对诗文的理解。而且,官绅文人的作品与当地百姓众说纷纭的口头传承一样,也层叠着不同时期的元素,如在周铭旗的诗文中依然保留着"近海凿龙宫"等与明代诗文相承的描写。可以说,民间文学与官绅文人创作,共同勾勒出一个层累演变的龙神形象。秃尾巴老李传说层累演变的过程,也是地方史、地方性知识层累的构建过程。在这一过程中,官民之间的"文化合谋"是显而易见的,旨在建构地方历史与民俗传统的神圣与伟大,并隐含着国家政治、地方精英与民间社会之间礼俗互动、同气相求的贯通。①

四　结语

透过青岛即墨小龙山地区秃尾巴老李传说的在地化过程,不难发现,所谓的在地化并不指向一个确定的"地方",而总是有赖于内、外因素的动态构建。唯其如此,地方之间、地方之内才能在长久的张力中,保持常在常新的互动。对传说空间元点定于一尊的考证,虽具有一定学术价值,但从民众讲述及其生活实践的角度观之,则不必执着于此。或许在民众心目中,只要传说所统合的生活世界关乎其生存,即是可信可传的,便会赋予其丰富的意义,成为他们生活中的一部分。

---

① 张士闪:《当代村落民俗志书写中学者与民众的视域融合》,《民俗研究》2019年第1期。

中国当代鬼传说之概念指涉[*]

陈冠豪[**]

摘 要：在我国当代民间传说中，以鬼魂为主题的叙事类型数量颇丰且深具特色。但受限于封建迷信等观念影响，国内对鬼传说的研究较为罕见，加上鬼传说和鬼故事、谣言常被混为一谈，和都市传说的关系也总定位不明，皆加大了鬼传说的理解难度。虽说鬼传说和鬼故事、谣言皆将鬼魂作为叙事主体，但就叙事结构和叙事功能而言，鬼传说有着不同于其他口头叙事的特征。厘清当代鬼传说和传统鬼传说、都市传说、鬼故事、谣言之间的关系，方能准确地认识我国鬼传说的特质。

关键词：都市传说；鬼传说；真实性；恐怖感

关于鬼故事，俄国学者李福清（B. Riftin）曾在书中提到，俄罗斯民间将其称为 bylichka，意思是真实非虚构的小故事，且鬼故事一般讲述的不是过去的事情，而是现在发生的，仿佛讲述者亲身经历或是看见鬼的人转述给他的。[①] 这些特征是人们对鬼故事最普遍的认知，值得深究的是，鬼故事既以超自然的鬼魂为叙事主体，描述的是生者遇鬼的灵异体验，按理应归为幻想型故事，但我国民间流传的部分鬼故事却具有鲜明的时代性色彩，

---

[*] 本文原载《民俗研究》2019年第4期。
[**] 作者简介：陈冠豪，上海大学文学院博士后。
[①] 参见〔俄〕李福清《神话与鬼话——台湾原住民神话故事比较研究》，社会科学文献出版社，2001，第253页。

加上讲述者亲身经历的写实感，让人们常对情节信以为真，将其视为真实发生的社会事件，如此一来，在叙事类型和叙事特征上不免存在矛盾，并使鬼故事、都市传说和谣言之间有界限模糊的现象。由于国内对鬼故事的研究成果相当罕见，现有的期刊论文也普遍存在概念缺失的现象，故本文以都市传说的理论为基础，针对我国当代以鬼魂为叙事主体且强调真实性和恐怖感的叙事类型提出鬼传说的概念，并加以分析探讨。

一 何为"鬼传说"？

神秘莫测的鬼，具有独特的文化魅力，从古至今吸引无数人为之着迷。在学术界里，也有许多学者对鬼充满研究热忱，其中徐华龙是国内研究鬼文化的代表学者，出版过一系列相关专著，计有《中国鬼文化》《中国鬼文化大辞典》《西方鬼故事》《鬼话连篇》《鬼学全书》《中国鬼故事》《鬼学》等书，[1] 其鬼文化的研究视角主要围绕着鬼的由来、鬼的历代形象演变、鬼在文化风俗中的角色、鬼与宗教信仰的关系、鬼与祭祀仪式的关系、鬼与社会思潮的关系、中国鬼话的定义、中国历代鬼话流变、中国传统鬼话分类、中国鬼文化对文学艺术的影响等。在此基础上，本文将避开研究成果相对丰富的话题，以乏人问津的当代鬼传说为主要论述对象。

笔者曾在论文中将以灵异事件为情节核心并强调真人真事的民间叙事类型定义为"恐怖传说"[2]，但考虑到近年来，国内以"犯罪谋杀""意外事故""食品安全"为主题的叙事类型有逐渐增加的趋势，而这些内容也同样具有恐怖惊悚的叙事效果并重视真实性的塑造，为使研究对象更加明确，便将原先的名称更改为"鬼传说"，表明专以流传较广的人类鬼魂为叙事主体。而之所以不使用"灵异传说"或"超自然传说"的名称，正是因本文暂不将神仙和精怪列为研究对象。为明确区分鬼魂和精怪之别，笔者便进

---

[1] 参见徐华龙《中国鬼文化》，上海文艺出版社，1991；徐华龙《中国鬼文化大辞典》，广西民族出版社，1994；徐华龙《西方鬼故事》，广西民族出版社，1994；徐华龙《鬼话连篇》，湖南文艺出版社，1996；徐华龙编《鬼学全书》，中国华侨出版社，1998；徐华龙《中国鬼故事》，北岳文艺出版社，2001；徐华龙《鬼学》，北岳文艺出版社，2008。
[2] 陈冠豪：《中国当代恐怖传说之"解释"结构探讨》，《民族文学研究》2011年第5期。

一步提出"默认机制"的概念：由于在精怪传说的叙事传统中，讲述者多会于行文中明确交代或刻意描述精怪的整体或部分特征，如狐狸的尾巴、老虎的爪子等，来提示该角色为精怪；故倘若该篇传说中未出现叙事主体精怪特征的明示或暗示，便可将其默认视为鬼传说而非精怪传说。而位列仙班或是有明确职能和信仰体系的叙事主体，笔者即理解为神仙传说而非本文重点关注的鬼传说。

就叙事特点和功能而言，鬼传说可归入都市传说（Urban Legend）的范畴，属于其下恐怖传说的亚类型之一。故笔者参考西方都市传说的时代性特质，以国内改革开放、经济起飞，社会发展迈入现代化阶段为分界点，将此前的传说列为中国传统鬼传说，将之后的传说列为中国当代鬼传说，中国当代鬼传说传播方式包括口头、书面、网络及影视媒体等。

关于中国当代鬼传说的外部特征，笔者概括为15点。

（1）以超自然的鬼为叙事主体。

（2）贯彻"死生有别"的传统观念，亡者和生者的界限壁垒分明。

（3）承（2），故生者若和鬼接触，便会受到惊吓，发生伤亡等不幸事故。

（4）承（2）（3），故生者若知晓亡者的鬼魂身份，便不会出现人鬼相恋、人鬼交好的情节内容。

（5）承（2）（3），以此观念为基础，强调并呈现恐怖感的叙事效果。

（6）核心情节必发生于近期、当下，而非"很久很久以前"或古代任一时期。

（7）承（6），故核心情节多被强调为讲述者自身经验或是其周遭认识之人所亲历。

（8）承（6）（7），以此背景为基础，强调并呈现真实性的叙事效果。

（9）主要叙事目的为休闲娱乐，并在社交场合中起到人际关系的维系作用。

（10）承（9），有"道德悬置"现象，不以惩恶扬善等道德教化为主要叙事目的。

（11）不试图解决人鬼间的冲突，反而多突显二者间的对立矛盾。

（12）承（11），故传说主人公多以程度不等的惊吓或伤亡为结局。

（13）承（11），倘若有化解人鬼冲突的情节，多轻描淡写一带而过，不会成为主要内容。

（14）在最短情节中起承转合，能形成逻辑结构完整的叙事。

（15）在确保传说的母题、情节基干、叙事功能得以正常发挥作用下，对"实名"的使用有选择的弹性。

综合以上数点可推论，当代鬼传说是一种在短小却结构完整的叙事篇幅内，以超自然的鬼魂为叙事主体，通过强化人鬼差异所带来的矛盾危险以及真人真事的情景渲染，来激发阅听人[①]的紧张不安和感同身受的联想，由此呈现恐怖感与真实性的叙事效果，进而达到人际交流的娱乐目的。因此，总是断简残篇的谣言，或天马行空、架空现实的故事，以及强调灵验性、以劝善为宗旨的神仙传说皆不在本文关注的鬼传说范畴之内。

相较于古代文学中的文人作品，当代鬼传说在国内学界一直处于边缘地位，可见的研究论文相当稀少。现有成果中，张婷明确限定其论述对象为都市传说中的校园恐怖传说，并先后运用戴尔·海默斯（Del Hymes）的言语分析模式和理查德·鲍曼（Richard Bauman）的表演理论来解析恐怖传说在校园讲述时的情境和特征，并在此基础上指出在口头传播之外的网络传播渠道有"拒绝交流"的差异。[②] 赵莉则主要从网络文学的视角来分析鬼故事流传的现象、特征和影响，但由于作者过于偏重对载体——网络的论述，从而在材料使用上出现民间文学和作家文学杂糅的现象。[③] 杨斯康同样选取网络鬼故事作为研究对象，并将收集到的鬼故事放到空间变化和人际关系的互动层面来探讨人们的心理健康和精神状态。[④] 而甘露直接将灵异传说和都市传说画上等号并尝试对国内灵异传说进行分类，显见其受美国学者扬·哈罗德·布鲁范德（Jan Harold Brunvand）的影响，但却未能将西方理论和国内文化现象有机融合，遂在分类中出现如外星人、吸血鬼等外国传说。[⑤]

[①] 阅听人，指读者和听众。
[②] 参见张婷《当代校园恐怖传说研究——以北京师范大学的个案为中心》，硕士学位论文，北京师范大学，2010。
[③] 参见赵莉《网络鬼故事研究》，硕士学位论文，青海师范大学，2011。
[④] 参见杨斯康《鬼话连篇——网络鬼故事研究》，硕士学位论文，广西师范大学，2016。
[⑤] 参见甘露《灵异传说的类型及其文化解读》，《华中学术》2016年第1期。

李娟以笔仙传说为研究对象，系统地梳理古今中外的扶乩文化和研究成果，在个案分析中，虽借鉴西方学者琳达·戴（Linda Degh）与安德鲁·瓦森伊（Andrew Vazsonyi）关于传说（Legend）与事实（Fact）需通过传说实践（Ostension）来完成互动的观点，但作者并未于田野中观察人们如何用行为事实来展示笔仙传说的，而是将此理论化用为传说的主人公亲身实践笔仙传说的解释。① 马星宇曾撰写两篇以山东大学流传的校园恐怖传说为主题的论文，文中将校园恐怖传说定义为在大学生群体中广泛流传、以大学校园为背景的带有恐怖、灵异、神秘色彩的传说，并将其分为三种类型，其中一类即为闹鬼传说。作者从网络文学的视角来延展校园恐怖传说的思路，在身份标识、文化认同的功能论述上，虽加入口头文本向文字文本转换的观察和思考，但同样对网络表现形式的论述着墨过多，故对传说本身的特点分析则显得相对薄弱。②

由此可见，近年来，当代鬼传说作为学术话题在青年学者间获得较多的关注，但可见的研究成果多为硕士学位论文，未达成共识也未见掷地有声的创新论述，其中仍有许多值得研究和尚待商榷之处。比如在最根本的名称使用上，在上引的期刊论文中便众说纷纭，如恐怖传说、鬼故事、灵异传说等，未有定论，也未见一人对其研究对象提出明晰的概念定义，更遑论对各个名称间异同的比较。因此，本文既将鬼传说作为主要研究对象，首要工作自是对其进行明确的概念界定。

二 当代鬼传说与传统鬼传说

由于古代鬼传说一词易产生时代的局限性误导，且为体现都市传说反映现代化进程的特点，以求更有效地反衬当代鬼传说的当下性，故本文将大陆1980年以前，港台1960年以前，符合鬼传说定义的叙事类型称为传统

---

① 参见李娟《传说与传说实践——以青少年笔仙传说为例》，硕士学位论文，华中师范大学，2016。
② 参见马星宇《校园"惊魂"：校园恐怖传说探析——以山东大学校园传说为例》，《民俗研究》2016年第6期；马星宇《山大诡事——一则网络传说的传播与认知》，《贵州民族大学学报》（哲学社会科学版）2017年第5期。

鬼传说。换言之，时代特点的体现是当代鬼传说和传统鬼传说最显著的区别，如以传统鬼传说《谢彦璋》为例，传说先交代谢彦璋近日遇害身亡，其生前每日都要吃鳖，而传说主人公是一名渔夫，某日天未亮时便准备出门捕鳖，结果在路上遇见一人，他对渔夫说：

"子若不临网罟，则赠子以五千钱，可乎？"渔人许之，遂获五千，肩荷而回。比及晓，唯讶其轻，顾之，其钱皆纸矣。①

该篇传说所使用的"现金变冥纸"情节母题也可见于流传于近代的传统鬼传说，如《买烧饼的人影》，描述了每天凌晨四点都有一名女子会去烧饼店买饼，某次该女子离开后，老板将她付的两个铜钱放入水盆，结果竟皆化成香灰，众人便沿路跟踪女子，最后在一座新坟里发现一个刚出世的男婴。② 这篇传说的母题发生了变异，鬼魂所支付的现金最终不是变为冥纸，而是化作香灰。尽管如此，这仍是识破鬼魂身份的关键情节。而沿袭到当代鬼传说，如《手里的 20 块钱》，其描述一位出租车司机某晚收工前载了一名女乘客，到目的地后女人回家拿了 50 元让司机找 20 元，隔天司机发现钱盒里多出一张冥纸，辗转得知昨晚的女乘客几天前已过世，最后司机去太平间确认，竟看到尸体手里握着 20 元零钱。③

借由对相同母题不同时期的叙事文本进行比较可知，主要情节皆为现金变成冥纸，传说主人公都是事后获知鬼魂的真实身份，且这三篇传说都着力渲染事件的真实性，而非强调善恶报应的观念。由此可见，在情节结构、叙事手法和母题形态上，鬼传说不论传统或当代，皆是一致的。二者最明显的差别就在于，传统鬼传说保留了旧时的社会情状和人们的认知经验，从今天的视角来说，起到从侧面记录、还原部分历史的作用。而当代鬼传说则会因时代变异而做出细节的调整，如铜钱换成纸钞，以出租车取

---

① （宋）李昉等编《太平广记》卷 354《鬼三十九·谢彦璋》，中华书局，1961，第 2803 页。
② 参见文彦生《中国鬼话 1》，台北：泉源出版社，1992，第 189～190 页。
③ 参见《200 个鬼故事，包你看两天》，楚楚街，2012 年 5 月 18 日，http://page.renren.com/699153758/note/846831961? ref = hotnewsfeed&sfet = 2012&fin = 38&ff_id = 699153758&feed = page_blog&tagid = 846831961&statID = page_699153758_2&level = 1。

代人力车等，包含鬼母产子此类过时且影响合理化的情节则被删除，体现出现代化后传说自身因时制宜的进化历程。由此可知，在排除时空背景的条件后，当代鬼传说和传统鬼传说在叙事手法和特点上是相通且有延续性的。

我国以古代鬼传说为主题的科研成果相当丰富，一般从宗教学、文学、语言学等层面切入，在此便不逐一赘述。虽然古代鬼传说的研究成果丰硕，但以民间文学为视角，结合传说文本和鬼魂主题作为研究方向的论述却着实不多，尤其将古今鬼传说比较分析的情况则更为罕见，这体现了国内鬼传说个案研究不足的现状。

传统鬼传说和当代鬼传说的比较是历时性的，而从共时性的层面来看，因主题内容、表现形式、叙事目的的相似，我国当代鬼传说常和其他口头叙事文本混为一谈。但实际上，鬼传说和它们相比具有根本或部分的歧义，为了进一步厘清鬼传说的定义及所指，下文对鬼传说和其他易混淆的叙事类型进行比较论述。

三　当代鬼传说与都市传说

都市传说[①]是带有讽喻意味或神奇色彩的、新近发生（或未经证实）的现实故事。[②] 1968 年，理查德·M. 多尔森（Richard M. Dorson）首先在《我们的活态传统：美国民俗概论》（*Our Living Traditions: An Introduction to American Folklore*）中使用"Urban Legends"术语，把它看作人们生活中依然活着的传统的一部分。[③] 学界研究都市传说最具代表性的学者为布鲁范德，其于 1981 年出版的《消失的搭车客：美国都市传说及其意义》（*The Vanishing Hitchhiker: American Urban Legends & Their Meanings*）（以下简称

[①] 目前，中外学者对当代传说和都市传说的概念之争未有定论，事实上，因两种说法各有利弊，现阶段也难以有所论断。而本文所持观点则是暂时先将都市传说视为当代传说下的一个亚类型，至于名称之辩因非本文所关注的话题，故暂不讨论。
[②] 参见〔美〕J. H. 布鲁范德《消失的搭车客：美国都市传说及其意义》，李扬、王珏纯译，广西师范大学出版社，2006，第 1 页。
[③] 参见 Tristram Potter Coffin, ed., *Our Living Traditions: An Introduction to American Folklore*, New York: Basic Books, 1970, p. 166.

《美国都市传说及其意义》）成功地把都市传说的概念介绍给社会大众，并将都市传说分为六大类：

(1) 经典的汽车传说
(2) 钩子和其他少年恐怖传说
(3) 可怕的污染
(4) 尸盗
(5) 令人难堪的裸体
(6) 购物的噩梦①

研究方法与布鲁范德相近的学者维若妮卡·坎皮农－文森（Veronique Campion-Vincent）和尚－布鲁诺·荷纳（Jean-Bruno Renard）二人于1992年合著了《都市传奇》（Legendes Brbanines Légendes Urbaines），也尝试为书中论述的所有都市传说分类：

(1) 警告的传奇：《生吞活物》《不由自主的食人族》《小魔怪效应与新科技的危险》《电焊工人的隐形眼镜》《浸有LSD迷幻药的包装纸》《微波炉里的猫》《老鼠骨头与不洁的食物》《被偷走的肾脏》《大卖场里的毒蛇》《被紫外线灯烤熟的少女》。

(2) 社会抗议与动员的传奇：《摧毁云霄的飞机》《神秘的猫科动物》《浸有LSD迷幻药的包装纸》《放生的毒蛇》。

(3) 惊吓的传奇：《拦路搭便车的鬼魂》《嬉皮士保母与烤熟的婴儿》《铁钩杀人魔》《都市躁狂症》《戴着铁链的流氓》。

(4) 幽默的传奇：《火鸡脖子》《坐在金龟车上的大象》《被偷走的祖母》《倒霉的水电工人》《强力黏胶复仇记》。②

---

① 〔美〕J. H. 布鲁范德：《消失的搭车客：美国都市传说及其意义》，李扬、王珏纯译，广西师范大学出版社，2006，第1~3页。
② 〔法〕维若妮卡·坎皮农－文森、〔法〕尚－布鲁诺·荷纳：《都市传奇》，杨子葆译，台北：麦田出版股份有限公司，2003，第431页。

作者坦言此种分类有些刻意并过于简化，且这和布鲁范德在《美国都市传说及其意义》中的分类实为大同小异。显而易见，就文本内容而言，都市传说的理论是针对欧美当代流传的各种民间叙事所提出的，其为一种集合式概念，发挥着统合归类的作用，其下涵盖各式情节母题及叙事效果的文本内容，如社会事件、笑话、谣言、绯闻，等等。值得注意的是，在欧美学者所搜集的都市传说中，数量最多、流传最广的鬼传说便是《消失的搭车客》[1]，其余目前可见的有《幽灵马车夫》《哭泣的女人》《汽车里的死尸》《鬼魂为垂死之人求助》《地狱之井》《血腥玛丽》等鬼传说。[2] 尽管如此，布鲁范德认为超自然传说应该有属于自己的集子、百科全书和索引，有些现代民俗学者也并未局限于这几个类型，而是在其都市传说集子中列入更多的超自然传说，如比利时的民俗学者斯特凡·托普（Stefaan Top）在他的一本著作中，便在第三部分"恐怖故事"中增加了一个"鬼故事"的分类目录。[3] 国内学者魏泉在《若有若无：中国大学校园传说的个案与类型》一文中对校园流传的传说进行了分类：

（1）确有其人其事的佳话和轶闻
①教授的传奇与轶事
②北大、清华厨师自修英文成才
③"五张半的故事"与大学生的刻板印象
（2）有其事无其人
①从军训中的"首长更黑"到"不会说话的大学校长"
②考场用手机作弊的故事与学风变迁
③艾滋病患者扎针与校园恐慌
④厦门"大学男生被色诱偷肾"

---

[1] 参见〔美〕J. H. 布鲁范德《消失的搭车客：美国都市传说及其意义》，李扬、王珏纯译，广西师范大学出版社，2006，第 61~79 页。
[2] 参见〔美〕J. H. 布鲁范德《都市传说类型索引》，张建军、李扬译，《民间文化论坛》2016 年第 3 期。
[3] 参见〔美〕J. H. 布鲁范德《都市传说类型索引》，张建军、李扬译，《民间文化论坛》2016 年第 3 期。

（3）人鬼情未了：大学校园的鬼故事
① "一条辫子"女鬼：香港到内地的新聊斋志异
②风水·尸体·坟地
③尸体解剖和下铺的姐妹①

从以上分类方法上能看出作者受布鲁范德之影响，更重要的是，魏泉将鬼传说拎出来和另外两类传说并列，显见国内外学者对当代鬼传说是有一定共识的。而魏泉的分类方式也揭示了一个文化现象：中西在都市传说，尤其是恐怖传说的内容上各有侧重和偏好，我国以鬼魂为主题的传说较为普遍，欧美则以谋杀犯罪为主题的传说较多。此差异我们从上文引用的法国学者文森和荷纳对都市传说的分类中可窥知一二，且我国的鬼传说在情节内容上还有更丰富的表现形式，现有的理论方法实未能顾及其全面性。

鬼传说既作为都市传说下恐怖传说的亚类型之一，它和都市传说中其他主题的恐怖传说之间有何差异？下文以"接电话"的情节母题为例，尝试对鬼传说和恐怖传说进行比较。

我国当代鬼传说《12点的电话！》描述说主人公连续三天的午夜十二点都会接到一通神秘电话，且电话的另一端都能准确地告诉主人公隔天考试的答案，事后主人公不断追问其身份才知道对方是已逝世的好友。②而欧美恐怖传说《孩子的计时保姆与楼上的男人》则是描述一名年轻女孩在别墅里照看三个年幼的孩子，当孩子在楼上睡觉时，她便在楼下看电视，过程中电话响起三次，女孩接起后电话另一头都只传来歇斯底里的笑声，最后发现电话是凶手在杀害三名孩子后从屋内二楼的分机拨出的。③

可以发现，在使用相同母题的叙事下，鬼传说以破坏既有的现象认知与生活经验来形成现实与超自然之间的矛盾，像该篇鬼传说便是鬼魂借声音的形式来表现预言的情节，最后鬼魂采用自报家门的方式让传说主人公

---

① 魏泉：《若有若无：中国大学校园传说的个案与类型》，《民俗研究》2012年第2期。
② 参见 RunDog《12点的电话！》，ihao 部落格世界，2010年5月15日，http://www.ihao.org/ss/html/10/t-90810.html。
③ 参见〔美〕J. H. 布鲁范德《消失的搭车客：美国都市传说及其意义》，李扬、王珏纯译，广西师范大学出版社，2006，第57~58页。

和阅听人知晓真相。而恐怖传说则是以触犯道德层面上的规范或禁忌来构建受害者和加害者之间冲突的,进而达到警示意义,如这篇恐怖传说正是因为传说主人公在工作时怠忽职守才导致了悲剧的发生。换言之,同为都市传说的鬼传说和恐怖传说尽管在叙事上都强调真实性和恐怖感,但前者演绎的多为灵异现象,后者讲述的则是社会事件,两者在情节内容的选择上有本质的不同。

除此之外,鬼传说和恐怖传说在叙事手法上也有显著的差异。民俗学家 W. F. H. 尼克莱森（W. F. H. Nicolaisen）在研究美国都市传说时曾提出"推延"的概念,[①] 即讲述者故意将影响情节发展的关键因素拖延到传说结束时才会告诉听众,像上述恐怖传说《孩子的计时保姆与楼上的男人》被"推延"的部分就是凶手原来就在屋内二楼此一重要背景。而笔者曾针对我国当代鬼传说的叙事提出"不合理事件"和"解释"结构,比如上述鬼传说《12点的电话!》[②] 的"不合理事件"是连续三天的午夜预言电话,"解释"则是鬼魂的自报家门。其中,在"解释"和"推延"的使用上,便能有效地区分鬼传说和恐怖传说的差异。首先,在结构安排上,"解释"使用的弹性,是讲述者的叙事需求可任意置于鬼传说的开头、高潮或结尾处;但"推延"只能被放在恐怖传说的尾声部分。其次,在性质上,"解释"和鬼传说的主要情节即"不合理事件"多为历时性关系;而"推延"和恐怖传说的主要情节则多为共时性关系。换个说法,"解释"是追溯型的背景说明,目的是催化"不合理事件"中的灵异性;而"推延"则是被隐藏的第二条情节支线,目的是将主要情节合理且完整化。

由此可知,鬼传说和恐怖传说之间存在根本的叙事差异,而目前对都市传说的研究理论多是将谋杀犯罪主题的恐怖传说作为对象所得出的,未必适用于鬼传说,故鬼传说的个案研究有其学术价值和必要性。

国内对都市传说的研究虽属发展初期,相关的学术论文却不少,其中张

---

① 参见张敦福、魏泉《解析都市传说的理论视角》,《民间文化论坛》2006年第6期。
② 参见 RunDog《12点的电话!》, ihao部落格世界, 2010年5月15日, http://www.ihao.org/ss/html/10/t-90810.html。

敦福、魏泉①、李扬和张建军②曾译介、撰写多篇与都市传说相关的文章，对推广布鲁范德的观点起到了重要的作用。此外，王杰文③和任志强④皆曾撰文对国内始自 20 世纪 80 年代的都市传说研究进行了历时性的回顾与反思。

相较都市传说的整体论述，从都市传说的视角来分析当代鬼传说的个案研究则较为罕见，如王娟指出《375 公交车》传说的内容有一定模式，多是关于生与死、年轻与年老、在家与在外等一系列的对立。⑤ 王杰文比较中西搭车客传说里乘客的异同，并针对此类传说延伸出的诙谐型搭车客传说，提出"反传说"的论点。⑥ 张敦福对中国的搭车客传说进行搜集，并介绍此类传说的母题差异，如车子可分为自行车、小轿车、出租车；乘客是人或鬼，结局是乘客消失，或是驾驶员误认乘客为鬼，或是乘客扮鬼抢劫，等等。⑦ 黄景春以 1990 年后上海流传的都市传说为论述主题，认为都市传说表现的是上海市民的生存焦虑，作者以传说角色的对立性来论述，如《上海九龙柱》传说中鬼与道士的对立，进而讨论二者在文化上的意义，并推至古代鬼话的影响。⑧ 马伊超则试图厘清《尸体新娘》传说形成和传播的历

---

① 参见〔美〕J. H. 布鲁范德《都市传说的研究方法》，张敦福译，《民俗研究》2003 年第 2 期；张敦福《都市传说初探》，《民俗研究》2005 年第 4 期；张敦福《消失的搭车客：中西都市传说的一个类型》，《民俗研究》2006 年第 2 期；张敦福、魏泉《解析都市传说的理论视角》，《民间文化论坛》2006 年第 6 期；魏泉、张敦福《中国都市传说的个案简析》，《民俗研究》2011 年第 2 期；张敦福、范周周《日本核辐射与中国盐恐慌：又一个都市传说》，《中国社会科学报》2011 年 4 月 12 日；魏泉《若有若无：中国大学校园传说的个案与类型》，《民俗研究》2012 年第 2 期；魏泉《裂变中的传承：上海都市传说》，《民俗研究》2013 年第 3 期。

② 参见〔美〕J. H. 布鲁范德《旧篇新章——美国都市传说略谈》，李扬、王珏纯译，《民俗研究》2000 年第 4 期；〔美〕J. H. 布鲁范德《都市传说类型索引》，张建军、李扬译，《民间文化论坛》2016 年第 3 期；李扬、张建军《都市传说分类方法论述》，《文化遗产》2016 年第 3 期；张建军、李扬《都市传说》，《民间文化论坛》2016 年第 3 期。

③ 参见王杰文《作为文化批评的"当代传说"——"当代传说"研究 30 年（1981—2010）》，《民俗研究》2012 年第 4 期。

④ 参见任志强《中国都市传说研究：理论与实践》，《民间文化论坛》2015 年第 6 期。

⑤ 参见王娟《校园民俗》，《民俗研究》1996 年第 1 期。

⑥ 参见王杰文《乘车出行的幽灵——关于"现代都市传说"与"反传说"》，《民俗研究》2005 年第 4 期。

⑦ 参见张敦福《消失的搭车客：中西都市传说的一个类型》，《民俗研究》2006 年第 2 期。

⑧ 参见王光东等《中国现当代文学与上海写作》，第六章"当代民间叙事的文化幻象——上海都市传说的文学解析"（黄景春），上海大学出版社，2013，第 182~209 页。

时性过程。① 可以发现，诸位前辈学者皆是针对国内发展相对成熟且知名度较高的鬼传说来展开研究的，不仅未见关于鬼传说全面且系统性的论述，而且还体现出国内研究成果稀缺的窘境。

综上可知，鬼传说作为都市传说下恐怖传说的一个亚类型，其无论在内容主题的选择上，还是叙事手法的安排上，都和恐怖传说有着本质上的不同。加上东西方叙事题材的侧重点有别，鬼传说在我国有更为丰富的表现形式，相较欧美更具科研的优势。由于鬼传说长期未受我国学界重视，故将鬼传说此叙事类型单独作为个案来开展研究，不仅得以厘清其自身多元的文化内涵，同时还可丰富都市传说现有的理论视角。

四　当代鬼传说与鬼故事

威廉·巴斯科姆（W. Bascom）认为神话、传说和故事皆属散体叙事：民间故事可以视为虚构的……可以置之于任意时间和任意地点。

> 神话……被认为是发生于久远过去的真实可信的事情。
> 传说……被讲述者和听众认为它是真实的，但它们不被当作发生于久远之前的事情，其中的世界与今天的很接近。②

这三者都是散文式的叙述，这使它们有别于歌谣、诗歌、绕口令等口头艺术。③ 而显见这三类散体叙事间最关键的特征便在于真实性与时间感。需指出，此处的真实性是指讲述者和阅听人对叙事文本或文学形式的主观信任状态，而不同于对历史或科学做出最终判断的客观事实。值得一提的是，本文无意从学科宏观的分类角度出发，为传说和故事提供明确或崭新

---

① 参见马伊超《"尸体新娘"——一则中国都市传说》，《非物质文化遗产研究集刊》2013年第00期。
② 〔美〕威廉·巴斯科姆：《口头传承的形式：散体叙事》，〔美〕阿兰·邓迪斯编《西方神话学读本》，朝戈金等译，广西师范大学出版社，2006，第9~11页。
③ 参见〔美〕威廉·巴斯科姆《口头传承的形式：散体叙事》，〔美〕阿兰·邓迪斯编《西方神话学读本》，朝戈金等译，广西师范大学出版社，2006，第8页。

的划分标准。故在上文中，笔者针对中国当代鬼传说所概括出的 15 项外部特征，目的是从我国当代大量以鬼魂为主体的民间叙事文本中明确并集中突显笔者的研究对象——鬼传说，并将其他使用相同主题且具完整情节结构但不符合 15 项特征的民间叙事排除在外，因其与本文关注的鬼传说相去甚远，故先笼统称之为"鬼故事"① 以示区分，关于其实际的类型属性暂不深究。

确认此前提后，再来检视皆以鬼魂为主体的叙事文本将更有助于厘清鬼传说的概念，如以"鬼有求于人"的情节母题为例，传统鬼传说《文颖》中记载：

> 夜三鼓时，梦见一人跪前曰："昔我先人，葬我于此，水来湍墓，棺木溺，渍水处半，然无以自温。闻君在此，故来相依。欲屈明日，暂住须臾，幸为相迁高燥处。"鬼披衣示颖，而皆沾湿。②

该传说描述的是鬼魂借托梦来向人求助，传说主人公在现实中果然寻得鬼魂所述之棺木，便以助其迁棺告终。而鬼故事《饿鬼》则是描述阴间有一个饿鬼专门敲诈阳间的活人，他有一个碗口大的圆圈儿，若套在人的头上便会疼痛难耐，便借此向人求取钱财和食物，但故事主人公最后凭耐力智取饿鬼。③ 可见这个故事主要传达的是勤奋勇敢，以智慧面对困境的正面态度。

再以"溺水亡灵"的主题为例，当代鬼传说《溺水的学生》④ 描述某大学男生喜欢深夜一人去校园的湖边玩遥控飞机，有一天他一去无回，事后警方在校内湖中找到其尸体。一周后，他室友晚上睡觉时都会听见有人进房并在座位上翻动物品的声响，且大家隔天起床时都会发现死者生前的座位处有一大摊积水。此状况持续数日，室友们饱受惊吓，最后校方便将

---

① 下文所有使用"鬼故事"一词的段落，皆是持相同立场的概念。
② （宋）李昉等编《太平广记》卷 317《鬼二·文颖》，中华书局，1961，第 2506~2507 页。
③ 参见徐华龙编《鬼学全书》第 2 卷《鬼话类·近世鬼话·饿鬼》，中国华侨出版社，1998，第 870 页。
④ 2006 年 1 月于新竹听笔者的高中同学讲述。

该宿舍的房号跳号,使鬼魂找不到宿舍,从此怪事才平息。而鬼故事《酒鬼和水鬼》则描述一个外号酒鬼的人某次和水鬼因酒结为好友,却因善良本性两次破坏水鬼抓替身投胎的机会,最后水鬼因敬佩主人公的为人而选择原谅。① 这两篇皆以"溺水亡灵"为主题的散体叙事,相较于前者着力刻画鬼魂归来的写实感,劝人为善的宗旨于后者显露无遗。

由以上数例可知,鬼故事主要是在抽离现实的基础上构筑情节,其架空传统"死生有别"的人鬼殊途观念,故叙事中不会强调事件的不合理之处,主人公仿佛对鬼魂司空见惯,缺少对真实性和恐怖感的渲染,字里行间多是为人处世的精神准则。显见鬼故事的世界观以超现实为基础,突显鬼魂言行与现实逻辑的冲突并非鬼故事的叙事目标,寓教于乐才是其首要宗旨。相反,鬼传说非常重视真实性的营造,因此会刻意着墨鬼魂的各种表现,借强化人鬼殊途的传统观念,并让情节背景和现实生活紧密贴合,以达到使人信以为真的叙事效果。可以说,相较于鬼故事的教育作用,鬼传说更重视娱乐功能。因此鬼传说和鬼故事的叙事主体虽皆为鬼魂,但二者的叙事目的有别,故最终在发展上会分道扬镳。需一提的是,不可否认鬼传说和鬼故事在各自流传和演变的过程中,会有互相转化的现象,但这个处于灰色地带,叙事类别尚不稳定的阶段,并非笔者关注的话题,本文要讨论的是目的和功能相对成熟且稳固的鬼传说。

相较当代鬼传说,国内学者多将鬼故事作为主要研究对象。其中文彦生的《中国鬼话》可为代表,书中对传统民间鬼故事做出整理并分类如"烟鬼""赌鬼""阎王""钟馗"等。② 伍红玉的硕士学位论文即以古籍和《中国鬼话》收录的鬼故事为对象,讨论鬼故事的发展演变、信仰色彩以及人文道德思想。③

欧美学者很早便注意到民间鬼故事的特色而着手搜集,如美国学者斯蒂·汤普森(Stith Thompson)在《世界民间故事分类学》的"吸血鬼与恶

---

① 参见徐华龙编《鬼学全书》第 2 卷《鬼话类·近世鬼话·水鬼》,中国华侨出版社,1998,第 736~738 页。
② 参见文彦生《中国鬼话》,上海文艺出版社,1991。
③ 参见伍红玉《中国口传鬼故事研究》,硕士学位论文,中国社会科学院研究生院,2000。

灵"类型中谈论死尸情人的故事,① 在"鬼魂回归"一类里所列举的故事则多是亲友重返人间。② 汤普森以世界各地的民间故事为其分类对象,德国的沃尔弗拉姆·艾伯华(Wolfram Eberhard)则是将中国民间故事依"AT 分类法"和其故事特点进行归纳,于 1937 年完成《中国民间故事类型》一书,其中和鬼故事相关的有:《骷髅报恩》《建筑牺牲者》《任命做城隍》《死鬼被杀》《死鬼追踪》《死去的母亲和她的孩子》《渔夫和淹死鬼》《鬼判官》《告状》《探阴间 I》共十个故事。③

显而易见,上述的鬼故事多架空"死生有别"的传统观念,带有强烈的幻想性和明确的道德教化意义,和鬼传说多"道德悬置"并强调真实性及恐怖感的特质不同。故对研究成果相对罕见的当代鬼传说先明确其叙事特点,再进行个案研究是有其必要性的,这对我国当代民间叙事的理论观点也会有一定的补足作用。

五 当代鬼传说与谣言

据上文所述,我们可以知道都市传说是指一些近期可能发生的、怪异的、有趣的或者可怕的事件;而谣言(rumor)则是一种未经证实的信息声明,主要传播人们认为重要的话题,一般会在情况不明、存在威胁或潜在威胁的状况下形成,并被企图理解或控制风险的人所使用。都市传说的主要功能是娱乐、逗趣和打发时间;而谣言则是当人们在一无所知的状态下,试着去理解和应付威胁时一起做的事。④

除了叙事功能的差异外,都市传说和谣言在结构上也存在明显不同。比如当代鬼传说《红马甲》描述北大 29 楼有一名女生晚上独自在水房洗衣

---

① 参见〔美〕斯蒂·汤普森《世界民间故事分类学》,郑海等译,上海文艺出版社,1991,第 49~51 页。
② 参见〔美〕斯蒂·汤普森《世界民间故事分类学》,郑海等译,上海文艺出版社,1991,第 304~309 页。
③ 参见〔德〕艾伯华《中国民间故事类型》,王燕生、周祖生译,商务印书馆,1999,第 36~37、163~164、189、194~195、195~198、218~220、222、227~228 页。
④ 〔美〕尼古拉斯·迪方佐:《茶水间的八卦效应:透视谣言背后的心理学》,林锌颉译,台北:博雅书屋,2011,第 69~81 页。

服，一名古怪的老妇走进来问她要不要这件红马甲，女生拒绝了，但隔天大家发现女生死在水房里，背上有个红马甲的烙印。① 而同样以北大校园为背景的《静园五院》，其确切和鬼魂主题相关的只有一句话：

> 原来最早静园五院是燕京大学的女生宿舍，曾经有女生自杀过。②

该文虽不停以"夜晚要当心"的描述来暗示阅听人可能会有鬼现身，但却始终没有具体交代五院曾发生哪些闹鬼事件，让这段文字所提供的背景无法丰满化，最终仅能发挥介绍风物历史的作用，成为一则校园谣言。值得注意的是，人们在讲述谣言时会有一定叙事的特征，以世界知名的恐怖电影《七夜怪谈》中的一段情节为例：

> 记者铃子采访三位女学生，问："你听说过是什么录像带吗？"
> 女学生A："我听说会出现可怕的女人，对你说：'你一星期后会死。'"
> 女学生B："看深夜节目时会突然出现，然后电话会突然响起。"
> 铃子："深夜节目？知道是哪个频道吗？"
> 女学生B："我听说是伊豆的地方节目。"
> 铃子："一星期后会死？真的有人死吗？"
> 女学生C："我听高中学长说，有个女孩看过那卷录像带，后来和男友开车约会时死了。"
> 铃子："车祸吗？"
> 女学生C："不是，两人在停止的车子里，那个男的也看过录像带，真的，两三天前的报纸登过。"
> 铃子："知道是哪个高中吗？"

---

① 参见陈泳超编《北大段子·鬼故事》，新星出版社，2005，第96页。
② 吴芷洁、喻旭东：《燕园"灵异"事件簿》，2014年10月31日发表于微信朋友圈，北大青年，http://mp.weixin.qq.com/s?_biz=MzA3NzMDEyNg==&mid=200738805&idx=1&sn=e5360f17456d8f38f0e637492a269197&scene=1#rd。

女学生 C:"不知道,不是我学长的学校,学长也是听朋友说的。"①

此段以采访形式进行,整个过程体现出谣言惯常以关键词直接传达信息的特点,如电视里的人影、预言、伊豆电视台等,和上引北大谣言所传递的五院、女生宿舍、自杀等信息,特点和方式如出一辙。讲述者并不着力将这些零散且片面的词组串联成前后完整的叙事,而阅听人不仅对此不要求,还能顺畅地进行信息交换。综上所述,谣言是能在不顾及结构、逻辑完整性的前提下,以最精练的言语来传达特定信息;而鬼传说即使在最短篇幅内都会具备基本的情节结构,并用最合理且戏剧化的方式构成起承转合的完整叙事。

虽说都市传说和谣言在特质与功能上各有所别,不应混淆,但进行相互比较的研究是可行的,如美国学者尼古拉斯·迪方佐(Nicholas DiFonzo)便尝试将谣言、八卦和都市传说三类口头叙事进行定义。② 周裕琼透过文本分析和问卷调查,尝试提出深圳学童绑架案从流言演变为谣言,最终成为都市传说的建构过程。③ 刘文江探讨了传说、都市传说和谣言的内在关联及差异。④ 施爱东则先向前推至明清时期的采生传说,再结合时代背景的影响条件,提出盗肾谣言具有显著的传播周期性和社会性因素。⑤ 虽说国内谣言的研究还大有可为,但因本文集中关注的对象为鬼传说,故明确鬼传说和谣言间的差异是当前的主要目标,其余话题便暂不讨论。

我国目前针对鬼传说的科研成果多出于硕士研究生之手,在鬼传说的概念定义上均有缺失现象,导致所有论文中鬼传说的称谓众说纷纭,各种

---

① 参见《七夜怪谈》,另译《午夜凶铃》,导演:中田秀夫,原著作者:铃木光司;编剧:高桥洋等;主要演员:松岛菜菜子、真田广之;出品:东宝株式会社;首映日期:1998 年 1 月 31 日。
② 参见〔美〕尼古拉斯·迪方佐、〔美〕普拉尚·博尔迪亚《流言、传言和都市传说》,艾彦译,《第欧根尼》2008 年第 1 期。
③ 参见周裕琼《伤城记——深圳学童绑架案引发的流言、谣言和都市传说》,《开放时代》2010 年第 12 期。
④ 参见刘文江《作为实践性体裁的传说、都市传说与谣言研究》,《民俗研究》2012 年第 2 期。
⑤ 参见施爱东《盗肾传说、割肾谣言与守阈叙事》,《华南师范大学学报》(社会科学版)2012 年第 6 期。

民间叙事的类型也因此混为一谈。为明确我国当代鬼传说的所指，本文把以鬼魂作为情节主体，贯彻"死生有别"观念，具有完整叙事结构并强调真人真事、着力营造恐怖氛围，实践"道德悬置"的民间叙事定义为鬼传说，并推论出当代鬼传说具有 15 项重要的外部特征，最后再以时代为界区分出当代与传统之别。

在界定清楚鬼传说的概念后，本文接着便将易与鬼传说混淆的其他民间叙事进行比较，以进一步明确鬼传说的叙事特征。首先，本文尝试在都市传说的范畴下，揭示鬼传说和其他恐怖传说的区别。最终发现，从都市传说的角度而言，鬼传说因叙事主体的特殊性，其本身并不适用源自其他恐怖传说所得出的理论，包括分类和研究方法等，并且国内现有的研究成果也多是针对个别传说的论述，未见关于鬼传说的全面且系统的个案研究。从中西文化惯性的差异来说，鬼传说在我国有更丰富的叙事类型和表现形态，是都市传说中非常特别的文化现象，值得加以重视和分析。其次，本文针对中国当代鬼传说概括出 15 项外部特征，在此特征之外，其他以鬼魂为主体的民间叙事，皆先笼统称之为"鬼故事"以示区分，关于其实际的类型属性则暂不讨论。受"死生有别"观念及"道德悬置"的影响，鬼传说的叙事目的和方法与鬼故事有着本质的差异，无论讲述者在叙事过程中是有心还是无意地营造真实感，也不论阅听人对传说内容信以为真的程度如何，都无法否认鬼传说本身具备真实性和恐怖感的重要特质，而鬼故事则是在脱离现实的叙事背景下更重视寓教于乐的功能。最后，谣言作为新兴都市传说形成的潜在种子，其具有结构不全的叙事特点，和需具备完整起承转合的鬼传说存在一定的差别。

以鬼传说为个案进行研究分析，不仅可进一步提升其自身多层次的文化深度，同时还可丰富现有的都市传说理论，使其更加立体和全面。综上所述，鬼传说定义之提出有其事实的必然性，其后续科研的开展更有其学术的必要性。

民间传说研究七十年*

王 尧**

摘　要：在20世纪90年代以前，国内对传说的研究方法以主题流变、比较研究、文化审美研究为主，这些都是立足于传说文本的研究。其中以主题流变为大宗，其是贯穿70年传说研究史的主流方法。与其并行发展的思潮是对传说的文化审美研究。"四大传说"被奉为民间文学的经典作品，研究迄今未绝。20世纪90年代之后，中国民俗学逐渐开始从文本向语境的范式转换，语境导向为观察传说提供了更为立体多元的维度。此外，都市传说、传说的形态学研究均有较大开掘空间。而与我国丰富的传说储量不相称的是，近70年来的研究尚未建立起较完善的、专属传说的理论体系。相比神话、歌谣、故事，传说研究较为冷清，系统的研究专著则更少见。

关键词：民间传说；70年；文本；语境；四大传说

民间传说简称传说，对它的研究史梳理离不开与神话、故事的文类辨析。通常认为神话、传说、故事可以"广义故事"统括之。威廉·巴斯科姆在《口头传承的形式：散体叙事》① 中将此三者合称民间散体叙事，它们

---

* 本文为中央高校基本科研业务费专项资金 "地方性民间信仰与口头文学之关系研究——以山西洪洞为个案"（项目编号：310422122）阶段性成果。原载《民间文化论坛》2019年第4期。
** 作者简介：王尧，北京师范大学文学院讲师。
① 〔美〕威廉·巴斯科姆：《口头传承的形式：散体叙事》，〔美〕阿兰·邓迪斯编《西方神话学读本》，朝戈金等译，广西师范大学出版社，2006，第5~37页。

构成一组形式宽泛的分析范畴，呈现较强的同质性。其中，传说是介于神话、故事这两极的中间样态，它与神话一样被讲述者和听众接受和相信；而当学者对传说进行无语境或泛语境的纯文本研究时，传说则与故事呈现较多的交集，常可同义置换。三者的区别在于，传说的叙事内容比神话更接近世俗生活，通常不是发生在远古时代的事件；又具备相当程度的信实性，不同于纯粹虚构、娱乐性强的民间故事。

本文选择以影响较著的研究范式分类归纳，兼及对象和范围，希冀呈现70年来学术趋势及其内在理路的流变。

一 "历史演进法"与古史传说研究

在20世纪90年代以前，传说的研究视角以主题流变、比较研究、文化审美研究为主，这些都是立足于传说文本的研究。其中以主题流变为大宗，其是贯穿70年传说研究史的主流方法。

主题流变研究中影响最为深远的著作当推顾颉刚的孟姜女故事系列研究。[①] 早期研究中，传说也常被称作故事。顾氏发表于1924年的《孟姜女故事的转变》和1927年的《孟姜女故事研究》至今仍被视为主题流变研究的经典范式。他将所得全部材料排序，梳理孟姜女传说的历时变化和地域差异，并试图剥离那些叠加和黏附在传说上的诸种成分，归纳出"历史的系统"和"地域的系统"，前者尤以"历史演进法"为基准，该范式也成为其"层累造史"学说之证明，在当时颇具方法论的示范意义，使传说研究自起始之日便站在一个较高的起点上。

顾氏对孟姜女故事的资料积累和研究工作一直持续到1966年"文化大革命"爆发，前后凡40多年。此后不断有来自传说和学术史领域的学者对该范式深入研讨，如1983年河北省民研会与秦皇岛市文联在秦皇岛联合召开了孟姜女故事研讨会，论文发表在《民间文化论坛》1984年第2期，作者包括贾芝、匡扶、段宝林、许钰。为纪念顾颉刚先生逝世一周年出版的

[①] 顾颉刚编著《孟姜女故事研究集》，上海古籍出版社，1984。

《孟姜女故事论文集》①中除钟敬文、路工、张紫晨、刘守华等文之外，还收入日本学者饭仓照平撰《孟姜女故事的原型》和马昌仪撰《关于李福清孟姜女研究专著的概述》，介绍了两种具有代表性的同题海外研究。

进入21世纪之后对该范式的研讨，以施爱东《顾颉刚故事学范式回顾与检讨——以"孟姜女故事研究"为中心》②最具代表性。施氏指出，以实证史学的方法治民间文学，使用"历史演进法"之局限也很明显，主要表现为一源单线的理论预设与故事生长的多向性特点之间的不相符、故事讲述的复杂多样与文献记载的偶然片面之间的矛盾，以及在材料解读过程中基于进化论假设的片面性导向。尽管如此，顾氏的孟姜女研究依然无愧为民间文学史上"光辉的经典"。

将传说与神话纳入历时维度予以观照的是持"广义神话"观的袁珂，数十年对神话填海逐日般的研究经历使他感受到神话与传说并非截然两分，其内在的发展脉络不应被学者人为割裂，而现有的对神话、传说概念分而治之的做法显然不利于把握和呈现其中的历史连续性。另外，以"广义神话"涵括部分传说，也可拓展中国神话的研究对象，在一定程度上改观中国神话资料看似贫乏、零散的印象。

此一对广义神话的界定直接体现在袁珂《中国神话传说》《中国神话传说词典》《中国神话史》③等著述中。《中国神话史》内容上至《山海经》等先秦神话，含魏晋志怪、唐宋传奇，下及《封神演义》《西游记》等章回小说，牛郎织女、白蛇传、董永与七仙女、沉香劈山救母等传说也被视为后世产生的新神话，由此大为拓展了神话的范围。不过，此种界定未被学界广泛接受，迄今大多数论著中，对两汉以后的民间散体叙事仍以传说故事称之。

陈泳超著《尧舜传说研究》④受到顾颉刚研究的提示与启发。顾氏完成

---

① 顾颉刚、钟敬文等：《孟姜女故事论文集》，中国民间文艺出版社，1983年。
② 施爱东：《顾颉刚故事学范式回顾与检讨——以"孟姜女故事研究"为中心》，《清华大学学报》2008年第2期。
③ 袁珂：《中国神话传说》（上下册），中国民间文艺出版社，1984；《中国神话传说词典》，上海辞书出版社，1985；《中国神话史》，上海文艺出版社，1988。
④ 陈泳超：《尧舜传说研究》，南京师范大学出版社，2000，2016年10月再版。

孟姜女故事研究之后，很想继续做舜的研究，然而终于未果。陈泳超此书首次将历代传播的尧舜传说总体作为单独的研究对象，同时对顾氏"历史演进法"的进化论色彩保持高度警惕。作者始终站在传说立场上，对探究古史的"真相"没有兴趣，总体目标是考察传说的生成与流变，这一选题和定位完全突破了此前古史传说研究的常规框架。该书既有纯粹的历史研究，也有对传说情节单元的切割排比；以专章分别聚焦于尧舜传说在谶纬中的神异品格、舜与音乐的传说、逃王高士群体、舜孝传说的伦理观照、二妃意象的凄怨情调等比较活跃的情节单元，并一一做了深入的个案研究；对于田野口承形态与书面文献的对读，也倾注了持久而特别的关怀。

此后关于古史传说的专著有：郭永秉《帝系新研——楚地出土战国文献中的传说时代古帝王系统研究》①；刘毓庆主编《华夏文明之根探源：晋东南神话、历史、传说与民俗综合考察》及其著《上党神农氏传说与华夏文明起源》②；陈嘉琪《南宋罗泌〈路史〉上古传说研究》③等。

二 文化审美研究

与"历史演进法"几乎同时发展的思潮是对传说的文化审美研究，今仍不衰。学者们结合传说的社会、文化、历史背景，对传说中蕴藏的文化价值等命题进行阐发。

经过20世纪前半叶的剧烈社会变革，重估民间传说的文化价值成为"十七年"时期研究者面临的重要命题。1951年，何其芳在《人民日报》上发表《关于梁山伯与祝英台故事》④一文，产生了较大影响。当时有批评文章称梁祝被塑造为"傻蛋"和"贱妾"，化蝶结尾是"充满迷信的收场"，要求祝英台积极地斗争、反抗。何其芳指出：这种观点代表了一种不

---

① 郭永秉：《帝系新研——楚地出土战国文献中的传说时代古帝王系统研究》，北京大学出版社，2008。
② 刘毓庆主编《华夏文明之根探源：晋东南神话、历史、传说与民俗综合考察》，学苑出版社，2008；刘毓庆：《上党神农氏传说与华夏文明起源》，人民出版社，2008。
③ 陈嘉琪：《南宋罗泌〈路史〉上古传说研究》，中国社会科学出版社，2018。
④ 何其芳：《关于梁山伯与祝英台故事》，《人民日报》1951年3月18日。

好的倾向，即简单鲁莽地对待文学遗产，并企图以自己主观的想法来破坏那些文学作品原有的优美之处。在中国新民主主义革命取得全国胜利以后，必然要进行对文学遗产和文化遗产重新估价的运动。如果准备不足，就很容易有一种幼稚的想法，以为依靠几个革命术语或几个简单的社会科学的概念就可以评判一切、通行无阻，这就必然要发生许多笑话式的错误。何其芳的识见在当时已是难能可贵，60年后重读此文依然倍感冷峻。

西方人类学派的研究理念自民间文学学科建立初期已有较大影响。此种以人类学派进化论观念解释传说诸现象的研究框架，至20世纪80年代仍是主流范式之一。如巫瑞书《传说探源》[①]认为民间传说的产生有两大源头：神话和历史。神话经过历史化、地方化、传奇化的方式演变为传说；历史则由真人真事的艺术化、历史人物的附会捏合、虚拟人物的创造三种方式敷衍为传说。进入20世纪90年代后，伴随民俗学的语境转向，人类学派余音渐绝。

在中华人民共和国成立后相当长时段内，相比歌谣、故事，传说搜集和研究的范围都略显局限，或是集中在比较著名的白蛇传、梁祝等，或是侧重革命斗争、农民起义，方法也较难摆脱以阶级斗争思想来评论和改造文艺作品的阐释框架。此种缓滞局面至20世纪80年代之后有较大突破。一方面，各地区的民间传说得到了大量搜集整理，尤其是在"三套集成"工作开展后，传说资料出版的数量增加、质量提升；另一方面，学者逐渐突破单一的批评范式，从多元的视角展开研究。其中，文化审美研究取得了丰硕成果，不过时至今日，对此种范式的应用也趋近饱和。

钟敬文在20世纪二三十年代即撰写过有关传说的文章，如《中国的水灾传说》《中国的地方传说》《老獭稚型传说的发生地》，其是当时传说领域具有代表性的创新成果。1981年又撰专论《刘三姐传说试论》[②]，梳理前代典籍记录情况，指出刘三姐传说的形态发展及与歌圩风俗之关系。

[①] 巫瑞书：《传说探源》，中国民间文艺研究会理论研究部编《中国民间传说论文集》，中国民间文艺出版社，1986，第10～19页。

[②] 参见《钟敬文文集·民间文艺学卷》，安徽教育出版社，2002。

程蔷《中国识宝传说研究》[①] 一书首先追溯了识宝传说的形成及在不同阶段的发展情况。作者发现，唐以后的识宝传说分化为两条轨道：一条基本保持西域胡人识宝传说的基本形态，发生有限的变异，即后来的回回识宝、江西人觅宝、南方人憨宝，至今仍然活跃在民间；另一条是从西域胡人识宝传说中脱胎而出的洋人盗宝，人物身份、态度、宝物的性质、故事的基调和结局等都发生了质变。该书的视野并未局限于识宝传说本身，而是试图建立历史线索，努力勾勒不同阶段识宝传说的形态，同时对其演变的原因和规律进行探讨。2003 年又出版《骊龙之珠的诱惑：民间叙事宝物主题探索》[②]，就传说、故事的文类纠缠问题提出以"民间叙事"为纲做整合性的研究。

针对同一话题，许钰也在《口承故事论》[③] 中专门提出，将神话、传说、故事统称为"口承故事"，考察三种文类的共通点，同时也不抹杀各自的特性和独立发展史。在此书中，许钰对黄帝、孟姜女、鲁班等传说展开了专题研究。

故事学家刘守华的传说研究成果亦丰富多彩。他将比较研究法、母题和类型研究在个案应用上发挥到极致，在此基础上加以文化解读和意义阐释。这体现在刘氏著《比较故事学》《中国民间故事史》《道教与中国民间文学》[④] 中。刘守华还主编了多部传说资料集，如《中国民间故事类型研究》《张天师传说汇考》《千古英雄：湖北三国传说选》《水舞山歌：长江三峡传说选编》[⑤] 等。

陈金文专注于传说的文化研究，进入 21 世纪以来撰写了三部专书：《孔

---

① 程蔷：《中国识宝传说研究》，上海文艺出版社，1986。该书出版后，作者又撰文《识宝传说与文化冲突——识宝传说文化涵义的再探索》，刊于《民间文学论坛》1993 年第 2 期。
② 程蔷：《骊龙之珠的诱惑：民间叙事宝物主题探索》，学苑出版社，2003。
③ 许钰：《口承故事论》，北京师范大学出版社，1999。
④ 刘守华：《比较故事学》，上海文艺出版社，1995；《中国民间故事史》，湖北教育出版社，1999；刘守华：《道教与中国民间文学》，中国友谊出版公司，2008。
⑤ 刘守华主编《中国民间故事类型研究》，华中师范大学出版社，2002；刘守华主编《张天师传说汇考》，华中师范大学出版社，2009；刘守华、陈建宪主编《千古英雄：湖北三国传说选》，华中师范大学出版社，2011；刘守华、陈建宪主编《水舞山歌：长江三峡传说选编》，华中师范大学出版社，2011。

子传说的文化审美研究》《壮族风物传说的文化研究》《壮族民间信仰的传说学管窥》[①]。近年出版的专著还有：刘亚虎《广西山水传说探美》[②]、朗净《董永故事的展演及其文化结构》[③]、纪永贵《董永遇仙传说研究》[④]、巫瑞书《龙的传说与地域文化——"短尾龙"型传说的形成、流播及价值》[⑤]、张晨霞《帝尧传说与地域文化》[⑥]、张静的《黄陂木兰传说与风物》[⑦] 等。

三 "四大传说"经典的生成

罗永麟在1986年公开出版的个人论文集《论中国四大民间故事——兼论民间文学与文人文学的关系》[⑧] 中使用了"四大民间故事"的醒目标题，即指孟姜女、白蛇传、梁祝、牛郎织女四个故事。选择有代表性的作品措手，是他提出"四大民间故事"的动机。该书收录了作者的13篇文章，其中关于四大民间故事的有《试论〈牛郎织女〉》等8篇，写作时间为1957~1985年。方法基本遵循"自序"所述，"从文学作品本身的思想内容和艺术形式进行分析"，"用历史唯物论和辩证唯物论对具体作品进行具体分析"，以期弥补"我们除了对其故事演变，加以历史考证的兴趣外，对其思想内容和艺术特色，并没有做过较多而深入地（的）钻研，至今尚无一本专著"[⑨] 的缺憾。总体而言，仍然是从社会制度、风俗文化、人物塑造等角度进行的文化审美研究。

随着传说、故事研究的不断深化，二者的指向和区别逐渐明晰，此四

[①] 陈金文：《孔子传说的文化审美研究》，齐鲁书社，2004；陈金文：《壮族风物传说的文化研究》，民族出版社，2011；陈金文：《壮族民间信仰的传说学管窥》，中国社会科学出版社，2016。
[②] 刘亚虎：《广西山水传说探美》，广西人民出版社，1994。
[③] 朗净：《董永故事的展演及其文化结构》，上海古籍出版社，2005。
[④] 纪永贵：《董永遇仙传说研究》，安徽大学出版社，2006。
[⑤] 巫瑞书：《龙的传说与地域文化——"短尾龙"型传说的形成、流播及价值》，湖南师范大学出版社，2013。
[⑥] 张晨霞：《帝尧传说与地域文化》，学苑出版社，2013。
[⑦] 张静：《黄陂木兰传说与风物》，华中师范大学出版社，2016。
[⑧] 罗永麟：《论中国四大民间故事——兼论民间文学与文人文学的关系》，中国民间文艺出版社，1986。
[⑨] 罗永麟：《论中国四大民间故事——兼论民间文学与文人文学的关系》，中国民间文艺出版社，1986，"自序"，第3页。

者被统称为"四大传说"并得到广泛接受,被奉为民间文学的经典作品。对四大传说的研究迄今不绝,研究范围扩大至不同地域、民族乃至海外,研究范式亦不断更新,大致可概括为:文化审美研究、比较研究、流变研究和俗文学研究。

在罗永麟之前,已有学者在思想立场、地域文化、审美价值等方面对这四种传说不断进行阐释、评价。"十七年"时期的代表性文章除前述1951年何其芳《关于梁山伯与祝英台故事》之外,还有1953年戴不凡《试论〈白蛇传〉故事》①,肯定了《白蛇传》的审美价值,指出强硬划分阶级成分的方法缺乏常识,并强调对于传说改编应持谨慎而非随意的态度。

比较研究针对传说中稳定的和变异的部分,分析来自文本内部和外部的不同影响因素,从而探究传说本体的变化规律,对于来自异文化的相似现象尤具阐释力。过伟自20世纪80年代开始持续对四大传说进行跨民族的比较研究,主要论文有《孟姜女传说在壮、侗、毛难、仫佬族中的流传和变异》《孟姜女故事在少数民族中的变异》《侗族吴歌〈孟姜女〉比较研究》《梁祝传说在少数民族中的流传与变异》② 等。

贺学君《中国四大传说》③ 首次对四大传说展开系统性专论。该著追溯了传说的原型、情节和人物形象的变异,分析了传说与乞巧节、寒衣节、端午节、压胜信仰等民俗事象的关联,并且尽可能地搜集呈现了海外同类型传说的传播和变异情况。此后,巫瑞书、刘红④均撰写专著阐发四大传说与地方、民族的多样文化关联以及丰富的文化内蕴。

四大传说的海外演变以毕雪飞专著《日本七夕传说研究》⑤ 为代表。七

---

① 戴不凡:《试论〈白蛇传〉故事》,原载《文艺报》1953年第11号,转引自苑利主编《二十世纪中国民俗学经典·传说故事卷》,社会科学文献出版社,2002,第72~88页。
② 过伟:《孟姜女传说在壮、侗、毛难、仫佬族中的流传和变异》,《民族文学研究》1983年第00期;过伟:《孟姜女故事在少数民族中的变异》,《民间文学论坛》1986年第6期;过伟:《侗族吴歌〈孟姜女〉比较研究》,《黔东南社会科学》1990年第3期;过伟:《梁祝传说在少数民族中的流传与变异》,《湖北民族学院学报》2006年第4期。
③ 贺学君:《中国四大传说》,浙江教育出版社,1989。
④ 巫瑞书:《孟姜女传说与湖湘文化》,湖南大学出版社,2001;刘红:《民间四大传说研究》,中国社会科学出版社,2014。
⑤ 毕雪飞:《日本七夕传说研究》,中国社会科学出版社,2013。

夕传说是中日文化交流史上引人注目的文化现象,该书以大量日文文献为基础,呈现了日本文学、民俗学、民间文学视野下的七夕传说研究学术史。

俗文学研究主要围绕两类话题展开。一是敦煌文书,如吴真《敦煌孟姜女变文与招魂祭祀》①等。二是戏曲曲艺、影视、网络改编研究,如郭玉华《中国四大民间传说的戏剧传播研究》和高艳芳《中国白蛇传经典的建构与阐释》②等。资料集亦有多部可参,如周静书主编《梁祝文化大观》③,含曲艺小说、故事歌谣、戏剧影视、学术论文四卷,学术论文卷收录容肇祖、钱南扬、顾颉刚、阿英、赵景深等文。刘振兴总主编的《白蛇传文化集粹》④含异文卷、论文卷、工艺卷三册。叶涛、韩国祥任总主编的五卷本丛书"中国牛郎织女传说"⑤包括民间文学卷、俗文学卷、图像卷、研究卷、沂源卷;研究卷收录了日、韩和中国学界代表性论文,施爱东在该书前言中梳理了牛郎织女传说的研究简史。此外,还有《镇江·鹤壁"白蛇传传说"故事汇编》⑥等。文化艺术出版社于 2006 年出版了四部论文集:《名家谈白蛇传》《名家谈牛郎织女》《名家谈孟姜女哭长城》《名家谈梁山伯与祝英台》⑦,前述文章多有收录。

四 语境中的地方话语

20 世纪 90 年代之后,中国民俗学逐渐开始从文本向语境的范式转换,语境导向的研究范式为观察传说提供了较文本研究更为立体多元的维度。

---

① 吴真:《敦煌孟姜女变文与招魂祭祀》,《北京大学学报》2012 年第 1 期。
② 郭玉华:《中国四大民间传说的戏剧传播研究》,中国电影出版社,2017;高艳芳:《中国白蛇传经典的建构与阐释》,博士学位论文,华中师范大学,2014。
③ 周静书主编《梁祝文化大观》,中华书局,2000。
④ 刘振兴总主编《白蛇传文化集粹》,江苏文艺出版社,2007。
⑤ 叶涛、韩国祥总主编"中国牛郎织女传说"丛书(5 卷),广西师范大学出版社,2008。
⑥ 镇江市非物质文化遗产保护中心、鹤壁市非物质文化遗产保护中心编《镇江·鹤壁"白蛇传传说"故事汇编》,江苏大学出版社,2013。
⑦ 戴不凡等著,陶玮选编《名家谈白蛇传》,文化艺术出版社,2006;钟敬文等著,陶玮选编《名家谈牛郎织女》,文化艺术出版社,2006;顾颉刚等著,陶玮选编《名家谈孟姜女哭长城》,文化艺术出版社,2006;钱南扬等著,陶玮选编《名家谈梁山伯与祝英台》,文化艺术出版社,2006。

学者们在田野里观察日常生活中的传说样态，一方面以传说的社会功能为主旨，分析它所代表的人群的文化需求、所表达的社会化倾向和文化认同细节；另一方面也通过对活态传说的语境化、地方化考察，反观传说自身的生长规律。

传说和历史的关系始终是传说学的重要命题，这一讨论约略经过了客观真实的反映论至主观真实的建构论之变化过程。以赵世瑜、陈春声、刘志伟、郑振满为代表的社会史学者发现，传说与历史叙事在多个层面上具有同构关系，口头传说不应仅仅被当作野史轶闻，其应是和文字史料同等重要的集体性"历史记忆"，是心态史的直观呈现。在特定人群、社区的建构和凝聚认同等方面，传说潜移默化的影响力和渗透力甚至比历史叙事更加切肤沁骨。将传说与历史作为虚构与真实的传统二元对立史观渐趋消解，口述史、社会史、区域文化史等学科逐渐兴起。

赵世瑜《祖先记忆、家园象征与族群历史——山西洪洞大槐树传说解析》从山西洪洞大槐树移民传说中不只看到移民家族定居、发展的历史，也读出了北方族群关系变迁史、卫所制度等国家制度对基层社会影响的历史，以及晚清民国时期地方士绅重构传说的时代取向或追求现代性的努力。他在《从移民传说到地域认同：明清国家的形成》中提出，移民传说是讨论地域认同的一个切入点，它是 16~18 世纪地域认同不断扩展，也即明清国家形成的重要表征。[①] 通过对传说传承和改造的剖析，考察社区和族群建构身份认同过程的研究还有陈春声、陈树良《乡村故事与社区历史的建构——以东风村陈氏为例兼论传统乡村社会的"历史记忆"》，陈春声《乡村的故事与国家的历史——以樟林为例兼论传统乡村社会研究的方法问题》，陈春声《村落历史与神明传说的演变——以明清粤东一个乡村天后宫

---

① 赵世瑜：《祖先记忆、家园象征与族群历史——山西洪洞大槐树传说解析》，《历史研究》2006 年第 1 期；赵世瑜：《从移民传说到地域认同：明清国家的形成》，《华东师范大学学报》2015 年第 4 期；赵世瑜：《传说·历史·历史记忆——从 20 世纪的新史学到后现代史学》，《中国社会科学》2003 年第 2 期；赵世瑜：《小历史与大历史：区域社会史的理念、方法与实践》，生活·读书·新知三联书店，2006。

的研究为中心》①，刘志伟《女性形象的重塑："姑嫂坟"及其传说》，② 以及郑振满对宗族史的研究。关于同类话题，万建中亦撰有《传说记忆与族群认同——以盘瓠传说为考察对象》《传说建构与村落记忆》《民间传说的虚构与真实》《话语转换：地方口头传统的"在地化"——以新余毛衣女传说为例》③ 系列论文。

学者们还观察传说演述行为与生存语境和地方文化传统的互动关系，常见话题包括传说被生产和传播的动态过程，被提倡和被压制的异文之间的对抗，社会行为、观念对传说文本的诱导和制约，等等。对于传说具有的"真实性""地方性""变异性"等特质及其生长运行机制，学者们也提供了更为生动深入的看法。

此类研究代表作为陈泳超著《背过身去的大娘娘——地方民间传说生息的动力学研究》④。陈著专注于观察讲述人出于明确动机对传说进行改编的过程。经过在山西洪洞长达8年的田野调查，陈氏提出："传说动力学"的主导模型由地方性、时代性和阶层性的解剖视角，与"民俗精英"对传说的核心话语权和支配力共同构成。作者还揭示了传说的特征"权力性"：一切传说皆具备权力属性，差别只在于权力大小和使用成效。权力的动态表达即是"动力"。王尧对二郎神传说的研究也在山西洪洞的同一地方之内展开，⑤

---

① 陈春声、陈树良：《乡村故事与社区历史的建构——以东凤村陈氏为例兼论传统乡村社会的"历史记忆"》，《历史研究》2003年第5期；陈春声：《乡村的故事与国家的历史——以樟林为例兼论传统乡村社会研究的方法问题》，载黄宗智主编《中国乡村研究》（第2辑），商务印书馆，2003，第1~33页；陈春声：《村落历史与神明传说的演变——以明清粤东一个乡村天后宫的研究为中心》，载中国明史学会等编《第十届明史国际学术讨论会论文集》，人民日报出版社，2005，第356~364页。
② 刘志伟：《女性形象的重塑："姑嫂坟"及其传说》，载苑利主编《二十世纪中国民俗学经典·传说故事卷》，社会科学文献出版社，2002。
③ 万建中：《传说记忆与族群认同——以盘瓠传说为考察对象》，《广西民族学院学报》2004年第1期；万建中：《传说建构与村落记忆》，《南昌大学学报》2004年第3期；万建中：《民间传说的虚构与真实》，《民族艺术》2005年第3期；万建中：《话语转换：地方口头传统的"在地化"——以新余毛衣女传说为例》，《贵州民族大学学报》2017年第5期。
④ 陈泳超：《背过身去的大娘娘——地方民间传说生息的动力学研究》，北京大学出版社，2015。
⑤ 王尧：《凡人成神的传说模式》，《民族文学研究》2015年第5期；《传说与神灵的地方化——以山西洪洞的青州二郎信仰为例》，《民族艺术》2015年第5期；《传说的框定：全国性神灵的地方化——以山西洪洞地区的杨戬二郎信仰为例》，《民族文学研究》2018年第3期。

不同的是，后者的研究焦点在于借助传说对神灵之名的持续转化过程，观察地方性神灵的生长机制。

李然《山东秃尾巴老李传说与信仰研究》① 考察区域社会中传说、信仰及民众生活之间的互动。秃尾巴老李是一种地方性知识的集合，包含大量口头传说，依托庙宇和仪式，解释地方社会中的特定关系、秩序和逻辑，成为群体自我认同并向外展示的标志性文化。

岳永逸《灵验·磕头·传说：民众信仰的阴面与阳面》② 探讨了传说、庙会与地方社会的互构和传说映射的乡村政治等议题。纳钦《口头叙事与村落传统——公主传说与珠腊沁村信仰民俗社会研究》③，以一个蒙古族村落个案揭示了传说在村落传统建构过程中的功能。梁昭《表述"刘三姐"：壮族歌仙传说的变迁与建构》④ 将刘三姐的传说、戏曲、电影等各类文本还原到具体的时代和社会语境，考察一种特定的文化符码如何被表述、建构和接纳。还有一些学者认为，以语言形态传承的传说日渐衰微，而以"观赏"为主要传播方式的视觉媒介逐渐成为较重要的存在形态与传承模式；余红艳《景观生产与景观叙事——以"白蛇传"为中心》⑤ 即在此背景下提出"传说的景观生产"概念，着重探讨传说依附现实景观所实现的文化符号的生产过程。

五　都市传说的兴起

都市传说又称当代传说，是民间传说的一个重要分支，内容与当代都市生活密切相关，同时也可能包含某些传统母题。⑥ 都市传说概念来自李

---

① 李然：《山东秃尾巴老李传说与信仰研究》，山东人民出版社，2015。
② 岳永逸：《灵验·磕头·传说：民众信仰的阴面与阳面》，生活·读书·新知三联书店，2010。
③ 纳钦：《口头叙事与村落传统——公主传说与珠腊沁村信仰民俗社会研究》，民族出版社，2004。
④ 梁昭：《表述"刘三姐"：壮族歌仙传说的变迁与建构》，民族出版社，2014。
⑤ 余红艳：《景观生产与景观叙事——以"白蛇传"为中心》，博士学位论文，华东师范大学，2015。
⑥ 张建军、李扬：《都市传说》，《民间文化论坛》2016 年第 3 期。

扬、王珏纯译介美国民俗学者 J. H. 布鲁范德《消失的搭车客：美国都市传说及其意义》①，其在欧美国家已得到较为广泛深入的研究，国内对这一领域的探索还起步未久。

李扬撰写了《当代民间传说三题》《都市传说分类方法述论》②等文，讨论了都市传说的情节、特征、媒介、与传统传说的异同关系及分类等问题。陈冠豪的《中国当代恐怖传说之"解释"结构探讨》③提出当代恐怖传说具有"不合理事件"加"解释"的叙事结构；施爱东的《盗肾传说、割肾谣言与守阈叙事》④探讨了都市传说与恐慌谣言的区别以及转化的条件。相关论文还有王杰文《作为文化批评的"当代传说"——"当代传说"研究 30 年（1981—2010）》等⑤，张敦福、魏泉、黄景春等均提供了颇具代表性的个案研究。⑥近几年还由此衍生了从民间文学视角研究谣言的热潮，以施爱东为旗手，代表作有《谣言的发生机制及其强度公式》《周期性谣言的类别与特征》《谣言生产和传播的职业化倾向》《民族主义谣言的两极策略》《"谣言倒逼真相"的前因后果》⑦。其他学者研究有刘文江《谣言背后的"神话心性"及世界观研究》⑧、祝鹏程《托名传言：网络代言体的兴起

---

① 〔美〕J. H. 布鲁范德：《消失的搭车客：美国都市传说及其意义》，李扬、王珏纯译，广西师范大学出版社，2006。
② 李扬：《当代民间传说三题》，《青岛海洋大学学报》2002 年第 1 期；李扬：《都市传说分类方法述论》，《文化遗产》2016 年第 3 期。
③ 陈冠豪：《中国当代恐怖传说之"解释"结构探讨》，《民族文学研究》2011 年第 5 期。
④ 施爱东：《盗肾传说、割肾谣言与守阈叙事》，《华南师范大学学报》（社会科学版）2012 年第 6 期。
⑤ 王杰文：《作为文化批评的"当代传说"——"当代传说"研究 30 年（1981—2010）》，《民俗研究》2012 年第 4 期；王杰文：《乘车出行的幽灵——关于"现代都市传说"与"反传说"》，《民俗研究》2005 年第 4 期。
⑥ 张敦福、魏泉：《解析都市传说的理论视角》，《民间文化论坛》2006 年第 6 期；魏泉、张敦福：《中国都市传说的个案简析》，《民俗研究》2011 年第 2 期；魏泉：《若有若无：中国大学校园传说的个案与类型》，《民俗研究》2012 年第 2 期；魏泉：《裂变中的传承：上海都市传说》，《民俗研究》2013 年第 3 期；黄景春：《都市传说中的文化记忆及其意义建构——以上海龙柱传说为例》，《民族艺术》2014 年第 6 期。
⑦ 施爱东：《谣言的发生机制及其强度公式》，《民族艺术》2015 年第 3 期；施爱东：《周期性谣言的类别与特征》，《民族艺术》2015 年第 5 期；施爱东：《谣言生产和传播的职业化倾向》，《民族艺术》2015 年第 4 期；施爱东：《民族主义谣言的两极策略》，《民族艺术》2015 年第 6 期；《"谣言倒逼真相"的前因后果》，《民族艺术》2015 年第 2 期。
⑧ 刘文江：《谣言背后的"神话心性"及世界观研究》，《民族艺术》2015 年第 1 期。

与新箭垛式人物的建构》①、张静《西方传说学视野下的谣言研究》② 等。

六 传说的形态学研究

在形态学视角下，传说被置于抽离了时间与空间因素的真空环境之内进行切割，故传说与故事往往被视为同质的解析对象，研究的焦点在于无语境状态下纯文本的叙事规律。然而，此类研究在国内一度被视为"形式主义流弊"而未得到充分发展，实则尚有较大的开掘空间，如传说的形态特征、文类的区隔标志、演述人对文本的局部截取规律、传说负载地方性的限度等，有待研究者进一步探究。

刘魁立《民间叙事的生命树——浙江当代"狗耕田"故事情节类型的形态结构分析》③ 一文，将一个故事类型切分为9种变体后，创造性地提出情节基干、积极母题链、消极母题链等分析概念，所涉对象以故事为主，亦兼及传说，如"狗尾草"的来历。

施爱东对孟姜女、梁祝传说展开基于形态学的系列研究。④《故事的无序生长及其最优策略——以梁祝故事结尾的生长方式为例》以梁祝故事的结尾方式为个案，探讨故事生命树的生长机制，把采自不同时代、地区的各种梁祝故事视为均质文化平台上的"故事集合"，站在统计分析的角度证明民间故事形态多样化具有内在的合理性。《孟姜女故事的稳定性与自由度》则对孟姜女同题故事的所有母题进行合并同类项，归纳出9个故事"节点"，指出"节点"是同题故事中最稳定的因素。

张志娟《论传说中的"离散情节"》⑤ 从纯文本视角下的传说文类特征出发，指出传说的"信实性""地方性""解释性"等特征在很大程度上是

---

① 祝鹏程：《托名传言：网络代言体的兴起与新箭垛式人物的建构》，《民族艺术》2017年第4期。
② 张静：《西方传说学视野下的谣言研究》，《民俗研究》2016年第3期。
③ 刘魁立：《民间叙事的生命树——浙江当代"狗耕田"故事情节类型的形态结构分析》，《民族艺术》2001年第1期。
④ 施爱东：《故事的无序生长及其最优策略——以梁祝故事结尾的生长方式为例》，《民俗研究》2005年第3期；施爱东：《孟姜女故事的稳定性与自由度》，《民俗研究》2009年第4期。
⑤ 张志娟：《论传说中的"离散情节"》，《民族文学研究》2013年第5期。

由"离散情节"造成的。"离散情节"指传说中游离于主体行动进程之外的叙事成分，是以"名"为中心的叙事。

陈泳超《地方传说的生命树——以洪洞县"接姑姑迎娘娘"身世传说为例》① 尝试扩展形态研究的地域维度。形态学虽然以严格的"无时空"为前提，但并不意味着无法对之进行文本的外部研究。在对该前提进行充分讨论之后，可以逐一增加时间、空间、文化、民族等外部因素，观察文本形态在相应维度下从无语境、单一语境到完整语境的变化谱系和规律。

七　传说学的理论建设

与我国丰富的传说储量不相称的是，近70年来的研究尚未建立起较完善的、专属传说的理论体系。相比神话、歌谣、故事，传说研究较为冷清，系统的研究专著就更少见了。至今被引用最多的基础理论，除了前述威廉·巴斯科姆《口头传承的形式：散体叙事》之外，便是日本柳田国男的《传说论》②。该书自1985年译介出版后，成为影响几代学人的入门读物；后来关于传说特征的讨论，也大多在此基础上推进。略感可惜的是，对《传说论》的引用仅集中在"纪念物"和"传说圈"。此书还有许多卓见，如以连续四章的篇幅专门讨论了传说在信仰建构过程中的重要功能和巫觋群体对传说的发明，对当下语境中的传说研究不无启发。

程蔷《中国民间传说》③ 是中国传说学难得一见的理论专著，将传说分为"描叙性传说"和"解释性传说"，并对传说与故事做了明确区分，提出传说的五种独立特征："可信"的表述方式、推原性的思想、传奇性的情节、人物个性化、在流传过程中不断演变。并通过历代典籍中记录的资料，指出中国传说的一些独有问题，为后来者指出了一些可行的研究思路和线索。

---

① 陈泳超：《地方传说的生命树——以洪洞县"接姑姑迎娘娘"身世传说为例》，《民族艺术》2014年第6期。
② 〔日〕柳田国男：《传说论》，连湘译，紫晨校，中国民间文艺出版社，1985。
③ 程蔷：《中国民间传说》，浙江教育出版社，1989。

张紫晨《中国古代传说》① 最初定名为《传说概要》，前四章分别对古代传说的类型、记录、价值和特性进行论述；此后则分门别类地展示地方风物、建筑、医药、饮食、手工艺、风俗、历史人物等专题传说。黄景春《民间传说》② 对传说进行全面论述：传说的定义；与神话、历史、故事的区隔和关联；种类分为人物、史事、名胜古迹、地方物产、风俗传说；特征有四：可信性、传奇性、解释性、黏附性……

邹明华在《专名与传说的真实性问题》③ 中指明传说真实性的一项重要来源：专名。专名包括人名、物名、地名、朝代名等，它使传说区别于普通民间故事。它"先验地为真"，使得传说也同样被信以为"真"了。

此外，毕旭玲、陈祖英、张静④等对传说研究的中西学术史进行了厘清和反思。

八　结语

顾颉刚的"历史演进法"范式天才式地开辟了一条中国传说的特色研究之路。由此开始的主题流变、文化审美、语境转向、都市传说成为传说研究史上的四种主流取向。70 年的传说研究历程显示，无论研究对象、问题意识还是理论方法，从来不曾定于一尊，更不是竞争性的此消彼长、替代更新。区别只在于，问题意识会伴随学者的背景、兴趣和外在条件不断发散，由此引导研究范式转变。既没有绝对过时的理论，亦不存在绝对无价值的问题。时下热门的语境、实践、景观、都市传说等领域大有可为，对基础理论、历史起源、流变传播等问题也应勉力抓住可突破的契机。

进入 21 世纪后，由于保护非物质文化遗产运动在世界范围内展开，一

---

① 张紫晨：《中国古代传说》，吉林文史出版社，1986。
② 黄景春：《民间传说》，中国社会科学出版社，2006。
③ 邹明华：《专名与传说的真实性问题》，《文学评论》2003 年第 6 期。
④ 毕旭玲：《20 世纪前期中国现代传说研究史》，博士学位论文，华东师范大学，2008；陈祖英：《20 世纪中国民间传说研究史》，博士学位论文，北京师范大学，2018；陈祖英：《20 世纪中国民间传说学术史》，《赣南师范大学学报》2018 年第 4 期；张静：《西方传说学发展轨辙》，《华中师范大学学报》2019 年第 2 期。

些入选非遗名录的传说得到了前所未有的关注，将此类传说转化为旅游资源、人文景观被列入许多地方政府的规划之中，相关论题的文章也大量涌现。对传说学进行全面深入的研究，亦将有利于民俗学介入当下文化建设，为实现文化资源保护与开发的平衡，贡献有深度、可持续发展的学理支持。

三　故事

"母题"概念再反思[*]
——兼论故事学的术语体系

漆凌云　万建中[**]

摘　要：母题是故事学的重要术语，影响广泛却众说纷纭。母题术语界定的模糊、功能（母题位）与母题等术语未能有效勾连、故事学术语体系不完整，这些均限制了民间故事研究空间的拓展。汤普森的母题界定及分类影响最广，但逻辑混淆。邓迪斯借用普罗普的形态学理论和派克的语言学理论分析民间故事的形态结构，明晰了功能和母题之间的内在联系，但有理论套用的瑕疵，且并未解决母题界定逻辑混淆问题。要解决上述问题，应将故事类型学和故事形态学视角相结合重新界定母题，厘清母题位、母题和母题变体三者间的层级关系。在此基础上，以母题为基础单元搭建故事学的多层级术语体系。故事学的多层级术语体系让民间故事的形态结构研究和文化意蕴研究有了勾连和转换的学理基础，这有助于开启民间故事研究的新空间。

关键词：母题；母题位；母题变体；故事类型；术语体系

在故事学领域，母题是使用最为广泛的术语，却又是未能达成共识的

---

[*] 本文为国家社科基金青年项目"中国民间故事研究史论"（项目编号：13CZW091）阶段性成果。原载《民俗研究》2019年第4期。
[**] 作者简介：漆凌云，湘潭大学文学与新闻学院副教授；万建中，北京师范大学文学院教授。

概念。不少学者对此进行了较为系统的学术史梳理，① 但一些关键性的问题仍未解决：母题在民间故事中是形式还是内容；如何定义母题；母题位（motifeme）、母题（motif）、母题变体（allomotif）之间是怎样的关系。解决这些问题，是学界深入探析民间故事形态结构特征及文化意蕴的基础。

一　母题：影响广泛却众说纷纭的术语

母题术语常用于艺术学、书面文学、民间文学、叙事学等领域，② 因研究对象不同，各学科对母题的界定不尽一致，③ 本文集中在民间故事学领域

---

① 笔者视野所及，代表性的相关论著有：刘魁立《历史比较研究法和历史类型学研究》，《刘魁立民俗学论集》，上海文艺出版社，1998，第92～119页（此文由刘魁立1996年9月所做的学术报告整理而成）；陈建宪《神话解读：母题分析方法探索》，湖北教育出版社，1997，第17～35页；王珏纯、李扬《略论邓迪斯源于语言学的"母题素"说》，《青岛海洋大学学报》2000年第2期；金荣华《"情节单元"释义——兼论俄国李福清教授之"母题"说》，《湖北民族学院学报》2001年第3期；吕微《母题：他者的言说方式——〈神话何为〉的自我批评》，《民间文化论坛》2007年第1期；户晓辉《母题与功能》，《返回爱与自由的生活世界——纯粹民间文学关键词的哲学阐释》，江苏人民出版社，2010，第147～191页；万建中《民间故事母题学研究概观》，《文化学刊》2010年第6期；张成福《民俗学中的"母题"概念及其对母题索引的检讨》，《民俗研究》2011年第1期；张婧《"母题"新观》，《中国社会科学院文学研究所学刊》，中国社会科学出版社，2011，第400～419页；丁晓辉《母题、母题位和母题位变体——民间文学叙事基本单位的形式、本质和变形》，《民族文学研究》2013年第1期；王宪昭《中国神话母题W编目》，中国社会科学出版社，2013，第20～39页；杨利慧、张成福《中国神话母题索引》，陕西师范大学出版社，2013，第1～8页；徐磊《存在论转向下的"母题"概念探析》，《广东外语外贸大学学报》2016年第4期；王尧、刘魁立《生命树·林中路——"民间叙事的形态研究"问答、评议及讨论》，《民族艺术》2017年第1期。

② 美国民俗学者丹·本-阿默斯认为"母题"一词是在18世纪进入学术批评语汇的，最早出现在迪特罗（Diderot）所编纂的1765年出版的《百科全书》中。此后，这个词成为音乐、视觉艺术、文学和民俗学重要的批评和分析术语。详见〔美〕丹·本-阿默斯《民俗中到底有母题吗？》，张举文译，《民间文化论坛》2018年第4期。

③ 据《牛津英语大辞典》总结：母题在绘画、雕塑、建筑、装饰等领域指组成一个设计中独特元素的单个事物或一组事物；艺术处理中的某种特别题材类型。在文学作品领域指一种突发事件、某个特殊情境、一个伦理问题或者在想象作品中诸如此类被处理的问题。在音乐领域与音型、主导旋律、主旨等意义接近。转引自张婧《"母题"新观》，《中国社会科学院文学研究所学刊》，中国社会科学出版社，2011，第404页。在文学研究领域，母题定义也并不一致，涉及主题、情节、意象等，如乐黛云主编的《中西比较文学教程》中对母题的定义为："文学作品反复出现的人类的基本行为、精神现象以及人类关于周围世界的概念，诸如生、死、离别、爱、时间、空间、季节、海洋、山脉、黑夜。"详见乐黛云主编《中西比较文学教程》，高等教育出版社，1988，第189页。

讨论母题的定义。母题成为民间文艺学的核心术语，汤普森起着至关重要的作用。汤普森的母题界定影响最大，同时也引发了诸多的争议。

（一）汤普森对"母题"的定义与争议

美国著名故事学家斯蒂·汤普森在《世界民间故事分类学》中对母题做了这样的界定：

> 一个母题是一个故事中最小的、能够持续在传统中的成分。要如此它就必须具有某种不寻常和动人的力量。绝大多数母题分为三类。其一是一个故事中的角色——众神，或非凡的动物，或巫婆、妖魔、神仙之类的生灵，要么甚至是传统的人物角色，如像受人怜爱的最年幼的孩子，或残忍的后母。第二类母题涉及情节的某种背景——魔术器物，不寻常的习俗，奇特的信仰，如此等等。第三类母题是那些单一的事件——它们囊括了绝大多数母题。正是这一类母题可以单独存在，因此也可以用于真正的故事类型。显然，为数最多的传统故事类型是由这些单一的母题构成的。①

汤普森不是第一个将母题与民间故事联系起来的民俗学者，却是第一个将母题视为民间故事的结构单元并界定、分类的民俗学者。相比此前故事学者用故事类型②来处理数量丰富、形态多样的民间故事，用母题来分析民间故事能让民间故事的外部特征和蕴藏的文化信息更加清晰，同时有了进一步界定故事类型的学理基础。此外，汤普森的这一定义还将母题的易识别性、传承性特征揭示了出来，成为影响最广的界定。此后，故事研究者对母题的界定多是在此基础上的进一步细化和阐发。

汤普森的母题界定让人质疑最多的是关于母题的类别划分。汤普森将母题分为三类，包括角色、背景和事件，其中事件母题可以用来识别故事

---

① 〔美〕斯蒂·汤普森：《世界民间故事分类学》，郑海等译，上海文艺出版社，1991，第499页。
② 故事类型（type）用作民间故事分类和民间故事研究实践，在雅科布斯修订的《印欧民间故事型式表》（1866）和阿尔奈的《民间故事类型索引》（1910）中均有体现。

类型。汤普森将母题划分角色、背景和事件三种，或许与他1932年编撰的多卷本《民间文学母题索引》（民间故事、歌谣、神话、寓言、中世纪传奇、轶事、故事诗、笑话和地方传说中的叙事要素之分类）有关。该书中的母题包括了汤普森所划分的三种类别，如天神、地母、龟背上的地球、鸟形的灵魂、海底的另一世界、考验新娘：用破亚麻纱做衣服、毁掉皮解除魔咒，等等。尽管汤普森的母题界定及类别划分争议颇多，但它却是运用范围最广的民间文学术语之一。因为他所划定的母题类别，在古典文学、现当代文学、外国文学、文艺学、戏曲学等学科领域都能找到，已成了许多学科关注的话题。笔者在中国知网以母题为关键词、篇名检索，相关论著多达2883篇、1870篇（检索时间为2018年8月20日）。可见，母题这一术语能满足不同学科的研究需要，成为诸多学科的常用术语。

从逻辑层面看，事件母题本身就包含了角色母题和背景母题，如男子窃取到人间沐浴的仙女的羽衣母题就包含了角色母题——仙女和背景母题——神奇的羽衣。这就导致汤普森的母题界定在逻辑层面不周全，就连汤普森自己"也承认不管是母题的定义还是母题的分类根本就没有任何哲学原则"。[①] 因此，学界对汤普森的母题概念多有批评，其中美国民俗学家阿兰·邓迪斯是批评最为激烈的学者之一。

（二）邓迪斯：从故事形态学和语言学视角解析母题

邓迪斯认为民间故事的研究单位应该处于同一逻辑层面，像重量、热量、长度等单位一样可以用来测量。而汤普森将母题分为角色、背景和事件，其就不能成为民间故事的研究单位，"它们不是同一类量的计量单位。毕竟，不存在既可以是英寸也可以是盎司的类别。此外，motif下属的类别之间甚至并未相互排除……如果没有严格定义的单位，真正的比较就几乎是不可能的"。[②] 所以，"民俗的比较研究需要已被仔细界定的单位，而如果motif和阿尔奈—汤普森的故事类型没有满足这样的需要，那么新的研究单

[①] 〔美〕丹·本-阿默斯：《民间故事中有母题吗？》，王立译，《阜阳师范学院学报》2003年第1期。

[②] 丁晓辉：《母题、母题位和母题位变体——民间文学叙事基本单位的形式、本质和变形》，《民族文学研究》2013年第1期。

位一定要发明出来"。①

邓迪斯不满汤普森的母题界定，提出发明新的研究单位来替代母题，但新的单位从哪里来呢？他引入美国语言学家肯尼斯·派克的术语母题位（motifeme）②，独创了术语母题变体（allomotif）③，将两者连接起来分析民间故事的结构，"这两个概念是普罗普的民间故事形态学理论与派克的语言学理论融合的结果"。④

邓迪斯对普罗普的故事形态学理论给予了高度评价。他认为普罗普采用共时视角研究民间故事显得别具一格，在区分民间故事内部结构的稳定性和外部变异上非常成功。邓迪斯认为，母题具有流动性特点，用它来界定民间故事类型是不可靠的，而普罗普划定的31项功能是稳定的，应该从故事形态学视角界定民间故事。他还借鉴了肯尼斯·派克的语言学理论来区分民间故事的内在结构单位——母题和功能，认为"旧的最小单位motif和新的最小单位功能（function）之间的区分可以按照肯尼斯·派克对'非位的'（etic）和'着位的'（emic）这两个词的有价值区分来准确理解"。⑤

---

① 丁晓辉：《母题、母题位和母题位变体——民间文学叙事基本单位的形式、本质和变形》，《民族文学研究》2013年第1期。
② motifeme来源于派克的语言学术语体系，刘魁立、王珏纯、李扬、户晓辉等译为"母题素"，丁晓辉译为"母题位"。丁晓辉认为motifeme对应的是语言学中的音位，邓迪斯将它与对应音素的motif区分，所以如果将motifeme译为"母题素"，就抹杀了motifeme和motif的区别，是不恰当的。详见丁晓辉《母题、母题位和母题位变体——民间文学叙事基本单位的形式、本质和变形》，《民族文学研究》2013年第1期。派克的"emic"和"etic"在语言学界译为"位/非位"，引入人类学界后译为"主位"和"客位"，笔者也认同译为母题位更准确，符合邓迪斯的本意。
③ 彭海斌把allomotif译为"母题群"；刘魁立译为"母题相"或"母题变素"；王珏纯、李扬译为"母题变项"；户晓辉译为"变异母题"；丁晓辉译为"母题位变体"。从英文字面意义上来看，allo作为前缀在英语中有变体的含义，allomotif应译为母题变体。从邓迪斯借用派克的语言体系独创出allomotif的目的来看，丁晓辉译为母题位变体更符合邓迪斯的本意。但笔者以为就民间故事的内部结构的层级关系来看，allomotif应译为母题变体。因为邓迪斯套用了派克的语言学理论，用motifeme来替代功能，用allomotif替代处于母题位上的对应母题，搁置汤普森的母题概念，未能厘清motifeme、motif、allomotif三者间的层级关系，下文细述理由。
④ 丁晓辉：《母题、母题位和母题位变体——民间文学叙事基本单位的形式、本质和变形》，《民族文学研究》2013年第1期。
⑤ 丁晓辉：《母题、母题位和母题位变体——民间文学叙事基本单位的形式、本质和变形》，《民族文学研究》2013年第1期。

在他看来，普罗普的故事形态学术语——功能"在派克的分析系统中应叫做MOTIFEME。由于功能这个术语尚未在民俗学家当中通用，这里建议用MOTIFEME来替代它"。① 邓迪斯用母题位来替代功能是故事学上的一大创举，这让我们明晰了功能（母题位）和母题之间的内在联系、民间故事的内在结构和外部表征的关联，民间故事的形态结构研究和文化意蕴研究就有了统合的可能。

邓迪斯把普罗普的功能术语套用到派克的语言学体系中，既然母题位替代了民间故事学的原有术语——功能，母题这个术语如何处理呢？他"借用语言学里的词缀 allo-（别、变体），创造出 allomotif 一词来指代可以放置在同一 motifeme 位置上的所有 motif"。② 母题则作为一个类似语音的"etic"单位来使用。

邓迪斯借用普罗普的形态学理论和派克的语言学理论来处理民间故事的内在结构和外部特征关系，显示了母题与母题位（功能）之间的紧密联系，并运用到北美印第安人的民间故事结构类型学研究中，在民间文艺界取得一定反响。尤其值得注意的是，他将母题位和母题变体两个存在层级关系的术语引入民间故事研究中，改变了此前只有母题、功能作为故事学结构单元的状况，对我们深入探究民间故事的内部结构起了重要作用。有学者评论说邓迪斯"以'母题素'概念为核心的结构分析方法，融各家学说于一炉（他实际上还汲取了列维-斯特劳斯的'二元对立'模式），使形态分析理论达到一个新的高度"。③

邓迪斯用母题位替代普罗普的功能，将母题位和母题变体运用到北美印第安人的民间故事研究中，发现印第安人的民间故事存在下列母题位模式：核心双母题位序列、两个四母题位序列、一个六母题位组合。核心母题位序列为缺乏/消除缺乏，插入的母题位有任务/完成任务、禁忌/违禁、

---

① 丁晓辉：《母题、母题位和母题位变体——民间文学叙事基本单位的形式、本质和变形》，《民族文学研究》2013 年第 1 期。
② 丁晓辉：《母题、母题位和母题位变体——民间文学叙事基本单位的形式、本质和变形》，《民族文学研究》2013 年第 1 期。
③ 王珏纯、李扬：《略论邓迪斯源于语言学的"母题素"说》，《青岛海洋大学学报》2000 年第 2 期。

欺骗/受骗。① 相比普罗普发现俄罗斯神奇故事的 31 项功能，邓迪斯的母题位数量大大减少，只有缺乏、消除缺乏、任务、完成任务、禁忌、违禁、欺骗、受骗、后果、试图逃避后果共十个。与普罗普的功能相比，这些母题位抽象性更强，与此对应故事文本中的内容就更加繁杂。如缺乏就有爱情、亲情、友情、经济地位和政治地位等多种，要消除上述缺乏状况所对应的母题变体成百上千。如帮助消除男子爱情缺乏的有龙女、仙女、田螺姑娘、花仙、狐精、女鬼等多种异类，结合的方式有报恩、姻缘天定、仙女下凡等多种情形，相应的母题变体（包括配偶身份、结合方式、结合地点及时间、辅助者）自然难以尽数。而普罗普的 31 项功能中，每一项功能在故事中所对应的内容相对还是有限的。

邓迪斯将派克的语言学理论套用到民间故事的结构分析中，尽管揭示了民间故事的内在结构和表面特征之间的关系，但民间故事的结构方式与词汇并不相同，motifeme 和 allomotif 这两个术语涵盖的抽象和具象之间对应的事象繁杂多样，② 只靠 motifeme 和 allomotif 两个术语做分析单位来分析民间故事的内部结构关系还是不够的。民间故事的内在结构可能是多层结构，至少我们只有找到一个能连接母题位和母题变体的术语才有助于研究者深入了解民间故事的内部结构特征。

邓迪斯批评汤普森在母题种类划分上界限不明，但他所创立的 allomotif（母题变体）也未解决此问题。因为他创造的术语 allomotif 与 motif 在民间故事的内在结构层面上是同级的，只是所处位置和名称不同而已，或者说 allomotif 是母题的一个类别而已。事实上，邓迪斯批评汤普森关于母题的三种分类不在一个逻辑层面，但他并未对 allomotif 加以界定和分类，实质还是借用了汤普森的母题作为民间故事的结构单位，使用过程中不也会导致逻辑

---

① 丁晓辉：《阿兰·邓迪斯民俗学研究》，社会科学文献出版社，2017，第 96~97 页。
② 陈泳超对母题位和母题变体之间的对应关系做过很形象的说明："组成'母题位'和'母题相'这样一对概念的话，就非常有意思。因为在一个语言系统里，音位和音子（音素）的差距不是很大，音位变体不会很多；而在民间叙事里，它的差距无限大。比如邓迪斯说的构成故事最简单只需要'缺乏'和'缺乏的终结'两个'母题位'，但这两者之间可以很小，也可以很大，变体无限多样，包罗万'相'嘛。"详见王尧、刘魁立《生命树·林中路——"民间叙事的形态研究"问答、评议及讨论》，《民族艺术》2017 年第 1 期。

混淆吗？

邓迪斯看到将功能视为民间故事的内部结构单元可以说明民间故事的稳定性特征，但以母题的不稳定性来质疑其不适合作为民间故事的结构单位是难以让人信服的。邓迪斯在用母题位分析印第安人的民间故事形态结构时同样发现欺骗、受骗、设禁、违禁等母题位的位置也是不稳定的。实际上母题除了变异性之外还有稳定性特点，这也是我们能够确立诸如灰姑娘型、蛇郎型故事的原因。而且民间故事中的母题可以分为中心母题①和变异母题，在同一类型故事中，中心母题是基本稳定的，变异母题则变化较大。

事实上，派克的"'位/非位'（emic/etic）分别来自'音位的'（phonemic）和'语音的'（phonetic）的后缀。具体是指同样物理和生理属性的语音在不同语言中的'位/非位'功能和地位可能是不同的，只能根据具体语言的语音系统来确定"。② 这对术语后来应用到人类学研究中，成为我们熟悉的主位和客位视角。派克的"位/非位"方法重在描述同一语音、语言或文化的不同视角。而邓迪斯将其套用到处理民间故事的深层结构和表层结构的关系上，忽视了民间故事的深层结构和表层结构其实与索绪尔的"语言"和"言语"的关系更为相似，未能将母题、母题位和母题变体有机连接起来，故运用到民间故事研究实践中并未产生典范效应。

既然母题、母题位和母题变体都和民间故事的结构单元有关，那彼此间究竟是什么关系呢？在回答此问题之前，我们不妨先回顾国内学者的看法。

（三）母题的内容与形式之争："非此即彼"与"亦此亦彼"

在母题的本质究竟是形式还是内容问题上，大多数国内学者延续汤普森的观点，认为是内容，吕微、户晓辉等学者则认为是形式。总体而言，多为"非此即彼"的讨论，少有"亦此亦彼"的关注。

---

① 中心母题是构成民间故事情节基干的核心，具有稳定性，详见刘魁立《民间叙事的生命树——浙江当代"狗耕田"故事情节类型的形态结构分析》，《民族艺术》2001 年第 1 期。
② 黄行：《"位/非位"与跨学科研究方法》，《中国社会科学》2017 年第 2 期。

大部分学者在民间故事研究实践中还是沿袭汤普森的母题观：把母题视为民间故事的内容。

陈建宪是国内较早使用母题分析法的学者。他认为：

> 作为民间叙事文学作品内容的最小元素，母题既可以是一个物体（如魔笛），也可以是一种观念（如禁忌），既可以是一种行为（如偷窥），也可以是一个角色（如巨人、魔鬼）。它或是一种奇异的动、植物（如会飞的马、会说话的树），或是一种人物类型（如傻瓜、骗子），或是一种结构特点（如三叠式），或是一个情节单位（如难题求婚）。这些元素有着某种非同寻常的力量，使它们能在一个民族的文化传统中不断地延续。它们的数量是有限的，但是它们通过各种不同的组合，却可以变化出无数的民间文学作品。①

陈建宪对母题的定义基本沿袭了汤普森的观点，但也认为母题可以是一种结构特点，如三叠式；还可以是情节单位，如难题求婚。他还总结了母题的四组特征：易识别性与易分解性、独立性与组合性、传承性与变异性、世界性与民族性。② 这些总结对我们界定母题具有参考意义。金荣华也是从内容角度来界定母题的，只是他认为 motif 译为"情节单元"更合理。③

吕微和户晓辉认为母题是形式概念。他们对母题属于形式概念的分析引发我们对母题性质的新思考，启迪颇多。吕微在早期认为"对于故事类型的分析、研究来说，叙事功能的提取和确认若脱离了故事的具体内容，或者脱离故事所仰仗的具体文化背景，都无助于我们把握故事的内容甚至形式"，他把普罗普的功能术语和邓迪斯提出的母题素（位）术语结合起来提出"功能性母题"，④ 后来又认为"母题是一个纯粹形式化的概念，其中不涉及任何对故事内容的主观划分，尽管母题的内容就是故事的内容。由于

---

① 陈建宪：《神话解读——母题分析方法探索》，湖北教育出版社，1997，第22页。
② 陈建宪：《神话解读——母题分析方法探索》，湖北教育出版社，1997，第23～26页。
③ 金荣华：《"情节单元"释义——兼论俄国李福清教授之"母题"说》，《湖北民族学院学报》2001年第3期。
④ 吕微：《神话何为——神圣叙事的传承与阐释》，社会科学文献出版社，2001，第28～29页。

母题是纯粹的形式概念,因而导致了根据'重复律'所发现的母题成千上万,数不胜数"。① 户晓辉进一步指出,"汤普森的母题实际上是没有内容的纯粹形式的东西,是不同于单个叙事中出现的内容成分的观念性存在即纯粹形式"。② 吕微和户晓辉的立论基点是美国民俗学家丹·本-阿默斯提出的重复律,"母题不是分解个别故事的整体所得,而是通过对比各种故事,从中发现重复部分所得。只要民间故事中有重复部分,那么这个重复的部分就是一个母题"。③ 重复律是以内容的雷同为基础的,假若没有内容的雷同又何来纯粹形式呢?当我们把重复律当作提炼母题的重要方法总结出其抽象性特点后,又该如何看待母题的变异性特征呢?例如,天鹅处女型故事中共有的母题是人间男子窃取沐浴仙女的羽衣。在故事文本中,羽衣可能换成天衣,或漂亮的红衣;仙女可能是在湖中洗澡,也可能是在河中或池塘里洗澡。这些变异性特征在纳入《民间文学母题索引》或《民间故事类型索引》时并不影响我们将其归属同一母题的判断。而这种变异性正体现出母题抽象性之外的具象性特点。

刘魁立是国内少有从"亦此亦彼"视角关注母题的形式和内容问题的学者。他注意到了母题兼备抽象性和具象性,认为"'母题'这个术语,似乎也有两个层面,一个是不变层面——指关于场景、冲突、事件、行为、评述等项的格式化的概括。母题的另一层面则是上述格式化的不变模式在个别具体而独立的文本中的现实展示。这两个层面关系,类似语言学当中'音素'同'语音'的关系"。④ 刘魁立的看法与邓迪斯的看法表面相似,但立足点不同。邓迪斯着眼于考察民间故事的深层结构(母题位)与表层结构(母题)的关联,认为民间故事中稳定不变的是母题位(功能),与母题位对应的是母题位变体(实为母题),它们是两个互相关联的事物。刘魁

---

① 吕微:《母题:他者的言说方式——〈神话何为〉的自我批评》,《民间文化论坛》2007年第1期。
② 户晓辉:《内容与形式:再读汤普森和普罗普》,《民间文化论坛》2007年第1期。
③ 吕微:《母题:他者的言说方式——〈神话何为〉的自我批评》,《民间文化论坛》2007年第1期。
④ 刘魁立:《历史比较研究法和历史类型学研究》,《刘魁立民俗学论集》,上海文艺出版社,1998,第111页。

立则认为母题一方面是对诸多民间故事中反复出现的场景、事件、行为的概括总结，类似普罗普所说的功能，具有抽象性特点；另一方面又是具象性的，是稳定性的内在结构在故事文本中的呈现。抽象性和具象性在母题中是合二为一的，是一体两面关系。母题还具备叙事功能，"具有能够组织和构成情节的特性。母题含有进一步展开叙述的能力，具备相互连接的机制"。① 变异性也是母题的重要特征，他说"母题的一个最重要的属性，在于它的语义变化性和变异性。这种属性使母题在民间文学作品的不停顿的反复的创作过程中，在传统情节不变模式的范围内，具有极大的活跃性和多产性特点"。②

（四）母题、母题位与母题变体关系再探

邓迪斯、刘魁立等人关于母题位、母题的论述给我们很多启示。邓迪斯认为"民间故事可以被界定为母题素的序列。母题素的位置上可以被填充上各种母题，而且为任何给定的母题素位置特选的母题都可以被标志为变异母题"。③ 在邓迪斯看来，母题和变异母题属同一层次的术语，是母题素（母题位）的外在表征。上文已述，母题位对应的母题变体是"包罗万象"的，因而母题位和母题变体的层级关系并未能够使民间故事的内在结构和表层文本联系密切。我们还应寻找一个连接母题位和母题变体的术语，帮助我们探析民间故事内在结构和表层文本的内在联系。而母题的抽象性和具象性兼备特点，正符合我们的要求。这样来看，民间故事的基础结构单元之间就不应该只有两层，应该是三层的等级关系：母题位—母题—母题变体。母题位等同于普罗普的"功能"，是民间故事共有的内在结构单

---

① 刘魁立：《历史比较研究法和历史类型学研究》，《刘魁立民俗学论集》，上海文艺出版社，1998，第111页。
② 刘魁立：《历史比较研究法和历史类型学研究》，《刘魁立民俗学论集》，上海文艺出版社，1998，第111页。
③ 〔美〕阿兰·邓迪斯：《北美印第安人民间故事的结构类型学》，户晓辉编译，《民俗解析》，广西师范大学出版社，2005，第15页。邓迪斯将民间故事定义为"母题素的序列"，即多个母题素（相当于普罗普的"功能"）的排列组合实际受到普罗普的影响。普罗普从形态学出发将神奇故事定义为："任何一个始于加害行为或缺失、经过中间的一些功能项之后终于婚礼或其他结局的功能项的过程，都可以称之为神奇故事。"详见〔俄〕弗拉基米尔·雅可夫列维奇·普罗普《故事形态学》，贾放译，中华书局，2006，第70页。

位，如缺乏、消除缺乏、下达禁令、违反禁令、出发、救助他人、获得奖赏、陷入困境、难题考验、通过考验、争斗、获胜、追捕、逃避追捕、欺骗、受骗、变形、揭露、抵达、惩罚、返回、婚礼，等等。这些母题位并非在每个民间故事中都出现，但缺乏、消除缺乏这类的核心母题位通常会有。难题考验、通过考验、争斗、获胜等母题位经常在民间故事中出现，位置比较固定。其他母题位的位置比较自由。普罗普在对每项功能进行说明时，列举的不少实例就是母题，如第 8 项功能缺乏：①缺少未婚妻；②需要宝物；③缺少魔力之物，如火鸟、长着金羽毛的鸭子等。其中主角缺乏未婚妻、宝物和魔力之物就是母题，概括性和具象性兼备。其中列举的实例如火鸟、长着金羽毛的鸭子就是缺少魔力之物的母题变体，① 是母题在故事文本中的实际呈现。普罗普的研究再次表明：母题是连接母题位（功能）和母题变体的中介，是民间故事的基础结构单元。

  以上是我们的理论假设。如果成立，我们应能从民间故事的研究实践中找到佐证。笔者发现，康丽对巧女故事丛的形态结构分析大体符合我们的设想。她发现巧女故事中普遍存在困境、考验、求助、代言、破题、困境解除、巧名外传、获悉、恶人得惩、认可范型。② 每个故事范型（母题位）有相对应的母题，如困境范型对应的母题是家人面临某种困境、巧女自己面临困境两种。家人面临某种困境母题下属的母题变体有：陷入牢狱、无法断案、讹诈、试探、不能履行承诺等。③ 康丽对巧女所做的形态结构分析展示了故事范型（母题位）、母题和母题变体之间的层级关系。母题变体

---

① 变体也是普罗普在《故事形态学》中使用的概念。他在讨论 31 项功能中的第 12 项功能主人公经受考验、盘问等时，发现角色的各种请求构成了一个独立的类别，而这些请求的诸个体构成了诸个亚类，但是，为了避免代码系统过于庞大，可以有条件地将亚类全部看成变体。参见〔俄〕弗拉基米尔·雅可夫列维奇·普罗普《故事形态学》，贾放译，中华书局，2006，第 37 页。
② 康丽借用了口头诗学中的故事范型（story-pattern）来分析巧女故事内在结构的稳定性特征。这一概念旨在强调这些情节组织单元的稳定性、模式化及其结构组织功能，从这个意义上讲，它与普罗普在《故事形态学》中设定的"功能"概念和阿兰·邓迪斯提出的"母题素"概念都有相似之处。详见康丽《民间故事类型丛中的故事范型及其序列组合方式——以中国巧女故事为例》，《民族文学研究》2008 年第 1 期。
③ 康丽：《文本与传统：中国民间故事类型丛研究》（未刊稿），国家社科基金项目结项成果，提交日期：2013 年 7 月，第 172 页。

这个术语是她最先采用的。她虽没有对母题变体做明确界定，但已表明母题变体是母题在故事文本中的实际呈现。笔者在运用普罗普的形态学理论研究中国天鹅处女型故事的形态结构时也注意到功能与母题之间存在对应关系。①

母题位—母题—母题变体的层级术语体系改变了此前功能（母题位）和母题关联不够紧密的状况，这有助于深化民间故事的形态结构研究。当我们处理同一故事类型下的多种异文时，仅借助母题来分析形态结构难以明确异文及同一类型变体间的内在联系，而对母题变体的分析将有助于研究者深入了解故事文本间的内在关联及差异，从而拓展民间故事的比较研究空间。

二　母题再定义：故事类型学和故事形态学视角

综上所述，民间故事的内部形态结构单元可以分为母题位、母题、母题变体三个不同等级但互相关联的层次。但汤普森的母题定义缺陷依然没有修补，母题的界定问题依旧没有解决。接下来，笔者尝试对上述问题予以解答，以求教于方家。

汤普森将母题分为角色、背景和事件三种所造成的逻辑混淆是需要首先解决的问题。②笔者以为在民间故事学中，事件才是母题，角色和背景是构成母题的元素。比如田螺精变成美女帮助人间男子做饭事件的母题中田螺精是角色，精怪的变形信仰是背景。从逻辑上讲，角色和背景是事件母题的组成部分或元素而已，不能视为母题，好比语言学中单词和词组不是同级的语言单位不能并置成为研究对象。汤普森的这种处理方式在编撰《民间文学母题索引》时是可以的，因为《民间文学母题索引》好比民间文学研究的"字典"，是脱离民间叙事过程的排列。但在《民间故事类型索

---

① 漆凌云：《中国天鹅处女型故事的形态学研究——以基本功能、序列及其变化为中心》，《民间文化论坛》2006 年第 5 期。
② 有学者认为汤普森的三种母题类别差异类似名词与动词的差异。详见王尧、刘魁立《生命树·林中路——"民间叙事的形态研究"问答、评议及讨论》，《民族艺术》2017 年第 1 期。

引》中却不行，故事类型索引是故事情节的概括，只能纳入事件母题。实际上，当我们习惯性命名灰姑娘型故事、田螺姑娘型故事、百鸟衣型故事时，我们的判断标准不是角色而是角色的行为，是灰姑娘凭借水晶鞋和王子成婚、田螺姑娘帮助男子摆脱困境的行为成为我们识别故事类型的标准。换言之，灰姑娘可以被替换成叶限、杉菜等人物，但下层女子和上层男子结婚的核心内容不能变，否则就不是灰姑娘型故事。再者，母题位（功能）是民间故事的深层结构单位，普罗普将功能界定为："从其对于行动过程意义角度定义的角色行为。"① 这样来看，角色不能成为民间故事的结构单位，角色的行为才可以，所以汤普森的三种类别母题中与角色行为对应的只有事件母题才符合要求。

当我们确立了在民间故事中成为结构单元的只能是角色行为构成的事件母题后，接下来就是如何界定的问题。民间故事的母题具有形式和内容兼备的属性。就内容而言，母题成为我们识别故事类型的主要工具；就形式而言，母题位（功能）是民间故事的深层结构单位，应该成为界定母题的重要视角。日本故事学家稻田浩二从普罗普的形态学视角出发将母题定义为："构成一个故事的主要登场人物所采取的主要行为，也包括与其直接对应的行为。"② 稻田浩二的母题界定借助了普罗普的形态学理论，便于操作，值得借鉴。但稻田浩二的界定并未将母题的传承性、易识别性等特征揭示出来。鉴于我们在上文中已讨论了母题的形式和内容兼备特点，笔者在吸收前贤研究成果基础上，将故事类型学和故事形态学视角相结合对母题做以下界定：母题是故事中与主角命运相关的事件或行为，具有抽象性和具象性、稳定性与变异性、易识别性与独立性特征，是构成民间故事的基本单位。③ 界定妥当与否，供方家指正。

笔者将母题界定为与主角命运相关的事件或行为是因为民间故事多为

---

① 〔俄〕弗拉基米尔·雅可夫列维奇·普罗普：《故事形态学》，贾放译，中华书局，2006，第18页。
② 〔日〕稻田浩二：《民间故事的核心母题——世界的民间故事为什么如此相似》，亚细亚民间叙事学会编《亚细亚民间叙事年会第八届学术讨论会论文集》，2004，第2页。
③ 笔者总结母题的特征，部分借鉴了陈建宪的观点，特此说明。详见陈建宪《神话解读——母题分析方法探索》，湖北教育出版社，1997，第23~26页。

单线叙事，故事中的缺乏、消除缺乏、考验、难题、争斗、婚礼等母题位均围绕主人公的命运展开叙事。母题是民间故事的基本单位，连接母题位和母题变体，属中层结构术语。而母题变体是母题在民间故事文本中的实际呈现，相比母题而言，具象性、变异性特征比较突出。

抽象性和具象性特征是就母题的形式和内容特征而言的。稳定性与变异性体现的是母题在传承过程中的变化情况，构成民间故事的模式化和形态万千特质。母题的易识别性是划分故事类型的重要标志，而母题位则不具备这一特点，正如普罗普最初想从形态学角度对民间故事准确分类，"然而当他重新编辑出版阿法纳西耶夫的俄罗斯民间故事集时，又反过来借用Aarne和俄罗斯学者Andreev的成果，编制并附录了AT体系的故事索引"。[①]独立性也是母题的显著特点，同一个母题可以在不同的故事类型、民间传说、神话、歌谣、史诗、叙事诗中找到，还会在通俗文学、作家文学中出现。

当我们重新界定母题概念、确立了母题位—母题—母题变体是不同等级但互相关联的层级关系后，就可以讨论故事类型的界定及故事学的术语体系了。

三　搭建以母题为基础单元的故事学术语体系

故事类型是故事学界很早使用的术语，影响最广的还是汤普森的界定。

一种类型是一个独立存在的传统故事，可以把它作为完整的叙事作品来讲述，其意义不依赖其他任何故事。当然它也可能偶然地与另一个故事合在一起讲，但它能够单独出现这个事实，是它独立性的证明。组成它的可以仅仅是一个母题，也可以是多个母题。大多数动物故事、笑话和轶事是只含一个母题的类型。标准的幻想故事（如《灰姑娘》或《白雪公主》）则是包含了许多母题的类型。[②]

[①] 刘魁立：《关于中国民间故事研究》，《北京师范大学学报》1994年第6期。
[②] 〔美〕斯蒂·汤普森：《世界民间故事分类学》，郑海等译，上海文艺出版社，1991，第498页。

汤普森还将故事类型视为"一系列顺序和组合相对固定的母题"[①],但又认为一个母题(事件母题)就能组成一个故事。事实上,一个事件母题显然是无法构成民间故事的,因为从民间故事的深层结构来看,至少要有缺乏和消除缺乏两个母题位才能组成一个故事,故汤普森的类型界定存在不够完善的问题。就形态结构复杂的复合型故事而言,母题的数量不是一个两个,往往是几组母题,常常导致含有多组母题的故事无法明确归类。尽管母题是构成民间故事的基本单位,但单用母题术语来界定故事类型是不够的,还需要更高级别的勾连类型和母题的术语才行。普罗普也曾对AT分类体系提出批评,认为"具有相同功能项的故事就可以被认为是同一类型的。在此基础上随后就可以创制出类型索引来,这样的索引不是建立在不很确定、模模糊糊的情节标志之上,而是建立在准确的结构标志上"[②]。所以故事类型的划定也要参考形态学的视角才能避免界限不明问题。刘魁立在编撰《东亚民间故事类型索引》时就遇到这个问题。他将集录的28个浙江省"狗耕田"故事文本分为9个类型变体,发现"狗耕田故事类型的所有文本情节繁简不一,但是无论它怎样发展都脱离不开兄弟分家、狗耕田(或从事其他劳动:车水、碓米、捕猎等)、弱者得好结果、强横者得恶果这一情节基干,也脱离不开狗耕田这一中心母题。所有文本都是围绕情节基干和中心母题来展开情节的。如果脱离这一情节基干和中心母题,那么这个文本就应该是划在其他类型下的作品"[③]。刘魁立提出围绕情节基干和中心母题来划分故事类型的方法对我们界定故事类型具有启迪意义。他提出的"母题链"相当于汤普森提出的"一系列顺序和组合相对固定的母题",是比母题更高级别的故事学术语。母题是民间故事的结构单元,但单个母题并不能构成故事,不同母题的排列或组合才构成民间故事。刘魁立提出的"母题链"提高了我们对民间故事内部结构的认知水平。在此基础

---

① 〔美〕斯蒂·汤普森:《世界民间故事分类学》,郑海等译,上海文艺出版社,1991,第498页。
② 〔俄〕弗拉基米尔·雅可夫列维奇·普罗普:《故事形态学》,贾放译,中华书局,2006,第19~20页。
③ 刘魁立:《民间叙事的生命树——浙江当代"狗耕田"故事情节类型的形态结构分析》,《民族艺术》2001年第1期。

上，他还提出了划分故事类型的标准——情节基干。

情节基干是同一故事类型必备的要素，是划分故事类型的标准，是建立在中心母题基础上的结构单位，"情节基干由若干母题链组成，但是，母题链却不一定只存在于情节基干之中，它也可能是某些'枝干'中的组成部分。中心母题是特指情节基干中的某一条母题链的核心内容，而'枝干'中的母题链则不在刘魁立的讨论范围。在情节基干中，每一条母题链必有一中心母题，因此，该情节基干有多少条母题链，就会有同样数量的中心母题"。① 这样来看，用情节基干比汤普森用"一系列顺序和组合相对固定的母题"来界定故事类型更加明确，方法更为有效。因为在多个故事类型组成的复合型故事中，存在多个母题链，"狗耕田"型故事中就有两兄弟型、偷听话型、卖香屁型故事的母题链。这样划分故事类型时容易混淆，情节基干的提出就能有效处理这一问题。如果"狗耕田—耕田获利—兄仿效失败—杀狗—狗坟生植物"这一母题链处于情节基干位置就是狗耕田型故事，处于"枝干"位置就划入别的故事类型，避免了 AT 分类法中的类型界定混淆问题。后来他以情节基干为界定故事类型的基点，指出"类型是一个或一群故事，由一个或者少数几个中心母题组成的情节基干构成它的中心。假定两则文本的情节基干和中心母题不一样，它们就属于不同类型"。② 他用更为准确的术语——情节基干来划定故事类型，体现了中国学者对故事学的理论贡献。

情节基干是建立在中心母题组成的母题链基础上的，为保存术语的统一性，笔者尝试用中心母题链来替代情节基干。刘魁立还将同一故事类型诸多故事文本中出现的分支定名为类型变体。此前，我们常将同一故事类型中的异文称为亚型（sub-type）。"亚型"这个概念从字面意义理解有仅次于的意思，还是处于同一层级，没有兼容关系，并未显示出层级性特点。他将同一故事类型在故事文本中的实际呈现称为类型变体更能体现出两者间的紧密联系。

---

① 施爱东：《民间文学的形态研究与共时研究——以刘魁立的〈民间叙事的生命树〉为例》，《民族文学研究》2006 年第 1 期。
② 刘魁立：《民间叙事的形态研究——历史、视角与方法简谈》，《民族艺术》2017 年第 1 期。

相比母题位—母题—母题变体的母题术语体系，故事类型的术语体系层次更加丰富，因为母题叙述的是单一事件，并不构成完整的叙事过程。故事类型叙述的是完整故事，包含众多母题位和形形色色的母题。在复合型故事中，母题链越多，类型变体就越多，形态结构愈加繁杂多样，就构成类型丛。类型丛是康丽从西方民俗学者安娜·伯基塔·鲁思（Anna Birgitta Rooth）的"母题丛"（motif-complex）概念与日本故事学人的"故事群"概念相结合中提出的，"来标定同一故事类型群中存在于单一类型内部与多个类型之间的不同层级结构单元的多元丛构"。[1] 类型丛术语既考虑到民间故事类型变体的聚合性特点，又揭示了民间故事类型间的结构单元复杂性特征，是故事学术语体系中的高层级术语。

这样以母题为基础单元，故事学就形成了"母题位—母题—母题变体—中心母题链—故事类型—类型变体—类型丛"的多层级术语体系，民间故事的内在结构和外在表征得到有效关联，或者说民间故事的形态结构研究和文化意蕴研究有了勾连和转换的学理基础，这也是近年来故事学领域类型学研究和形态学研究不断结合的趋势所致。

术语是学术研究科学性、专业化的体现。学术研究的创新与新术语的出现及研究范式的更替密切相关。回顾故事学的发展史，母题、类型和功能一直是故事学最为常用的三个术语，也是体现民间文艺学学科本位的重要术语。民间故事学的学者在此基础上衍生出的母题位、母题变体、核心母题、中心母题、母题链、情节基干、类型变体、积极母题链、消极母题链等术语，体现了学界对民间故事文本认知程度不断深化的过程。笔者以母题为基础单元搭建民间故事学的术语体系，旨在统合母题、类型及功能等术语，并借助术语体系的完善将民间故事的深层结构与外在表征有机联系起来，从而拓展民间故事研究的新空间。

---

[1] 康丽：《文本与传统：中国民间故事类型丛研究》（未刊稿），国家社科基金项目结项成果，提交日期：2013年7月，第19页。

文学类型还是生活信仰：童话在中国的蜕变及其思考[*]

张举文[**]

摘 要：童话作为一个文学概念是在特定的历史时期从西方引进中国的。最初它是作为一种文学手段在新文化运动时期被引介用来普及儿童教育的，同时也受到民族主义影响，成为新兴的民俗学的一个关注领域。在随后的实践中，童话越发成为具有中国特色的文学类型。尽管中国文化并没有西方童话中的"仙女"概念和形象，但在民俗学研究中，童话被普遍理解为幻想故事，并指代了一些中国的传统故事。在探讨"类型"（或文类）的概念，观其学术与实践层面的差距后，我们认为，中国的童话研究者，应当拓宽国际童话研究的视野，反思自身学术历史，发现欧洲中心标准掩盖下的多元文化及地方文化的特殊性，关注概念"挪用"中的学术分析与意识形态问题，理清学术概念和意识形态霸权。

关键词：童话；文学类型；文化挪用；文化批评；民间文学

"童话"作为一项术语和一种新的文学类型，自新文化运动时期传入中国，已有百余年的历史，但关于其基本概念、核心因素、功能等，仍存在许多问题。童话与传说、故事、神话等文类的区别是什么？中文的"童话"

---

[*] 本文原载《民族艺术》2019 年第 6 期。
[**] 作者简介：张举文，美国崴涞大学（Willamette University）教授，东亚系主任；美国西部民俗学会会长；北京师范大学社会学院民俗学兼职教授。

与其对应的英文 fairy tales 相比,二者的所指是否完全等同?在当下中国的文化语境中,"童话"的具体所指是什么?事实上,童话如同魔瓶中逃出的三头仙,自其从西方起源再进入中国的历程中,经历了并且仍旧在经历着一场蜕变。这一历程进一步说明,任何将童话定义为一种"类型"的尝试,都是"不合适"(irrelevant)[1],且"失败"(failed)[2] 的。

一 蜕变:从欧洲到中国

要回答围绕童话的种种问题,必须回顾其产生、传播的历程,考察不同时期、地域特殊的社会、宗教、文化环境。人们一般认为童话的产生应当追溯至格林童话,事实并非如此。

目前学界公认的童话起源地是法国。17 世纪 70～90 年代,法国一部分接受过教育的贵族妇女掀起写作仙女(fée)故事的风潮。法语中的 fée 与英文 fairy 相应,产生于中世纪欧洲,专指生活于密林深处、具有天使一般的翅膀、带有魔幻色彩的女性。围绕这一特殊主题,形成了沙龙性质的文学团体。17 世纪的法国女性仍处于宗教与父权压制之中,即使是受过教育、拥有财产的贵族女性,仍旧缺乏社会与家庭地位。写作成为其追求自由,追求家庭、社会、宗教等层面认可与尊重的手段。这类创作的主体与受众都不是儿童,其内容也会包含成人、色情、暴力等因素。而作品被结集出版后引起风潮,在 18 世纪初期,形成一种文学类型,时人命名为 contes de fées,即 fairy tales,并从法国陆续传播至英国、丹麦等地。德文译为 Märchen,丹麦文为 eventyr。contes de fées 在不同国家的旅行中,内涵也会有所偏移,Märchen 通常指故事或神话故事,eventyr 主要指冒险故事,两者都包括儿童故事,而非专指"童话"。

近年来,亦有学者认为童话的起源可以继续向前追溯至意大利。一种

---

[1] D. Ben-Amos, "Toward a Definition of Folklore in Context," *Journal of American Folklore*, 1971, 84 (331): 3–15, p. 4.
[2] J. Zipes, "The Meaning of Fairy Tale within the Evolution of Culture," *Marvels & Tales*, 2011, 25 (2): 221–243, p. 222.

观点认为生活于 15 世纪的意大利作家 G. F. 斯特拉帕罗拉（G. F. Straparola, ca. 1485 – 1558）的文学创作中，已经具有了后世童话的母题与类型，影响到法国童话的起源，因而他应当被称作"童话之父"。[1] 这一观点也受到了挑战，丹·本－阿默思便认为早在其之前，欧洲已经存在奇迹故事（wonder-tale）[2]，而斯特拉帕罗拉的故事是否具备童话母题还值得商榷。[3] 更有学者在 3 世纪意大利的文献中，找到了具有童话因素的故事。事实上，只是西方的意大利和法国作家将"童话"的文学形式固定下来，反过来又影响了中东和亚洲的童话，但如果向更古老的时间追溯，在古亚洲、古埃及和古希腊罗马时代，也能找到童话起源的痕迹。[4] 因此，在考察法语的"童话"对其他语言文化产生影响时，不仅要关注语义层面，也要考察意识形态层面。

到 19 世纪的德国格林兄弟搜集童话时，Märchen 与它的起源 contes de fées 已经有所区别。格林童话的出版，并非一朝一夕的工作。1812 年，第一版格林童话《儿童和家庭故事集》分为上、下两册，共有 156 个故事。1867 年，至第七版故事集中，共有 210 个故事，其中 10 个被特别注明为宗教故事。半个世纪中，格林兄弟针对童话的定义、内容、对象等方面不断进行调整，重新界定童话概念，其核心目的是德意志现代国家的建设。这与当时的浪漫主义思潮、德意志民族主义思想的兴起密不可分。

总的来说，17 世纪 90 年代，法语"童话"（contes de fées）一词的形成，以及随后 18 世纪 50 年代英语"童话"（fairy tales）一词的传播，伴随特殊的社会和宗教文化语境。早先，这些故事通常是由属于特定社会阶层

---

[1] R. Bottigheimer, ed., *Fairy Godfather: Straparola, Venice and the Fairy Tale Tradition*, Philadelphia: University of Pennsylvania Press, 2002; Jeana Jorgensen, *Fairy Tales: A New History*, Albany: State University of New York, 2009; "Europe's First Fairy Tales" and "Giovan Francesco Straparola 1485? – 1556?" in Raynard, ed., *Teller's Tale: Lives of the Classic Fairy Tale Writers*, Albany: SUNY Press, 2012, pp. 7 – 24.

[2] D. Ben-Amos, "Straparola: The Revolution That Was Not," *Journal of American Folklore*, 2010, 123（490）: 426 – 446, p. 426.

[3] F. Vaz da Silva, "The Invention of Fairy Tales," *Journal of American Folklore*, 2010, 123（490）: 398 – 425, pp. 398, 419.

[4] J. Zipes, *The Oxford Companion to Fairy Tales*, 2nd edition, London: Oxford University Press, 2015, p. xxi.

的女性创造的,用以"抵抗她们的生活环境"。① 而少数人的创作最终成为席卷欧洲的普遍活动,正表明童话能从欧洲至世界不断扩散生长,有更深更广的原因。这些原因包括:16 世纪的改革;社会和家庭对欧洲妇女的双重压制;从维科到康德、赫尔德的民族主义观念;从 18 世纪 50 年代至 19 世纪 40 年代的英国工业革命,其直接导致了 19 世纪末 20 世纪初期殖民统治与帝国主义的高峰。因此,尽管法国的 contes de fées、德国的 Märchen、丹麦的 eventyr 都得到了发展,却是英语的 fairy tales 这一具有语义和意识形态意义与功能的概念,同"民俗学"和"民族主义"一起,吸引了 20 世纪初期中国学界的目光。

20 世纪初期,是中国历史上前所未有的、对这一古老国家今后道路产生了重要影响的历史时期。这期间,欧洲列强使用鸦片和大炮在中国的土地上强取豪夺,彼此争斗;清王朝(1644～1911 年)最终崩溃,延续两千多年的封建王朝走向终结;中华民国成立(1912 年);要求走向西化(现代化)的新文化运动应运而生(20 世纪前 10 年至 20 年代)。为了拯救陷于殖民危机之中的中国,寻求国家独立,追求现代化,中国的精英们发现了民族主义,以及作为其呈现方式的民俗学(包括童话),企图将它们改造为唤醒民族精神的催化剂。

概念的选择不仅意味着选择了一个故事应当被称为什么,也是在选择它可能被如何使用,即其超越了文学类型,是意识形态的一部分。童话概念的产生即如此。从意识形态层面说,中国对于"童话"的介绍和接受,是特定历史情况下的产物。要推动新文化运动、推动国民教育,从日本舶来的"童话"成为精神武器之一。国内现有的童话研究,如刘守华《中国民间故事史》、吴其南《中国童话史》等专著中,对这一历史均有涉及。但基本语义层面的差异,尚缺乏剖析。与 fairy(森林中有翅膀的仙女)接近的中文词语是"仙",然中文语境下的仙往往与道家文化密不可分,"仙"的性别、形象、功能等都与 fairy 有所差异,将 fairy tales 译作"仙话",显然不符合中国文化传统。"童话",包括"民俗",都是新文

---

① J. Zipes, "The Meaning of Fairy Tale within the Evolution of Culture," *Marvels & Tales*, 2011, 25 (2): 221-243, p.224.

化运动领导者直接从日本借用而来的概念，是现代儿童观、教育观的产物。

1909 年，孙毓修（1871—1922）策划主编了一套童话丛书，首次采用了"童话"概念，书中将欧洲的 fairy tales 和 Märchen 作为例证。孙毓修借此使中国的图书分类体系中增添了新的文学类型，被人们称为中国童话之父。其最终目的，是推动儿童教育。至 19 世纪 20 年代，童话作为一种新的文学类型，已经被普遍接受。同时，隶属民俗学的童话，也因唤醒民间文学意识，推动了新文化运动的发展。特别是童话作家受到了社会的认可与欢迎，童话开始扎根于中国本土。

可以说，正是因为"童"意味着儿童，孙毓修等才选择了"童话"而不是"仙话"，来翻译 fairy tales 和 Märchen。童话是为推动社会与政治变革而创造的，由此也产生了此后持续的概念纷争。

二 当下：定义与分类问题

在现今的中国，童话经过一百多年的发展后，又呈现新的样态。一方面，学界想要廓清或更改其定义、规范其内容，或确立它所属的类型时总会遇到问题。考察童话在今天的状况，可以发现，与它相关的概念越来越丰富而复杂。在作家文学领域，有"童话文学"（包含童话与幻想故事，不专为儿童创作）与"儿童文学"（为儿童创作）的争议；在民间文学领域，有"童话"与"民间童话"的争议；在民俗学领域，"叙事"与"民间叙事"相互区分，童话却同属于两者。不同领域中童话的不同概念，使它难以成为学者的研究资源，获得学术地位，以至于目前国内学界仍旧缺乏对童话的深入研究。另一方面，大众文化和民间文化中，童话却得到了广泛传播，被人们普遍接受。童话在中国的蜕变已经超越了原本的文学体系，与它在法国、英国、德国等地的概念分道扬镳，成为魔瓶中释放的"三头仙"，在三个领域各自发展，并具有了以下本土化特征。

在作家文学领域，童话借助"儿童文学"这一概念获得了稳定地位，得到了中国作协的认可。随后又出现了两本关于童话史的专著。① 另外，职业"童话作家"群体出现，其中大部分人生于 20 世纪 50 年代。他们在国内外获得了越来越多的认可。而且，最为人熟知的代表性作家、北京大学中文系教授曹文轩，在 2016 年获得了国际安徒生奖。

在民间文学领域，尽管童话已被广为熟知，却导致了很大的争议。在过去 30 年的权威教科书中，主要有民间故事、神话、民间传说和民间歌谣四类民间文学体裁。民间故事又可分为幻想故事、生活故事、寓言和民间笑话，童话是幻想故事的另一名称。② 此外，为了区分民间文学与作家文学领域的童话，又有"童话"与"民间童话"的判然分野。

在民俗学领域，则有人提倡"民间叙事"的概念，以图模糊"作家文学"和"民间文学"、"童话"与"民间童话"、"童话"与其他类型的"故事"之间的概念分野。在钟敬文影响深远的教材《民俗学概论》中，"口头散文叙事"取代了"民间口头文学"，分为神话、传说、民间故事及笑话三类。民间故事的分支之一，是幻想故事，也称作神奇故事、魔法故事或民间童话。③ 在日渐兴起的民间文学研究领域，生活故事、民间寓言、民间笑话、幻想故事和民间童话，都属于民间故事。④ "民间叙事"作为新兴的概念，由于其包容性而得到了广泛认可。在邢莉的《民俗学概论新编》中，"民间叙事"取代了"民间文学"。⑤ 这是近年来学术研究的新进展，"民间叙事"不仅模糊了传统类型的界限，同样强调了更广泛的交际语境。⑥

然而事实上，作为学术类型的童话概念，已经被最初创造它的学者打破了。中国民俗学之父钟敬文等主编的英文读物《中国民族童话》⑦

---

① 金燕玉：《中国童话史》，江苏少年儿童出版社，1992；吴其南：《中国童话史》，河北少年儿童出版社，1992。
② 钟敬文：《民俗学概论》，上海文艺出版，1980，第 204 页。
③ 钟敬文：《民俗学概论》（第 2 版），上海文艺出版社，2009，第 247 页。
④ 万建中：《中国民间文化概论》，北京师范大学出版社，2010，第 264 页。
⑤ 邢莉：《民俗学概论新编》，北京师范大学出版社，2016。
⑥ 吕微、安德明：《民间叙事的多样性》，学苑出版社，2006；刘魁立：《民间叙事的生命树》，中国社会出版社，2010；林继富：《民间叙事传统与故事传承》，中国社会科学出版社，2007。
⑦ Zhong Jingwen et al., eds., *Fairy Tales of Chinese Nationalities*, Beijing: New Bud Pub. House, 1991.

中，包含了牛郎织女、孟姜女、梁祝和白蛇传。这四个故事同时被认为是中国最流行的传说、神话、奇幻故事或幻想故事。在西方话语中，它们可以被看作童话（fairy tales）；但在中国，它们更多地被认为是神话或传说。

中文语境下的童话类型提供了超越童话研究的话语方式，即它反映了中国试图在平等的"国家"地位和平等的学术话语方面，与西方并驾齐驱的愿望。从这一角度来说，童话在中国的产生，与 Märchen 在欧洲的产生并没有太大区别。中国的童话作为一个种类，一开始就具有文化上的独特性，它不仅是简单的"形式"，而且与话语权力有关。中文世界对民间文学、民俗学的定义，乃至民间文学的类型，都受到欧洲话语权的影响。尽管中国的古代故事，实际上有着传统的类型名称。如叶限故事，在《酉阳杂俎》中属于"诺皋"类。中国的不同地区，对故事也有不同的称呼，如"讲古""编瞎话""侃大山"。但统一的学术话语抹消了传统的、地域的差异，以西方概念来衡量所有的口头传统与类型。是以传统的牛郎织女、孟姜女等故事，面临无从分类的尴尬。正如丹·本-阿默思所言："对散文叙事的分类，在很大程度上取决于对故事的文化态度和口头传统的本族类型。"[①]他所辨析的"分析类别"（analytical categories）与"本族类型"（ethnic genres）概念，正是基于对西方话语霸权的反思。[②] 20世纪六七十年代的美国民俗学界，普遍认为当时西方的民俗学分类，可以适用于全世界的民俗研究。丹·本-阿默思前往非洲进行田野调查之后，意识到事实并非如此。当地人对于神话、谚语、故事等有着全然不同的定义，是以他提出"本族类型"概念，即研究者应当基于当地人的本族文化，关注当地人本身所使用的类型概念。这一思索对于我们研究中国民间文学类型大有裨益。为何会选择神话、童话、故事等定义？

我们的历史与文化中，是如何对这些文本分类的？唯有厘清相关问题，

[①] D. Ben-Amos, "Toward a Definition of Folklore in Context," *Journal of American Folklore*, 1971, 84 (331): 3–15, p.4.

[②] 〔美〕丹·本-阿默思：《民俗学概念与方法：丹·本-阿默思文集》，张举文编译，中国社会科学出版社，2018。

才能够避免概念的混乱。

目前，西方学界已经开始反思欧洲中心标准导致的问题，质疑现存文化中的定势结构，以及曾在欧美的"类型"形成中发挥至关重要作用的殖民与新殖民假设观点，欧洲中心的话语机制正在受到挑战。而身为中国的童话研究者，也应当拓宽国际童话研究的视野，反思自身学术历史，发现欧洲中心标准掩盖下的多元文化及地方文化的特殊性，关注概念"挪用"中的学术分析与意识形态问题，理清学术概念和意识形态霸权。为此在使用概念时，必须清楚其概念源流，清楚它是在何种层面上被使用的，区分本土分类概念与文化价值观的差异。

三 展望：超越类型的生活信仰

为了构建现代国家，与西方交流，国人有意识地构建了对内—对外的话语体系。对外，中国要立于民族之林，追求独立强盛；对内，要普及儿童教育、社会教育、文学教育。这是童话在中国扎根的文化（不仅是文学）土壤。与"童话"类似的是，近百年来引进的各个学术概念，例如"民俗"与"民间文学"（folklore）、"类型""文类""门类""种类""体裁"（genre, type）、"民族"（nation, ethno）等概念的界定与翻译，都需要梳理和再界定：概念是学科分析工具，还是价值观传播手段？是对文化多元的尊重，还是以权力界定话语？每种话语都有特定的文化价值体系基础。因此，不应以一种话语体系强迫（压制）另一种话语体系，要尊重各自文化的实践者的分类概念，要有平等的文化态度。童话类型，或文学类型，不仅是文学研究中的文本问题，更是文化价值观的表现，不能因对某文学类型的关注而忽视每种类型概念自身的价值观和话语权问题。

围绕童话概念产生的种种问题，正是由于将其视为文学"类型"，而更重要的是超越类型的童话蕴含的核心信仰与文化价值。童话在中国的蜕变重申了这一观点。童话本身是一种信仰，正如齐普斯所言："童话意味着超自然的信仰，而非信仰的停滞。我们相信很久之前曾经发生超乎寻常的故事。我们需要去相信。我们借助童话来做梦和生活。"① 此外，要研究这一生活信仰如何作为工具参与日常交流与意义生成的过程，揭示不同文化中的不同信仰体系与文化价值，以及它们在跨文化交流中发挥的作用。这方面，杰克·齐普斯的研究值得我们关注。齐普斯立足社会政治语境，从意识形态层面对童话的内涵、历史、功能等进行了批判性分析，提供了诸多富有启发性的见解。②

所谓生活信仰是说童话在日常生活中创作出一个信仰世界，从中人们可以满足欲望、发泄不满、治愈心理挫折等，然后再返回到日常生活，让日常生活充满希望和意义，这也是童话的神奇魅力所在。

所以说，我们日常生活中必须有童话。童话是对过去的怀旧、想象，对现实不满的宣泄、逃避和抵抗，亦是对未来的幻想与期望。恰恰是这些心理情感的调整，使得现实生活具有了意义。当人们不再想象未来时，就放弃了对未来的期许，生活的意义便无从存在。超越类型，将童话视为生活信仰，这并非消极的宿命论，而是寄托了积极和主动的情感。童话便是在最日常的程度上揭示了这一道理。

---

① J. Zipes, "The Meaning of Fairy Tale within the Evolution of Culture," Marvels & Tales, 2011, 25 (2): 221 – 243, p. 211.
② 有关齐普斯的民间故事与童话以及儿童文学研究，见即将由明天出版社出版的《童话研究：齐普斯文集》。

理想故事的游戏规则*

施爱东**

摘　要：所有故事都有明确边界，都是限定在密闭时空、特定关系之中的虚拟语言游戏。故事中驱动或约束人物行为的游戏规则，我们称之为"驱动设置"。从故事的最简结构图看，故事情节的形态标志就是转折。转折意味着主人公现有的状态和轨迹发生了变化。在民间故事中，引起状态改变的原因一定是外在因素的变化，也就是说，在既有条件和主人公希望达成的目标之间，出现了新的"障碍"。障碍成为诱发或促成情节发生发展的主要驱动因素。在故事中，障碍的设置必须同时包括出题和解题两个方面，我们称之为"系铃方案"和"解铃方案"。无论系铃还是解铃，都必须遵循一定的游戏规则，利用规则来推进情节，实施解铃步骤。如果按照正常的故事逻辑无法实现转折，就需要通过打破常规来实现。

关键词：民间故事；故事逻辑；故事结构；故事情节；情节设置

"理想故事"，指的是符合故事逻辑、适合于重复生产和讲述、超越于个别讲述之上的故事范本，类似于"精校本""完整版"的故事，相当于语法教程中的"句式"。

故事逻辑与生活逻辑不是一回事，平常事件不能称为故事，能够称为

---

* 本文原载《民族艺术》2019年第4期。
** 作者简介：施爱东，中国社会科学院文学研究所研究员。

故事的一定是反常事件。比如,某位西医用手术刀治好了白内障不会被视作神医,但如果某位中医靠着针灸、按摩或中药治好了白内障,那一定被奉为神医。

故事生产的关键步骤不是意识形态,而是结构形态。结构框架设计好了,所谓的伦理正当性、思想意义、宗教情怀,都可以通过平庸的背景交代来解决。比如,在一个戏弄残疾人的"恶作剧故事"中,我们只要把残疾人身份由普通残疾人转换成作恶多端的官员或地主,故事的伦理缺陷马上得以补救;两个黑社会之间"狗咬狗"的恶斗,我们只要将失败一方设置成汉奸恶霸,"狗咬狗"的恶斗事件马上就变成了"正义终将战胜邪恶"的正能量教化故事。

也正是从这个角度,普罗普认为,故事的结构和功能才是最需要关注的问题。"对于故事研究来说,重要的问题是故事中的人物做了什么,至于是谁做的以及怎样做的,只不过是要附带研究一下的问题而已。"[1] 陈泳超也说:"相对于伦理而言,叙事的趣味性要强烈得多。"[2]

明确了以上几点前提,我们将围绕故事的封闭特征、故事的结局、故事的最简结构、情节的核心设置、打破常规等几方面,对故事的逻辑法则展开分析,看看一则理想故事是如何进行情节设置的。

一 故事的封闭特征

辩证唯物主义告诉我们,事物是普遍联系的,联系的方式是无限多样的。但在故事世界中,只有有限的人物、有限的事物、有限的联系。所有故事都有明确的边界,都是密闭时空中、特定关系中的虚拟游戏,一切行为的因、果,都要落实在有限的时间、空间、事件、人物及其关系当中。我们甚至可以说,故事是限定在密闭时空之中,依照特定规则运行的虚拟

---

[1] 〔俄〕弗拉基米尔·雅科夫列维奇·普罗普:《故事形态学》,贾放译,中华书局,2006,第17页。
[2] 陈泳超:《民间叙事中的"伦理悬置"现象——以陆瑞英演述的故事为例》,《民俗研究》2009年第2期。

游戏。

金庸小说构筑的就是这样一个封闭的江湖世界。江湖世界没有法律，武林中的杀人、伤人事件，丝毫不受法律约束；江湖世界不存在生计问题，你永远不知道这些江湖中人怎么赚钱，靠什么谋生，故事主人公只负责打架和谈恋爱，其他一概不负责。他们一身轻功，飞檐走壁，上刀山下火海，行走江湖数十年，轻松得连一个行李箱都没有。甚至有些普通的生活逻辑都被排斥在故事边界之外，比如，他们怀揣一本武林秘籍，就算在水里潜一天的水，秘籍也能完好无损。

尽管故事世界与生活世界的差距如此之大，我们却很少去质疑故事的真实性。为什么？因为我们在听故事之前，就已经预设了这是"故事"而不是"新闻事件"。我们从一开始就是以故事的逻辑来进入阅读的。

豪伊金格说："游戏是在明确规定的时间、空间里所进行的行为或者活动。它是按照自发接受的规则来进行的。这种规则一旦被接受就具有绝对的约束力。游戏的目的就存在于游戏行为自身之中。它伴有紧张和喜悦的感情与日常生活不同。"[1] 几乎所有关于游戏的认识，都适用于故事创作。故事的本质就是一项智力游戏。而游戏总是要限定在一个封闭的时空内完成，这里有固定、有限的角色，有特定的游戏规则，还有规定的结局。具体而言，作为游戏的故事具有如下五个封闭性特点。

第一，故事角色之间的关系是封闭的。

故事中不能出现多余的、没有功能的角色。因此，故事要尽量减少角色的数量，相同的功能最好由同一个角色来担当。比如，故事中的坏人也是箭垛式的坏人，坏到"头上长疮、脚下流脓"，那么，如果"长疮"的功能由某个角色担当了，往往"流脓"的功能也得由该角色担当。这与文人创作的小说不同。茅盾的《子夜》第一章就走马灯似地出现了很多各具特点的人物，这种人物出场的手法得到许多评论家的称赞。但如果民间故事一开头出现过多人物，那么该故事就注定会成为一个失败的故事，因为听众根本记不住这么多人名，人物关系就成了一团乱麻。

---

[1] 转引自周爱光《竞技运动异化论》，广东高等教育出版社，1999，第 84 页。

此外，故事只考虑角色之间的关系，不考虑角色之外的"吃瓜群众"。如《白蛇传》中的"水漫金山"、《窦娥冤》中的"六月飘雪、大旱三年"，都不会考虑百姓无辜受灾的问题，因为群众不是故事角色，不被列入故事伦理的考虑范围。陈泳超也曾经提到，在陆瑞英的故事《山东赵员外、扬州白老爷》中，白老爷毒死了坏人张里花，顺便把白小姐的丫鬟也毒死了，可是到了故事结尾时，白小姐与赵少爷结成美满姻缘，白老爷一家皆大欢喜，丫鬟则半句未提，这当然是不符合生活伦理的。事实上，故事中让丫鬟死去，只是为了腾出一个位置，让故事主角赵少爷得到一个男扮女装接近小姐的机会，所以故事说到丫鬟之死是这么说的："白老爷喊丫头去，一样喊她吃药，一吃吃下去药死掉了，小姐没有丫头哉……"① 由此可见，丫鬟并不是故事角色，只是"角色道具"。

第二，故事的功能和道具是封闭的。

什么是功能？普罗普认为，功能"指的是从其对于行动过程意义角度定义的角色行为"。② 通俗地说：功能就是故事人物的行为，这些行为对于推动故事情节是有作用的。

故事的功能是封闭的，故事中不能出现多余的、没有意义行为。而相似的行为可以一再重复出现，一般会重复三次。比如，在《渔夫和金鱼》的故事中，在渔夫来到海边之前，只需要用一句"渔夫到海边打鱼"作为交代就可以了，完全不必详述渔夫如何起床、如何刷牙洗脸、如何吃早餐、如何查看天气、如何收拾渔具、如何跟老婆道别出门等细节。

如果某种行为跟后续的行为或情节只有时间上的先后关系，而没有逻辑上的因果关系，不构成故事因果链中的一环，那么，这种行为就是多余的，需要从故事中剔除。

此外，故事的道具也是封闭的，不能出现多余的、没有意义的道具。刘魁立老师曾举例说，如果一出戏开幕的时候，墙上挂着一支猎枪，那么

---

① 陈泳超：《民间叙事中的"伦理悬置"现象——以陆瑞英演述的故事为例》，《民俗研究》2009 年第 2 期。
② 〔俄〕弗拉基米尔·雅科夫列维奇·普罗普：《故事形态学》，贾放译，中华书局，2006，第 18 页。

在剧终之前,这支猎枪一定要取下来响一声。如果这支猎枪直到剧终还挂在墙上,那它就是多余的。

第三,故事的逻辑是自洽的,情节是自我闭合的。

故事中的矛盾和冲突必须自产自销,自给自足。也就是说,矛盾的产生和矛盾的解决必须相对应而存在。刘勇强在《〈西游记〉中的"八十一难",到底有什么深意》中指出,《西游记》"第 49 回里有这样一个描写,老鼋将取经四众送过通天河,这个老鼋经过一千三百年的修行,会说人话,但还是鼋的形体,它希望能够脱除本壳变成人,就请唐僧到了西天以后问佛祖他什么时候能够得人身,唐僧当时答应了"。到了第 99 回,也就是取经回来路上,取经四众"再次经过通天河,老鼋又驮他们过河,问唐僧有没有替它问佛祖?唐僧在西天专心拜佛取经,忘了这事,无法回答,老鼋很生气,猛地下沉,取经四众又落入水中,从而完成了这最后一难"。① 第 49 回和第 99 回的情节就构成了一对矛盾,同样,在第 99 回内部,唐僧无言以对与老鼋生气潜水也构成一对因果关系,总之,故事中不能出现没有结果的原因,也不能出现没有原因的结果,否则就会形成缺失。

我们再看《水浒传》,梁山英雄征田虎和征王庆就是一个后期添加的独立单元。在这个单元中,征田虎时收纳了 17 员降将,到了征王庆时,梁山好汉一个未折,而田虎的 17 员降将折损殆尽,剩余几个,也跟着乔道清到罗真人处从师学道去了,梁山英雄的所有指标都回复到刚刚招安时的状态。在这个独立单元中,作者做了多少加法,就得做多少减法,同样,做了多少减法,就得做多少加法。所有矛盾都成对出现,自足解决。

第四,故事是一个"自组织系统"。

故事能够利用自身的结构逻辑,不断地吸取外部信息,进行自我加工、自动修复、自我完善,从而形成一个具有完整结构和功能的有机体。山曼教授给笔者讲过一个"驴吃草"的故事:一个农民牵着一头驴到乡政府办事,驴把乡政府门口的草给吃了,农民遭到了乡干部的训斥,于是牵过驴子,啪啪给它两耳光,骂道:"你这头蠢驴,你以为你是乡干部,走到哪里

---

① 刘勇强:《〈西游记〉中的"八十一难",到底有什么深意》,知乎专栏(首发于人民文学出版社),2018 年 5 月 11 日,https://zhuanlan.zhihu.com。

就吃到哪里啊?"早期的故事到这里就结束了。可是过了不久,故事又出现了一个"加强版"。根据相似的结构逻辑,故事进行了自我加工和完善:驴子转过身来,反踢农民一脚,骂道:"你这蠢货,你以为你是警察,想打谁就打谁啊?"山曼听到的故事到这里就结束了。可是又过了两年,笔者在另外一个场合又听到故事的"加加强版":农民揪住驴耳朵骂道:"你这吃货、饭桶,你以为你是中国足球队,光踢人不踢球啊?"

再比如,前些年网上流行一个故事,穷小伙子骑单车在路上走,被一个路过的宝马车溅了一身水,小伙子不服气,发狠道:"等我有钱了,我也要买宝马,买两辆,一辆在前面开道,一辆在后面护驾,我在中间骑自行车。"网友根据这个句式,创作了一系列"等有钱了"的妙句,如:"等我有钱了,我每餐买两个包子,一个用来打狗,一个用来打另外一只狗,我在边上啃馒头。""等我有钱了,我娶两个老婆,一个赚钱给另一个花,省得老婆说我不赚钱。"按照这样逻辑,故事可以反复更新,不断延伸。

第五,故事必须是圆满的,不能有缺失。

所有的缺失都必须被补足。这方面的讨论,如果有兴趣,可以看《故事的无序生长及其最优策略——以梁祝故事结尾的生长方式为例》[1],这里不再赘述。

二 游戏目标:故事的结局

作家作品多为开放式结局,结局往往因典型环境、典型性格,以及社会发展、性格发展而变化。学过《文学理论》的人可能都知道福楼拜的故事:有一天朋友去看望福楼拜,发现他正在失声痛哭,朋友问他:"什么事使你这样伤心?"福楼拜说:"包法利夫人死了!"朋友问:"包法利夫人是谁?"福楼拜说:"我小说中的女主人公。"朋友就劝:"你既然不愿她死,就别让她死呗。"福楼拜无可奈何地说:"是生活的逻辑让她非死不可,我没有办法。"这个故事常常被用来说明"典型环境中的典型人物的必然命

---

[1] 施爱东:《故事的无序生长及其最优策略——以梁祝故事结尾的生长方式为例》,《民俗研究》2005年第3期。

运，是生活逻辑的必然结果"。

但民间故事不是这样。民间故事的结局是既定的、封闭的，故事情节只是朝向既定结局的一个过程。一般来说，但凡熟悉民间故事的人，听了故事的开头，基本上就能知道故事的结尾。这是为什么？因为民间故事的结局本来就是预先设定的。为了区别于生活事件中或者作家作品中的、发展变化着的、具有不确定性的故事结局，我们把预先设定的民间故事结局称为"元结局"。

大团圆结局是一种元结局。对于普通民众而言，现实生活本来就是"不如意事十常有八九"，如果故事只是现实生活的再现，那我们直接照照镜子，看看身边街坊邻居的悲惨故事就好了，何必要看戏？看戏就是为了满足我们对于幸福生活的幻想。弗洛伊德说："我们可以断言，一个幸福的人从来不会去幻想，只有那些愿望难以满足的人才去幻想。幻想的动力是尚未满足的愿望，每一个幻想都是一个愿望的满足，都是对令人不满足的现实的补偿。"① 一个现实生活中的光棍汉，看个戏还不让主人公娶个漂亮媳妇，这戏还有什么看头？剧作家陈仁鉴说，20世纪50年代搞戏剧改革时，他们为新剧设定了一个悲剧结局，希望借此引起民众的社会思考。结果新剧在一个村子公演完毕，老百姓都不肯走。他们认为好人死了，坏人却没有受到惩罚，故事并未结束。剧团只好临时加演一场，让好人死而复生、坏人受到惩罚。如此，群众才心满意足。对于普通老百姓来说，大团圆就是一种元结局。

幻想故事、名医传说、鬼故事、机智人物故事等，都有各自的元结局。比如名医传说，我们能预想名医肯定能治好病人的疑难杂症，甚至能治好坏人的心病，让坏人变好人。鬼故事中的人类主人公，结局一定是受到了巨大惊吓，这种惊吓甚至危及主人公的生命。

元结局是预先设定的、不可更改的。为了实现元结局，故事中的角色甚至可以违背生活伦理、生活逻辑。比如，在许多机智人物故事中，坏人都是说话算数、信守承诺、又蠢又萌的。如果坏人不蠢萌，他就不上当；

---

① 车文博主编《弗洛伊德文集》第7卷《达·芬奇对童年的回忆》，长春出版社，2010，第61页。

如果坏人不信守承诺，就无法对他们实施惩罚。相反，好人或者机智人物常常是谎话连篇、说话不算数、不讲诚信的。如果好人不撒谎，事事讲诚信，他就没法得到坏人的信任，也没法以弱胜强，以巧取胜。

三 故事的最简结构

为了进行结构分析，我们试着将故事的结构简化到最简状态，看看哪些因素是最关键的结构要素。我们借用坐标来标示故事主人公的命运历程。每个坐标只用来标示一个主人公，如果是多位一体的分身主人公，也可以用一个坐标标示，如《十兄弟》。凡是对主人公有利的行为，我们称之为"增量"，用朝上的矢量表示。凡是对主人公不利的行为，我们称之为"减量"，用朝下的矢量表示。凡是预期的趋势，我们用虚线表示；凡是得到落实的结果，我们用实线表示。横坐标代表时间，纵坐标代表矢量的增减。虽然坐标有四个象限，但我们只考虑增减和时间，因为除了穿越剧，所有故事的时间只有一维。所以我们只需要考虑第一、第四象限。

我们以《求好运》为例。故事起点 O：一个穷小伙一生受穷。T' 是故事预先设定的：只要去西天向佛爷求好运，所求一定能实现。在去的路上，穷小伙遇到三件事。A'：员外托他问女儿为啥不说话。B'：土地菩萨托他问为啥不能升仙。C'：大乌龟托他问为啥不能成龙。到了西天，穷小伙见到活佛，没想到活佛规定"问三不问四"，只能问三个问题，不能问第四个。小伙最终决定替别人问三个问题。A-：替员外问一个问题，他失去第一次机会。B-：替土地菩萨问一个问题，他失去第二次机会。C-：替乌龟问一个问题，他失去最后一次机会。等他回来时，他依次解决了别人的难题，又依次获得了回报。乌龟把头上的夜明珠送给他，用 C+ 表示。土地菩萨把脚下的金子送给他，用 B+ 表示。员外把女儿许配给他，用 A+ 表示。最终，穷小伙实现了问佛爷求好运的预设结局，即 T（见图1）。

故事结构图只能描绘一位主人公的行为、命运。因此我们必须排除如下几项干扰：第一，排除主人公之外所有其他角色行为的干扰，只考虑主人公的行为；第二，排除动机、原因，以及人物身份和经历的干扰；第三，

图 1 《求好运》的结构

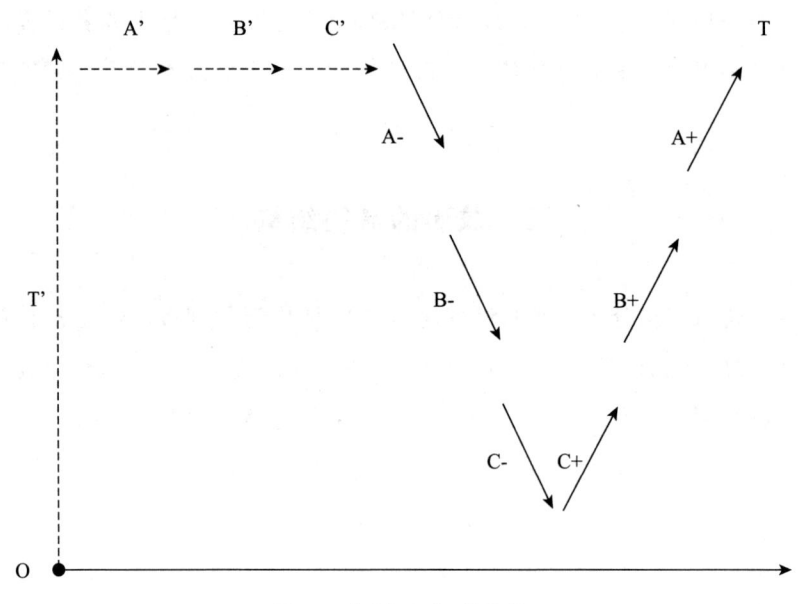

排除非功能的、不推进情节发展的附加行为的干扰。

我们再以《渔夫和金鱼》为例。首先，我们排除渔夫妻子行为的干扰，事实上，妻子可以更换为女儿，也可以更换为高利贷的债主，或他自己内心的贪欲，画出来的结构是一样的；其次，不考虑渔夫为什么要一再向金鱼进行索求，不考虑他是出于主观贪欲还是被动无奈；最后，不考虑渔夫撒了几次网才打到金鱼，就算撒了 100 次，前面 99 次都是没有意义的，我们只需考虑有功能的那次撒网行为。于是我们可以设定故事起点 O：一个贫穷的渔夫外出打鱼。A：渔夫打到一条金鱼。A－：渔夫把金鱼放走了。B：渔夫向金鱼请求，得到了一只新木盆。C：渔夫向金鱼请求，得到了一栋房子。D：渔夫向金鱼请求，让他老婆变成了贵夫人。BCD－：渔夫向金鱼请求，让他老婆变成女皇，金鱼把他们打回了原形。我们画出《渔夫和金鱼》的结构图（见图 2）。

我们画出《渔夫和金鱼》的最简结构，可以发现它与《人心不足蛇吞象》是完全同构的。如果以最简结构来进行故事分类，那么，这两个故事应该属同一类型。总之，通过这些看似简单的故事结构，我们发现故事就是一种语言游戏。而游戏规则的设置就在于故事的情节设置，以及情节的

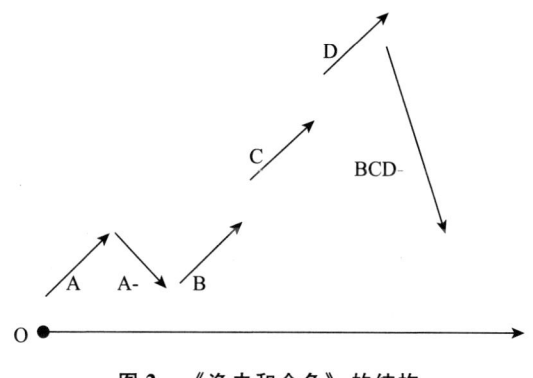

图 2　《渔夫和金鱼》的结构

核心设置。而这样的结构图正是帮助我们找到核心设置的第一步。

四　情节的核心设置

作家文学的情节指的是展示人物性格、表现人物关系的一系列生活事件的发展过程。但民间故事的情节不是这样的，而是状态的改变，既包括人物状态的改变，也包括事态的改变。表现在最简结构上，就是矢量的"转折"。

转折是矛盾和冲突的结果。在民间故事中，主人公在应对突发事件时，往往会一意孤行地选择那些快意恩仇的、容易产生误会的、富于戏剧性的行为方式，其目的就是要激化矛盾、制造冲突、实现状态改变。只有这样，故事才会紧凑、有趣、好看。如果主人公足够理性冷静，与对手进行了良好沟通，双方化干戈为玉帛，那就没有故事了。所以说，故事情节的形态标志就是转折。

"无论神话还是抒情诗，戏剧还是史诗，远古的传奇还是现代小说，作者的目的都是要创造出会使读者'入迷'的紧张。"[①] 明白了这一点，我们就不会因为故事主人公在该出手时没出手、该说清楚时没说清楚而惋惜了。祝英台要是事先把话说清楚了，梁山伯及时赶到祝家提亲，两人结成美好姻缘，那就不存在"四大传说"了。

[①]〔荷〕胡伊青加：《人：游戏者》，成穷译，贵州人民出版社，2007，第169页。

当然，明白了这一点，所有的故事也就变得无趣之极，因为你已经知道那些动人心弦的情节都是故意生产出来的，结局你也猜到了，紧张感没有了，趣味性也消失了。所以说，研究故事和听故事是两码事，听故事是有趣的，研究故事是无趣的。梅兰芳说过："旦角戏的剧本，内容方面总离不开这一套，一对青年男女经过无数惊险的曲折，结果成为夫妇。这种熟套，实在腻味极了。为什么从前老打不破这个套子呢？观众的好恶力量是相当大的。"① 对于梅兰芳来说是熟套的东西，对于偶尔看戏的观众来说未必是熟套，所以，梅兰芳浸淫其中早就腻味了，但观众依然兴致盎然。

这些故事中永远不变的套路，我们称之为"元情节"。民间故事的元情节基本都是围绕正面主人公而展开的：①主人公接到挑战；②主人公经过一段艰苦历程；③主人公战胜对手；④主人公获得奖赏。在元情节基础上，可以不断插入二级情节、三级情节。笔者在《史诗叠加单元的结构及其功能——以〈罗摩衍那·战斗篇〉（季羡林译本）为中心的虚拟模型》中专门讨论过这些问题，这里不再展开。

确定了情节，我们就可以规划推进情节的人物行为，人物在这一场景下为什么会选择这样行为而不是那样行为，是因为他们受到了一些游戏规则的制约。故事中驱动或约束人物行为的游戏规则，我们称之为"驱动设置"。对于每一个具体的故事类型来说，都会有属于该类型的核心情节，以及推进核心情节的"核心驱动设置"（以下简称"核心设置"）。

在故事分析中，我们只有找到关键性的转折，才能确认关键性的情节，找出情节背后的核心设置。如果将故事的最简结构图进行再简化，变成"示意图"就很容易看了。我们还是以《求好运》为例，A'、B'、C'，或者 A﹣、B﹣、C﹣，还有 A＋、B＋、C＋，都是同一事件的三次反复，从寻找驱动设置的角度来看，一次行为和重复性的三次行为，其所遵循的游戏规则是一样的，于是，最简结构图可以再次简化为一个示意图（见图3）。

从图3中我们很容易看出，故事的关键之处在于从 A' 到 A﹣的转折，以及从 A﹣到 A＋的转折。这两处转折很好地体现了"柳暗花明又一村"的

---

① 傅谨主编《梅兰芳全集》第4卷，中国戏剧出版社，2016，第280页。

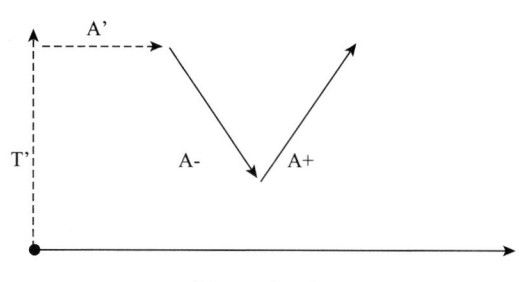

图3 《求好运》的最简结构

境界。那么，这两个"又一村"是靠什么实现的呢？

第一，从 A' 到 A－的转折，即从满怀希望到大失所望。主人公见到佛爷，本以为幸福即将来临，没想到却是无功而返。其原因就在于佛爷"问三不问四"的规矩，主人公每问一个问题就会减掉自己的一次机会，恰恰主人公一路上已经答应了三个代问请求，小伙子最终放弃了自己的问题。"问三不问四"的规矩在别的故事里面都没有，很明显是属于这个故事特有的游戏规则（驱动设置）。

第二，从 A－到 A＋的转折，即从一无所有到满载而归，是源于"好心得好报""吃亏是福"的善恶报应观。"报应"不仅是这一个故事的游戏规则（驱动设置），也是许多教化类、伦理类故事的普遍预设。

可见，《求好运》故事成立的前提，就是这两个基本预设。它利用"问三不问四"的设置制造了"人—我"之间的矛盾；再借助"助人"与"助己"的报应设置巧妙地化解了"人—我"之间的矛盾。这一破一立之间，就生产出一个峰回路转的经典故事，而上述两个设置就是《求好运》情节得以展开的关键设置，其中后一个报应设置是普遍性的，而前一个问三不问四的设置是属于这一个故事的特别设置，也即我们所定义的核心设置。核心设置一旦确立，其他都只是细枝末节的问题。核心设置就像一部自控发动机，一旦开始运作，故事就会在传播中自动组织情节，不同的讲述者可以围绕该设置不断更新版本，重复生产。

我们再看《渔夫和金鱼》的结构图，这个故事共有三处转折。

第一，从 A 到 A－，即从得到到失去，这是很普通的动物报恩型故事的开头：某人获得或遇见一个有灵性的动物，然后释放或救助了该动物。

第二，从 A－到 B，即从失去到得到，动物获得自由或救助后，借助超能力报答主人公。

第三，从 D 到 BCD－，即从得到到失去，动物多次报答主人公，终于失去耐心，收回给予主人公的所有馈赠。这个转折是该类型故事区别于其他动物报恩故事最大的不同之处，也是故事的高潮部分，即核心情节。情节背后的游戏规则（驱动设置）是：物极必反，人若贪心不足，必将失去所有。

简单地说，为故事的每一次转折设置一个让转折成立的恰当理由或游戏规则，就是我们所说的驱动设置。为关键性转折，也即核心情节设置的理由或规则，就是核心设置。核心设置不是结构本身，而是驱动结构的心脏、盘活结构的灵魂。

五　游戏规则的设置

当你听《老虎怕漏》故事的时候，你不会质疑"老虎怎么能听懂人说话"，因为故事逻辑不是生活逻辑，不能用单纯的生活逻辑来考量。那么，故事需要遵循什么逻辑或规则呢？答案是，故事既有共通的故事逻辑，也有属于"这一个故事"所特有的，但又很容易为听众所理解的逻辑。以"问三不问四"为例，很少有观众会在听故事的时候追问："为什么不能问第四个问题？"因为听众很容易默认这就是故事的游戏规则。

接下来的问题是，"这一个故事"的游戏规则如何设置？

情节之所以发生转折，是因为主人公现有的状态和轨迹发生了变化。在民间故事中，引起变化的原因一定是外在因素的变化，具体地说，就是故事发展到了这里，在既有条件和主人公希望达成的目标之间，出现了新的"障碍"。

障碍，成为打破主人公现有状态，诱发或促成情节发生发展的主要驱动因素。在故事中，障碍的设置必须同时包括出题和解题两个方面，我们称之为"系铃方案"和"解铃方案"。无论系铃还是解铃，都必须遵循一定的游戏规则，利用规则来推进情节，实施解铃步骤。

故事的游戏规则大致可以分为两类。第一类是"通则",即通用的游戏规则。这是听众默认的,不需要在故事中特别强调的规则。它是民间故事元情节共享的元设定,也就是一般民间故事和动植物故事都具备的预设规则。第二类是"特则",即特别地为这一个故事而设置的游戏规则,它并不是听众的原有共识,需要在故事中特别强调。

民间故事的通则主要有三种:神性规则,生活逻辑,以及语言、情感、能力的设定。

其一,神性规则包括对命运、神、鬼、精怪、梦、神谕等事物的基本设定。比如,故事一旦提及命中注定,就意味着对人物命运的一种先验预设,在故事中是不可违背的、没有商量余地的人物必然宿命。故事中的神仙总是有神奇本领、超凡能力;但神的力量又是有限的、受制约的,并非无所不能;神具有人的情感,会生气、会感动、会报恩,甚至渴望爱情。鬼则是人死之后的精魂化身,他们生活在阴间,但有时也会回到人间活动,关于鬼故事的设定,可参见"有鬼君"的《鬼世界的九十五条论纲》[①]。而梦在故事中一旦出现,通常只有两种情况,一种是鬼魂托梦,另一种是神谕,醒来之后一定能够应验。还有诸如多年的动植物、古器物有可能修炼成精怪,获得超能力,等等。

其二,故事常常利用习焉不察的生活逻辑来设置矛盾、结构故事。这是掌故、笑话类生活故事常用的手法。例如,在笔者的家乡江西石城县流传的吴佳故事,就运用了这样一些生活逻辑:成年人白天出门一定会穿裤子、女人私处的记号只有丈夫知道、物品上写着谁的名字就是谁的东西,等等。例如这样一则故事:吴佳为了捉弄一个财主,于是来到财主家晾衣处,脱下自己的衣服并藏起来,再穿上财主的衣服,故意到财主面前晃,财主发现后告到县衙,要求吴佳脱衣归还,吴佳二话不说,财主指哪件他就脱哪件,最后脱到只剩内裤了,财主说内裤也是他的,吴佳这才高声喊冤,对县官说:"大人,如果连内裤都是他的,难道我能大白天光着屁股出门偷东西吗?"县官认为有道理,于是吴佳赢了。又比如,新来的县官坐船

[①]《鬼世界的九十五条论纲》,微信公众号"有鬼"(youguiyougui),2016年12月24日。

到石城，刚好和吴佳同船，吴佳发现县官夫人喂奶时露出腋下一颗痣，下船时，他牵起县官太太要走，县官指责他拐骗妇女，于是官司打到赣州府，知府问他们各自有何证据，县官说不出来，而吴佳能说出女人腋下有颗痣，于是吴佳赢了。再比如，他和朋友一起外出，路上把朋友的伞偷换成绣有自己名字的伞，过了两天他去朋友家要伞，朋友不答应，打官司时，县官察看伞上绣有吴佳名字，于是吴佳又赢了。

其三，故事中的角色所使用的语言，以及情感和能力的设定。在语言设定上，故事角色无论是人、鬼、神，还是动物、植物，甚至家具用品，一律使用人类语言，而且是故事流传地的当地方言。在情感设定上，所有角色都是有情绪的，但这种情绪是有限的，远不如作家作品中的情绪复杂多样，基本上只有喜、怒、哀三种。在能力设定上，角色能力的设定主要依据角色名称，比如在动物故事中，大象是强大的，狮子和老虎是残暴的，牛是忠厚的，狐狸是狡猾的，兔子是弱小机灵的。这些基本设定在故事讲述中都无须交代，名称本身就预设了他们的身份和能力，所以当讲述者讲到"狮子抓住兔子，要吃兔子"的时候，没有人会反问"为什么不是兔子抓住狮子，要吃狮子"。金庸很擅长这种设置，《笑傲江湖》中任我行、东方不败、左冷禅、风清扬这样的名字，一看就不是等闲之辈，反之，劳德诺、陈歪嘴、老不死、计无施、白剥皮这样的名字，一看就是能力一般、心地不善之人。

民间故事的特则，指的是只对"这一个故事"起约束作用的游戏规则。有些规则甚至只对特定角色起作用，所以在故事讲述中需要对这些规则进行特别强调。

民间故事的特则也有三种：神设定的规则、故事角色设定的规则、讲述者设定的规则。

第一，神设定的规则。比如迪斯尼电影《寻梦环游记》中神设定的规则就有好多条。"没有照片被家人祭祀就不能通过亡灵世界的花瓣桥"，这一规则显然是为了阻止埃克托通过花瓣桥而设置的障碍，是一个明显的系铃方案，为米格解救埃克托制造机会。"生人接过受到亲人祝福的花瓣就可以重返人间"，这一规则显然是为米格这一个角色而特设的，是一个明显的解铃方案，目的是让米格能顺利地返回到人间。"亲人的花瓣祝福可以增加任何条件"，成为米格拒绝高祖母祝福，在阴间继续冒险的理由，这也是一个特设的障碍，又是一个系铃方案。你不能问这样的规则是谁设定的，为何要遵守，它就是故事中神设定的游戏规则，只能无条件遵守。

只有通过不断制造障碍，反复地出题和解题，故事才会不断丰满起来。此外，诸如前面提及的"问三不问四"的设定，关于烧窑、制药、铸剑需要少女献祭的设定等，都属于神设定。又比如，在罗隐的系列故事中，全都设定了"罗隐是金口玉言，具有语言神力，他说的话一定能应验"，而故事角色为了达到自己目的，如何诱导罗隐说出目的谶语，就成为有趣的语言游戏。

第二，故事角色设定的规则。由故事角色作为出题者所设定的规则，比如故事中皇帝限定大臣三天内交出一只公鸡蛋、限定窑厂一个月之内烧出一件龙瓷，这些都是故事中的角色发出的限定。还有金庸小说《侠客行》中，"丁不三"限定自己一天杀人不超过三个，"丁不四"限定自己一天杀人不超过四个。丁珰正是利用这一限定，经常拿无辜者当替罪羊，让丁氏兄弟杀够三四个人之后，没法对石破天下手。

第三，讲述者设定的规则。比如在机智人物故事中，往往坏人都是愚蠢轻信、信守承诺的，而好人都是说话不算数、不讲诚信的，如果没有这样的设定，弱势的穷人就没法轻易惩罚强势的财主、国王或黑势力。在美国电影《三个老枪手》中，影片开始就突出了银行的冷酷无情，于是三个老头经过周密策划对银行实施了小额度打劫，但在关键时刻，出现一个吓坏了的亚裔小女孩，黑人老头威利俯身安抚女孩时出现意外，他被小孩揭了一下面具，在监控中留下侧影。影片结尾，在嫌犯指认过程中，小女孩坚决地否认了威利就是那个戴面具的嫌犯，三个老人因此无罪释放。这个情节扣人心弦，但也表现了编剧的一个基本设定：危难之中的相互关心和帮助，可以温暖人心，融化隔阂，甚至超越种族和法律。这些设定都是有目的的，它与故事结局相伴而生。在故事中，我们可以让角色犹豫、纠结、彷徨，但情节的走向和最终结局是不可更改的。试想，如果电影结局让一个黑人老头因为关爱一位亚裔女孩而败露身份受到惩罚，那么，整场电影就全垮了：故事垮了，跨种族之爱的价值观垮了，人文情怀没有了，观众心里不爽，电影票房也垮了。所以，亚裔小女孩、黑人老头的角色设置，以及跨越种族和年龄的关爱，一定能够战胜作为黑势力的银行资本，这正是用来驱动"这一个故事"的游戏规则。

在实际的故事生产中，为了情节需要，可以不断追加设置。以前面讲到的"吴佳骗走县官夫人"故事为例，笔者第一次听长辈讲述的时候曾经提出一个问题："县官老婆难道自己不会说她是谁老婆吗？"后来再次听这位长辈讲述的时候，发现他在故事中追加了几个细节。①吴佳上船之前，刚好当了一件皮袄。②吴佳发现了县官老婆的腋下痣，于是把当单和钱悄悄塞到了她的包袱里。③打官司的时候，女人说自己是县官的老婆，吴佳啪啪给她两巴掌，说："你这个嫌贫爱富的贱女人，看到县官有钱就想跟他走？"吴佳辩称妇人挥霍无度，为了供她花销，自己把皮袄都当掉了，当单还在她包袱里，知府打开包袱一看，果然有当单和钱，于是吴佳又赢了。在这个追加的情节中，讲述人显然使用了一个追设的游戏规则：嫌贫爱富的女人说话靠不住。

六 打破常规

在民间故事中，相似的行为可以一再重复，一般是三次。三次或多次重复之后，一定要有一个转折。如果按照正常的情节发展无法实现转折，就需要通过打破常规来实现。

打破常规的方法主要有四种。

第一，偶遇和巧合。"无巧不成书"说的就是这个意思。比如，民间故事中有大量因"偷听话"而产生的巧合情节，在《老虎怕漏》故事中，老虎雨夜到农夫家偷牛，正巧听见农夫对妻子说："什么老虎、小偷，都不可怕，我就是怕漏。"老虎以为"漏"是比自己还厉害的东西，正想溜走，刚好有一小偷来偷牛，看见檐下的老虎，以为是牛，就跨到老虎背上，老虎以为小偷是漏，狂奔而去，由此引出一系列因巧合而不停反转的滑稽情节。

适当的巧合对于推进情节发展至关重要，如果能为这些巧合设置恰当的理由，使表面上的"巧遇"具备某种"必然性"，故事的趣味性就会更加强烈。

第二，误解和犯错。由于误解或自作主张，主人公做出了反常的决定，导致了异常的后果，推动了情节的戏剧性转折。比如《梁山伯与祝英台》《白蛇传》都有借助男女之间的误解、误读来推动情节的设置。著名的"十八相送"，虽然祝英台一再暗示，但梁山伯就是榆木脑瓜不开窍，怎么也听不出祝英台的潜台词，以至于错过提亲日期。又比如《乔太守乱点鸳鸯谱》，刘家和孙家假结婚，刘家让女儿代儿子去娶亲，孙家让儿子代女儿去出嫁，结果假新郎和假新娘一见钟情，两人将错就错，过了个实实在在的洞房花烛夜，双方家庭却始终蒙在鼓里。《皮匠驸马》更是处处误解，皇上以一篇无人能识的"番文"招驸马，一字不识的皮匠，被误以为只有一个字不认识，公主因误解而嫁给皮匠，皮匠因误用手势或说错话而化解了一个又一个难题，最终获得幸福。

在传统民间故事中，违反禁忌也是一种特殊形式的误解。很多情形下，神奇助手本应该将真相如实知会主人公，可是，如果主人公知道真相，他就不会去违反禁忌，如果不违反禁忌，就无法生成障碍，没有障碍，情节就无从展开，所以，故事的逻辑决定了主人公不能知道真相，而且必须犯错。

第三，出现搅局者。当故事按原有逻辑生产不出新情节的时候，需要一个搅局者，一个不按常理出牌的捣蛋鬼，扰乱故事节奏，改变事态方向。《说唐演义全传》中的程咬金、《说岳全传》中的牛皋、《水浒传》中的李逵、《西厢记》中的红娘、《射雕英雄传》中的周伯通，都是典型的搅局者。在《西游记》中，猪八戒固然是一个搅局者，成事不足败事有余，他的言行常常把事情搅得更加糟糕；但是，从改变事态方向的角度来看，观音菩萨也是一个搅局者，她总是在矛盾无法得到解决的时候突然出现，轻易就化解了原本不可调和的矛盾。一个是系铃的搅局者，一个是解铃的搅局者，本质上都是搅局者。

第四，规则失效。在特定的情境中，为了情节发展的需要，生活逻辑可以直接被忽略。比如在《寻梦环游记》中就有两个矛盾的镜头：一是埃克托的照片被德拉库斯扔到台下,刚掉进水中,迅速就化掉了;二是米格被德拉库斯的保安扔进了天坑水池,米格在水中泡了好一会儿才游回岸上,当米格与埃克托祖孙相认时,米格马上从口袋里掏出了全家福照片,照片居然完好无损。可见,照片会不会被泡坏,不是由生活逻辑决定的,而是由故事需要决定的。

七　归纳本文的十个要点

最后,我们将本文的讨论归纳为十个要点。

(一)首先将"理想故事"限定为符合故事逻辑、适合于重复生产和讲述、超越于个别讲述之上的故事范本,相当于语法教程中的"句式"。在这样的限定下,所有故事都有明确边界,都是限定在密闭时空、特定关系之中的虚拟语言游戏。

(二)民间故事的结局是既定的、封闭的,故事情节只是朝向既定结局的一个过程。我们把这个故事中预先设定的结局叫作"元结局"。

(三)故事既然是一种语言游戏,游戏就是有规则的。我们将故事中驱动或约束人物行为的游戏规则称为"驱动设置"。

(四)画出故事的"最简结构图",我们就会发现,故事情节的形态标志就是"转折"。转折意味着主人公现有的状态、处境或行动目的发生了大的变化。

(五)在民间故事中,引起转折的原因一定是外在因素的变化,也就是说,在既有条件和主人公希望达成的目标之间,出现了新的"障碍"。障碍成为诱发或促成情节发生发展的主要驱动因素。

(六)在故事中,障碍的设置必须同时包括出题和解题两个方面,我们称之为"系铃方案"和"解铃方案"。无论系铃还是解铃,都必须遵循一定的游戏规则,利用规则来推进情节,实施解铃步骤。这就是故事的"驱动设置",也是本文的核心观点。

(七)故事的游戏规则大致可以分为"通则"和"特则"两类。通则即通用的游戏规则,这是听众默认的,不需要在故事中特别强调;特则是特别地为这一个故事而设置的游戏规则，需要在故事中特别说明或强调。

（八）在实际的故事生产中，为了情节需要，可以不断追加新的驱动设置。

（九）决定故事总体情节走向的驱动设置，我们称之为"核心设置"。核心设置是用以区别不同故事类型的关键性形态标志。

（十）如果按照正常的故事逻辑无法实现转折，就需要通过打破常规来实现。

总之，故事有故事的逻辑，有故事自身的结构规律和驱动设置。动人而有趣的故事都有跌宕的节奏、合理的障碍、巧妙的系铃方案和解铃方案。好故事都是巧妙设置的游戏。

中国民间故事传承人研究的回顾与展望*

林继富**

摘　要：中国民间故事传承人研究，缘起于民间故事的搜集整理；民间故事的采录，源于实践论基础上的科学追求。20世纪80年代以后，民间故事传承人的发现过程、讲述现象和民间故事传承人与社区、村落传统的关系引起了人们的重视，并且取得了较为丰硕的成果。但是，中国民间故事传承人研究还有许多值得"深度理解"的地方。未来的民间故事传承人研究，在民间故事传承人的讲述、民间故事传承人与听众关系、民间故事传承人当代意义等方面还存在许多讨论的空间。

关键词：民间故事；故事传承人；研究史；前瞻性；民间文艺

中国民间文艺学理论建设、学科发展，民间故事传承人活动以及围绕民间故事传承人研究形成的叙事学理论十分重要。然而，由于在基础理论建设中强调集体性和人民性，民间故事传承人在相当长的时间内被忽视。到了20世纪80年代"中国民间文学三套集成"工作开始，民间故事传承人引起了人们的关注，但是，这种关注主要在民间故事的调查、记录等方面，并没有系统讨论传承人本身对故事讲述的影响力，对于民间故事传承人深入、系统的理论研究还存在许多欠缺，有待进一步讨论。

---

* 本文为国家社科基金重大项目"中国民俗学学科建设与理论创新研究"（项目编号：16ZDA162）、教育部人文社会科学重点研究基地重大项目"民间文学作为'一带一路'沿线民族交往桥梁的运行机制研究"（项目编号：15JJD850011）阶段性成果。原载《民族艺术》2019年第3期。

** 作者简介：林继富，博士，中央民族大学民族学与社会学学院教授。

一 中国民间故事传承人研究的回顾

民间故事是由人讲出来的，民间故事与传承人、讲述人无法分开，然而，在中国民间文艺学研究领域，传承人并没有引起足够的重视。

新文化运动时，北京大学作为现代中国民间文艺学发源地，以刘半农、沈尹默为代表的学人倡导的"歌谣运动"，其中就很少关注民间歌者和民间故事讲述人。在此期间发表的300多篇学术文章里，也没有关于民间歌谣演唱者和民间故事讲述人的文章。

20世纪30年代，刘大白、钟敬文等人以自己家乡为中心采录了许多民间故事，在这些故事文本呈现过程中，注意到了讲述人，对于故事讲述环境也有一些交代。但是，仍然没有对讲故事的人进行详细记录和研究。

20世纪40年代，在民间文学研究领域里，有两个时期值得特别关注：一个是我们关注比较多的延安时期；另一个关注比较少，就是西南联合大学时期。这一时期一大批优秀的学者在中国西南地区做调查，包括费孝通、杨成志、吴泽霖、马学良、芮逸夫、凌纯声等，他们记录了大量的民间故事，但也没有对讲述人进行关注。

随着对民间故事认识的深入，一些学者开始重视民间故事传承人。20世纪50年代，对民间故事传承人的关注是比较充分的。1951年，钟敬文在《谈谈口头文学的搜集》一文中指出："讲述者或歌唱者的身份、年龄、经历、文化程度等，最好也能够详细登记起来。相关的资料越丰富，就越容易增加读者或研究者的理解。"[①] 刘魁立分别于1956年和1960年发表文章，倡导民间文学的"忠实记录"原则及其重要性。在《谈民间文学搜集工作》中，刘魁立认为，我们应该更加关注民间口头创作中的个人作用，搜集者和出版者应在作品之后更多地介绍讲述者和演唱者。[②] 在《再谈民间文学

---

① 钟敬文：《谈谈口头文学的搜集》，载钟敬文编《民间文艺新论集》，北京师范大学出版社，1951，第207页。
② 刘魁立：《谈民间文学搜集工作》，载《刘魁立民俗学论集》，上海文艺出版社，1998，第161页。

搜集工作》中,刘魁立主张,我们不仅要忠实记录优秀故事家的优秀口头文学作品,也要全面搜集寻常的讲故事的人和寻常的故事。[①] 钟敬文和刘魁立坚持对民间文学的"忠实记录"就包括对民间故事传承人的重视,这种采录原则在 20 世纪 80 年代开展的中国民间故事集成中得到了全面贯彻。

1949 年以后,专门编讲新故事的"故事员"在上海出现,并逐渐活跃于中国许多地方。最初,新故事就是将上海茶馆里的艺人说评书改造为讲革命故事。不久后,这些"故事员"逐渐吸收民间故事的讲述方式,编讲各种现实题材的新故事。

20 世纪 80 年代之后,重视民间故事传承人并承继先前民间故事传承人"搜集整理"工作,也出现了可喜的局面。

1984 年,指导中国民间文学采录工作的文件——《中国民间文学集成工作手册》旗帜鲜明地指出了"目前各民族的优秀文化遗产,大都保存在少数老的民间歌手和故事家的记忆中,这些歌手和故事家大都年事已高,人数越来越少,失去一个歌手或故事家,将意味着一个民族文化的小宝库永远消逝,所以,抢救各民族优秀的口头文学遗产,是一项刻不容缓的迫切任务"。[②] 既然传承人在民间文学传承过程中如此重要,因此,在对待这些传承人上,《中国民间文学集成工作手册》特别提出:在作品正文之后,依次标明讲述者、翻译者、记录整理者,以及故事采录的时间和地点。讲述者的情况,如姓名、性别、年龄和出生年月、出生地及移居地、文化程度、职业、族属等,亦应尽量标明。[③]

由于在搜集民间故事之前就制定了采录具体细目及要求,于是,一大批不同地域、不同民族、不同性别的民间故事传承人的名字出现在民间故事文本之中,对不少民间故事传承人的生活史有详细记录,还出版了一些

---

① 刘魁立:《再谈民间文学搜集工作》,载《刘魁立民俗学论集》,上海文艺出版社,1998,第 179 页。
② 《关于编辑出版中国民间文学集成第二次工作会议纪要》,载中国民间文学集成总编委会办公室编《中国民间文学集成工作手册》,1987,第 9 页。
③ 《中国民间文学三套集成编纂总方案》,载中国民间文学集成总编委会办公室编《中国民间文学集成工作手册》,1987,第 26~27、58 页。

民间故事传承人的故事专辑。据不完全统计，我国在 1984～1990 年的 6 年内就发现能够讲 50 则以上故事的传承人达 9901 人。[①] 大家耳熟能详的著名民间故事传承人有山东的胡怀梅、尹宝兰，辽宁的谭振山，河南的曹衍玉，河北的靳正新、靳景祥，湖北的刘德培、罗成双、孙家香、刘德方，朝鲜族的金德顺，满族的傅英仁、李成明等，这些传承人讲述数量多、讲述质量高、讲述影响大、强。其实，20 世纪 50 年代也发现了一批很有名的讲述人，后来没有引起特别的重视，更谈不上专门研究，比如孙剑冰发现的秦地女、萧崇素发现的藏族的黑尔甲，我们知道他们的名字，但是我们不知道他们究竟怎样讲故事，这是我们研究上的一些缺陷。

可以说，对中国民间故事传承人的重视，与对于采录民间故事科学性、完整性的认识是分不开的。这种工作局面也和民间故事呈现的现象与学者的倡导、引导是分不开的。

二　20 世纪中国民间故事传承人研究的理论成果

随着 20 世纪 80 年代民间故事集成工作的推动，民间故事传承人研究构成了中国民间故事研究领域最具活力和开创性的专题之一。通过对民间故事传承人记忆能力、故事表达力和创造力的讨论，揭示民间文学传承的基本规律。对民间故事最有影响力的研究，很多是以传承人为核心的，就是把人推到民间故事理论建设的核心层面，如江帆对谭振山的研究、笔者对孙家香的研究，都能体现出我们对传承人的关怀。综观 20 世纪中国民间故事传承人的研究，理论成果主要体现在以下几个方面。

其一，对民间故事传承人的宏观研究。乌丙安在《论民间故事传承人》[②] 一文中就民间故事传承人的形成与发现、传承人特征、传承活动以及

[①] 贺嘉：《中国民间文学集成的普查与耿村故事家群的发掘》，《民间文学论坛》1991 年第 6 期。

[②] 乌丙安：《论民间故事传承人》，载辽宁省民间文艺家协会编印《民间文学论集》（第 1 册），1983，第 146～163 页。

传承线路等问题进行了较为深入的讨论。贾芝的《故事讲述在现代中国的地位和演变》[①]，对民间故事传承人进行了分类，主要有乡土故事家、流浪谋生的故事家、艺人故事家、文人故事家、新传承人等，并在文中谈论了其对故事村现象和故事讲述的演变的看法。

其二，对民间故事传承人的中观研究。就是对民间故事传承人传承活动的讨论，以及传承人与接受者、搜集者的互动关系。这种讨论常常与民间故事传统以及传统村落联系在一起，或者说把传承人作为村落社会中的一个有机部分。诸如江帆对谭振山的跟踪调查研究等[②]、袁学骏对于耿村故事传承人群体的讨论[③]、王作栋对刘德培故事讲述活动的研究[④]等，都是建立在充分的调查基础上。这类研究与民间故事的调查、采集密不可分。

其三，对民间故事传承人的微观研究。就是对民间故事传承人的某一次讲述活动，或者传承人讲述某一段故事的生活经历，或者对某一个故事的多次讲述的讨论等。这类研究包括笔者对于孙家香故事的讲述研究等。笔者曾经就孙家香讲述的《春风夜雨》故事进行了一个故事多次讲述的探讨，目的是想看到讲述人的每一次讲述在《春风夜雨》故事的历史发展过程中究竟起到了怎样的作用。我们也可以做对某一个文本的讨论、某一次讲述的讨论，在这个故事中哪些是传统的，哪些是今天的生活，哪些是集体携带给我们的观念，哪些是讲述人个人的情感，这个时候我们就要旁及其他的文化，这个做起来还是很有价值的。

中国民间故事传承人研究，缘起于对民间故事的搜集整理以及民间故事的采录，源于实践论基础上的科学追求。20 世纪 80 年代以后，民间故事传承人的发现过程、讲述现象和民间故事传承人与社区、村落传统的关系引起了人们的高度重视，并且取得了较为丰硕的成果。但是中国民间故事传承人研究有许多值得"深度理解"的地方。

---

① 贾芝：《故事讲述在现代中国的地位和演变》，载《播谷集》，人民文学出版社，1994，第 379~390 页。
② 江帆：《民间口承叙事论》，黑龙江人民出版社，2003。
③ 袁学骏：《耿村民间文学论稿》，中国民间文艺出版社，1989。
④ 王作栋：《从村落到社会——中国农民故事家刘德培故事活动简论》，《民间文学论坛》1995 年第 1 期。

三 中国民间故事传承人研究前瞻

刘魁立曾经认为:"我们作为民间文学工作者,对民间故事家、歌手对民间文学作品口头流传的具体过程、对讲述过程对讲述者的制约情况,特别是对听众的作用,还缺乏深入的研究。对于民间文学作品的流传环境(包括历史环境、社会环境、地理环境、文化—民俗环境等)及其对作品的影响的探讨,也很少见。……当民间文学还以旺盛的生命力活在人民口碑之中的时代,我们在民间文学的动态研究方面应该而且能够做出应有的成绩来。"① 这些问题在未来民间故事传承人研究中仍然是重中之重。通过对于民间故事传承人的调查和讨论,笔者以为未来民间故事传承人研究应该注意以下几个方面。

(一) 民间故事传承人的讲述研究

我国先前的民间故事研究,太多地依赖书面记录的文本。笔者并不是否定书面文本的重要性,而是说我们在未来的研究工作中不能囿于被记录的文本。书面文本与活跃在讲述之中的民间故事相比不仅信息缺失,有时甚至完全是记录者、搜集者或整理者的声音。在笔者自己的研究过程中,笔者发现三套集成中有些文本并不一定是采录者一字一句通过录音记录下来的。因为当时是国家下达的任务,文化局的人就开始动员学生、文化馆的干部交民间故事过来,并且有一定的数量规定然后在这个基础上来编辑县或最基层的"集成",这是一类;还有一类故事来源是已经发表的文本,就是把20世纪50年代或者80年代之前发表的民间故事文本搜集起来,所以说纯粹依赖民间故事书面文本进行研究就会有些问题。今天我们的研究,只注意到了两端:一端是讲述人讲述的过程,另一端是被记录下来、整理出来的文本。但是我们恰恰忽视了中间层,就是搜集者、整理者的工作。我们只重视作为结果的民间故事,并没有把它作为民间故事的过程来对待,

---

① 刘魁立:《"寻找自己"——关于民间文学研究的若干思考》,载《刘魁立民俗学论集》,上海文艺出版社,1998,第73页。

而且结果和过程之间作为中间层的民间故事是怎么被记录下来的，怎么被整理的，怎么被改编的，怎么被流传的，我们都没有很好地去讨论。所以说，对搜集者、整理者、翻译者的关注，对我们未来的民间故事的科学研究是有帮助的。

突破文本就需要我们亲自去调查，尽管我们现在已经有很多关于民间故事传承人的调查，但是，笔者以为还很不够。比如对于女性民间故事讲述人的研究许多凭借经验认为"母亲、祖母或外祖母几乎都是代代相续的故事传承人，这是母性特征十分明显的事实"。[①] 然而，笔者通过调查发现，婚姻对女性传承人的口头叙事有着重要影响。以孙家香为例，她在结婚前，主要与女性一起讲述故事，讲述的内容女性特征明显；而结婚后，她可以更多地参与到传统的男性社会的活动中，其口头叙事就具有了男性叙事的特质，其女性口头叙事也就不纯粹是女性色彩了。

民间故事讲述研究，让我们能够理解民间故事传承人的真实生活图景。我们在以往的研究中，认为可以将民间故事传承人的传承线路、每一个民间故事的来龙去脉弄得清清楚楚，笔者觉得这是不可能的。从民间故事讲述、传承和故事记忆本身来看，民间故事传承人不可能将每一个故事由谁跟他讲的，从哪里听来的记得清清楚楚。民间故事传承人的故事来源是多元化的、是长时间积累的结果，同一则故事可能听过多人讲述，也可能在不同时间听过这个故事，因此，传承人对于民间故事的记忆往往是一些故事中的关键点，这些记忆也有可能源于近期的生活实践。依靠记忆讲述的民间故事，传承人对它们的来源记忆更多是模糊的，或者这些故事是在近期讲述的。

民间故事的数量是可以计算的。这种研究我们做得很少，我们认为民间故事丰富，那么，一个村落的民间故事究竟丰富到什么程度呢？我们以为经过长时段的讲述调查，对于一个传承人来讲，讲述故事的数量可以把握。对于一个村落来讲，民间故事数量同样可以把握，民间传统故事有限的数量是与整个村落社会中村民的生活、追求、价值观相关联的。也就是

[①] 乌丙安：《论民间故事传承人》，载辽宁省民间文艺家协会编印《民间文学论集》（第1册），1983，第146~163页。

说，他们现在的生活世界与其建构的故事世界的关系是极为紧密的。有限的故事主题和传统，让我们看到了村落社会的精神世界和同质性较强的传统生活。因此，笔者认为村落的叙事传统是有逻辑的，这种逻辑是基于村民对生活的一种追求。

民间故事传承人讲述现场的研究需要加强，这就涉及语境、观众与听众的关系问题。目前，对同一个传承人在不同时段、不同场合讲述同一个故事的研究文章还很少，大部分学者还没有意识到民间故事传承人每一次讲述的重要性。变异性是民间故事的基本特征之一，民间故事一直处在不断变化、不断丰富的过程之中，它常是不定型的。即使是同一个人讲同一个故事，面对不同的人讲，在不同的语境下讲，讲述内容和讲述方法总是不尽相同。每一次的故事讲述只是一个故事发展历程的一个瞬间。但无论是哪个瞬间，都体现着这个故事不断发展、不断丰富的传承特点。

民间故事传承人的调查记录也要继续拓展。20世纪80年代以来，大量的民间故事传承人被发现，其中一些杰出的传承人已被学者们关注并进行了较为深入的调查，但是还有许多优秀的民间故事传承人并没有被发现，其民间故事也被记录了下来。

（二）民间故事传承人与听众关系研究

一般来说，故事讲述者是传承主体，听众是传承客体。然而，在具体讲述过程中，传承主客体的位置并不是一成不变的。故事家只有在讲故事时才是传承主体，当听众时就成为传承客体。听众的现场反应、情绪状态、即兴插话等，会对讲述者的讲述产生一定影响，好的讲述者会根据听众反应，对讲述内容、语言、现场动作等适时做出调整，所以说听众在很大程度上决定着讲述者对故事的选择。此外，故事讲述还应该适应听众生活的要求与社区文化传统。这就是说，民间故事讲述是村落传统的组成部分，是可以交流、可以理解、可以分享的。在故事传播过程中，传承人一定会与喜欢故事的听众，结成一个相互依存，并具有互动性的传承关系网。在这种关系网中，听者与故事传承人表面上是一种人际关系，实质上则构成了一种文化上的联系，这种联系的纽带就是共同的文化价值体系和文化传统。我们在讨论的时候，更多的是从传承人的角度，很少去关心听众，传承圈的构成同样需要听众圈，因此，不去研究听众圈是不合适的。传承圈的研究我们做了很多，18世纪关于文化圈的研究，跟它就是有关联的，包括后来乌丙安在20世纪80年代发表的一篇文章《论中国地方风物传说圈》。笔者认为民间故事传承圈意味着一个传统圈，这个传承圈一是可以理解的，二是可以交流和互动的，理解故事、交流故事的基础就是共同的生活和文化传统。对于民间故事来说，这个传统与语言有关，只有在一个方言区内，我们才能交流，故事才能在生活中发挥一些作用。但是，这个传承圈是有不同的内容的，比如说这个传承圈里有些人会讲笑话，有些人会讲神话，有些人会讲传说，于是会形成不同的讲述兴趣，由此构成传承圈的多样性与多元化。传承人讲述的特点和对故事内容把握的个性化，就会形成一个听众圈。反过来，听众圈又强化了传承圈的特色。或者说听众在不断地刺激传承人、讲述人对这个特点的把握和凸显。因此，笔者认为传承圈和听众圈是互动性的，它们之间是有影响的。在未来的民间故事传承人研究中，传承人与听众之间的互动关系是需要好好把握的。

（三）民间故事传承人当代意义研究

民间故事传承人是村落社区文化的保护者、传承者，同时又是村落文化建设、发展的引导者，在他们身上保留了村落社区的主要故事，成为文化传统关键性的携带人。村落、社区故事现象与传承人的关系研究需要加强。"据湖北王作栋先生介绍，他在搜集刘德培老人的故事时，就发现在刘德培的周围，起码有五个甚至更多的能讲百则以上的故事讲述家。"[1] 在笔者对都镇湾的调查中，只要笔者把孙家香的故事全部记录下来，孙家香所有的故事在社区里就都有流传，反过来，社区里所讲的90%以上的故事孙家香都能传讲，这就是传承人的文化魅力和传承力量。传承人不仅承载了村落社区的叙事传统，而且在一定程度上引领了村落社区传统建构的方向。中国的民间故事从来就没有缺席文化建设，一方面在建构一个精神世界，这个精神空间是基于我们生活世界的一种需要；另一方面这个精神世界会引导、刺激、弥补、消减我们现实生活世界的一种需要、一种苦痛。因此，

---

[1] 贺嘉：《加强对民间故事讲述家的发掘和研究》，《民间文学》1986年第2期。

在今天村落社会变革的时代，我们是应该倡导民间故事传承人发挥一些作用的。当然，我们说的新时代传承人跟传统传承人是有区别的，并且新的村落空间里的故事传承方式也会有所变化，因此我们要随时关注当下的情况。我们学者的研究，既要对过去的传统有所梳理，同时我们所有的研究都应该是立足当下和朝向未来的，提出并回答对民间故事传承人研究有意义的真问题。在今天的中国传统村落、社区转型的时刻，这类民间故事传承人在村落、社区中的关键性影响需要研究，需要将民间故事传承人与新的村落建设、新的社区建设结合起来，发挥民间故事传承人的核心带头作用。

对故事传承人与文化传统互动关系的研究，是当今传统村落转型研究的组成部分，也是中国民间故事研究的关键性问题之一。早在20世纪80年代，就有学者对这个问题有所涉猎，钱正杰在其所撰文章《国宝何堪当草芥集成岂敢失良机——从一个演变中的民间文化现象论民间故事家生存土壤、发现规律及其发掘价值》中指出："故事家传讲的故事，无不具有强弱程度不同的两种力：一种是对外的辐射力，一种是对内的向心力。这两种力交织成一种磁性，形成一种特殊的磁场，吸引了人数多寡不等的听众，组成了一个自发性的群众故事涵盖面。"[①] 钱正杰所说的"磁场"就是村落文化传统的集中表现，杰出的民间故事传承人往往代表一个集体的口头传统，他们运用自己特有的艺术表达方式和高超的现场讲述水准抓住村落中的听众，通过故事讲述中的互动互融来表现记忆传统和重建生活。

通过对20世纪中国民间故事传承人研究的回溯，我们的研究尽管存在一些问题，也留下了许多需要进一步回答和讨论的问题，但是现在我们进入了新时代，我们应该以新时代的方法、立场和责任去正视和解决中国民间故事传承人研究出现的问题。笔者并不是说我们现在要大力培养杰出传承人，但是我们要正视今天的传承人和传统传承人之间的区别，运用超越传统的方法和理念，去看待今天的传承人。

[①] 钱正杰：《国宝何堪当草芥集成岂敢失良机——从一个演变中的民间文化现象论民间故事家生存土壤、发现规律及其发掘价值》，载中国民间文艺家协会四川分会、四川省民间文学集成办公室编《民间文学论文集》（第4辑）（内部资料），1988，第209~222页。

四　史诗

从地方知识到史诗学术语：彝族史诗"梅葛"的内涵和外延[*]

李世武[**]

摘 要：彝族史诗"梅葛"，是史诗传统持有者和学术界共同建构而成的概念，其内涵和外延至今仍模糊不清。重返田野，围绕歌手、演述场域、文本、语境、受众等核心问题进行求索，才能走近彝族史诗"梅葛"之内涵和外延的本相。"梅葛"，既可以从民族音乐学的角度看作一种民族民间调子的总称；也可以从诗学的视角看作一种不裸呈直言，而是委婉曲折，善于修辞，大量运用赋、比、兴等诗学技巧进行传唱的口头诗歌传统。就现有的可供实证研究的书面和田野资料而言，史诗"梅葛"，主要是指流传在云南省楚雄彝族自治州姚安县官屯乡、姚安县左门乡、大姚县昙华乡、永仁县中和镇直苴村、牟定县凤屯镇腊湾村、小利黑村彝族罗罗颇和俚颇社区中的一种由毕玛在丧葬、祭神仪式中唱诵历史（毕玛唱史传统），和或仅由世俗歌手在婚礼、竖新房仪式中对唱历史（盘古—作答传统）的口头诗歌传统。史诗"梅葛"不等于"梅葛"，而专门指"梅葛"传统中歌唱历史的亚传统，即唱史类"梅葛"。

关键词：史诗"梅葛"；毕玛唱史传统；彝族史诗；地方知识；学术建构

---

[*] 本文为国家社科基金一般项目"彝族史诗《梅葛》演述传统研究"（项目编号：17BZW179）阶段性成果，本文受云南大学青才计划资助。原载《民族艺术》2019年第1期。

[**] 作者简介：李世武，博士，云南大学民族学与社会学学院副教授。

从 1951 年夏扬、黄笛拓荒以来，彝族史诗"梅葛"的搜集、翻译、整理和研究工作已约 70 年。遗憾的是，史诗"梅葛"的界定和分类很难说已经在史诗学界得到了清晰的表述。个中缘由，耐人深思。从认识论出发，这一学术问题的解答，主要牵涉两个视角。第一，不同时代的研究者所持的史诗观念。比如将史诗"梅葛"视为一种不断变异的活的传统，还是一部稳定的、类似于书面文学的经典文本？第二，研究者的主位意识和客位意识。比如，史诗"梅葛"的创造者、传承者和接受者，是否拥有一个共享的历史观念？作为地方知识的"梅葛"，是否存在地理差异和歌手间的差异？从作为一种地方知识的"梅葛"到作为史诗学术语的史诗"梅葛"，经历了怎样的知识生产过程？本文将梳理学术界建构史诗"梅葛"这一术语的学术史，并通过田野工作获得地方知识，分析史诗"梅葛"的内涵和外延。

一 20 世纪 50 年代彝族史诗"梅葛"内涵和外延的学术建构

1959 年由云南人民出版社出版的《梅葛（彝族史诗）》，是首部以汉文形式出版的"梅葛"文本。[①] 根据此文本的后记可知，当时"梅葛"流传区域的彝族民众，将"梅葛"视为曲调的总称。将与"梅葛"相关的彝族口头唱史传统建构者作为公开出版的汉译本史诗文本的作者，而将史诗《梅葛（彝族史诗）》视为文学和历史交融而成的文本。其历史性，是因为其内容反映了历史；其文学性，是因为其在浪漫主义、现实主义方面成就卓著，并在语言上大量使用比喻、夸张、排比、对偶等修辞技巧。于是，在当时的研究者看来，史诗"梅葛"的内涵，就是历史性与文学性的交融，是诗化的历史。[②]

[①] 云南省民族民间文学楚雄调查队搜集翻译整理《梅葛（彝族史诗）》，云南人民出版社，1959，第 233~236 页。

[②] 云南省民族民间文学楚雄调查队搜集翻译整理《梅葛（彝族史诗）》，云南人民出版社，1959，第 233~236 页。

在另一篇署名为"云南省民族民间文学楚雄调查队"的论文中，作者写道："现在提到'梅葛'这个名字，就意味着史诗，人们就直接把史诗管叫'梅葛'。这个名字已深入人心，为人们所共知，所以整理、写史时，也就用这个名字。"① 令人困惑的是，"梅葛"意味着史诗或直接称史诗为"梅葛"的现象，是因为民间本身有史诗概念，还是因为"梅葛"的内涵最贴近史诗的内涵？抑或是搜集、整理者在向当地人采诗的过程中，将"梅葛"与"史诗"的对等关系传播到了当地社区中？倘若如此，这种对等关系的形成，究竟属于民间本土的知识体系，还是采诗者建构的学术逻辑呢？

20世纪50年代末的"梅葛"搜集、翻译、整理、研究工作，是在一种"到民间去"的浪漫主义、民族主义热潮鼓舞下展开的。按照《论彝族史诗〈梅葛〉》一文提供的信息，"梅葛"在民间的内涵是指曲调的总称，"梅葛调"的唱腔多达十余种。"梅葛"可分为在丧葬和祭祀中用忧伤低沉的悲调演唱的"赤梅葛"和在婚嫁、生产、放牧活动中用委婉抒情的喜调歌唱的"辅梅葛"。在总体分类之下，作者还补充说明，姚安马游一带的"梅葛"分正调和慢调，喜悦的内容以正调唱，悲怨的内容用慢调唱。恋歌部分含有用过山调唱的内容。轻快活泼的娃娃梅葛，是一种独立的曲调。1959年公开出版的《梅葛（彝族史诗）》，属于多次整理、删改和润色后的版本，其所依据的上一级原始汉文译稿，主要保存在1959年印刷的内部资料《云南民族、民间文学资料》（第2辑）和《云南省民族、民间文学资料》（第3辑）中。② 这两辑原始资料保留的"梅葛"诗行更加完整、准确，是目前保留下来的最具学术价值的汉译本"梅葛"资料。③

---

① 云南省民族民间文学楚雄调查队：《论彝族史诗〈梅葛〉》，《文学评论》1959年第6期。
② 中国作家协会昆明分会民族、民间文学委员会编《云南民族、民间文学资料》（第2辑），内部资料，1959；中国作家协会昆明分会民族、民间文学委员会编《云南民族、民间文学资料》（第3辑），内部资料，1959。
③ 按照1959年云南人民出版社出版的《梅葛（彝族史诗）》中"后记"提供的信息，可知这个公开出版的文本所依据的汉译本原始资料的讲述者除了《云南省民族、民间文学资料》（第2辑）和《云南省民族、民间文学资料》（第3辑）中注明的李申呼颇、李福玉婆之外，还有郭天元、自发生。郭天元、自发生是否就是《云南省民族、民间文学资料》（第3辑）中"辅梅葛"的讲述人，尚难以确定。因作者将"辅梅葛"的讲述者记录为"两位老人口述，大姚直苴耕作区，1958年10月30日"。

将 1959 年公开出版的《梅葛（彝族史诗）》和 1959 年印制的两部署名《云南民族、民间文学资料》的内部资料进行对比，可以概括出史诗"梅葛"汉译文本制作的过程和主要特点。第一，1959 年公开出版的《梅葛（彝族史诗）》文本化的技术过程共分为五步：第一步，由歌手在非传统语境下的采风情境中向采风者讲述史诗内容；第二步，采风者对诗行进行初步翻译和整理，形成汉译本初稿，并整合了徐嘉瑞和陈继平等于 1957 年在马游村搜集、整理的文本，这个采风团队包括现代彝剧创始人、本土熟悉彝族传统文化并具有学校教育背景的杨森等彝族知识分子，还包括昆明师范学院 1955 级学生；第三步，徐嘉瑞提出建议并按照汉语书面阅读习惯和表达习惯进行逻辑重组和删改；第四步，李鉴尧按照汉语诗学的习惯进行语言修改润色；第五步，云南人民出版社编辑审校文本之后，书稿得以公开出版。第二，1959 年公开出版的《梅葛（彝族史诗）》文本，在章节安排上，既没有按照"梅葛"传统"演述场域"[①] 中呈现的仪式逻辑，也没有遵循汉译本原始资料的逻辑，而是按照搜集、整理者所建构的"诗学逻辑"。"诗学逻辑"是按先创造自然，再创造人，创造物和生产方式，继而恋爱、成婚、繁衍人种，直至生命死亡的逻辑展开的。第三，1959 年公开出版的《梅葛（彝族史诗）》文本，在歌手口述、彝族知识分子翻译以及汉族采诗者整理、修改、润色的过程中，还有一个明显的特点，就是将不同歌手掌握的口述性文本加以汇编，并进行了大幅度的删减。例如，1959 年公开出版的《梅葛（彝族史诗）》，明显删除了"不死药"部分。这部分内容涉及彝族远古的巫医文化，讲述了祭司为了战胜死亡找到不死药又意外地失去不死药的历史，以及日食、月食的起源。这种古老的信仰无疑和现代科学反对巫医疗法的社会进步思潮相抵触。"刻木祭母"这部分的保留，则可能因文本制作者考虑到传统孝道对于维护社会进步、家庭和谐的积极作用。第四，由于特殊的历史原因，歌手向采诗者提供的是口头讲述本，而不是在婚礼、葬礼、竖房仪典、日常生活等传统演述场域中演述的文本，

[①] 本文使用的"演述场域"概念，借鉴了巴莫曲布嫫教授的界定。参见巴莫曲布嫫《叙事语境与演述场域——以诺苏彝族的口头论辩和史诗传统为例》，朝戈金主编《中国史诗学读本》，中国社会科学出版社，2013，第 249~273 页。

故而难以保证彝语"梅葛"汉译文本制作过程的准确性和完整性。采诗者和歌手共同建构的演述场域，明显有别于社区歌手与受众建构的传统演述场域。在前一种场域中，史诗演述时空是一种毫无仪式感的世俗时空。在此情境中，演述"梅葛"的歌手面对的是陌生化的受众。采诗者的目的为挖掘民间诗歌，向文艺界或史诗学界推介史诗文本。在传统演述场域中，歌手和受众在神圣的仪式时空或滋养诗性的日常生活世界中自然地演述史诗。歌手或为了向亡灵和生者传授历史知识，践行诗教传统，或为了倾诉衷肠。1959 年公开出版的《梅葛（彝族史诗）》所依据的原始汉译资料，是在一种采诗情境中获得的，采诗者不是在诗歌演述的传统场域中全方位地记录诗行和演述语境。采诗者将口头诗歌视为和书写型诗歌同质，将传统内部具有互文性并对演述语境具有极强依赖性的口头传统固化、"经典化"。这样一来，就难以确保史诗演述传统记录的准确性。混淆活形态口头诗歌和书面诗歌传统的界限，是 1959 年版《梅葛（彝族史诗）》文本制作过程走向误区的症结所在。原始资料的演述本身脱离了传统演述场域，内容上残缺不全，语境信息上语焉不详，使得外界对"梅葛"的认识模糊不清。"梅葛"不是一部固化的诗歌作品，而是一种活化的口头诗歌传统。

二　20 世纪 80 年代以来彝族史诗"梅葛"内涵和外延的学术建构

20 世纪 80 年代初由大姚县昙华山区彝族支系俚颇毕摩陆保梭颇演唱，并由汉族学者夏光辅和彝族学者诺海阿苏翻译整理的《俚颇古歌（彝族支系俚颇史诗）》，属于非传统演述现场的录音本。[①] 与 1959 年公开出版的《梅葛（彝族史诗）》迥异之处在于，此文本的表达形式不是讲述，而是演唱。讲述文本由于改变了诗歌演唱的传统表达方式，难免破坏诗歌的音乐性与文学性的交融。

据编者的调查和认识，作为彝族神话史诗的俚颇古歌，分为葬歌、情

[①] 云南省社会科学院楚雄彝族文化研究所编《彝族民间文学》（第 2 辑），内部资料，1985。

歌、风俗歌和宗教歌四种类型，而"梅葛"则分为赤梅葛、扶嫫梅葛和嘿底梅葛三类。毕摩陆保梭颇为夏光辅和诺海阿苏演唱的赤梅葛，具体的诗章分为 23 段，依次为：造天造地、草木的来历、人和动物的来历、万物美中不足、牲畜和盐巴的来历、打虎、盖天铺地、补天补地、开花、配偶、生育、洪水泛滥、找铜铁、盘庄稼、种粮煮酒、狩猎、病亡、找灵牌、亡魂洗脸、杀祭牲、灵魂变化、毕摩法器、跳丧。毕摩陆保梭颇提供的演唱文本，为"梅葛"内涵和外延的确定提出了可供讨论的区域。首先，昙华乡的"梅葛"分为赤梅葛、扶嫫梅葛、嘿底梅葛。"乃着伙着"、"柯梅伙梅"和祭祀经属于古歌的范畴，却不属于"梅葛"的范畴。其次，研究者将"俚颇古歌"界定为神话史诗，较仅将"梅葛"界定为史诗有了将史诗演述内容明确为神话的意图，与当时中国民间文艺理论的发展相符。

除《俚颇古歌（彝族支系俚颇史诗）》之外，与之同时印制的内部资料，还有云南省楚雄彝族自治州永仁县彝族支系罗鲁颇毕摩李德宝在农历十月为已经去世三年的亡灵举行"做冷斋"仪式时演唱的《冷斋调》。此种调子和大姚县昙华乡毕摩陆保梭颇演唱的赤梅葛在诗行上极为接近，但"哭"和"笑"这两个诗章是陆保梭颇演唱的"梅葛"文本中所没有的。由南华县五街歌手李发彪及楚雄市三街歌手演唱，者厚培、夏光辅搜集整理的《青棚调》，流传在楚雄彝族自治州楚雄市和南华县的罗罗颇社区，与彝族史诗"梅葛"演述传统具互文性关联。据南华县原县志办研究人员罗宗贤解释，南华县境内的彝族无"梅葛"这一称谓。南华县境内的罗罗颇形成的民间诗歌传统，称为"调子"，包括青棚调、赶马调、叙事调、仁意调。有研究者将中部方言区彝族的诗歌传统通称为"梅葛"，是不准确的。[①]冷斋调、青棚调等曲调传统在与"梅葛"流传区域毗邻的区域存在，一方面表现了"梅葛"作为彝族曲调的民族音乐内涵；另一方面，因这两种曲调在叙事内容上与"梅葛"相近，表现了彝族中部方言区史诗传统同源异流的历史形态。有的学者将冷斋调和青棚调归入"梅葛"的范畴，既与彝族民间本土知识不符，在学理上也无法成立，相似不等于相同。如果按照

---

① 讲述人：罗宗贤，1945 年生，南华县五街六把地村人，南华县县志办研究人员；访谈人：李世武；访谈时间：2018 年 6 月 26 日；访谈方式：电话访谈。

这样的逻辑，整个彝族史诗演述传统，无论在具体的诗行还是在演述场域方面，都具有极大的相似性。即使居住的地理区域相近、在文化上同源的罗罗颇和俚颇，也有可能创造出同源异流的诗学传统。冷斋调、青棚调不是"梅葛"的亚类，而是一种相对独立的史诗演述传统。

20世纪90年代初，唐楚臣对"梅葛"的内涵和外延进行了再探索。据他的调查与研究，"梅葛"在民间的第一种解释是，梅即嘴，葛即嚼，"梅葛"引申为说唱；第二种解释是，"梅葛"准确发音为"蜜葛苦"，"蜜"为口头，"葛"为回来，"苦"即大声叫喊，可将"梅葛"引申为"歌唱过去的事情"。当时学界较为统一的认识是：《梅葛（彝族史诗）》是楚雄彝族民间史诗；"梅葛"是唱这部民间史诗的曲调总称；"梅葛"的准确解释即唱史。至于"梅葛"的分类、亚类的内涵和演述特点，则可按不同分类标准进行分析。按丧事和喜事分，即"赤梅葛"和"辅梅葛"；按演唱场合分，即"家梅葛"和"山梅葛"；按歌手的年龄、身份及对应的喜好分，即"老人梅葛"、"青年梅葛"和"娃娃梅葛"；此外，"梅葛"还包括"杂梅葛调"和"姥姥梅葛"。① 按民间艺人罗学明提供的本土知识，彝族民间对"梅葛"的分类亦处在一种建构过程中。在中国多民族史诗王国中，大概没有一部史诗的内涵和外延如"梅葛"这般扑朔迷离：一是彝族民间对"梅葛"的分类和解释，可能因不同区域、不同歌手传承的知识体系而相异；二是学界在建构史诗"梅葛"的内涵和外延时，亟待建设活形态演述传统的以田野研究为中心的工作理念和技术路线。

三 重返田野：彝族史诗"梅葛"内涵和外延的本相

上文是对学界建构史诗"梅葛"概念的学术史梳理和反思。作为一种民间诗歌传统，"梅葛"的分类似乎莫衷一是，甚至暗含逻辑矛盾。当

---

① 唐楚臣：《"梅葛"散论》，《民族文学研究》1993年第1期。据唐楚臣回忆，"梅葛"的彝语解释、分类和演述特点，是从姚安县彝族民间艺人骆学民处访谈得来的。讲述人：唐楚臣，楚雄彝族文化研究院荣休研究员；访谈人：李世武；访谈时间：2016年4月25日；访谈地点：楚雄彝族文化研究院。

重返田野，试图对"梅葛"的内涵和外延进行求索时，笔者发现不同区域、不同身份的歌手，所掌握的传统知识仍旧难以一概而论。2016年4月以来，笔者开始在至今仍有歌手传唱"梅葛"相关诗歌的彝区进行了调查。依据调查过程中获取的信息，可按地理分布将"梅葛"分为四种类型。

（一）姚安县官屯乡型

姚安县官屯乡马游村是民间公认的"梅葛"发源地之一，亦是"梅葛"国家级传承人郭有珍的故乡。令人惋惜和尴尬的是，如今马游村的"梅葛"已经无法代表"梅葛"的传统形态。首先，十年文化浩劫之后，马游村的朵觋（即学界统称的"毕摩"）及其传统知识已经消失在历史长河中。朵觋唱古传统的消失，意味着唱史类"梅葛"总纲的消失。在民间信仰复兴的大潮中，失去彝族传统宗教信仰的马游村罗罗颇，开始在演述史诗的核心场合——教路仪式中改用汉族道士。其次，"赤梅葛"之外的"梅葛"传统，亦作为一种古代口头诗歌传统的遗存而存在，是"非遗"保护语境中的文化展演形态，而不是传统意义上的活形态演述传统。在电视、手机、电脑、学校教育、外出打工等全球化、现代化浪潮的强烈冲击下，在婚礼中演述史诗的传统业已消失，非物质文化遗产传承人成为仅存的、在非传统场域中演述部分史诗诗行的歌手。"梅葛"已经不是马游村罗罗颇传统生活世界中的口头经典，而是在非物质文化遗产保护制度呵护下的濒危遗存，是一种文化表演。马游村国家级传承人郭有珍这样解释"梅葛"：

问：能不能准确地解释一下，"梅葛"指的是什么？

答："梅葛"的名称是祖先传下来的。我的老公公（祖父）、老太太（祖母）、阿波（爷爷）、阿奶（奶奶），都这样说。以前学者和记者到马游村调查，当地的老者解释说，"梅"即嘴，"葛"即弯，"梅葛"就是"嘴弯着"。这样解释是不准确的，不能将"梅葛"二字从罗罗颇语直接翻译为汉语。"梅葛"，就是罗罗颇的调子、曲子。有的采访者问："梅葛，能不能吃？"呵呵。因为"梅"，让人联想到梅子，

"葛"，令人联想到葛根或果子。"梅葛"是不能吃的。呵呵。

问："梅葛"分哪几种？在哪些场合唱？唱什么内容呢？

答：好多种"梅葛"啊。"梅葛"分为四种。第一种是苍茫"梅葛"，即老年"梅葛"，歌唱古老的故事，在婚事中，在接祖先、天地、神灵等回家和我们一起过老年时唱。不接不敢唱。第二种是累苏"梅葛"，即中年"梅葛"。歌手唱诉苦调，歌唱场合不固定，做活计劳累，遇到困难，内心悲苦时唱。人到中年，上有老，下有小，或女儿出嫁了，或儿子上门（即倒插门、入赘婚）去了。中年人思念亲人，生活压力大，所以悲苦。第三种是蒻美累蒻（小姑娘）搓累蒻（小伙子）"梅葛"，即青年"梅葛"。歌手唱谈情说爱调，可以在野外唱，在姑娘房中谈恋爱时唱。第四种是阿妮"梅葛"，即娃娃"梅葛"，是儿歌，孩子们玩耍时唱。

问：毕摩唱的是"梅葛"吗？毕摩和你唱有什么不同？

答：毕摩是政府推行的称谓，罗罗颇称朵觋。我们叫他们老朵觋。朵觋在人去世时唱，在建新房活动中祭鬼时唱，曲调同，但词语和我们不大同。朵觋唱的内容其中一部分和老年梅葛大致相同，但大部分不同。马游村早就没有朵觋了，都死光了。[①]

同住马游村的"梅葛"省级传承人罗英对"梅葛"有稍微不同的解释：

问："梅葛"是什么意思呢？分几种，在什么时候唱？唱些什么内容？

答："梅葛"，是我们罗罗颇的史诗。梅，指嘴；葛，指说。"梅葛"指用嘴来说唱，也就是"说古"。老年"梅葛"，唱开天辟地，在竖房子、婚礼或日常生活中唱，在火塘边唱。中年"梅葛"，是诉苦调、思念调。在做农活儿时唱，晚上在家中火塘边唱。青年"梅葛"，是恋爱调，在野外唱，在姑娘房中唱，晚上男女相伙（恋爱）时唱。

---

① 讲述人：郭有珍，1943 年生，楚雄彝族自治州姚安县官屯乡马游村委会大村人；访谈人：李世武；访谈时间：2018 年 6 月 23 日；访谈地点：马游村。

娃娃"梅葛",是儿歌。孩子们在游戏、玩耍、放牛羊时唱。①

郭有珍和罗英讲述的"梅葛"解释方式,基本上代表了目前人们对"梅葛"的三种解释方式:一种是从字面意义上,将彝语直译为汉语,"梅葛"即"嘴巴转弯";一种是结合直译与唱的内容,"梅葛"即说古;一种是学术界的建构,"梅葛"即史诗。罗英将"梅葛"和史诗对等,是民间歌手受到学界知识体系影响的例证。官屯乡黄泥塘村"梅葛"县级传承人骆相福的解释,涉及"梅葛"演述传统中另外一些关键信息:

问:能不能准确地解释一下,"梅葛"指的是什么?

答:"梅葛",呃……由于我没有读过书,不识字,我无法用汉话对"梅"和"葛"进行准确解释。"梅葛",是指说古话,祖辈传下来的歌。"梅葛"的特点就是见物唱物,见事唱事。

问:"梅葛"分哪几种?各种"梅葛"之间有什么区别?

答:"梅葛"分三种。第一种是娃娃"梅葛",指娃娃们在娱乐活动中唱的歌。主题是唱玩耍的情趣。比如唱几个娃娃放牛、放羊玩耍,不涉及事物起源。第二种是青年"梅葛",既唱起源的歌,也唱恋爱的歌。比如邻居建好的新房子,我们前去祝贺,就可以唱"造天造地""房屋起源";在结婚的场合,我们可以唱恋爱、婚姻的起源等。老年"梅葛",是指老年人"盘古"。盘,就是盘问;古就是历史。盘古,即盘问历史。老年"梅葛",大多数时候,是在结婚场合中,老人们一边喝酒,一边对唱。一个盘问,一个作答。

问:毕摩教路时唱的经和一般人唱的"梅葛"有什么区别?

答:毕摩唱的经,包含了"梅葛"。毕摩全都懂。但毕摩在教路时,2~3天就要唱完。毕摩唱的是"梅葛"的序,是总纲;青年"梅

---

① 讲述人:罗英,1968年生,楚雄彝族自治州姚安县官屯乡马游村,省级梅葛传承人;访谈人:李世武;访谈时间:2018年6月23日;访谈地点:马游村。

葛"和老年"梅葛",唱的是分支,更加细致,十多天才能唱完。①

歌手骆相福的解释,揭示出解释作为古歌、古话的"梅葛"时需要回答的四个关键问题。其一,青年"梅葛"和老年"梅葛"中歌唱历史的部分,才属于史诗的范畴。娃娃"梅葛"和青年"梅葛"中不涉及历史的部分,其歌唱的内容具有即兴特点,但作为一种歌唱传统,依然是自古就有的。因此,歌手所说的古歌,包含了两层意思:一层是指演述传统古老;另一层是指唱史传统中歌唱的历史记忆本身古老。其二,"见物唱物,见事唱事",在歌唱历史记忆的意义上,是一种追溯事物起源的溯源传统,歌唱的历史记忆要求代代相传,不可随意创编;在歌唱历史记忆之外的"梅葛"类型中,则指歌手的一种即兴创作才能。其三,我们可以将歌手以问答形式歌唱历史记忆的史诗演述传统界定为"盘古—作答"演述传统,这是彝族支系罗罗颇、俚颇和阿细人在参与创造历史的过程中,在追问历史、回答历史的传统歌唱制度中形成的一种史诗演述传统。南华县五街镇和楚雄市三街镇罗罗颇的"青棚调"、红河州弥勒市阿细人的"阿细先基",都是按照"盘古—作答"的史诗演述传统创编和传承历史记忆的。其四,骆相福的解释涉及"梅葛"和"毕玛经"的关系。② 按照1959年版《梅葛(彝族史诗)》的原始汉译资料、1985年印制的内部资料《俚泼古歌(彝族支系俚颇史诗)》和民间艺人骆学民提供的解释,"赤梅葛",即毕玛在丧葬仪式中演述的经典,应是唱史类"梅葛"的重要类型。然而,在骆相福的解释中,"毕玛经"在诗学传统意义上,处于源头、总纲的地位。"毕玛经"包含了"梅葛",而"梅葛"却不是"毕玛经",二者是总纲和分支的关系。这种解释和"赤梅葛""辅梅葛"的划分方法是矛盾的。

---

① 讲述人:骆相福,楚雄彝族自治州姚安县官屯乡黄泥塘村人,"梅葛"歌手,县级毕摩传承人,1962年生;访谈人:李世武;时间:2017年8月9日;地点:黄泥塘村。
② 在罗罗颇和俚颇的古语中,色颇为男巫,色姥为女巫;毕颇为男祭司,毕姥为女祭司。因颇既指"族",又指"男性";姥指"女性"。毕玛,是罗罗颇和俚颇宗教祭司最常用的自称,无区分性别的含义。学术界将彝族祭司统称为毕摩,但在不同的彝族支系中,却存在不同的自称和他称。

（二） 大姚县昙华乡型

这种区域性的类型，传唱主体是昙华乡的俚颇歌手。昙华乡与唱史有关的"梅葛"，仅遗存在毕颇于丧葬仪式中唱经的传统中。上文提及的《俚泼古歌（彝族支系俚颇史诗）》，即由俚颇古歌演述大师陆保梭颇演唱。陆保梭颇明确将"梅葛"分为"赤梅葛""扶嫫梅葛""嘿底梅葛"。如今，陆保梭颇的弟子、州级毕摩文化传承人李学民所解释的"梅葛"本土知识和陆保梭颇的解释略有差异：

> "梅葛"是调子的总称。所有俚颇唱的歌，都叫"梅葛"。祭山神"梅葛"，是由毕颇在祭山神仪式中歌唱祈求山神保佑五谷丰登、六畜兴旺、人丁平安的祭辞。祭花神"梅葛"，由毕颇在插花节祭花神仪式中歌颂马樱花的美丽，祈求花神保佑五谷丰登、人畜平安、人丁平安。竖房"梅葛"，由毕颇或其他歌手在竖房仪式中唱树木的起源和分类。婚礼"梅葛"，由歌手在婚礼仪典中对唱婚姻的经历，包括新人从穷苦生活到相爱，再到成亲的过程。丧葬"梅葛"，由毕颇在丧葬仪式中唱指路经、开天辟地等历史。竖碑"梅葛"，分为生者竖碑和为死者竖碑。毕颇在仪式中歌颂碑的雄伟，歌颂生者长生和死者的生平。[①]

李学民的解释说明"梅葛"是一种调子的总称。在不同的仪式场合，在祭山神、祭花神的大型祭神仪式中，在婚礼、葬礼、竖碑的人生礼仪中，在竖房子这样的欢庆仪典中，由不同歌手以不同的方式歌唱不同内容、不同唱腔的歌，这些歌的总称即"梅葛"。大姚县昙华乡型的"梅葛"，明确将丧葬仪式中毕颇演述的经典归入"梅葛"的范畴，与官屯乡歌手的解释大相径庭。属于史诗"梅葛"范畴内的歌是丧葬"梅葛"和竖房"梅葛"，

---

① 讲述人：李学民，1948年生，楚雄彝族自治州大姚县昙华乡紫米地村委会羊糯雄社人，陆保梭颇的弟子，州级毕摩文化传承人；访谈人：李世武；访谈时间：2017年8月11日；访谈地点：昙华乡文化站。

也就是陆保梭颇所说的"赤梅葛"和"嘿底梅葛"。

（三）牟定县凤屯镇型

凤屯镇的俚颇，在历史上曾经盛行"梅葛"演述传统。目前，"梅葛"仅作为一种符号，一种非遗保护制度下残留的表演形式，留存在省级非物质文化遗产传承人李福寿的记忆中。为了调查"梅葛"传统，笔者曾邀请凤屯镇小利黑村年逾七旬的女性歌手与李福寿再现婚礼中盘古—作答的史诗演述传统。可惜这位曾经在年轻时享有盛誉的"梅葛"女歌手因传统本身已中断数十年而将唱词遗忘殆尽。据歌手口述，在婚礼的歌唱中对唱"梅葛"，追溯历史，曾经是一种古老的传统。凤屯镇俚颇歌手李福寿讲述了"梅葛"活态演述传统消亡后，本土知识失传的现状：

> 问：能说说什么是"梅葛"吗？
>
> 答："梅葛"是什么，我也不知道。我们俚颇的老人家说"梅葛"这个词，后来的子孙们也就这样说。小孩"梅葛"唱如何孝顺父母，青年"梅葛"唱男女爱情，老年"梅葛"唱历史。毕摩和我们唱的内容差不多。但他唱的不是"梅葛"。[①]

李福寿的解释，将"梅葛"与唱史传统的关涉直接指向了老年"梅葛"，同时指明毕摩演唱的"教路经"与"梅葛"属于不同的体系，内容上却近似。小利黑毕摩黑万德演述的《教路经》中，确实涉及"造天造地""洪水淹天""找人种""兄妹婚""种族起源"等彝族罗罗颇、俚颇社会中"教路经"必备的诗章。

（四）姚安县左门乡型

享誉世界的"梅葛"发源地马游村，如今已然没有毕玛在传承彝族传统宗教知识；在婚礼仪式、竖房仪式中盘问—作答的史诗演述传统，亦因

[①] 讲述人：李福寿，1958年生，云南省楚雄彝族自治州牟定县凤屯镇腊湾村委会咀子村人，县级"梅葛"传承人，省级非物质文化遗产传承人；访谈人：李世武；访谈时间：2017年8月16日；访谈地点：咀子村。

婚礼仪式、建房仪式的简化、现代化而消逝在历史长河中。地处官屯乡、左门乡，并与大理州祥云县毗邻的鱼泡江流域、大黑山麓区域，至今残留着与"梅葛"演述传统密切相关的毕玛唱史传统。我们将毕玛在仪式中演述历史记忆的传统，界定为毕玛唱史传统，歌唱的内容包括上文涉及的"赤梅葛""教路经"和下文将解释的"祭天·祭地经"。左门乡型的毕玛唱史传统，可以说是马游村毕玛唱史传统的活形态见证。至今依然在左门乡、官屯乡和祥云县部分地区为亡灵举行教路仪式的毕玛鲁德金，较为准确、系统地传承了古老的宗教知识。鲁德金对"梅葛"演述传统的解释如下：

问：阿波，你解释一下什么是"梅葛"？

答："梅葛"，可用两句话概括。"梅"字，代表"嘴"；"葛"代表所有的"梅葛"。"葛"有转弯的含义。"梅葛"指一切都是转弯的。但是，"梅葛"表示，没有嘴，就无法唱，所以叫"梅葛"。

问：老人家去世时，你去教路，唱的"毕玛经"和"梅葛"有什么关系？

答：历史规定的"毕玛经"，有72段。"毕玛经"不是"梅葛"，它是最全面的，包含了"梅葛"；"毕玛经"和"梅葛"，相差一半。

问：有的传承人在接待外界的采访时，在酒桌上也唱"梅葛"，他们唱的是传统"梅葛"吗？

答：这些人唱的是巧记"梅葛"，是嘻嘻调。真正的"梅葛"叫根生"梅葛"。从前我老公公（祖父）他们说过："不会唱就不要乱唱，要唱就唱'千年的韭菜根，万年的茴香根'。"老辈人在婚礼、起房盖屋等欢乐场合唱"梅葛"，开场词是："千年的韭菜根，万年的茴香根。要唱就唱根源。"我年轻时和你奶奶去帮人家接亲，女方家的歌手端着酒，守在门口，向我们盘问古董。如果我们答不上来，就得罚酒。在结婚的场子中吼'梅葛'，如果不按老辈人的方式唱，胡乱唱，毕玛和其他长老会令人将其收拾（教训）一顿。现在，随意发挥，不按老规矩来唱的巧记'梅葛'多了。"①

按鲁德金的解释,"梅葛"强调诗歌的口头性,"葛"指转弯。实际上,转弯指涉的并不是生理或物理意义上的弯曲,而是指"梅葛"演述传统的诗学技巧:不裸呈直言,而是委婉曲折,善于修辞,大量运用赋、比、兴等口头诗学技巧进行演述。"葛"恰恰是用比的修辞格,道出了"梅葛"诗学最为核心的特点,即"梅葛"诗行的创作和演述使用的是诗歌语言,而不是平铺直叙的日常语言。鲁德金的解释还表明,"毕玛经"是根生"梅葛"的本源,是比歌唱历史的"梅葛"更为深广的口头传统。如果我们能跳出将"梅葛"等同于唱史的既有逻辑,在与左门乡罗罗颇和唱史相关的整个口头诗歌传统中考察"梅葛"的位置,就能得出清晰的界定和分类。左门乡与唱史有关的口头传统的仪式场合、演述方式和腔调风格如表1所示。

表1 左门乡与唱史相关的口头传统

口头传统	仪式场合	演述方式	腔调风格
吼"梅葛"	诃低锅到(竖新房庆典)	男/女、男/男或女/女以问答式对唱	欢喜、平缓
吼"梅葛"	齐呗薪孜(婚礼盛典)	男/女、男/男或女/女以问答式对唱	欢喜、平缓
诵唱"毕玛经"	么细咪细(祭天·祭地仪典)	毕颇配合仪式过程,在阴铃伴奏下独自演述	崇敬、沉稳
诵唱"毕玛经"	幽姆幽哒(教路·过关仪式)	毕颇配合仪式过程,在阴铃和阴锣伴奏下独自演述	悲痛、哀婉

在"梅葛"流传区域的罗罗颇和俚颇社会中,青年男子18岁以后,被社会接纳为成年人。他成家的必备条件,除了在打跳、对唱情歌和串姑娘

---

① 讲述人:鲁德金,1954年生,云南省楚雄彝族自治州姚安县左门乡左门村委会干海一组人,州级非物质文化遗产传承人;访谈人:李世武;访谈时间:2017年8月11日;访谈地点:干海一组。根生"梅葛"和巧记"梅葛",是"梅葛"这一文类中的两种亚文类。前者是指罗罗颇社区中由歌手严格按照内容和曲调口耳相传地歌唱历史知识的古歌;后者则属于歌手对传统理解不深、学艺不精、记忆不准确而即兴创作的歌谣。前者代表着"梅葛"传统的固化、经典化和神圣化;后者代表"梅葛"的个性和变异性。在"梅葛"的黄金时代,根生"梅葛"受到推崇,巧记"梅葛"受到批判。

房的过程中挑选合意的新娘之外，另一件大事，就是为即将迎娶的新娘和即将出生的儿女建盖一所新房。他将离开父母的庇护，组建新的家庭。新房不但是实用意义上遮风避雨的庇护所，也是宗教意义上供奉家坛的神圣居所。竖房子的吉利日子，是欢庆新居落成的喜庆时刻。族人们聚在一起，歌唱宇宙起源、人类起源、洪水神话、树木起源、建房的起源等历史记忆，追溯历史。在认同并实践"万事万物必有源头"之天问观的族人看来，历史的发展，是按古歌传唱的顺序演变的。歌唱历史，是为了纪念历史，联通古今，不使古今断裂，失去根谱。在诗性逻辑中，有天地日月，才有树木，才有人类，之后才有房屋的建造。

新房落成之后的婚礼盛典，是人生中最为欢乐的典礼，不仅是摩蒴呗，① 而且是齐呗蒴孜。② 婚礼盛典关系到不同家族间的联姻。在举行婚礼的青棚下，歌唱历史不但有家族之间竞赛的意义，还有祝福吉祥的仪式意义。除了歌唱宇宙起源和人类起源之外，盛典中的主题——婚礼的起源和盛典中使用的物，如树木、水、香、纸、粮食、铜铁、盐、动物等，皆要追溯本源，演述史诗。

罗罗颇和俚颇相信人死后，灵魂不灭。男九魂和女七魂中，一魂守家坛，成为庇护生者的祖先神；一魂守墓地；一魂转世投胎；其余诸魂散在宇宙中。毕玛为逝者举行"幽姆幽哒"仪式，是因为逝者去世后，将重新回归婴儿状态，脑海中的知识清零。毕玛为逝者演述历史知识，是教路仪式的主要内容。毕颇歌唱的宇宙起源、人类起源部分，与婚礼盛典中内容全同，但对在仪式过程中使用的物的起源的演述，却按婚礼/葬礼（生/死）二元对立的文化逻辑，演绎出一种二元对立的诗学结构。

么细咪细或么祭咪祭（祭天·祭地）大典，是一种大型的集体性宗教祭祀仪式。左门乡的罗罗颇和俚颇认为，天公、地母是宇宙中最大的人格化神灵，是宇宙中所有生灵的父母。天公、地母以生灵的善、恶为依据，执行赏善罚恶的律令，为宇宙创造永恒的秩序。左门罗罗颇选择在农历五月初五祭祀天公地母，因当地在此节令之后，开始进入雨季。强烈依赖土

---

① 摩蒴呗：一对新人成婚。
② 齐呗蒴孜：两个家族联姻。

地的农人，只有遇上风调雨顺的好年头，才能实现五谷丰登，衣食无忧。在此神圣的仪式中，罗罗颇以一个独立的自然村或数个自然村联盟的形式，在毕玛带领下举行祭祀仪式。毕玛演述宇宙起源、人类起源、洪水神话等内容，是在族群中强化诸神创世的历史记忆，并在神话与仪式彼此加强、互为印证的关系中，演述祭天·祭地仪式的起源。在洪水神话中，以对天公、地母不敬为核心的一切罪恶，是引发末日浩劫——大洪水的原因。祭天、祭地，是获得天公地母庇护的仪式途径，是避免末日浩劫重演的神圣知识和神圣仪式，是沟通人—神的宗教实践。

因左门乡罗罗颇与俚颇的活形态唱史传统在毕玛主持的丧葬仪式中幸存下来，我们可以丧葬仪式中的诗章为中心，分析左门乡罗罗颇唱史传统与演述场域间的关系（见表2）。

表2 左门乡罗罗颇唱史传统中各诗章与演述场合、诗行差异关系

幽姆幽哒仪式中的经典诗章	与"梅葛"唱史传统的关系	演述场合及诗行差异
《起首经》	不相关	丧葬仪式
《做斋找树经》	相关	丧葬仪式（找阴间搭灵棚的树） 婚礼（找阳间搭青棚的树） 竖新房（找阳间建新房的树）
《为阴间找点香坛经》	不相关	丧葬仪式
《找毕玛经》	不相关	丧葬仪式
《请神经》	不相关	丧葬仪式
《造天造地·找人种经》	全同	丧葬仪式、婚礼、祭天、祭地、竖新房
《为阴间找场子经》	相关	丧葬仪式（找阴间白场子） 婚礼（找阳间红场子）
《找放置肮脏、腐朽物之地经》	不相关	丧葬仪式
《生儿育女经·躲病经》	相关	丧葬仪式（由生至死） 婚礼（由生至婚嫁年龄）
《找不死药经》	不相关	丧葬仪式
《找制棺树经》	相关	丧葬仪式（找制棺树） 婚礼（找制箱树） 竖新房（找阳间建新房的树）

续表

幽姆幽哒仪式中的经典诗章	与"梅葛"唱史传统的关系	演述场合及诗行差异
《找制棺铜、铁经》	相关	丧葬仪式（找制棺的铁、铜） 婚礼（找制箱的铁、铜） 坚新房（找阳间建新房的铁、铜）
《受殓、入殓经》	不相关	丧葬仪式
《找毕玛、打扮毕玛经》	不相关	丧葬仪式
《为阴间做斋做会·祭阳间保将经》	不相关	丧葬仪式
《为阴间公龙儿子献斋经》	不相关	丧葬仪式
《安灵入睡经》	不相关	丧葬仪式
《儿女为逝者戴花经》	相关	丧葬仪式（找孝布） 婚礼（找红布）
《开启日月经》	不相关	丧葬仪式
《祭斋找香经》	相关	丧葬仪式（找阴间白场子香） 婚礼（找阳间红场子香）
《祭斋找纸经》	相关	丧葬仪式（找阴间白场子纸） 婚礼（找阳间红场子纸）
《找斋米引牛经》	相关	丧葬仪式（找阴间白场子米） 婚礼（找阳间红场子米）
《做斋引龙经》	相关	丧葬仪式（找祭斋水） 婚礼（找婚庆水）
《祭斋找动物经》	相关	丧葬仪式（找祭斋动物） 婚礼（找婚庆动物）
《找灵牌经》	不相关	丧葬仪式
《祭斋经》	不相关	丧葬仪式
《阴间公龙儿子享斋祭斋经》	不相关	丧葬仪式
《阴间吃斋上月亮经》	不相关	丧葬仪式
《十二噜哒经》	不相关	丧葬仪式
《阴间换官换爷经》	不相关	丧葬仪式
《十二平原上换官换爷经》	不相关	丧葬仪式
《隔儿隔女经》	相关	丧葬仪式（逝者与儿女分离） 婚礼（新娘与父母分离）
《吃斋换月亮经》	不相关	丧葬仪式
《阴阳分家经》	不相关	丧葬仪式
《为阳间捡汗经》	不相关	丧葬仪式

续表

幽姆幽哒仪式中的经典诗章	与"梅葛"唱史传统的关系	演述场合及诗行差异
《分毕玛·分后人经》	不相关	丧葬仪式
《十二条路教路经》	不相关	丧葬仪式
《为阴间开路经》	不相关	丧葬仪式
《为阴间找墓地经》	不相关	丧葬仪式
《交山垒坟经》	不相关	丧葬仪式
《找压土树经》	相关	丧葬仪式（找压土树） 婚礼（找阳间搭青棚的树） 竖新房（找阳间建新房的树）
《压土找动物经》	相关	丧葬仪式（找压土动物） 婚礼（找婚庆动物）
《压土经》	不相关	丧葬仪式
《安灵牌经》	不相关	丧葬仪式

《云南民族、民间文学资料》（第2辑）中记录的，署名李申呼颇讲述的《梅葛（彝族史诗）》文本和分类体系，和左门乡鲁德金这位"梅葛"歌手兼毕颇提供的文本体系差异较大。仔细比较两种文本，可知前一文本中的第四部之第一章"刻木祭母"，对应着鲁德金演述本的《安灵牌经》；第四部之第二章"死亡"、第三章（未命名，实为不死药的起源和遗失），对应着鲁德金演述本的《找不死药经》。① 前者不但打乱了"毕玛经"与仪式过程严密配合的演述顺序，而且删除了表面上无叙事特征，实际上却不可从结构严谨的文本中分离出去的祭辞。李申呼颇讲述本与鲁德金演述本的另一个矛盾之处，在于前者将第四部归入《梅葛（彝族史诗）》的范畴，而后者不但不将其归入"梅葛"，甚至与"梅葛"毫不相关。从这一点也可以看出，署名李申呼颇讲述的文本，是在一种史诗观念先行的前提下，由搜集者按"叙事性"的原则，将毕颇演唱的经文和世俗歌手演唱的诗歌用讲述的形式表达出来后，再按照搜集者对"历史"的理解整理而成的。即从演述形态和历史观念来看，如此形成的文本，歪曲了当地人唱史传统的

---

① 这种对应是一种类似的对应，不是在诗行上的准确对应。口传异文的存在和历史变迁造成了两种文本的差异。

本来面目。

李申呼颇讲述本与鲁德金演述本及相关知识体系间的矛盾，一方面揭示了搜集、整理者刻意建构史诗文本的动机和技术路线；另一方面使得"毕玛经"和"梅葛"的确切关系变得更加暧昧不清。毕竟在讲述者李呼申颇已然作古、缺席于田野的状况下，在"赤梅葛"文类有来自学界和田野的支持证据的状况下，很难直接断定"毕颇经"不属于"梅葛"。① 搜集、整理者很可能将大姚的"梅葛"知识体系作为一种统一异文的标准，强加到姚安等地的唱史传统上。由依然活跃在罗罗颇、俚颇村落中的唱史传统传承人鲁德金等提供的文本及相关知识体系，似乎又以铁的证据表述着"毕颇经"部分诗章与"梅葛"相关，但却不属于"梅葛"的"事实"。李申呼颇等歌手口述史料的缺失，注定这一问题将成为悬而难决的历史公案。

本文将"梅葛"按地理区域、演述传统和当下田野状况，划分为姚安县官屯乡型、大姚县昙华乡型、牟定县凤屯镇型和姚安县左门乡型，也只不过是一种权宜之计。此种类型划分并不能从流传区域、演述主体、唱史传统和演述场域等诸方面准确地复原古代罗罗颇和俚颇的唱史传统。曾经的"梅葛"唱史传统主要发源地马游村已经没有毕玛，能够理清相关传统知识的宗教诗人无法现身说法。不同区域间的歌手对唱史传统的理解存在较大差异。按赤梅葛、辅梅葛（或扶嫫梅葛）以及嘿底梅葛划分时，辅梅葛（或扶嫫梅葛）是否属于唱史传统，存在争议。按骆学民的划分，应属于唱史的范畴；但在《云南民族、民间文学资料》（第3辑）中记录的"辅梅葛"和在《俚泼古歌（彝族支系俚颇史诗）》中记录的"扶嫫梅葛"，却属于男女对唱的情歌类型。个中矛盾，因歌手或记录者的泯然长逝，已难以求证。我们不能用一个伟大传统衰弱期的残留证据去复原传统兴盛时期、起源时期的内涵和外延。赤梅葛、辅梅葛（扶嫫梅葛）与唱史传统的暧昧关系，令姚安县左门乡型和牟定县凤屯镇型中的毕玛唱史传统是否属于"梅葛"范畴的问题变得难以实证。

---

① 罗罗颇学者罗文高指出，传统意义上，马游村将在丧葬仪式中毕玛唱的经文称为阿毕"梅葛"，即毕玛唱的"梅葛"。讲述人：罗文高，马游村人，楚雄彝族文化研究院研究人员；访谈人：李世武；访谈时间：2016年4月28日；访谈地点：楚雄彝族文化研究院。

四　结语

　　在考察"梅葛"释义学的历史演变时，必须注意几个方面的问题。首先，"梅葛"流传区域的确定。1959 年版的《梅葛（彝族史诗）》文本，以"姚安、大姚、盐丰等"县为中心，其中盐丰县即今大姚县西北部石羊镇，故按当下的行政区域，采诗者涉及的"梅葛"流传区域在姚安县、大姚县境内。当下永仁县的直苴村，在 1958 年民间文学调查队调查"梅葛"时，属于大姚直苴耕作区，后来直苴划归永仁县管辖。牟定县亦并非全县的彝族歌手皆传唱"梅葛"，而仅限于凤屯镇的部分俚颇聚居区，从田野调查看，主要是腊湾村和小利黑村。凤屯镇与姚安县毗邻。目前我们能确定的"梅葛"流传区域，是罗罗颇和俚颇聚居的大姚县、姚安县、永仁县的直苴村、牟定县的腊湾村和小利黑村。我们很难断定"梅葛"流传区域为大姚县、姚安县、永仁县、牟定县、南华县和楚雄市。比如，南华县五街镇和楚雄市三街镇的罗罗颇，就发展出了一种名为"青棚调"的唱史传统。其次，"梅葛"传唱主体的确定。"梅葛"的传唱主体是罗罗颇和俚颇。罗罗颇指聚居在坝区的彝族支系，俚颇指散居在山区的彝族支系。在历史上，罗罗颇的经济状况优于俚颇，故罗罗颇和俚颇在"梅葛"传承区域中，有进步族群与落后族群的区分意义。在具体的情境中，不少山区的俚颇也自称为罗罗颇。原因在于山区的罗罗颇多是因坝区汉族带来的生存压力而被迫迁徙至山区生活，但依然坚持以罗罗颇自称。罗罗颇和俚颇的语言仅部分相通。再次，"梅葛"的内涵与外延。从目前笔者掌握的资料来看，"梅葛"既可以从民族音乐学的角度看作一种民族民间调子的总称，也可以从诗学的视角看作一种不裸呈直言，而是委婉曲折，善于修辞，大量运用赋、比、兴等诗学技巧进行传唱的口头诗歌传统。"梅葛"中的唱史类型，是"梅葛"口头诗歌传统中最具有历史性、诗学成就最高的部分；但是，"梅葛"不等于唱史，唱史类"梅葛"是"梅葛"家族中的一员。史诗"梅葛"确实是史学界建构出来的一个学术概念。"梅葛"流传区域并没有"史诗"这一概念，但却有和汉语历史观念相近的诗行概念。在唱史传统中，很多诗章的开头,都以"啊妮诗妮"起头,此诗行可直译为很久很久以前、远古以来、开天辟地以来。"梅葛"不仅是一个不断被史诗学界建构的概念,其创造者和接受者,也在民间不断地建构相关概念。左门乡鲁德金及其远祖们,建构出根生"梅葛"这一强调历史传统的概念,是对唱史传统的隐喻。在建构这一概念的民间歌手看来,歌唱或讲述历史,应该从树木的根部开始叙述,再到树干、树枝、树叶和树梢,不能反向叙述。根,即起源、根古,意味着历史的始源性;生,意味着历史的时间演变。但是,从词源来看,这一概念显然是受汉语思维影响后创造出来的。

按 1959 年版《梅葛(彝族史诗)》所依据的汉译本原始资料提供的信息、罗学明提供的信息、歌手陆保梭颇提供的信息和牟定凤屯镇歌手提供的信息,毕玛在丧葬祭祀中演述的内容,应属于"赤梅葛"的范畴;按照官屯乡和左门乡的歌手提供的信息,却无"赤梅葛"一说。毕玛在丧葬仪式中演述的内容,属于唱史传统的总纲,唱史类"梅葛"属于唱史传统的分支。按照这样的逻辑,我们可以进行一种推测,即"梅葛"与毕玛唱史传统在其流传区域内本来就有两种平行的知识体系,史诗学界试图将不同的知识体系统一成一种同质化的、具有共同的内涵和外延的史诗"梅葛"概念。又或者,两种知识体系在远古时期,本统一于其中某种体系,后来随着历史的发展分裂为两种并行的体系。但推测终归是推测,在一个唱史传统濒临消亡的时代试图复原古代口头传统的全貌,是不可能完成的。

对于史诗学界而言,以英雄史诗为唯一史诗类型的西方中心主义观念已经被打破,近东史诗中以"创世"为主题的创世史诗已为学界所公认。笔者赞同这样的史诗观念,即口头史诗满足以下充分必要条件,方可称之为"史诗"。其一是诗行的演述完全具有或兼有音乐性,即演唱或唱诵结合的形式,在韵律上是韵文体或散韵兼行;其二是歌唱的内容必须是对一个族群或全人类而言具有重大意义的历史事件,比如自然的起源、文化的起源、族群的迁徙和族群英雄的事迹,主要是按歌唱的内容,形成了创世史诗、迁徙史诗、英雄史诗和复合型史诗;其三,史诗文本往往涉及非叙事性文本,但不存在由纯粹的非叙事性文本构成的史诗;其四,包括史诗音乐性、歌唱的历史内容和可能存在的演述语境在内的知识传统,被史诗持有者广泛视为一种神圣的公共知识,对于族群的文化认同、民族精神的形成具有决定性作用。① 之所以说唱史类"梅葛"是创世史诗,就是因为其同时满足上述四个条件中关涉到创世史诗的部分。唱史类"梅葛"中的"赤梅葛"(或待确认是否为赤"梅葛"或阿毕"梅葛"的毕玛唱史传统)兼有音乐性,唱诵结合、散韵兼行;火塘边和青棚下唱的老年"梅葛",则通篇以对唱为形式,散韵兼行。歌手在唱史类"梅葛"演述传统中,歌唱的是自然的起源——如天地日月、人类、鸟兽、树木、铜铁、盐,歌唱的是文化的起源——如香、布、房屋、礼仪等。"梅葛"传统中的"赤梅葛",叙事性的文本和非叙事性的祷辞彼此交错,形成了内在的统一。婚礼和建房仪式中的"梅葛",则由歌手间相互赞美的赞词和叙事性的叙事歌组合而成。非叙事性文本和叙事性文本是有机的统一体,无法割裂开来。唱史类"梅葛"被持有她的罗罗颇和俚颇民众公认为神圣的历史知识,特别是毕玛演述的经文,属于口传宗教经典。唱史类"梅葛"促进了持有者对我者和他者的认同,促进了族群赏善罚恶、弃恶扬赏的宗教伦理思想的形成,从而维系社会和谐。唱史类"梅葛"是在持有者诗性、神性地追问历史、回答历史的过程中形成的史学体系。按照这样的史诗界定标准,确定不能列入史诗"梅葛"范畴歌唱传统的是:《云南民族、民间文学资料》(第 2 辑)中第二部(包括第一章"成婚"和第二章"请客")、《云南民族、民间文学资料》(第 3 辑)中的"辅梅葛"、《俚泼古歌(彝族支系俚颇史诗)》中的《扶嫫梅葛(情歌)》《乃着伙着(认亲戚)》《柯梅伙梅(过年调)》

---

① 对史诗定义和分类的理解,笔者参考了前辈学者的观点,在此略陈己见,求教于方家。参见朝戈金、尹虎彬、巴莫曲布嫫《中国史诗传统:文化多样性与民族精神的"博物馆"(代序)》,《国际博物馆》(中文版)2010 年第 1 期。笔者强调史诗知识的三重属性,认为史诗是一种历史知识、传统知识和神圣的知识。对史诗的界定必须注重人类学主位(emics)和客位(etics)的双重视角。从主位的视角来看,无论是创世史诗、迁徙史诗还是英雄史诗,作为一种知识,在史诗传承的黄金时代都具备历史性、传统性和神圣性。在变迁的过程中,史诗可能演变为世俗化的叙事诗,仅供娱乐,但在形成之初即世俗化的叙事诗的文类,却不应归入史诗的范畴。此外,活形态的史诗叙事性文本可能和非叙事性文本,如祷辞、咒语、赞歌等融为一体,但在完整的史诗演述情境中,却不存在完全没有叙事性文本的案例。叙事性文本与非叙事性文本的内在统一,是"梅葛""亚鲁王"等中国南方史诗突出的特点,印度英雄史诗"西里史诗"(Siri Epic)也是以冗长的祷辞开篇的。口头史诗文本中的叙事性文本与非叙事性文本的内在关系,应该成为一个研究的热点。

《祭祀经（祭神驱鬼的宗教歌）》。令人困惑的是，1959 年公开出版的《梅葛（彝族史诗）》中的第三部"婚事和恋歌"与《云南民族、民间文学资料》（第 2 辑）之第二部以及《云南民族、民间文学资料》（第 3 辑）之"辅梅葛"内容迥异，反而属于史诗的范畴。这部分是将《毕玛经》中的"万物雌雄相配经"作为首章来解释婚恋的起源，再将婚礼大典场合中男女对唱的诗行作为"史诗"编入其中。编入的这部分内容，正是"梅葛"流传区域与毕玛唱史相对应的另一种唱史传统——盘古—作答传统所演述的内容。因此，可以清楚地得知，1959 年公开出版的《梅葛（彝族史诗）》所依据的原始资料，不仅仅是《云南民族、民间文学资料》（第 2 辑）之第二部以及《云南民族、民间文学资料》（第 3 辑）。存在记录了盘古—作答传统的其他原始资料，但这一资料并未幸存下来。幸运的是，盘古—作答传统依然保留在鲁德金等曾经参与其中的老歌手的记忆中。原始资料不全，公开出版的文本又是在某种"民间叙事传统的格式化"过程中形成的，[①] 我们很难将这样的文本视为科学意义上的文本，而只能是整理本、汇编本、删减本等由学界多次建构的文本。此文本具有参考意义，却不能成为开展研究依据的核心文本。就史诗学界的史诗"梅葛"研究而言，既要坚持我们和国内、国际史诗学界对话、接轨过程中的建构意识和对建构过程的反思意识，又要意识到一个事实，即在"梅葛"流传的区域内，罗罗颇和俚颇也在历史长河中按照不同的分类标准，对"梅葛"的概念进行建构，有些建构过程还受到汉族传统或史诗学界的影响。我们应当把这一过程看成一个双重建构的过程。就现有的可供实证研究的书面和田野资料而言，史诗"梅葛"是指主要流传在云南省楚雄彝族自治州姚安县官屯乡、姚安县左门乡、大姚县昙华乡、永仁县中和镇直苴村、牟定县凤屯镇腊湾村和小利黑村的彝族罗罗颇、俚颇社区中的一种由毕玛在丧葬、祭神仪式中唱诵（毕玛唱史传统）和或仅由世俗歌手在婚礼、竖新房仪式中对唱历史（盘古—作答传统）的口头诗歌传统。史诗"梅葛"不等于"梅葛"，而专门指"梅葛"传统中歌唱历史的亚传统，即唱史类"梅葛"。无论是将赤梅葛

---

① 巴莫曲布嫫:《史诗传统的田野研究：以诺苏彝族史诗"勒俄"为个案》，博士学位论文，北京师范大学，2003，第 35~39 页。

(《毕玛经》) 归入梅葛的地区，还是将"赤梅葛"(《毕玛经》) 视为唱史类"梅葛"之总纲的地区，毕玛唱史都是唱史类"梅葛"的诗学源头。在毕玛唱史传统中，各诗章之间环环相扣，咏叹性的祭辞和魔法性的祭辞交织其中，尽管表面上不具有叙事性，但却和叙事性的诗章形成了一个不可分割的整体。因此，毕玛唱史传统并不以叙事性为史诗的核心特征，不能将叙事的诗章抽离出来，而必须在整体诗行的结构化、互文性关系中进行分析。不同区域、不同歌手演述的文本在一定的传承场域和代际传承场域内是相对恒定的，但不同区域、不同歌手传承的异文之间又存在大量的异文。史诗"梅葛"又是一个依赖演述语境而形成的传统，和文化持有者的历史境遇、仪式传统等不可分割。因此，史诗"梅葛"演述传统的研究，必须跳出以已公开出版或作为内部资料印刷的文本为中心的泥沼，避免面对一个个已经被"格式化"的文本，进行猜哑谜式的推测。正确的路径是重返田野，以田野为中心，将其真正视为一种活的口头传统，围绕歌手、演述场域、文本、语境、受众等问题，对那些珍贵的、至今遗存的演述传统进行探索。

《格萨尔》史诗的个体记忆形态及其建构[*]

诺布旺丹[**]

摘 要：《格萨尔》个体记忆形态是作为其文本的传承方式或传承载体形式出现的，具有多类型特征。个体记忆在其演述形态上，除了具有史诗集体记忆时代的共享性特征外，还具有集体记忆的重构性特点。《格萨尔》个体记忆的形成缘起于佛教化，但其产生与远古人类文明（文字社会之前）普遍演进规律相一致，即从集体记忆逐渐过渡到个体记忆时代。之后《格萨尔》记忆形态所发生的一系列变化也都在这样的框架内完成。如果说《格萨尔》集体记忆强调的是大众化的共享性记忆，突出的是情感、伦理及价值观的话，而其个体性记忆则强调的是差异化的记忆，彰显演述者个体的经验、感悟及主体性审美。

关键词：《格萨尔》；个体记忆；佛教化；集体记忆

个体记忆不是一个自足、独立性记忆体系。它最早起源于书面文化产生之前的集体记忆，是集体记忆的一种分有，具有口传属性。大凡远古人类文明（文字社会之前）的传承是从群体性集体记忆逐渐过渡到个体记忆。《格萨尔》史诗的传承也基本遵循了这样一个法则。笔者在《〈格萨尔〉史

---

[*] 本文为中国社会科学院民族文学研究所优势学科"中国史诗学"的阶段性成果。原载《民族文学研究》2019年第5期。

[**] 作者简介：诺布旺丹（又名俄日航旦），藏族，博士、研究员。现为中国社会科学院民族文学所藏族文学研究室主任。

诗的集体记忆及其现代性阐释》[①] 一文中曾提出，在《格萨尔》史诗产生的早期阶段（11~13世纪），尚没有专门进行史诗演述活动的职业化演述人，史诗的演述处在群体性集体记忆阶段，进入个体记忆时代还是较为晚近（14世纪以后）之事。个体记忆形态的产生标志着这部史诗的演述主体从此进入职业或半职业化时代。它伴随一系列藏族地区社会文化生态的变迁而产生。本文将着重讨论《格萨尔》的演述主体如何从群体性集体记忆过渡到个体记忆这一问题，尤其从历史和逻辑相统一的原则出发，探究当今我们所目睹的史诗演述人群体是如何从历史的迷雾中从无到有徐徐走来，成为世界史诗版图上的一个特殊群体。《格萨尔》史诗的个体记忆，与群体性集体记忆不同，它的产生和演进具有结构性特点，并与佛教的引进和传播有密切的关系。

一 佛教化对个体记忆的建构

当下我们所能看到的《格萨尔》个体记忆形态是作为其文本的不同类型的传承方式或传承载体形式出现的，其中包括神授型、圆光型、掘藏型、顿悟型、智态化型、吟诵型、闻知型等。纵观青藏高原的历史，它的产生与泛佛教化的进程相关，是在文化（或宗派）利益的驱使下建构起来的一种特殊传承形态。关于个体记忆和集体记忆的讨论在世界其他史诗文类中也曾不断出现。如关于《荷马史诗》的作者有过长达数世纪的争辩，主要围绕这一文本是由荷马一人创编，还是由多人创编这一史诗归属问题展开，并形成了统一派和分辨派两种观点。但本文所讨论的并不仅仅是《格萨尔》史诗的记忆属性问题，而旨在阐述作为记忆载体的演述者主体及其历史演进问题，也就是《格萨尔》史诗的演述是如何从群体性集体记忆逐步演进到个体记忆的。正如笔者在《〈格萨尔〉史诗的集体记忆及其现代性阐释》一文中所述，纵观历史，11~12世纪，《格萨尔》史诗在三江源地区诞生伊始，群体性集体记忆作为其传承的途径，吟诵和传唱是全体部落成员的一

[①] 诺布旺丹：《〈格萨尔〉史诗的集体记忆及其现代性阐释》，《西北民族研究》2017年第3期。

种共同行为，不曾有当今意义上的职业化或半职业化的演述者群体，也就不存在个体记忆和个体演述现象。正如诗歌和神话之于古代希腊人一样，①《格萨尔》故事叙述的是他们自己部落的历史，这种历史自其产生之后在一代代牧人和部落成员的集体记忆中经过反复洗濯、融通，并用口头方式吟诵传唱，拓篇展部，日臻完善，逐渐形成了当下的宏大叙事。文化记忆学理论认为，一个社会或个人记住的仅仅是那些在当下仍然活跃和发挥着作用的东西，那些被遗忘或"死亡"的东西不再拥有参照框架的功能。因此，群体在选取回忆内容或选择以何种方式对这些内容进行回忆时，其根据是与当下活跃着的传统是否相符，是否有关联性并有密切关系。如果一个群体意识到自身正在经历着有决定性意义的变迁，那么它会终止作为一个群体的存在，让位给新的记忆体。②《格萨尔》的群体性集体记忆在12世纪以后就出现了类似的情况，当时一种新的思潮对传统社会构成了挑战，成为文化史上的转折点。12世纪，尽管佛教在其他藏族地区早已成为主流化的意识形态，藏区思想文化的变革几乎都是在佛教思想的影响下发生的，但唯独《格萨尔》例外。《格萨尔》诞生在远离西藏腹地且佛教影响比较薄弱的三江源地区，诗性思维和口头传统自古在此地就是认知事物的方式和社会交际的传播媒介，此地也成了史诗孕育的滥觞。佛教在这一地区的传播比其他地区晚两个多世纪。但这种局面并未维持很长时间，不久后玉树囊谦县达那寺周围成为三江源地区为数不多的佛教中心之一。根据藏族传统文献记载，格萨尔大王也在晚年皈依了佛门，将达那寺佛教大成就者阿尼降秋哲阔邀请至岭部落地区，奉为上师。③ 也许与格萨尔大王的极力推行有关，14世纪前后，佛教就像所向披靡的巨轮从西藏腹地迅速向四周和边缘地区的纵深处进发，并大规模传播到三江源。地处边缘并仍然生活在部落

---

① "维科认为，由于诗人们出生在村俗史学家之前，最初的历史必定是诗性的历史。""一切古代世俗历史都起源于神话故事。"转引自李咏吟《希腊思想的道路》，浙江大学出版社，2017，第55页。
② 〔德〕扬-阿斯曼：《文化记忆：早期高级文化中的文字、回忆和政治身份》，金寿福、黄晓晨译，北京大学出版社，2015，第33页。
③ 大司徒·绛求坚赞：《朗氏家族史》，西藏人民出版社，1989，第49页。其中详细记述了格萨尔大王当时皈依佛门，供奉西藏噶举派密咒师阿尼降秋哲阔的过程。

时代的三江源各部落臣民也未能幸免于佛教的冲击。在强大的"泛佛教化"的潮流面前，面对来势凶猛的强势佛教话语，各部落先后成为佛教的子民。以"格萨尔文化发祥地之一"的果洛地区为例，在12~13世纪果洛仍是一个人迹罕至的偏僻地带，只有茫茫的草原和巍峨的雪山、形态各异的野生动物、星罗棋布的湖泊，以及以黄河为主的河流大川，人们的精神信仰仍然停留在部落时代的"崇尚英雄阶段"，吟诵格萨尔大王的业绩成为人们日常主要的信仰活动之一。14世纪佛教的复兴和传播，促进了藏族地区的人口流动和文化交往，其时从果洛南部地区（现今的四川阿坝、甘孜）迁来了第一批果洛先民，形成了当初的"果洛三部落"（mgo log 'bum pa khag gsum）。就在藏历第8个饶迥年（rab byung brgyad p'I nyag ma zhel nga，1451），果洛三部落的祖先知拉甲奔（'bri lhargyal 'bum）之孙索南嘉（bsod nams rgyal）前往噶陀寺（kathog dgon，今甘孜白玉县境内）学习佛教，学有所成而得上师之衔，后被人尊称"果洛喇嘛"。这位德高望重的佛教上师应该说是果洛历史上第一位学佛的人。他学成之后回到家乡创建宁玛派噶陀寺的分寺，起名为扎噶寺①（brag dkar dgon，意为白崖寺）。1604年，第十世噶玛巴活佛②曲央多结（chos dbyings rdor je）在果洛的格达（'gu-mda'）出生，1632年他在家乡建立了居戴寺（rgyud sdedgon，续部寺，顾名思义专修密宗的噶玛派寺院）。于藏历第14个饶迥铁兔年（1831）阿什炯本康萨尔部族③（a skyong khang gsar）首领索南丹巴（bsod nasms bstan pa）前往卫藏拜见第七世班禅，并再三请求他委派专人到果洛布道传教，班禅大师欣然接受请求，赐给索南丹巴公文，索南丹巴返回果洛后便开始

---

① 噶陀位于四川省西部金沙江流域的白玉县河坡地区白龙沟朵念山的山腰，海拔4800米，与西藏仅一山之隔。在宁玛巴传承三流、六大金刚道场中噶陀寺是最著名的一个。噶陀寺堪称宁玛派的母寺。如今噶陀传承的上师们已遍布亚洲、欧洲、北美等地。
② 藏传佛教史上历史最悠久、转世最多的一大活佛系统，与班禅、达赖并称为西藏三大活佛，以其佛法的修为最胜。从三世噶玛巴让炯多杰开始确立了藏传佛教活佛转世制度。曲央多结为该系第十世活佛，该系活佛至今已转世十七世。
③ 据史料记载：起初昂亲本、白玛本和白玛雅三兄弟来到果洛各自建造了城堡并分别掌管着不同的牧户部落，后来它们三弟兄的后裔发展壮大，使各自的部落成为统辖整个果洛地区的三大部落，分别命名为昂亲本、阿什炯本和白玛本部落。阿什炯本部落又分为康萨尔、康干（khang rgan）两部落及贡麻仓（gong ma tshang）、宫茂仓（dpon mo tshang）、扎萨尔桑（sbragsar sang）等五个部族。

建寺传授格鲁派教义。1716 年一位名叫丹增达杰的僧人又在果洛开觉囊派教法的先河，创建朵阿协祝寺（mdo sngags bshad ssgrub gling，意为"显密讲修院"）。至今果洛的藏传佛教寺院已发展至 50 余座。[1] 自 15 世纪佛教传播到果洛地区后，这一地区陆续出现了寺院、宗派和僧人，以及教民和信徒，而且佛教这一截然不同的文化形态从无到有，由少到众，步步为营。除了果洛外，作为《格萨尔》核心流传区域的西藏自治区的那曲、昌都北部地区，青海的玉树，四川的石渠、色达等地都在这一时期先后步入"佛教化"。就在这样的语境下，生活在这些（三江源）地区的人们的注意力和兴趣也从原来的崇尚英雄、祈求格萨尔、吟诵格萨尔业绩逐渐变为膜拜佛教三宝，大众说唱传统由此在人们的生活中逐渐退位，史诗的全民性接力活动受到挫伤。这种史诗传统挫败的现实，在族群成员中逐渐被接受，并从被动转化为主动。所幸的是，佛教化虽成为一种必然趋势，但由于几千年的传统所致，仍然还有一些人怀古幽思，抚今追昔，对自己祖先的传统和历史感念万千。首先就是那些才学兼备的部落成员，姑且称之为"知识精英层"。他们早已成为佛教的追随者，但他们又肩负着复兴自己部落古老文化传统、薪火相传的历史使命，因此，在艰难中扛起了传扬史诗的大旗。这些知识精英层面对泛佛教化的浪潮，面对他们所认同的信仰，他们在传承史诗的道路上不得不采取格义的方法，做出折中、让步、融通。无法用一种纯世俗的眼光去演绎、传承作为祖先历史的《格萨尔》史诗，更无法用世俗的视域创作史诗故事、传颂格萨尔大王的世俗生平业绩，而是以出世的佛教思想来反观以往的《格萨尔》演述传统，以佛教的价值标准演绎和诠释古老的史诗故事。这样，史诗发展的潮流便开始向另一维度，即佛教化转变，作为部落大众集体记忆的史诗也逐步缩小至某个个人的演述活动中，从此其演述形态从群体性集体记忆走向个体记忆。关于早期《格萨尔》演述歌手的情况在《格萨尔》史诗文本中也有描述，曾经格萨尔大王在岭国的山洞中修行时，爱妃梅萨被北方妖魔掳掠，格萨尔为了抢回梅萨，便开始了对魔国的战役，不久跨上其坐骑枣红马，一路向北疾驰而去。一

---

[1] 杨富华、诺尔德：《果洛史要》（藏文版），青海民族出版社，1992，第 109~220 页。

天在途中经过一沼泽地时，其战马不慎将一只活蹦乱跳的青蛙踩死，格萨尔大王顿时心生悲悯，用手托起青蛙的尸体，祈祷并发愿，让青蛙来世也能投生人间，愿它转世成为讲述格萨尔英雄业绩的艺人。上天果然让格萨尔实现了这个心愿，青蛙后来成为著名的"仲肯"（意为《格萨尔》史诗演述者），人们深信，神授艺人扎巴老人就是这只青蛙的转世。据传，按照扎巴老人的遗嘱，在他去世后，人们揭开其头盖骨，果然发现上面有曾被格萨尔战马踩过的马蹄印。这一传说故事至少说明，作为个体记忆的载体《格萨尔》演述者在他产生之初就被深深打上了佛教思想的烙印。如今是《格萨尔》史诗的个体演述形态大行其道的时代，相反，它在民众的集体记忆中却正在逐渐消失。综观整个《格萨尔》流传区域，除了以青海果洛州德尔文部落为代表的少数区域外，不论在《格萨尔》文化流传的核心区域三江源还是在三江源以外的其他辐射区域，其吟诵和说唱活动成为少数几个职业化或半职业化演述者的专利，但我们能处处感受到，佛教已经渗透到他们的演述文本之中了。

二 《格萨尔》个体记忆的结构特点

根据社会记忆理论，个体记忆是从集体记忆逐步演进而来的。关于这一点，维柯认为："当文明人的心智不再受自然天性和本质的约束，不再仅仅受感性的牵制，就有了理性的思维能力，具有了理性把握客观事物的能力。因此，进入了'人的时代'。"① 这句话暗含了理性的产生和诗性的削弱是个体记忆产生的主要原因。也就是说"人的时代"是人类在以集体记忆

---

① 维柯在其《新科学》中认为，按照古埃及人的说法，全世界各民族经历了三个时代，即神的时代、英雄时代和人的时代。在神的时代，初民尚没有从自然中完全分离出来，不能用理性看待事物，充满了丰富的想象力，而这种想象又是天真的，一种感性的和非理性的。以推理和类属的概念与方式理解世界。全体部落成员都是具有诗性智慧的诗人。与神的时代相承袭而来的是英雄时代，那时由于部落向民族过渡，开始产生了对英雄的崇拜，将原来神的时代继承下来的"诗性智慧"和英雄崇拜意识相结合产生了英雄史诗。然后，当文明人的心智不再受自然天性和本质的约束，不再仅仅受感性的牵制，就有了理性的思维能力，具有了理性把握客观事物的能力。因此，进入了"人的时代"。参见〔意〕维柯《新科学》（上册），朱光潜译，人民文学出版社，1997，第2页。

为载体的英雄时代基础上的进一步发展。它标志着个体记忆和人类文化自觉意识的产生和发展，这种发展具有一定的理性特点。特定形态的个体记忆由记忆的主体和记忆的本体两大要素组成，并且随着社会与人文语境的变迁，以及个体参与交往的过程和因家庭、宗教与社区等不同而形成。就《格萨尔》而言，其个体记忆形态随着佛教的大规模传播而形成。佛教化使长期浸润在诗性思维之中的三江源地区民众沐浴到理性的阳光，使一直以口头为交际媒体的牧人享受到书面文化带来的便利，从而唤醒了他们的文化自觉意识和文化传承过程中的个性化意识。因此，佛教化不仅为其个体记忆形成提供了外部条件，也为个体记忆构成提供了内部要素。就这一角度而言，个体记忆的特点无疑要从本体和主体两大方面入手进行考察。首先谈谈记忆的本体。个体记忆的本体主要由记忆的内涵及其文本构成。因为《格萨尔》的个体性记忆始终以作为部落大众传统的集体记忆及其演述传统为基础，并且向着个性化、差异化方向发展，因此，其特点也可以从两个维度进行审视。

一是个体记忆作为集体记忆的分有，它分享着集体记忆拥有的某种情感、伦理及价值观，具体到史诗，个体记忆的演述者分享着史诗集体记忆时代延续下来的基本故事范型（story pattern）、框架、主题和母题以及史诗的基本伦理和审美价值等。譬如，《格萨尔》故事演述者在演述这个故事时往往用"上方天界遣使下凡，中间世上各种纷争，下面地狱完成业果"三句话概括其故事范型，可见，整个《格萨尔》史诗的完整体系由英雄下凡、降伏妖魔、安定三界三部分组成。这是《格萨尔》史诗在集体记忆时代传承下来的一种叙事范式。不管在什么情况下，出现什么样类型的演述形态，演述手段如何花样翻新都不会打破这一基本的故事架构。同样，不论在不同的演述者口中其故事情节如何演绎，如何变化，这部史诗一直倡导的抑强扶弱、降伏妖魔，主持正义、安定三界的基本伦理、价值和审美观念都不会发生变异。在此笔者以青海果洛籍智态化演述人丹增扎巴及其文本作为个案进行阐释。在传统的《格萨尔》故事文本中，9世纪的藏传佛教人物莲花生的佛性事业及其佛教义理，一向被看成一个巨大的故事范型。这个故事范型，由一个个不同的主题组成，丹增扎巴恰恰沿袭了这一传统。为了形成故事的主题，他把这一内容依然看成一个巨大的故事范型，并由一个个不同的主题组成，这与传统的佛教故事文本形成互文关系。它们中有些相互客串，在叙述一个主题时另一个主题便从中应运而生。二是集体记忆又具有可建构性或可被重构性的特点。如果说集体记忆强调的是大众化的共享记忆，突出的是情感、伦理和价值观的话，个体记忆则强调的是差异化，彰显演述者个体的经验、感悟和主体性审美。在这种情况下，叙事的本体从客观历史的叙事向人内心精神世界的叙事演进；叙事思维从感性到理性，从经验层面到观念层面更替演进。这点我们也可从丹增扎巴的文本中得到印证。丹增扎巴史诗文本的主要特点就在于它的故事范型的历史化和故事结构的多重性，这种情形在传统的《格萨尔》故事演述者所演述的文本中并不多见。在口头叙事传统中，故事范型被认为是由各种主题组成的一个完整的叙事范式。对于一个传统的文本而言，它的一些基本意义和意义组合很稳定，但它们的外在形式和具体内容总在变化。传统的《格萨尔》故事范型以一种诗性思维为逻辑起点，以神话性叙事为主要内容的故事范式，表现了主人公格萨尔为黑头藏人的幸福与安宁，从天神成为岭国之主，降伏四方妖魔的英雄业绩。这基本上是一个亘古不变的范型，在口头诗学理论中被认为是"一般意义的歌"。但"我们也可以这样说，一部歌是关于具体的某位英雄的故事，但是其表演，即每一次的故事讲述，其本身就是独立的歌"。"就某一方面来说，每一次表演都是一次原创。"[①] 个体意义的丹增扎巴的史诗文本在传统的一般意义的《格萨尔》文本基础上进行了再创作，它的主要旨趣已经转移到历史和宗教的层面，把整个藏传佛教的兴衰史作为其叙事的逻辑范式。将《格萨尔》史诗故事总共分为三个部分：第一部分是格萨尔曾从天界下凡，镇伏四方妖魔，被认为是格萨尔弘佛事业中的前弘期；然后他奉天神之命，念众生之幸福，攻取十八大宗，是为中弘期；最后由八大弟子各统治岭国七年，征服一宗，是乃后弘期。这种三分法的史诗故事结构受到传统藏传佛教历史分期的影响。[②] 因此，在读丹增扎巴史诗文本时，不能忽略其叙事结构中的宗教化和历史化

---

① 〔美〕阿尔伯特·洛德：《故事的歌手》，尹虎彬译，中华书局，2004，第144页。
② 传统藏传佛教一般将藏族的历史分为前弘期和后弘期。

倾向。他把藏传佛教历史上的前、后弘期纳入其文本的整体性结构叙事顺序，把格萨尔的角色看似变主要为次要，实则将格萨尔置于佛教思想中加以佛教化的阐释，成为另一个世界观模式下的主角。杨义把这种叙事模式称为"叙事元始"。就像西方小说往往从一人一事一景写起，中国小说则往往首先展示一个广阔的超越时空的结构，神话小说从盘古开天辟地、女娲炼石补天写起，历史小说从三皇五帝、夏商周列朝开始。① 丹增扎巴史诗的所有故事文本都以这种三分法的叙事模式为立足点。这与传统的《格萨尔》文本的叙事相比，有着强烈的个性化色彩和个体审美特点。②

作为个体记忆形态主体的圆光型、掘藏型、顿悟型、智态化型、吟诵型、闻知型等演述人类型中，除了闻知和吟诵两种类型以外，其他几种类型为《格萨尔》史诗所独有。他们分别植根于藏族不同的文化土壤，却枝繁叶茂伸向了叙事文学的创作领域。"神授"在藏语中谓"巴仲"（bab sgrung），意为"神灵启示的故事"。似乎与民间宗教中的"神灵启示"有关；"圆光"，藏语称"扎仲"（pra sgrung），类似宗教占卜者在预测未知事物时所应用的预言术。而"掘藏"在藏语中称为"代仲"（gter sgrung），与藏传佛教（主要流行于宁玛派）中的掘藏传统或伏藏传统有关。"顿悟"，在藏语中谓"朵巴酿夏"（rtogs pa nyams shar），即"觉悟体验的豁然性或同时性"。"智态化"，藏语称"塔囊"（dag snang），类似象征主义手法在史诗编创中的应用，在二元思维结构下，通过现象世界解读出其背后与格萨尔大王功业相关的意义世界。据不完全统计，目前在藏区，《格萨尔》史诗演述人群体由160多位不同类型的演述人组成，他们主要生活在三江源地区，包括西藏那曲全域、昌都部分地区、四川德格、石渠、色达、红原，青海果洛、玉树全域以及海南部分地区与甘肃玛曲等地。佛教化使《格萨尔》记忆的载体从大众转向个体，由世俗走向神圣；从业性质从业余转变为职业化或半职业化；其社会身份也从单一转向多重。尽管《格萨尔》的佛教化是对作为活态史诗三大要素的史诗演述人、文本和语境等整体上的佛教化，但史诗演述者是横亘在文本和语境之间的唯一层面，它既是语境

---

① 杨义：《中国叙事学》，人民出版社，1997，第130页。
② 诺布旺丹：《诗性智慧与智态化叙事传统》，青海民族出版社，2018，第60~61页。

的接受者，也是文本的创编者。在三大要素中史诗演述者佛教化极甚，此外佛教化还体现在文本上。在泛佛教化的语境下，所有史诗演述者都或多或少受不同宗派思想文化观念的影响，许多演述人或多或少打上了某种宗派的思想烙印，他们的价值观不免受到其所信奉的教派思想的浸染和影响，逐渐成为各自信奉教派的民间代言人。他们在演述史诗故事时也都从自己的审美角度进行演绎。因此，不同身份、不同宗派的史诗演述人对史诗故事进行不同的演绎。不同类型的个体记忆形态或演述人类型及其称谓或多或少也与佛教的不同宗派思想产生了联系。如掘藏型史诗的称谓与藏传佛教中宁玛派（俗称"红教"）有关，大手印法顿悟型史诗（phyag rgya chen mo rtogs pa nyams shar）来源于噶举派（俗称"白教"），大圆满法顿悟型史诗（rdzogs pa chen mo rtogs pa nyams shar）与宁玛派有关，智态化史诗与宁玛派、觉囊派等有关。

佛教是具有一定理性色彩的宗教，其因果性思维彰显了佛教理性的个性。随着它的引进和传入，其严密的逻辑性逐步消解了集体记忆和诗性的想象力。族群集体记忆的退却，为个体记忆的萌发提供了空间，使得作为个体记忆载体并具有某种宗派背景的史诗演述者成为部落社会中《格萨尔》文化的承载者和格萨尔大王的代言人。从此，他们在牧业生产和佛事活动之余经常在部落的婚丧嫁娶和节日聚会上演述《格萨尔》故事。还有一些人甚至云游各地，以卖艺为生。从而出现了史诗传承方式最初的半职业化现象，即半职业化的游吟诗人。这种半职业化状态历经数百年的演进，当下在藏区出现了半职业化和职业化并存的现象，其演述人数量初步统计超过160位。职业或半职业演述者并存现象的出现一方面标志着史诗的发展已经进入了一个全新的鼎盛阶段；同时职业化趋向也使得史诗失去民间集体智慧的光芒，并在部落内部逐渐失去了普遍性，开始成为少量故事演述者的专利。彻底改变了以往以集体性方式传承的史诗传承路径，取而代之的是掘藏、圆光、神授、智态化、顿悟、闻知和吟诵等类型史诗演述人的出现。

20世纪80年代以后，我国对民族民间文化的抢救、搜集及整理工作投入极大热情。在北京及全国主要的《格萨尔》流传地区建立了《格萨尔》

抢救、搜集、整理和研究的专门机构。自古以来一直在偏远的山区云游、吟诵《格萨尔》的众多半职业化演述人走到历史的前台，一批优秀的史诗演述人被吸收到相关文化机构，成为职业《格萨尔》演述者。随着全球化和后现代主义浪潮的兴起，工业化、都市化及后现代消费文化观念已经渐入人心。在文学艺术领域，一批高举大众文化旗帜的人士（其中既有民间传承人也有知识精英层），开始以精英文化模式改造大众文化，并使其进入传统社会机制下的主流话语系统，从而出现了"草根知识"经典化的倾向。精英文化与大众文化日益趋同，不仅影响着人们的知识体系，而且也影响着人们的审美趣味和消费取向。藏族地区的《格萨尔》史诗演述人面对全新的社会语境及后现代文化思潮，在适应都市生活的同时，他们的思维方式和精神生活也日趋"都市化"，他们对于史诗的演述活动开始从"朝圣者型"转向了"观光者型"，[①] 其中格日尖参和丹增扎巴的准书面化文本、玉梅的"失忆"、才让旺堆的"叛逆"等现象均说明了这一点。[②]

三　《格萨尔》个体记忆形成的逻辑框架

根据哈布瓦赫的社会记忆理论，一种集体记忆的延续与其传统有关，也与其延续的社会参照框架有关，他认为"生活在社会中的人利用参照框架来记录和寻回回忆，记忆不可能存在于这个框架之外"，[③]《格萨尔》史诗作为藏族远古族群的一种集体记忆，它的形成也同样有特定的社会框架作为其支撑体。《格萨尔》个体记忆的"社会参照框架"具有何特点？它们对《格萨尔》的个体记忆建构起到何种作用？《格萨尔》史诗个体记忆的形成有着鲜明的本土化特点，其中佛教化是其源头。佛教化对《格萨尔》个体

[①] 诺布旺丹：《艺人、文本和语境——〈格萨尔〉的话语形态分析》，《民族文学研究》2013年第3期。

[②] 诺布旺丹：《后现代社会语境下的〈格萨尔〉及其故事歌手》，冯骥才、罗杨主编《呵护传承人关注守望者：非遗后时代民间文化传承的实践与思考》，中国文史出版社，2013，第190页。

[③] 〔德〕扬-阿斯曼：《文化记忆：早期高级文化中的文字、回忆和政治身份》，金寿福、黄晓晨译，北京大学出版社，2015，第28页。

记忆的建构，是由佛教化的内在机制和外在的社会性特质所导致的。一是崇尚书面化，二是秉持因果性思维方式。根据文化记忆理论，从集体记忆（交际记忆）到个体记忆（文化记忆）的过渡通过媒介来实现。从这个角度讲，佛教自古就是一个崇尚书面传统的宗教，作为一种媒介，它的引进无疑使处于口头传统支配下的三江源地区及其史诗传统逐步走上了书面化道路。对史诗的口头传统路向产生了挑战和冲击，从而对口头传统作为其本体的集体记忆形成了围剿，为个体记忆的产生和发展铺设了道路。另外，佛教在某种程度上是一种具有思辨性和理性思维的宗教，它的产生导致了藏族所固有的关联性思维或诗性思维（神话性思维）向因果性思维或智性思维过渡。这也印证了维柯关于"当文明人的心智不再受自然天性和本质的约束，不再仅仅受感性的牵制，就有了理性的思维能力"[1]的结论，为思辨化的个体性记忆之产生打下了基础。总之，书面化和理性化是人类文明的重要标志，也是《格萨尔》史诗从集体记忆向个体记忆发展的内在动力。再者就外在的社会性机制特征而言，佛教也和一切其他宗教一样是一种社群内部集体的文化信仰活动，它有集体的价值取向、仪式信仰、制度规约、善恶标准。但随着世俗化思想的推进，佛教内部由于受家族、地方势力、宗派利益影响，失去了其在公共领域的重要性，也就是佛教的私有化（privatization）或宗教的世俗化，近现代藏族社会的基本特征主要表现在功能性与制度性的分化，及个人的多重认同（即个性化和宗派化）。这种世俗化乃是在功能上分化的社会子系统（subsystems）逐渐独立于宗教规范、价值与正当性的过程。此时，个性化的产生使公共价值标准也逐渐走向式微，多重认同的价值和思想观念独立于公共领域的宗教规范和部落规范。史诗《格萨尔》之所以能够从一种民间智慧和集体记忆向具有理性思辨色彩的佛教转化，并使其演述形态个性化，是由佛教所共存的可能性和基础所导致的，其基础就是二者所共有的集体性、神圣性的式微和个体化、世俗化的强化。在这种情形下，集体记忆由此衰败，导致了诗性智慧的终结，产生了个性化色彩较为明显的个体记忆形态，作为个体记忆载体的职业或半职

---

[1] 〔意〕维柯：《新科学》，朱光潜译，人民文学出版社，1997，第68页。

业艺人便开始出现。

近代以来社会文化语境的变迁，使《格萨尔》的记忆形态发生变异，从集体记忆转向个体记忆，从对大众化的共享性记忆的强调过渡到对个体性差异化记忆的强调。从突出情感、伦理及价值观，逐步过渡到彰显个体的经验、感悟及主体性审美。而自20世纪末，由于后现代思潮的逐步渗透，《格萨尔》文化的记忆本体又开始表现出具体性、碎片性和结构性异化等特征，并使这一史诗朝着"书面化"和"文本化"方向发展。

以口头传统作为方法：中国史诗学七十年及其实践进路[*]

巴莫曲布嫫[**]

摘　要：中华人民共和国成立以来，史诗研究逐步发展成一门具有中国特色的专门学。本文以"机构—学科"为视角，以中国社会科学院民族文学研究所在该领域的知识生产和学术治理为主线，同时结合世纪之交的学术反思、文本观念的革新、理论方法论的拓展，以及研究范式的转换，勾勒少数民族民间文学研究的大致轨辙和学科建设的若干相面。超越对史诗本身的研究，探讨"以口头传统作为方法"的学科化发展进程，从本体论、认识论及方法论层面开拓少数民族文学传统的学术空间，也当成为清理中国史诗学 70 年总体格局及其走向口头诗学的内在理路。

关键词：史诗传统；口头传统；口头诗学；方法论；中国史诗学

中国国内对少数民族史诗的发掘、搜集、记录、整理和出版起步于 20 世纪 50 年代，其间几经沉浮，大致厘清了各民族史诗的主要文本及其流布

---

[*] 本文为国家社科基金重大项目"中国少数民族口头传统专题数据库建设：口头传统元数据标准建设"（项目编号：16ZDA160）、中国社会科学院"庆祝中华人民共和国成立 70 周年书系·国家哲学社会科学研究史系列"之《新中国文学研究 70 年》阶段性成果。原载《民族艺术》2019 年第 6 期。

[**] 作者简介：巴莫曲布嫫，博士，中国社会科学院民族文学研究所研究员，口头传统研究中心主任。

状况，① 但成规模、有阵势的史诗研究是从 20 世纪 80 年代中期才开始的。这种"延宕"的终结多少与中国社会科学院少数民族文学研究所（2012 年更名为民族文学研究所，以下简称"民文所"）于 1980 年成立伊始就将长期缺乏系统观照的史诗这一"超级文类"设定为重点研究方向有密切关联。

党和国家历来就非常重视对少数民族史诗的搜集、整理、翻译和研究，先后将相关科研工作列入国家社会科学"六五""七五""八五"重点规划项目。1996 年以来，中国社会科学院又将中国少数民族史诗研究列为"九五""十五""十一五""十二五""十三五"规划的重点管理项目，"中国史诗学"也先后成为所、院两级设置的重点学科建设目标，相关举措对少数民族民间文学研究事业也起到了主导性的学科规制作用。② 从一定意义上说，正是以史诗研究的观念突破为发端、以口头传统为参照系的跨学科综合研究，引领了少数民族民间文学研究范式的转换。因而，我们不妨以"机构—学科"为视角，围绕民文所老中青三代史诗学者的学术实践，集中讨论"口头传统作为方法"的学术史意义。

一 从"中国少数民族史诗研究"到"中国史诗研究"

在百年中国民俗学历程中，相较于其他民间文学文类，史诗研究起步较晚，学科基础也相对薄弱。这大抵上反映了中国史诗研究从萌蘖、兴起到发展也是 20 世纪后半叶才逐步形成的一种学术格局。而这种"行道迟迟"的局面，一则与整个东西方学界关于"史诗"的概念和界定有直接的关联，二则这种迟滞也潜在地驱动了 20 世纪 50 年代与 80 年代两度发生的大规模的史诗"生产运动"。③ 大量"作品"的面世，既为研究工作积累了丰厚的学术资源，提供了更多的理论生长点，同时也为后来的文本阐释、

---

① 毛巧晖：《国家话语与少数民族民间文学资料搜集整理——以 1949 年至 1966 年为例》，《广西民族师范学院学报》2012 年第 2 期；冯文开：《20 世纪中国少数民族史诗的搜集整理与出版》，《中国出版》2015 年第 22 期。
② 巴莫曲布嫫：《中国史诗研究的学科化及其实践路径》，《西北民族研究》2017 年第 4 期。
③ "民间文学三套集成"（故事卷、歌谣卷、谚语卷）编纂工作于 1984 年启动，2009 年完成出版。因当时条件尚不成熟，在整体规划上并没有考虑收纳史诗和长篇叙事诗。

学理规范、田野实践建立了代际对话的自反性视野。①

1983年8月,"第一届全国少数民族史诗学术讨论会"在青海西宁召开,与会人数过百,堪称少数民族文学领域的史诗研究总动员。但相关文献显示,参会论文中涉及理论研究的仅占3.5%,主要视角是马克思主义史诗观。②尽管这次会议没能在学理层面形成深入对话,但其中也有若干文章涉及史诗类型问题的讨论。③在这样的背景下,民文所专门组建了史诗课题组,以仁钦道尔吉、降边嘉措、杨恩洪、郎樱为代表的第一代史诗学者勇挑重担,开启了比较系统的学术探索之路。他们基于近20年的田野调查和文本研究,形成了一批资料全面、论述有一定深度的论文、研究报告和著述。与此同时,在史诗富集区内蒙古、新疆、青海、甘肃、云南等地也出现了一批孜孜矻矻的各民族学者。他们在那个时段发表或出版的若干学术成果丰富了史诗理论研究的内涵,尤其是在史诗类型问题上形成了持续性讨论,至今依然具有张力。④从总体上看,民文所史诗课题组倚靠中国社会科学院的资源和国家社会科学重点课题的制度化支持,有组织、有计划、有分工地开展集体科研活动,学术机构的决策导向和团队力量也由此得以显现。史诗课题组相继推出了"中国少数民族史诗研究丛书"(1990—1994)⑤ 和"中

---

① 巴莫曲布嫫:《民间叙事传统"格式化"之批评》(上、中、下),《民族艺术》2003年第4期、2004年第1期、2004年第2期。
② 王克勤:《第一届全国少数民族史诗学术讨论会在西宁召开》,《民族文学研究》1984年第1期。
③ 例如,李子贤将"原始性史诗"划分为以下四大类型:"创世神话型;创世—文化发展史型;创世—文化发展史型加'古代的战争描写';迁徙型。"详参李子贤《略论南方少数民族原始性史诗发达的历史根源》,《民族文学研究》1984年第1期。
④ 就目前所见资料而言,创世史诗、原始性史诗、神话史诗、迁徙史诗等类型是李子贤、潜明兹、史军超等学者较早提出来的。虽然观点不尽相同,但他们在20世纪80年代发表的若干文章客观上形成了持续性讨论,随后也有更多的学者参与进来,深化了史诗研究乃至民间文学研究的本体论思考。
⑤ "中国少数民族史诗研究丛书"由内蒙古大学出版社于1990~1994年推出:《阿尔泰语系民族叙事文学与萨满文化》(仁钦道尔吉、郎樱主编,1990)、《〈玛纳斯〉论析》(郎樱,1991)、《原始叙事性艺术的结晶——原始性史诗研究》(刘亚虎,1991)、《蒙古人民的英雄史诗》(〔苏〕谢·尤·涅克留多夫著,徐昌翰、高文风、张积智译,1991)、《〈江格尔〉论》(仁钦道尔吉,1994)、《〈格萨尔〉与藏族文化》(降边嘉措,1994),一共6部著述。

国史诗研究丛书"（1999）①，其间杨恩洪有关《格萨尔》史诗说唱艺人的专著（1995）也适逢其时地面世了。② 这些研究成果集中地体现了这一时期的学术面貌和整体水平，也呈现了改革开放背景下的哲学社会科学研究课题时代特征。例如，"中国史诗研究丛书"立足于三大英雄史诗和南北方数百部中小型史诗的丰富资料，较为全面和系统地论述了中国史诗的总体面貌、重点史诗文本、代表性演唱艺人，以及史诗研究中的一些理论问题，并提出了建立中国史诗研究体系的工作目标。③

仁钦道尔吉的《江格尔》和蒙古族英雄史诗研究、降边嘉措和杨恩洪的《格萨尔》研究、郎樱的《玛纳斯》研究，以及刘亚虎的南方史诗研究构成这一时段最为彰显的学术格局：在工作路径上，研究者大都熟悉本地语言文字和民俗文化传统，注重田野调查与文献研究的互证；在史诗观念上，从口头史诗文本、演唱史诗的艺人、热爱史诗的听众三个方面提出"活态史诗"的概念，改变了过去偏重参照书面史诗的囿限；在传承人问题上，从特定的社会文化语境中考察艺人的习艺过程及其传承方式，提出了艺人类型说和传承圈说；在文类界定上，不再"取例"西方，从英雄史诗拓展出若干史诗类型和分类方法，④ 兼及同一语系或语族内部或文化区域之间的史诗比较研究。而两套丛书的先后推出，从"中国少数民族史诗研究丛书"到"中国史诗研究丛书"，也以"题名"的更变折射出这一时期史诗学者"孜孜策励，良在于斯"的学科创设蓝图。

---

① "中国史诗研究丛书"是在前一套丛书的基础上重新规划并继续由内蒙古大学出版社分两批出版的。在1999年推出的5部专著系国家社科"七五"重点研究课题成果，包括《〈江格尔〉论》（仁钦道尔吉）、《〈玛纳斯〉论》（郎樱）、《〈格萨尔〉论》（降边嘉措）、《南方史诗论》（刘亚虎）及《〈江格尔〉与蒙古族宗教文化》（斯钦巴图）；2011年又增加了两部：《蒙古英雄史诗源流》（仁钦道尔吉）和《当代荷马：〈玛纳斯〉演唱大师——居素普·玛玛依评传》（阿地力·朱玛吐尔地、托汗·依沙克合著）。因此，这套丛书共有7部，著者中还有3位青年学者。这也是前后两套丛书之间的区别，需要予以厘清。
② 杨恩洪：《民间诗神——格萨尔艺人研究》，中国藏学出版社，1995。
③ 仁钦道尔吉、郎樱："中国史诗研究丛书"前言，内蒙古大学出版社，1999，第1~5页。
④ 仁钦道尔吉和郎樱两位学者就史诗分类有如下说明："在我国史诗中，存在着早期史诗与晚期史诗共同流传，小型史诗、中型史诗与长篇史诗并存的特殊现象。在早期史诗中，有原始性创世史诗、迁徙史诗、神话史诗、氏族复仇史诗等等，它们的内容十分古老。"详参仁钦道尔吉、郎樱"中国史诗研究丛书"前言，内蒙古大学出版社，1999，第3页。而这种划分显然与上文述及的类型不尽相同。

2000年6月，民文所与内蒙古大学出版社联合举办了"中国史诗研究丛书首发式暨学术座谈会"。各方专家对"五部专著"的出版意义和中国史诗研究格局的初步形成有一致的评价。钟敬文在发言中特地用了一个比喻来表达他的欢欣：

> 大家都知道有很多民族在庄稼收割开始的时候，把最初的收获叫"初岁"，要献给神灵，表示庆祝。那么这五部书就是中国将来要建成的雄伟的学术里面的一个"初岁"，预兆着未来的更伟大的收获。①

当然，这个"初岁"的来临与史诗观念的转变密切相关。正如尹虎彬所言："中国学术界把史诗认定为民间文艺样式，这还是1949年以后的事情。这主要是受到马克思主义美学和文艺学观念的影响的结果。20世纪80年代后，学术界开始把史诗作为民俗学的一种样式来研究，其中受人类学派的影响最大。进入20世纪90年代中期以后，学者们开始树立'活形态'的史诗观，认为中国少数民族史诗属于口头传统的范畴。"② 的确，这段话中提到的"口头传统"（oraltradition）作为一个外来术语，那时已经"登陆"中国了。正是从这一时期开始，20世纪西方民俗学"三大理论"，即口头程式理论、民族志诗学和演述理论③的渐次引入和本土化实践，为中国民间文学研究带来了知识生产的创造性活力，出现了若干新的气象，学术

---

① 转引自史克《中国史诗研究正走向世界——"中国史诗研究丛书首发式暨学术座谈会"综述》，《民族文学研究》2000年第4期。
② 尹虎彬：《史诗观念与史诗研究范式转移》，《中央民族大学学报》（哲学社会科学版）2008年第1期。
③ 口头程式理论（Oral Formulaic Theory），肇始于20世纪30～40年代，因其是由哈佛大学两位古典学者米尔曼·帕里（Milman Parry）和阿尔伯特·贝茨·洛德（Albert Bates Lord）共同创立的，故也称作"帕里—洛德学说"或"哈佛学派"。在后来的发展中，该学说一方面与演述理论（Theory of Performance，也译作展演理论、表演理论）和民族志诗学（Ethnopoetics）共同构成20世纪西方民俗学"三大理论"，另一方面又被广泛运用到了超过150种语言传统的跨学科领域，深刻地影响了国际人文科学的发展。需要说明的是，关于"演述理论"这一学派的名称翻译问题，国内民俗学界有过很多讨论，即便在民文所学者中也有过从"表演"到"演述"的用法更变；鉴于performance一词来源于语言学，具体是指"语言运用"，笔者认为"演述"更接近该术语的本义。相关的"名实"之辩，可参看杨利慧、彭牧、朱刚等人的文章。

的格局、理路、方法、追求都发生了显著的变化。

二 从史诗传统走向口头传统

2000 年，新世纪伊始就有了新气象。1 月，美国史诗学者约翰·迈尔斯·弗里（John Miles Foley）一向负有盛名的"口头传统简明教程"——《口头诗学：帕里—洛德理论》的中文版面世；11 月，朝戈金的专著《口传史诗诗学：冉皮勒〈江格尔〉程式句法研究》（广西人民出版社）出版；12 月，《民族文学研究》增刊《北美口头传统研究专辑》接踵而至。此后的数年间，一系列有关口头传统研究的译著或译文也得以陆续推出，"三大理论"的代表性人物及其若干关键著述陆续进入中国学界。[①] 在译介活动兴起的同时，民文所学者走向田野的步伐也在加快，队伍也愈加壮大起来，域外理论与本土实践的抱合、学术话语与地方知识的碰撞生发，就这样一步步延展开来。

但如果稍稍回顾一下世纪之交的学术研究历程就不难发现：20 世纪 90 年代，在老一辈学者推进史诗研究的同时，民文所的青年学者也开始陆续译介西方民俗学理论；[②] 恰巧也是在 1990~1999 年，口头程式理论的引介和评述经朝戈金和尹虎彬的手笔，逐步进入学者们的视野，成为口头传统研究这一"新"领域在中国的滥觞。2000 年以后，随着译介范围的扩大，进一步带动了口头传统研究在中国的发展，影响从史诗研究波及民俗学和民间文艺学，进而扩展到多个学科。从平行方向上看，有关演述理论这一

---

① 民文所史诗团队的译著主要有：〔美〕约翰·迈尔斯·弗里《口头诗学：帕里—洛德理论》，朝戈金译，社会科学文献出版社，2000；〔美〕阿尔伯特·贝茨·洛德《故事的歌手》，尹虎彬译，中华书局，2004；〔匈〕格雷戈里·纳吉《荷马诸问题》，巴莫曲布嫫译，广西师范大学出版社，2008；〔德〕卡尔·赖希尔《突厥语民族口头史诗：传统、形式和诗歌结构》，阿地里·居玛吐尔地译，中国社会科学出版社，2011。国内同行的关联性译著主要有：〔美〕理查德·鲍曼《作为表演的艺术》，杨利慧、安德明译，广西师范大学出版社，2008；〔美〕沃尔特·翁《口语文化与书面文化：语词的技术化》，何道宽译，北京大学出版社，2008。

② 民俗学领域对西方理论的译介由来已久。钟敬文写过多篇文章专门予以讨论，其中述及 20 世纪 80~90 年代的译介工作及其意义，同时也给出了警示性的建议。参其《谈谈民俗学的理论引进工作》，《清华大学学报》（哲学社会科学版）2003 年第 1 期。

学派的系统引介，当以杨利慧和安德明与鲍曼的学术访谈为信号；[①] 此后在他们的积极推动下，该学派也引起了学界的广泛关注，拥趸者众多。加之此前已初见端倪的演述理论和民族志诗学到了这时也有了进一步译介和评述，便一并被学者们纳入借鉴的范围；原本彼此之间就有亲缘关系的"三大理论"在口头传统的研究视野下构合成一个更为完整的参照系。民文所学者也从理论的"视野融合"和方法论整合中受益匪浅，并逐步走出了一条在认识论上有立场转换、在方论上有拓展创新、在技术路线上有改弦更张的学术探索之路，进而以史诗理论话语的更新、研究观念的转变带动民间文学朝向口头传统的学术转型。

2000年，朝戈金的博士学位论文《口传史诗诗学：冉皮勒〈江格尔〉程式句法研究》面世，堪称一个标志性事件。该著基于《江格尔》史诗传统和传承人冉皮勒演述录记本建立起田野再认证程序、文本解析模型及诗学分析路径，特别是对"文本性"与"口头性"的剖析鞭辟入里，改变了既往基于一般文艺学的文本观念，为后续的田野实践和文本研究树立了典范。就学术转型而言，钟敬文在为朝戈金专著做的"序"中进行了要义阐发：

> 所谓转型，我认为最重要的，是对已经搜集到的各种史诗文本，由基础的资料汇集而转向文学事实的科学清理，也就是由主观框架下的整体普查、占有资料而向客观历史中的史诗传统的还原与探究。[②]

[①] 杨利慧、安德明：《理查德·鲍曼及其表演理论——美国民俗学者系列访谈之一》，《民俗研究》2003年第1期。此外，杨利慧的《语境、过程、表演者与朝向当下的民俗学——表演理论与中国民俗学的当代转型》(《民俗研究》2011年第1期) 一文，对演述理论在中国民俗学领域近30年间的传播和实践状况进行了比较全面的清理和总结。另参彭牧《实践、文化政治学与美国民俗学的表演理论》，《民间文化论坛》2005年第5期；刘晓春《从"民俗"到"语境中的民俗"——中国民俗学研究的范式转换》，《民俗研究》2009年第2期；朱刚《从"语言转向"到"以演述为中心"的方法——当代民俗学理论范式的学术史钩沉》，《民族文学研究》2014年第6期；毛晓帅《中国民俗学转型发展与表演理论的对话关系》，《民俗研究》2018年第4期。

[②] 朝戈金：《口传史诗诗学：冉皮勒〈江格尔〉程式句法研究》，"序"（钟敬文），广西人民出版社，2000，第5页。另外，钟敬文对中国南北史诗的研究及其布局提出过前瞻性的意见，参见钟敬文、巴莫曲布嫫《南方史诗传统与中国史诗学建设——钟敬文访谈录》，《民族艺术》2002年第4期。

正是以问题意识为导向,以矫正史诗"误读"①为出发点,以回归文本背后的传统为内在理路,并在积极的学术史批评意义上开展自我反思和代际对话,促成了史诗研究的方法论自觉,由此形成的研究理念和具体实践引导了学术转型的发生和发展。诚然,以文本观念的"改变"为趋向的学术转型远非一蹴而就,其实现经过了学者们多年的持续性探索。朝戈金就研究范式的突破做过这样的几点概括:

(1)以何谓"口头性"和"文本性"的问题意识为导向,突破了以书面文本为参照框架的文学研究模式;(2)以"史诗传统"而非"一部史诗作品"为口头叙事研究的基本立场,突破了苏联民间文艺学影响下的历史研究模式;(3)以口头诗学和程式句法分析为阐释框架,突破了西方史诗学者在中国史诗文本解析中一直偏爱的故事学结构或功能研究……②

述及文本观念的转变,还需将20世纪90年代中期民间文学研究存在的"本体缺失"③与世纪之交民俗学界的学术史反思联系到一起来加以回观。2003年7月,"萨斯"(SARS,即传染性非典型肺炎)余流未尽,北京大学民间文化青年论坛计划召开的"第一届学术会议"只能通过在线方式进行。但这场以"中国民间文化的学术史观照"为主题的学术研讨会,随即演变为持续半年之久的"网络学术大论战"。④网络会议期间发生激辩的论域正好是"田野与文本"及其二者之间的"孰轻孰重",民文所的多位学者也"卷入其中"。最后,在"告别田野"⑤与"走向田野"⑥这两种观点的张力

---

① 有关讨论见廖明君、朝戈金《口传史诗的"误读"——朝戈金访谈录》,《民族艺术》1999年第1期。
② 朝戈金:《朝向21世纪的中国史诗学》,《国际博物馆》(中文版)2010年第1期。
③ 毛巧晖:《20世纪下半叶中国民间文艺学思想史论》(修订版),学苑出版社,2018,第203~208页。
④ 这次网络学术会议论文收入陈泳超主编《中国民间文化的学术史观照》,黑龙江人民出版社,2004;后续论争及余波见施爱东整理《作为实验的田野研究:中国现代民俗学的"科玄论战"》,中国社会科学出版社,2016。
⑤ 施爱东:《告别田野》,《民俗研究》2003年第1期。
⑥ 陈建宪:《略论民间文学研究中的几个关系——"走向田野,回归文本"再思考》,《民族文学研究》2004年第3期。

之间，田野与文本的关系，文本与语境的关系，演述事件与社区交流的关系，传承人与受众的关系，研究对象与研究主体的关系，其实都得到了全面强调。尽管个人观点和立场都有所不同，甚至相左，但由此建立的反身性思考、学术对话和学术批评精神，一直是当代中国民俗学发展的动力所在。

民文所学者正是在学术共同体的集体反思中明确了前行的方向。以民俗学田野实践为导向，"以演述为中心"的一批史诗研究成果相继面世，大都能以厚重的文化深描和细腻的民族志写作来阐释和透视处于社会转型时期的少数民族史诗传统及其历时性传承和共时性传播，同时在当下的文化生境中把握民俗交流事件、民众生活世界，以及传承人群体的生存状态，用口头诗学（oral poetics）的基本理念及其过程性观照统摄传统研究方法，将参与式观察、民族志访谈、个人生活史书写、在语境框架下解析文本、定向跟踪史诗演述人及其与所在群体和社区的互动等多种田野作业法并置为多向度、多层面的整体考察，从个案研究走向理论方法论建设，从学术话语的抽绎走向工作模型的提炼，进而开启了中国史诗研究的新范式，也引领了民间文学研究范式的转换：从文本走向田野，从传统走向传承，从集体性走向个人才艺，从传承人走向受众，从他观走向自观，从目治转向耳治之学。①

本土化的学术实践在很大程度上更新和丰富了史诗研究的学术话语，为少数民族民间文学整体纳入学科建设奠定了坚实的基础：朝戈金借鉴民俗学三大学派共享的概念框架，结合蒙古族史诗传统表述归纳出史诗术语、概念和文本类型；② 尹虎彬立足于古代经典与口头传统之间的互动关联，将西方史诗学术的深度省视转接为中国史诗研究的多向度思考；③ 巴莫曲布嫫提炼的"格式化问题"、演述人和演述场域、文本性属与文本界限、叙事型构和叙事界域，以及以"五个在场"同构的田野研究工作模型等，④ 大都来

---

① 朝戈金：《朝向21世纪的中国史诗学》，《国际博物馆》（中文版）2010年第1期。
② 朝戈金：《口传史诗诗学：冉皮勒〈江格尔〉程式句法研究》，广西人民出版社，2000，第11~19页。
③ 尹虎彬：《古代经典与口头传统》，中国社会科学出版社，2002。
④ 巴莫曲布嫫：《叙事语境与演述场域——以诺苏彝族的口头论辩和史诗传统为例》，《文学评论》2004年第1期；巴莫曲布嫫：《叙事型构·文本界限·叙事界域：传统指涉性的发现》，《民俗研究》2004年第3期；另参廖明君、巴莫曲布嫫《田野研究的"五个在场"——巴莫曲布嫫访谈录》，《民族艺术》2004年第3期。

自本土知识体系与学术表述在语义学和语用学意义上的接轨。这些实践在史诗学理论建构上有融通中外的视域，为少数民族文学学科的可持续发展提供了重要的学术支撑。随后，斯钦巴图、阿地里·居玛吐尔地、诺布旺丹、塔亚、乌·纳钦、博特乐图（杨玉成）、陈岗龙、吴晓东等，沿此方向发表了多项研究成果，与其他民俗学者的实证研究一道，从整体上形成了口头传统研究的新格局。

三　从口头传统走向口头诗学

21世纪的中国史诗研究在口头传统研究的学术格局中有了全新的定位，并在田野实践中从偏重一般文艺学的文本研究走向口头诗学的理论建设。中国史诗学的制度化经营、学科专业化的主导原则和实践路径也在推动学科发展的过程中超越了既有边界，使人文学术的知识生产呈现跨界重组的动态图景。正是在口头传统通向口头诗学的道路上，学术共同体得以塑造，也得以发展，并将学术思想的种子播撒到更多的学科。[1]

就民文所的学术传统和代际传承而言，仁钦道尔吉、降边嘉措、郎樱、杨恩洪等老一辈学者，倾注一生心血，开创了中国史诗学的基本格局，至今依然不辍笔耕。朝戈金、尹虎彬、巴莫曲布嫫、斯钦孟和、旦布尔加甫、阿地里·居玛吐尔地、黄中祥、斯钦巴图、诺布旺丹、李连荣、乌·纳钦、吴晓东、杨霞等"50后"和"60后"学者，很好地接续了田野路线与文本路线并重的学术传统，在理论方法论、学术史、史诗演述传统、传承人及其群体、科学资料本和史诗学史料等方面都取得了相应的突破，以团队协作和集体实践促进了学术转型和范式转换。一批"70后"和"80后"学者正在积极成长，各有专攻，并从多个向度弥补了过去研究中的短板或缺项，让我们看到了中国史诗学的代际对话、专业细化和发展空间。总之，老中青三代学者构成的史诗学术梯队，从工作语言布局到专业知识结构，基本

---

[1] 有关中国史诗学术史的发展，可参考朝戈金主编《中国史诗学读本》，中国社会科学出版社，2013；冯文开《中国史诗学史论（1840—2010）》，中国社会科学出版社，2016；尹虎彬《中国少数民族史诗研究三十年》，《中国社会科学院研究生院学报》2009年第3期。

覆盖了三大史诗和南北方典型的史诗传统和史诗类型。这个团队既有长期的田野研究实践，也有广泛的国际学术联系，尤其是有历史使命感和代际传承的学术担当，成为中国史诗学从新时期走向新时代的一支重要力量。

2016年6月，中国社会科学院启动"登峰战略"，民文所的"中国史诗学"作为"优势学科建设"获得立项资助，再次踏上了新的征程。随着研究范畴的进一步界定和拓展，学科建设的顶层设计、整体布局和具体工作路径也有了相应的调整。目前，民文所史诗团队着力开展的工作主要包括《格萨（斯）尔》《玛纳斯》《江格尔》三大史诗诗系研究、北方史诗带研究以及南方史诗群研究。[①] 专题研究则涉及中西方史诗研究的理论方法论和学术史，史诗的演述、创编和流布，传承人及其受众，史诗的文本与语境、史诗的文化意义与社会功能，史诗文本的采录、整理、翻译及比勘，史诗演述传统的数字化建档，口承与书写的互动关联，研究对象与研究主体的田野关系与学术伦理，当下史诗传统的存续力与非物质文化遗产保护，以及中国史诗学学科体系建设等诸多环节。与此同时，超越对史诗本身的研究，进而总结"以口头传统作为方法"的学科化规律，以口头诗学的理论建构为突破，从本体论、认识论及方法论层面，开拓少数民族文学传统的学术发展空间，也逐步成为史诗团队的共识。

研究范式的转换，带来了更多的本体论思考和进一步的理论自觉，而"以口头传统作为方法"的学术实践也在走向深入。口头诗学在中国专门提出和倡立始于2002年，以朝戈金从文艺学角度讨论口头诗学的一篇文章[②]为表征，继而民文所史诗学者的学术实践和学理研究形成了持续性的接力和对话。在此过程中，朝戈金接着发表了一系列研究文章，专门探讨口头诗学的要义和规则，而其主张"'回到声音'的口头诗学"，[③] 从文学创作、传播、接受等维度，大略讨论了从书面文学与口头文学之间的规则性差异来阐释口头艺术的必经之路，显示出建设口头诗学的理论自觉和深耕其间

---

① 朝戈金、尹虎彬、巴莫曲布嫫：《中国史诗传统：文化多样性与民族精神的"博物馆"》，《国际博物馆》（中文版）2010年第1期。
② 朝戈金：《关于口头传唱诗歌的研究：口头诗学问题》，《文艺研究》2002年第4期。
③ 朝戈金：《"回到声音"的口头诗学：以口传史诗的文本研究为起点》，《西北民族研究》2014年第2期。

的一贯努力。

公允地说，口头传统理论和方法论的引入及其本土化实践在很大程度上深化了中国史诗研究，而口头诗学的倡立和讨论不仅为学科化的制度建设和理论创新奠定了本体论基础，也为学科整体的可持续发展提供了重要的学术支撑，进而对文艺美学、民间文艺学、民俗学、古典文学、比较文学等诸多学科产生了不同程度的影响。① 截至目前，口头诗学在中国已经走过约 20 年的历程，也有不少实际运用的研究案例见诸期刊论文、硕博士学位论文及研究专著，其中以"口头诗学"为论题者也呈增长态势，并在不同学科的互涉领域形成了对话：

> 作为人文科学和社会科学研究的一种独特的理论与方法，口头诗学尤其在"口头传统"（oraltradition）研究领域（包括诗歌及其他口头表演样式），取得了极为丰硕的成果，产生了相当广泛的影响。借鉴现代西方口头诗学的视角、理论和方法，有助于我们深入审视中国古代白话小说的生成、传播的历史过程，也有助于我们重新评判中国古代白话小说的文化价值。②

归根到底，口头程式理论的译介和口头诗学理念的影响，主要在于较为彻底地改变甚或颠覆了我们既有的文本观，让我们学会"以口头传统作为方法"去理解民众的口头实践和口头艺术，在"以演述为中心"的交流过程中去捕捉意义的生成和传达，从而在文本阐释中形成自反性或反身性思考；而倡立口头诗学，也为"探索人类表达文化之根"（弗里语）这一学术责任做出了中国学界应有的贡献。例如，民文所史诗学者立足中国实际

---

① 郭翠潇通过可视化统计法对口头程式理论在国内的应用和发展进行了跟踪研究。参见其两篇论文：《口头程式理论在中国的译介与应用——基于中国知网（CNKI）期刊数据库文献的实证研究》，《民族文学研究》2016 年第 6 期；《口头程式理论在中国研究生学位教育领域的应用（2000—2017）——基于 133 篇硕士、博士学位论文的计量分析》，《民族文学研究》2018 年第 6 期。

② 郭英德：《"说—听"与"写—读"——中国古代白话小说的两种生成方式及其互动关系》，《学术研究》2014 年第 12 期；另参胡继成《口头诗学的中国"旅行"——一个比较诗学的个案考察》，《理论界》2016 年第 3 期。

对史诗文本做出了更细致的自主性划分,在民间文学界也促成了进一步的讨论和生发。由此,陈泳超不仅提出了"第四种"文本,即"新编地方文本",还倡导建立民间文学的"文本学":

> 史诗学界对文本分类有许多较为成熟的见地,这些分类原则引申到整个民间文学界,在相当程度上也是有效的,但还存在较多问题需要深入探讨。针对民间文学界文本情况相对比较紊乱甚至时常错位的现状,应该倡立科学的"文本学",尽可能地按照统一标准为各类文本设定一个较为明晰的语系,以使各类文本有所归属,并在各自特定的条件下产生认识和美学的效用。①

或许我们可以这样认为,引导大家重新审视研究对象,从不同角度形成探索中国民间文学本体研究的"文本学""叙事学""形态学"等学术取向,可能远比口头程式理论的具体应用案例有多少要重要。而观念的改变大抵也是无从计量的,这是问题的一个方面。另外,我们依然要重视的是,文本观的改变给学术研究带来的深层影响是否会接着改变我们认知生活世界、认知口头艺术、认知人类表达文化的实践方式和意义空间,从而更加接近我们早已确立却又在各种"声浪"中不断游离的研究本体。就如何理解和建设口头诗学,朝戈金做出了如下概括:

> 口头诗学的学术方向和学科建设,离不开几个基本问题的厘清:第一,口头诗学的早期开创者们,分别具有文艺学、古典学、语文学、人类学、信息技术、文化哲学等背景,于是,该学术方向从一开始,就有别于一般文艺学的理论和方法。第二,口头诗学的发展,离不开两个基本的维度:一个是对口头性的认识,这是在与书面性相比照的维度上发展的。再一个是对占据支配地位的书面文学传统的大幅度超越。第三,口头诗学在理论和方法论上,在认识论上,都追求在社会

---

① 陈泳超:《倡立民间文学的"文本学"》,《民族文学研究》2013年第5期。

关系网络中理解文学活动的取向，于是，其理论体系就更具有开放的特点。第四，只有在更为广阔的人文背景上理解口头诗学，才能够理解其文化的和学术的意义。最后，因为将人和人的言语行为、全官感知、认知心理及身体实践纳入考量，口头诗学由此便更具有人文的色彩和人性的温度。①

在此基础上，他进一步提出"全观诗学"的研究方向，意在打破涉及民间文学艺术多个学科之间的藩篱，进入民众审美交流的各个通道来建立阐释口头艺术、听觉艺术、视觉艺术、身体艺术乃至味觉艺术的全观诗学。

四　结语："不忘本来，吸收外来，面向未来"

习近平总书记多次在重要会议上述及"三大史诗"，并将这些史诗描述为中华优秀传统文化的代表性成就给予高度评价，称之为"震撼人心的伟大史诗"，是"中国人民伟大创造精神"的生动体现。这些话字字珠玑，凝聚着国家领导人对弘扬中华民族优秀传统文化的价值表述和意义传达，也对史诗研究、民间文学研究、少数民族文学研究乃至中国文学研究提出了更高的要求。

中国史诗学建设是一个长期的系统工程，目前依然面临诸多的挑战：史诗研究较以往增添了若干新的关联域，如音乐、戏剧、曲艺、绘画、建筑、传统体育、文化翻译、现代传媒、语料库建设及词频分析等，需要集纳更多的跨学科力量；南方史诗和满－通古斯语族诸民族史诗的知识体系建构还需进一步拓展；中外和域外史诗理论的比较观照尚嫌薄弱，尤其是经典性著述的译介工作滞缓；各民族史诗的汉译工作远远落后于民族文字的出版，在很大程度上也限制了文本研究的广度和深度；等等。这些问题既然存在，就不能弃之不顾，需要大家共同应对。

习近平总书记曾多次强调，"加强话语体系建设，着力打造融通中外的

---

① 朝戈金：《口头诗学》，《民间文化论坛》2018年第6期。另参其《作为认识论和方法论的口头传统》，《内蒙古社会科学》（汉文版）2019年第2期。

新概念新范畴新表述"。发展新时代的中国口头诗学，需要在汲取和借鉴东西方思想模式的基础上建立以"通古今之变"和"观中西之别"为核心的中国民间文学研究观，放下身段从口头传统中采撷地方知识和民间智慧，重塑学术的概念、范畴、术语及表述系统，将本地经验运用到国际语境中以沟通中外。因此，我们还应进一步向各民族口头文论和历代诗学理论学习，向各民族传承人取经，认真体认地方知识、民间经验和口头艺术，以丰富学术研究和学术表述的话语体系。

回顾中华人民共和国成立70年以来的史诗学术及其发展历程，我们当以习近平总书记提出的"不忘本来，吸收外来，面向未来"这一对构建中国特色哲学社会科学的要求为指引，继续秉持民文所优良的学术传统，坚持在调整中发展，突出优长，整顿队伍，明确方向，保持开放，形成合力，砥砺前行。唯有将中国史诗学乃至口头诗学的理论建设落实到学术体系、学科体系、话语体系的各个方面，才能为人民做好学问，为后代守护好中华优秀传统文化和人类共同遗产。

五　歌谣

生活歌唱与仪式表征*

——清江流域土家族人生仪礼歌研究

王 丹**

摘 要：清江流域土家族的人生仪礼歌根植于保护生命、转换身份和愉悦生活的文化土壤中，主要表现为打喜歌、婚嫁歌、丧葬歌等歌体形式。人生仪礼歌的核心是生命仪式，围绕生命仪式形成的人生仪礼歌的文化表现多样化，歌唱活动成为人生仪礼中记录生命历程、赞颂生命精神的生活行为。清江流域土家族人生仪礼歌的生成和发展始终围绕生命与生活展开，蕴含在人生仪礼中的歌唱传统被唤醒、被激活、被创新，并且在当代民众生活中不断得以建构和传承。

关键词：人生仪礼歌；歌唱传统；仪式表征；清江流域土家族

人生仪礼作为人生命中的重要环节，以繁复隆重的行为实践完成仪式过程，不仅对个体有着生命成长和人生过渡的意义，而且对他所在的家庭、所属的社群起到关系建构和秩序整合的功用。清江流域土家族的歌唱传统悠久而繁盛，在人生仪礼的关键时刻，清江土家人都要唱歌。为庆贺孩子出生，人们要打花鼓子，唱花鼓调的歌；结婚成家，女方要"陪十姊妹"、

---

* 本文为国家社科基金重大项目"中国民俗学学科建设与理论创新研究"（项目编号：16ZDA162）、教育部人文社会科学重点研究基地重大项目"少数民族文化传承发展与中华文化建设"（项目编号：16JJD850019）阶段性成果。同时，本文受中央民族大学2019年度社会学一流学科建设经费资助。原载《民俗研究》2019年第5期。

** 作者简介：王丹，中央民族大学中国少数民族研究中心、少数民族事业发展协同创新中心副教授。

男方要"陪十兄弟"唱歌；老人离世，人们打丧鼓，一边击鼓，一边歌舞。这些人生仪礼中演唱的歌谣是仪式活动的核心与灵魂，它们不仅形式多样、内容丰富、特色鲜明，而且体现和表达着清江土家人的生命意识、家庭观念和社会秩序，其间歌谣的选择、演述与礼俗的规约、关系的维系、秩序的构建之间存在着严密的逻辑联系和明确的意蕴传递。

一 问题的提出

土家族人生仪礼歌研究伴随 20 世纪 80 年代以来我国民间歌谣的搜集整理工作而逐步开展。关于土家族民间歌谣的材料和论述最早散见于土家族研究专著的歌舞文化部分，这些专著大多将民间歌谣列为口头文化的一个章节，从内容、形式和应用场合的角度对土家族民间歌谣进行分类介绍，并附有相应的歌词文本。比如，杨昌鑫、彭官章分别介绍和评述了土家族摆手歌、哭嫁歌、丧鼓歌、薅草锣鼓歌等。[①] 田荆贵根据土家族民间歌谣演唱的语境和内容，将其分为传统古歌、仪式歌、劳动歌和情歌等；田发刚、谭笑理析了梯玛神歌与摆手歌、哭嫁歌、丧鼓歌、薅草锣鼓歌等的分类表述和艺术特性。[②] 但对于包括人生仪礼歌在内的土家族民间歌谣的分类研究，不应仅仅考虑其内容和形式，而且要兼顾生活的情境，某种意义上人生仪礼歌构成了清江流域土家族的生活类型。

人生仪礼歌在仪式生活中呈现和展演，具有音乐、审美、民俗等多元属性和特征，是留存于民众口头的"活生生"的文艺。目前学界对于土家族人生仪礼歌的研究主要集中在如下几个层面。一是仪礼音乐研究。如余咏宇论析了土家族哭嫁歌的音乐特征，及其源流、意涵、功能和在哭嫁仪式中的位置；[③] 齐柏平解析了鄂西土家族丧葬仪式音乐的特点、模式、分布

[①] 杨昌鑫编著《土家族风俗志》，中央民族学院出版社，1989；彭官章编著《土家族文化》，吉林教育出版社，1991。
[②] 田荆贵主编《中国土家族习俗》，中国文史出版社，1991；田发刚、谭笑编著《鄂西土家族传统文化概观》，长江文艺出版社，2003。
[③] 余咏宇：《土家族哭嫁歌之音乐特征与社会涵义》，中央民族大学出版社，2002。

规律及其中蕴含的生命观念。① 人生仪礼歌的音乐研究注重歌谣歌唱的音乐性，较多专注于曲调、曲谱、曲式等的分析，对仪礼音乐的生活性功能关注不够。二是审美艺术研究。如曹毅阐析了土家族民歌的思想内涵、审美表现和历史发展，指明了其现实生活气息与巫风宗教色彩相交织的特点；② 黄洁剖析了土家族民歌声韵和结构的形式之美，指出土家族民歌根源于寻求生命自由和情感快乐的生活欲。③ 人生仪礼歌在歌唱中表达情感和意义，并且传递出与仪式相契合的审美情趣，从审美艺术的视角探讨人生仪礼歌应是多侧面、综合性的研究。三是民俗文化研究。如田万振从歌唱内容、舞蹈形式、礼俗规范等方面讨论了撒尔嗬彰显的道德伦理和生命诉求，探求撒尔嗬的流变，指出撒尔嗬在土家族现代化进程中的意义；④ 白晓萍重在当下清江流域土家族撒叶儿嗬的实录和描述，诠释了其中寄寓的人生追求和民族情怀。⑤ 这类研究着重从生活习俗的角度梳理和分析人生仪礼中的歌舞，人生仪礼歌是民俗生活的一部分，其与仪式整体、与民众生活的关系应充分探讨。四是功能价值研究。人生仪礼歌是仪式的内容，具有仪式化的功能属性。如余霞将哭嫁歌置于土家族婚俗中审视，研析了它在女性从女儿到媳妇角色转换过程中发挥的功能和体现的价值；⑥ 邹婉华认为土家族民歌记录了民众的生产生活和心路历程，在文化教育、娱乐生活、社会交际、实用性等方面有着重要功能与优势。⑦ 五是保护传承研究。如赵心宪强调"民俗歌谣"文学性和音乐性的共生一体，提出了"民歌资源文化生态保护"的观点；⑧ 谢亚平、戴宇立指出应秉持开放性和生长性的理念，以生

---

① 齐柏平：《鄂西土家族丧葬仪式音乐的文化研究》，中央民族大学出版社，2006。
② 曹毅：《土家族民间文化散论》，中央民族大学出版社，2002。
③ 黄洁：《土家族民歌的审美特征初探》，《民族文学研究》2001年第2期。
④ 田万振：《土家族生死观绝唱——撒尔嗬》，中央民族大学出版社，1999。"撒尔嗬"也写作"撒叶儿嗬"。在清江流域土家族，每有老人辞世，乡亲邻里便要在亡人的灵柩前载歌载舞，通宵达旦，俗曰"打丧鼓"或者"跳丧"。因其歌词中有衬词"撒叶儿嗬"，所以亦被称作"跳撒叶儿嗬"。
⑤ 白晓萍：《撒叶儿嗬：清江土家跳丧》，湖北美术出版社，2006。
⑥ 余霞：《鄂西土家族哭嫁歌的角色转换功能》，硕士学位论文，华中师范大学，2003。
⑦ 邹婉华：《土家族民歌的功能分析》，《湖北民族学院学报》（社会科学版）2009年第3期。
⑧ 赵心宪：《土家族民歌资源的生态保护问题》，《民族文学研究》2005年第4期。

产性方式保护民间歌谣。① 此类研究侧重歌谣传承现象的分析，对其生活驱动力、时代价值需求的内在分析尚需加强。

人生礼仪歌作为口头传统的重要内容，是特定族群或地方民众的一种"表达系统"和"交流方式"。上述研究成果丰硕，视角趋于多元，方法有所突破，但仍缺乏对人生仪礼歌生活艺术本体和"口头诗学"特征的关注和阐析。本文立足仪式生活和言语行为的角度，阐释人生礼仪歌的生活属性、文类特质和文化逻辑，以明晰歌唱传统与人生仪礼、生活体系之间的交互作用。

二 生命仪式的艺术表达：人生仪礼歌的生活属性

清江流域土家族热爱歌唱，从其先祖巴人开始，便歌舞娱神娱己，他们在生产中歌唱，在生活中歌唱，在战斗中歌唱，在仪式中歌唱。这种贯穿在生活各类场景中的歌唱习俗在历代文献包括民族志、地方志中均有记载，并逐步形成了独具土家族风格的歌唱传统。

关于打丧鼓，唐代樊绰《蛮书》引《夔府图经》记曰："初丧，鼙鼓以为道哀，其歌必号，其众必跳。"此后，一些典籍和志书中多有土家族先祖丧葬时吟歌踏舞传统的记述。据《归州旧志》引《大明一统志》云："巴人好踏蹄歌，白虎人事道，蛮蜑人与巴人事鬼，伐鼓以祭祀，叫啸以兴哀。故人好巴歌，名曰踏蹄。"《湖北通志·舆地志》写道："巴人好歌，名踏蹄白虎事。"这些记载表明跳丧可能是由祭祀白虎的歌舞（"踏歌""踏蹄"）演变而来的。明代《巴东县志》卷3《土俗》载曰："临葬夜，众客众挤丧次，一人擂大鼓，更互相唱，名曰唱丧鼓，又曰打丧鼓。"清同治《长乐县志》载述："家有亲丧，乡邻来吊，至夜不去，曰'伴亡'，于柩旁击鼓，曰'丧鼓'，互唱俚语哀词，曰'丧鼓歌'。"清同治《长阳县志》卷3《土俗》亦云："临葬夜，诸客群挤丧次，擂大鼓唱曲，或一唱众和，或问答古今，皆稗官演义语，谓之'打丧鼓'，唱'丧歌'。"彭秋潭有

---

① 谢亚平、戴宇立：《对接：土家族传统民歌与现代传播》，《艺术百家》2009年第8期。

"竹枝词"云："家礼亲丧儒士称，僧巫法不到书生。谁家开路添新鬼，一夜丧歌唱到明。"①或许由于丧葬仪式的转换性、分离边界明显，其中的"丧歌"在传递生命情感上的艺术表达力和情感穿透力最为强烈，因此，清江土家人在不同时代的文献里留下了关于丧葬仪式及丧鼓歌的历史记忆。

然而，清江流域土家族的民俗随着社会发展在不断变革，清雍正时期政府对土家族地区实施"改土归流"，对于清江流域土家族的人生仪礼习俗和歌谣产生了重要影响。"改土归流"以前，土家族社会，特别是婚恋关系较为自由，人们主要使用土家语进行口头创作，这些人生仪礼歌记录了当时"指手为界，挽草为记"的生活状况，并以歌为媒，男婚女嫁，生息繁衍，歌谣形式多为长短句。"改土归流"以后，土家族与其他民族的交流更为频繁。由于与汉族交流交往频繁，他们使用汉语的能力不断提高，包括人生仪礼歌在内的歌唱传统也历经革新与完善，一些地方文献资料记录了人生仪礼及其歌谣的传承状况。道光《施南府志》记载：

> 嫁娶，邻族相助，谓之过会头……婚礼行茶下定，谓之作揖。男家俱仪物、庚帖送女家填庚押八字。长成始纳采请期，丰俭随力亲迎。男家请男子十人陪郎，谓之十弟兄。女家请女子十人陪女，谓之十姊妹。②

彭秋潭有言：

> 十姊妹歌歌太悲，别娘顿足泪沾衣。宁乡地近巫山峡，犹似巴娘唱竹枝。③

从这些史料记载可以推断，土家族的婚嫁歌在明清时期十分流行。清代以后，清江流域各县市的地方志中多有记录土家族"哭嫁"习俗的。如

---

① 杨发兴、陈金祥编注《彭秋潭诗注》，中国三峡出版社，1997，第184页。
② 《（道光）施南府志》卷10《典礼》，恩施州博物馆、恩施州档案馆，1982年重印，第161页。
③ 杨发兴、陈金祥编注《彭秋潭诗注》，中国三峡出版社，1997，第186页。

《建始县晚清至民国志略》载曰：

> 自报期起，男女双方就开始筹办喜事。男方备衣物，女方备嫁妆。新娘在出嫁前一月或半月，邀其近邻女友帮忙做针线活，边做活边哭嫁。哭而不悲，边哭边唱，故称"哭嫁歌"。其内容有哭爹娘、哭哥嫂、哭姊妹、骂媒人等。[①]

从古老的巴人到现在的土家人，清江流域土家族地区活跃着数不胜数的歌手，传唱着不可计数的歌谣，这些歌谣从不同方面展现着土家族的生活状况和风土人情，清江土家人生命中的每一场仪式都包含了情感浓烈、张扬生命、表达审美旨趣的人生仪礼歌。

> 生儿"打喜"不打花鼓子，结婚的时候女的不哭嫁，男家不陪十兄弟，还有办丧事不打丧鼓，那就不是过事。过事，就是操办红白喜事，这些都是人生大事，我们土家族都要载歌载舞，而且打花鼓子呀，打丧鼓呀，哭嫁呀，那都是重点、重头戏，没有它们，也就办不了事。[②]

也就是说，歌唱与清江土家人的人生仪礼是一体的，是须臾不可分离的。这些歌谣成为清江流域土家族传递生命观念的表征，成为他们生命仪式的艺术表达，也构筑起了其独特的人生仪礼歌唱传统。具体而言，清江流域土家族人生仪礼的仪程秩序规约了歌唱的内容呈现，而歌唱时间的长短和水平的高低影响着人生仪礼的进展和质量，体现着作为人生仪礼"过渡仪式"的功能和意义。清江流域土家族人生仪礼歌唱传统得益于他们日常生活的润泽，得益于他们丰厚文化的滋养，歌唱是人生仪礼的有机部分，歌唱与人生仪礼共生互融、相辅相成。

[①] 傅一中编纂《建始县晚清至民国志略》，建始档案馆，2001，第301页。
[②] 访谈人：王丹；访谈对象：萧国松，男，土家族，1938年生，湖北省长阳县文化馆副研究馆员；访谈时间：2013年7月16日晚上；访谈地点：湖北省长阳土家族自治县龙舟坪镇萧国松家。

清江流域土家族的人生仪礼能否顺利进行，能否圆满完成，在很大程度上取决于歌唱的流畅和丰富与否。歌唱能力亦成为清江土家人智慧与才华的一种资本，成为评价和衡量土家人德行的一种标准，反过来，也引导着土家族生活惯习和歌唱传统的延续和发展。

　　不会跳丧的傍门站，
　　眼睛鼓起像鸡蛋。
　　灶屋里一声喊吃饭，
　　一逮（吃）就是几大碗，
　　亏他还是个男子汉！①

　　类似的歌唱是打丧鼓的男人对不会打丧鼓的男人的挖苦和嘲笑，这种玩笑似的讥讽虽显得戏谑，但实质上是清江流域土家族对男性品德和社会能力的一种规范和要求。这种普遍的价值观念和评判尺度促使土家族男性主动到丧葬仪式中学习、表演和传承打丧鼓，并养成一种歌唱的能力和以歌谣表达生活的习惯，在打丧鼓的身体实践与歌谣吟唱的交互记忆中沿袭丧葬礼俗。

　　新娘能哭嫁、会哭嫁是对出嫁姑娘的最好肯定，也是对其父母和家庭教育的认可。在清江流域土家族，新娘哭嫁越哭越发，哭得越厉害越好，这时哭嫁和哭嫁歌就具有了仪式性的巫术功能。诚然，哭嫁在历史的不同时期有不同的思想主旨和内容表述，不过，这样一种生活习俗一旦形成，慢慢积淀，就成为女性能力的一种彰显。土家族女性从小便跟随家人一起参加婚礼，在耳濡目染中感受哭嫁歌的魅力，感知婚姻礼俗的力量，从旁观者、欣赏者到参与者和实践者，她们逐渐提升歌唱水平，传递生命情感。

　　当然，我们也发现当代清江流域土家族的生活发生了一些变化，尤其是改革开放40多年来伴随农村生产承包责任制、新农村建设和乡村振兴等

---

① 访谈人：王丹；访谈对象：张言科，男，土家族，1947年生，湖北省长阳县资丘镇人，农民，国家级非物质文化遗产项目"土家族撒叶儿嗬"代表性传承人；访谈时间：2013年7月19日下午；访谈地点：湖北省长阳土家族自治县资丘镇桃山居委会张言科家。

以国家为主导的相关政策的贯彻实施，清江土家人的生活有了较大改观，这也影响了土家族人生仪礼歌唱传统及其传承。集体性的劳动合作减少，生产生活主要以家庭为单位展开，基于各种原因，清江土家人涌入城市生活和工作，这就使得传统的仪式和歌唱活动面临人员断层的窘境，还有不少现代音乐形式和流行歌曲进入人生仪礼中，如此等等，这些都是人生仪礼歌唱传统中出现的不容忽视的现象。然而，所有这些并没有动摇清江流域土家族人生仪礼的传统根基，没有改变人生仪礼歌唱的生命仪式主题，没有改变人生仪礼歌的艺术表现力和记忆传统生活的属性。

三　仪式过程的歌体呈现：人生仪礼歌的文类特质

吟唱歌谣是清江流域土家族人生仪礼的组成部分，人生仪礼是歌谣生发和演绎的时空场域，没有人生仪礼，与之相关的歌谣就难以存活，而歌唱则丰富了人生仪礼的过程和内容，传达了清江土家人的生活情态和情感取向。在仪式生活中吟唱的清江流域土家族人生仪礼歌，基于不同的仪礼需要和唱诵目的，在不同时空作用下其歌体形式有所差别，主要包括小调、山歌和令歌等。每一种人生仪礼歌都拥有自己的经典，它们构成清江流域土家族歌唱传统的核心，并体现其多样性和繁复性。

小调在人生仪礼歌唱中占据主体地位，它既能叙事，又善抒情，常寄抒情于叙事之中，适于家庭内部、村落之间聚会的演唱，也可在日常生活和劳动之余歌咏。小调歌谣以唱述生产生活、爱情婚姻、历史故事等为主要内容，常用四季、五更、十二月等形式连缀为多段分节歌，结构规整匀称，长短不拘，短则几句，长则数百句不等，以偶数句居多，曲调旋律性强，节奏较规范，行腔较细腻，艺术表现手法多样。如《十绣》歌：

一绣天上星，星多管万民，绣了南京绣北京，再绣是吕洞宾。
二绣明月梭，明月照山河，绣个美女陪哥哥，再绣是蓝采和。
三绣一炷香，插在龙头上，绣个龙头滚绣球，再绣是诸葛亮。
四绣校场坝，红旗二面插，文武百官两坐下，再绣是姜子牙。

五绣一只船，船儿下江南，绣个艄公把船弯，再绣是薛丁山。
六绣杨六郎，把守三关上，绣个焦赞和孟良，再绣是楚霸王。
七绣洛阳桥，桥儿万丈高，绣个桥下水飘飘，再绣是张果老。
八绣八角楼，八角对九州，绣个苏州对杭州，再绣是曹国舅。
九绣九条街，铺台对铺台，绣个生意对买卖，再绣是蔡伯喈。
十绣一笼鸡，绣在花园里，又绣龙王两夫妻，再绣是铁拐李。
十样都绣起，没见郎来取，丢下荷包打鞋底，各人是要回去。[1]

《十绣》通过铺排众多神话传说和历史人物故事，描绘情姐为情哥精心绣制荷包的情形。小调歌谣每段歌节由三句或四句组成，三句的字数构成有七七七、五五七、五七五、五七七、六七七等，四句的字数构成有七七七七、五五五五、五五七七、五五七五、六六七五等，还有由上下两句组合表达意义的歌节形式。这些歌谣多于片段的叙事和事物的描写中抒发情感，多数由十段至二十段歌节组成，也有包含几段的短歌和长篇的叙事歌。

《灯草开花黄》[2] 以"灯草开花黄"起兴，描写情妹自情郎走后不思茶饭、神情恍惚的状态。其中插入"十写"情书，叙述情郎追求情妹的情节，描摹了情妹爱极至恨的矛盾心理。结尾的处理一种是喜剧性的，即情妹病愈，两情相悦；另一种是悲剧性的，为情妹病逝，情郎安葬。这首歌谣依凭演唱的发挥有一两百段歌节，每段三句，属五五七句式。它可以在不同的人生仪礼中演唱，但不一定全部唱完。在打喜仪式、婚姻仪式等喜事场合，一般只唱第一至四十四段，名曰《十写》，如果要演唱完整，就用喜剧结尾；其他场合，如丧葬仪式，才可演唱以悲剧结尾的全歌。歌唱时以连续的切分音起头，营造出急切诉说的意境，每段第三句起音低沉，唱述婉转，似回味情意的绵长，第二、三句后恰当叹词的运用，令人更感深沉隽永。

山歌产生于山野劳动生活，但当它进入清江流域土家族人生仪礼中被演唱时，便具备了人生仪礼歌的特质，具体包括五句子、四句子等歌体

---

[1] 谭德富、严奉江、荣先祥编著《建始民歌欣赏》，湖北人民出版社，2009，第491~492页。
[2] 谭德富、严奉江、荣先祥编著《建始民歌欣赏》，湖北人民出版社，2009，第219~225页。

形式。

五句子歌依照歌词内容的句法架构命名，多是七言五句，少数歌中的某一两句会多一个字或少一个字，偶尔也用两个三字句充当一个七字句，但不影响整首歌谣的句式结构和歌唱韵律。五句子歌以讲唱爱情和生活为主，曲调多嘹亮、明丽，节奏多自由、悠长，歌词既有约定俗成的，也可以即兴创作。五句子歌的歌词构成有两种类型：第一种是叙述性的或讲故事的形式，二三组合句式，如"隔河望见姐爬坡，打个排哨姐等我，姐儿听到排哨响，瘫脚软手懒爬坡，阴凉树下等情哥"；第二种是两组上下句加一个尾句，如"郎在河上撑船来，姐在河下洗白菜，丈八篙子打姐水，捡个岩头把郎栽，打是亲来骂是爱"。① 不论哪种类型，第五句往往具有点题的性质。

五句子歌只有五句歌词，属奇数句式。在演唱时，需要将第三句、第四句的后三个字重复说一遍，组成第五句，这样原歌中的第五句就变成了第六句，两句形成上下句，构成偶数句式，这凑起来的一句无实际的含义，只为凑数而已。例如：

这山望见那山高，
望见那山好茅草，
割草还要刀儿快，
捞姐还要嘴儿乖，
刀儿快，嘴儿乖，
站到说哒跩下来。②

五句子歌可独唱、对唱、合唱，还可领唱与和腔等，其演唱可分为单

---

① 访谈人：王丹；访谈对象：覃远新，男，土家族，1968年生，湖北省长阳县资丘镇人，农民，国家级非物质文化遗产项目"土家族撒叶儿嗬"代表性传承人、湖北省非物质文化遗产项目"长阳南曲"代表性传承人；访谈时间：2013年7月20日上午；访谈地点：湖北省长阳土家族自治县资丘镇桃山居委会憨憨宾馆。
② 访谈人：王丹；访谈对象：覃远新；访谈时间：2013年7月20日上午；访谈地点：湖北省长阳土家族自治县资丘镇桃山居委会憨憨宾馆。

段体和多段体，前者为独立成篇的一首五句子歌，也被称为散五句；后者是以五句为一段歌节，多段组合叙述一件事情或表达一个意思。

四句子歌为七字一句或五字一句，四句构成一个完整的歌节，或描写，或叙述，主要描述情爱，抒怀传意。四句子歌的句式构成，一种是按照思维发展的一定过程顺水推舟，合理展开，比如"情哥来得快，没得铺盖盖，垫的苞壳叶，盖的棕口袋"；另一种是两两组合，前两句有铺垫作用，后两句具递进之势，比如"看见太阳背了坡，取双鞋子送情哥。哥哥莫嫌针线丑，背着爹妈打黑摸"。①

有多段四句子结构的较长篇幅的歌谣既可叙事，也可抒情。依据不同仪式场合和歌舞配合的需要，多段体四句子歌的歌词处理、歌腔歌调有所不同，在诞生礼、婚礼等红事中常为小调唱法，在丧礼等白事中是山歌唱法。

令歌是用土家族汉语方言编创和讲唱的歌句，句子可长可短，可唱可说，说唱起来如歌如乐。一首令歌句数多少不一，常是四言、五言、六言、七言入歌，亦有九言、十言、十一言等一句的情况，常见有两个三字句替代一个七字句的。有的令歌每句字数相当，有的令歌则是多言句式混杂，总的原则是生动流畅，意义相连。如：

> 新郎门前一园竹，
> 竹抱笋，笋抱竹，
> 阳春三月过喜事，
> 五黄六月娃娃哭。②

令歌以偶数句式居多，也不乏奇数句式。短则四句，长的数十句，虽然每句的字数不等，但一般尽量保持上下两句对称，即便不是如此，也是以意思的完整表述为基准，讲究起承转合。令歌的演唱常常是抓住身边熟

---

① 访谈人：王丹；访谈对象：张言科；访谈时间：2013年7月19日下午；访谈地点：湖北省长阳土家族自治县资丘镇桃山居委会张言科家。
② 中国民间文艺家协会湖北分会、长阳土家族自治县文化局编《中国歌谣集成湖北卷·长阳土家族自治县歌谣分册》，长阳土家族自治县印刷厂印，1988，第269页。

悉的人、事、物，将其特征与生活乐趣进行有效的归纳和配搭，颇具亲和力和幽默感。为了说唱得顺畅、倾听得悦耳，令歌在通俗的口语化表达中讲求大体上的押韵，较长篇的可以多次转韵。

令歌的说唱是二人或多人以斗智和语言技巧来论辩的过程。人生仪礼的每个仪程中论辩时间长短不一，短则几分钟，长则一整天，说唱内容有日常物品、动植物、仪式生活的必需品，有仙人神话、凡人故事，有前朝典故、当下时政等，还包括寒暄、盘根、周旋和交接等，每种类型的论辩内容都隐含着特定的象征意义。例如，湖北省巴东县野三关镇一带举行婚礼，男方向女方赠送礼物时，男方支客师（事务总管）交盒、交钥匙会说唱道：

  一树梅花铺地开，我送抬盒摆礼来。
  两架抬盒登华堂，敬请贵府来开箱。
  钥匙插在金锁上，敬请二位来开箱。
  一请先生动大驾，二请秀士移虎步。
  先生秀士抬贵手，语言不恭请原谅。

女方请先生（男）、秀士（女）开盒，先生说唱：

  东边一朵祥云起，西边一朵紫云开。
  贵府抬盒放中堂，我今奉请来开箱。
  一开天长地久，盒里东西样样有。
  二开地久天长，灯花蜡烛喜洋洋。
  三开荣华富贵，绫罗缎匹成双对。
  四开金玉满堂，五洲四海把名扬。

秀士说唱：

  金盒开，银盒开，凤凰喜鹊飞拢来。
  凤凰喊叫忙揭盖，喜鹊喊叫忙摆开。

> 天上北斗星宿多，玉帝差我来开盒。
> 此盒不是非凡盒，鲁班下凡装的盒。
> 上头装起龙缠顶，下面装的凤凰窝。
> 中间鸳鸯成双对，荣华富贵百年乐。①

"随口便答，朗朗上口"是清江土家人对说唱令歌最精辟的概括。然而，这"随口便答"需要相当的素养和才能，正所谓"读不完的诗书，讲不完的礼性"。承担说唱令歌重任的支客师或礼官大都是当地公认的文化人，他们见多识广、思维敏捷、口齿伶俐、能说会道，而且到了特定人生仪礼的场合，他们要事先熟悉主人家的家庭情况，了解主人家想要达到的效果，这样才有利于临场应对，随机变化。

整体上看，小调类歌谣以数字歌为代表，既可抒情，也能叙事，或者二者兼备；山歌类歌谣以单段体五句子歌和多段体排式五句子歌为多，五句子歌就奇在第五句的结构形式和诗"眼"意境上。小调、山歌以抒情和叙述为主，往往出现在人生仪礼的群体性互动场合。令歌则多根据仪式现场的情况，直入主题或以景托情，描述事物，讲唱过程，表达心意。令歌的仪式感强，一般在人生仪礼的关键仪程中均有展示，协助仪礼进程的推进。

清江流域土家族人生仪礼中不同歌体形式艺术表达上的差异，关联着不同生命阶段的演唱中歌手身份、歌唱仪程与时空环境相互关联的整体性效度，决定小调、山歌和令歌对人生仪礼有过渡性和加强性的意义。人生仪礼歌的吟唱与仪式进程高度统一，使人生仪礼张弛有度的节奏、歌手及参与者的身体力行和口头吟唱的歌谣相得益彰。

四 仪式歌唱的文化逻辑：人生仪礼歌的选择倾向

清江流域土家族的人生仪礼歌是千百年来土家族仪式生活和歌唱文化交融积淀的结晶。土家族喜欢唱歌，擅长唱歌，对唱歌有特殊的情感，在

---

① 鄢光才、赵世华编著《巴东民间婚俗与丧葬文化》，崇文书局，2009，第10~11页。

人生仪礼中表现为打喜歌、婚嫁歌、丧葬歌等。清江土家人在自身的生产生活以及与外界的交流互动中创造和借鉴了多种歌谣体裁和歌唱类别，并且形成了特殊的记录生活和艺术表达的形式，为我所用，歌其心声。比如，五句子歌散发着浓郁的土家族的艺术气息，以数字歌为代表的小调表现出土家族善于吸纳改造的智巧，令歌则突出了土家族生活的趣味以及歌手心才和口才的风采。

打花鼓子、哭嫁以小调类的歌谣为主，这类歌谣次序清晰，构成规范，长于描写和抒情，亦可夹叙夹议，篇幅较长的歌谣则能在完整的叙事中展现情绪的发展变化，娓娓道来，引人入胜。丧鼓歌中既有小调，又有山歌，讲求二者的合理搭配和有效衔接，由此形成歌舞套路，在一领一和、一叫一接的呼应中错落有致地表达生者对逝者的关切和告慰。丧鼓歌歌词曲调皆高亢、欢快，少悲沉之音。

撒叶尔嗬唱词的主干是那些带有顺序数码的歌，其次是五句子歌。顺序数码的歌句式与撒叶尔嗬的主腔相生，都是上下句，两句一转。而五句子歌非要在第五句前添一句，方能符合上下句的句式。再就是顺序数码的歌好记，撒叶尔嗬载歌载舞，当唱跳到枝叶部分后，好回到主干的数码歌，这就显得秩序井然，相对完整。[①]

在什么时候选择什么体裁的歌谣、采用何种演唱方式、如何演绎，清江土家人都已建构了自己的歌唱规则和吟唱逻辑并逐渐形成传统，这种传统就成为清江流域土家族人生仪礼歌唱的指南和表达生活的记忆选择。在现实的人生仪礼歌唱活动中，清江流域土家族一方面遵照传统，另一方面积极创新，使人生仪礼歌唱传统在生活的选择中不断丰润和发展着其艺术真性。

土家族人民有自觉创作五句子歌和其他民歌的传统，流传在长阳土家族自治县资丘镇水连村的《鸦片歌》系当地私塾先生田世照创作，记叙新中国成立前发生在该村的一件鸦片案件，五句体，二十四段，既有"自古晓有月旦评，谁是谁非甚分明，董狐直笔传千古，穿弑其君罪龙神，莫怪

[①] 访谈人：王丹；访谈对象：覃远新；访谈时间：2013年7月20日上午；访谈地点：湖北省长阳土家族自治县资丘镇桃山居委会憩憩宾馆。

旁人道真情"引经据典的歌词,又有"宇高自是律师家,从来草里寻蛇打,下下打些蚰蟮子,碰到青蛇难招架,你是神高任你滑"的口语化歌词,在当地广为流传。覃自友创作的《唱一个清江大变样》讲述了清江筑起三道闸,凶山恶水变堰荡,旅游经济发达兴旺的故事,因讲述的是发生在老百姓身边的事情,便很快传唱开来。①

生活在变,清江流域土家族人生仪礼歌必然发生相应的变化,但其歌唱却始终受到"为生活而生活"的审美原则的支配,继承的主要是传统歌谣的结构模式和歌唱的程式规范,在人生仪礼的具体场景中即兴歌唱,歌词内容因人物而异,因角色而异,因关系而异,反映了丰富多彩的生活内容和层次多样的情感内涵,这也正是民间歌谣蓬勃生命力的所在,它为人们的自我表达和时代的发展变迁提供再创作的空间,为当代土家族生活融入选择性传统仪式记忆呈现多种可能性。

清江流域土家族人生仪礼歌既有普遍性歌谣,也有专属性歌谣。例如"十爱""十劝""十想""五更""十二月"等,还有大量五句子歌、四句子歌均能在打喜、婚嫁、丧葬仪式上演唱。有不少歌词相同的同一首歌,如《怀胎歌》,只需变换歌腔歌调,就能在三种人生仪礼中演唱,且表现出不同的意境和韵味,这是土家族智慧的创造,也说明在歌唱资源有限的情况下,人生仪礼歌具有共享性和通用性。不过,在每一种仪式中选择的唱腔和曲调有着明显的区分。

《梁山伯与祝英台》是在汉族同类型传说故事的基础上,由清江土家人创编而成的小调歌体的人生仪礼歌,虽然传唱时歌词内容的叙述存在差异,但人物、主题和情节大体相同,主要唱述梁山伯与祝英台同窗学习、彼此爱恋、共赴黄泉的感人爱情。这首歌谣运用五五七五句式,四句组成一段歌节,或渲染气氛,或表达内心,或描述言行,一般有一百几十段歌节。作为长篇叙事歌的《梁山伯与祝英台》常在打丧鼓中演唱,而在喜事歌舞中则唱以抒情为主的短篇,如《英台绣房思山伯》等。清江流域土家族还有不少其他形式的人生仪礼歌取材于"梁祝"故事或嵌入"梁祝"母题,

---

① 访谈人:王丹;访谈对象:覃远新;访谈时间:2013年7月20日上午;访谈地点:湖北省长阳土家族自治县资丘镇桃山居委会憨憨宾馆。

比如恩施陪十兄弟歌《人之初》中就有"四月里来四月四，祝英台读书人不知，性相近、习相远，山伯思祝害相思"的吟唱。

然而，仪式的功能和意义差异决定了不同人生仪礼歌唱内容和歌唱形式的区别。比如，出嫁姑娘哭父母、哭姊妹、哭哥嫂、哭祖先、哭自己、骂媒人的独唱、对唱与合唱均富有很强的目标性和场景性，哭唱的方式也有别于其他的人生仪礼歌唱。又如，打丧鼓中巴东的《待师》《哑谜子》、长阳的《四大步》《幺女儿嗬》、五峰的《跑场子》《滚身子》等，都是丧鼓歌专用的唱腔。专属性的歌谣以专属性的歌词和专属性的曲调作为仪式歌谣的边界，例如表现丧事主题的《哭丧》就是悲伤的歌调，这也成为特定仪式歌谣情感表达的逻辑选择。

人生仪礼场景性的令歌结构形式自由，歌手灵机应变，现场编创，见什么人说什么话，看到什么东西唱什么歌词，它与不同的人生仪礼及其进展契合，反映各个仪式阶段的文化逻辑和情感诉求。在人生仪礼，特别是建立或重建关系秩序的打喜、婚嫁等红事仪式上，令歌起着举足轻重的作用。这个时候，令歌唱得不好，礼性就做得不到位，这很可能影响到双方乃至多方日后的交往。统一的令歌这一歌体形式要在不同人生仪礼的场景中来演绎，从而成为不同人生仪礼的专属性歌谣。

清江流域土家族人生仪礼中的禁忌制约着其仪礼歌谣的演唱。那些关乎祖先祭祀、亡人告拜、后人福乐的仪式及其歌唱变异的成分相对较少，这也是为什么打花鼓子和打丧鼓在清江流域土家族地区保存完好、至今盛行的原因。顺应社会的发展、时代的变迁，土家族在多样化的民间歌谣中，选择和强化了满足当地人生活需求的传统歌谣，而忽略或淡忘了与生活、生命关联性不强的歌谣的存在，久而久之，选择性的歌谣记忆相沿成习，形成了土家族人生仪礼歌唱传统较为稳定的程式和演唱内容。

清江流域土家族人生仪礼歌唱传统的基础是传统化的程式，但是，这并不意味着人生仪礼歌唱是刻板僵化的，歌谣传统程式只有适应生活发展才能具有强大的能量，才能焕发迷人的魅力。比如，以《黄四姐》为代表的建始花鼓子不再局限于特定的打喜仪式，节日庆典、款待宾客、休闲娱乐等都会打花鼓子，花鼓子逐渐发展成健身娱乐和舞台表演的一种形式，表演场地也延伸到了院坝、街道、广场和舞台。不过，花鼓子的歌唱和舞蹈仍遵循传统化的程式，只是添加了一些现代歌舞元素，这种变化使花鼓子更加俏皮灵动，更具观赏性，它是清江土家人时代生活需要的选择，也为歌唱传统艺术赋予了新的意义。

五　结语

人生仪礼歌唱传统是清江流域土家族的文化事象和生活内容，歌唱与仪式交融互渗，彼此关联，构成生活整体。清江流域土家族的歌唱传统是土家人的生活传统，也是土家人的文化传统，在其发展演变过程中，生活化的原则自始至终是土家族歌唱传统的主导和主流。清江流域土家族的民间歌谣，根植于寻求生命自由和生活愉悦的土壤中。

清江流域土家族的人生仪礼歌是仪式性歌谣，不同歌体形式的歌谣的演唱，记录了土家人生命仪式的不同阶段，抒发了土家人的生命情感。清江土家人在特定时空场域的生活歌唱中，围绕人生仪礼的表征行动，建构和丰富了自己的生活世界与艺术想象。

而今，尽管许多清江土家人走进城镇生活，但他们的人生仪礼歌传承发展的生态环境并未发生根本性变革。乡土还在，乡邻还在，在相对稳定的文化空间中，不论外在世界如何变迁，清江土家人仍然执着地守护着、创新着作为他们生活传统的人生仪礼及其歌唱传统。

学术史视角下歌谣与生活的关系

廖元新　万建中[**]

摘　要：歌谣学滥觞期的学术工作是将民间歌唱活动文本化，即把歌唱活动从生活中脱离出来，抽提出唱词编辑成歌谣记录文本。早期的歌谣研究以记录文本为中心，发掘歌谣蕴含的文化要素和历史积淀。20世纪50年代以后，歌谣学的视野有所拓宽，歌谣传唱的生存环境得到关注，但并没有从文本中心主义的窠臼中摆脱出来。直到90年代，回归歌谣生活本源成为明确的学术方向，深入的田野实践提供了富有说服力的个案经验。延续到21世纪，强调歌唱形成的生活环境凸现出来一种文化建构力量，将歌谣置于生活的深层语境中获得了富有张力的阐释。

关键词：歌谣；生活；学术史；记录文本；语境

中国现代民间文学研究起始于歌谣运动。"五四"歌谣运动引发了数十年歌谣研究的热潮，在这一领域，聚集了诸多学科的研究者，在某种程度上说，歌谣研究的学术范式奠定了现代民间文学学科发展的理性基调。而如何突破记录文本的局限，将视野拓宽到文本生存的生活环境当中就成为歌谣研究的关键。

---

[*] 本文为国家社会科学基金重大项目"20世纪中国民间文学研究专门史"（项目编号：16ZDA164）阶段性成果。原载《中原文化研究》2019年第7期。

[**] 作者简介：廖元新，南昌大学法学院副教授，主要从事民间文学研究；万建中，中国民间文艺家协会副主席，北京师范大学文学院教授，博士生导师，主要从事民间文学研究。

一 以记录文本为中心的初始研究

在民间文学的研究中,"文本"有两层含义,从狭义上说,"文本"就是我们通常理解的用文字写成的、关于某个主题、具有一定长度的符号形式,它是诉诸文字的文学作品;而广义的文本,则是从符号学的角度出发,将其视作固定的、明确的、具有一定意义的微型符号形式,比如一段讲述、一场音乐、一次对话,它既可以表现为文字的,也可以表现为非文字的。

在20世纪很长一个时期内,民间歌谣的研究者们主要关注狭义的文本,他们不仅将民间搜集来的大量口头歌谣文字化,并且花费了相当的研究功力,试图通过这类文本,揭示"歌谣中的生活"。然而,诉诸文字表现形式,从来不是民间生活的主要形态。费孝通曾说:"最早的文字就是庙堂性的,一直到目前还不是我们乡下人的东西。"[①] 民间歌谣从来不是以文字的形态生长于民间,它虽然可以被加工整理成文字文本,但更多的以广义文本的形态呈现,是生活中富有旋律的声音的发出。因此,到20世纪末期,研究者愈发意识到"生活"对于歌谣的重要价值。随着人类学、民族志诗学等研究范式的引入,越来越多的学者从揭示"歌谣中的生活"开始转向展示"生活中的歌谣",这一转向为民间文学研究开辟了一条崭新的学术路径。

不同的空间环境造就了不同的文化生活,不同的文化生活滋养了各具特性的民众心理,而不同的民众心理有着不一样的情感表达方式。实际上,从20世纪初歌谣搜集起,研究者对于歌谣背后的"生活"情境,就有了明确的意识。不论是刘半农的《江阴船歌》、顾颉刚的《吴歌甲集》,还是钟敬文的《客音情歌集》,从早期这几部歌谣集录中都不难窥见,搜集者对于文本之外的"生活"给予了密切关注,诸如演唱时的方言方音、吟唱的具体情境、相关的风土人情等。之后,又陆续出现了诸多来自田野的歌谣成果,研究者的目光越过歌谣文本落在了其背后的广阔"生活",歌谣与妇

[①] 费孝通:《乡土中国》,北京大学出版社,2012,第22页。

女、歌谣与婚姻、歌谣与农事等构建了歌谣生活形态的主要领域。然而，这一时期的歌谣更多的还是被视为"文化遗留物"，民众的生活仍然淹没在被"遗留物"遮盖的水面之下，有待研究者的打捞。

这种状况显然受制于古典诗歌的影响，深受古典诗歌熏陶的那些学者自然深陷窠臼，难以挣脱出来。他们认为民歌只是歌词，对歌词的解读是歌谣学的全部学术目标。尽管当时的学者不同程度地接受了文化人类学的方法，但主要用于揭示歌谣记录文本所蕴含的文化内涵，坚持以记录文本为中心的学术指向。刘半农、沈尹默、顾颉刚、董作宾、钟敬文等前辈的研究路径莫如是。

向广义文本的转向出现在 20 世纪 60 年代。那时段宝林就"开始思考与'民族志式的描述'相通的问题：民间文学的'立体描写'"，[①] 1964 年，他在《重视歌谣的注释说明》一文中首先倡导要逐步深入探索民间文学的采集方法；1985 年，他又正式提出了民间文学"立体性特征"和"立体描写"的概念，认为民间文学是活态、立体的存在，片面地解读民间文学，就如同"把鱼从水中捞出来单独展示，它已成了死鱼，不是活鱼了，它的艺术感染力和艺术生命力也都枯萎了……真正科学的记录是应该连鱼带水一起记录的，那样才能保持活态民间文学的艺术生命，这就是民间文学的立体描写"。[②] 立体描写不仅记录演唱了什么，而且把民间文学的活动和整个过程叙述了出来，包括表演者、观众、场景、气氛、表演行为和表演过程等，是中国现代民间文学史上为数不多的本土概念和学术范式。

与此同时，另一学者刘魁立也提出科学的记录应该包括"没有用语言表达出来的部分"，比如手势、音调、表情等表演者的细节信息。不仅如此，对于现场听众的反应，也应该进行观察和研究，还应附上其他补充资料，包括采录的时间、地点，讲述者的个人信息，讲述者在何时、何地、从谁那里听来的等，这些都是科学采录不可或缺的部分。刘魁立认为，如

---

① 丁晓辉：《"民族志式的描述"与"立体描写"：邓迪斯与段宝林之必然巧合》，《三峡论坛》（三峡文学理论版）2015 年第 2 期。
② 段宝林：《民间文学科学记录的新成果：兼谈一些新理论的创造与论争》，《广西师范学院学报》2008 年第 3 期。

果条件允许，还应该进一步对讲述者的个人生活史进行了解，并对其讲述或演唱的技巧作些评价。因为"搜集者记录讲述者的个人经历，就是提供材料，让读者更深刻地理解作品。只要搜集者认真严肃地做这一工作，不把它看成是简单的填表格，那么他的材料无疑的会给读者及研究者以莫大帮助的"。①

刘魁立的这一论述，有着两方面的重要意义。一方面，其研究视域已经从狭义的文本，逐渐转向了广义的文本，虽然所关注的仍是以文字为呈现形态的民间文学作品，但从要求记录的要素而言，不仅歌谣演唱活动受到了关注，而且浸淫于歌谣之中的民众生活也被纳入学术视野中；另一方面，敏锐地捕捉到了演唱者与歌谣的重要关系，明确地指出了演唱者的生活对于歌谣的传唱有着重要的影响，两者彼此之间交织融合，构成了一种互动的再生产关系。

遗憾的是，刘魁立的创见并未立即得到学界响应，即使在20世纪80年代，民间文学"三套集成"工作已经启动，很多学者仍然视歌谣为"文化遗留物"，属于反映生活的镜子，而没认识到歌谣就是生活本身。致使在相当长的一段时间内，歌谣研究以抢救、搜集和整理歌谣文本为主，以歌手和文本的研究为辅。即使对文本内部的分析，也是执着于对文本结构、文本母题的剖析和阐释，在历史唯物主义视角下把"社会反映论"的原则作为唯一的审美标准，从而对文本的历史、文化、思想、艺术元素加以静态把握，完全忽略了艺术的主体——歌手及其主体性作用。

二 从记录文本到生活语境的转型

到20世纪90年代，对歌谣与生活关系的认识进入一个新阶段。杨民康系统地考察了民歌与生活之间互动依存的状况，提出虽然民歌文化与社会文化有所区别，但在实际生活中却是彼此交织、不容割裂的。因而，民歌绝非空中楼阁般的存在，相反，它鲜明地展现了社会现实和经济生活中的

---

① 刘魁立：《刘魁立民俗学论集》，上海文艺出版社，1998，第164~165页。

方方面面。此外，因为民歌具有社会价值和社会功能，所以还"对人们的认识、思维与行为方式产生了很大的影响"。[1] 据此，他将民歌的动态演变分为原生型、次生型和再生型三个层次，原生型即指存在于乡野山间粗朴的山歌、田歌、牧歌，或市井的叫卖调等；次生型即指在民间流传，较少或未经加工，但具有传统性的小调、谣曲和劳动号子；再生型则是在城镇流行，明显经过文人或职业艺人加工和改编的时调小曲。[2] 这种划分并非歌谣体裁类型的认定，而是歌谣在社会不同领域表现的指向，有助于辨析歌谣表演的社会关系。

更为重要的是，作者通过对少数民族地区和地理环境相对封闭地区的考察，提炼出了"活态民歌的整体化功能"这一概念，对此，他作了如下的论述：

> 首先，在这些山村社区的民歌文化系统内部，不仅音乐、乐人、乐境等子系统之间关系相互缠结，难以区分，而且在每一子系统内部各要素之间也存在同样情况。其次，再从民歌文化系统的外部功能来看，民歌文化与其它（他）文化系统的关系也存在相互缠结，彼此难分的情况。与制度文化之间关系的情况已如前述，在与精神文化的其它（他）领域之间，由于民歌在某种程度上起到音乐与书本的双重作用，它的触角有时甚至有覆盖整个狭义的精神文化层面的趋向，特别对传统文化来说更是这样。[3]

由此可见，在这些民族里，民歌在人们生活中，几乎达到了"民歌即文化，文化即民歌"的地步。不同的民歌文化内容或共聚于某一风俗性活动之中，或散布于社会生活各个时期和层面，起到调适人们之间的社会关系，满足人们的文化审美需求的作用。[4]

---

[1] 杨民康：《中国民歌与乡土社会》，吉林教育出版社，1992，第21~22页。
[2] 杨民康：《中国民歌与乡土社会》，吉林教育出版社，1992，第21~22页。
[3] 杨民康：《中国民歌与乡土社会》，吉林教育出版社，1992，第60~61页。
[4] 杨民康：《中国民歌与乡土社会》，吉林教育出版社，1992，第60~61页。

因循这一"活态"思路,作者继而从"人生仪礼民歌与社会人格""婚姻恋爱民歌与两性相与""家庭家族民歌与宗法意识""乡里社会民歌与群体乐念""城乡社会民歌的一体化格局"等多个角度,阐释了民歌与生活之间水乳交融的关系。杨民康凭借着其多学科背景,将研究理路延展到了文化人类学、社会学、文化符号学等领域。虽然以民歌为基点,但不限于民歌,而是以整个人类文化为背景来探讨民歌所表现的生活现象。

然而,稍显不足的是,杨民康的研究仍然是以理论阐发为主,虽然他发现了生活中的歌谣,却未能深入生活之中,还是"坐在摇椅上的学者"。相较之下,同一时代的香港学者受到西方社会学理论的触动更深,故而在20世纪80年代,便有学者深入民间社会,考察生活与歌谣的关系。1989年,叶赐光以《香港西贡及其邻近地区歌谣》一文作为其硕士学位论文。在研究过程中,作者并没有局限于歌谣文本,而是进入田野,展开了歌谣民族志的书写。他不仅调查了西贡地区的人口情况,更从历时的角度考察了当地居民的迁徙过程,详细绘制出西贡地区部分渔民与围村乡民及当地风俗的知识谱系。在此基础上,作者着重考察了当地民歌的起源、歌唱场合,归纳出文本的结构模式。他认为这些民歌"不只是昔日农村渔户之生活倒影,更是生、老、病、死、喜、怒、哀、乐的人生写照"。[①] 当然,此间反映论的痕迹还是比较明显,仍持以文本为中心的研究范式。

到21世纪初,随着西方社会学、人类学的相关理论陆续进入内地,不少学者也掌握了相应的操作工具和方式,开展了颇具创建性的歌谣研究工作。其中,较有代表性的一项成果是徐霄鹰的博士学位论文《歌唱与敬神:村镇视野中的客家妇女生活》。作者采用民族志的研究方法,讨论了广东省梅州市芜县杜里镇客家妇女在唱山歌和民间信仰活动中的身份、组织活动、人际关系以及女性的自我认识等问题,并追寻了当地山歌和民间信仰变迁与发展的踪迹。在田野调查中,利用参与式观察和深度访谈等方法,以主位立场记录和描述了客家妇女的真实生活,传达和阐释了她们自己的声音。和之前同类的论题不同,"以往的民俗田野调查也总是侧重于民俗事项的静

[①] 叶赐光:《香港西贡及其邻近地区歌谣》,硕士学位论文,香港中文大学,2012,第45页。

态收集，某地的春节风俗吃什么、穿什么、仪式的过程……这种田野调查的基本特点也是把民间文化、生活方式等对象从社区生活中抽离出来，构造一幅单一的'民俗'图景，把这些'地方性知识'放置到超地方性的文化解释体系中去"。① 而徐霄鹰的言说方式是用整体观照的视野，将民歌放置于客家妇女的人生历程之中，还原歌唱真实的、带有温度的生活场景，这使她的田野书写带有更深刻的学术关怀，用她自己的话说就是"我的论文有两个研究层次，表层是客家山歌研究和民间信仰研究，而深层则是女性研究"。② 后者尽量让客家妇女自己说话，提供给她们表达的主体性地位，以客家妇女为轴心，歌谣与生活被连缀为一个整体。

民族志，作为人类学独创的研究方法，被民俗学者、民族学者以及其他社会学家广泛借鉴。初始阶段的经典模式为马林诺夫斯基在考察特罗布里恩德群岛时所创立，然而这一模式在20世纪80年代受到了全面的质疑和反思。有人认为，人类学者在田野作业和民族志写作的过程中，看似是在进行文化的客观描写和记录，实则是透过描述表达自己对社会、文化、人生的认识。也就是说，当面对同一个文化群体或现象时，不同的学者会有不同的阐释，"从而使他们提供的'知识'具有相对性"。③ 而徐霄鹰的学术指向与此迥异，值得称道的是她在以"文化客位"的视角进行阐释的同时，也没有忽视被研究者的"文化主位"立场，更没有因循既有的概念框架和问题假设来进行论证。在她看来：

> 无论是在客家山歌领域还是民间信仰领域，以往国内的研究都没能够真正再现作为主体的歌手/听众和信徒的丰富生动的歌唱/信仰生活经历和她们对这些生活经历的解释。显然，目前研究界缺乏从山歌活动参加者和民间信仰的信徒自身的视角系统地对她们在这两个领域的生活进行完整生动的描述和解释。只有采取长期细致的质的研究，

---

① 徐霄鹰：《歌唱与敬神：村镇视野中的客家妇女生活》，广西师范大学出版社，2006，第15~16页。
② 徐霄鹰：《歌唱与敬神：村镇视野中的客家妇女生活》，广西师范大学出版社，2006，第5~6页。
③ 王铭铭：《远方文化的迷：民族志与实验民族志》，《西北民族研究》1996年第2期。

才能扩大以往研究的范围，填补以往研究的空白；也只有这样的研究，才可能让我从这两个入口真正地深入到客家妇女的世界里去研究她们。①

正是在作者卓有成效的努力之下，她的歌谣研究真正实现了从"歌谣中的生活"向"生活中的歌谣"的转变。

与此相似，刘晓春也深入田野，仔细考察了客家山歌的活态传承过程。他敏锐地捕捉到了山歌演唱的生活化场景，不仅揭示了客家山歌与跳觋仪式之间密切的关系，更还原了在仪式语境中现场各种因素的互动关系。他曾记录道：

> 唱完之后，便开始了当晚的高潮，两位觋公开始演唱传统情歌《妹连郎》……其实，在跳觋仪式中，是否演唱艳情山歌，觋公师傅看东道主的脸色行事，注重家风和房族声誉的强宗大族不允许唱这类山歌……如果演唱这一类山歌，觋公在演唱之初的起兴部分会有所交代，对观看跳觋仪式的老人还是有所忌惮，不得不寻找一些说词……三脚班的表演多在村落的公共空间，具有公共娱乐的性质，而跳觋仪式的参与者多家庭、亲戚和朋友，亲情伦理约束了跳觋仪式的气氛。②

只有在这种场景下，才可能真正理解兴国山歌区别于其他客家山歌的独特性。③ 刘晓春的这一次考察实践，不仅深刻地揭示了客家山歌的内在特点和传承机制，也为客家山歌与生活的关系构筑了一个鲜活的实践场景。

在这些民族志研究中，学者往往利用通晓本土社区语言的优势，在田野中"力图从交流和传播情境的传统内部来体认口传文学存在的条件，进而发现和描述从口传到书写的文学变异，以及由移（原文为'迻'）译而产

---

① 徐霄鹰：《歌唱与敬神：村镇视野中的客家妇女生活》，广西师范大学出版社，2006，第9页。
② 刘晓春：《山歌，渐行渐远》，《读书》2006年第4期。
③ 刘晓春：《山歌，渐行渐远》，《读书》2006年第4期。

生的信息缺失、传达变形、阐释误读和效果断裂",① 它关注的要素是声音、视觉、诗歌和对话。而利用这些理论开展的研究,在 20 世纪末逐渐丰富起来。其中较有代表性的还有郑土有的《吴语叙事山歌演唱传统研究》,作者在大量实地调查的基础上,结合语境,揭示了"调山歌"发生的时机和常见形态。从"表演"角度看,这不仅有利于歌手创编,激发表现欲,对观众来说,也容易激发参与欲,使之加入表演之中。同时,郑土有的研究也是"口头程式理论"的一次本土化运用,对于拓展民歌研究范式有着推动作用。

三 研究进入生活形态的深层结构

民族志范式以其与生俱来的优势,为学界对"生活世界"的理解提供了一套值得仿效的工具。然而,也不应忽视其他研究范式对于"生活与歌谣"的诠释。其中,值得关注的一项研究是法国学者葛兰言的《古代中国的节庆与歌谣》。他从人类学的视角解读了《诗经》所载歌谣所反映的上古生活,并从生活中进一步解构了歌谣的潜在内涵。

在他看来,不少中国学者对于事物本源的追溯常常存在极大的误区,因为他们真正在意的并非事物的起源,而是执着于寻找代表这些事物的字词最初的出现年代。这样的一种审视方式,与其说是在溯源依循习俗的人,不如说是在溯源记录习俗的人。在这样的考据过程中,学者们总会为发现古老的证据而感到欣喜,然而当这样一种学术范式成为习惯之后,就很少再有人会以批评的眼光去检验和判断这些概念,"也没有任何人注意到这样的事实,即这些概念显然都是到了相对较晚的时代才构想出来的;即使想把这些概念变成原级术语(languagepositif),他们也没有意识到要对所有的观念体系、所有诠释方法及其作者的方法作一番考察"。② 原生态的歌谣并不存在,原生态的关于歌谣的学术概念也不存在,概念都是建构起来的,

---

① 巴莫曲布嫫、朝戈金:《民族志诗学》,《民间文化论坛》2004 年第 6 期。
② 〔法〕葛兰言:《古代中国的节庆与歌谣》,赵丙祥、张宏明译,广西师范大学出版社,2005,第 3 页。

并且一直处于建构当中。

为此,葛兰言对《诗经·国风》中的歌谣做了正本清源的梳理,指出这些歌谣大多取材于传统的诗歌主题,而这些主题又源自人们的即兴创作。在古代的节庆活动中,歌谣通过人们一次次的表演与赛歌而被创造出来。其实,歌谣不是创作出来的,而是唱出来的。在人们的生活中需要说、需要跳、需要唱,自然就有歌谣的产生和流传。

他进一步指出,古代中国农村的青年男女,在传统的约束下缺乏合适的方式表达感情,唯有通过诗歌这种庄严的语言才能得以表达。葛兰言的论述并没有止步于此,他从功能主义的角度出发,讨论了古代中国节庆和歌谣的意义之所在,认为中国古代的节庆总是和社会生活的节奏同步。每当热烈的节庆到来之时,原本一成不变、分散生活着的人们,总能短暂地相聚到一起,因而形成了长期分散与短期相聚的循环交替。而在每次节庆的集会上,小型地方集团在传统公约的认可下,会组成一个共同体。此刻,这些原本各自封闭的小集团,受到集体激情的作用,会暂时去掉各自的"防御墙",使得不同集体之间的歌唱或人的交换得以实现。声音的互相交换,使得各个小集体将永久地遵守共同体间的基本公约。"婚姻联盟构成了各结盟集团间抵押品体系的基础。因此,古代节庆的基本特征是性爱的狂欢,这使婚姻交换成为可能……节庆由此表现为年轻人节庆的形态。最引人注目的礼仪是歌舞竞赛,一种韵律性的竞赛,在竞赛中,爱情就在那些在共同体传统规则的规定下必定要结婚的年轻人中间诞生了。"①

葛兰言认为,对于生活在古代中国底层社会的人来说,隔离是常态,单调是色彩,每个人都被严格限制在各个小集团内。对他们而言,没有"社会生活"概念,唯有待到另一种全然不同的时刻到来,"这就是全面集会的场合,只有到了这种时刻,共同体才能恢复它以前的统一状态"。②

在此番论述中,我们不难看出结构主义大师维克多·特纳的"阈限"

---

① 〔法〕葛兰言:《古代中国的节庆与歌谣》,赵丙祥、张宏明译,广西师范大学出版社,2005,第195页。
② 〔法〕葛兰言:《古代中国的节庆与歌谣》,赵丙祥、张宏明译,广西师范大学出版社,2005,第195、197页。

与"交融"理论的影子。虽然,节庆之时的自由欢歌,并不像特纳所描绘的,在典型的阈限仪式中的"释放是以考验、忏悔以及其他的难行之事作为补偿"的,①但是长期处于隔离状态的男女突然得以自由交往,却也是一种形式的"地位逆转",他们因此可以进入一种"虚拟结构","在虚拟结构里,所有过分的行为都是可能发生的"。②葛兰言的研究,不仅还原了中国古代歌谣的真实面目,而且为不同对象人群间的"流动体验"(flowexperience)作了解释,为古老社会中的结构与反结构作了很好的注解。这也使得他关于歌谣与生活关系的论述,越过了较低层级,进入了一个更为深刻的阐释领域。

后世有学者作过这样的评价,相较于国内学者总是以现实世界去观照、去解读文本世界,葛兰言却"在某种程度上则实现了以文本中的世界观照现实世界——在理解分析文本的基础上,反观现实世界仍在传承的文化里尚存的古老传统,然后进一步理解古老的文化"。③当然,葛兰言所运用的也是反映论,只不过在他这里,歌谣文本与现实世界的对应不是那么直接罢了。

追寻着葛兰言的脚步,我国不少学者也开始了对于歌谣与仪式的探查。相较于葛兰言书斋里的思索,20世纪末,随着田野作业手段的日益完善,一批田野实践的研究成果陆续出现,例如李明珍的《凉山彝族婚礼歌及其特点》、傅湘仙的《壮侗语族恋俗音乐的活动方式》、廖松云的《丧礼中的欢歌——浅谈桂北孝歌》、聂庆元的《威宁彝族婚俗音乐"酒礼歌"及其现状思考》、赵洁的《谈锡伯族人生礼仪中的民歌》、吴宁华的《贺州三岐村还盘王愿仪式田野实录及音声阐释》、白雪的《壮族民歌与信仰、祭祀、节庆的整体化——以左江流域大新壮族民歌为个案》、尹建国的《凉伞侗族婚俗及歌曲简论》、张文华的《湘西土家族民歌音乐中的文化内涵》、银卓玛

---

① 〔英〕维克多·特纳:《仪式过程:结构与反结构》,黄剑波、柳博赟译,中国人民大学出版社,2006,第116页。
② 〔英〕维克多·特纳:《仪式过程:结构与反结构》,黄剑波、柳博赟译,中国人民大学出版社,2006,第205页。
③ 覃慧宁:《葛兰言〈古代中国的节庆与歌谣〉的学术意义》,《西北民族研究》2006年第4期。

的《神圣仪式与世俗情感——青海黄南民俗仪式及拉伊研究》、张琼的《湘西南虎形山花瑶民歌研究》等，都是在大量实地调查基础上所做的研究。

这些研究将民歌的演唱生动地再现于鲜活的现实场景之中，它们或从民俗学角度细致记录了仪式的全部过程，或从音乐学角度完整采录了民歌演唱的各个方面，为人们认识仪式中的歌谣提供了丰富的素材。然而，此类研究也容易走上另一个极端，即只注重对仪式和音乐的记录，却忽视了对人与音乐、人与仪式以及仪式与音乐之间关系的阐释，三者之间似乎只是偶尔发生联系的独立个体，缺乏将三者视作文化整体进行考虑的视野。

与此同时，另一批受到葛兰言的学术思想，尤其是他对生活的图解感染的歌谣研究者，开启了对另一领域的关注——歌手。臧艺兵的《民歌与安魂——武当山民间歌师与社会、历史的互动》[1] 就是其中之一。研究者努力挖掘歌唱背后的生活结构关系，不仅还原了湖北省吕家河村歌手姚启华的身份，而且注意到了在真实生活中姚启华的多重职位，而不只是"歌手"这一单一身份。臧艺兵敏锐地图解了社会结构关系：姚启华既是一个生活在宗族意识浓烈的社群中的普通农民，也是一个在当地为社区演唱阴歌、阳歌的歌手，同时，亦是一个丈夫和父亲。而宗族社群为歌手的演唱提供了文化表达的规范和内容，信仰环境赋予了他演唱的精神氛围，而生活则是歌手演唱的灵感源泉。2002 年张君仁完成了博士学位论文《花儿王朱仲禄——对一个民间歌手的音乐人类学实验研究》。开篇即明确指出，歌谣研究"从本质上讲，是一种文化研究，是对'人'及其在社会生活中所构成的各种关系的考察，是寻找其'意义'而非探询其'规律'"。[2] 学术取向与葛兰言如出一辙。

随着对歌手研究的深入，学者们逐渐发现了歌手背后的文本综合体——共享民歌文化的群体——村落的文化传统。学者一般将民歌蕴藏量较丰富、歌手较为集中的村落，称为"民歌村"。[3] 20 世纪第一个，也是唯一引起注

---

[1] 臧艺兵：《民歌与安魂——武当山民间歌师与社会、历史的互动》，商务印书馆，2009。
[2] 张君仁：《花儿王朱仲禄——对一个民间歌手的音乐人类学实验研究》，博士学位论文，福建师范大学，2002。
[3] 刘守华：《武当山下"民歌村"》，《民俗研究》2000 年第 3 期。

意的"民歌村",即上文所说的吕家河村,它被誉为"汉族民歌第一村"。

1999年,经学者的发现和推广,吕家河村引起了民歌研究者的广泛关注,关于它的研究,持续至今。例如,民歌村的发现者李征康,曾撰文介绍了吕家河民歌的分类、特点和价值,并且通过民歌,研究了武当山地区的丧葬习俗。[①] 刘守华在吕家河被发现的次年,也曾撰文探讨了"民歌村"的特色和成因。[②] 李月红从音乐学的角度,分析了外来音乐对吕家河本地民歌的影响,并提出歌曲中的部分内容不应作为村民生活的写照来看。[③] 李林则较有前瞻性地分析了旅游产业对"民歌村"社区内部传统文化的冲击和影响。[④] 而崔彬在其硕士学位文论中则以"表演理论"为视角,讨论了传统民歌如何在不断的表演中得到传承。[⑤]

"民歌村"的研究,虽然相对"故事村"的研究来说,还稍显薄弱。但是,它对于民歌的研究依然起到了极大的推动作用,它将民歌和歌手还原到特定的文化场景和口头传统之中,把民歌作品、歌手、演唱活动、社会生活、文化背景以及特定的历史地理环境联系起来,探查彼此之间的多向互动。

不论是功能主义取向的研究,还是语境研究、民歌村研究,这些研究共同的学术向度都溢出了歌唱行为、过程及歌手本身,从不同角度强调歌唱所形成的生活环境所凸现出来的一种文化建构力量。歌谣与生活的关系在具体的个案中演绎得十分复杂而又深刻。歌谣沉到社会生活结构的底部,与宗族、信仰、家庭、仪式乃至观念等构成了直接和间接的内在关联性,而歌唱行为又为揭示这些关联性提供了无限广阔的视域和多种可能性。歌谣与生活成为歌谣学研究最富张力的命题,将不断地被学者所选定和阐发。

---

① 李征康:《一颗璀璨的民间文化珍珠:吕家河"武当民歌村"概说》,《郧阳师范高等专科学校学报》2000年第2期。
② 刘守华:《武当山下"民歌村"》,《民俗研究》2000年第3期。
③ 李月红:《武当民歌村:吕家河民歌考辨》,《中国音乐》2003年第4期。
④ 李林:《旅游对吕家河"民歌村"社区传统文化的影响》,《郧阳师范高等专科学校学报》2006年第8期。
⑤ 崔彬:《吕家河民歌表演性传承研究》,硕士学位论文,中南民族大学,2012。

六　谚语与俗语

谚语研究的形态学及生态学[*]

——兼评薛诚之的《谚语研究》

岳永逸[**]

摘　要：百年来，中国谚语研究充分体现了谚语之语言和言语相互依存的双重属性。在顾颉刚搜集的吴歌和吴谚的影响下，郭绍虞于1921年完成了偏重文本分析的《谚语的研究》。该研究使得具有现代民俗学学科意识的谚语研究在最开始就立意高远，且影响深远。1936年，在郭绍虞等的指导下，薛诚之在燕京大学完成了其硕士学位论文《谚语研究》。这篇体大虑周的论文，拓展、夯实了郭绍虞开创的谚语形态学，不仅将内容和形式打通，析变出了谚语的五要素，即意识、简短、均衡、和谐、机灵，创设出了缜密、实用而开放的谚语分类体系，还拓荒性地进行了谚话写作的尝试，建立了"谚语学"。与此同时，王顺、朱介凡等强调情境、传承主体的谚语生态学之研究也暗流涌动。朱介凡侧重内容的"谚学"几乎坚持了终生。20世纪末，在钟敬文的指引下，语言民俗的研究明确地发生了从形态学向生态学的转型，将谚语视为交流、活动与生活事件的整体性研究有了全面的可能。

关键词：谚语；民俗；薛诚之；谚话；言语

---

[*]　本文为国家社会科学基金项目"北平燕京大学及辅仁大学的民间文学、民俗学研究（1931－1949）"（项目编号：14BZW153）成果。原载《民族文学研究》2019年第2期。

[**]　作者简介：岳永逸，博士，北京师范大学教授。

一 引言

在中国现代民俗学运动中，起步并不晚的谚语研究与歌谣研究一样，都是老话题。如同歌谣、神话、传说、故事等常见的民间文学亚类，广为流传的谚语很难找到抑或确认其原创者，群体性、匿名性、口头性与地方性（方言性）明显。"谚语之于言辞，犹如盐之于食物"（A proverb is to speech what salt to food），这一阿拉伯俗语形象地说明了谚语与语言以及特定社群日常生活之间的鱼水关系。因此不难理解，在中国民俗学的发轫期，作为日常生活中最常见的言语，谚语早早地就受到前贤的关注，并出现了郭绍虞《谚语的研究》[1]那样高水准的成果。然而，长时段观之，就1949年以前而言，谚语研究的标志性成果还是出现在20世纪30年代中期的燕京大学，即近百年来都几乎被学界忽视而默默无闻的薛诚之的硕士学位论文《谚语研究》[2]。巧合的是，该文正是在郭绍虞、顾颉刚等人的指导下完成的。在其论文"小言 代序"中，薛诚之坦言："本文之作，即是因了郭师的《谚语的研究》一文引起。郭师除了指导以外，并还供给了不少的材料——特别是《元曲中引用谚语》稿本。"[3] 在这一标志性成果出现的前后，王顺对无锡北夏农谚的研究[4]、后起的朱介凡坚持了60余年的谚语研究[5]，都有着自己的特色。

对于费尔迪南·德·索绪尔（Ferdinand de Saussure）而言，语言是一个整体、一个分类的原则、一套约定俗成的符号体系，是社会的。相反，言语是暂时的、变化的，其性质复杂，涉及物理、生理及心理多个方面，是个人的意志和智能行为。[6] 换言之，语言是混杂的言语中十分确定的对

---

[1] 郭绍虞：《谚语的研究》，《小说月报丛刊》第2~4期，1921年。1925年，上海商务印书馆出版了该文的单行本，书名仍为《谚语的研究》。
[2] 薛诚之：《谚语研究》，硕士学位论文，燕京大学研究院国文学系，1936。
[3] 薛诚之：《谚语研究》，硕士学位论文，燕京大学研究院国文学系，1936。
[4] 王顺：《北夏农谚的研究》，《教育与民众》第1期，1935年。
[5] 朱介凡编著《中华谚语志》，台北：台湾商务印书馆，1989。
[6] 〔瑞士〕费尔迪南·德·索绪尔：《普通语言学教程》，高名凯译，商务印书馆，1980，第26~42页。

象，是个人以外的社会部分，是异质的言语中同质的部分。在极简意义上，本文将语言和言语作为一组对立的概念范畴使用，尽管二者明显互相依存。语言更多强调的是其作为文化现象、社会制度与符号体系的静态的一面，人们可以对其进行包括内容和形式的形态学分析、历时性的文化史研究以及跨时空的比较。言语则强调人与人之间交际、交流、交谈而异彩纷呈的动态的一面，强调的是创造性、差异性及个性，其研究路径大抵可以视为共时性的情境分析，抑或说语境研究，多是微观的细描。借用爱德华·萨丕尔（Edward Sapir）的说法，言语是"一种非本能性的、获得的、'文化的'功能"。① 简言之，语言是"目治的"（可读的）、静态的文化事象与符号体系，言语则是口治、耳治与心治的合一，是动态的"行为"，甚至"事件"。

显而易见，谚语同时具有语言和言语的双重属性，这两重属性在互现的同时还相互涵盖。然而，不同的偏重和取向，形成了谚语研究不同的样貌，即谚语形态学和谚语生态学。无论是偏重书面的比较分析，还是生活世界的细致观察与体悟，谚语形态学与谚语生态学又都必须以掌握大量的谚语资料为前提。这使得谚语资料学在百余年来的谚语研究中始终非常重要。如果说郭绍虞和薛诚之师生关于谚语研究的主色是形态学的，那么间杂其间的王顺和稍晚些的朱介凡的谚语研究已经有了生态学的直觉，有了谚语是用来交际、交流的"言语"，即有了谚语是口治、耳治以及心治的民间语言的直观认知。然而，在中国民俗学界，直到20世纪晚期，在钟敬文的引领下，作为一种活动与事件的谚语认知才得以明确提出，强调语言形式、语言民俗主体、语言民俗情境等因素互为一体的谚语生态学才明朗化。总体而言，百年来，虽然交互缠绕、不时异位，但对谚语作为语言现象的静态分析，即谚语的形态学研究长期是谚语研究的主流、明线，而谚语的生态学研究则是旁支、暗流。通过对尘封已久却意义非凡的薛诚之《谚语研究》的述评，本文欲勾勒出百年来中国谚语研究交相错杂、辉映的明暗双线，就教于方家。

---

① 〔美〕爱德华·萨丕尔：《语言论——言语研究导论》，陆卓元译，商务印书馆，2011，第4页。

二 郭绍虞等人的谚语研究及收集

1921年1月13日，受当时歌谣运动的激励，尤其是顾颉刚辑录的3000余则吴谚的鼓舞，郭绍虞写出了长文《谚语的研究》。借此，他希望能阐明谚语"在文艺界上的价值，作为谚语研究的提倡"。[①] 事实上，郭绍虞的这篇长文，几乎是谚语研究的总纲。它涉及谚语的定义、性质、功能、内容、形式、研究方法等多个方面。郭绍虞宏阔的视野、古今中外的比较、鲜活的实例、绵密的辨析，使得一开始的谚语研究尽管力量单薄，却独树一帜，明显优于同期在滥觞之中声势浩大的歌谣学。不仅如此，郭著在百年来的中国谚语研究中影响深远，初始的研究成为后继者必然引用的经典。

根据对《说文解字》等典籍和英语等关于谚语定义的分析归纳，郭绍虞从内容、修辞、交际和效能四个方面将谚语界定为："人的实践经验之结果，而用美的言辞表现者，于日常谈话可以公然使用，而规定人的行为之言语。"[②] 他反复强调谚语是合乎"多数人的经验"的"民众艺术"，是颇有研究价值的"国民情调的表现"，谚语的通俗性也成就了谚语的"民众哲学与民众文学"的本质。[③] 难能可贵的是，在注意到谚语的"经验之结果"和"美的言辞"之语言属性及文学艺术特质的同时，郭绍虞也注意到了谚语的言语属性，即"公然使用""规定人的行为"之行动性。在与其他体裁的比较中，郭绍虞从反面说明谚语的性质，指出谚语不是歌谣、格言、寓言，也不是隐语、谜语、谐语、谶语等。他分析指出，虽然皆有音韵，与能歌、重情的歌谣不同，谚语不能歌，重知；同样，虽然都有道德色彩和哲理思想，但谚语初发于"语言"，而格言则初起于"文字"。[④] 关于谚语的形式，郭绍虞指出其本质是重美，即"奇警轻快，很富于刺激力而足以助人之记忆"，并将其形式美特征归纳为四点："句主简短，调主整齐，音

[①] 郭绍虞：《谚语的研究》，商务印书馆，1925，第2页。
[②] 郭绍虞：《谚语的研究》，商务印书馆，1925，第6页。
[③] 郭绍虞：《谚语的研究》，商务印书馆，1925，第14、15、54页。
[④] 郭绍虞：《谚语的研究》，商务印书馆，1925，第8～10页。

主和谐,辞主灵巧。"① 反之,关于谚语的内容,郭绍虞强调其重真、重善。重真,指谚语所承载的经验来自贫富、男女等人情世故,来自天文、地理、种植、畜牧、博物、医药等天地自然之变化。重善,则包括道德和宗教两个方面。同时,他没有忘记强调谚语实际上会因时代、地域的不同而发生变化,因此倡导从历时和共时两个维度,对谚语进行比较研究,呼吁研究谚语最好要明了其发生的原因,赋予其时代价值。

上述这些拓荒性的真知灼见,仅仅是郭绍虞研究谚语计划的开始。在"附记"中,他表明了自己还想做《谚语的比较研究》和《谚语与文学》两篇文章,并向同人征集谚语。② 然而,不知何故,郭绍虞计划中的这些后续研究并未展开。三年后,受郭绍虞谚语研究的影响,史襄哉写了篇介绍古代犹太谚语的小文。③ 虽然郭绍虞开了个好头,但此后学界对于谚语的关注,基本止步于搜集、整理的资料学层面,也没有多人积极参与的歌谣运动的持久性与热度。1925 年 6 月 21 日,钱玄同较多参与的《京报》附设的第七种周刊《国语周刊》第二期登出了"征求中国谚语的启示(事)"。40 多天后,即同年 8 月 4 日,《国语周刊》收到了 30 多人的投稿,共计征集到了 3530 余则谚语。本着"能多收一条,就收一条"的原则,《国语周刊》的同人"只管尽力作去",并将自己视为"第一次开掘这个宝库的人",誓言要"踏遍这片荒野,要采尽那些野花"。④ 此外,1929~1931 年的《农民》、1928~1929 年的《民俗》、1930~1931 年的《民间旬刊》等,都刊载过不同人收集的谚语。受歌谣运动影响,国内学人在重新定位谚语并积极收集谚语的同时,在中国的传教士们继承明恩溥(A. H. Smith)等先辈的传统,⑤ 一如既往地在其所在的教区展开谚语等方言俚语俗说的搜集工作。1920~1926 年,在长城以北,东起热河、西至宁夏的热河教区,比利时圣母圣心会出版了仅刊载比利时文和法文的刊物《东蒙教士志》(*Semi-Mongolica*)。

---

① 郭绍虞:《谚语的研究》,商务印书馆,1925,第 19、20 页。
② 郭绍虞:《谚语的研究》,商务印书馆,1925,第 55 页。
③ 史襄哉:《犹太古代谚语的研究》,《兴华》第 35 期,1924 年。
④ 杜同力:《关于谚语的报告和说明》,《国语周刊》第 9 期,1925 年。
⑤ A. H. Smith, *Proverbs and Common Sayings from the Chinese*, Shanghai: American Presbyterian Mission Press, 1902.

该刊共出三卷，一共五期，刊载了大量当地人的信仰、戏剧、土地及钱财、谚语、谜语、婚丧和蒙古之植物等风土人情、自然物产语言资料。根据后来司礼义（Paul Serruys）的翻译、统计与整合，杨峻德（K. De Jaeger）、闵宣化（J. Mullie）和卢扬历（J. Van Durmne）数位传教士先后搜集并刊载的谚语就多达 422 则，诸如："毡帽掉井，卷沿到底"；"张飞拿刺猬，人又刚强，货又扎手"；"有钱难买五月旱，六月连阴吃饱饭"；"有被窝不会盖，有福不会享"等。①

作为主流，谚语"资料学"的取向延续到了 1936 年分别在北京大学和中山大学复刊的《歌谣周刊》与《民俗》。在《歌谣周刊》"复刊词"中，作为掌舵人的胡适明确表示复刊后的《歌谣周刊》的文学取向："我们现在做这种整理流传歌谣的事业，为的是要给中国新文学开一块新的园地。"②换言之，复刊的《歌谣周刊》是文艺的，歌谣运动时期强调的"民俗学"被淡化。作为民间文学一个重要分支，谚语的搜集整理很快出现在北大复刊的《歌谣周刊》之中。1936 年，《歌谣周刊》第 15、16、18、22、25 期，选载了王国栋从 1923 年开始收集的 2000 余则河北省谚语中的一部分，诸如疾病与医药、生理与健康、仪式与衣饰、生理、旅行、嗜好、父子等，名之为《河北省谚语类辑》。事实上，这个以省为单位的类辑，被收集者本人系统地分为个人生活、家庭生活、社会生活、农事、工艺、时令、商业、教育、政治意识、法律观念、迷信、金钱及其他共计 13 个子类。③ 1936 年，杨成志主导的《民俗》，刊载了数十则关于身体和风水的谚语。④《民众月刊》1936 年第 1、2、4 期，1937 年第 1、6、8 期，相继刊载了刘唐收集的 90 则农谚，并且在每则谚语后添加相应的解释。此外，值得一提的是，参与《中国大辞典》"小说戏曲股"工作的孙楷第，亦曾在宋至清的小说戏曲

---

① Paul Serruys, "Folklore Contributions in Sino-Mongolica: Notes on Customs, Legends, Proverbs and Riddles of the Province of Jehol, Introduction and Translations," *Folklore Studies*, 1947（2）.
② 《胡适文集》（10），北京大学出版社，2013，第 715 页。
③ 王国栋：《河北省谚语类辑：写在河北省谚语类辑的前面》，《歌谣周刊》第 15 期，1936 年。
④ 有竟：《身体的谚语》，《民俗》第 1 期，1936 年；有竟：《风水的谚语》，《民俗》篇 1 期，1936 年。

中辑录谚语,其稿本名曰《宋元明清四朝谚语类辑》。① 该"类辑"到1937年尚未完工,最终也未能公开面世。

相较同期谚语的搜集而言,研究则乏善可陈。1931年,有鉴于民俗学运动中人们"太轻视谚语"之遗憾,任访秋征引了大量典籍及其家乡河南南召的谚语,试图说明谚语是对人们日常生活的反映、规训,"含有劝诫教训等等的意味"。② 1935年,曹伯韩撰文谈谚语的记录、谚语读本与词典以及谚语的应用诸多方面的问题。③ 他倡导谚语的记录应该科学化,读本、词典的编纂应分类合理,添加相应的注释,以体现地方性,尤其是应符合时代精神,反对收录封建愚昧意识明显的谚语。其所言的谚语应用,涉及文学创作、儿童教育、语言学研究,尤其是对于谣俗学(民俗学)研究有重要的资料学意义。这些研究虽然各有千秋、侧重,但显然无法与郭绍虞高屋建瓴的奠基性研究之系统性、深透性相提并论。

三 薛诚之《谚语研究》的框架

在相当意义上,薛诚之《谚语研究》不但圆满地完成了郭绍虞当年计划中的谚语比较研究、谚语与文学之间关系的探讨,还更加深入、全面、系统地建构出了偏重谚语语言属性的谚语形态学。这篇由陆侃如、陆志韦评议,长达273页的毕业论文,是以薛诚之积累的"一万三千多张的卡片"为基础的。除篇首的"小言"代序和篇尾的参考文献之外,论文分了绪论、本论和结论三大部分,共计12章52节。

绪论"谚语的产生及其发展"分为谚语的一般产生情形、我国和外国谚语之发展三章。一般情形又分为谚语产生于有文字以前、推想中谚语产生的状态、谚语源于实用而产生、我国古代谚语应用的实例四节。中国谚语的发展基本按朝代的更替演进为序,该文介绍了一直到民国以来谚语发展的情形,并特别提及《太公家教》、周守忠《古今谚》、杜文澜《古谣

---

① 黎锦熙:《谈谚语及中国大辞典》,《建国语文月刊》第2期,1942年。
② 任访秋:《谚语之研究》,《礼俗》第6、7期,1931年。
③ 伯韩:《谈谚语》,《太白》第8期,1935年。

谚》、范寅《越谚》和 1761 年以来西洋人士关于中国谚语的译述。关于其他各国谚语发展的情形，在介绍史 T. A. 蒂芬斯（T. A. Stephens）的《谚语著述》(*Proverb Literature*: *A Bibliography of Works Relating to Proverb*)[①] 一书之后，再分述英、德、法、西班牙、日本等诸国的谚语。作为主体，本论又分为"谚语的探讨"和"中国谚语分类的研究及中西谚语的比较研究实例"上、下两大部分。谚语的探讨包括性质探讨、要素分析、研究方法和古谚考察四章。性质探讨是在谚语与歌谣、成语、格言、歇后语的比较中对谚语进行定义。类似于普罗普故事形态学的功能分析，[②] 薛诚之的谚语要素分析将内容和形式打通，析变出了谚语五要素：意识、简短、均衡、和谐、机灵。研究方法分列了纵向研究、横向研究与比较研究三种。在对中国古谚的考察中，薛诚之主要应用了纵的研究方法，一方面对近世流行谚语的历史进行梳理，另一方面爬梳出一部分谚语由古谚到今谚的演变过程。对中西谚语，文章主要采用了比较研究的方法，并将同质性更高的婚姻类谚语专设一节。在中国谚语的分类研究一章中，作者在对既有谚语分类扬弃的基础之上，建构出了他自己的分类学。结论部分包括谚语的应用价值、谚语对于其他学科重要性的评价和对谚语研究前景的展望。

  郭绍虞对谚语和歌谣、格言、寓言、歇后语等区别的探讨，出现在薛诚之论文第四章，并添加了谚语和成语的辨析。郭绍虞关于谚语形式和内容的探讨则出现在薛文的第五章。郭著对于谚语形式简短、整齐、和谐、灵巧的探讨，在薛文中演进为简短、均衡、和谐、机灵。就谚语的研究方法，薛文第六章大致保留了郭著所奠定的纵、横和比较研究的基本框架。换言之，薛文对谚语更为广博的研究不但天然地将谚语视为"民俗学的范围，是值得研究的"，[③] 而且完全是在郭著研究基础之上进行的，尤其是"本论（上）"更直接承袭了郭著的衣钵。这一部分，也正是薛文的精华、核心部分。1936 年 5 月，薛诚之在精简了"研究谚语的几种方法"一章后，

[①] T. A. Stephens, *Proverb Literature*: *A Bibliography of Works Relating to Proverb*, London: Pub. for the Folklore Society, W. Glaisher, ltd., 1930.
[②] 〔俄〕弗拉基米尔·雅可夫列维奇·普罗普：《故事形态学》，贾放译，中华书局，2006。尤其参见该书第 23~59 页的第三章"角色的功能"。
[③] 薛诚之：《谚语的探讨》，《文学年报》第 2 期，1936 年。

将该部分其他三章的核心内容以《谚语的探讨》为题,发表在燕京大学主办的《文学年报》上。公开刊发的这篇 3 万字长文的基本框架,大致与其毕业论文的"本论(上)"相同:

  I 谚语性质的探讨:A. 对于谚语的一般解释;B. 谚语与歌谣;C. 谚语与成语;D. 谚语与格言;E. 谚语与歇后语;F. 作者对于谚语的解说。
  II 谚语的要素:A. 内容与形式;B. 意识(Sensibility);C. 简短(Brevity);D. 均衡(Balance);E. 和谐(Harmony);F. 机灵(Saltness)。
  III 对于中国古谚的几点考察:A. 近世流行谚语的史的考察;B. 一部分谚语由古谚变成今谚的演变过程。①

当然,薛文不仅引用了收集到的大量谚语实例,也将郭著向纵深两个方向进行了拓展,诸如:"绪论"部分对中西谚语演进史的详细勾勒,"本论(下)"不但完成了郭绍虞曾经想做的比较研究,还对谚语进行了深思熟虑的开放式分类。应该说,其关于谚语的文体学,即体裁、分类与谚话写作的拓荒等原创性研究,奠定了薛诚之在这一领域中应该有的不容忽视且举足轻重的地位。

四 谚语的体裁学与谚话之写作

在比较分析了古今中外关于谚语的种种界定之后,薛诚之认为:郭绍虞关于谚语的定义是"自来所未有的一个定义,因而以为它的概括性也是比任何解释都来得大些了。在解决谚语的性质的过程中,它是不容被人忽视的"。② 除说与唱的不同之外,在比较谚语与歌谣的形式时,薛诚之更准确地指出了谚语常为一二句,而歌谣多为三句以上,并强调谚语的流传范

---

① 薛诚之:《谚语的探讨》,《文学年报》第 2 期,1936 年。
② 薛诚之:《谚语研究》,硕士学位论文,燕京大学研究院国文学系,1936。

围常能打破地域、阶层的限制，较之歌谣广远。在比较性质时，薛诚之延续了郭绍虞的认知，认为歌谣主"情"，谚语主"知"。薛诚之的这一结论，基于对"鱼生火，肉生痰；青菜豆腐保平安"，"麻野鹊，尾巴长；娶了媳妇忘了娘"与"新媳妇，三日香；过了三日就遭殃"入情入理且细致比较的基础。他写道：

> "麻野鹊……"这一条是歌谣，因为它说得是颇纡折的而且全是感情的话——表示一种愤慨。不过谚语中也有"娶了媳妇忘了娘"之句，这就是节取"麻野鹊"歌而成。虽然它也表示了愤慨，但已经变成直述的形式了。至于"鱼生火……"一条不管它是否全对，它至少是一种经验之谈。再说"新媳妇……"这一条，我们实觉得它是一条谚语，因为它是直述，而且颇合旧社会一般做新妇的情形。虽然不见得一过了三天，便会遭殃，可是至少是不会再给客气了，所以这是一种观察。由于这样的比较，我们便不难分别谚语与歌谣性质上的不同，即是谚语是人生经验的结晶，观察的结果，所以它是主于知的，歌谣则重在抒发感情，是主于情的。①

不言而喻，这些细腻的分析，让人茅塞顿开，豁然开朗。在谚语与成语之间，薛诚之不仅从句法上，也从性质上加以区分，强调谚语一定是含有生活经验与教训的，而成语则未必如此；在与格言比较时，则强化谚语口传的一面；与歇后语比较时，指明了歇后语俏皮而满足人快感的一面。经过这些比较之后，薛诚之给出了自己的谚语定义：

> 谚语是人类于各时代所积累下来的实际观察以及日常经验的成果，为的便于保存和传达，乃自然地以一种具着意识、简短、均衡、和谐、机灵诸特征性的便于记忆的语言表达出来，以作为人类推理、交往、及行动时候的一种标准。我们称这种语言为谚语。②

---

① 薛诚之：《谚语研究》，硕士学位论文，燕京大学研究院国文学系，1936。
② 薛诚之：《谚语研究》，硕士学位论文，燕京大学研究院国文学系，1936。

较之郭绍虞的定义，始终进行比较研究的薛诚之，完善了对谚语经验性、优美性和口传性等语言属性的认知，并更注意谚语之于"人类"的普遍性，细化了郭绍虞已经触及的谚语的言语属性，即谚语关涉人类的推理、交往及行动。

关于谚语内容和形式两方面的要素，在前人的研究基础之上，薛诚之明确归结为意识、简短、均衡、和谐与机灵五点。意识是谚语内容方面的要素，后四者都是形式方面的要素。在相当意义上，将内容、形式方面的特征平等地放在要素平台进行分析，这或者也正是体裁学的关键和核心所在。因此，谚语是"一种真善的语言""一种美的语言"[①] 这样的断语也就自然而然得出。关于直接指向谚语美的"和谐"要素，薛诚之具体归纳出了六种方法：同音字相叠、头韵、中韵、尾韵、颠倒句和对句。对于指向修辞的"机灵"，他归结出了对偶、明喻、隐喻、反语、似非而是、顺序、呼应（顶真）。具体到对偶，他再结合中西实例，分列出了相类似的人、事物之对偶和相反性质的人、事物之对比。换言之，对谚语要素的分析，薛诚之尽可能分析到了最核心，或者说最细枝末节的地方。

在结论部分讨论谚语的应用价值时，薛诚之突破了其在核心章节对于谚语这一体裁的要素分析。在口头、文字和宣传等应用价值之外，他单列出了"文学的价值"。所谓文学的价值，不同于文字上引用是将"谚语作为一种述说或例证"，而是"以之化成一种文学体裁，或以之作文学的题材"。[②] 他指出，清代王有光的《吴下谚联》"正目"中的谚语"便是对句地排列着，或者是按韵集成谚歌"，而该书卷三"续目"中，以谚语为题材的《东手接钱西手送》则是"小品文"。[③] 此外，他还特别提及明代散曲家金銮"很喜欢集谚语成曲"，并列举了他所知道的金銮的《沉醉东风》一曲、《胡十八》两曲和《锁南枝》两曲。其中，薛诚之所引的金銮的《锁南枝》中的一曲如下："长三丈，阔八尺，说来的话儿葫芦提。每日家带醉伴醒，没气的也要寻气。假若你瞒了心，昧了己，一尺天，一尺

[①] 薛诚之：《谚语研究》，硕士学位论文，燕京大学研究院国文学系，1936。
[②] 薛诚之：《谚语研究》，硕士学位论文，燕京大学研究院国文学系，1936。
[③] 薛诚之：《谚语研究》，硕士学位论文，燕京大学研究院国文学系，1936。

地。"① 从《吴下谚联》卷三转引的更长些的小品文《东手接钱西手送》如下：

钱为国宝，接则得之，送则失之，东来西去，一假手间，何其速也。面在南，是左手接右手送也。面在北，是右手接左手送也。不曰左右，而曰东西，不旋踵也。夫既欲接，何以送？盖不送有不便于接者。既欲送，何以接？盖不接无以为送也。然为他人忙，亦日不暇给矣。②

从这些实例可以看出，谚语早已经不仅仅是一种言语，抑或语言。在中国文学史的长河中，它早已蜕变为一种独特的文学体裁，至少是文学题材。虽不多，然曲、文、歌者皆有之。

仿效中国文学批评史中"诗话""词话"悠久而独特的传统，薛诚之创造性地写出了 15 则"谚话"③，尝试建立具有中国传统韵味的谚语批评学。多少有些《沧浪诗话》《人间词话》的影子，薛诚之拓荒性创作的谚话，每则字数不多，却别具一格，言必有据，言简意赅，大抵都反映出谚语的某一个侧面，或者是作者自己灵光乍现的点滴感悟与思考。例如，第一、三则分别是：

我国的各种书籍中对于谚语的解释，多半含混不明，而且这种解释也并不多。据个人的意见当以《汉书·五行志》中颜师古对于谚语所下的注，是比较的明晰。他说："谚，俗所传言也。"（见《前汉书》卷二十七中之上）我们若以另一种眼光去解释"俗"字，则"俗所传言也"者，就是说大众所流传的一种言语了。E. D. Marvin 谓须用民众呼声以证实者（Certified by the voice of the people），始得成谚语。此与

---

① 王悠然辑《荡气回肠曲》（下卷），大江书铺，1933，第 5 页。该书同页还辑有金銮《锁南枝》中的另一曲，如下："闲言来嗑，野话儿剿，偷嘴的猫儿分外馋。只管里吓鬼瞒神。吃的明吃不的暗，搭上了他，瞒定了俺。七个头，八个胆。"
② 王有光：《吴下谚联》，石继昌点校，中华书局，1982，第 79 页。
③ 薛诚之：《谚话》，《文学年报》第 2 期，1936 年。

颜注可以互证。

John Ray 在 *English Proverbs* 一书里面曾说过:"谚语为街上的智慧。"(Proverbs are the wisdom of the streets) 这即是说它是属于大众的。他说这话颇具见解。①

开创谚话,不但寄托了薛诚之的学术追求、抱负,更体现了其才情与创新精神。在他之后,朱介凡仿效诗话写谚话,已经是整整十多年之后的事情了。② 不仅如此,终身治谚的朱介凡在 20 世纪五六十年代不但在台湾的报纸上开"谚话"专栏,其间的数部著作也都以"谚话"命名,诸如《谚话甲编》(1957)、《我歌且谣(谚话乙编)》(1959)、《听人劝(谚话丙编)》(1961)。

五 溯源、比较与分类

受同期白话文运动和民俗学运动的影响,在毕业论文开篇,薛诚之更加明确地将谚语与文人文学区分了开来,强调谚语产生在文字之前,不依赖文字,为口头流传,是"活的语言"。为此,他征引了清代范寅的"天籁"说和英国詹姆斯·朗格(James Long)的说法加以证明。③ 在《越谚·语言》中,范寅有言:"……文字在后,语言在先。经史子集之文字尤后,方音州谚之语言尤先。经史子集所载之语言,实为人籁。方音州谚,文字所不载之语言乃天籁。"④ 朗格表达了大致同样的意思:"谚语是文字、书籍以前的产物,是在自然和常识的大书里产生的,由观察力产生,而非受制于文字和书籍。"⑤

对中国谚语(记录)的历史,薛诚之详细梳理了各个朝代的经史子集

---

① 薛诚之:《谚话》,《文学年报》第 2 期,1936 年。
② 朱介凡编著《中华谚语志》,台北:台湾商务印书馆,1989,第 109 页。
③ 薛诚之:《谚语研究》,硕士学位论文,燕京大学研究院国文学系,1936。
④ 范寅:《越谚》卷上,谷应山房刻本,中国国家图书馆藏,1882,页二上。
⑤ James Long, *Eastern Proverbs and Emblems Illustrating Old Truths*, London: Trübner & Co., Ludgate Hill, 1881, pp. 7 - 8.

中的相关谚语，并进行辨析。当梳理到民国以来的谚语搜集、整理与研究情形时，他提及了在"崭新的民俗学研究"[1]影响之下，顾颉刚的吴谚搜集和北平大学农学院编辑的《农谚和农歌》（1932）、赵致宸编的《河北谚语集》（1933）、史襄哉编辑的《中华谚海》（1934）、李寿彭编的《华北谚语集要》（1934）、夏大山辑的《中华农谚》（1934）诸书，并一一指出各自在编辑、分类上的优劣。

与这些成绩斐然的谚语搜录相较，郭绍虞谚语研究更显得曲高和寡，是一本仅有的具有研究性质的"好书"。对此，薛诚之写道：

> 在这时期中有值得首先提出来说的一本书，那就是郭绍虞先生的《谚语的研究》。此书于民国十四年出版，为一小册子，由《小说月报丛刊》收入为第十五种。它是一本仅有的具着研究性质的好书，于谚语的性质与功能，都剖析得很明白。本文的作者对于谚语欲作进一步研究的动机，便是于七八年前因了这本小册子而引起的。以前关于谚语的工作，多偏于搜集方面，国人中还没有人来以谚语作研究工作的，希望因了郭先生的这一番提倡，将来多有人起来作谚语方面种种的研究才好。[2]

对近世以来西方人关于中国谚语的著述，薛诚之不仅详细罗列，还在肯定西方人对中国谚语价值的看重，即"热心"的同时，指明西方人对于中国谚语研究心有余而力不足，即"隔"的一面。薛诚之写道："他们对于中国谚语发展的情形，以及其真正的组织和性质，还缺乏深刻的认识，颇为隔膜。所以有时尽管他们热心地研究，结果有时竟不免发出许多牵强附会的地方，这是颇为可惜的。"[3] 在结论部分，对谚语的科学价值进行重新评估时，薛诚之分析到了谚语之于史地、农学和语言学的重要性。就民俗学而言，他不但将谚语视为民俗学的一种，还认为谚语是研究民俗的材料，

---

[1] 薛诚之：《谚语研究》，硕士学位论文，燕京大学研究院国文学系，1936。
[2] 薛诚之：《谚语研究》，硕士学位论文，燕京大学研究院国文学系，1936。
[3] 薛诚之：《谚语研究》，硕士学位论文，燕京大学研究院国文学系，1936。

云:"谚语本为民俗学(Folklore)的一种,所以研究一般的社会心理,或特殊的习俗,都可以从谚语中找着许多材料。"①

1872年,《中国评论》(The China Review)主编古尼拉斯·B. 戴尼斯(Nicholas B. Dennys)在该刊第二期刊发了一则题为"中国民俗学"的启事。②据此,在对西方中国现代民俗研究史的勾勒中,张志娟将西方人研究中国民俗的起点逆推到了1872年。③如果以Folklore一词在中国语境中出现的时间看,该推断有理有据,言之凿凿。但是,如果将谚语视为民俗学研究的必然对象,而非以Folklore一词在中国的出现为限,那么薛诚之对西方人关注、翻译中国谚语的发现就有了重要的意义。薛诚之指出,早在1761年,英国人J. 威尔金生(J. Wilkinson)就翻译了《中国谚语箴言辑》(A Collection of Chinese Proverbs and Admonitions)这一近百页的专著。④

比较,既是薛诚之研究谚语的基本方法,也是其架构该篇论文的叙述策略。换言之,对薛诚之来说,比较既是一种具体的分析方法,也是其研究谚语的方法论,甚或跃升到认知论的层面。正因为如此,在整整20年后,1956年,薛诚之在"自传"中提及当年的这篇毕业论文时,写道:"硕士论文为《中西谚语比较研究》,简称《谚语研究》。"⑤关于西方诸国谚语发展与著述的情形,薛诚之并非面面俱到,而是量力而行地"举出几个国家的几种重要的著述",以"明其发展的情形"。⑥其中,他特别提到英国民俗学会会员——史蒂芬斯的遗著《谚语著述》。这是一本关于包括英、德、法、意、俄、西班牙、中、日、安哥拉、阿尔巴尼亚、刚果、摩洛哥等在内的50多个国家谚语著述目录的著作,共计列举了著述4004种,其中五分之二以上是谚语专书。主要根据这本"类书",薛诚之分述了英、德、法、西班牙以及日本等国家谚语著述的状况,使人一目了然。在进行谚语的要素分

---

① 薛诚之:《谚语研究》,硕士学位论文,燕京大学研究院国文学系,1936。
② N. B. Dennys, "Chinese Folk-lore," The China Review, 1872 (2).
③ 张志娟:《西方现代中国民俗研究史论纲(1872—1949)》,《民俗研究》2017年第2期。
④ 薛诚之:《谚语研究》,硕士学位论文,燕京大学研究院国文学系,1936。
⑤ 薛诚之:《华中师范学院干部自传薛诚之》,见《干部档案280薛诚之》"正本",华中师范大学档案馆藏。
⑥ 薛诚之:《谚语研究》,硕士学位论文,燕京大学研究院国文学系,1936。

析时，他也广泛征引英、法、德、西班牙等各国的谚语，目的明确地进行比较分析，还专门用婚姻类谚语以及"打铁趁热""有头有尾"等诸国谚语，来比较人的同一性以及差别——"人的德性"。① 关于中西的婚姻类谚语，薛诚之分婚姻观、择偶观（标准、说媒、恋爱）、对待婚姻的态度等，分列各国谚语。其中的共性，除必要的说明之外，薛诚之没有越俎代庖地加以任何评论。他认为，"谚语的本身就是一种表现"，人们"不难从它们里面看出它们所代表的各种意见"。② 当然，他还是延续了"五四"以来对传统文化持否定态度的主流认知，委婉地批评了中国婚姻缺乏因真正的爱情而生的幸福。③

顺势，薛诚之细化出了分别偏重时间和空间的纵的研究与横的研究的两种谚语研究策略。纵的研究，即按时代研究谚语，这样可以知道某一时代的特殊情形，可以推知某一谚语大致流行的时期与演变历程。为此，在论文第七章，通过近世流传的大量实例，薛诚之强调在中华文明的历史长河中，言与文复杂的互动关系，即"文字与语言交替的关系"：一方面，详细罗列出"一字值千金""一年之计在于春"等今谚的文献渊源；另一方面，梳理"一个巴掌拍不响""嫁鸡随鸡，嫁狗随狗"等谚语从古谚到今谚的演变历程。④ 横的研究，包括研究"上有天堂下有苏杭""关西出将关东出相"这样带有地方色彩的谚语，研究某一国的谚语以窥视其国民性与生活，比较两地甚至两国谚语要素上的异同，等等。

尤为重要的是，在列举、比较、分析了范寅《越谚》、史家保禄-爱伦（W. Soarborough-C. Wilfred Allan）《谚语丛话》（*A Collection of Chinese Proverbs*）、明恩溥《中国谚语与俗语》（*Proverbs and Common Sayings from the Chinese*）、李寿彭《华北谚语集要》、赵致宸《河北谚语集》以及史襄哉《中华谚海》等既有成果之分类的优劣之后，基于方便应用和检索的立场，薛诚之建构出了以内容为根据的谚语分类学。首先，他总结出了理想的谚

---

① 薛诚之：《谚语研究》，硕士学位论文，燕京大学研究院国文学系，1936。
② 薛诚之：《谚语研究》，硕士学位论文，燕京大学研究院国文学系，1936。
③ 薛诚之：《谚语研究》，硕士学位论文，燕京大学研究院国文学系，1936。
④ 薛诚之：《谚语研究》，硕士学位论文，燕京大学研究院国文学系，1936。

语分类的四条准则:"1. 分类的总类须求简要,不应过多,但须富于概括性。2. 分类的实施及排列,须求其系统化、科学化。3. 须便于一般人的检查,及作内容上分类研究者的参考。4. 须富于弹性,能应用于一切大小规模的分类。"① 根据这些分类准则,他将自己积累的13000多张谚语卡片进行了分类。其谚语分类总目十项依次分别是:家庭伦常人事类、社会交际处事类、健康卫生类、教育文化类、宗教道德类、政治军事类、工商职业类、农事及气候类、动植物类、杂项。就为何设置这些总目,论文中都有具体的说明。例如,动植物类的谚语并不单指动植物,而常常是"隐喻的人类各种现象",单列类别主要是为了参考检查的方便。另外,"可以将它们同时附入别类的,便可于该条上注明互见字样,且于别类里可以不许算作正式数目,仅附分类号码及附入号即可。如此便几方面都可以顾到了"。② 在该大类中,薛诚之再细分出了飞禽、走兽、虫鱼、花草树木、蔬菜果实等类。之所以将家庭伦常人事类列为十项之首,"一方面是因为中国人家族的观念很重。所谓'家和万事兴',所谓'家齐而后国治,国治而天下平'的说法,都是表现这一种思想的。另一方面因为这一种总类里面的小分类很多,也是常需要检查与参考的"。③ 在该大类中,他再细分出的操作性强的小类及其代码分别是:"1.01 父母子女类;1.02 兄弟姊妹类;1.03 夫妻类;1.04 亲戚朋友类;1.05 家事类;1.06 婚姻类;1.07 丧葬类;1.08 生死类;1.09—;1.10 其他。"④ 因此,就"一朵鲜花插在牛粪里"这则谚语而言,其标码是"9.04 附入1.03",抑或"1.03 附入/见9.04"。⑤

在上述研究基础之上,基于家国危机的基本事实,薛诚之认为谚语的教育价值大于其文艺价值,指出了旧的不合时宜的"不良"的谚语在消亡,强调新的谚语正在随着社会的变迁而产生。新产生的谚语,诸如:"毕业失业";"不怕刀不怕枪,就怕大兵喊老乡";"马路如虎口,行人两边走"等。同时,他也指出因为"民俗学的兴起",人们越来越关注谚语,因此他特意

---

① 薛诚之:《谚语研究》,硕士学位论文,燕京大学研究院国文学系,1936。
② 薛诚之:《谚语研究》,硕士学位论文,燕京大学研究院国文学系,1936。
③ 薛诚之:《谚语研究》,硕士学位论文,燕京大学研究院国文学系,1936。
④ 薛诚之:《谚语研究》,硕士学位论文,燕京大学研究院国文学系,1936。
⑤ 薛诚之:《谚语研究》,硕士学位论文,燕京大学研究院国文学系,1936。

在论文文末，拟就了一张包括收集和研究两大范畴的"谚语工作表"，一方面"作为民俗学者的参考"，另一方面表达他对"谚语的提倡的一点热诚"。①

谚语分类对于所有研究者来说，都是个难题，但又莫名重要。1942年，黎锦熙曾感叹道："此事若获确定的圆满解决，则不但在研究上树立基础，即搜集时亦大可省去前项整理索引之手续。但解决实至不易，因须站在'民俗学'及'伦理学'（人生哲学）之立场，以建分类之标准，而谚语中颇有涉及自然界等等方面者，不尽为民俗学所能范围，直须从宇宙现象确定一大系统也。"②黎锦熙应该是没有看到薛诚之建立起来的谚语分类学。如果看到了，不知这位学界领袖会如何评价。正是遵循黎锦熙的建议，多年后的朱介凡在编著《中华谚语志》时，参照了杜威的图书十进分类法，将其毕生收集的52115条谚语分为了人生、社会、行业、艺文、自然5大部门，再下分32大类、157小类、1789细类。③在朱介凡提出分类体系前，薛诚之在其半个多世纪前的谚语分类仍然魅力不减，且更便于阅者参照使用，而不仅仅是检索、查阅。

虽然鲜为人知，甚至被遗忘，但薛诚之却成功地建立了他的"谚语学"。要提及的是，薛诚之之所以能完成其谚语学，多少有着必然性。在写就于1956年3月15日的"干部自传"中，薛诚之提到在其小时候，出身钱商家庭的母亲除教他背诵唐诗之外，还教给他了"许多民歌、谚语"。④中学、大学和研究院都就读于教会学校的薛诚之，英语极为娴熟，不但如此，他还掌握了世界语、法语、德语，并先后自学了拉丁语、俄语、日语以及希腊文。对于始终痴迷于语言学的薛诚之来说，谚语无疑是绝好的研究材料，再加之有郭绍虞这样的良师，他选择谚语进行研究也就在情理之中了。

1936年硕士毕业之后，薛诚之几乎再未进行谚语研究。除颠沛流离的生活、兴趣转移等因素外，一个重要的原因就是，他积存且放在汉口寓所中的那一万多张谚语卡片连同自家寓所及数位亲人，都一道消失在日军空

---

① 薛诚之：《谚语研究》，硕士学位论文，燕京大学研究院国文学系，1936。
② 黎锦熙：《谈谚语及中国大辞典》，《建国语文月刊》第2期，1942年。
③ 朱介凡编著《中华谚语志》，台北：台湾商务印书馆，1989，第69、87、96页。
④ 薛诚之：《华中师范学院干部自传薛诚之》，见《干部档案280 薛诚之》"正本"，华中师范大学档案馆藏。

袭炮火的滚滚烈焰之中。① 1936 年之后，薛诚之先后在西南联大、东北大学、中华大学等高校以及数家中学从事英语及世界文学等方面的教学与科研。1949 年任教于武昌中华大学中国语文系时，薛诚之还是开设了"民间文艺"这门课程。② 1952 年，薛诚之反省了自己讲授这门课程的不足，即只是做到了材料方面的收集工作，关于谚语与创作的关系没有怎么涉及、阐明也不深入。③

六 谚语生态学的暗流

在郭绍虞、薛诚之师生重语言属性，且已经相当成熟的谚语形态学研究这一主流之外，还有偏向谚语的言语属性，而更重内容的谚语生态学的暗流，或者说朦胧的意识。

1927 年暑假，董作宾采用其研究歌谣《看见她》的比较研究方法，④ 主要利用北大歌谣研究会搜集的来自山西武乡与河曲、直隶滦县与隆平、山东文登、河南南阳、安徽无为、江苏吴县、浙江江山等地的十余则农谚，对以"九九"为母题的谚语进行了比较研究。他大胆假设，辨析出了从山西武乡到浙江江山等不同地方"九九"农谚的转变系谱。进而，结合《说文解字》《九九消寒图》《吕氏春秋》等文献以及他本人在北京、南阳等不同地方的生活经历，解释"九九"农谚与各地节气和生活习俗之间的关系。⑤ 1932 年，针对中外关于占雨的谚语和相关的习俗，娄子匡也进行了比较研究。⑥ 美国谚语"牛尾拂肢，雷电交驰"（When she thumps her ribs with tail, look out for thunder, lightning and hail）和国内的"天黄有雨，人黄有病""有雨天边光，无雨顶上光""东北风，雨太公"等均在娄子匡的征引、

---

① 薛诚之：《华中师范学院干部自传薛诚之》，见《干部档案 280 薛诚之》"正本"，华中师范大学档案馆藏。
② 《1949 年武昌中华大学中国语文系教师一览表》，案卷号：255，华中师范大学档案馆藏。
③ 薛诚之：《思想改造检讨书》，见《干部档案 280 薛诚之》"正本"，华中师范大学档案馆藏。
④ 董作宾：《看见她》，北京：北大歌谣研究会，1924。
⑤ 董作宾：《几首农谚——九九——的比较研究》，《民间文艺》第 4 期，1927 年。
⑥ 娄子匡：《占雨的谣俗》，《民俗学集镌》第 2 辑，1932 年。

比较之列。

20 世纪 30 年代初期，无论是基于资料的意义，还是研究层面，王顺数年对无锡北夏农谚的搜集、研究，都别具一格。虽然同样偏重谚语的内容，王顺的田野研究明显有别于董作宾关于"九九"农谚的文本研究。"北夏"是江苏省立教育学院在 1932 年主持的位于无锡县东部的北夏普及民众教育实验区的简称。主要基于其最后一学年在北夏实验区的实习经历，王顺记述了 562 条谚语。按照内容，他分的门类及数量如下：气象类 116 条，节令类 60 条，农事类 186 条，农村社会类 161 条，农村经济类 39 条。小类中，最多的是农村社会类中关于"处世哲学"的谚语，115 条；其次是与北夏稻作经济相匹配的农事类中关于农作物水稻的谚语，98 条。客观而言，王顺关于研究缘起、农谚的意义与功用的交代并不十分精彩。然而，因为"终年乡居，日与老农老圃为伍"，[1] 彻底明白了自己所记载谚语的王顺，在大量的谚语后添加了长短不一的注解。正是这些同期谚语搜集中罕见的注解，使其关于北夏农谚的记述，不再是简单的搜录，而是有分量的研究。

"掉手黄秧，四十五日干不死"一则的注解是："初莳之秧呈黄绿色，俗称黄秧，能耐久旱。""六七寸的秧，经得起风雨老太阳"的注解是："本区种晚稻，莳秧最适宜之时期为六月下旬，即夏至后中时。"[2] 在"争田种，不及换稻种"一则之后，王顺注解道：在北夏，同一品种在同一块田栽种二三年后，因为养分、病虫害影响产量，所以人们要在稻收后至 12 月换稻栽种。随后，他进一步交代实验区为适应这一农俗，在立夏浸稻种前，特意举行优良稻种推介会，对栽培推介稻种的农家之水稻生长情形随时观察记录，以为今后的推广做参考。在该条注解的最后，王顺写道："此谚为调换稻种一事作有力之说明，对于农业推广极有帮助。"[3] 显然，王顺的农谚研究不但有了曹伯韩希望的科学性、地方性，也将郭绍虞、薛诚之师生二人研究的相对静态——目治的谚语（语言），转型为口治的，尤其是实验区外来的工作者、实习者和当地农民之间交流、交际互动的活态的谚语（言

---

[1] 王顺：《北夏农谚的研究》，《教育与民众》第 1 期，1935 年。
[2] 王顺：《北夏农谚的研究》，《教育与民众》第 1 期，1935 年。
[3] 王顺：《北夏农谚的研究》，《教育与民众》第 1 期，1935 年。

语)。谚语,不再仅仅是一种干瘪的语词或抽象的语言,而是一种生产生活习俗,是不同人之间互动的桥梁。在生活现场,谚语本身有了行为以及事件等丰富的意涵。此外,在关于北平郊区蓝旗营卫生状况及其改进方案的研究中,刘庆衍专节讨论了谚语、歌谣中所蕴藏的蓝旗营村民对卫生、疾病的看法以及相关的实践。① 对于刘庆衍而言,谚语这些民间文学不仅仅是研究的材料,同时也是一种实地研究的认识论与方法论。

在郭绍虞、薛诚之之后,国人中对谚语用力最大也最有成果的是朱介凡。1928 年,年仅 16 岁的朱介凡从戎投军,开始其多年的军旅生涯。在相当意义上,他是一个铁杆"谚迷"。因为爱好与坚持,朱介凡最终成为杰出的谚语研究专家。一开始投入谚语研究的朱介凡既未秉承郭绍虞的学术思想,也未吸收薛诚之的研究成果,而是兴趣使然地白手起家。早在 1930 年,朱介凡就有意识地开始了谚语的收集。② 1939 年秋天,军旅中的他正式开始了谚语的研究。③ 朱介凡坦言,尽管知道郭绍虞的谚语研究,却无法找到并学习郭著,此外他就"再未知道"旁的谚语研究了,故而"大胆的从事于中国谚语研究发凡的工作"。④ 直到抗战胜利后,朱介凡才在上海登门拜访了郭绍虞。⑤ 出于至诚,尽管是在战乱时期,朱介凡还是收集了"官长的嘴,士兵的腿"等 30 条兵谚,且一一注解释义。⑥ 在以数十条兵谚为例,说明谚语对于部队教育的诸多价值的同时,朱介凡还结合部队生活的情形,指明研究兵谚的方法,这包括全面收集、释注语词、释读语意、注意流传的范围与影响、发现问题并多方面分析,以及提出解决问题的方案等。⑦

到 1948 年,由于关于谚语方面书籍的先后面世和杜子勤、曹伯韩、谷斯范等天南地北的友人的帮助,朱介凡手中已经搜集到的关于谚语的文本

---

① 刘庆衍:《蓝旗营卫生状况及其改进方案》,学士学位论文,燕京大学文学院教育学系,1940。
② 朱介凡编著《中华谚语志》,台北:台湾商务印书馆,1989,第 105 页。
③ 朱介凡:《兵谚在部队教育上的价值》,《王曲》第 1 期,1943 年。
④ 朱介凡:《中国兵谚研究引例》,《王曲》第 3 期,1941 年。
⑤ 朱介凡编著《中华谚语志》,台北:台湾商务印书馆,1989,第 109 页。
⑥ 朱介凡:《中国兵谚研究引例》,《王曲》第 3 期,1941 年。
⑦ 朱介凡:《兵谚在部队教育上的价值》,《王曲》第 1 期,1943 年。

资料有 23 种，共计 4 万余条谚语。① 随着搜集的增多和认知的深入，除在与书面传统、歌谣、传说的对比以及连带关系中尝试厘清谚语的源变之外，② 朱介凡也写专文探讨谚语的格调和搜录等问题。就谚语的格调而言，他辨析出了对称、排比、联想、推理、直言、评断、譬喻、嘲谑、兴起、讽刺、典故、拆合共计 12 种。③ 在关于谚语搜录的总结中，朱介凡罗列出了民国前的 19 种书籍和民国之后的 50 种相关著述，以及官民双方在谚语搜录中的努力与贡献。在此基础之上，他列举出了进一步搜录谚语的重点，包括：不同行当技艺口诀的谚语；被主观视为"下流"的谚语；各地方言中的谚语，以及补衍、集凑如唐诗集句之类的谚语；因传说不完全而常有缩减可能的谚语；僧道、军营等特殊集团社会生活中产生的谚语；新生的谚语；等等。进而，根据自己的经验，朱介凡总结出了 10 种搜录谚语的方法：随时采录；文献搜录；骑马找马地到特定社群中采录；异文采录；方言采录；对原本无文字的音标记录；原样采录；全面采录不避猥亵下流之谚语；逐条编号，并标明流传地、搜录人、搜录时间地点等基本信息；对特殊方言语词、语意的引申和解说，以及在社会生活中的流传影响做必要的注释。④

显而易见，朱介凡日渐有了相对明确的认知论和方法论，有了与王顺相似的谚语不仅仅是静态的语言，而是用来交际、交流，即谚语是"言语"之基本属性的直觉，从而在谚语的搜录这一层面将郭绍虞、薛诚之的认知拓展，明确推向了现实生活，尤其是谚语的传承与使用的主体。多少有些遗憾的是，因为对谚语这一文体认知上的含混与模糊，朱介凡常常将俏皮话、歇后语、行话、下流语等都放置在谚语之下，使谚语的边界不再明显，而成为广义的俗语。⑤ 因此，在其关于谚语格调和搜录的专文中，歇后语等常常都在其讨论的范围之内。不仅如此，在数十年之后编著《中华谚语志》

---

① 朱介凡：《论中国谚语的搜录》，《新中华》第 8 期，1948 年。
② 朱介凡：《论中国谚语的源变》，《新中华》第 18 期，1947 年。
③ 朱介凡：《论中国谚语的格调》，《新中华》第 8 期，1947 年。
④ 朱介凡：《论中国谚语的搜录》，《新中华》第 8、9 期，1948 年。
⑤ 朱介凡：《从名称上研究中国的谚语》，《风土什志》第 2 期，1943 年。

时，朱介凡仍然沿用其早先的"广义的谚"，将谣、俏皮话都囊括其中。①晚年的朱介凡常常将自己的谚语研究直接称为"谚学"。②或者这一命名无声地表达了朱介凡以及谚语生态学重"谚"轻"语"、重内容轻形式、重个性轻共性、重言语轻语言的基本特征。以史证谚、以俗析谚、以境议谚和以谣论谚，③成为体现其谚学成就的《中华谚语志》的底色与特色。相较而言，基于语言学系统训练的薛诚之的谚语的研究——谚语学，则是"谚"和"语"并重、历时与共时并重、中西并举。因此，正是学理意识或者说认知论的微妙差异，薛诚之才将内容与形式打通，析变出谚语的五要素，才始终对谚语有着明确的文体学意识，不与歇后语等俗语有丝毫的含混，并试图对谚语的普遍性进行归纳，建构出内容形式并重、言语和语言兼顾的谚语形态学。

在燕大研究院读书时，顾颉刚与薛诚之同样有着师生之实。在薛诚之撰写自己的学位论文时，顾颉刚将其手抄的《吴谚》稿本借给了薛诚之将近一年之久，以供其参考。④ 1936年6月11日，顾颉刚专程到国文系参加了薛诚之的口试。⑤ 作为师长与答辩委员，顾颉刚对薛诚之的谚语研究是熟悉的。1943年，朱介凡拜顾颉刚为师，并在顾颉刚的支持下，建全国谣谚采集处、组谣谚学会。⑥ 换言之，作为"谚迷"，朱介凡因为种种机缘应该是知晓薛诚之的谚语研究的。1947年除夕，这两个湖北汉子终于在武昌两湖书院聚首。这次见面，让薛诚之再次燃烧起"治谚火苗，愿回到中西谚语比较研究"上来。⑦ 显然，无论是否看到薛诚之的原著，对其研究，朱介凡多少都有所了解。然而，从《中华谚语志》中朱介凡长达43页的"自序"和长达22页的"寿堂谚语工作年表"可知，⑧ 薛诚之的谚语学在朱介

---

① 朱介凡编著《中华谚语志》，台北：台湾商务印书馆，1989，第99、102页。
② 朱介凡编著《中华谚语志》，台北：台湾商务印书馆，1989，第85、106、5054页。
③ 过伟：《民间谚语学家朱介凡与〈中华谚语志〉》，《广西师范学院学报》（哲学社会科学版）1997年第3期；过伟：《谚语学奇才朱介凡》，《文史春秋》1997年第5期。
④ 薛诚之：《谚语研究》，"小言"代序，硕士学位论文，燕京大学研究院国文学系，1936。
⑤ 《顾颉刚日记》卷3，台北：联经出版事业股份有限公司，2007，第484页。
⑥ 朱介凡编著《中华谚语志》，台北：台湾商务印书馆，1989，第109页。
⑦ 朱介凡编著《中华谚语志》，台北：台湾商务印书馆，1989，第101页。
⑧ 朱介凡编著《中华谚语志》，台北：台湾商务印书馆，1989，第51~93、105~126页。

凡的"谚学"中份额不大，甚或无足轻重。这多少有些遗憾！两个都在竭力研究谚语并在谚语研究中至关重要的奇才，在战乱中的匆匆一晤也就是永别，俨然不期而遇的擦肩而过。二者的谚语学和谚学虽然相互补充、相得益彰，却终究裂缝难缝。

七　谚语生态学的明朗化

1936 年，在顾颉刚、胡适等人的指导之下，李素英在燕京大学研究院国文学系完成了其硕士学位论文《中国近世歌谣研究》，"替近十余年来国人对歌谣的提倡、搜集、讨论与研究，结算第一篇账目"。① 然而，这篇关于中国歌谣运动的第一篇账目却有些反讽地长期"蒙尘"，少为人知。② 这或者是受到迅速到来的卢沟桥事变等持续而惨烈的战乱的影响，抑或是因为当年燕大的毕业论文没有成熟的外传渠道，其公开发行的刊物《文学年报》等渠道亦非常有限。无论怎样，与李素英歌谣研究殊途同归的是，作为同系同届毕业的同窗，薛诚之的《谚语研究》，以及他同年刊发在《文学年报》上的《谚语的探讨》之长文，大抵也都是在图书馆的故纸堆中静卧蒙尘，少有人问津。

在洪长泰《到民间去：1918~1937 年的中国知识分子与民间文学运动》一书中，单设了"谚语"一章，欲对 1937 年前中国学界对谚语的研究进行整体呈现。因此，该章分设了谚语和格言、谚语和文学、农谚、训诫谚语、风土谚语诸节，并进而探讨知识分子与民间言语之间的关系。③ 虽然该章征引了薛诚之《谚语的探讨》一文，但显然对薛诚之的学位论文不甚了了。④ 就谚语形态学研究的深度和广度而言，洪著也稍逊一等，分类的探讨更是为资料所限，多少有些含混。在一定意义上，书写思想史，就是书写误解

---

① 李素英：《中国近世歌谣研究》，硕士学位论文，燕京大学研究院国文学系，1936。
② 岳永逸：《保守与激进：委以重任的近世歌谣》，《开放时代》2018 年第 1 期。
③ Hung Chang-tai, *Going to the People: Chinese Intellectuals and Folk Literature 1918–1937*, Cambridge and London: Council on East Asian Studies, Harvard University, 1985, pp. 135–157.
④ Hung Chang-tai, *Going to the People: Chinese Intellectuals and Folk Literature 1918–1937*, Cambridge and London: Council on East Asian Studies, Harvard University, 1985, pp. 138, 204, 236.

的历史。① 当然，这种误解是多重的，甚或是叠加的误解的误解。正因为如此，洪长泰不得不以"五四"一代知识分子对民间谚语的赞美、肯定作结，回归其深邃也多少苍白的思想史诠释。

与洪著一样，J. S. 罗圣豪（J. S. Rohsenow）基于中国文学史视角的谚语写作，② 同样试图厘清中国谚语的特质。然而，在对谚语与格言、成语、歇后语的区分方面，罗圣豪依然没有薛诚之的深入、细腻与精准。虽然如此，基于中西谚语及其存身的文化语境的比较，罗圣豪对谚语本质的认知有了明显的推进。他不无精辟地指出了谚语的集体主义属性：谚语重视重复和循规蹈矩的东西胜过追求新颖；注重外部法则而非自我发展；重常识而非个人观点；强调生存而非快乐。据此，他指出，在强调个性、自主与个人幸福，即个人主义日渐盛行的西方，理性的导向使得谚语逐渐消亡；反之，在20世纪的中国，负载经验知识和价值观的传统角色使得谚语依旧具有活力，因为智识阶层人为保留传统价值观的努力，包括谚语在内的口语顺理成章地融合到逐渐形成的新语文—白话文风格之中。

20世纪80年代，在政府的主导下，大陆开始了编撰《中国谚语集成》这一宏大的文化工程。多少有些遗憾的是，包括建构"中国谚学"③ 的《中国谚语集成》常务副主编李耀宗在内，编撰者都忽略了半个多世纪前薛诚之建构的谚语学。在《中国谚语集成》的"总序"中，虽然提到了郭绍虞关于谚语的定义以及朱介凡的鸿篇巨制《中华谚语志》，但撰写者却将谚语定义为："民间集体创作、广为口传、言简意赅并较为定型的艺术语句，是民众丰富智慧和普遍经验的规律性总结。"④ 显然，这一指导性的定义，以作家文学、书写传统为参照，并严格局限在谚语的语言属性层面，既忽略

---

① 〔法〕皮埃尔·阿多：《伊西斯的面纱：自然的观念史随笔》，张卜天译，华东师范大学出版社，2015，第23页。
② 罗圣豪：《论汉语谚语》，《四川大学学报》（哲学社会科学版）2003年第1期。亦可参阅〔美〕梅维恒主编《哥伦比亚中国文学史》，第8章"谚语"（罗圣豪），马小悟等译，新星出版社，2016，第162~173页。
③ 李耀宗：《中国谚学若干问题谭要》，《海南大学学报》（人文社会科学版）2000年第4期、2001年第1期。
④ 中国民间文学集成全国编辑委员会主编《中国谚语集成》，"总序"，引自《中国谚语集成·北京卷》，中国ISBN中心，2009，第3页。

了郭绍虞所言的"规定人之行为"的实践性,也没有了薛诚之基于中西比较而定义的"作为人类推理、交往、及行动时候的一种标准"之规范性与"人类于各时代"之普遍性。在研究中,安德明也注意到了郭绍虞和朱介凡等前人的谚语著述,并阐明谚语研究有文本研究和语境研究两种倾向,强调语境研究已经占主导地位。① 然而,因为整本书体例和篇幅的关系,安德明谚语部分的书写基本止步于对清代以前谚语发展史的简要梳理。②

反之,关于薛诚之所言的谚语"意识"这一要素,也即研究谚语内容的精彩文化史研究,则来自法学界。徐忠明认为,有着更加浓厚和深刻乡土色彩的谚语能够反映传统中国乡民的法律意识与诉讼心态。因此,通过对其搜集的大量谚语的系统分析,他解读出了乡民对于中国法律、衙门的基本态度,乡民心目中的社会秩序与诉讼境遇,以及乡民的法律意识和诉讼心态。③ 这多少从另一个角度突显了谚语作为言语的"心治"的特征。大致同类的还有任骋对职业谚语艺谚——戏曲、曲艺艺人谚语的研究。按照授艺、学艺、行艺、评艺和艺外五大类,任骋对自己历时十多年搜集的2600余则艺谚进行了罗列。在此基础之上,他对艺谚的概念、语言特征、艺术结构、内容、功能、思想性、美学价值、科学性以及艺谚的传播、搜集和研究史虽然做了全景式的概论性研究,却始终强调艺谚和艺人群体认同、艺人塑造、行业生态之间的心理关联。④ 此外,欧达伟(R. David Arkush)也曾根据其了解的中国农谚的内容,来理解中国农民,释读出中国民众的正统与非正统观念和创业观,诸如:耕织自足的农业社会意识,若即若离的血亲和姻亲家族意识,庄稼为王的农民自我意识,贫穷观、乐观自信的勤农思想及创业的成就感,等等。⑤

---

① 祁连休、程蔷、吕微主编《中国民间文学史》"谚语编"(安德明),河北教育出版社,2008,第584~585页。
② 祁连休、程蔷、吕微主编《中国民间文学史》"谚语编"(安德明),河北教育出版社,2008,第587~608页。
③ 徐忠明:《传统中国乡民的法律意识与诉讼心态:以谚语为范围的文化史考察》,《中国法学》2006年第6期。
④ 任骋:《艺人谚语大观》,花山文艺出版社,1987,第143~239页。
⑤ 〔美〕欧达伟:《中国民众思想史论——20世纪初期~1949年华北地区的民间文献及其思想观念研究》,董晓萍译,中央民族大学出版社,1995,第46~87页。

如果将谚语纳入语言民俗或民俗（间）语言的范畴，那么在20世纪最后十年，中国民俗学、民间文学对语言民俗的研究显然有了新的进展。在钟敬文的指引下，中国民俗学界对民间语言的研究从郭绍虞、薛诚之等奠定的主要基于文本的形态学研究转向了更偏重内容、情感、交际应用的情境研究。无形之中对王顺、朱介凡谚语研究的情境路径的接续，使得新时期语言民俗研究的认知论、方法论与研究范式都明确地发生了从语言到言语、从静态到动态、从形态学到生态学的转型。人们在将民间语言视为民俗载体的同时，更强调民间语言"本身也是一种民俗现象"，抑或说"把语言现象作为民俗文化的一部分"，[1] 进而"用民俗学的箭去射语言的靶子"，[2] 在多学科交叉研究的同时最终使得鲜活的民间语言成为民俗学的重要研究对象。

在认知论层面，民间语言发生从目治的、静态的到口治的、耳治的与心治的传承主体整个动态的感官世界的转型。换言之，民间语言从被对象化的脱离情境和主体的"事象"变为融语言形式、语言民俗主体、语言民俗情境等因素为一体的活态的"立体性的文化现象"。[3]"脱域"有效地反转为"融域"，而不仅仅是嵌入或回归日常。村民运用俗语本身就是一个"完整的事件"，因为人们不可能脱离其日常生活孤立、静止地谈论俗语。[4] 在方法论层面，民间语言的研究也将语言形式与语言行动，尤其是民众的精神状态联系起来，并限定在特定的时空、社群中进行观察。进而，"以特定的乡村作为主要对象来取材，看一个社区的人怎样使用语言，用对一个时空的关照来做整体论的研究"，被视为理所当然，有了学理意义上的必要性和正确性。

因为天然与社会的热点、焦点、痛点以及生长点关联紧密，新近不少学者涉足的谣言研究颇有声势，而且大抵是上述的事件性研究。[5] 与此盛况

---

[1] 钟敬文：《"五四"运动以来民间语言研究的传统与新时期语言民俗学的开拓》，《西北民族研究》2002年第2期。
[2] 黄涛：《语言民俗与中国文化》，人民出版社，2002，第328页。
[3] 黄涛：《语言民俗与中国文化》，人民出版社，2002，第302页。
[4] 黄涛：《语言民俗与中国文化》，人民出版社，2002，第328页。
[5] 如周裕琼《伤城记：深圳学童绑架案引发的流言、谣言和都市传说》，《开放时代》2010年第2期；施爱东《盗肾传说、割肾谣言与守阈叙事》，《华南师范大学学报》（社会科学版）2012年第6期；祝鹏程《怀旧、反思与消费："民国热"与当代民国名人轶事的制造》，《民族艺术》2017年第5期。

有别，谚语的事件性研究依然颇为稀缺，乏善可陈。值得称道的是，在黄涛建构出的"语言民俗研究的范式"[①] 中，尽管是其个别案例，河北景县黄庄的"休前妻，毁稚苗，后悔到老""生点气，得点济"等谚语，不再仅仅是一种静态的语言事象，而是一个个活色生香的"民俗事件"。[②]

一旦突破对象化、静态的语言事象观，将语言民俗彻底地视为"生活事件"，民俗学关于语言民俗的研究就会大放异彩。西村真志叶关于北京西郊门头沟燕家台"拉家"的探讨，就是这种杰出的民间语言生态学的研究。[③] 在其研究中，对象化、静态的"语言"没有了位置，有的是在燕家台的日常生活中，作为行为、活动与事件的"言语"。同样，在已有语言民俗的研究基础之上，当黄涛展开专门的谚语研究时，在田野调查基础之上追溯讲述情况的"立体性"研究已经是其主色。[④] 虽然是教材中的章节，黄涛撰写的"谚语"，已经摆脱了教材惯有的平铺直叙的共性与陷阱，其鲜明的观点、独到的方法、浓厚的情节性、对话性在使谚语变得鲜活的同时，也具有了学术上的前沿性和引领性。

八　结语

百年来，中国谚语研究的演进史，充分体现了谚语之语言和言语相互依存且相互涵盖的双重属性。在早期歌谣运动的背景下，受顾颉刚搜集的吴歌和吴谚的直接影响，郭绍虞在1921年就完成了基于谚语文本分析而偏重谚语形态的长文《谚语的探讨》。在众人基本忙于搜录谚语材料之初，郭绍虞的研究不但鹤立鸡群、一枝独秀，还使得具有现代民俗学学科意识的谚语研究在起点上就立意高远，提升了谚语研究的学术品味，使谚语研究成为谚语学有了可能。至今，其研究都是中国谚语研究的基本参考文献。

[①] 刘铁梁：《语言民俗研究的范式建构》，《民俗研究》2012年第3期。
[②] 黄涛：《语言民俗与中国文化》，人民出版社，2002，第263~265、288~290页。
[③] 〔日〕西村真志叶：《日常叙事的体裁研究：以京西燕家台村的"拉家"为个案》，中国社会科学出版社，2011。
[④] 段宝林主编《民间文学教程》，"谚语"（黄涛），高等教育出版社，2013，第178~186页。

1936年，在郭绍虞的指导下，有着充分准备和理论思考能力的薛诚之在燕京大学研究院国文学系完成了其硕士学位论文《谚语研究》。这篇思精而理要的论文，拓展、夯实了郭绍虞开创的谚语形态学。在与歇后语、成语、格言、歌谣等相邻体裁的比较中，薛诚之精准的谚语定义不但涉及内容、辞藻，还涉及"作为人类推理、交往、及行动时候的一种标准"之实践性、规范性，涉及谚语之于"人类于各时代"的普遍性。这使其谚语研究不仅仅是基于中国的经验事实、文化传统，不仅是语言的，还是行动的、制度的，是人类整体意义上的。纵横的比较研究，始终将中国的谚语置于世界、人类谚语的大背景之下，中国的也就是世界的。在对谚语文本的微观细读中，他不仅打通了通常意义上内容和形式之间的区隔，析变出了谚语的五要素，即意识、简短、均衡、和谐、机灵，还别出心裁地创设出了缜密、实用、开放、操作性强的谚语分类体系。在对谚语在文学中作为题材和体裁的梳理基础之上，他也拓荒性地进行了谚话写作的尝试。虽然数量有限，却在一定意义上丰富、完善了中国文学批评固有的文类。总之，薛诚之建构了别有韵味的谚语学，尽管它几乎被后人（包括1949年后的薛诚之自己）忽略，甚至遗忘。

在薛诚之建构自己谚语学的前后，王顺、朱介凡等强调情境、传承主体而更多面向生活实景的谚语生态学之研究也暗流涌动。然而，几乎倾其毕生心血治谚的朱介凡"持之以恒"的谚学与"昙花一现"的薛诚之的谚语学，虽然堪称中国谚语学的"双璧"，却还是有着明显的裂痕。朱介凡的谚学更强调谚语的中国特性，强调谚语对于中华文化的价值。虽不时立足于具体的语境、情境，但其研究明显有着浓厚的资料学取向以及传、注、疏、证、笺的经学传统，有着对于优秀传统文化日渐消逝的伤感和危机意识，属于典型的"乡愁"和"城愁"互文[①]而频频回首的"乡土民俗学"。[②]集其谚学之大成的十一册《中华谚语志》是一部研究性著作，也更是一部

[①] 岳永逸：《城镇化的乡愁》，《民间文化论坛》2015年第2期；岳永逸：《天眼、日常生活与街头巷尾》，《读书》2017年第3期。
[②] 岳永逸：《都市中国的乡土音声：民俗、曲艺与心性》，中国人民大学出版社，2015，第316~317页。

辞书、类书，其学术性、逻辑性明显高于仅仅立足于保存资料的数十卷《中国谚语集成》。

因为家庭教育、性格和一心向学的人生取向，薛诚之终生谨慎而内敛，不事声张，小心翼翼。① 基于其熟稔的多种外语和系统的语言学训练，薛诚之的谚语学有着打通中西间隔的大视野，将谚语视为"人类命运共同体"的共同财富，试图发现其共性，其学科意识、学术性、学理性与创新性、拓荒性都自不待言。这样，尽管位低体微，始终蒙尘，薛诚之的谚语学却不卑不亢，自成高格。因此，也就不难理解，为何较少人注意到的薛诚之的谚语学颇受胡适青睐。在其回忆中，朱介凡不经意地提到，胡适认为，薛诚之的《谚语研究》是"运用现代科学方法，研究中国事物的杰出成绩！"② 造化弄人，卢沟桥事变使薛诚之于1937年向太平洋国际学会提交报告化为泡影，也使得薛诚之赍志以殁，其谚语学戛然而止，画上了长长的休止符。

20世纪末，在钟敬文的指引下，语言民俗的研究明确地发生了从形态学向生态学、从文本向语境、从语言向言语、从事象向事件的整体转型。由此，将谚语视为交流、活动与生活事件的整体性研究有了全面的可能。

需要澄清的是，无论哪种取径，谚语的形态学和生态学并无优劣之分。单个谚语的发生到流传，最初都是言语性质的，有生动的语境，比如，从具体的事件、歌谣中截取出来，独立成为谚语，进而被文字记录下来。正如新近陶汇章对《古今谚》《古谣谚》《左传》等古籍的研究指明的那样，在古代中国，谚语的产生、形成与命名都是一个十分漫长的过程。③ 换言之，原初的谚语保留原生语境的差异性抑或说个性，意蕴丰富，行动力强。在口头与书面交互影响的流传过程中，谚语的言语特性逐渐流失剥离，对于他者而言，共时态的静态的固化的语言属性则在相当意义上成为显性的。通过追溯还原单个谚语条目的产生，尤其是使用的语境，结合目、口、耳、心等环节再现，生态学取径更有利于恢复谚语的言语之历时的具体语境化

---

① 薛诚之：《华中师范学院干部自传薛诚之》，见《干部档案280 薛诚之》"正本"，华中师范大学档案馆藏。
② 朱介凡编著《中华谚语志》，台北：台湾商务印书馆，1989，第109~110页。
③ 陶汇章：《中国古代谚语的源起与定型》，《民间文化论坛》2018年第2期。

的丰富性、生动性，从而反向重建谚语的言语属性。

在传承、传播的过程中，尽管谚语也不时发生着从语言向言语"哗变"的逆向运动，但从言语不断向语言滑动是谚语演进的主流，以致谚语经常沦为语言学的专属领地，强调其在修辞等形式方面恒常性的一面。文首提及的阿拉伯俗语"谚语之于言辞，犹如盐之于食物"，将谚语比作盐的修辞术也出现在哲人尼采关于格言的断语中。尼采写道：

> 一句好格言对于时间之牙来说太坚硬了，所有的千年都消耗不了它，尽管它有助于哺育每一个时代，因此它是文学中的伟大悖论，是变异中的永恒，是像盐一样始终受到珍视的食物，而且绝不会像盐那样变得令人不快。①

这段话中的格言完全可以置换为谚语。也即，谚语的语言属性更多强调的是谚语千年不变的内容和形式二位一体的永恒性以及这种永恒性对于不同时代强大的嵌入性甚或说攻击性。当这种因永恒性而生的嵌入性产生威力并搅动一池春水时，谚语就成为哺育、滋养每一个时代的养分。此时，谚语的言语属性就春风得意，其即时性、灵活性与变动不居性，抑或说独一无二的一次性，就笑意盈盈。

因此，面对中国丰富的谚语文献，面对丰富多彩、千变万化的日常生活，无论是偏重语言属性的谚语形态学，还是侧重言语属性的谚语生态学，抑或二者并重，恢复谚语在语言和言语、形态学和生态学之间的双向运动，谚语的研究都是"天地广阔大有可为"。更何况谚语既是过去的，也是现代的；既是中国的，也是世界的；既是民俗文化的载体，其本身也是民俗！

---

① 《尼采全集》（第2卷），杨恒达译，中国人民大学出版社，2011，第298页。

对话民众:"民俗语汇"与乡土知识[*]

周 星[**]

摘 要:通过对中国民俗学史从"歌谣"研究到"风俗"研究再到"方言"研究的发展历程的追溯,本文提出了"民俗语汇"和"语言民俗"以及其和"方言"之间的关系问题,指出在"民俗语汇"的背后,存在着丰富的乡土知识。乡土知识往往是以非正式、非文字或口耳相传的方式,在地方社会的日常生活中得以渗透和传承的,它对于人们维持其生计和生存以及建构生活的意义,具有不可替代的价值。民俗学者和文化人类学者若想实现和民众的对话,就应该在其田野工作中格外地重视"民俗语汇",因为重视"民俗语汇"也就意味着尊重研究对象的主位立场和主体性表达。

关键词:民俗语汇;乡土知识;民众;对话

1918年2月1日,《北京大学日刊》第61号,发表了《北京大学征集全国近世歌谣简章》,掀开了中国现代民间文学和民俗学运动的第一页。从1918年至今,在过去的一个世纪,中国的现代民间文学和民俗学均有了长足的进步,如今回首当年,回到起点,回到初心,思考百年来的历程,总结经验,吸取教训,对于学科今后的发展实属必要。北京大学以"从启蒙

---

[*] 本文为笔者2018年10月21日参加北京大学"从启蒙民众到对话民众——纪念中国民间文学学科100周年国际学术研讨会"的与会论文。原载《青海民族大学学报》(社会科学版)2019年第4期。

[**] 作者简介:周星,日本爱知大学国际中国学研究中心所长,教授,中国民俗学会顾问。研究方向:中国文化人类学与中国民俗学。

民众到对话民众"为主题，举办纪念中国民间文学学科 100 周年国际学术研讨会，笔者的参会论文试图从"民俗语汇"这一角度，讨论其在学者和民众"对话"过程中所具有的意义。

一 从"歌谣"到"风俗"，再到"方言"

100 多年前征集歌谣的最初动议，缘起于刘半农的"歌谣中也有很好的文章"，当时可以说是出于文人趣味，多少有一点"征用"民间文学资源为我（作文章）所用的意向。但运动一经兴起，它的意义却因为特定的时代大背景而远远超出了最初的动机。于是，希望征集"有关一地方、一社会或一时代之人情风俗政教沿革"，"寓意深远有类格言者"，"征夫野老游女怨妇之辞，不设淫亵，而自然成趣者"，"童谣产谶语，似解非解，而有天然神韵者"，从简章设定的标准中，我们既可以读出文人的社会关怀、文化志向，当然，依然还是有文人挥之不去的那点情趣。

但是，征集歌谣，从一开始就涉及两个无法在"文学"之内予以收敛的范畴，一个是"方言"，另一个是"风俗"。从当时的简章要求来看，是重视匿名者的作品；对"方言成语当加以解释"；"歌辞文俗一仍其真，不可加以润饰，俗字俗语亦不可改为官话"；"一地通行之俗字为字书所不载者，当附注字音，能用罗马字或 phonetics 尤佳"；"有有其音无其字者，当在其原处地位画一空格如口，而以罗马字或 phonetics 附注其音，并详注字义，以便考证"；"歌谣通行于某社会、某时代，当注明之"；"歌谣中有关历史地理或地方风物之辞句，当注明其所以"；[①] 等等，从这些规范性的要求可知，当时已有颇具专业性的追求。对于"歌谣"可能涉及的"方言"及"风俗"等相关问题，也是有所关照的。例如，北大歌谣征集处一开始就很重视方言，并确定由钱玄同、沈兼士考订方言。事实上，这后来也就开辟出在民间歌谣研究中比较注重讨论异文、注释和方言的一个学术方向。

因为歌谣运动相继成立了三个学术组织，它们的顺序大体上可以反映

[①] 《北京大学征集全国近世歌谣简章》，《北京大学日刊》1918 年 2 月 1 日。

出缘起于歌谣征集的现代民间文学和民俗学运动，很快就超越了文人情趣而具备了某种内在的逻辑性延展，亦即从"歌谣"到"风俗"，再到"方言"，这个过程当然是伴随着相关学术研究的深化而一步步展开的。这场肇始于文人情趣的文学运动，随后却具备了对"科学"的学术范式的信仰，对时代精神亦即"民主"理念的秉持，同时，它还试图成为现代民族国家叙事的一部分或旨在为其寻求来自草根民众的基础。①

1920年12月19日，北京大学"歌谣研究会"成立，后来曾隶属1922年成立的"北京大学研究所国学门"，至1927年自生自灭。再后来昙花一现，1936年2月成立"风谣学会"，止于1937年6月。发表于1922年12月6日的《歌谣研究会章程》，和早期的"简章"相比，确实有了较大的学术进步，例如，主张"方言成语，当加以解释""歌谣性质并无限制，即语涉迷信或猥亵者亦有研究之价值，当一并录寄。不必先由寄稿者加以甄择""歌谣中有关历史地理，或地方风俗之辞句，当注明其所以"等。②《歌谣周刊》的"发刊词"更是有新的突破，除了强调歌谣在学术上是无所谓卑猥或粗鄙的之外，还提出了"双重目的论"（学术的和文艺的），内含对于"现今的中国确是很重要的一件事业"，亦即建构国民文学的指向和民俗学的学术指向，尤其是明确地将歌谣纳入民俗学的范围。③ 1924年3月9日，《歌谣周刊》第46期的"本会启事"再次强调："歌谣本是民俗学中之一部分，我们要研究他是处处离不开民俗学的"；认为如果"现在只管歌谣，旁的一切属于民俗学范围以内的全都抛弃了，不但可惜而且颇困难"。

从《歌谣周刊》的具体内容分析，非常明显地是在民间文学之外，渐渐浮现出民俗学和方言研究两个学术方向。例如，《歌谣周刊》（纪念增刊）在这方面，就体现得较为突出。从第31期讨论歌谣与方言调查，第32期讨论歌谣与方音问题，以及《歌谣周刊》的"方言标音""方言""婚姻""腊八粥"等专号，可知要处理那些雪片般飞往北京大学的歌谣素材，主事

---

① 范雯：《北京大学歌谣运动与歌谣的搜集、整理与出版》，载王娟编著《中国古代歌谣整理与研究》，高等教育出版社，2014，第669~690页。
② 《歌谣研究会章程》，《北京大学日刊》1922年12月6日。
③ 王文宝：《中国民俗学史》，巴蜀书社，1995，第197页。

者们既需要对方言、方音进行考订，也需要有民俗学的框架，需要将歌谣置于它得以生成的社会文化脉络之中去理解。为了应对这些需求，很自然地，于 1923 年 5 月 24 日，成立了"北京大学风俗调查会"。风俗调查会的成立，在某种意义上，正是为了对歌谣的文化语境、社会及时代背景等予以补足，但它的更为重要的意义则是中国这一场现代民间文学和民俗学的运动，从对于文本的（坐等）征集，到要去田野调查了。①"北京大学风俗调查会"随后组织了 1925 年的妙峰山调查，并由此成就了中国民俗学史上的一座里程碑，但客观而言，它并不是对歌谣等民间文学的田野调查，故对于歌谣等民间文学之田野研究的推动较为有限。但它把视野拓展到歌谣之外，却是符合从民间文学到民俗学的学理逻辑的。

1924 年 1 月 26 日，成立"北京大学方言调查会"，这意味着歌谣研究中的方言问题进一步被专业化。于是，歌谣运动在发展过程中，除了文学文艺的建构国民文学的指向、教育的启蒙民众的指向、民俗学的科学研究的指向，又有了一个注重方言语汇、解决音韵训诂问题的方言学的指向。有的学者在歌谣研究中区分出几个不同的学派，②其实也正是对上述不同指向的归纳。但是，由此展开的方言学研究，其对于来自各方言区的歌谣，主要是作为研究的素材，它所探讨的方向逐渐地不再是歌谣本身。如此的方言学，后来成为中国现代语言学的一部分，事实上它慢慢地走上了和民间文学、民俗学分道扬镳的方向。

歌谣运动兴起的时候，恰好是中国作为新兴的（多）民族国家亟须确立现代国民文化、形成现代国民意识以及确立现代国语的时代。也因此，运动迅速地出现了不同的方向，分别朝建构民族（民间）文学（例如，生产"民族的诗"和反映国民心声的文本再创造）、确认国民生存状态和生活文化（民俗学）、促成打破方言壁垒的国语（方言学）等方向分别发展。但另外，歌谣运动也促成了"家乡民俗学"最初的学术实践，随后它在中国

---

① 范雯：《北京大学歌谣运动与歌谣的搜集、整理与出版》，载王娟编著《中国古代歌谣整理与研究》，高等教育出版社，2014，第 669～690 页。
② 杨世清：《怎样研究歌谣》，《歌谣周刊》（纪念增刊）1923 年 12 月 17 日。

民俗学中成为一个经久不衰的传统。① 除了歌谣运动的主事者返乡从事搜集活动之外，响应者和积极参与者，大都是地方文人和地方知识分子，他们掌握地方方言，熟悉地方掌故，对于乡土、乡情、乡音寄托着浪漫主义的期许。与此同时，乡土之爱被视为爱国主义情怀的情感基础。民国时期的地方志和20世纪50年代以降的地方史志编纂，其对于地方方言、民间文学和风土人情均有较多关照（而此前的地方志往往更倾向于记录精英人士的诗文），这在一定程度上，也和歌谣运动所开辟的时代新潮不无关联。

本文讨论的"民俗语汇"，可能是在上述诸多方向里，均难以回避的重要范畴。早期对歌谣所进行的整理工作，部分地就包括对"民俗语汇"或"俗语"等的解释和考订。虽然，后来的民间文学研究越来越倾向于基于"采风"而亲自生产文本，故对"民俗语汇"及方言"俗语"不再那么重视，但在歌谣运动中异军突起的民俗学里，却逐渐地产生了集中探讨"民俗语汇"及各种语言民俗事象，专门探讨语言和民俗之关系的民俗学分支领域即"语言民俗学"。

二　方言中的"民俗语汇"与乡土知识

在传统民俗学中，几乎所有对"民俗"的分类或事象罗列，均有"语言民俗"这一领域，它或大或小，大到可以囊括所有口头文学，小则相对集中于"民俗语汇"及"俗语惯用语"之类。日本民俗学者柳田国南曾经把民俗划分为三大部分：有形文化、语言艺术、心意现象，其中的"语言艺术"就包括命名、语言（语汇）、谚语、谜语、民谣、故事（物语）、传说等。另一位日本民俗学者后藤兴善，在其调查提纲中涉及物质文化、社会文化、语言文化和精神文化，其中的"语言文化"，主要包括：语言—方言、语言游戏、读语、谜语、唱词、民谣、故事、传说、神话以及闲话聊天。中国民俗学者钟敬文主编的《民俗学概论》，"民间口头文学"之外，专为"民俗语言"列出一章，但它使用了"民间熟语"的概念，并将"民

---

① 安德明：《家乡——中国民俗学的一个起点和支点》，《民族艺术》2004年第2期。

间熟语"区分为"常用型民间熟语"和"特用型民间熟语"。[1]

在突出地强调民俗学之分支地位的中国"语言民俗学"里,"民俗语汇"得到了特别的重视。曲彦斌教授认为,民俗语言文化形态包括民俗语言和民俗语言现象,而民俗语言的主体,是由"俗语"和"民俗语汇"组成的。其中"民俗语汇"乃是各种反映民俗事象或涵化了民俗要素的语汇。"民俗语汇"的语义内容,往往就是某种民俗形态或具体民俗事象的概念、性质、源流、特征,乃至名称等,亦即与民俗有着某种特定联系的词汇。[2] 简言之,"民俗语汇"就是直接反映民俗事象的语言材料,它本身具有的意义在于比较容易成为进一步探究民俗的重要线索,因为其中保留着历史民俗事象或民俗活动的各种痕迹。至于"民俗语汇"和"俗语"的关系,往往也很难辨析,于是,就有学者主张,因为"民俗语汇"的主体形式是"词",所以,不排除"惯用语"中"词化"程度很高的"语"。"民俗语汇"中往往有"俗语"成分,两者有交叉,不是截然分开的;"民俗语汇"的属性是其民俗语言性;"民俗语汇"真正的语源是其据以产生的民俗形态或民俗事象。"民俗语汇"的社会功用是其为风俗的语言化石;"民俗语汇"系统不断演变,表现为新的"民俗语汇"不断产生,旧的"民俗语汇"逐渐消亡,时不时会有死而复活的"民俗语汇",与此同时民俗语汇"的词义内容也会发生演变。[3] 当然,对于"民俗语汇"同样也存在一些不尽相同的理解,例如,有的学者主张,除了"长寿面""发红包""抓周""踏青""红盖头""闹洞房""红白喜事"等分别反映不同民俗事象的词语之外,"民俗语汇"还可以包括诸如谚语、歇后语等固定短语或成语、惯用词等。[4] 甚至也有学者不使用"民俗语汇"这一概念,而使用"民俗词语"、"民俗词"和"民俗短语"或其他概念用语。[5] 无论对"民俗语汇"做何种理解,

---

[1] 钟敬文主编《民俗学概论》(第 2 版),第 11 章,高等教育出版社,2010。
[2] 曲彦斌:《民俗语言学新探》,载陈建民、谭志明主编《语言与文化多学科研究》,北京语言学院出版社,1993,第 358~359 页。
[3] 董丽娟:《民俗语汇初探》,硕士学位论文,辽宁师范大学,2004。
[4] 方晓华:《民俗与语言》,载新疆师范大学文化人类学研究所编《文化人类学辑刊》,新疆人民出版社,1995,第 118~134 页。
[5] 杨振兰:《民俗词语探析》,《民俗研究》2004 年第 3 期。

都可以把它视为直接反映一些特定地方之民俗事象的语言资料，而对"民俗语汇"整理和研究，可以描述和理解其被产生的那个地方性社会（区）里普通民众的生活文化，这大概也是语言学界、民俗学界和民俗语言学界为数不多的重要共识之一。① 田传江先生所著《红山峪村民俗志》和《红山峪民俗村言俗语》，② 正是由于大量采用了"民俗语汇"作为其民俗志撰述的基本素材，从而在生动描述乡村生活文化方面取得了很好的成效。笔者认为，对于现代的民间文学和民俗学而言民俗语汇不失为一个基本的学术路径，同时也是学者对话民众的基本媒介。

若是从方言的角度去思考，自然就会浮现出"民俗语汇"和方言的关系问题。"民俗语汇"无非是以口头方式传承的方言语汇的一部分，无论是对于方言学，还是对于民俗学而言，它都是重要的资料或线索。在语言学看来是方言语汇，但若是从民俗学的路径去研究，其中很大一部分就是"民俗语汇"。民俗学比较重视以口承为特点的民间传承，它要求在田野调查时，尽可能地使用方言来记录，这样记录下来的方言语汇，很多就是"民俗语汇"，这样的"民俗语汇"很自然地也就是"民俗资料"的一种。如同文化人类学的田野工作，一般要求在和访谈对象语言相通的状态下进行，因此，如同人类学家需要学习对象社会之异文化的语言一样，民俗学家既然主要从事调查地方性社会（区）的民俗，其也应该对方言有所掌握或了解。中国不仅存在多种民族语言，同时在一个民族语言之内，也往往存在多种方言。汉语方言和标准语（普通话）之间的差异较大，也是中国的特色，在个别地方，甚至存在采用非官方标准语文，亦即采用方言语汇写作的方言文学（例如，粤方言），其中的"民俗语汇"相对较为容易搜证。但更多的情形是，方言词汇大量存在，却不能成就方言文学，通常需要学者去进行专门的调查和采录。

日本民俗学发展史上的特点之一，就是有大量对于"民俗语汇"的搜集、整理、研究出版。江户时代的文人菅江真澄曾游历各地，对秋田等地

---

① 董丽娟：《民俗语汇研究的历史、传统、定位和新进展》，《文化学刊》2011年第5期。
② 田传江：《红山峪村民俗志》，辽宁文化艺术音像出版社，1999；田传江：《红山峪民俗村言俗语》，中国文史出版社，2018。

的"民俗语汇"做过记录,① 这些口头传承的语汇,被认为与汉字无关,因此通过收集这些"民俗语汇"并进行比较,便可揭示古代日本人的生活方式和信仰世界。这种观点相对于以前只相信文献资料而言,堪称是一种进步,因为它主张可以透过民众的声音(语汇)直接获得对其日常生活世界的了解。随后,以"民俗语汇"为媒介,对各种民俗事象进行研究,包括比较研究,就成为日本民俗学的基本方法之一。柳田国男的"方言周圈论"其实就是通过方言语汇的分布而提出的假说,其《蜗牛考》②堪称是"民俗语汇"研究的一个范例,柳田指出某些方言语汇呈同心圆分布,故提出了"方言周圈论",亦即边境残存的解释。③ 自20世纪30年代以来,日本相继出版了一些"民俗语汇"的辞典或汇编,例如,稻雄次编著的《秋田民俗语汇事典》④、酒井卯作编著的《琉球列岛民俗语汇》等,都是非常优秀的民俗学成果。其中,《琉球列岛民俗语汇》一书,分类整理并收录了从奄美到八重山各个岛屿的民俗语汇2600余项,是作者花了近40年时间从事田野调查之成果的集大成。⑤ 柳田国男本人也非常重视"民俗语汇"的搜集、整理和研究,亲自参与了有关的编辑和出版工作。⑥由于"民俗语汇"研究深入分门别类的层次,它们所分别反映的本土或地方性知识也就显得尤其丰富,除了节令岁时、婚丧嫁娶、衣食住行、祭祀禁忌等专题之外,甚至关于"本草学",也可以有经由"民俗语汇"去探究

---

① 〔日〕稻雄次编《菅江真澄民俗语汇》,岩田书院,1995。
② 〔日〕柳田国男:《蜗牛考》,刀江书院,1980。
③ 〔日〕福田亚细男:《方言周圈论与民俗学》,周星译,〔日〕福田阿鸠《日本民俗学讲演录》,白庚胜译,成都时代出版社,2009,附录四,第244~267页。
④ 〔日〕稻雄次编著《秋田民俗语汇事典》,无名社出版,1990。
⑤ 〔日〕酒井卯作编著《琉球列岛民俗语汇》,第一书房,2002。
⑥ 民俗学研究所编《结合日本民俗语汇》全5册,平凡社,1956;〔日〕柳田国男:《葬送习俗语汇》,国书刊行会,1975;〔日〕柳田国男编《岁时习俗语汇》,国书刊行会,1975;〔日〕柳田国男、〔日〕山口贞夫共编《居住习俗语汇》,国书刊行会,1975;〔日〕柳田国男、〔日〕大问知笃三:《婚姻习俗语汇》,国书刊行会,1984;〔日〕柳田国男、〔日〕桥浦泰雄:《产育习俗语汇》,国书刊行会,1975;〔日〕柳田国男编《服装习俗语汇》,国书刊行会,1984;〔日〕柳田国男:《禁忌习俗语汇》,国书刊行会,1975;〔日〕柳田国男:《族制语汇》,国书刊行会,1975;〔日〕柳田国男、〔日〕仓田一郎:《分类渔村语汇》,国书刊行会,1975;〔日〕柳田国男、〔日〕仓田一郎共编《分类山村语汇》,国书刊行会,1975;〔日〕柳田国男:《分类衰村语汇》(上、下),国书刊行会,1975。

的路径。①

中国学术界对于"民俗语汇"的研究，均集中在起源于歌谣运动的方言学和民俗学。以江苏教育出版社出版的41卷本《现代汉语方言大辞典》为标志，在20世纪80~90年代，方言学在中国获得了独立的发展，方言学者在对各个方言区及次方言区所做语言学的调查和研究中，通常会搜集大量的方言词汇，其中自然包括"民俗语汇"和"俗语"。大部分方言研究著述，即便止步于对方言词汇的整理，它依然能够为民俗学、人类学和其他学科提供重要的资料资源。由于方言始终被视为"地方文化的镜子"，故也有部分方言研究著述，不满足于仅仅停留在搜集词汇，或编撰方言词典，而是试图经由"民俗语汇"或"俗语"去描述和探索当地的民俗或生活文化。② 客观地讲，这类著述其实和民俗学中的"民俗语言学"异曲同工，颇为接近，因此，需要双方学者的彼此关注。透过方言词汇或其中的"民俗语汇""俗语"探讨民俗文化或其地域性特点的尝试，在某种程度上，也是对歌谣运动中已有方向的继承和发扬。

另外，在"民俗语言学"的专业领域，主要以曲彦斌教授为主导，除了建构"民俗语言学"学科，很多年轻学者还对中国各类传统文献里的"民俗语汇"进行了搜证和研究。③ 这类研究通常要对具体文献的作者生平、成书年代和历史背景、流传版本和编纂体例等进行一番考证；接着再对其所特意记录、辑录或无意中保留的"民俗语汇"，包括其语源、语义流变及特征等进行梳理和概括，或者再对所有"民俗语汇"进行统一的分类，通

---

① 〔日〕杉本哲也：《日本本草学的世界：自然医药民俗语汇的探求》，八坂书房，2011。
② 这方面较具代表性的著作主要有：侯精一《平遥方言民俗语汇》，语文出版社，1995；孙和平《四川方言文化——民间符号与地方性知识》，巴蜀书社，2007；江佳慧《方言语汇与民俗——以景阳镇为例》，华中师范大学出版社，2015；史秀菊《沁河流域民俗语汇：以端氏方言为例》，山西人民出版社，2016。
③ 这方面的范例，较有代表性的著述主要有：如张亚红《〈岁时广记〉民俗语汇研究》，硕士学位论文，西南科技大学，2014；王宝红《清代笔记小说中有关钱财的俗词语》，《古汉语研究》2004年第3期；袁耀辉《〈通俗常言疏证〉民俗语汇简论》，《文化学刊》2009年第1期；黎蕾《〈喻世明言〉中的民俗语汇研究》，《现代语文》（语言研究版）2012年第3期；陈颖《〈常语寻源〉及其所辑释民俗语汇和俗语词研究》，硕士学位论文，辽宁师范大学，2010；包洪鹏《〈俗语考原〉中的民俗语汇研究》，硕士学位论文，沈阳师范大学，2016；等等。

常是将民俗学对于"民俗"的分类,直接应用于"民俗语汇"的分类,分别按照物质生活类、信仰生活类、口头语言类、社会生活类等进行归纳和整理;如果可能,再进一步对这些"民俗语汇"来自的社会、时代或地域性文化予以追踪和解说。当然,有些研究还对特定文献中的"民俗语汇"进行定量统计分析,对典型的"民俗语汇"进行重点解析等。此外,除了集中对于某些地域或社区的"民俗语汇"进行重点整理和研究之外,[1] 还有不少对于各类民俗事象的民俗语汇的集中研究,例如对于"二人转""商幌民俗""色彩民俗语汇"等的研究。[2] 上述选题模式,大体遵循了中国民俗学著述的两种主要的路径,亦即地域本位和事象本位,[3] 但其特点却在于它的文献研究。相对而言,基于亲自的田野调查所展开的"民俗语汇"研究还比较薄弱。总之,在"民俗语言学"中已经蔚为大观的"民俗语汇"研究,对于语言学的词汇学研究可能是具有新意的方向,对于民俗学而言,却是题中应有之义。

文化人类学将"乡土知识"(Indigenous Knowledge)理解为本土的、土生土长的知识或与生俱来的、固有的知识。由于这些乡土知识经常以非正式、非文字或口耳相传的方式,在当地人的日常生活中渗透和传承,在当地人维持其基本生计和生存以及建构生活的意义等方面具有不可替代的价值,因而具有顽强的生命力。所以,它们同时也都是现代民间文学工作者和民俗学者所分外看重和倍加珍惜的。虽然它们常常被局限于口承文学,但其实它们所涉及的领域十分宽泛,例如,西南很多山地少数民族关于森林资源的知识,[4] 以及苗族、彝族和藏族等有关苗药、彝药和藏药等"地方

---

[1] 张晓波:《朝阳乡里民俗语汇研析》,硕士学位论文,沈阳师范大学,2007;王燕丽:《霍州俗语研究》,硕士学位论文,山西师范大学,2009;崔文玲:《内蒙古赤峰地区俗语研究》,硕士学位论文,内蒙古师范大学,2015;等等。

[2] 韩雪:《二人转民俗语汇初探》,硕士学位论文,沈阳师范大学,2007;于琴:《太原商幌民俗语汇微探》,《现代语文》(语言研究版)2011年第6期;张新凤:《色彩民俗语汇的语义特征分析》,《辽宁师专学报》2013年第6期;等等。

[3] 周星:《中国民俗学研究的区域本位与事象本位》,"中国民俗学会成立20周年学术研讨会"论文,2003年11月。

[4] 邢启顺:《乡土知识与社区可持续生计》,《贵州社会科学》2006年第3期;并参阅何丕坤、何俊、吴训锋主编《乡土知识的实践与发掘》,云南民族出版社,2004。

性医药知识",① 等等，都是非常重要的。我们之所以把"民俗语汇"视为具有地方性特征的乡土知识或民俗知识的语言表象，是因为支撑着"民俗语汇"得以形成的，正是普通百姓的日常生活和他们在各种实践活动中创造的民俗文化。因此，从理解"民俗语汇"入手，确实堪称是一个接近和深入当地民众之乡土知识体系的捷径。但是，截至目前的"民俗语汇"研究，主要是文献钩沉之类，由此所能揭示的主要是过去旧时的知识；如何以当下的地域社会或社区为土壤，在参与性调查的过程中，发掘其中鲜活的"民俗语汇"，这对于理解当下普通民众的生活常识和乡土知识，将具有非常重要的意义。笔者相信，这同时也是实现和民众的对话所难以回避的必由之路。

三 对话民众："民俗语汇"的可能性

歌谣运动兴起的时代，同时也是中国现代国语、国音形成的关键时代。从1900年开始对"官话""国语"提出要求，到1932年，官方正式公布《国音常用字汇》，明确以北京语音为标准，此种"新国音"在20世纪50年代以后迅速地作为全国的共同语（普通话）而推广开来。1958年，全国人民代表大会作出关于汉语拼音方案的决议。1982年11月，全国人大五届五次会议通过《中华人民共和国宪法》，明确规定"国家推广全国通用的普通话"。随后，《中华人民共和国国家通用语言文字法》也于2000年10月31日由全国人大常委会第十八次会议通过，自2001年1月1日起实行。在这样的时代趋势之下，方言多少会受到来自普通话的挤压。

由于方言和"民俗语汇"的天然关联，当方言本身在大众媒体和国民教育之共同语（普通话）的冲击之下，逐渐趋于式微之际，保护作为地域文化或地方性民俗文化和民俗知识之表征的"民俗语汇"，就成为一个重大的课题。方言是民俗事象之地方性特点，以及乡土、乡情、乡音、乡俗的主要外在形式或语言载体，所以，我们也很容易理解地域文化借助方言得

---

① 麻勇恒：《苗族地方性医药知识在乡土社会中的传承与保护——以黔东南为例》，《凯里学院学报》2008年第2期。

以传承；故乡、家乡的亲人、亲戚和亲友以及同乡、老乡之间，也经常借助方言来维系彼此的亲和力。① 保护方言的理据还在于它是"文化多样性"和社会生活"多元化"的基本内涵，联合国教科文组织于1999年确定了每年2月21日为"世界母语日"，同时还通过《文化多样性宣言》《保护与促进文化表达多样性公约》等文件，致力于推动各国政府采取具体措施以保护语言的多样性。但与此同时，中国一个多世纪以来，始终面临通过推广共同语（普通话）而建构国民认同、建设国民文化的基本历史任务，在某种意义上，这个任务至今仍未完全结束。于是，政府的语言文字行政当局往往就面临着两难的处境。近年来，方言被说成是珍贵的"口头非物质遗产"，与此同时，"民俗语汇"也很自然地因为是口传心授之语言艺术中基本的构成要素，或被视为人类基础文化的"语言化石"，而无愧于"非物质文化遗产"的名号，② 于是，对于它的发掘、抢救和整理，便成为"语言民俗学"的新的合法性依据。

百年来现代民间文学的学科发展，就是在这样的时代大背景下展开的，所以，虽然它为中国的民族文学提供了大量的民间文学的宝贵资源，却也始终指向对方言文学予以超越，以共同语为媒介，通过采编、改写甚至文创而生产出巨量的各种体裁的民间文学文本。中国民间文学的几大集成系列，正是这方面的重大成就。对它们的评价，当然是有诸如"文化长城"之类的美誉，但若是总结教训，则可以指出的是，通过再编生成的民间文学的大量文本，出现了雷同、相似的趋向，由于对方言词汇，包括对"民俗语汇"和"俗语"的剔除或弱化，民间文学的地方性特征也被极大地削弱了。仅有为数不多的文本，由于采用了较为规范的方言来记录，③ 或者对地方的方言语汇，包括"民俗语汇"等予以大量采用或保存，从而使得少部分集成选编本，具有较高的地方文化和学术资料价值之外，绝大多数本文都难免走向了基于采风的再创作。事实上，对民间文学文本的评价和判

---

① 周星：《"穿越"在方言和普通话之间》，《语言战略研究》2017年第4期。
② 曲彦斌：《民俗语汇：人类最基本的口头的非物质文化遗产——关于"民俗语汇"的界定与分析》，《中国社会语言学》2004年第1期。
③ 例如，陆瑞英演述，周正良、陈泳超主编《陆瑞英民间故事歌谣集》，学苑出版社，2007。

断标准，往往也是流动性的，例如，针对有些地方的方言文学或地方戏曲文本的整理，过多采用大量的方言俗话、谚语，往往就容易被视为"粗俗"，由于其文化受众市场局限于地方，难以上京"汇演"，或因没有被转写成共同语文本，似乎也就意味着难登大雅之堂；然而，正是因为较多地保留了方言词汇，反倒使得它们具有了浓郁的地方文化特色，为本地民众所喜闻乐见，并因此而能够传承久远。

从事收集或采编歌谣等民间文学的地方文人或民间文学工作者，经常根据自己的喜好、审美趣味，以及拥有"启蒙"民众的使命感和居高临下的姿态，或为了民族国家的文化建设而对间文学予以"征用"，而对所能接触到的民间文学素材予以任意、任性的剪裁、改编乃至于再创作，这种情形在歌谣运动当初就已经存在了，并且这也和那个最初即挥之不去的文人情趣有关。但是，在百年来的历史进程中，民众逐渐地不再是"启蒙"的对象，而日益成为"对话"的对象，中国的现代民间文学工作者和民俗学者，如果意识到和民众诚挚对话的意义，那的确是极大的进步，但是通过什么才能够和民众对话呢？如果一直没去田野，或在如蜻蜓点水般的采风之后匆匆告别了田野，哪里又有可以对话的对象？如果轻视了方言语汇尤其是"民俗语汇"，又如何与民众有共同的语言和情感的共鸣？截至目前，民间文学工作者和民俗学者用来对话的对象，与其说是普通的民众，不如说是在和自己所创造的文本进行对话，归根到底，这种有点"自恋"的对话，不过是自言自语而已。

一个多世纪以来，中国现代民间文学和民俗学工作者，正在逐渐超越采风的层面而迈向田野工作，正在逐渐摆脱"启蒙"他人的优越感而学习和民众"对话"，正在逐渐检省自身和权力、国家及民众的关系，以及学习尊重民众的生活实践和文化创造。但是，和民众的对话，不仅需要同理心和对等的姿态，还需要有基本的媒介和语言，也正是在这个意义上，笔者重提"民俗语汇"相关问题，并认为掌握了"民俗语汇"，将有助于更好、更快和更加准确地理解一般民众的地方性知识和他们的生活状态与文化智慧。因为"民俗语汇"是在对象地域或社区里约定俗成的表述，当它们被信息提供者用来自我表述之际，我们便可以观察到其基于自信的主体性，包括其立场、见解和主张的主体性。

"民俗语汇"是地方性知识的语言形态和结晶，透过它的形成、存在和使用频次，我们便可判断其所反映的生活知识或文化智慧在相关地域或社区里的普及和重要程度。要和民众对话，就必须学习他们的方言语汇，尤其是"民俗语汇"和"俗语"等，其实这也是现代民间文学和民俗学工作者的基本功。"民俗语汇"可以说是研究者和民众之间进行对话时，最为恰当的沟通媒介。具有田野调查经验的人，大都知道信息、见解和知识即便是在乡土社会里，其分布也不是均值、均质的，[1] 乡土社会里的地方性知识并非绝对一致，但是，举凡得以形成"民俗语汇"的那些民俗事象，社区民众通常对于它们却是具有较多共识的，否则，也就很难形成具有稳定性的"民俗语汇"了。

在田野工作的具体实践中，我们通过"民俗语汇"，往往能够更加直接、便捷和准确地接近社区民众的日常生活，并且使用"民俗语汇"也更加方便我们描述田野中乡土知识的基本状态。对"民俗语汇"的描述，应该就是人类学者格尔茨所说的"深度描述"。重视"民俗语汇"也就意味着尊重对象的主位立场和主体性表达；如果所有这些"民俗语汇"彼此之间能够构成体系，其背后自然也就会存在一个相对完整的生活文化体系。外来的采风者、调查者和研究者，对于"民俗语汇"通常是比较敏感的，因为它所提示的语境往往不同于外来者的想象，有时甚至还会引起"文化冲击"。但是，经由学者的努力，部分"民俗语汇"也有可能作为相关课题研究的关键词，进而具有发展成为学术用语和学术概念的可能性。

"民俗语汇"和乡土知识虽然在它们所由存续的地域或社区里，既具有合理性，又具有合法性，但它们相对于国家主流媒体的语汇，相对于以现代城市为主场的主流文化，却往往处于从属和被动的处境，容易被忽视、无视甚或蔑视。在现代中国的场景下，在现代汉语的表述系统中，它们往往还被视为非官方的、乡下的、前现代的。有鉴于此，民间文学工作者和民俗学者需要对自身所属话语体系和知识属性进行反思，尤其需要反思其

---

[1] 周星：《人类学者的"知识"和访谈对象的"知识"》，《民俗研究》1995年第3期。

与权力之间的关系。笔者认为，民间文学工作者和民俗学者以"民俗语汇"为媒介，通过和民众的对话，不仅可以从地方性的乡土知识中学习到很多，同时还可以尝试在与民众的交流中，一起思考这些知识对于当地民众人生的意义。

七　方法与视角

在对比中进一步探讨民间文学的独特属性*

安德明**

在文学领域，无论是创作者还是研究者，都不会否认民间文学对作家文学的滋养作用。文学史的研究者，从历史上可以找到数不胜数的作家或诗人从民间汲取营养的例子，现当代许多作家有关其创作经历的个人叙事，也大都会提及自己如何受神话、故事、歌谣等不同体裁的民间文学作品影响的经验。可以说，民间文学与作家文学之间具有不可分割的密切关系，它们共同构成了民族文学传统。不过，尽管作家文学从一开始就汲取了民间文学无声的营养，原本以作家文学为主流研究对象的学术界，对民间文学的艺术审美价值和社会文化功能，却是直到近现代以来才有了明确、恰当的认识。民间文学从此被当作一种独立的文学样式来理解和关注，这对更加全面地认识人类文学（文化）的丰富属性具有革命性的意义。文学或文化不再局限于文字或书面传统，而是拓展到了任何一个阶层或群体所发明创造、传承享用的内容，识字与否，也逐渐不再被当作衡量一个人是否"有文化"的标准。在这样一种氛围中，民间文学及作为其传承主体的广大民众的地位得到了较大的提升，民间文学研究也得到了长足的发展。

在民间文学作为独立的对象、相关研究作为独立学科获得发展的同时，民间文学与作家文学的关系问题，始终是民间文学研究者无法回避的一个大问题。一方面，这二者之间有着千丝万缕的密切联系，另一方面，它们又有本质上的不同，而厘清这些不同，对进一步认识民间文学的属性

---

* 本文原载《民间文化论坛》（卷首语）2019 年第 5 期。
** 作者简介：安德明，中国社科院文学所民间文学室主任、研究员、博士生导师，兼任《民间文化论坛》主编、中国民俗学会副会长、国际民俗学会联盟秘书长。

至关重要。长期以来,民间文学研究领域对这个老问题给予了多种解读,但至今人们还在期待着新答案,因为已有的各种解释,还存在不少需要完善的地方。例如,当前常见的分析,可能会从"集体创作"与"个人创作"、"口头性"与"书面性"等不同的对照关系来区分民间文学与作家文学。这种对比,当然有充分的合理性,但随着学术的推进,对这些相互对立特征的认识,就不能再停留在表面的形式上,而应该探究其内在本质的差异。举个简单的例子,有些大规模的集体创作属于作家文学,而有些个体化的创作,却属于民间文学;以口头语言形式讲述的,并不一定就是民间文学,以书面文字呈现的,也不一定就是作家文学。因此,我们所说的民间文学的"集体性""口头性"等特征,究竟如何作为一种内在属性影响作品的修辞、结构乃至内容、思想等,都呼唤着研究者做更加深入的探讨。

从特定文学体裁的形成与发展历史入手来探究两种文学之间的关系,也是一种可行的路径。就文学史来说,今天被视为作家文学核心内容的诸多体裁,例如小说、戏曲,都是从早年不登大雅之堂的"草野文学"(例如故事、小戏等)发展而来的。而从那种老少咸宜、妇孺皆知的特殊体裁——童话,尤其可以看到民间文学与作家文学之间的密切交织和互动。

作为一种具有特殊魅力的叙事文体,童话长期以来在人们的精神生活领域发挥着广泛深刻的作用。它往往以平常人所熟悉的现实生活为背景,又总是借助神奇的幻想和想象超越现实的束缚,因此,不仅为一代又一代的儿童创造了瑰丽多彩的世界,也满足着无数成年人远离现实羁绊、获得心理慰藉的期待。广泛流传的各种童话故事,既包括大量以口耳相传方式长期传承的民间故事,又包括诸多由作家创作或改编的内容。今天,这些内容既可能诉诸口头讲述,又可能以书面形式传播,更会被多种多样的大众传媒所借用、改编和推广,对一般的传播欣赏者来说,已经很难或者说没有必要再去区分它们究竟来源于大众口头传统还是个人的书面创作。这种复杂的情势,为研究者做出更多、更深入的讨论提供了广阔的空间。例如,在从"底层"的民间文学到"上层"的作家文学的演变过程中,童话在意识形态、审美特征等方面经历了怎样的改造、转换、增补或删减，才得到"脱胎换骨"？而作为被"精英化"的新体裁的童话，与其原初的民间幻想故事之间，究竟有哪些本质的差别，又有怎样的一致性？结合学术史的梳理，对这些问题做细致的考察，将必然会使有关民间文学本质的认识更上一层楼，也必然会对学科的理论建设发挥积极的推动作用。

口头文类研究中引入互文性视角的两个维度

乌·纳钦

摘　要：口头文类研究中有两个维度可以引入互文性视角，一是口头文学维度，二是口头传统维度。口头文学维度是平面的基础性维度，互文性视角主要用以揭示口头文本之间的异文变体等关系，以及口头文本跨文类交互渗透的文本间性。如果再升级到语境的层面，便会得到口头传统的立体维度。在这里，研究者的视野会从平面移至立体，将观察到口头传统与民俗文本之间复杂多变的互涉运动，进而有望对它们的交织运行机制做出更深入的描述和阐发。

关键词：口头文类研究；互文性视角；平面与立体维度

以往，互文性理论主要用于作家文学或书面文类的研究，其在口头文类研究中的运用率不高，相关成功案例也不多见，亦鲜有深入的理论思考。本文对在口头文类研究当中能否引入互文性视角的可行性问题以及在实际操作中可能遇到的具体研究维度等做了一些学理性思考，以求方家斧正。

一　概念的界定

在进入正题之前，需对本文中使用的口头文类、口头文学、口头传统、互文性等几个重要的学术概念及其相互关系做一个简要的说明和界定。

---

* 本文原载《民间文化论坛》2019 年第 5 期。
** 作者简介：乌·纳钦，中国社会科学院民族文学研究所研究员。

近年来，在口头传统研究论著中经常出现"口头文类"这一概念。它的源头其实是书面文学的"文类"（genre）概念，而"文类"是指文学的类型（literary genre）。如果按照常用的四分法分类，书面文学的文类包括诗歌、小说、散文和戏剧。以此类推，"口头文类"便是口头文学或口头传统的类型，常见的类别包括神话、传说、史诗、民间故事、歌谣、谚语、格言等。这些口头文类是以口耳相传的方式世代流传下来的，因此不同于书面文学文类，在一定程度上也不同于曲艺类。

口头文类是一个个鲜活具体的口传文本类型，它们所归属的更大概念范畴便是口头文学或口头传统。"口头文学"相当于我们熟知的"民间文学"，这里只是强调了其口承性特征。"口头传统"则不等于"口头文学"。根据朝戈金的介绍，"口头传统"这个术语最初移译自英文 oral tradition，有广义和狭义两种用法。广义的口头传统，指口语交流的一切形式，狭义的则特指有悠久传承和较高艺术造诣的"语词艺术"（verbal art），后者部分地对应"民间文学"或"口头文学"。之所以在民间文学之外另起炉灶，开创口头传统学术领域，是因为民间文学的学科对象和学术理路，不足以涵盖这个新的学术方向——无论在研究对象谱型的丰富性方面，还是研究方法的多样性方面。[①] 可见，"口头传统"的研究维度要比"口头文学"的研究维度更为宽泛。

应该说，口头文类是口头文学与口头传统之核心的或重要的组成部件；口头文学和口头传统则是口头文类在不同维度上所属的两个概念范畴。所谓的口头文类研究，便是从这两个维度上对口头文类这一研究对象所进行的学理性观察与阐释。这里所说的口头文学维度是一种传统的文本研究维度，其研究范围包括口头文类的概念、类型、文本、特征、价值、功能、产生与流变、传播与传承等，可以说是在内容上无异于以往的经典民间文学研究。口头传统的维度则会开阔许多，将延展到文化的层面，从而使研究者的视角不再囿于口头文类文本本身，而是深入文本背后的传统，那里将是另一番风景。首先，传统往往是活态的，因此某一个口头文类文本在

---

① 梁昕照：《"口头传统"不等于"口头文学"——访中国民俗学会会长朝戈金》，《社会科学报》2011 年 7 月 21 日，第 5 版。

其生成过程中必然会受到演述语境的种种影响，即语境中在场的诸多要素都会参与其意义的制造，包括本土的地方性知识；其次，在传统的内部，有很多叙事的或信仰的资源是各个口头文类所共享的，因此，本土的口头文类文本又常常都是跨文类的，有的聚合了多个口头文类文本的元素，在文本与文本之间有着复杂的交叉性或互文性。比如说，蒙古族的本子故事就兼具书面文类与口头文类的特征，同时聚合了章回小说、好来宝、传说、叙事民歌等资源，有着复杂的构造和丰富的内涵。对于这样一些口头文类，我们如果仅仅从传统的口头文学维度进行文本层面的研究，恐怕会陷入以偏概全的窘境，因此，势必还要进行口头传统维度上的深入研究。可见，口头文类研究须兼顾上述两个维度，不能偏向某一个而忽略了另一个，而是要把二者有机地结合起来，既要做好文本研究，也要做好传统整体的研究。同时，由于口头文类之间还存在非常复杂的文本交叉性或跨文类现象，因此，在研究中还应引入一个互文性视角。

"互文性"（Intertextuality），又作"文本互联""文本间性"，指文本之间的互涉关系。也就是说，一切文学文本都必然是一种"互涉文本"（Intertext），简称"互文本"；任何一个文本都是以另一个文本为依存的存在。[1] 互文性理论在结构主义和后结构主义思潮中产生，自开创以来50余年，其核心概念"互文性"成为文学研究中使用频率很高的术语之一。"互文性"最早由法国文学理论家朱莉娅·克里斯蒂娃在《如是》杂志上刊发的两篇文章中正式运用。第一篇是1966年发表的《词、对话、小说》；第二篇是1967年发表的《封闭的文本》。此后，克里斯蒂娃又在1969年出版的著作《符号学、语意分析研究》中对其进一步加以界定。后来，"互文性"经由罗兰·巴特、哈罗德·布鲁姆、雅克·德里达、热拉尔·热奈特等理论家的阐发而发展成为颇具活力的文学理论。关于"互文性"的学术史，相关译著[2]已有介绍，所以不予赘述。

长期以来，互文性理论似乎成了书面文类研究的专利。那么，口头文

---

[1] 朝戈金：《口传史诗诗学：冉皮勒〈江格尔〉程式句法研究》，广西人民出版社，2000，第16页。

[2] 〔法〕蒂费纳·萨莫瓦约：《互文性研究》，邵炜译，天津人民出版社，2003。

类研究中到底能否引入互文性视角呢？在实际研究中又会有哪些具体的维度？笔者认为，口头文类研究中可以引入互文性视角，而相关研究维度至少有两个：一是口头文学维度，二是口头传统维度。就此，有关学理依据已在上文中略作交代。当然，不排除还存在其他的维度，但应该肯定的是，这两个维度是其基本的研究维度。

二 口头文学的平面维度

从互文性理论的对象化要求来看，较之作家文学或书面文学文本，口头文学文本似乎更适用于互文性视角的研究。互文性理论的一个重要概念便是"多元主体"，即指在文学文本互涉过程中作者即主体是多元的，与最终文本相关的任何一位作者都不是其唯一的作者，由此便有了罗兰·巴特那句"作者已死"的名言。相形之下，口头文学文本的创编主体本身就是多元的，很多口头文学文本的作者已无从查证，而且每一篇文本在传播的过程中又发生多次变异，其改编者也无从考证，也就是说，口头文学文本基本上都是寻不见作者的互文本。

再者，构成口头文学文本叙事结构的基本要素，如原型、类型、故事范型、情节、主题、母题、大词、程式、特性形容词、片语等，都具有形态上高度类化的互文本性质。像神话的原型与母题、传说的情节素与情节链、史诗的主题与程式、民间故事的母题类型，等等，都是口头文类文本内部共享率极高的叙事单元。因此可以说，口头文学文本是不折不扣的互文本，是互文性理论研究的绝佳对象。

如果说，形态学研究或结构类型学研究实际上就是互文性研究的前身，那么可以说，口头文学的互文性研究已有了深厚的学术积累。近 20 年来，中国学者在口头文学结构研究实践中已经深深地感受到互文性无处不在。朝戈金是在蒙古史诗程式研究中最早有意识地引入互文性视角的学者之一。他在分析《江格尔》程式诗句时称："一个文本之所以能成为一个诗章，是因为某些可能性存在于传统之中：一个诗章是在与其他诗章的关联之中，通过表演，在与听众的互动产生的意义叠加中存在的。因此，文本本身不可能有独立的'本体性',它的存在,依靠一种特殊的文本间关系。"① 他还说:"正是史诗文本间的互涉关联构筑了一个庞大的史诗集群现象。因而卫拉特史诗传统就像是一根连接起不同诗章、不同异文的链条,任何一个文本都是其链条上的珠子,彼此相互依存,故而史诗的结构是受这些文本之间的历史关联和内在关联制约的。换言之,每一诗章的文本都像一颗珠子串在同一条史诗脉络上,成为'史诗集群'。这很可以帮助我们理解'互文性'(Intertextuality)概念。"② 博特乐图在对乌力格尔的研究中也感受到互文性无处不在,并称:"绝大多数蟒古思因·乌力格尔、胡仁·乌力格尔曲目都是按照一定的故事模式建构起来的……小到程式,大到故事模式,无一不在互文关联当中。每一部具体的作品都是传统脉络上的一环,每个环都被传统所紧紧维系在一起,在传统这一层面上互涉、互文。"③ 以上论点虽然是基于史诗、乌力格尔等特定文类提出的,但显然也涵盖了口头文学其他文类,显然也适用于其他文类文本。

互文性视角不仅适用于同一种口头文类内部的文本关系研究,同样还适用于跨文类的文本关系研究。巴莫曲布嫫在彝族口头文学研究中也发现了这一点,并称:"义诺彝区的民间口头文类纷繁多样,有较强的地方性和亚支系性,有的与毕摩的仪式经颂有着同源异流的历史性联系,尤其是美姑地区的各种口头文类之间还有着彼此难分畛域的模糊性,表现出较强的传统互文性特征。"④ 诚然,在口头文学内部,各口头文类之间都有着交叉互涉、彼此渗透的现象。如神话与传说、神话与史诗、传说与民歌、史诗与民间故事等,它们的具体文本相互之间都有着较强的文本间性,由此,也为互文性视角提供了进一步延伸到口头文本跨文类交叉互联的深层地带

---

① 朝戈金:《口传史诗诗学:冉皮勒〈江格尔〉程式句法研究》,广西人民出版社,2000,第80页。
② 朝戈金:《口传史诗诗学:冉皮勒〈江格尔〉程式句法研究》,广西人民出版社,2000,第82页。
③ 博特乐图:《胡尔奇:科尔沁地方传统中的说唱艺人及其音乐》,上海音乐学院出版社,2007,第158页。
④ 巴莫曲布嫫:《在口头传统与书写文化之间的史诗演述人——基于个案研究的民族志写作》,载汤晓青主编《多元文化格局中的民族文学研究——中国社会科学院民族文学研究所建所30周年论文集》,中国社会科学出版社,2010,第71页。

的可能性。

对此，中国学者也贡献过一些分析案例。仁钦道尔吉论证了蒙古史诗、英雄传说、萨满神歌等不同口头文学文本之间的跨文类互文性，并称："在英雄史诗产生前，已有神话、传说等散文体文学体裁，也有祭词、萨满诗、祝词、赞词、古歌谣和谚语等韵文体体裁。英雄史诗是把散文体作品的叙事传统与韵文体作品的抒情和格律相结合而形成的原始叙事体裁。在民间口头创作中，英雄史诗是最大的综合性形式。"① 这其实也阐明了，正是英雄传说为蒙古史诗提供了核心的主题情节或骨髓，萨满神歌则为蒙古史诗提供了韵文形式的骨骼，三者如此这般交互渗透，相互之间也就有了紧密的跨文类互文依存关系。

笔者在近期的几篇论文里也探讨了巴林格斯尔②传说与史诗文本之间的互文关系，认为巴林格斯尔传统中有一种传说的史诗化现象。具体来讲，巴林格斯尔传说的情节点→情节线→情节链的大结构与史诗的母题→故事范型→诗章的段落结构相对应。这是因为早期失而复得式史诗和迎敌作战式史诗的母题序列被转输到传说的情节序列之中，组成连贯的情节链，使传说有了史诗的结构。这是传说的史诗化现象，是传说与史诗的互文结果。传说之于史诗，是直接征用或套取其结构的互文关系，而不是简单的被影响关系。③ 除此之外，巴林《格斯尔》史诗文本还与当地格斯尔传说产生深度的互文交织，大量的地方性传说情节被植入史诗文本当中，形成与巴林山水紧密粘连的本土史诗叙事单元，承载着时代的和地域的新内涵，映射着当地民众的心理关切或愿望。④ 从传说情节被植入史诗母题的这一现象

---

① 仁钦道尔吉：《蒙古英雄史诗源流》，内蒙古大学出版社，2001，第77、78页。
② 《格斯尔》，中国三大史诗之一，藏族汉译为《格萨尔》，蒙古族汉译为《格斯尔》，学界统称为《格萨（斯）尔》。"巴林"是指内蒙古自治区赤峰市的巴林右旗和巴林左旗。《格斯尔》史诗在两旗民众中都有传承，两旗《格斯尔》传统被学界统称为"巴林《格斯尔》"。2014年，巴林《格斯尔》被列入国家级非物质文化遗产扩展名录。2019年7月15日，习近平总书记在内蒙古赤峰市考察调研期间观看了巴林《格斯尔》史诗的表演，并与史诗传承人亲切交谈。
③ 乌·纳钦：《史诗的传说化与传说的史诗化——以巴林格斯尔传说叙事结构为例》，《民间文化论坛》2016年第4期。
④ 乌·纳钦：《传说情节植入史诗母题现象研究——以巴林〈格斯尔〉史诗文本为例》，《西北民族研究》2017年第4期。

中，我们可以看到传说与史诗的跨文类交叉互文关系。

可见，无论是在同一类口头文学文本之间的关系研究方面，还是在跨文类口头文本之间的关系研究方面，互文性视角都有它的用武之地。但需要明确的是，一般意义上的口头文学形态学与类型学研究，都只会探讨一些文本之间的异文变体等关系，即便是把视角投放到跨文类交互渗透的文本间性地带，也会以揭示文本互涉关系为重点，所勾勒出来的不过是一些文本与文本关系的二维图谱，并不会涉猎文本背后的复杂语境，因此，也都算是一种平面的、文本维度上的研究。由此可以说，口头文学维度是在口头文类研究中引入互文性视角的基础性维度，也是一种平面的维度。

三 口头传统的立体维度

在具体的语境当中，一个口头文学文本包括演述过程中所涉及的全部文化元素，它绝不仅仅是线性叙事的平面文本，而是由相关仪式、习俗、技艺、器具、观念、动作等元素同振共鸣的立体的活态文化文本。就此，朝戈金也曾指出："'互文性'不仅指明显地连接在一起的诗章，而且指构成史诗文本的每个语言符码都与文本之外的其他语境要素相关联，在形成差异时显出自己的价值。"[①] 因此，在口头文类研究中引入互文性视角时，必然还会升级到语境的层面，从而触及另一个维度，即口头传统维度。而口头传统维度也意味着研究者要把互文性视角投向文本与文化关系的层面。

其实，经过几十年的实践，互文性理论研究也早已跨越了作家文学书面文本的传统疆界，使文本的概念大大延伸，使得文学、建筑、音乐、绘画、服饰、饮食、大众传媒等文化形式都被视作文本来进行研究，从而为文学与其他艺术门类的融通互联提供了理论支持。在国外，有人分析了莎士比亚戏剧与约翰·亨利·富塞利绘画的互文性；有人分析了歌德《浮士德》与李斯特《浮士德交响曲》的互文性；有人分析了维克多·哈特曼绘画与穆索尔斯基音乐作品《展览会上的图画》的互文性；有人分析了莫里

---

① 朝戈金：《口传史诗诗学：冉皮勒〈江格尔〉程式句法研究》，广西人民出版社，2000，第82页。

斯·拉威尔的《包列罗舞曲》与莫里斯·贝热跳的芭蕾舞蹈《包列罗》的互文性。[1] 乔纳森·卡勒也论证了每个文本都是社会文本（真实世界）、文化文本、体裁文本的统一体。[2] 在中国，宗白华在《美学散步》中谈及中国古代诗歌与绘画、音乐以及园林艺术之间相辅相成的关系，提倡把哲学、文学著作和工艺、美术品联系起来研究。[3] 刘怡在《哥特建筑与英国哥特小说互文性研究：1764—1820》中将哥特建筑与哥特小说放置于相互交织的文本网络中加以考察，分析文学文本对建筑文本的吸收与改造、建筑文本对文学文本施加的影响以及两种文本之间的共性与差异。[4] 龙迪勇则在《空间叙事学》中分析了中国四大奇书与中国院落之间的关联。[5]

随着文本边界的拓宽，在文学文本与文化文本关系研究中运用互文性理论与方法便成为可能。很显然，互文性视角在文学与文化关系研究中发挥着重要的作用，成为沟通二者的媒介。相比于作家文学或书面文学，口头传统的文本概念似乎更为宽泛。口头传统文本包括并大于口头文学文本，例如，一首歌、一个仪式、一段舞蹈、一个表情，都被视为一个个活的文本，并且在具体的演述语境中，它们彼此互动交织，共同组合成口头传统的活态展演文本。那些歌曲、仪式、舞蹈等不同范畴的一个个文本在同一个时空中组构成密不可分的互文本。所以，在口头传统研究中引入互文性视角不仅可行，而且很有必要。甚至可以说，互文性理论在口头传统研究中有着广阔的施展空间。

将互文性视角引入口头传统研究维度的探索并非没有先例。阿兰·邓迪斯就做过类似研究。他说："结构分析最激动人心的贡献可能存在于跨体裁比较（cross-genre comparison）这个无人涉足的领域。极少有民俗学家试图比较民俗的不同体裁。……不过，这两个体裁的形态学分析揭示出它们中潜在着一个共同的结构模式。"[6] 这是他在祖尼人的民间故事与迷信关系

---

[1] 程锡麟：《互文性理论概述》，《外国文学》1996年第1期。
[2] 〔美〕乔纳森·卡勒：《结构主义诗学》，盛宁译，中国社会科学出版社，1991，第210页。
[3] 宗白华：《美学散步》（彩图本），上海人民出版社，2015，第35页。
[4] 刘怡：《哥特建筑与英国哥特小说互文性研究：1764—1820》，四川大学出版社，2011。
[5] 龙迪勇：《空间叙事学》，生活·读书·新知三联书店，2015，第523~559页。
[6] 〔美〕阿兰·邓迪斯：《民俗解析》，户晓辉编译，广西师范大学出版社，2005，第22页。

的实证研究中得出的结论。他发现了民间故事中的禁止/违背母题素序列的结构与迷信结构之间的相似性,并指出:"比较民间故事和迷信似乎是可能的。而且,弄清楚下面这一点是很有意思的,即同一个文化中的民间故事与迷信的形式之间是否有任何一种重要的关联……还应该指出的是,这个结构模式也可以在其他民俗体裁中找到。例如,在游戏中,必然有一些规则。"① 这里,邓迪斯阐明了口头传统或民俗内部跨文类关系即民间故事与迷信的互文关系。

陈岗龙论证了内蒙古东部地区蒙古族民间流传的蟒古思故事与佛教护法神雕像、唐卡、羌姆舞蹈、镇邪仪式之间的互文关系。他说,"蟒古思故事说唱艺人用民间传统重新解读了藏传佛教护法神雕塑、绘画唐卡和'羌姆'舞蹈等表演艺术以及焚毁'梭'的宗教仪式、'灵噶'等毁敌巫术,并将这些符号体系及其主题和题材转述为口传叙事。因此,我们研究蟒古思故事不能仅仅局限于文学的范畴和文本层面上,实际上非口头传承的许多文化事象诸如宗教仪式和象征符号等都与口头传统有着密不可分的联系,它们共同构成了民间文化的传统和民俗生活的实际内容"。② 他还说,"东蒙古的蟒古思故事尤其是'说教史诗'——班丹拉姆镇压蟒古思的故事可以看做是《班丹拉姆羌姆》和《嘛哈嘎剌羌姆》表现镇压恶魔、保护佛法主题的舞蹈语言的叙事转换为民间口传叙事文学的一种形态。因此,蟒古思故事实际上也是用民间口头文学的资源解释了羌姆的舞蹈和仪式。这也可以看做是藏传佛教羌姆舞蹈在蒙古地区的世俗化和口头传统化。而且,有些蟒古思故事文本中也隐喻了上面提到的焚毁'梭'的仪式"。③ 陈岗龙虽然并没有从互文性理论角度对此做出进一步的论述,但他所揭示的,已不仅仅是某种口头文类同两三种民俗文化文本之间的互文关系,而是语境中口头传统或民俗文化的多重互文关系。陈岗龙强调,蟒古思故事的生成并不是仅仅受同一种口头文类的影响,而是同时受到了非口头传统的诸多文化事象(宗教仪式、绘画、舞蹈)的影响,其间有一种将仪式、绘画、舞

---

① 〔美〕阿兰·邓迪斯:《民俗解析》,户晓辉编译,广西师范大学出版社,2005,第24页。
② 陈岗龙:《蟒古思故事论》,北京师范大学出版社,2003,第352~353页。
③ 陈岗龙:《蟒古思故事论》,北京师范大学出版社,2003,第238~239页。

蹈的符号转述为口头叙事文本情节的现象。其实，这种转述就是多种民俗文化文本与口头文类之间的符号转输，由此各个不同范畴的文本在语境当中得以相互渗透，产生紧密的互文关系。早在20年前，巴·布林贝赫就曾提到蟒古思故事与灵噶（lingga）巫术之间有着跨文类的互文性关联。[①]

笔者则通过对巴林格斯尔传统的观察，也发现了类似现象。巴林格斯尔传统有着下列三个显著特点。其一，巴林世代出现的优秀的格斯尔奇，承袭着《格斯尔》史诗的民间演述传统，使史诗的口头演述及文本的口头编创活动始终保持着活的传承形态。其二，由于《格斯尔》史诗的传播，英雄格斯尔的神圣业绩铭刻在民众心里，一些史诗情节附会于当地的山岩水木，一些奇形怪状的山水风物被解释为在格斯尔镇压蟒古思恶魔的战斗过程中形成，由此产生了一系列的格斯尔风物传说。这些传说是《格斯尔》史诗地方化的产物，也是形成巴林格斯尔信仰的基础。其三，随着《格斯尔》史诗和传说的传播，民众把格斯尔当作救苦救难的十方圣主，随之兴起祭拜圣主格斯尔的习俗，建起格斯尔庙和格斯尔敖包等祭祀场所，产生相关祭祀仪式，也有了格斯尔祭祀经文、占卜和训谕诗等，从而形成了格斯尔信仰。就这样，经过几百年的传承，作为蒙古语族部落史诗的《格斯尔》在巴林境内业已演变为由史诗、传说、祭祀三者紧密结合的地方史诗文化传统。并且，在传统的语境中，史诗、传说、祭祀三者互涉关联，符号根茎盘根错节，纵横蔓延，相互渗透，相互依存，不仅搭建出该传统的框架骨骼，而且维系了其传承的活力。一些地方性传统要素在史诗、传说、祭祀三者之间交互循环，既保持着传统的连贯性、延伸性和稳定性，也显示着传统的再生能力。史诗、传说、祭祀三要素各自还与相邻区域乃至整个蒙古语族格斯尔传统遥相呼应，产生了结构与意义上的文际网络，使得巴林格斯尔传统没有变成一个文化孤岛，反而成为一个开放性的文化磁场。可以说，巴林格斯尔其实就是以史诗、传说、祭祀三者的互文性联系为基础而形成并传承下来的地方性史诗文化传统。在对该传统的描述与阐发中，互文性理论视角必然会大有用途。

---

① 巴·布林贝赫：《蒙古英雄史诗的诗学》（蒙古文），内蒙古教育出版社，1997，第224、225页。

总之，口头传统层面是宜于引入互文性视角的一个维度。研究者若把目光投至文本背后的语境，其视野也就会立即从平面移至立体，从口头文学文本的平面维度，移至口头传统活态文本的立体维度，可观察到口头传统各个活态文本之间复杂多变的交互运动，进而有望对口头传统的运行机制做出更精确深入的描述和阐发。可以说，口头传统研究为互文性视角的拓展提供了天然的阐释维度，而且，它将是一个兼具深度与张力的立体维度。

四　结语

互文性视角并不只是作家文学研究或书面文类研究的专利，相比之下，它似乎更适用于口头文类研究。一方面，互文性理论的重要概念"多元主体说"为互文性视角同口头文类研究"完美对焦"提供了可能性；另一方面，口头文类的原型、母题、类型、程式等共享率极高的叙事单元为互文性视角提供了天然的"实验田"。因为有了这两方面的基础，口头文类研究中引入互文性视角便成为可能，而相关研究维度至少有两个，即口头文学维度和口头传统维度。当研究者把互文性视角投至口头文学文本时，将获得一种平面的观察维度。如果再升级到语境的层面上，便会得到口头传统的立体维度。对研究者来讲，从口头文学与口头传统两个维度上研究口头文类一定会有不同的观感。从口头文学维度上观察时，目之所及的，应该是一种平面的、文本与文本互联的二维图谱；从口头传统维度上观察时，所看到的，应该是一种立体的、语境中的文化生态。当然，不排除还有其他的研究维度，希望在今后的探索研究中能够进一步予以阐发。

八　学术史研究

本土语文学与民间文学[*]

王杰文[**]

摘 要:"古典语文学"是对古希腊、古罗马乃至中世纪以来书面文献的考据性研究,"本土语文学"则是19世纪以来由德国学者所开创的对于活态的口头语言及文化表达的研究。现代民间文学的学科基础之一便是"本土语文学"。重新追溯"本土语文学"的发展历史及其学术宗旨,有利于现代民间文学重新定位自身的学术方向。

关键词:语文学;本土语文学;古典语文学;民间文学;口头文学

一 什么是"语文学"

"语文学"(philologie)这一术语是希腊人发明的,而作为专业的"语文学"则出现于希腊化时期(公元前4~前2世纪)。当时,在新兴的大都市里,人们着手收集希腊古典文学的遗产。在收集的过程中,人们发现那些被收集起来的文本十分粗糙,讹误百出,亟须对它们进行考据性的整理与审订,建构出可靠的版本,以便将这些文本及其词汇和内容解释提供给读者。词汇与内容的解释需要考据作者的生平材料;整理词汇,编纂辞典,需要文化史的知识,也需要大量有关语法、风格和音韵学的知识。这些相互关联的研究工作界定了"语文学"的学科性质。与词汇和内容的解释相

---

[*] 本文原载《民族艺术》2019年第6期。
[**] 作者简介:王杰文,博士,中国传媒大学教授。

比，对文本的文学批评及审美性解读要退居到次要的位置了，"此种语文学对某些文体很少关注——如被视为'低等'的寓言或神话，以及被贬低为仅具娱乐功能的小说，与此相应，这类作品的保存以及今天能够获得的相关资料都很有限"。①

公元前1世纪以来，罗马地区的语文学也以同样的方式得到发展。此后，中间经过中世纪直到文艺复兴时期，语文学再度辉煌起来，当时的语文学家们收集古希腊、古罗马文学中受到忽略或者濒临失传的手稿，积极致力于编纂与评注工作。在1500多年的漫长时间里，语文学整体的研究内容与研究风格基本保持一致。

16~17世纪时的法国与荷兰是古典语文学的重镇，语文学专业的学术化倾向日益强化："注重考据性的版本、古文物的研究、对事实和真实性的评注等。"② 语文学家和语法学家对经验证据的强调奠定了新方法的基石。于是，人们随之相信，通往真实的历史之路必然要经过"语文学"。③ 18世纪的德国狂飙突进运动和浪漫主义运动都十分推崇古希腊作品的原创性，但他们是以人文主义的理想来取代和超越纯粹的语文学研究。德国的语文学家与古典的相遇并不完全是为了学术研究，而是通过欣赏与阐释古希腊、古罗马的典雅艺术与文学、哲学与伦理学，获得精神的升华，提升自身的素养。如此一来，德国语文学为古典语文学添加了新鲜的血液。19世纪之后，历史—实证主义的语文学再次占据主导地位，语文学再次强调文本本身，其"文本研究形成了一套固定的、近乎数学式的体系，此一体系认为对文本的审美评价主观性太强，因而将其排除在文本考据的范畴之外"。④ 对科学客观性的强调使得语文学封闭在一个狭小的圈子里，与社会现实生活的距离越来越远。20世纪初，由于许多语文学家遭到了德国纳粹党的驱逐，德国在语文学界的领先地位渐渐丧失了，由此而开启了语文学的全球化发展的趋势。在古典语文学之外，现代语文学开始考察新拉丁文学、巴

---

① 〔德〕克拉夫特：《古典语文学常谈》，韦卫平译，华夏出版社，2012，第157页。
② 〔德〕克拉夫特：《古典语文学常谈》，韦卫平译，华夏出版社，2012，第159页。
③ 〔英〕以赛亚·伯林：《启蒙的三个批评者》，马寅卯、郑想译，译林出版社，2014，第164~165页。
④ 〔德〕克拉夫特：《古典语文学常谈》，韦卫平译，华夏出版社，2012，第160页。

洛克和近代早期的文学作品，它试图突破古典语文学在研究对象、方法与理论方面的桎梏。

综合起来看，首先，古典语文学就是阐释保存下来的古希腊语和古拉丁语的文献，它的研究兴趣并不局限于这些有关希腊人和罗马人的专业文献（哲学的、科学的与历史的）之艺术的层面，甚至主要不在于其艺术的层面，而是首先对这些文献的传播媒介做考据性的工作，尤其是对抄件学和古代文字学做必要的考据工作，考订版本是古典语文学的前提性的工作。其次，随着时代的发展，希腊语与拉丁语在词尾和词义、词汇和语法规则方面都一再发生着变化，出现许多语言形式，因此语言史和语法史成为古典语文学研究的重要内容。再次，由于古希腊与古罗马的文学都十分讲究，其修辞与语言形式特征渐渐地也成为语文学的一个十分重要的研究内容。最后，希腊语或者拉丁语的源流考辨工作也是古典语文学的重要工作，人们通俗地将之称为"比较语言学"。显然，上述所有古典语文学的研究工作都离不开其他专业知识的帮助，其中，古代文化史、考古学、宗教学的知识尤其显得必不可少。[①]

二 "本土语文学"的学术谱系

民间文学的学科基础之一便是"语文学"，准确地说，这一语文学的传统根基是18世纪中叶的圣经语文学与古典语文学，这具体地体现在诸如托马斯·布兰克威尔（Thomas Blackwell）、罗勃特·罗斯（Robert Lowth）以及罗勃特·伍德（Robert Wood）等人的作品当中。[②] 在这些作者的作品中，通过引进一种文化的与历史的相对主义的维度——认为对于一部文学作品真正的理解取决于对它所扎根于其中的时空的理解的原则——这些学者拓展了古典语文学的事业，即认为良好的语言知识是批判性地阅读经籍与古典文本的先决条件。这样一种学术指向要求读者或者批评家，努力透过创

[①] 〔德〕克拉夫特：《古典语文学常谈》，韦卫平译，华夏出版社，2012，第160页。
[②] Burton Feldman and Robert D. Richardson, eds., *The Rise of Modern Mythology*, Bloomington: Indiana University Press, 1972.

作了作品的人们的眼、耳与心智来看待作品。此后，正是约翰·戈特弗里德·赫尔德（Johann Gottfried Herder）的巨大贡献极大地拓展了这一相对化的语文学，极大地超越了古代的希伯来人以及古代希腊人与罗马人的古典语文学的视野，赫尔德拥抱所有人、所有语言、所有文明，认为它们与它所属的人们的精神相一致，是普罗大众的声音的表达。①

事实上，赫尔德的"语文学"所关注的范围是十分广泛的。他不仅关注那些非希腊、罗马、希伯来的地方语言，而且极大地扩展到了关注语言的"功能"问题，比如他考察民间文学在儿童社会化过程中的作用；考察形式—功能—意义之间的相互关系的问题，即在使得诗学作品变得可记忆、可重复、有说服力、可阐释的过程中，经典的平行性的语法结构与语义结构的效果问题；考察政治权威性的问题，即文本传统在构建传统权威中的作用；考察文化的政治社会学的问题，即扎根于特定时空中的流行的与本土的形式，与吸引文化精英的流行声音的表达、具有抽象普遍性的城市化形式之间的区别；考察交流媒介的问题，即活态的口头表演的感染力的直接性与书面文学的分离的媒介之间的对比。赫尔德超前的语文学思想要在很久之后才会再次被民俗学家们发现。

专就德国民俗学而言，它从一开始就是德国语文学（German Philologie）的一个分支，时人称之为"日耳曼学"（Germanistik），而格林兄弟则是日耳曼学与民俗学的双料奠基人。当时德国人所谓的日耳曼学与民俗学乃是指对德国语言与文化的研究。② 但是什么才算得上是一国"语言与文化的代表"呢？在当时，古典语文学基本上研究的是用外国语言（法语）、古典语言（希腊语、拉丁语）记录的古代的与中世纪的书面文本。格林兄弟的历史功绩在于在继承赫尔德思想的前提下，切实地给予德国语文学一个新方向，即转向研究德国民俗与德国民间语言。他们的语文学研究的就是普通德国人口头讲述的德语以及德语的口头文化表达。在某种意义上，德国民

---

① Richard Bauman, "Folklore as Transdisciplinary Dialogue," *Journal of Folklore Research*, 1996 (33): 16.
② 赫尔德与格林兄弟提倡"本土语文学"是出于对法国启蒙运动及其霸权话语的反抗，这一点是十分明显的。相关论述可参见〔日〕Takanori Shimamura（岛村恭则），"What is Vernacular Studies?" *School of Sociology Journal*, 2018 (129): 1-2。

俗学从一开始就可以被称为德国的"本土语文学"(The Philology of the Vernacular)。

19世纪早期，在德国语文学形成之际，德国至少有两种语文学传统：一种是古典语文学传统，代表人是卡尔·拉赫曼（Karl Lachmann）；另一种是由格林兄弟，尤其是雅克布·格林（Jacob Grimm）创立的德国"本土语文学"。前者通过对书面文本的研究来理解德语及其文化，而后者关注活态的语言及文化表达。格林兄弟称自己的研究为"狂野的语文学"（Wilde Philologie），① 以区别于拉赫曼所代表的"规训的语文学"（Disciplined Philologie）。显然，这两种语文学的传统从一开始就沿着"口头与文字"的分野展开了，然而，在随后的历史发展过程中，非常明显，格林兄弟所倡导的"本土语文学"并没有获得应有的重视。尽管如此，"浪漫主义者是第一批母语语文学家，他们试图以母语感受为基础，把它作为意识和思想形成的 medium（媒介），来彻底改造语言学思维。确实，浪漫主义者一直是语文学家这一词的准确意义上的语文学家"。②

如上所述，语文学从一开始关注的就是对外国语言与古典语言的研究，学者的任务是解释文本在它们的原始语言中的重要性。因此对于"德国语言与文化"的研究，从严格意义上讲，一开始并不能算作语文学学科的内容，它是由一群业余的社会人士热心地从事着的学术工作。在德国，自卡尔·拉赫曼被任命为柏林大学德语研究的第一任主席之后，基于他自己的标准化的语文学学术训练与学术根基，他坚持"规范化"德国语言与文化的研究，他研究的材料就是古代及中世纪的德语文本（比如史诗）；他的研究方法就是古典语文学的方法，他坚决地清除异文所带来的模糊性，自我确立德语的标准。显然，格林兄弟所主张的语文学与拉赫曼之颇具"规范化暴力"的语文学十分不同。但是，拉赫曼的语文学传统——以文本为中心的语文学方法——深深地影响了后来的民俗学。而格林兄弟的"本土语

---

① Sadhana Naithani, *Folkloe Theory in Postwar Germany*, Jackson: University Press of Mississippi, 2014, p. 12.

② 〔俄〕沃洛希诺夫：《马克思主义与语言哲学》，《巴赫金全集》（第1版），李辉凡等译，河北教育出版社，1998，第432~433页。

文学"传统，以及赫尔德有关"民歌"的思想对于民俗学的影响则主要体现在认同由格林兄弟与赫尔德所区分出来的研究主题——"民俗是民族精神的表达"。后来的德国民俗学直接把关注的重心转向了"文本化的口头文学"，这显然是对上述两种语文学思想的一种折中。

按照理查德·鲍曼追溯的学术谱系，[①] 自赫尔德、格林兄弟倡导"本土语文学"以来，历代民俗学家通过不同的学术路径，共同引导了新时代的"本土语文学"的学术方向，概括起来，有三种学术线路。

第一种是经过美国著名的歌谣学家弗朗西斯·詹姆斯·柴尔德（Francis James Child）、乔治·里曼·凯特里奇（George Lyman Kittredge），发展至阿切尔·泰勒（Archer Taylor）、史蒂斯·汤普森（Stith Thompson）的民间文学研究路径，他们大都关注民间文学的历史，采用的是古典语文学的方法，强调的是文本的持续性，把变异看作退化的过程。通过细致的文本比较研究，考察主题的变异问题，然而他们基本上不考察民间文学形式的与语用的层面。1849~1851年，柴尔德曾在德国的哥廷根大学做研究，虽然这个时候，格林兄弟已经离开哥廷根前往柏林大学。柴尔德的一生都保持了与欧洲同行之间的联系，这种跨大西洋的学术交流一直延续下来，他的学生以及学生的学生们都保持着与欧洲同行们的密切交流。老中青三代学者都在文学系教授民俗学，都与欧洲大陆保持着密切的交往，都在关注与研究来自旧世界文化的民俗，保持了古典语文学的学术传统。[②]

第二种是经由米尔曼·帕里（Milman Parry）与阿尔伯特·洛德（Albert Lord）开创的口头程式理论。20世纪30年代，同样在哈佛大学，同样是基于民俗与文学研究的领域，产生了一种基本上与柴尔德相反的工作方式。柴尔德是一位坐在图书馆里搜集与整理古代遗留物的民俗学家，可是，哈佛大学古典语文学家米尔曼·帕里和他的学生阿尔伯特·洛德却综合了民俗学与文学研究的最好的方法，他们开展了大量的田野作业来搜集口头

[①] Richard Bauman, "The Philology of the Vernacular", *Journal of Folklore Research*, 2008, 45 (1): 29-36.

[②] William M. Clemnets, ed., *100 Years of American Folklore Studies: A Conceptual History*, Washington D. C.: The American Folklore Society, 1988.

表演，这将有助于他们解释西方文学中幸存下来的最古老的作品。① 在聆听了南斯拉夫歌手表演的一个复杂的达 9000 行的史诗后，他们师徒二人得出了一个假说：《伊利亚特》与《奥德赛》这两部作品也是口头创作，是在表演中创作的，又在每一次演唱中被重构，之所以能够这样，是因为歌手们对程式性短语的经常性的使用。他们强调的重点是个人在表演中的创造性，当然也承认诗学体系的形式规则的条件、表演情境的语境性的限制、所谓口头文化的能力限制等。与此同时，创造的动态性也受到了强调，因为每次表演都要考虑它与前在的同一类表演的平衡。这一研究传统同时考虑了口头诗学之形式的、主题的与实用的层面。但是，从整体上来看，"帕里—洛德"师生二人仍然是典型的语文学家，他们依据的材料仍然主要是"书面文本"。

第三种是自博厄斯、萨丕尔、雅各布森经由保罗·拉丁以及戴尔·海姆斯而来的美国语言人类学的学术传统。博厄斯特别强调对于本土美国人文化传统的文本记录，搜集与分析印第安人的口头文本材料建构美国的人类学实践。博厄斯坚信：每一种文化都拥有自己的概念、分类与偏见，为了达成对于另一种文化真正的理解，非常重要的一点是，学者们要搜集大量的可靠的当地语言材料。因此，神话与故事被当地人通过当地语言搜集与保存起来，作为一种未受污染的文化表达，这些口头材料保留着理解那一社会的全部必要的关键信息。通过细查准确记录下来的文本，学者们可以获得新的理论，新的问题就可以被解决。换句话说，材料将导向阐释。

在博厄斯的语言人类学学术传统中，"文本"是从事三种基本的调查研究的重要材料。第一，文化—历史的研究。他们把未加修饰的"文本"作为解释文化传播、移民与文化接触的历史过程的证据。第二，文化的研究。他们把口头文学当作"文化自传"的一种类型，作为对文化的反思形式，尽管它可能只是一种经过选择与折射的反映。第三，语言学与自然话语的研究。美国的语言人类学向来关注语言的主题、形式与功能的综合体，但

---

① John Miles Foley, *The Theory of Oral Composition: History and Methodology*, Bloomington and Indianapolis: Indiana University Press, 1988, pp. 6 – 10. 除了语文学的学术传统，弗里教授还强调了荷马问题、人类学的民族志传统对"口头程式理论"产生的重要影响。

是，他们往往在把精力聚焦于语言本身的同时，忽视了讲述者及其语境。

爱德华·萨丕尔是博厄斯最负盛名的学生，作为职业的语言人类学家，他关注的焦点是把语言放置在其文化的语境当中，他教育学生们说，应该在社会背景中考察讲述，这种讲述行为既是那一语境的一部分，也是那一语境的建构者。正是从萨丕尔开始，语言人类学家们开始学会了把民俗与口头传统置于"宏观"与"微观"的语境当中给予考察。罗曼·雅各布森则是把欧洲语言学思想带到美国民俗学界的重要思想家与语言学家，他传播的主要是苏联与捷克的形式主义者的分析方法，同时还有一种对索绪尔的语言学思想更新了的兴趣。他对于美国民俗学的影响，与其说是直接的，不如说是引发了一种有关"民俗与语言"关系之假设的考察风气。他还提醒美国民俗学家，可以把形式主义与美学的特征和博厄斯—萨丕尔的最佳传统很好地结合起来。正是通过雅各布森，美国民俗学再也无法忽视东欧及苏联的民俗学传统了。最后，作为语言人类学最突出的一支，戴尔·海姆斯所倡导的"讲述的民族志本身则是语文学传统中两种学术路线的综合，即弗朗兹·博厄斯与爱德华·萨丕尔一脉的美国语言人类学与布拉格一脉的诗学的综合"。①

三 "本土语文学"的核心思想

作为一个明确的学术概念，"本土语文学"是理查德·鲍曼于2008年提出来的，② 作为对阿兰·邓迪斯有关美国民俗学没有"宏大理论"的指责的反击，鲍曼显然是有针对性地以"本土语文学"作为一种回应，在他看

---

① "讲述"这一关键的概念甚至可以追溯到赫尔德那里。戴尔·海姆斯在多篇论文中表达了对赫尔德的敬意；萨丕尔的硕士学位论文研究的是赫尔德的《论语言的起源》；罗曼·雅各布森引述赫尔德来讨论古典的平行主义这一诗学功能的范式。而对于赫尔德来说，民俗就是一种讲述的方式。赫尔德的好朋友，语文学的导师克里斯汀·戈特洛布·海恩（Christian Gottlob Heyne）是对神话进行文化分析的先锋性人物，他曾经使用了这样的术语——"神话的、象征的讲述方式""讲述的习俗"——来理解神话叙事。因此可以说，讲述的民族志与民俗学最充分、更核心的关注点相契合。

② Richard Bauman, "The Philology of the Vernacular," *Journal of Folklore Research*, 2008, 45 (1): 29 – 36.

来,"本土语文学"的确回溯到民俗学伟大的语文学传统中去了,它具备一套完整的学术框架,预设了一套社会与文化的理论前提,为民俗学者们提供了一套可资利用的学术概念与分析方法,因此,它当然是一种民俗学的核心理论,尽管它可能并不是一种"宏大理论"。

令人颇感困惑的是,鲍曼反对"以表演为中心"的一贯立场,称一切"语文学"都是以"文本"为中心的,其分析的基本单元是"文本"。他所谓的文本,指的是一段被精心制作的、有固定边界的、具有内在连贯性与一致性的"话语"。当然,民俗学向来关注被明确标记的文本化的话语形式,比如民间故事、歌谣、谚语等,以及其他被文本化的文化形式(习俗、信仰与迷信)。但是,作为表演理论的代表性人物,鲍曼不是一直都在强调"表演"相对于文本的重要性吗?为什么他放弃了"表演"转而重新强调"文本"呢?事实上,鲍曼当然没有放弃"表演"概念的重要性。但是,自20世纪90年代以来,在他所写作的所有作品中,已经开始更多地强调口头艺术交流事件中"文本"与"表演"的互动性关系了,而且,他所谓的文本更多的是指"话语文本",而不是民俗学传统意义上的"书面文本"。这一点在后面的论述中会更加清晰地呈现出来。在这里,在"本土语文学"的框架里,以"文本"的概念为核心,鲍曼直接把民俗学重新嫁接到语文学的传统当中去了。[1]

鲍曼认为,对于"文本"的理解与阐释又只能在它所在的"文化"中来进行,换句话说,文本是由文化建构的,反过来,文化又是由文本构成的。在这个意义上,文化(民族国家的、人民的、社群的)是辨识与分析文本类型及其特征、惯例的社会基础;而文本的语料库也被看作文化遗产,是民族文化的基石。一句话,要理解一种文化,就应该首先考察其文本;要想理解一个文本,必须得在它所属的文化中来理解它。把"文本"与"文化"直接关联起来,是"语文学"的传统思路,更是自赫尔德、格林兄弟以来浪漫主义与民族主义意义上的"本土语文学"的思想精髓。尽管自第二次世界大战以后这一语文学的学术传统受到了质疑,然而显然,鲍曼

---

[1] Richard Bauman, "Others' Words, Others' Voices: The Making of a Linguistic Anthropologist," *Annual Review of Anthropology*, 2018, 47 (1): 1–17.

试图重新拾起其中有价值的内容，即重新肯定文本与特定的文化传统之间的天然关联。

具体来说，"文本"都有某些惯例性的形式特征，具体体现在形式、主题与用途等不同层面。探讨"文本"的形式特征就是要讨论它们是如何被创造出来的，它们的形式构成与组织原则是什么，它们如何区别于它们的讲述环境，它们如何构成一种具有内在连贯性的总体，一句话，要讨论文本的诗学。主题问题则与文本的指称性与命题性内容相关，即与它们表征世界的方式有关。文本的用途则是关注它们被呈现与使用的模式，它们如何被用于达成特定的社会目标。对于文本的符号学、符形学与符用学的总体考察，可以作为区分与辨识多样化文本类型的标准。文本"类型"就是具有相对固定的形式特征、主题特征与功能特征的程式化的表达方式，民俗学家们倾向于把它们当作文本固有的、趋于惰性化的特征。许多语文学家曾努力寻找民俗文本的形式特征，并因此而积累了丰富的形式性特征的知识。

在这个意义上，鲍曼认为，"文本"的上述特征使它们成为可记忆的、可重复的，从而也是共享的与持久的文化传统。语文学的核心关注点就是文本的、社会的和时代的传播与传承的问题。文本的讲述与转述使之成为集体记忆的一部分，一个文本的连续不断的讲述与转述构成文本间的相互关联的同源文本的时间的连续体。这就是民俗学传统之所以作为"传统"之"趋同"的一面。然而，尽管在这个意义上，文本可以被看作一个文化中共享的、历时性的传承，但是它们同时也是趋于变化的。从文本传播的动力学来看，没有任何两次讲述是完全相同的，这里面不可避免地具有变异的维度，连续讲述的文本之间会存在差异。因此，如果文本变化了的话，那么，文化一定也变化了。

因此，"本土语文学"考察的正是文本的连续性与持久性（即传统）和文本的变异性与创造性之间的动态的紧张关系。"传统与变异"之间的张力会体现在文本之形式的、主题的与应用的层面上。除此之外，"本土语文学"还涉及传播与传承中媒介之变迁的问题，因为文本的属性和能力与它们在生产、传播与接受的过程中所使用的交流技术有关。而"文本"之生产、传播与接受的社会分层问题,使得民俗"文本"的生产、传播与接受过程天然地带上了政治学与社会学的维度。

丹·本-阿默斯曾把民俗界定为"小群体内的艺术性交流",①在某种意义上,"本土的"(Vernacular)这一个术语与这一定义十分吻合。首先,"本土语"意味着讲述的小群体或者讲述的社区,意味着讲述的资源与实践是在实践的社群中非正式地获得的,而不是正式地习得的。其次,交流的关系是直接的,是基于互动的秩序与生活世界的,即一种面对面的互动与交流。再次,"本土语"的"小群体"的边际具有空间的固定性,局限于某种特定的区域。正像地方与全球相对立一样,"本土"与"大都会"相对立,"本土语"指的是非正式的、直接的、地方的、亲近的语言,因此是属于小群体与地方社会的。②

总之,通过"本土语文学"这一术语及其内在的规定性,鲍曼试图说明我们的学科具有连贯的问题意识与学术传统,他也提供了一个宏大的学术框架,依据这一框架,某些新的研究方向可以被看作持续关注的问题的新观点。它可以让我们更好地看到所有民俗学同人的研究工作中的同中之异与异中之同。对上述问题的连续的反思,可以把我们团结成为一个学术共同体,并可以与其他领域的学者展开对话。

事实上,在过去的两个世纪里,随着知识性劳动分工的不断加剧,作为完整研究规划的语文学被分解为不同的学术学科,它们沿着不同的路径对相同的对象开展研究,于是,文学研究诗学,语言学研究语言,人类学研究文化,政治科学研究政治。然而,在这些表面的差异之下,不难发现,所有学科都在采用"文本"的批判性的方法——文学在建构批判性的编辑文本,人类学开展对于叙事性综合体的历史性调查,民俗学采用历史—地理的方法。文学批评、语言学与民俗学都在自身的学科旗帜之下,讨论着"文本性"(textuality)的问题,但它们可能采用了不同的术语,比如类型、

---

① Dan Ben-Amos, "Toward a Definition of Folklore in Context", *Journal of American Folklore*, 1971, 84 (331): 5.
② 〔美〕李·哈林编《民俗学的宏大理论》,程鹏等译,上海社会科学院出版社,第83~92页。

连贯性、话语分析或者形式诗学；它们都关注文学形式与文化的关系，提出了诸如民族文学、文化的反映以及民族民俗等概念。虽然所有这些知识性的关注最终都源自相同的语文学事业，但是，在鲍曼看来，作为一个研究领域，与其他学科相比较，民俗学更加努力地在维持语文学纲领的完整性，正是语文学为它提供了名称，界定了学科的视野。① 把民俗学的理论追求重新界定为"本土语文学"，似乎可以保持语文学"跨学科性"的原初特性，避免"学科林立"所造成的画地为牢的弊端。

四 "本土语文学"的关键概念：表述与意义

巴赫金曾将结构主义语言学的根源置于欧洲古老的语文学传统之下，在他看来，这一传统（语文学）研究的是死语言，例如古希腊语，或虚拟的语言，例如原始印欧语。语言学是语文学之子，因而它总是将"一种已经完成的、独白式的言谈作为出发点：古代的书面文献，将它们看作最终的实在……尽管在文化和历史特征方面存在着巨大差异，但作为语文学家，从古代印度的祭司到现代欧洲的语言学者都无一例外地译释着陌生的、神秘的文稿和词语……祭司无一例外的是最早的语文学家和最早的语言学家。历史表明，任何一个民族的宗教著述或其口语传统所使用的语言，对于世俗来说，在一定程度上都是陌生的和难以理解的。译释神圣词语的奥义就是祭司-语文学家所要执行的任务"。②

巴赫金对于古典语文学研究工作的描述可谓入木三分。他清楚地看到古典语文学（包括语言学）的症结，即研究僵死的语言材料而不是活态的言说，研究陌生的语言材料而不是熟悉的言语交流。也就是说，语文学深深地与陌生言词的历史性纠缠在一起，所以它对自己与陌生言词的同谋关系视而不见。这样，语文学家们迷恋于深奥的或死去的语言而不能自拔，

---

① 在这一点上，最近的"文化研究"颇类似于民俗学一贯的学术追求，它关注的是流行的交流形式的社会学与政治经济学，关注其生产与社会应用的机制性联系，由此，这些文化形式被生产与传播，作为社会生活的行为与构成而呈现出意义。
② 〔俄〕沃洛希诺夫：《马克思主义与语言哲学》，《巴赫金全集》（第1版），李辉凡等译，河北教育出版社，1998，第418页。

他们无法将注意力转向熟悉的语言，转向活生生的本土语言。例如，索绪尔高扬抽象的、超历史的语言，贬抑生动的、具体的言语。语言学不仅把"活生生的语言当作一死语言"研究，而且甚至将"本土语言当作一种异域语言"来研究。① 正是在这双重批评的基础上，巴赫金重新为"（母语）本土语文学"奠定了重要的理论基础。

换句话说，"（母语）本土语文学"质疑并抛弃了"古典语文学"的研究对象与研究方法。

第一，它反对古典语文学对于死的古典文献的关注方式，认为以研究书面记载的僵化的他人语言为实践和理论的目的是大有局限的。这种仅仅依靠僵化的书面语言形式——而且首先是死语言——的做法，不能够说明一般的言语及其各种形式的产生，它不知道从人类语言学的角度来接受活的语言及其无限自由的创作变化。这种抽象化的、科学的语言形式体系，只是在一定的实践和理论目的中才是有效的，但是，它与具体的语言现实完全不相关。

第二，与这些僵死的文献相对的是语文学家的消极的理解意识。他们仅仅在文献自身的范围内来理解文献中的内容，事实上，任何特定的、死的文献都是更宏大的整体的言语活动链条中的一个环节，都是对于前在言说的回应，同时也是对未来言说的期许，这就是巴赫金所谓广义的"对话"，但是，古典语文学家们却倾向于把文献记载与它的语境分离开来予以理解，这是一种基于语文学家自身从事语言学事业——寻找语言学规则、从事语言学教学——的理解方法。事实上，语言是生活着的，是在具体的言语交际中历史地形成的，是与具体环境相关联着的。一句话，"语言是一个由说话者的社会言语相互作用而实现的不断形成过程"。②

第三，正是与"表述""言说"相关联，"语境、意义、评价、声调"等问题才成为"本土语文学"重要的学术问题。与古典语文学相对立，本土语文学必然得考察"语境"的问题，正是通过"语境"，"意义"才得以

---

① 〔美〕凯特琳娜·克拉克、迈克尔·霍奎斯特：《米哈伊尔·巴赫金》，语冰译，中国人民大学出版社，1992，第294页。
② 〔俄〕沃洛希诺夫：《马克思主义与语言哲学》，《巴赫金全集》（第2版），李辉凡等译，河北教育出版社，2009，第443页。

产生、形成与锚定;① 而且,这种"意义"并不局限于文字本身的形式层面,而是依据具体的交流事实形成与展开的,因此,它内在地携带着讲述者与听众相互之间的"评价"的意图,在普遍的意义上,这种"评价"的声音不是通过视觉化的"文字"而是通过转瞬即逝的"声调"体现出来的。在这些意义上,本土语文学关注的焦点完全不同于古典语文学。

第四,"本土语文学"转向关注"熟悉的语言,转向活生生的本土语言"。日常生活中的语言是最敏感的社会变化的标志,最敏感地反映着社会存在最细微的运动,每一个话语都是各种社会声音混杂和斗争的小舞台,个体口中说出的话语成了社会力量之间生动的相互影响的产物。对于个体的说话者而言,"语言形式重要的不是作为固定的和永恒不变的标记,而是作为永远变化着的和灵活的符号。这就是说话者的态度"。② 换句话说,本土语文学会考虑到听话者和理解者的观点,因为作为一个话语,其中永远存在着"说话者与听话者"的相互关系,它是二者之间共同的领地,这里永远都充满着意识形态或生活的内容和意义,最直接的社会氛围和更广泛的社会环境从内部决定着表述的结构、主题、内容与形式。

五 结语

总之,"本土语文学"关注日常生活中的当下的、熟悉的话语交流,这是广泛地存在于特定人群的生活世界(life-world)中的日常生活实践。"本土"一词,一方面指的是"一个国家或者地区的土著语言",在社会语言学

---

① "在任何一个机关、任何一个地方等,偶尔聚集起来的不同类型的人们按次序发表的声明和反驳,开头和结尾都迥然不同。农村的夜晚集会、城市的酒宴、工人午饭休息时的闲谈等都有自己的方式。每一个稳定的日常生活环境都拥有一定的听众组织,所以都有小生活体裁的一定角色。任何日常生活体裁都要被纳入适合于它的社会交际轨道,成为其形式、结构、目的和社会组成的意识形态反映。日常生活体裁是社会环境的一部分:节日的、闲暇时候的、在旅馆和工厂里交际的等等。它与这一环境相连,受它的限制,并且由它决定自己一切的内部因素。"详参〔俄〕沃洛希诺夫《马克思主义与语言哲学》,《巴赫金全集》(第2版),李辉凡等译,河北教育出版社,2009,第450页。

② 〔俄〕沃洛希诺夫:《马克思主义与语言哲学》,《巴赫金全集》(第1版),李辉凡等译,河北教育出版社,1998,第414页。

当中，它指的是"特定的讲述社区的土著语言或者方言"；另一方面，它又指一个国家或者地区所特有的艺术或者艺术的特征。① 总之，这一概念意味着"在特定的生活世界中产生与存活的土生土长的经验、知识与表达"，②它是与某一特定群体的日常生活密切相关的文化，是非官方的日常生活的文化。具体地，它们体现在地方民众的语言、艺术、信仰、情感、人际关系、日常生活以及文化创造活动当中。"本土"的实践必然既有被动的适应，又有乐得接受的残余，还有些许能动的创造，或者甚至是反体制的冲动，以及生活经验带来的反省，这一切复杂的过程都对日常生活施加着某些影响，混杂在一起推动着日常生活的更新与继替。"（母语）本土语文学"还意味着本土人对本土人自身文化（尤其是话语）实践的反思与自省，在社会结构不断变迁的洪流中，努力在其日常生活世界中、"在本土中"发现自己保留了什么、抛弃了什么、引进了什么、改变了什么，通过细致地考察生活世界中产生与存活的经验、知识与表达，积极地吐故纳新，向着更加美好的生活世界迈进。

---

① Leonard Norman Primiano, "Vernacular Religion and the Search for Method in Religious Folklife," *Western Folklore*, 1995, 54 (1): 37-56.

② 〔日〕Takanori Shimamura（岛村恭则），"What is Vernacular Studies?" *School of Sociology Journal*, 2018 (129): 6.

发现"民"的主体性与民间文学的人民性：中国民间文学发展70年[*]

高丙中[**]

摘　要："民间文学"既是一门现代学科，也是该学科的对象，二者共同构成一项国家事业。过去70年，民间文学作为国家事业是来自新文化运动知识分子对于民间文学价值的现代发现，经过曲折的探索，通过民间文学发现"民""民间"的主体性，从而把民间文学纳入国家的公民教育和共同体认同的文化工程，使普通人能够在经验上确证"人民"的个体基础，使民间文学作品通过非遗的命名成为国家的公共文化，"民"和"民间文学"都成为积极概念，现代国家建设的诸多矛盾由此得以理顺。

关键词：民间文学事业；主体性；人民性

中国民间文学自1949年以来70年的发展虽然是新文化运动的持续，但是也有自己的历史内涵。知识精英通过新文化运动把民间文学纳入现代国家建设的议题，但是民间文学成为国家的公共事业则是近70年才正式展开的篇章。

民间文学存续的社会生态在经历了中国古代的自在状态之后，在过去一百多年经历了多次灾难性的冲击，其中一些冲击当然具有当时的历史正当性，但是我们今天分析起来，大致能够发现，这些冲击大都缺失从民间

---

[*] 此文由田兆元修改之后，用作《中国民间文学大系·理论卷》的序言。原文载《民俗研究》2019年第5期。

[**] 作者简介：高丙中，北京大学社会学人类学研究所教授，博士生导师。

文学作品主人（"民"）的角度和立场看待民间文学，大都缺失对"民"或"民间"的尊重，由此产生的对民间文学的否定、贬低或完全从自己的需要出发所实施的利用就遭遇了形形色色的冲击。

非西方国家进入现代之后的国家建设有两个最基础的工程，一是塑造国民成为公民，二是培养共同体认同。前者需要改造国民，要否定国民固有的各种传统（旧文化）；后者需要肯定传统，因为传统是最有效的认同符号。1949年之后，中华人民共和国的国家建设还有一个自身的需要，这就是需要在普通国民中发现值得肯定的精神内容，以证明他们能够担当"人民"的美誉。这是国家建设的一个真正的刚需。从我们走过的道路来看，我们解决这个刚需的一个途径是到民间文学中寻找国民的人民性证据。于此形成一个矛盾的结构，一边要否定国民的精神构成以便改造国民成为新的公民，一边要肯定国民的精神构成以便证明他们是代表历史的人民。我们70年来对于民间文学的认识与利用就被限制在这个矛盾的结构之中，有时候偏左偏右，有时候折中兼顾。前30年的波折要大一些，改革开放40多年以来，民间文学的社会生态逐渐获得改善，特别是在近20年里，民间文学在民族民间文化或非物质文化遗产的名义下成为被公共机构依法保护的对象，民间文学作品的传承人（"民"）成为受尊重、获礼遇的主人，流传作品的群体和社区（"民间"）被赋予特定的文化权利并因此获得实现价值和追求利益的机会，民间文学在作品的层次上不仅被视为传承人及其传承人群的技能、才华、财富，而且被视为地方、国家乃至人类的代表性文化。民间文学历尽波折，终于进入了一个相关各方都可能予以积极肯定的时代。

民间文学研究见证了民间文学在生活实践中的现代遭遇，与对作家文学的研究不同，民间文学的业余爱好者和从业者不仅分析作品文本，实际上还帮助产生文本（记录、整理）。民间文学学科队伍不仅是记录、见证，而且是反思，参与设计对待民与民间的制度（发挥民间文学的公共价值的制度）；通过不断的创新，大幅提升民间文学研究的理论水平，促进民间文学理论走向成熟。其基本标志是找到了全面而准确地认识现代国家的民、民间与民间文学的视角、立场与方法，发现了正面看待、处理各方关系的理论路径和理论方案，最近20年因缘际会，巧遇非遗保护的世界文化运动，确证了21世纪民间文学理论的时代价值。

一　民间文学社会处境的历史变迁

中国的现代化并非坦途，一直都在曲折中前行。民间文学深度地卷入其中，既被动地被这个过程决定命运，也积极参与这个过程，谋求自己的生存与发展。民间文学固然是"民间"的文学，但是民间文学相关概念的出现恰恰不是要在"民间"的意义上处理相关问题，其中牵涉着"民间"之外的主体，如最重要的"国家"。民间文学是一个描述性概念（民间的文学）的同时，也是一个关系与结构的概念，其结构中最突出的是国家与社会的关系、知识分子与民众的关系、现代与传统的关系。民间文学的社会处境涉及两个层面，一个是作品传承人群的日常生活，另一个是国家的公共生活。民间文学的存废兴衰既取决于其在传承人群日常生活中的处境，也取决于其在国家公共生活中的处境。

民间文学活在双重结构的社会生态之中，这是中国自古以来的一项公共制度和文化传统。民间文学活跃在民间，也被置于国家介入的公共体制；民间文学有自己的自在状态，也被文化人所关注。这就是中国的《诗经》传统：包括"郑卫之音"的十五"国风"中的大量作品都是桑间濮上的歌唱，其被周天子治下的乐官作为诸侯国的代表作品汇集在一起。民间文学《诗经》传统显然不止于民间文学的自发自在状态，而是必须包括国家、文化人对民间文学的关注、采录、定位等所代表的自觉利用状态。

在前现代，民间文学的两个状态是能够通达的，基本上是共同体文化的全民一体、古今一脉的一种表现。从《诗经》、楚辞、汉乐府到《古谣谚》所留存的民间歌谣来看，它们对于历代文人诗词的影响以及在近世民众生活中的传承都显示是同一个文学传统。作为国家正史的《史记》在《五帝本纪》篇记述了黄帝、颛顼、帝喾、尧、舜的事迹，他们的故事在神州大地世代传讲，并在陕西、山西、河南等许多地方享有庙祀。这既是官方的礼制，也是民众的信仰，在这里，民间文学是贯通官与民、制度与日常生活的文化事项。祁连休先生以民间文艺学家的眼光对洪迈的《夷坚志》进行了"彻底"的解析,他统计书中提到了520位故事讲述人,包括官员、儒士、僧道、医生、农人、仆役等各个行业与阶层,既有讲述136个故事的县令吕大年,也有名不见经传的讲述人朱从龙(74个故事)、吴秦(56个故事)等普通民众。那520位讲述人是洪迈时代的一个很好的样本,其代表具有全民性。

我们进入现代的过程是重构国家的内外关系和古今关系的过程,这两组关系落实在现代国家建设的各个具体领域,必然要落实在国民身上,即落实在"民"(国民个体)、"民间"(国民集体)。现代国家在思想方式上是"民族国家",即在文化交流中自我认同、在经济交往中自主发展的主权国家,中国从1840年鸦片战争被迫打开国门,帝国体制失败而转向民族国家体制,到1912年运行民国体制,"民""民间"被作为主体和资源被纳入民族国家的框架。在当时的处境,"民""民间"并不能自动在国家公共生活中发挥主体的作用,它们的地位和作用尚待作为资源发挥历史功能的过程予以证明。这个证明过程并不单纯,而是充满了历史的曲折,因为它们在国家的内外关系和古今关系这两组上位关系中处于矛盾、纠结的位置。国家因"民族"而成立,民族因文化的自我认同而成立并发挥主体作用,民族文化必须是民众主体的文化,也就是在民众社会生活中呈现的文化,于是,由"民"到"民间"再到民间文学,都是构成现代国家的内外关系的那个最核心的"内",一起构成作为政治自主的基础的文化自我。但是,在并没有构想清楚就历史地被卷入重构之中的国家要追求"现代"就必须求新,事实是,我们求新的主要策略是破旧立新,"民""民间"所指向的民众日常生活是被改造的对象,作为它们的呈现方式的民间文学不被视为"今"(现代),而被视为"古"(传统)。这样说来,我们已经看到纠结点所在:"民"应该是现代民族国家的主体,但是现实上它不具备承担主体责任的能力,它真正扮演主体角色是在未来,于是,"民"理应是受尊重的,但是现实却是要否定的;民间文学是旧文化,在现代国家的构成方案中是没有位置的,但是恰恰因为它是代表民众的旧文化,它就是共同体的传统,是共同体的文化自我的载体,在现代民族国家的构成方案中一定要占据核心的位置。这是一个深刻的矛盾，需要时间来解决。

"民"与民间文学的被肯定属性与被否定属性是重叠纠结的，这种认识在民间文学成为现代学术的一个专业的初期就出现了。1918年2月，北京大学刘复、沈尹默、钱玄同、沈兼士等教授发起歌谣征集运动，后在1922年12月创办《歌谣周刊》，其发刊词说，"本会搜集歌谣的目的共有两种，一是学术的，一是文艺的"。学术的目的即建立民俗学的目的，因为歌谣是民俗学中的一种重要的资料。文艺的目的是指望从歌谣之中发展出"民族的诗"。发刊词肯定歌谣的价值是以转化为资料（为民俗学所用）或未来的"民族的诗"为条件的，其实也间接地表明歌谣本身的价值并没有什么可说的。由中山大学顾颉刚、容肇祖、钟敬文等创办的《民间文艺》（1927年11月创刊，次年3月改为《民俗》）把民间文艺（民俗）的调查、发表作为"认识民众"的途径，"把几千年来埋没的民众艺术，民众信仰，民众习惯，一层一层的发掘出来"，以建设不仅包括圣贤，也包括小民的"全民众的历史"。[1] 这里也只是肯定了民间文艺、民俗作为资料研究历史的价值，没有肯定它们在当下的价值。随后，顾颉刚在岭南大学演讲"圣贤文化与民众文化"，他明确把圣贤文化和民众文化都归入"旧文化"[2]，都在当下站不住脚。但是民众文化又不同于圣贤文化，因为它能够在未来别开生面："我们的使命，就在继续声呼，在圣贤文化之外解放出民众文化；从民众文化的解放，使得民众觉悟到自身的地位，发生享受文化的要求，把以前不自觉的创造的文化更经一番自觉的修改与进展，向着新生活的目标而猛进。能够这样，将来新文化运动就由全民众自己起来运动，自然蔚成极大的势力，而有彻底成功的一天了。"[3] 这两个刊物的立场是一样的，民间文学、民俗或民众文化，无论在现实中是多么正常地活跃着，历史地看，都已经成为旧文化，在国家当下的公共生活里没有地位，在这个意义上，它们肯

---

[1] 《民俗》第1期，"发刊词"，1928年。
[2] 他说，"所谓旧文化，圣贤文化是一端，民众文化也是一端"。见顾颉刚《圣贤文化与民众文化》，《民俗》第5期，1928年。
[3] 顾颉刚：《圣贤文化与民众文化》，《民俗》第5期，1928年。

定有认识历史的价值，也应该（可能）在未来具有地位，这要看它们能否在未来参与构成民族的新文化（"民族的诗"）。[①] 民间文学在专业人士的判断中交织着复杂的肯定与否定，也包含着一些语焉不详的内容，例如，怎样在当下作为新文化的对立面而又能够在未来参与构成新文化的问题。这些问题是国家公共生活层面的问题，与其说要学术来回答，不如说要实践来探索。

从 1840 年鸦片战争到 1915 年 9 月 15 日《青年杂志》（从第二卷改名《新青年》）创刊凝聚起代表中国新生的现代性的力量，现代性及其人事原来是专指西方的，是只能由西方代表的，属于"外"，但是随着现代教育体系在中国卓有成效地建设，科学文化事业（出版、媒体等）在中国已经发育起来，成为"内"的一个部分，这个部分的代表力量占据话语权，把社会的其他部分定义为"旧"。《新青年》所代表的新文化运动与 1919 年发生的五四运动所代表的争取国家利益和国家自主权的政治运动所构成的时代精神奠定了民间文学进入新国家建设的总体工程的基础。恰恰是声称代表现代的新力量盯住了民间文学，北京大学的《歌谣周刊》和中山大学的《民间文艺》（《民俗》）是那个时期最有影响也是最具有代表性的载体，开启了新知识分子在全国把民间文学的调查、搜集、出版、利用作为现代国家建设的重大工程的倡导和探索时期。民间文学从来都不限于文学的一个分支发挥社会作用，而是从现代之初就作为现代民族国家建设的核心事业在政治生活中占据一席之地。

把民间文学作为现代国家事业的国家行动时期是从 1949 年之后正式开始的。当然，民间文学成为党的事业是在根据地时期，特别是延安时期，"鲁艺"等专业团体已经对其做了铺垫、打了基础、树立了样板。

民间文学事业在开启之后总是关切着政治建设、国家建设的时代主题。在新文化运动前后，民间文学与外来文化相对是民族文化，与新文化相对是旧文化。但是，这是一种"特殊的"旧文化，因为人们相信它被改造后仍然可以成为未来的新文化。在中国开始实践社会主义理想之后，新的意

[①] 顾颉刚直白地说，"我们要喊的口号是：研究旧文化，创造新文化"。见顾颉刚《圣贤文化与民众文化》，《民俗》第 5 期，1928 年。

识形态在现代之初界定的落后"民众"中发现"人民",人民的先进性在文化上的证明是创新的民间文学,具体作品是根据地的红色歌谣和"大跃进"时期搜集出版的《红旗歌谣》①。在五四新文化的旗号被高举起来的时候,"民""民间"被认为几乎完全是属于传统的,民间文学的搜集是要作为传统的代表出版的。这就是《歌谣周刊》、《民间文艺》(《民俗》)所代表的民间文学的第一现代处境。在"民"经过政治选择已经是革命的力量之后,民间文学的搜集与遴选标准必然发生相应的变革,作品的定位也必然是"民"作为新人在文化上被代表。从红色歌谣到1954年创刊的《民间文学》杂志,再到1959年《红旗歌谣》的选编出版,"民"的一部分成为工农兵革命群众,民间文学开始被视为现代国家的内在文化,可以是国家体制的有机构成。虽然能够进入这个系列的作品数量较少,但是如此看待民间文学的思想方法对于国家和民间文学都具有重要意义。这一现象代表着民间文学的第二现代处境。

以1978年12月党的十一届三中全会为标志的改革开放持续地给中国社会带来活力,特别是人民公社的解体和单位人事制度的改革给国民带来了日常生活的自由空间,国民对生活方式,尤其是节日活动、人生礼仪、社区公共活动的传统回归在文化上构成了一个被称为"民俗复兴"的时代。史诗传统在藏族、蒙古族、柯尔克孜族、彝族、赫哲族、苗族等众多民族之中重新受到关注,三月三歌会、花儿会、信天游、客家山歌也都重新唱响,三皇五帝的神话传说借助庙宇的重建和纪念仪式的复兴而重新成为活态文化……一边是越来越广泛地与世界接轨,而另一边是越来越厚重的民俗或本土文化的复兴;一边是经济与社会的快速现代化,而另一边并不是

---

① 郭沫若、周扬编《红旗歌谣》,红旗杂志社,1959。《编者的话》评介说,"他们(我国劳动人民——引者注)唾弃一切妨碍他们前进的旧传统、旧习惯。诗歌和劳动在社会主义、共产主义新思想的基础上重新结合起来,正是在这个意义上,新民歌可以说是群众共产主义文艺的萌芽。这是社会主义时代的新国风。这是作了自己命运的主人的中国人民的欢乐之歌,勇敢之歌。他们歌颂祖国,歌颂自己的党和领袖;他们歌唱新生活,歌唱劳动和斗争中的英雄主义,歌唱他们对于更美好的未来的向往。这种新民歌同旧时代的民歌比较,具有迥然不同的新内容和新风格,在它们面前,连诗三百篇也要显得逊色了"。在编者的观念里,当"民"脱胎成为革命群众的时候,民间文学才是能够在内容和形式上被完全肯定的。

民俗的消亡，而是大量民俗借助经济与社会的发展所提供的条件而获得新的活力。这种新局面是民间文学的第三现代处境。在第二现代处境中，"民"、民间文学都要经过历史标准的先进性、阶级立场的革命性的检验才能够进入国家的公共生活，而在进入第三现代处境之后，"民"不再需要证明其具有革命群众的属性，民间文学不再是以先进性证明自己的价值，而是以如何古老（传统性）来彰显独特的价值。对比民间文学三套集成的标准和《红旗歌谣》的入选尺度，对比《民间文学》杂志在1954年到1966年的作品和1979年复刊之后的作品，我们能够看清楚民间文学所处的是两个不同的时代。

从2000年前后国际社会推行非物质文化遗产保护的人类公共事业以来，民间文学成为非遗保护的一个大类，进入联合国教科文组织和国内四级非遗代表作名录的民间文学项目发挥着巨大的示范作用。非遗保护是国际社会的共同行动，也是国内各级政府和广大民众积极参与的社会运动，远远不是一个单纯的文化项目。非遗保护在国内开展近20年，以其特有的开创性和建设性服务于中国的现代国家建设，成绩卓著。民间文学凭借非遗保护带来的公共空间和社会资源的巨大增量获得了新的生命力，与现代技术、现代制度、现代生活建立起广泛的亲和关系。这种新局面是民间文学的第四现代处境，其主要含义是传统与现代的对立，紧张、矛盾与冲突的超越。民间文学从一进入现代就进入一个不友好的处境，被高度预期将在现代消亡，中间经过现代体制、机制的高度选择性肯定和利用，经过消极的容忍，现在终于全面消解各种紧张关系，被认为是现代国家内在的文化，同时也被认为是与外部世界可以交流交融共享的文化。

民间文学作为非遗被保护，不仅是作为项目的保护，而且被纳入文化生态进行整体保护。在陕北黄陵县，黄帝的传说既有语言文本要传讲，也要被纳入黄帝陵的地形地貌与祭祀仪式的整体之中被人们所接受。在更大范围，陕北文化生态保护区获得文化部的立项成为国家级的非遗保护项目，陕北属于以黄河、黄土为自然条件的华夏文明的发祥地之一，关于黄帝的民间文学是在文化生态区的意义上被提供传承条件的。文化生态保护区内有各级政府部门，有现代的大众传媒，有现代的学校教育机构，民间文学的传承在设计和规划上是要与这些制度兼容共生的。民间文学的一些作品乃至一些体裁在生活中处于濒危状态，其中一个原因是它们的传承与青少年的教育在现代社会脱节。非遗保护有一项工作是非遗进校园，让非遗项目进教材，让非遗代表性传承人进学校、上讲台，让学校同时作为知识传播与文明传承的主渠道。此外，各种博物馆、非遗专项传习所都面向公众开放，政府给纳入非遗保护的各种歌会提供保障，使民间文学项目具备有效的社会传承条件和机制。整体保护的理念包含这样的价值观：民间文学本身就具有宝贵的价值，我们不仅要保护它们本身的完整性，还要保护它们的生存条件。民间文学的处境已是今非昔比。这是民间文学的第四现代处境的鲜明特性。此前，民间文学必须经过改变才能适应时代需要，因为只有少部分作品符合时代主旋律或能与时俱进，而多数作品其实是不能公开出现在公共生活中的。

民间文学在传统上是依赖口头语言的，也借助文字记录和书面传播，在当今这样一个多媒体技术时代，民间文学既能够以传统的方式存续，也能够在新的技术支持下存储、传播与传承。近些年各种社会力量大笔投入民间文学的现场采录，获得海量的数字化资料，并建立多媒体数据库予以保存与开放共享。事实证明，民间文学与新技术是可以相容的。

非遗保护的国际条约和国内立法，尤其是非遗代表作名录制度和代表性传承人制度，实际上已经把民间文学确立为国家基本文献。在非遗普查和各种抢救性保护的项目运作中，民间文学工作者的调查采风、资料搜集、特定体裁的文本整理，积累了远远比民间文学范畴更丰富多样的文献。这些文献是专业工作者与民间传承人合作的产物。民间文学学者的完整工作是在与传承人的合作中记录资料、整理文本，形成相应的文献，并在公共知识的生产与传播中把其中一部分文献确立为国家或民族的公共文献。非物质文化遗产保护把众多项目确立为四级名录项目，使之成为经过行政程序确立的公共文化，由此确立为国家基本文献。此种身份提升对于民间文学走完现代之路、整全地成为现代国家建设的积极因素具有标志意义。

二 民间文学事业的两个解释框架

民间文学作品活跃在它们的具体情境和特定人群之中，处于一种自在的状态；与此同时，它们又分别作为作品本身和类别范畴（如"国风""民间文学"）出现在国家的公共生活之中。在后面这个层次，民间文学是作为国家的公共事业而出现的。民间文学成为公共事业，这是中华文明的悠久传统，也是中国的现代国家建设的一个着力点。以此而论，我们能够更好地认识中华文明的特性，能够更好地认识民间文学的价值并发挥其功能，也就能够更好地做好民间文学工作。

现代国家的民间文学事业具有与古代根本不同的定位与内容。古代的采风，是朝廷和文人要利用民间文学作品，对作品的创作与传承人群并没有什么特殊的意义。在现代国家，民间文学被作为公共事业对待，是因为民间文学深度牵涉着民族国家的两个立国之本：一个是国民（"民""民间"），另一个是国民集体认同的民族文化（民间文学）。对于那些内生发展现代化的国家，国民与公民之间的转换没有障碍，民族民间文学与公共文化之间的转换没有障碍，所以民间文学事业在公共领域的运作比较单纯。但是对于中国来说，民间文学事业比较曲折。但是无论如何曲折，经过百年倡导与探索，尤其是过去70年的国家行动，这项伟大的事业在当前已经进入一个主要关系渐归平顺的新时期。

我们尝试采用两个认识框架来理解民间文学事业的历史发展。前文已经以内一外、古一今的两轴四维框架来呈现民间文学在现代所经历的处境，民间文学在现代国家建设的过程中作为内外关系之"内"的核心与作为古今关系之"古"的代表在现实的历史展开中被置于多种不同的位置。对于保持天下观和华夷之别的王朝，"外"不构成对"内"的压力和挑战，老百姓的生活更没有"古"与"今"的断裂与矛盾，因此大致可以说，在这种状态下根本没有内外、古今的对立与冲突问题。

民间文学进入现代，也就是进入在结构上由内外、古今等宏观因素构成的各种复杂关系的格局。在民间文学的第一现代处境，民间文学被置于与外来文化相对的"内"的位置，也处于与外来文化作为现代文化（"今"）相对的"古"的位置，当对立面的"外"和"今"被尊为新文化的时候，民间文学被作为"旧文化"的代表被否定。

这是1949年前的状态。而接下来的70年，民间文学经历了另外三个处境并最终显示诸矛盾对立可以得到化解。

在民间文学的第二现代处境，传统的民间文学作品大都不符合时代的政治标准，因而不能公行于世，但是"民"已经分化出革命群众，他们以作者或主人翁的身份所进行的民间文学得到宣传、传播的机会，"民间"被作为"内"和"今"的代表用来反对外在的帝国主义、资本主义和旧的封建主义。这类作品是作为"内"和"今"而被肯定的。相对于前一个时期"民间"受到全方位的否定，这个时期的选择性肯定是其时代特色。

在民间文学的第三现代处境，民间文学作为传统复兴的一部分，是民间自发的，不同于前期政府部门的组织与引导，属于民众的自主活动，所以在公共领域引起各种批评，不过，批评并没有引来全面打压，总的来说，它们基本能够被社会所包容，其中许多作品、体裁受到政府和知识界的重视，获得传承、表演的机会和资源。它们是作为"古"（传统文化）、"内"（本土文化）的标志而被宽容或支持的，主要还被视为与现代文化（"今"）、外来文化具有对峙的紧张关系。

中国社会整个的文化心态在非遗保护理念的带动下发生了实质性的变化，基本上理顺了古—今、内—外的结构关系，民间文学置身其中，进入了一个新的处境：作为民族自我的文化代表（"内"）并不必然与外来文化相排斥，而常态是总与其他地方、其他民族或国家的文化项目共处共存；作为文化遗产（"古"），仍然活在当下，在各种现代条件、现代制度的加持下得以保存、传承与弘扬。在最近几年，文化主管部门倡导非遗传承与现代社会、现代生活相容共生，显然在公共政策上已经解开了中外、古今的历史疙瘩。

如果我们采用"对立—冲突"与"贯通—共生"两种关系模式看待民间文学在现代的四个历史处境，我们能够看到一个粗线条的总趋势，这就是从"对立—冲突"格局向"贯通—共生"格局的演变。

另一个有助于理解民间文学事业的框架由民族性—人民性—艺术性的三角关系所构成。民间文学的"民间"在前现代就是"民族的",所以民间文学对于民族国家的存在与发展发挥着提供根本条件的作用。但是在被动卷入现代洪流之后,各种生活文化现象成为改造的对象,"民间"并不是一个积极的或进步的概念。我们的"五四"先辈基于对民族在现代格局中的适应力的失望而提出新文化改造民族,"民间"就成为落后的象征。民间文学要真正作为建设性的民族文化对现代国家建设发挥应有的作用,需要新的理念参与进来,"人民"就是这种功能的概念。后来者利用人民概念在"民间"发现积极因子作为先进的代表,"民间"在现实的政治中才开始有机会逐步转变为具有正面属性,这要等到非遗保护的时代才能够发生。非遗保护的理念被社会接受,民间文学才重新被认知为人民的文化,由人民创造,由人民传承,由人民不断地再创造,以服务于他们的当下生活以及对于未来的追求。

人民性能够提升"民间",化消极为积极,化平凡为崇高。但是"民间"作为真实的生活空间必须呈现具体的个人,民间文学是语言艺术领地,必须呈现个性与自由创造的个人。艺术性是能够在这个维度支持"民间"的概念。对于现代国家来说,人民性与艺术性的高度统一或相互内在性的达成,是民间、民间文学真正被置于得体的位置的配套概念。

现代国家建设包括公民养成的事业和文化基础设施(公共价值、共同体认同的标志与机制)建设的事业。公民养成的最佳机制是同时从"民间"转化出作为个人的公民与国民整体的人民。现代国家建设的国民工程要同时解决两个问题,国民作为一个整体的神圣性与国民个人受尊重的普遍可能性在国内和国外都要得到确立。这其实是很难兼顾的,甚至在很长时间内我们都不清楚这是两个必须一并解决的问题。我们总是顾此失彼,总是权宜性地在追求一个目标的时候以牺牲另一个目标为手段。可喜的是,非遗保护实践为我们带来了这个机会和机制。在非遗保护的实践中,对于传承人、传承人群的重视和尊重就是通过对他们的独特艺术能力和成就的肯定而肯定一项共同的文化。文献记录的不是真实的个人所演述的民间文学作品才是共同体的非遗代表作;"民"必须是自己,才可能成为国家的主人，两个身份兼得的养成之道是在文化上保障个体的"民"得到承认和肯定。只有文化的主体才能够成为国家的主人。

人民性赋予个人以集体性，赋予"民间"以神圣性，艺术性赋予"民间"以个人性，并赋予个体自由和自主的创造者身份，如此相互赋能，通过民间文学而不是一般的作家文学，张扬个性的艺术性才有更好机会为全民所享有，贯通个人性与人民性，从而使民族特色的艺术性与人民性合二为一。围绕民间、民间文学，民族性、人民性与艺术性在三角支撑的框架中两两结合做第三方的底部，相互予以有力的支持与成全。我们由此方能够理解一个古老民族从王朝转型为现代国家的过程。

以歌谣搜集、传说故事研究为民间文学学科树立了典范的顾颉刚先生在90多年前表达了有关民间文学学术事业的理想。他热情洋溢地写道：

> 我们乘着时代的使命，高声喊几句口号：
> 我们要站在民众的立场上来认识民众！
> 我们要探检各种民众的生活，民众的欲求，来认识整个的社会！
> 我们自己就是民众，应该各各体验自己的生活！
> 我们要把几千年埋没的民众艺术，民众信仰，民众习惯，一层一层地发掘出来！
> 我们要打破以圣贤为中心的历史，建设全民众的历史！[①]

顾先生的呼吁可以说是民族性、人民性与艺术性互相构成内在性的理想。这是他在民间文学的四个现代处境的第一个阶段提出来的，我们在过去70年中经过三个阶段的曲折探索才看到理想实现的初步状态。这是顾先生该有所欣慰的历史节点，当然也是我们顺势而为，努力实现这一理想的关键时刻。

[①] 《民俗》第1期，"发刊词"，1928年。

美国学者搜集整理、翻译中国民间文学的学术史和方法论[*]

张 多[**]

摘 要：美国学者对中国民间文学的搜集整理、翻译，是中国民间文学学术史的重要组成部分，但这一领域长期以来未得到重视。美国学者早在19世纪后半叶就在中国民间文学搜集整理方面取得杰出成绩，到20世纪80年代以后更是佳作迭出。早期传教士和学人搜求中国歌谣、谚语、故事的历程多有开创意义，成为西方人认识中国的重要途径。20世纪80年代以来，安东尼·沃克、马克·本德尔、苏独玉等美国民俗学者、人类学者构成了美国中国民间文学研究的专业化学术图景，他们的工作在"语言转换""合作研究""文本化"等方面体现了方法论的示范意义。

关键词：中国民间文学；美国学者；搜集整理；翻译；文本化

民间文学的搜集整理、翻译是民间文学研究的一项基础工作。中国著名的"民间文学三套集成"就是这类工作的代表。但长期以来，中国民间文学研究对外国（尤其是欧美）学者赴华进行搜集整理工作的学术史并不重

---

[*] 本文为国家社科基金重大招标项目"海外藏中国民俗文献与文物资料整理、研究暨数据库建设"（项目批准号：16ZDA163）阶段性成果。原载《文化遗产》2019年第2期。

[**] 作者简介：张多，文学博士，中国社会科学院民族文学研究所博士后。

视,较早的有如洪长泰[①]、黄鸣奋[②]、李福清(Борис Львович Рифтин,1932-2012)[③] 等人的局部梳理;近来有张志娟[④]、卢梦雅[⑤]等在这一领域的重要掘进。西方学者中,美国学者十分重视到中国进行实地的搜集整理工作,从19世纪末至今,美国学人对中国民间文学的研究构成了一幅丰富多彩的学术图景。

美国学术界历来有国际区域研究的传统,中国是一个经久不衰的研究热点。综观19世纪末以来从事中国民间文学研究的美国学者,大致可分为传教士、普通学人、民俗学专业学者三类。以1949年为界,传教士和学人的搜集整理活动主要集中在前半叶,到20世纪后半叶专业民俗学学者的研究大放异彩。

美国学者对中国民间文学搜集整理主要集中于两个领域,一个是对民间文献的搜集整理,另一个则是对口头传统的文本化(textualization)。前者比如博物学家约瑟夫·洛克(Joseph Charles Francis Rock,1884-1962)于20世纪20~30年代在云南对纳西族东巴经籍文献的搜集整理以及后期的翻译、研究。后者比如安东尼·沃克(Anthony Walker)对云南拉祜族口头史诗《牡帕密帕》的搜集整理,以及完全来自拉祜语的翻译。这些工作都是基于美国学者到中国进行的实地调查的结果,而从早期的"搜集"到后期民族志意义的"田野调查",是其方法论嬗变的主要特点。

一 早期美国来华传教士的民间文学调查(1888~1948年)

19世纪末,许多美国人来到中国工作、生活,美国宗教组织也纷纷在华建立宗教机构、传播现代教育。这些教会人士多出于传教的目的而热衷

---

① 〔美〕洪长泰:《到民间去:中国知识分子与民间文学(1918—1937)》,董晓萍译,中国人民大学出版社,2015。
② 黄鸣奋:《英语世界中国民间文学研究概览》,《民间文学论坛》1995年第1期。
③ 〔俄〕李福清:《中国各民族神话研究外文论著目录(1839-1990)》,北京图书馆出版社,2007;〔俄〕李福清:《神话与民间文学——李福清汉学论集》,张冰编选,北京大学出版社,2017。
④ 张志娟:《西方现代中国民俗研究史论纲(1872-1949)》,《民俗研究》2017年第2期。
⑤ 卢梦雅:《早期法国来华耶稣会士对中国民俗的辑录和研究》,《民俗研究》2014年第3期。

于了解中国的民俗文化,尤其是民间文学。

美国传教士对中国民间文学的关注,大多是其宗教和社会活动的副产品。许多传教士身涉当时中国政治、教育、文化、宗教、外交、卫生诸多事务,而他们对民间文学的关注仅仅是认识中国人日常生活的手段,不宜过分夸大。其中基督教公理会传教士明恩溥(原名阿瑟·亨德森·史密斯,Arthur Henderson Smith,1845 – 1932)是典型。明恩溥 1872 年来华,先后在天津、山东、北京等地生活。他在中国生活了 54 年,推动了美国政府退还半数"庚子赔款"。明恩溥的《汉语与谚语俗语——兼及旁涉相关与无关事象,又及对中国人的观察》1888 年出版。① 这部搜集整理文集虽然在上海美华书馆出版,但在美国影响很大,时至今日仍然是研究中国文化史的重要著作。这部书 1902 年、1914 年在上海美华书馆两度再版,1965 年又由纽约的 Dover Publications, Inc. 再版,2010 年由田纳西州孟菲斯的 General Books LLC 再版。从 19 世纪到 21 世纪四度再版,可见其在英语世界的影响力之巨。

明恩溥搜集这些民间素材,主要是出于当时对中国人国民性的观察。《汉语与谚语俗语——兼及旁涉相关与无关事象,又及对中国人的观察》在正文之前有很长的一个导论,详细交代了他的工作方法和分类原则。正文部分除了对俗语、谚语的汉语、英语对照翻译之外,更多的是对每一条俗语、谚语的解释和评析。他搜集的内容驳杂,除了乡土俗语、谚语,也有都市中的文字游戏。比如他搜集到一幅名叫《壶中造化》的酒壶图,酒壶的轮廓是由一首劝诫酗酒的打油诗汉字勾勒出来的。② 有学者指出,偏重揭露中国的黑暗面是明恩溥著作也是他的中国观的突出特点,③ 他的谚语俗语搜集也有这种倾向。因此评价明恩溥的民间文学搜集整理,既要注意其研

---

① Arthur Henderson Smith, *Proverbs and Common Sayings from the Chinese, Together with Much Related and Unrelated Matter, Interspersed with Observations on Chinese*, Shanghai: American Presbyterian Mission Press, 1888.
② Arthur Henderson Smith, *Proverbs and Common Sayings from the Chinese, Together with Much Related and Unrelated Matter, Interspersed with Observations on Chinese*, New York: Dover Publications, Inc., 1965, p. 173.
③ 刘天路:《美国传教士明恩溥的中国观》,《文史哲》1996 年第 1 期。

究上的贡献，也须考虑其宗教背景和价值观。

和明恩溥这样的"多面手"相类似的，还有美国卫理公会（时称"美以美会"）宣教士艾萨克·泰勒·何德兰（Isaac Taylor Headland，1859－1942）。他1888年来华在北京汇文书院（The Methodist Peking University）任教。由于他们夫妇与清皇室有良好的私人关系，因此得以从上到下地广泛接触中国社会。何德兰有关中国的著述颇丰，比如《中国儿童》（1901）[1]、《中国英雄：记录了本地基督徒在义和团起义中遭受的迫害，并附有照片插图》（1902）[2]、《中国小兄弟》（1903）[3]、《中国家庭生活》（1914）[4] 等。

何德兰的民间文学搜集整理工作是受到另一位来华外交官——意大利人吉多·阿梅迪奥·韦大列（Guido Amedeo Vitale，1872－1918）的影响。[5] 韦大列在学习汉语之余搜集中国歌谣、笑话、故事，在当时影响极大。1900年何德兰在纽约出版了歌谣集《孺子歌图》（*Chinese Mother Goose Rhymes*）[6]，这部儿童歌谣集包含140首歌谣，汉英对照，可贵的是每首歌谣都有黑白照片插图。这些照片大多是关于中国儿童生活的，作为史料弥足珍贵。1933年何德兰的《中国童谣，有几首来自印度、日本和韩国》（*Chinese Rhymes of Children with a Few from India, Japan and Korea*）[7]（以下简称《中国童谣》）在美出版。《中国童谣》并没有汉语原文，直接呈现英译，但是每首歌谣都配有精美的手绘插图。《孺子歌图》和《中国童谣》两部歌谣集，奠定了何德兰在中国歌谣学研究中的重要地位。

当然，也有一些传教士较为专注于民间文学。比如美国浸信会女传教

---

[1] Isaac Taylor Headland, *The Chinese Boy and Girl*, New York, Chicago: Fleming H. Revell Company, 1901.
[2] Isaac Taylor Headland, *Chinese Heroes: Being a Record of Persecutions Endured by Native Christians in the Boxer Uprising, with Illustrations from Photographs*, New York, Eaton & Mains/Cincinnati: Jennings & Pye, 1902.
[3] Isaac Taylor Headland, *Our Little Chinese Cousin*, Boston: L. C. Page & Co., 1903.
[4] Isaac Taylor Headland, *Home Life in China*, New York: The Macmillan Company, 1914.
[5] 〔美〕洪长泰：《到民间去：中国知识分子与民间文学（1918—1937）》，董晓萍译，中国人民大学出版社，2015，第26页。
[6] Isaac Taylor Headland, *Chinese Mother Goose Rhymes*, New York: Fleming H. Revell Company, 1900.
[7] Isaac Taylor Headland, *Chinese Rhymes of Children with a Few from India, Japan and Korea*, New York: Fleming H. Revell Company, 1933.

士阿黛尔·玛丽安·菲尔德（Alele Marion Fielde，1839－1916）因卓越的语言才华，在中国民间文学搜集整理方面有重要成就。1893 年她的《中国夜谭：杏眼民众讲述的 40 个故事，以浪漫故事〈射失之箭〉为串联》①（以下简称《中国夜谭》）在纽约、伦敦同时出版，张志娟将其视为"第一本以现代田野作业方式采辑的中国民间故事集"。②菲尔德 1865 年前往曼谷传教，由于传教的对象多是潮汕籍华人，因此她掌握了潮汕方言。她 1873 年来到广东，由于她非常注重与当地人交往，汉语能力提高速度很快。后来她搜集整理民间故事完全有赖于她对潮汕方言的惊人把握。菲尔德具有民俗学的研究意识，她在调查民间故事后，还撰写论文在美国民俗学会的会刊《美国民俗学刊》（Journal of American Folklore）上发表。1912 年，《中国夜谭》再版，更名为《中国童话：杏眼民众讲述的 40 个故事》③。

有的传教士则将视野拓展到非汉语群体的口头传统。比利时天主教传教士田清波（原名昂突瓦耐·莫斯特尔，Antoine Mostaert，1881－1971）在 1905～1925 年被派往鄂尔多斯蒙古族地区传教，1925～1948 年到天主教北京辅仁大学从事研究，1948 年来到美国，在美国蒙古学研究领域声名鹊起。他对蒙古族的研究主要集中在历史和语言领域，但同时也搜集整理蒙古族歌谣和故事。1934 年，他搜集整理的 16 首鄂尔多斯蒙古族歌谣刊登在《北京辅仁大学通报》上。④ 1947 年他出版了《鄂尔多斯民间文学》⑤，包含歌谣、谚语、故事、叙事诗等文类。田清波有极高的语言才能，通英、德、希腊、拉丁、荷兰、蒙古、汉等多种语言，毕生致力于蒙古语、蒙古史和鄂尔多斯蒙古族社会研究。由于他精研蒙古语，所以他在研究历史时尤其重视口述史料、口传史料以及民间文学的运用。

美国传教士赴华从事调查的图景主要包含但不限于上述诸位，比如司

---

① Alele Marion Fielde, *Chinese Nights' Entertainment: Forty Stories Told by Almond-Eyed Folk Actors in the Romance of the Strayed Arrow*, New York and London: G. P. Putnam's Songs, Knickerbocker Press, 1893.
② 张志娟:《西方现代中国民俗研究史论纲（1872－1949）》,《民俗研究》2017 年第 2 期。
③ Alele Marion Fielde, *Chinese Fairy Tales: Forty Stories Told by Almond-Eyed Folk*, New York and London: G. P. Putnam's Songs, 1912.
④ 田清波:《十六首鄂尔多斯民歌》,《北京辅仁大学通报》第 9 卷, 1934 年。
⑤ 田清波:《鄂尔多斯民间文学》, 北京法文图书馆, 1947 年。

礼义（原名保罗·塞鲁伊斯，Paul Serruys，1912－1999）对晋北民间文学的搜集等，他们在晚近学人著述中都得到了观照。① 但总的来说，他们中极少有以搜集民间文学为主要目的的。大多数传教士把民间文学搜集整理、翻译作为传教的重要辅助。和美国传教士同时代的英、法、德等国传教士的民间文学搜集工作，有许多早于"歌谣运动"，他们的工作为中国现代民间文学的早期研究奠定了基础。

二 20世纪前半叶专业学者的搜集整理和研究工作

和传教士的传教目的不同，美国来华教师、学者的研究则带有更多学术目的。这些学者有的是把民间文学作为其研究计划的一个分支，有的则是专门研究。像美籍德裔民俗学家沃尔弗拉姆·艾伯华（Wolfram Eberhard，1901－1989）专精于中国民间故事类型学研究，著有《中国民间故事类型》②。他的工作主要依靠典籍、文献和别人的搜集，而本文关注的主要是直接从民间系统地搜集整理民间文学的成果。

与明恩溥、何德兰的工作方式类似，美国教师诺曼·欣斯代尔·皮特曼（Norman Hinsdale Pitman，1876－1925）于1909~1912年在北京教英语，工作之余搜集歌谣、故事。他的《中国神奇故事》（1910）③、《中国玩伴（拾穗男孩）》（*Chinese Playmates*, *or*, *the Boy Gleaners*，1911）④、《中国奇谭》（1919）⑤ 等，至今依然是影响美国读者对中国想象的重要出版物。皮特曼这类搜集整理和翻译工作更多带有文化传播和普及的目的，学术研究目的并不突出。相较而言，约瑟夫·洛克等学者的研究在相关专业领域产生了更为深远的影响。

---

① 张志娟：《北京辅仁大学的民俗学教学与研究——以〈民俗学志〉（1942－1948）为中心》，《民俗研究》2014年第1期。
② 〔德〕艾伯华：《中国民间故事类型》，王燕生、周祖生译，商务印书馆，1999。
③ Norman Hinsdale Pitman, *Chinese Fairy Stories*, London: G. G. Harrap, 1910.
④ Norman Hinsdale Pitman, *Chinese Playmates, or, the Boy Gleaners*, London: Forgotten Books, 1911.
⑤ Norman Hinsdale Pitman, *Illustrated by Li Chu-T'Ang, a Chinese Wonder Book*, New York: E. P. Dutton & Co., 1919.

美国博物学家、植物学家、人类学家约瑟夫·洛克第一次踏上中国土地是 1922 年，美国农业部派他到云南调查植物资源。他直到 1949 年永远离开中国，其间在中国生活了 27 年。他的足迹遍布滇、川、康、藏、甘等地，但主要时间是在云南度过的。他被纳西族别样的社会文明深深吸引，尤其是他敏锐地察觉到东巴文经籍象形文字蕴含着巨大学术价值。

洛克的成就主要集中在植物学和纳西学两个领域。正是不畏困难的科学探索精神和广博的学术涉猎，使他在纳西族东巴文研究中独树一帜，被誉为"纳西学之父"。他一生搜集了 8000 多卷东巴文经书，分藏于哈佛大学、柏林国立普鲁士文化基金会图书馆等处。洛克还为《国家地理》杂志撰写了 9 篇文章，拍摄了 700 多张照片，是研究 20 世纪二三十年代中国西南地区文化史的珍贵资料。洛克对东巴文经书的注解，是与丽江数十位东巴合力完成的，这保证了注解的可靠性和学术价值。他的著作《中国西南古纳西王国》（1947）[1] 和《纳西语英语百科辞典》（1963 - 1972）[2] 在身后享誉学界。

同样在西南地区，大卫·克罗克特·葛维汉（David Crockett Graham，1884 - 1962）的研究也对后世影响深远。葛维汉虽然有美国浸礼会牧师身份，但他的研究工作有较强学术目的，其学术价值和专业性与其他传教士不可同日而语。葛维汉的学术领域涉及人类学、考古学、比较宗教学、语言学、博物学等，民间文学的搜集主要是服务于他的少数民族研究。1932 年，他在成都记录了珙县苗族歌手演述的故事和歌谣，后多次深入珙县调查。他在苗族人熊朝嵩的协助下，搜集整理了 752 则神话、故事、歌谣，返美后将其中大部分翻译为英语，撰写了《川苗的故事和歌谣》[3]《川苗传说》[4] 等作品。他在川南苗族中搜集到的"洪水后兄妹婚"类型神话，对当

---

[1] F. Joseph Rock, *The Ancient Na-khi Kingdom of South-West China*, Cambridge: Harvard University Press, 1947.

[2] F. Joseph Rock, *A Na-khi English Encyclopedic Dictionary*, Roma: Instituto Italiano per il Medio ed Estremo Oriente, 1963 - 1972.

[3] David Crockett Graham, *Songs and Stories of the Ch'uan Miao*, Washington D. C.: Smithsonian Institution, 1954.

[4] David Crockett Graham, "Legends of the Ch'uan Miao," *Journal of the West China Border Research Society*, 1938 (6): 9 - 51.

时中国兄妹婚（伏羲女娲）神话研究有广泛影响，比如1938年芮逸夫的《苗族的洪水故事与伏羲女娲的传说》就提到了他的研究。芮氏文章发表时葛维汉的成果尚未发表，芮逸夫说："前月四川华西大学博物馆主任美人葛维汉氏在金陵大学演讲川南的苗子，所述洪水故事也和《鸦雀苗故事》的前段很相像。"①

葛维汉在华工作37年，被誉为"人类学华西学派之父"。葛维汉先后师从爱德华·萨丕尔（Edward Sapir，1884-1939）、费-库柏·柯尔（Fay-Cooper Cole，1881-1961）、叶长青（原名 J. 赫顿·埃德加，J. Huton Edgar，1872-1936）学习心理学、文化人类学和考古学，还曾是美国民俗学会的会员。他1911年初次来到四川，以成都为中心，先后到川南、川西的彝族、藏族、苗族、羌族地区调查。他的成名作《羌族的习俗与宗教》② 获得古根海姆奖（Guggenheims），在该书中他把羌族的民间故事、歌谣作为专门章节。③ 对民间口头叙事的搜集整理和运用是他从事民族研究的鲜明特征。

与葛维汉工作方式相似的还有蒙古学大家尼古拉斯·N. 鲍培（Nicholas N. Poppe，1897-1991）。鲍培出生于中国，后回到祖籍国俄国，1949年迁居美国，任教于西雅图华盛顿大学。虽然鲍培的主要成就在语言学和八思巴文字学，但是正因为对蒙古语、汉语、德语、俄语等语言的精通，他的民间文学研究具有扎实的语言学功底。他根据自己在华期间的调查，1937年用俄语写了《喀尔喀蒙古人的英雄史诗》，后来在美国翻译出版。④ 这是《格斯尔》史诗研究的重要著作。

除了来华工作的美国学者之外，还应该注意到，海外华人也是中国民间文学研究的重要力量。除了像《金山歌集》（1911）⑤、《金山歌集》（第2

---

① 芮逸夫：《苗族的洪水故事与伏羲女娲的传说》，《人类学集刊》第1期，1938年。
② David Crockett Graham, *The Custom's and Religion of the Ch'iang*, Washington: The Smithsonian Institution, 1958.
③ 葛维汉对苗族、羌族民间文学的搜集整理参见李绍明、周蜀蓉选编《葛维汉民族考古学论著》，巴蜀书社，2004。
④ Nicholas Poppe, *The Heroic Epic of the Khalkha Mongols*, translated from the Russian by J. Krueger, D. Montgomery, Bloomington: Indiana University, Mongolia Society, 1979.
⑤ 《金山歌集》，金山启新书林，1911（后来有《最新金山歌集联集合刻》，1927）。

集)(1915)① 这些加州华人自己搜集整理的歌谣集之外，美国学者也会从美国华人中搜集中国民间文学。比如1950年，印第安纳州的大学教师Louise P. Olsen 从他的中国学生 Anna Ding-ah Wong 那里听来了一则中国鬼故事。这位女学生的汉文姓名已无从考证，她是来自香港的广东人。Olsen 先是简单记录故事，后来逐字誊写编译，把这篇讲树精和书生的《中国鬼故事》("A Chinese Ghost Story")② 发表在当地的民俗学杂志 Hoosier Folklore③ 上。由这些线索可见，在美华人民间文学研究是一个特殊领域，囿于笔者目力所限，留待将来进行研究。

总的来说，20世纪前半叶，专业学人对中国多民族民间文学的搜集整理和译介，大大弥补了传教士搜集工作研究深度和系统性不足的缺憾。他们的研究依托长期、深入的田野调查，并且具备良好的多语言训练，使其成果至今依旧葆有学术影响力。

三　20世纪后半叶美国专业学者的田野调查和系统翻译

1950~1980年这一时期，只有极少数美国学者有条件在中国从事研究，因而这一时期的民间文学搜集整理成果较少。许多基于前期调查形成的研究成果是学人们返美后完成的。比如西利尔·白之（Cyril Birch）在20世纪60年代整理的《中国故事集》④ 就是在美国完成的。鲍培1949年已移居美国，后来出版过一些蒙古民间文学著述，他在1975~1985年陆续翻译了8卷蒙古史诗《格斯尔》（从蒙古语译为英语）。

美国学者直到20世纪80年代才重新得以方便地来中国从事民间文学调查。这时候，中国民间文学研究迎来了两位受过民俗学专业训练的学者：马克·本德尔（Mark Bender）、苏独玉（Sue Tuohy）。他们都在中国进行了

---

① 《金山歌》（集2集），大光书林，1915。
② Louise P. Olsen, "A Chinese Ghost Story", *Hoosier Folklore*, 1950 (2): 48–49.
③ "Hoosier"是印第安纳州人自称的一个绰号，就是"印第安纳人"的意思。周边地区的人也会把印州人叫作 Hoosiers。印第安纳州的民俗学会就叫作 Hoosier Folklore Society，这本刊物就是该民俗学会的会刊。
④ Cyril Birch, *Tales from China*, Oxford: Oxford University Press, 2000 (1961, 1963).

长时间的田野调查,对西南少数民族民间文学、西北"花儿"的研究做出了巨大贡献。

马克·本德尔1979年从俄亥俄州立大学本科毕业,1980年夏天来到武汉任教。1981年,广西大学聘请他去教授美国文学,他在广西大学任教六年,对西南少数民族文化产生了浓厚兴趣。1987年本德尔回到俄亥俄州立大学东亚语文系攻读中国文学的硕士学位,毕业后留校任教,自此他决定将中国民间文学作为终生研究领域。1995年又在该系获得博士学位,并任教至今。此后他每隔几年都会返回中国进行调查和学术交流,他的学生也有很多走上了中国民间文学的研究道路。

1985年本德尔开始筹备《苗族史诗》[1]的英译工作。这是他在经过多年翻译积累之后,着手进行的一项重要翻译项目。《苗族史诗》是著名民族学家马学良和今旦合作译注的贵州黔东南苗族口头史诗。该书1983年出版,后来今旦的子女吴一方和吴一文找到了本德尔,说父亲非常希望有英语译本。本德尔意识到这是一件非常有意义的事,因为英语译本能让众多海外苗族同胞以及更多读者了解苗族口头传统。本德尔为此系统研究了《苗族史诗》的内容以及搜集整理经过,撰文在美国发表,[2] 后来成为英译本的导论。《苗族史诗》英译本2006年问世,他把英译版书名改为《蝴蝶妈妈:中国贵州苗族的创世史诗》[3]。

苏独玉是美国少见的专攻中国西北民间文学的女性学者。1983年,苏独玉来到南开大学学习汉语,这时候她也在筹划自己的有关中国民族文化的博士学位论文。她在兰州遇见了中国著名民俗学家、民间文艺学家柯杨(1935—2017),正是柯杨教授"钦点"了"花儿"这个题目,自此苏独玉和"花儿"结缘30多年。1988年,苏独玉完成了博士学位论文《想象的中

---

[1] 马学良、今旦译注《苗族史诗》,中国民间文艺出版社,1983。
[2] Mark Bender, "Hxak Hmub: An Introduction to an Antiphonal Myth Cycle of Miao in Southeast Guizhou," *Contributions to Southeast Asian Ethnography*, 1988 (7): 95-128.
[3] Mark Bender, *Butterfly Mother: Miao (Hmong) Creation Epics from Guizhou China*, Indianapolis, Cambridge: Hackett Publishing Company, 2006.

国传统：以花儿、花儿会及其研究者为例》①，获得印第安纳大学民俗学博士学位并留校任教至今。苏独玉搜集和翻译花儿的优势在于，她能够听懂西北地区兰州、西宁、临夏等地的汉语方言，因此记录花儿的唱词比较准确，翻译也更为雅达。

此后苏独玉每隔几年就要回到中国进行数月的田野调查和学术交流，她和中国民俗学同行有广泛的交往，与西北地区回族、东乡族、撒拉族、汉族的花儿歌手有深厚交情。印第安纳大学民俗学与音乐人类学系是世界民俗学重镇，苏独玉也是该系首位从事中国民俗学、民间文学研究的学者。她在印大开设的中国民俗文化课程广受欢迎，她常常在课堂上分享花儿的录音。她注意到录音设备对研究民间歌谣的重要性，因为至少音乐文本不会被从文本中剥离。

著名拉祜专家安东尼·沃克对《牡帕密帕》的翻译也值得一书。任教于俄亥俄州立大学的沃克是埃文斯-普里查德（Evans-Pritchard, 1902－1973）的学生。他1966年来到泰国北部从事泰国拉祜族的研究，学会了几种拉祜语方言。泰北的田野工作奠定了他世界著名拉祜专家的地位。1990年他将工作重心转移到了云南拉祜族。正是在云南，他看到了中国学者搜集整理的史诗《牡帕密帕》，称赞不已。后来他与云南籍民俗学者史昆合作，根据汉语本将《牡帕密帕》翻译为英语，在清迈出版。② 他精通拉祜语但不懂汉语，而史昆兼通英语和汉语，因此他们的合作以英语为工作语言，在拉祜语和汉语之间考辨校正，最终保证了英语译文的质量。

在20世纪80年代之后来华的学者中，有一批人类学家在民族志书写之余也会进行小规模的民间文学搜集整理、翻译工作，比如埃里克·穆格勒（Eric Mueggler）对云南楚雄彝族歌谣的翻译。《野鬼的年代：中国西南的记忆、暴力和空间》③ 是穆格勒有关云南楚雄永仁县直苴村彝族支系"倮倮

---

① Sue Tuohy, *Imagining Chinese Tradition: The Case of Hua'er Songs, Festivals and Scholarship*, Ph. D. dissertation, Indiana University, 1988.
② Anthony Walker and Shi Kun, trans., *Mvuh Hpa Mi Hpa Creating Heaven, Creating Earth*, Chiang Mai: Silkworm Books, 1995.
③ Eric Mueggler, *The Age of Wild Ghosts: Memory, Violence, and Place in Southwest China*, Berkeley and Los Angeles: University of California Press, 2001.

颇"的民族志。他在探寻直苴彝人历史记忆时,尤其倚重口头诗歌语言(a verbal poetic language),因此翻译了大量彝语歌谣文本。类似的工作还有西雅图华盛顿大学的人类学家李瑞福(Ralph Litzinger)对广西金秀大瑶山瑶族历史记忆研究的民族志《另版中国:瑶族及其国民归属感研究》。[①] 人类学家萨拉·L. M. 戴维斯(Sara L. M. Davis)在西双版纳的田野研究中,关注了傣族章哈演唱叙事长诗或史诗,在其《歌与沉默:中国西南边疆的族群复兴》[②]中翻译了部分叙事长诗。

还有一些搜集整理项目是由美国以外学者完成的,但得到了美国高校和研究机构的支持。比如澳大利亚人类学家贺大卫(David Holm)是著名的壮族研究和古壮字专家。他 1994~1997 年在广西调查"布洛陀"期间,发现了一个《布洛陀》的古壮字写本。他到文本的原生地东兰县,发现了在桂、黔交界地区分别用壮语、布依语演唱这个文本的歌手。他对这个文本进行了民族志注释和英译,在北伊利诺伊大学支持下出版了《杀牛祭祖:中国西南的壮族创世文本》[③]。这部创世史诗的搜集整理、注释、翻译非常严谨、细致,还原了史诗写本的演唱语境、仪式语境和文化语境,还附有照片和视频光盘,堪称民间文学搜集整理之典范。

美国学者对《格萨尔》(藏族汉译为《格萨尔》,蒙古族汉译为《格斯尔》)史诗的研究也是中国民间文学外译的重要一支。包括亚历山大·大卫-尼尔(Alexandra David-Neel)[④]、道格拉斯·J. 彭尼可(Douglas J. Penick)[⑤]、罗宾·科恩曼(Robin Kornman, 1947 - 2007)[⑥] 在内的藏语—英语、藏语—

---

① Ralph Litzinger, *Other Chinas*: *The Yao and the Politics of National Belonging*, North Carolina: Duke University Press, 2000.
② Sara Davis, *Song and Silence*: *Ethnic Revival on China's Southwest Borders*, New York: Columbia University Press, 2005.
③ David Holm, *Killing a Buffalo for the Ancestor: A Zhuang Cosmological Text from Southwest China*, Southeast Asia Publications, Center for Southeast Asian Studies, DeKalb: Northern Illinois University, 2003.
④ Alexandra David-Neel, *The Superhuman Life of Gesar of Ling*, Boston & London: Shambhala Publications, 1987.
⑤ Douglas J. Penick, *The Warrior Song of King Gesar*, Boston: Wisdom Publications, 1996.
⑥ Robin Kornman, *Gesar Epic*, New York: Harper Collins, 2004; Robin Kornman, *Selection from Volume II of Gesar of Ling Epic*, London: Penguin Books Ltd., 2008.

汉语—英语《格萨尔》译本，以及萨仁格日勒（Sarangerel Odigon）① 的蒙古语（布里亚特）—英语《格斯尔》译本，都是英语学术界广为流通的译本。其中罗宾·科恩曼是著名藏学家，2007 年去世前花费数年心血翻译《格萨尔》。他于普林斯顿大学获得博士学位，他的翻译得益于严格的语文学训练，使他能够准确传达藏文语汇的民俗、宗教含义。另外，印第安纳大学乌拉尔 - 阿尔泰学系的蒙古学会也编纂过一些蒙古民间文学的合集，比如《蒙古族民间文学：口头文学传统的代表作品集》（1998）②。

尽管 20 世纪 80 年代以来，美国学者对中国民间文学的搜集整理、翻译的数量不多，但是相比早期美国学者的工作，他们的搜集整理、翻译整体质量保持高水准，可以说超越了前辈。他们的搜集整理、翻译工作方式对中国学者也有极大借鉴意义，可惜中国学界对此的领会、研究并不深入。到 21 世纪，年轻一代美国学者已经步前辈后尘来到中国研究民间文学，比如马克·本德尔的学生葛融（Levi Gibbs）研究陕北民歌和歌手；③ 蒂莫西·瑟斯顿（Timothy Thurston）研究河曲地区的民歌和藏族民间文学，其博士学位论文以藏族民间喜剧和公共知识分子为主题。④ 可期未来中国民间文学将愈加突显其作为一个国际化研究领域的重要地位。

四　美国学者调查和翻译中国民间文学的方法论

19 世纪和 20 世纪来华传教的传教士，之所以热衷于搜集民间文学，其中一个重要目的就是便于传教。比如法国传教士童文献（原名保罗·休伯特·

---

① Sarangerel Odigon, *Epic of King Gesar*, http://buryatmongol.org/.
② *Mongolian Folklore: A Representative Collection from the Oral Literary Tradition*, translated and edited by John Gombojab Hangin, with John R. Krueger, Bloomington: Indiana University, Mongolia Society, 1998.
③ Levi Samuel Gibbs, "Song King: Tradition, Social Change, and the Contemporary Art of a Northern Shaanxi Folksinger," Ph. D. dissertation, Ohio State University, 2013; Levi S. Gibbs, *Song King: Cocnnecting People, Places, and Past in Contemporary China*, Honolulu: University of Hawaii Press, 2018.
④ Timothy Thurston, "Laughter on the Grassland: A Diachronic Study of a Mod Tibetan Comedy and the Public Intellectual in Western China," Ph. D. dissertation, Ohio State University, 2015.

佩尼，Paul Hubert Perny，1818 – 1907）、英国传教士沙修道（威廉·斯卡伯勒牧师，Rev William Scarborough，1840 – 1894）和明恩溥之所以重视谚语的搜集，是因为在宣教基督教教义的时候使用中国谚语，教徒就很容易接受和理解。比如沙修道就明确说过使用中国谚语传教的效果好。① 值得注意的是，基督教在中国传教的一大特点就是善于利用民间文学。除了上述例子，基督教在拉祜族、苗族、傈僳族、景颇族等少数民族群体中传播的例子也很典型。② 这种"文化接触""文化融合"乃至"文明互鉴"是考量美国传教士进行中国民间文学搜集整理、翻译活动的重要尺度。

20世纪前半叶来华的学者和传教士，搜集民间文学的工作方法主要是根据听到的讲述整理成文。歌谣短小有韵、便于记录，因而较容易做到忠实于口头演述。但是故事就很难做到忠实于讲述，多数情况都是学者二次整理编辑的结果。但是20世纪80年代之后的学者，通常能够使用现代录音、摄录器材来记录。对他们而言最大的障碍是语言。有些学者精通民族语言，能够直接从民族语翻译为英语，比如安东尼·沃克精通拉祜语。但有些人主要借助汉语工作，比如马克·本德尔，他通常都有通晓民族语的合作者。

马克·本德尔对中国民族民间文学有一种近乎痴迷的热爱，他很早就想到要将这些动人的诗篇介绍给英语世界。早在1982年他便尝试将彝族叙事长诗《赛玻嫫》译成英文。③ 1984年他又和史昆合作翻译了壮族的诗歌集《象鼻山》。④ 由于本德尔是基于汉语整理本来翻译的，因此只要有合作者，并不局限于某个民族。比如他和广西大学的达斡尔族学生苏华兰合作翻译了《达斡尔族民间故事选》。⑤ 他自己介绍工作的情形："我们开始一起

---

① 〔美〕洪长泰：《到民间去：中国知识分子与民间文学（1918—1937）》，董晓萍译，中国人民大学出版社，2015，第164页。

② 相关研究比如：苏翠薇、刘劲荣《拉祜族厄莎信仰与基督教的互动整合》，《云南社会科学》2006年第1期；洪云《西方传教士与近代贵州（1861 - 1949）》，博士学位论文，浙江大学，2013；蓝红军《翻译与民族身份构建——以传教士傈僳族地区的翻译为例》，《外语研究》2018年第5期；等等。

③ Mark Bender, trans., *Seventh Sister and Serpent: A Narrative Poem of the Yin People*, Beijing: New World Press, 1982.

④ Mark Bender and Shi Kun, trans., *Elephant Trunk Hill*, Beijing: Foreign Languages Press, 1984.

⑤ Mark Bender and Su Huana, trans., *Daur Folktales*, Beijing: New World Press, 1984.

翻译这本书里的一些故事，通常情况下是一道工作。我先用中文读一遍，然后我们一句一句的翻译为英文；有时遇到不清楚的地方，我们就用汉语讨论。"①

2012年，马克·本德尔与吴一文、吴一方以及自己的学生葛融合作，通力合作完成了《苗族史诗》的苗、汉、英三种语言对照本。② 这个三语版本，运用了民族志的注释方法，对史诗中那些民俗事象、名词、语言现象进行详细描述注解，使得文本背后的文化含义呈现出来，便于读者进入史诗演述的语境。

中美学者合作研究是美国学者搜集整理和翻译中国民间文学的重要方法，除了翻译上的合作，还有田野调查的合作，比如《定县秧歌选》的研究。在20世纪早期，围绕河北定县秧歌展开的搜集整理、翻译工作是一个著名的学术史案例，在数十年间，晏阳初（1890—1990）、李景汉（1895—1986）、陈逵（1902—1990）、西德尼·戴维·甘博（Sidney David Gamble, 1890 - 1968）、董晓萍、欧达伟（原名 R. 大卫·阿古什，R. David Arkush）等中美学者先后投入这项工作中。

1933年，李景汉、张世文选编的《定县秧歌选》由平教会出版，北洋械器局印行。这是定县平民教育运动诸多社会调查成果中的一个。李景汉是留美硕士，受过美式社会学的严格训练，深知调查方法对平民教育的重要性。由于李景汉这位调查专家所发挥的作用，定县平教运动的民间文学搜集工作成效显著。几年下来，除了《定县秧歌选》，他们还搜集到100多个笑话、多首歌谣、300多条歇后语、300多条谜语和600多条谚语。③

后来，西德尼·甘博把《定县秧歌选》翻译为英语。④ 甘博的翻译使这本集子在英语世界产生很大影响。费正清（原名约翰·金·费尔班克，John King Fairbank, 1907 - 1991）的学生欧达伟从1989年开始关注《定县秧歌

---

① 〔美〕马克·本德尔：《略论中国少数民族口头文学的翻译》，吴姗译，巴莫曲布嫫审校，《民族文学研究》2005年第2期。
② 《苗族史诗：苗文·汉文·英文对照》，贵州民族出版社，2012。
③ 孙伏园：《定县的平民文学工作略说》，《艺风》（月刊）第9期，1933年。
④ Sideny D. Gamble, ed., *Chinese Village Play from the Ting Hsien（Yang Ke Hsuan）*, Amsterdam: Philo Press, 1970.

选》，主要研究秧歌戏所传达的民众的爱情观和道德观。后来，欧达伟找到了中国民俗学家董晓萍一起到河北进行调查。"1992年–1995年，我们多次来到定县，访问了当地的民间老艺人和小戏班社，收集他们的回忆资料，就定县秧歌的历史影响和现代流传问题进行了田野调查，在此基础上，我们参考历史文献，使用了相关的华北民间戏曲资料和民间叙事资料。"① 经过这些合作调查，欧达伟完成了《中国民众思想史论——20世纪初期～1949年华北地区的民间文献及其思想观念研究》②。后来他与董晓萍合作在北京师范大学出版社出版了《乡村戏曲表演与中国现代民众》③。几代中美学者跨越60多年的合作研究，也使得"定县秧歌"成为民间文学学术史上的经典案例。

在翻译的技术层面，美国学者也有许多工作方法值得总结。首先是语言转换的模式，马克·本德尔将其分为三类。一是基于"民—汉—英直译"，借助汉语作为中介语言直接一对一翻译，这种方法缺乏语境信息和民族志资料。二是"民—汉—英全译"，虽然借助汉语中转，但是同时有充实的民族志背景、表演惯例信息、表演者的背景等。三是"双语翻译"，也即直接从对方语言翻译为英语或拉丁语。这种翻译方式是表演理论所推崇的方式。④

而有的翻译工作，在多名学者之间产生了复杂的工作关系，比如甘博将英译后的《定县秧歌选》署名为自己，但实际上李景汉等人才是原本搜集者。这种不寻常的关系涉及平教会整个定县活动的历史。晏阳初、李景汉、甘博、陈迼等人在翻译《定县秧歌选》上都有复杂的互动关系。这一点，江棘的研究⑤做了很好的考辨，此不赘述。

---

① 〔美〕欧达伟、董晓萍：《定县秧歌调查研究的经过》，《池州师专学报》1999年第2期。
② 〔美〕欧达伟：《中国民众思想史论——20世纪初期～1949年华北地区的民间文献及其思想观念研究》，董晓萍译，中央民族大学出版社，1995。
③ 董晓萍、〔美〕欧达伟：《乡村戏曲表演与中国现代民众》，北京师范大学出版社，2000。
④ 〔美〕马克·本德尔：《略论中国少数民族口头文学的翻译》，《民族文学研究》2005年第2期。
⑤ 江棘：《海外视域下的民众、宗教观念与中国民间文艺经典的塑造——以〈定县秧歌选〉的外译阐释为例》，《文学评论》2017年第2期。

五　结语

　　一百多年来，美国学者对中国民间文学持续性的关注，在各国学者中显得尤为突出。早期美国学人对歌谣、谚语、故事的搜集整理，对"歌谣运动"发挥了"直接先导"的作用；[①] 而晚近的搜集整理和翻译工作也成为中国民间文学文本生产的重要组成部分。马克·本德尔在整体观照中国多民族口头传统文本化历程的基础上，提出"全文本"（master text）或"整编全文本"（en-riched master text）的概念，用来指代将多个口头文本整编为一个"完整"文本的工作方式及其产物。他尤其强调不能忽视整编全文本在中国流行的事实及其文化意义。[②]　总的来说，美国学人在中国的民间文学搜集整理工作，客观上一直在影响着中国民间文学的学术发展，其译介工作也在中美人民之间起到了认知、理解的桥梁作用。20世纪80年代之后来华的专业学者，其搜集整理、翻译工作除了注重民间文学语境信息的呈现，还重视对中国语言文化多样性的观照，为中国民间文学研究提供了一个绝好的参照系。从美国一国的案例出发，放眼整个海外学者在中国的工作，都值得中国学界充分学习、借鉴、批判、继承和对话。

[①] 赵世瑜：《眼光向下的革命——中国现代民俗学思想史论（1918－1937）》，北京师范大学出版社，1999，第77页。

[②] 马克·本德尔于2018年在北京师范大学京师论坛"多民族口头传统的文化意义"上的讲话。

中国民间文学学术史研究 40 年[*]

万建中[**]

摘　要：从 1978 年到 2018 年，民间文学学术史研究明显分成两个阶段。20 世纪八九十年代的民间文学研究，是"五四"时期学术目标的延续，也是"证明"自身的学术逻辑的延展。在"证明"诉求统领学术界的情况下，自然无暇顾及学术史。其实，"证明"最有效的范式是学术史，钟敬文先生率先开启了学术史的书写实践。进入 21 世纪，学者们可以从容地回过头去整理 20 世纪所有的学术成果。在新世纪学术大反思的浪潮中，中国民间文学学术史研究也步入了新的征程。

关键词：民间文学；学术史研究；"证明"

学术史是一门学科走向成熟的标志，民间文学研究的学术史经历了曲折的历程，这个过程本身是民间文学学科发展的缩影，也是民间文学研究 40 年从无到成就突出的过程。这类著述着眼于从"五四"到 2018 年中国民间文学研究的整体观照，具有强烈的学术史的书写意识，"史"的概念和书写的目的性十分明确。从时段的划分来看，虽然 1949 年前后，随着社会形态的变化，中国民间文学的研究也进入新阶段，但是，就学术史意义而言，1978 年是最具划时代意义的一年，因为在此之前，中国民间文学的研究还始终处于初级阶段，作品采集和作品分析为其主流，学术范畴和学术话语

---

[*] 本文为 2016 年度国家社会科学基金重大招标项目"20 世纪中国民间文学研究专门史"（项目编号：16ZDA164）阶段性成果。原载《西北民族研究》2019 年第 2 期。
[**] 作者简介：万建中，北京师范大学文学院教授，博士生导师。

相对贫乏,没有形成自足的体系,而 1978 年之后,民间文学逐渐成为具有相对独立性的一门学科。

一 学术史出让给了"证明"

"民间"曾经意味着底层、边缘、落后和传统,因此,学术界的改革开放一旦开启,民间文学研究者们便迫不及待地证明其研究对象的正当性和合法性。在 1978 年之后的数年当中,民间文学研究仍处于为自己"证明"的阶段,挖掘民间文学资源宝库和其社会功能成为主要的学术动机。各民族的民间文学被隆重推出,"某某民族的民间文学"是最显见的论题,那些流传广泛又极富民族和地域特色的民间文学文本逐渐成为经典。民间文学研究被阶级论和反映论所主导,民间文学的思想意义具有严密的上层意识形态。阶级论将"歌颂"与"批判"作为论述过程中的关键词,劳动人民的主体身份成为民间文学扬眉吐气的政治资本。"二千年的文学史上,所以能有一点生气,所以能有点人味,全靠有那无数小百姓和那无数小百姓代表的平民文学在那里打一点底子","庙堂的文学终于压不住田野的文学,贵族的文学打不死平民的文学"。[1] 这是在阶级论框架里最典型的为民间文学"证明"的话语。反映论以民间文学是广大劳动人民生产生活的真实写照为学术话语的基本起点,把揭示民间社会本质特征和发展规律当作论说的最高境界。民间文学作为喜闻乐见的表现形式,具有无可匹敌的教育和认识功能,在美感享受中实现伦理教化,传承祖先的历史记忆。面对这样一种学术语境,学者们在"拨乱反正"伊始,也忙于拨乱反正。其中以贾芝的《扼杀民间文学是"四人帮"反马克思主义的一场疯狂表演——兼驳"文艺黑线专政"论》[2] 和钟隆的《文艺作品要以情动人——兼评"四人帮"对民族民间文学的污蔑》[3] 为代表,从民间文学的角度呐喊出大批判的

---

[1] 蔚家麟:《胡适与民间文学》,《新疆大学学报》(哲学社会科学版)1980 年第 4 期。
[2] 贾芝:《扼杀民间文学是"四人帮"反马克思主义的一场疯狂表演——兼驳"文艺黑线专政"论》,《文学评论》1978 年第 1 期。
[3] 钟隆:《文艺作品要以情动人——兼评"四人帮"对民族民间文学的污蔑》,《思想战线》1979 年第 2 期。

政治话语。于是，民间文学研究终究未能迈进本体论的门槛。既然学术的纯粹不存在，那么学术研究的学术史自然无以建立。

不过，还是出现了以学者或研究成果为观照对象的论文，这些论文处于"史论"的边缘。其所以谓之"边缘"，在于作者并不具有学术史的清晰意识。20世纪70年代末80年代初，一大批知名人士论述民间文学的文章相继发表，鲁迅论民间文学、蔡元培论民间文学、郭沫若论民间文学、高尔基论民间文学等一时间成为最热门的选题，① 几乎所有的古今中外著名的文学家都与民间文学有着千丝万缕的联系。这类论述不同于阶级论和反映论，但两者的学术目的如出一辙。

其实，"五四"以来的民间文学研究都沿着"证明"自身作用和价值的轨道行进，只不过民主主义革命时期是出于民族解放的伟大表达，此间则用作"阶级斗争"的有力武器。民间文学的武器功用也是"五四"的再发现。还有一种"证明"来自对研究对象的把握和认识。进入20世纪80年代，"民间文学是阶级斗争的工具"的观念已被清除，"阶级斗争"的话语基本上被学界抛弃，研究回归到民间文学本身，其热点转向民间文学的文体特征。这一论题同样是"五四"时期的延续，同样也是"证明"的学术逻辑的延展。当然，这毕竟是民间文学研究由外部进入内部的视域转换，尽管难以解构反映论，但也弱化了反映论。一方面强调民间文学的口头性、集体性、传承性和变异性，强调民间文学有其他文学形式所无的审美价值和美感表达，以示民间文学具有迥异于作家文学的文体本质，在存在论的维度中加大"证明"的力度；另一方面不自觉地还原了民间文学的主体性。只不过这里的主体性并非要将反映论中被压抑的人民主体释放出来，而是确认民间文学不仅是认识生活的一种方式，更是广大民众抒发感情、倾吐心声的途径。关于民间文学性质的认知悄然发生了变化，主体、情感、抒发的阐述凸显了非认识论的一面，在情感态度与意识形态之间寻求到平衡

---

① 王永生：《从民间文学中吸入刚健清新的养料——学习鲁迅关于民间文学问题的论述札记》，《辽宁大学学报》（哲学社会科学版）1978年第4期；吴蓉章：《学习何其芳同志关于民间文学的论述》，《四川大学学报》（哲学社会科学版）1981年第3期；韦秋桐：《略论胡适的民间歌谣研究》，《河池师专学报》（文科版）1987年第2期。

策略。当然，这种对民间文学主体性的认知完全是出于"劳者歌其事，饥者歌其食""我心忧矣，且歌且谣"的主观感受，而不是要还给民众民间文学应有的主体地位。

总体而言，20 世纪 80 年代民间文学研究的取向与"五四""到民间去"的取向高度一致，是"到民间去"的再发现，"民间"成为民间文学阐释的标签和难以越出的藩篱。这种极强的学术惯性是由民间文学的性质决定的。作家文学可以划分为古代、近代、现代乃至当代，而民间文学的时间维度则相当模糊，难以给出古代、近代、现代、当代的阶段认定，故而其研究范式也带有顽强的延续性，研究范式的时代特征极不明显。这种延续性造就了范式的单一性并且导致了其学术意识的固化，即都以"证明"为学术己任。

在整个民间文学学术界都在忙于为民间文学"证明"的情况下，学者们自然无暇顾及学术史，学术史也未能获得足够腾挪的空间。针对这种一元化的学术经营，倒是亟待学术反思，方能指点民间文学向着多元的维度发展。学术史既是对以往研究的梳理和评述，也表现出纠偏和引导的学术意识。因此，呼唤学术史的出台，在研究基础上的再研究，是民间文学学科处于发展瓶颈状态时的内在需求。对于作家文学而言，史论原本就存在，并且一直没有中断，而民间文学的史论以往几乎为空白。因此，当时民间文学研究状况的改变，主要不在于新的研究方法的输入，学者们对于诸如母题、类型、结构、比较等视角并不陌生，本体特征把握也比较到位，所缺少的恰恰是关于民间文学研究的评述，而非民间文学研究本身。史论的出现就不仅是扩大研究领域和拓宽视野的问题，而且与民间文学学科的命运休戚相关。

当然，民间文学学术史研究的空白除了被"证明"所填充之外，其缘由还在于以学术研究取代了学术史研究。民间文学研究的基本任务，是通过田野作业写定民间文学文本，并对这些文本进行解读和分析。长期以来，民间文学界的学者以为这是民间文学研究的全部任务，学术史意识尚未形成，或者把民间文学具体的个案的学术实践视为学术史。学术史离不开田野作业和对田野作业成果的理解、解释，如果没有这些具体的个案研究，就不可能有学术史,但学术史不等同于具体的个案研究,学术史也不直接面对记录文本。学术史旨在揭示民间文学研究的本质、理论方法的短板和演进趋向,提升民间文学学术的品位层次。从民间文学文本到民间文学文本研究再到民间文学学术史的研究,是一种以民间文学文本采录、研究为核心的递进式的图式。学术史研究聚焦民间文学现象所体现出的学术向度及其演进趋势,在系统层面把握研究态势,进行整体观照。这触及问题意识、知识资源、方法论和价值论等深层次的问题。这些方面既有交叉,又有本质的区别。在民间文学领域,往往将这些不同的层面混同起来,等量齐观,诸如问题意识被等同于知识资源,方法论被当作价值论等。就"民间"这一概念而言,在 20 世纪 80 年代以前的民间文学研究中,有的处理为知识资源,有的当作价值论来言说,有的运用于方法论。如果不洞悉"民间"这一概念在哪一个维度中运行,就可能陷入概念的纠缠之中难以自拔。1978 年以来,民间文学界不遗余力地引入理论范畴,但这些理论范畴更多被当作知识资源,而不是转换分析问题范式的依据。在民间文学学术史研究中,概念不能只是关键词,还需要追寻概念在不同学术语境中的运行轨辙,考察概念是怎样在不同时段和侧面被运用和被建构的。

二 滥觞期间学术史的状况

从 20 世纪 70 年代末期到 80 年代中期,民间文学学术价值处于先导位置,以学术价值的言说形式全力为民间文学"证明"。但这种集中于学术价值的论述存在先天不足:一方面延续了口号式的表达路径,言之无物,空泛而无说服力,甚至强调民间文学学术价值至无以复加的地步;另一方面以价值论代替方法论,导致民间文学学术价值与学术方法的发展极度不平衡。这种不平衡的消除,其实主要不在于引入学术方法,而是开辟民间文学学术史研究领域,在反思的学术语境中才能真正发现问题和解决问题。

钟敬文先生率先意识到对以往的研究应该有所评述。1980 年,他发表《一九七九年民间文学工作简述》一文,这是首篇对年度研究成果进行总结分析的论文。此文尽管不属于纯粹的学术史,却开了现代民间文学领域

"研究的研究"之先河。他说:"我们民间文学工作,理论方面(包括评论、辩论)向来是比较薄弱的。但是,在本年里,它也有相当的成就。首先许多同志仍然继续从理论上批驳林彪、'四人帮'对民间文学的污蔑,曲解的谬见,进一步肃清遗毒。"① 在当时,批驳式的政治话语充满整个学术界,民间文学界也不例外。关键在于钟敬文作为民间文学学科的引路人,清醒地认识到年度综述对于深化民间文学研究的重要性。1982年,钟先生又发表了《挺进中的民间文艺学——1981年我国民间文艺学活动鸟瞰》,指出:"对于民间文学的各方面,我们也有过不同程度的成就,最薄弱的环节却是关于民间文学的科学史(理论史)的探究。30年来,我们不但没有产生过使人满意的系统著作,连比较片段的论述也不多见。这种学术空白的确非迅速填补不可。"② 紧接着,钟先生列举了一些片段式论述,诸如《蔡元培先生与民间文学》《鲁迅对民间文学理论的贡献》《晚清顽固派的民间文学观》等,这类论述不足以建构民间文学的学术史。当时已有两篇文章论及流派问题,一篇是马昌仪的《人类学派与中国近代神话学》③,另一篇是刘魁立的《欧洲民间文学研究中的第一个流派——神话学派》④。流派和思潮是构筑民间文学学术史的核心部分,在20世纪,这一研究工作并未全面展开,但80年代初,钟敬文先生就在呼唤真正意义上的民间文学研究史的出现。

在当时民间文学界还不具有学术史自觉的情况下,钟先生即给予了学术史明确的定义:民间文学思想产生和传播的社会史和思想史。民间文学学科自诞生之初起,就一直没有摆脱生存的危机,危机之源不在于民间文学本身,而在于民间文学研究的状况。民间文学学科之"证明"依赖的不是民间文学,而是民间文学研究和研究的学术史。1984年,钟先生发表了

---

① 钟敬文:《一九七九年民间文学工作简述》,《思想战线》1980年第4期。
② 钟敬文:《挺进中的民间文艺学——1981年我国民间文艺学活动鸟瞰》,《北京师范大学学报》1982年第5期。
③ 马昌仪:《人类学派与中国近代神话学》,载中国民间文艺研究会上海分会编《民间文艺集刊》(第1集),上海文艺出版社,1981。
④ 刘魁立:《欧洲民间文学研究中的第一个流派——神话学派》,载中国民间文艺研究会上海分会编《民间文艺集刊》(第3集),上海文艺出版社,1982。

《中国民间文艺学的形成与发展》①一文，尝试了学科建设学术史的思维，属于民间文学研究的思想史。此后，也有学者紧跟钟先生的步伐，回眸20世纪民间文学走过的学术道路。陈子艾于1987年发表的《我国现代民间文艺学的开端》②一文，阐述了1922年底《歌谣周刊》创刊前五年中国民间文学学科开创的整体状况。姚居顺、孟慧英的《新时期民间文学搜集出版史略》③梳理了新时期民间口头文学向书面形式转化的进程，集中讨论了民间文学三套集成的工作方案。美国学者洪长泰于1993年出版了《到民间去：1918~1937年的中国知识分子与民间文学运动》中译本④。这本书第一次从思想史的角度探讨"五四"时期中国知识分子对于民间文学的发掘、讨论和推广。严格说，这些研究还不具备民间文学研究的"史观"。20世纪，历时性民间文学学术史的书写明显存在两个方面的不足：一是对民间文学研究的成果没有进行全面而系统的检视，对成果文本的搜寻、解读和消化不够细致和深入，难以把握和理解民间文学的整体成就；二是没有将学术视野延展到20世纪的两端，历时性的学术范式仅仅限于局部，没有建立真正的历时性的书写立场。

在40年当中，前20年并没有出现真正意义上的民间文学学术史。20世纪80年代是这样，90年代依然如故，只不过缘由有所不同。如果说80年代民间文学界忙于为自身"证明"的话，90年代则陷入了另一种不知不觉的焦虑当中。随着市场经济和互联网的开辟，文化消费和表达的渠道逐渐多元起来，大众传媒骤然异常强盛。民众不再倾心于单纯的文学叙事，民间文学作为底层社会倾述诉求的工具性角色开始淡化，本来就处于社会边缘的民间文学更加远离中心。记录文本的传统性质的学术地位受到挑战，文本解读和学术建构不再成为主流，这正是引发90年代中后期民族志式的田野作业的原因。这种对于语境以及民间文学田野作业范式的倡导，为推

---

① 钟敬文：《中国民间文艺学的形成与发展》，《文艺研究》1984年第6期。
② 陈子艾：《我国现代民间文艺学的开端》，载钟敬文主编《民间文艺学探索》，北京师范大学出版社，1987。
③ 姚居顺、孟慧英：《新时期民间文学搜集出版史略》，辽宁大学出版社，1989。
④ 〔美〕洪长泰：《到民间去：1918~1937年的中国知识分子与民间文学运动》，董晓萍译，上海文艺出版社，1993。

动民间文学田野研究和语境视角的接纳和运用起到了积极作用。① 于是，民间文学的文本化遭到猛烈抨击，转而把民间文学理解为一个过程、一种行为方式和生活形态。面对这种突如其来的学术转向，民间文学界欣喜若狂，沉溺于其中而不能跃出来进行远距离的学术审视。在这般学术情形中，学术史的自觉意识自然难以形成。

民间文学学术史的突破口应在体裁领域。民间文学学科的建立依据是民间文学各类体裁，体裁的建立和体裁形象的塑造是民间文学的基础性研究，也是民间文学内部知识体系的基石。因为民间文学的研究成果构成了体裁系列，对这些体裁系列进行学术史检讨和梳理，便成为神话研究史、史诗研究史、歌谣研究史等。而这些专门研究史又组成了完整的民间文学研究学术史。② 1999 年，董晓萍发表了《民间文学体裁学的学术史》一文，③ 回答了为什么要建构和如何建构民间文学体裁学学术史这两个基本问题，开了民间文学学术史书写的先河。作为回应，近 20 年后，万建中发表了《现代民间文学体裁学术史建构的可能高度与方略》，论证以"还原"与"阐释"为重构体裁学学术史的两个维度的可能性。两篇文章共同抓住"体裁"这一学术史的"穴位"，展开的是跨世纪的对话。

三 学术史研究步入新征程

书写中国民间文学学术史可以分为对某一时段内所有研究成果的整体再研究和对某个研究领域已有成果的梳理两种范式。21 世纪民间文学学术史的书写主要是空间和时间两个维度，前者着眼于民间文学某一领域或专题的研究现状，后者着眼于民间文学学术行为的演进脉络。

20 世纪一结束，一些学者便开始对 20 世纪民间文学研究进行回顾和反思。进入 21 世纪，学者们可以从容地回过头去整理 20 世纪所有的民间文学

---

① 杨利慧：《语境、过程、表演者与朝向当下的民俗学——表演理论与中国民俗学的当代转型》，《民俗研究》2011 年第 1 期。
② 万建中：《现代民间文学体裁学术史建构的可能高度与方略》，《西北民族研究》2018 年第 1 期。
③ 董晓萍：《民间文学体裁学的学术史》，《北京师范大学学报》（社会科学版）1999 年第 6 期。

学术成果。在 20 世纪学术大反思的浪潮中，中国民间文学学术史研究也步入了新的征程，出现了许多可喜成果，主要有刘守华的《中国民间文学研究百年历程》[1]、贺学君的《从书面到口头：关于民间文学研究的反思》[2]、漆凌云的《回归民间：中国民间文学研究百年反思》[3]、安德明的《民间文学研究三十年》[4]、李欣的《中国近代民间文学研究概述》[5] 等。2003 年 10 月，在武汉华中师范大学，刘锡诚先生邀请了刘守华、刘魁立、陈建宪、施爱东、田茂军等就 20 世纪民间文学学术史进行座谈。2005 年，刘锡诚、陈泳超、王孝廉、车锡伦、刘守华、钟宗宪、高有鹏、李稚田、陶阳、潜明兹共同就民间文学百年学术史发表自己的观点（《民间文学学术史百年回顾》）。[6] 相关著作还有陈泳超主编的《中国民间文化的学术史观照》[7]、陈平原主编的《现代学术史上的俗文学》[8]、华积庆的《中国民间文学的道路》[9]、贾芝主编的《新中国民间文学五十年》[10]、梁庭望主编的《中国民族文学研究 60 年》[11] 等。以上都是 21 世纪前十年的成果，主要贡献是理清了 20 世纪民间文学学术演进的脉络，构建起了 20 世纪民间文学学术史的基本框架，凝练出每个阶段民间文学的学术品格和研究意向。譬如，漆凌云在《回归民间：中国民间文学研究百年反思》中，从蒋观云 1903 年发表的《神话历史养成之人物》开始算起，论述了民间文学的研究与清末民初的政治文化运动、五四新文化运动时期民间文学的兴盛、延安时期和新中国成立时期民间文学备受重视、改革开放时期民间文学的繁荣之密切联系，同时指出由于学术研究创新意识不强，没有形成独立的学术理论体系，导致

---

[1] 刘守华：《中国民间文学研究百年历程》，《华中师范大学学报》2001 年第 3 期。
[2] 贺学君：《从书面到口头：关于民间文学研究的反思》，《民间文化论坛》2004 年第 4 期。
[3] 漆凌云：《回归民间：中国民间文学研究百年反思》，《船山学刊》2004 年第 1 期。
[4] 安德明：《民间文学研究三十年》，《中国社会科学院院报》2008 年 6 月 26 日。
[5] 李欣：《中国近代民间文学研究概述》，《许昌学院学报》2009 年第 6 期。
[6] 刘锡诚、陈泳超、王孝廉、车锡伦、刘守华、钟宗宪、高有鹏、李稚田、陶阳、潜明兹：《民间文学学术史百年回顾》，《民间文化论坛》2005 年第 5 期。
[7] 陈泳超主编《中国民间文化的学术史观照》，黑龙江人民出版社，2004。
[8] 陈平原主编《现代学术史上的俗文学》，湖北教育出版社，2004。
[9] 华积庆：《中国民间文学的道路》，大众文艺出版社，2008。
[10] 贾芝主编《新中国民间文学五十年》，中央民族大学出版社，2010。
[11] 梁庭望主编《中国民族文学研究 60 年》，中央民族大学出版社，2010。

民间文学研究不景气。此后，对20世纪民间文学研究史的回溯和清理一直没有中断，相关论文层出不穷，而且触及民间文艺发展的一些深层次问题。如柳倩月的《"中国民间文学批评史"述史模式的可能性探索》[1]、毛巧晖的《国家话语与少数民族民间文学资料搜集整理——以1949年至1966年为例》及《新中国初期少数民族民间文艺学发展述论（1949—1966）》[2]、刘波的《试论中国民间文学话语的依附及其迷失（1945—1959）》[3] 等。同样是回顾和反思，这些论文角度更为独特，反思更为深刻。

在梳理的过程中，学者们尤为感兴趣的是20世纪民间文学理论的研究。这方面的论文有陶阳的《民间文学理论研究的曲折道路》[4]、刘锡诚的《新中国民间文学理论研究和学科建设：1949—1966》以及《胡适的民间文学理论与实践》[5]、孙正国的《现代学术转型期民间文学研究的理论缺陷》以及《20世纪民间文学本体的理论探索及其局限》[6]、高有鹏的《论中国现代民间文学理论体系的建立与发展》[7]、刘波的《20世纪民间文学理论本土化探析》[8] 等。民间文学理论研究的状况成为考察的热点，是由民间文学研究对象的性质决定的。实际上，民间文艺学容易肤浅，因为民间文学是老百姓的文学，也是浅显的文学。另外，研究民间文艺需要采风，采风就是客观记录，那么这种客观记录作为一种学术诉求，就会影响民间文学的学术思辨，导致学术研究也是一种再现，或者是重复。这两个方面大大影响到

---

[1] 柳倩月：《"中国民间文学批评史"述史模式的可能性探索》，《学术界》2011年第8期。
[2] 毛巧晖：《国家话语与少数民族民间文学资料搜集整理——以1949年至1966年为例》，《广西民族师范学院学报》2012年第2期；毛巧晖：《新中国初期少数民族民间文艺学发展述论（1949—1966）》，《广西民族师范学院学报》2013年第5期。
[3] 刘波：《试论中国民间文学话语的依附及其迷失（1945—1959）》，《民族文学研究》2014年第5期。
[4] 陶阳：《民间文学理论研究的曲折道路》，《西北民族研究》2002年第2期。
[5] 刘锡诚：《新中国民间文学理论研究和学科建设：1949—1966》，《广西民族学院学报》2003年第1期；刘锡诚：《胡适的民间文学理论与实践》，《西北民族研究》2007年第2期。
[6] 孙正国：《现代学术转型期民间文学研究的理论缺陷》，《西南民族学院学报》2003年第3期；孙正国：《20世纪民间文学本体的理论探索及其局限》，《中南民族大学学报》2003年第5期。
[7] 高有鹏：《论中国现代民间文学理论体系的建立与发展》，《河南大学学报》2004年第3期。
[8] 刘波：《20世纪民间文学理论本土化探析》，《兰州学刊》2005年第6期。

民间文学理论的深度和书写深度。因此，学者们特别关注民间文学理论研究的问题，试图完善民间文学理论的体系化和提升理论研究的层次。

对20世纪民间文学学术史的整体把握应以以下六部专著为代表。高有鹏的《中国现代民间文学史论》①从学者的学术个性和学术关怀入手，选取胡适、鲁迅、茅盾、老舍、闻一多、朱自清、郑振铎等重要作家关于民间文学理论的论述，深入探究这些作家民间文学理论观的具体形成、发展及其在现代文学发展中的价值与意义，通过把握这些学者民间文学观的内在逻辑，建构出学者范式的现代民间文学学术史。陈泳超的《中国民间文学研究的现代轨辙》②的着力点不在为学术史脉络作贯通式的梳理，而是立足于前沿的学术视野，对八位民间文学著名学者的研究实绩展开学理剖析，为当下民间文学研究出现的问题寻求答案。刘锡诚先生的《20世纪中国民间文学学术史》③出版后，好评如潮，它是我国第一部对20世纪民间文学学术史进行总结的学术专著，打破了"民俗学80年"体系成说，建立了独立的百年民间文艺学学术史体系，④填补了我国现代民间文学研究无史的空白。董晓萍的《现代民间文艺学讲演录》⑤历时性地将民间文艺现象、民间文学活动、民间文学思潮置于现代化和全球化的语境之下，集中讨论我国现代民间文艺学的变迁和走势。毛巧晖的《20世纪下半叶中国民间文艺学思想史论》⑥将新中国成立后至20世纪末的民间文艺学划分为四个阶段，每个阶段的民间文艺现象与当时的政治意识形态和政治诉求相结合，侧重于民间文艺的艺术性和社会性两个维度，检视民间文学研究范式转换中重新构建自身的基本问题、基本话语与基本理论。刘波的《20世纪上半叶中国民间文艺学基本话语研究》⑦的基本立场是，民间文艺的学术史实质是话语与话语之间的关系史，突出表现为民间文艺发展中的显性话语和隐性话

---

① 高有鹏：《中国现代民间文学史论》，河南大学出版社，2004。
② 陈泳超：《中国民间文学研究的现代轨辙》，北京大学出版社，2005。
③ 刘锡诚：《20世纪中国民间文学学术史》，河南大学出版社，2006；增订本分上下册，98万字，2014年由中国文联出版社出版。
④ 刘锡诚：《20世纪中国民间文学学术史》，"跋"，河南大学出版社，2006。
⑤ 董晓萍：《现代民间文艺学讲演录》，广西师范大学出版社，2008。
⑥ 毛巧晖：《20世纪下半叶中国民间文艺学思想史论》，上海文化出版社，2010。
⑦ 刘波：《20世纪上半叶中国民间文艺学基本话语研究》，人民出版社，2014。

语的互动共生问题。

民间文学每种文体都有一批学者进行专门研究。依据文体，这些研究各自形成了相对完整的体系，于是就有了神话学、史诗学、歌谣学、传说学、故事学等。那么，对这些民间文艺学的分支进行学术史的考察，即为20世纪民间文学学术史的分类研究。这方面的学术成果更是数量极多，成绩斐然。

总体而言，40年的中国民间文学界，一直存在看重民间文学文本的搜集、轻视学术研究，重民间文学史研究、轻民间文学学术史研究的偏向。民间文学文本研究和田野考察的成果较多，而"学术史"类的成果相对较少。正如刘锡诚先生所言："民间文艺学由三个有机部分（分支）构成，即：民间文学理论、民间文学作品搜集与研究、民间文学学术史。前两部分，即民间文学理论和民间文学作品搜集与研究，学界所做的工作比较多，成果积累也比较丰饶，特别是近20年来有了很大的突破。而后一部分，即民间文学学术史的研究，则相对薄弱。"[①] 只有理解和把握中国民间文学的学术历史，才能明确学术发展需要解决的问题与未来发展的方向。学者们对民间文学门类学术史书写的学术意义的认识明显不到位，普遍缺乏书写的学术热情，这大概是民间文学学术史研究相对薄弱的主要原因吧。

---

① 刘锡诚：《〈中国现代民间文学史论〉序》，《民间文化论坛》2004年第4期。

图书在版编目(CIP)数据

2019民间文艺研究论丛年选佳作.民间文学／万建中主编. -- 北京：社会科学文献出版社，2022.11
ISBN 978-7-5228-0368-5

Ⅰ.①2… Ⅱ.①万… Ⅲ.①民间文学-文学研究-中国-2019-文集 Ⅳ.①I207.7-53

中国版本图书馆CIP数据核字(2022)第110354号

2019民间文艺研究论丛年选佳作·民间文学

主　　编／万建中
副 主 编／陈亚琼

出 版 人／王利民
责任编辑／张建中
文稿编辑／顾　萌
责任印制／王京美

出　　版／社会科学文献出版社·政法传媒分社（010）59367156
　　　　　地址：北京市北三环中路甲29号院华龙大厦　邮编：100029
　　　　　网址：www.ssap.com.cn
发　　行／社会科学文献出版社（010）59367028
印　　装／三河市龙林印务有限公司

规　　格／开本：787mm×1092mm　1/16
　　　　　印张：25　字数：373千字
版　　次／2022年11月第1版　2022年11月第1次印刷
书　　号／ISBN 978-7-5228-0368-5
定　　价／159.00元

读者服务电话：4008918866

版权所有 翻印必究